中外比較文學研究

（共五冊）

李達三、劉介民

主 編

第二冊

作 品 研 究

李達三、劉介民

主 編

余君偉

助 編

臺灣 學生書局 印行

中外比較文學研究

（共五冊）

《中外比較文學研究》總序

　　比較文學作爲一門學科，已日漸受到中國學術界的廣泛重視，研究者接踵增加，學會相繼成立，大學也逐步開設了碩士和博士班的課程。在這種發展趨勢下，選編一部比較全面、系統的介紹比較文學——尤其是中外比較文學——的參考資料工具書，就變得很有必要。

　　初涉比較文學領域的人，所面臨的最大困難，同想認眞研究任何一門知識的人一樣，在於難於挑選有價值的資料或根本就找不到這些資料；而且即使找到，也往往發現資料有很多重複之處，旣費時又花錢。更何況並不是人人都可以享用藏書極其豐富的圖書館。至於以各種外語寫成的著作，因圖書館不予收藏或個人語言能力的限制，亦同樣會造成翻查、閱讀資料的障礙。

　　有見於此，我們乃纂編《中外比較文學研究》這一套書。最大的目的在於爲有志於比較文學研究的人介紹精簡的入門資料，爲有需要的高等院校提供教學參考，使治學者能在較短的時間內，對比較文學——尤其是中外比較文學——的各個範疇有一大概的瞭解，以便作進一步的研究。

　　本書主要收錄對象是二十世紀以來大陸、臺灣、香港三地專業性學術雜誌、高等院校學刊、論叢、集刊、專書、譯著以及主要報紙上公開發表、具有代表性的學術文章。全書依照比較文學之內部規律，力求完整準確地體現比較文學理論的基本問題和現代中外比較文學方面的研究成果，大體顯示出中國比較文學的發展線索和相關領域。為避免各文重複之處，節省讀者的寶貴時間，本書儘量擷取原著之精華，以"片斷摘錄"的方式發表。

　　編選本書是一份具挑戰性的工作。大部分的論著雖不是我們所寫，但是須經我們審定、摘編；為對學界負責，我們用了一年多的時間，認真仔細地研讀、挑選、摘編出有啓發性，又符合編輯目的的文章，方能輯成各位讀者面前這一套二百萬餘字的五册著作。文章作者有二十世紀以來的知名學者，也包括後起之秀，共收錄了三百多名學者，三百六十篇的精英之作，在一定程度上可以客觀地反映出中國比較文學的發展水平。此書無論就內容或規模來看，都是目前其他同類書籍所無法比擬的，它將為本世紀以來中外比較的成就作一歷史的見證。

　　似乎大部分選集的出版，都是以主編的主觀看法為準，以一己的好惡為繩。我們採取的辦法就略有不同：先就文類體例上擬出初步編纂方案，向各方徵求意見；再根據廣泛徵取學者名單及論著、編出樣本，進一步徵求修改意見。在分類體例、學者名單、所選篇目定下來之後，依據分類審閱、取捨、標題。

　　編纂本書最困難的任務就是分類、取捨和標題。在一定意義上說，隨着工作的進展，我們所蒐集的資料越來越多，涉及的範圍越廣，探討的問題越深，分類、取捨、標題的標準也在不斷地修訂。但為了讀者的方便，我們大體上仍沿用了比較文學傳統慣用的分類和標題。

　　編輯中遇到某一片段之內容十分豐富，可以同時適用於幾個分類標題的時候，我們便把它置於我們認為最恰當的分類標題之

下，而在末尾用參考法標出。同時論及幾個方面的論著，則按其
內容輯入各標題下。部分具超類內容但不能分割的文章，只好酌
情收入較確切的標題下。至於有些片段一開頭便煞住者，多因原
文爲鉅製，囿於篇幅難以盡錄，只好穿針而不暇引線了。

當然，我們深知這種"片斷摘錄"的編輯方法有其局限，查
閱這些文摘並不能取代閱讀完整的原作。故此，我們在編選時，
除力求所摘的片斷具有相當的長度，以充份說明該文摘在所處的
分類標題下應該說明的問題以外，還在篇末詳列文章出處，方便
感興趣的讀者查閱原作。

由於本書蒐羅的文章來自五湖四海，體例上自有相當的差異，
故而我們在編選過程中，作了少量改動，特提請讀者注意。

一、原作的注釋問題。有些文章的原文注釋較多，且語種不
一，體例各異，現經編者校對後認爲無礙閱讀大局者，一概刪去，
少量深入探討問題的注釋則予以保留。

二、原作中人名、地名、術語、詞彙的翻譯及外文原文問題。
由於各時、各地、各人翻譯處境不同，譯法自然有相當出入，但
考慮到本書旨在提供研究入門資料，故不強求統一，一仍其舊。
至於外文原文，一般無必要保留者，亦儘量刪去，以免累贅不堪。
外文人名則儘量在索引部分提供。

三、在不影響文章內容的前提下，極少量的中文詞語作了修
改，以求格式的統一。

《中外比較文學研究》共分五冊：第一冊，基礎理論；第二
冊，作品研究；第三冊，作家研究；第四冊，相關研究；第五冊，
常用術語、人物介紹、會議及二十世紀中英文書目論文索引。

　　第一冊基礎理論，從八個方面編纂：一、比較文學的範疇及歷史；二、中外比較文學概論；三、中外文學理論的比較；四、比較文學之外緣研究；五、影響與翻譯研究；六、平行研究；七、各文類的中外比較。

　　第二冊作品研究，按文體分為四類：一、小說；二、詩歌；三、戲劇；四、其他。各類又按作品的年代順序排列。

　　第三冊作家研究，以國別或地區劃分：一、中國作家與歐美；二、歐美作家與中國；三、中國作家與俄蘇；四、俄蘇作家與中國；五、中國作家與日本、印度；六、其他。

　　第四冊相關研究，按學科分類：一、比較文學與文學理論；二、比較文學與人文科學；三、比較文學與社會科學；四、比較文學與自然科學。

　　第五冊包括：一、常用術語；二、人物介紹；三、會議；四、二十世紀中英文書目論文索引；五、一至五冊的著者總索引。讀者可按此尋查那些因篇幅關係未能選入本書的文章，進一步瞭解常用的術語及近代在中外比較文學研究上取得成就和做出過傑出貢獻的著名學人。此外，各冊書末都附有各冊的著者索引，方便查閱。

　　十幾年來我們一直從事比較文學研究工作，是次編纂此書，得以重新回顧比較文學——尤其是中外比較文學——的發展興盛，感慨之外，更增添了信心：比較文學研究代有才人出，各領風騷，日後的發展，當無可估量。

　　編纂本書是一個龐大的計畫，涉及資料、財力、人力三方面的問題。香港中文大學比較文學研究組於八十年代初期設立比較文學資料研究中心，多年來篳路藍縷，努力蒐集與中外比較文學研究有關的各方面資料，並編輯出版詳盡的書目、論文專集。《中外比較文學研究》的大部分資料，都取材於此。換言之，如果沒有比較文學研究組的開荒，本書的出版就不可能這麼順利，內容也不會如此完備，規模也不會如此龐大。

本書得以順利問世，必須感謝香港中文大學英文系、嶺南基金會和亞洲基督教高等教育研究基金的鼎力支持、贊助和捐贈。

我們還必須感謝學界同仁答允我們採用他們的文章。至於仍未對我們發出的徵求同意書作覆的學者，我們假定他們的沈默表示同意。個別作者因地址不詳無法聯繫，也只好後補聯絡了。本書在編纂出版過程中，袁鶴翔博士、周英雄博士、鍾玲博士提出不少寶貴意見，我們銘感於懷。香港中文大學英文系比較文學研究生鄧沃權、余君偉、李家碧、關玉貞諸君，科班出身，學養俱佳，爲本書的出版付出不少辛勤辛勞；研究生兼研究助理危令敦君爲本書體例的修改、稿樣的校閱，用去很多寶貴時間；都在此一併致謝。同時更要感謝比較文學組秘書梁麗娟小姐，她爲本書的出版做了大量細緻的工作。

最後，我們謹向學生書局致謝，由於學生書局的熱情支持，本書才能以精美的排版與讀者見面。

李達三　劉介民

一九八九年十二月

編選說明

　　本書是《中外比較文學研究》第二冊"作品部分"。編選工作仍按既定方針，摘選各學術期刊、集刊、叢刊等精英之作編輯而成。摘取的論文長短不一，完全都由需要而定，各自成篇。但摘編的論文總的目標是從比較文學的角度，探討中西文學作品的地位、性質、特徵以及它們的異同及創作規律。中外文學浩如煙海，國內外這方面的研究成果還不多，尤其是較有功力的論文尚少。因此，所選文章多是探索過程的片斷，只能作爲參考，決不能視同金科玉律，盲目接受。編者不抱有奢望，只希望給學界同仁暨比較文學愛好者提供研讀的方便。

　　本冊所選論文按文類編排，大體分爲小說、詩歌、戲劇、其他等。各類中又按古近代、現當代用星號隔開。與第一冊稍有不同的是，各編文章都依原文重點注釋，各篇標題是外國文學作品的，頁下注原作者、原書名。

　　在本書編選過程中，我們要特別感謝香港中文大學比較文學組梁麗娟小姐，感謝曾經關心和幫助此書出版的各位先生。

編者 1991.9.

中外比較文學研究 第二冊

目　　次

其　他………………………………………………677

小　　說

《紅樓夢》與《十日談》*

先從女性說起。因爲《十日談》與《紅樓夢》這兩部偉大的文學巨著也是從這裏着手寫起的。

我想，《紅樓夢》之中對女性的熱烈歌頌可以說是人所共知、有口皆碑的了。曹雪芹潦倒落魄、却仍輾轉反側，對"閨閣中歷歷有人"不能忘懷。由此引申，又對社會人生有大感慨，於是發憤著書，耐得十年辛苦，鑄成字字血淚。書中與作者頗多相通之處的瘋癲公子賈寶玉，"潦倒不通庶務，愚頑怕讀文章"，一心只是在女兒隊裏廝混，更是《紅樓夢》中推崇女性、讚美女性的首席發言人。他認爲"女兒特別尊貴"，"女兒是水做的骨肉，男人是泥做的骨肉"，以致慨嘆道："老天！老天！你有多少精華靈秀，生出這些人上之人來！"

於《紅樓夢》之前四百年在意大利問世的《十日談》，在這一點上與《紅樓夢》眞有異曲同工之妙。偉大的人文主義者卜伽丘在他這部巨著中也充份表現了對於婦女的同情和尊重。開宗明義，卜伽丘在《十日談》序言中就表明這部作品是爲婦女們寫的。他說他寫這部書就是要"給懷着相思的少女少婦一點安慰和幫助——爲的是，針線、捲線桿和紡車並不能滿足天下一切的婦女。"在書中許多故事裏，他歌頌了女性的勇敢、機智、善良與忠誠。

---

*　Giovanni　Boccaccio（1313～1375）, *Decameron*（1348～1353）.

在第四天故事開始前的序言中，卜伽丘筆下的一個小伙子回答他
父親關於女性是禍水一類的教導說：〝我不懂你的話，也不知道
爲什麼它們是禍水；我只覺得，我還沒看見過這樣美麗、這樣逗
人愛的東西。它們比你時常給我看的天使的畫像還要好看呢。〞
在這裏，卜伽丘自己也對婦女們說：〝要知道我天生是個多情種
子、護花使者，從我小時候懂事起，就立誓要把整個兒心靈獻給
你們——我怎麼能禁得住你們那明亮的眼波、甜蜜的柔語，以及
那一聲聲回腸蕩氣的嘆息呢？〞

　　活脫脫一個賈寶玉或者曹雪芹的前世。

　　其實，卜伽丘並非曹雪芹前世，而毋寧說他們是兄弟。雖然
在時間與空間上相隔很遠；但是他們實際上是處在相類似的歷史
發展階段。十八世紀中葉的中國，也就是產生《紅樓夢》的那個
時代，正是封建制度分崩離析、搖搖欲墜的時候，資本主義生產
關係的萌芽早已產生，並正在沉重的封建壓迫下緩慢成長。四百
年前，十四世紀中葉的意大利，也即產生《十日談》的那個時代，
情況與此類似。從封建社會過渡到資本主義社會，這是世界歷史
的巨大轉折。而這一轉折的序幕是首先在意大利拉開的，隨後整
個歐洲在幾百年間演出了一場威武雄壯的活劇。四百年後，中國
封建社會的沉沉夜幕中也漸漸顯露出一絲魚肚白，資本主義生產
關係開始在舊社會母體中騷動。《十日談》與《紅樓夢》便是在
這樣不同的時間中，但却基本相同的歷史背景下產生的。是同一
個社會歷史母體孕育了它們。

　　在新社會的產生過程中，總是伴隨著婦女解放的潮流。婦女
解放是社會解放的一個標誌，而每一次社會進步也都以不同形式

在不同程度上促進了婦女進步。這在從封建社會到資本主義社會的社會進步過程中表現尤爲突出。封建社會輕視人、壓迫人，把人不當作人，首先表現爲男尊女卑，輕視婦女、虐待婦女、壓迫婦女，把婦女不當作人。由於封建社會中婦女受壓迫尤深，加之政治專制與思想禁錮特甚，所以，封建社會內部的反封建鬥爭，常常以反對奴役婦女、爭取婚姻自主等倫理形式出現。因此，在資產階級進行解放鬥爭以推翻封建制度的時代到來之前，作爲這種鬥爭的先聲，進步的文學作品中充滿着男女平等、婦女解放的初步觀念，便是很自然的了。《十日談》與《紅樓夢》正是這樣的文學作品，它們具有相似的婦女觀，這就毫不奇怪了。

這兩位作者對女性的推崇是有着其歷史特點的，這就是反封建主義色彩。其實，封建社會也歌頌婦女，但是它歌頌的是節婦烈女之流，是把婦女當作一種非人的東西來歌頌，歸根到底仍是對婦女的迫害與奴役。封建社會對任何東西的推崇都是予以神化。近代社會則不然，一切對人的推崇只不過是對人性的尊重而已；違反了人性的所謂“偉大”反而不值得讚美。這在《十日談》中表現得很明顯。卜伽丘筆下的婦女形象，多數不過是尋常人，四肢五官，七情六慾，血肉筋骨，心猿意馬，無不具有。茅盾先生在他的《世界文學名著雜談》一書中就談到過這個看法。他舉第二天故事第九爲例說，商人貝納卜的妻子“絕不是中世紀詩人所讚嘆的那些‘超人’式的烈女，她只是一個極近人情的平常人。她在丈夫出外時沒有愛人，因爲她對於丈夫沒有什麼不滿意，而亦知道她自己應盡的義務；她之不受安布洛茲（今譯本作安勃洛喬——引者注）的誘惑，因爲安布洛茲原非爲愛而來，却是爲睹東道而來，自然感動不了她的心。同樣地，在表面很相反的第十故事中，那法律家的妻也不是特別淫蕩，而只是一個很近人情的女人。卜伽丘表示了他的‘婦人觀’，就是既非天神也非魔妖而是富有中庸的人性的活人。這種‘婦人觀’正與那時的新興工商業市民的思想意識相符合，而且也是卜伽丘以前的文學作品中所沒有表現過的。”

《紅樓夢》中所歌頌的婦女形象也是多少擺脫了封建思想羈絆的。可以說，在曹雪芹筆下，對一位女性形象的歌頌程度，是與她離開封建主義思想的距離成正比的。林黛玉的柔、晴雯的剛、尤三姐的烈，其中都貫穿了一條反封建的紅線。如果不是她們的反封建的性格火花，這些動人的形象都會失去光彩。而且，這些女子也並非大智大勇，不過是“小才微善”。與茅盾先生對卜伽丘“婦人觀”的評價相類似，舒蕪先生在評論《紅樓夢》時則說：“其實，賈寶玉尊重婦女，並不是尊重女神女性，並不是尊重女英雄女聖哲，他尊重的就是普普通通的婦女，頂多也就是‘或情或痴，或小才微善’的婦女。要說民主主義，這才是徹底的民主主義。”

在讚美女性中表達平等觀念，這也是《十日談》與《紅樓夢》反封建主義色彩上濃濃的一筆。曹雪芹在賈寶玉身上寫了這一點。小廝興兒的一段話素來多為人所引證。他說，寶玉“見了我們，喜歡時，沒上沒下，大家亂玩一陣，不喜歡，各自走了，他也不理人。我們坐着臥着，見了他也不理，他也不責備”，“只管隨便”。這是說賈寶玉與男性僕人之間的關係；而在與姐姐妹妹、奴婢丫頭們之間，則又更進一步，常常恨不得為她們死了才好。

這種打破等級、尊卑界限的行爲與寶玉對女性的熱烈歌頌是相輔相成的。

《十日談》中對此表達得更是痛快淋漓,第四天故事第一中,郡主綺思夢達愛上了出身微賤但人品高尚的侍從紀斯卡多,因此受到她父親的指責,綺思夢達義正辭嚴、慷慨激昂地反駁了父親。她宣稱:"我們人類是天生一律平等的,只有品德才是區分人類的標準,那發揮大才大德的才當得起一個'貴';否則就只能算是'賤'。"在這裏,卜伽丘通過愛情表達了資產階級思想中進步的平等觀念,又通過這種表達來歌頌了綺思夢達這位勇敢堅強、卓有見識的女性形象。

像綺思夢達的故事所表現的一樣,與歌頌女性相聯繫的是謳歌愛情。《十日談》與《紅樓夢》在這點上有同有異,耐人尋味。

既然"階級的壓迫是同男性對女性的奴役同時發生的"【恩格斯語】,進入階級社會以來的社會都是以男性爲中心的;那麼,階級解放也便在男性與女性關係上表現出來。而在兩性關係中,婚姻愛情問題尤其是一個緊要而切身的問題,它是男女之間社會關係狀況的集中表現。所以,在以往的社會革命過程中,婦女解放問題總是與愛情問題相聯繫,而社會變革總要多多少少改變一下婚姻愛情的面貌。尤其是當一個新興階級尚未成熟到在理智上自覺地存在、在理論上有其思想體系時,它的階級要求更常常是通過感情來表達,而愛情恰是一種最強烈的感情。《十日談》與《紅樓夢》正是通過對愛情的歌頌表達了它們時代的新興階級的意識。

《紅樓夢》所着力表現的寶黛愛情是一曲動人的悲歌。兩個

愛情主角，賈寶玉和林黛玉，都是作爲封建主義的叛逆者出現的，
共同的思想傾向是他們愛情的支柱。讀了《紅樓夢》，談起寶黛
愛情，我們都對賈寶玉稱賞林妹妹從不說混帳話這一點印象很深，
那些卿卿我我的東西却不怎麽記得。的確，正是對"仕途經濟"
的憎恨與否定，對封建禮敎的蔑視和抗議，使得寶黛充滿詩意的
愛情放出新鮮絢麗的思想光彩。而且，在這種高尙純潔的愛情中，
賈寶玉身上的紈絝浮浪氣味得到清除，粗鄙的肉慾昇華爲志趣相
投的忠貞不渝的愛。這種愛情不僅僅是要求戀愛自由與婚姻自主，
因爲那或許只不過最終成爲爲封建統治者所認可以至讚許的符合
封建倫理的東西，像《西廂記》的"她有德言工貌，小生有恭儉
溫良"，《牡丹亭》的"六宮宜有你朝拜，五花誥封你非分外"
等，其結合標準與最終目的都是合乎封建道德的。寶黛愛情不僅
其產生方式是與封建道德相牴觸的，而且更重要的是，其產生的
思想基礎、其包涵的思想內容，是反對封建主義的。這樣，曹雪
芹便通過歌頌寶黛愛情，還通過其他一些傑出女性對待愛情的態
度，歌頌了對於封建主義的反叛行爲。這種愛情，以對舊社會的
痛恨和對新生活的嚮往爲旗幟，以鬥爭中的攜手並肩和對人類寶
貴的先進精神財富的繼承爲其感情在實踐和精神上的源泉。擺脫
了世俗功利，並將自然的兩性吸引昇華到精神共振的境界，是在
某種程度上超越了那一時代與那時階級的局限性的。

　　《十日談》也熱烈歌頌了愛情。在第五天故事第一中，本來
是一個白痴的西蒙，在見到美麗的姑娘伊菲金妮亞時，却茅塞頓
開。"他簡直是在一眨眼之間就從一個村夫俗子變成一位審美家
了"，"他眞是一下子聰明起來了"，卜伽丘敍述道："西蒙的

心本來是好比一塊無法點化的頑石，誰料想到自從看見了伊菲金妮亞的美貌仙姿，這顆頑石般的心也給愛神的箭射穿了。沒有多少時間，他就由愚鈍一變而為聰穎，使得他父親和家裏人，以及許多親友，都大為驚異。”這裏，卜伽丘簡直把愛情寫成一種超自然的神力了。這裏所表達的肯定愛情、讚美愛情的觀點却是值得肯定的。

卜伽丘在謳歌愛情的同時，又批判了諸如企圖用金錢換取愛情或用肉體來換取金錢的做法。第八天故事第一、第二、第十，都是這一類的。在故事第十中，卜伽丘用一種幸災樂禍的筆調，對那個假愛情之名，行詐騙財產之實的西西里娘們，表示了極大的輕蔑。

但是，總起來，卜伽丘在愛情觀上較之曹雪芹要遜色得多。固然，《十日談》有力地否定了買賣婚姻和包辦婚姻，否定了建立在這種婚姻基礎上的家庭，一再嘲弄封建夫權，多次表示對女性及其情夫的同情；但是，正如恩格斯所說：“從這種力圖破壞婚姻的愛情，到那應該成為婚姻的基礎的愛情，還有一段很長的路程，這段路程騎士們是走不到頭的。”卜伽丘所同情和欣賞的，正是這種“力圖破壞婚姻的愛情”，是那種“創造了破曉歌的騎士愛”，而它們實際上不過是中世紀即封建制度下本來就有的產物。“中世紀是從古代世界隨性愛的萌芽而告停頓的時候開始的，即是從通奸開始的。”〔恩格斯語〕卜伽丘在中世紀瀕臨滅亡時仍只是滿足於同情與讚揚那與中世紀同時產生的粗鄙、醜陋的偷情、通奸，或者是苟合（第二天故事第一），這就未免顯得與當時整個意大利資產階級逐漸強大的力量不相協調，與新世紀曙光噴薄而現的歷史背景不相吻合了。

吳國光

〈《十日談》與《紅樓夢》〉，

《紅樓夢學刊》3(1984)，214～223。

《紅樓夢》與《飄》 *

　　我愛讀《紅樓夢》，覺得曹雪芹把人物寫活了，王熙鳳就是其中最突出的一個；我也愛讀《飄》，覺得馬格麗泰·密西爾把人物也寫活了，郝思嘉（ Scarlett O'Hara ）就是其中最突出的一個。

　　王熙鳳，中國封建社會鐘鳴鼎食、豪門貴族的管家少奶奶。她是冰山上的一隻鳳凰，"一從二令"（順從賈母，發號施令），集中了剝削階級貪婪、狠毒、冷酷的本質特徵。她辦理寧國府，弄權鐵檻寺，逼死尤二姐，毒設相思局，搞"掉包兒"計，以至於高利盤剝，積累起巨額財富等等，種種劣跡，不一而足。她費盡心機支撐賈府搖搖欲墜的大廈，又挖空心思從根本上動搖它的基礎，落了個"機關算盡太聰明，反算了卿卿性命"的下場。郝思嘉，陶樂奴隸制種植園主的千金小姐，美國南北戰爭中的亂世佳人，從奴隸主一變而爲資產者的女性典型。她一廂情願熱戀衞希禮，三度結婚兩度守寡，投身白瑞德懷抱，使盡渾身解數，個人奮鬥十二年，爲的是復興莊園的家業和獵取更多的金錢。最後，女兒夭折，幻夢破滅（對衞希禮），白瑞德棄她而走，這一切都"隨風而去"。她孑然一身，形影相弔，成了眞正的孤獨者。王熙鳳、郝思嘉，都是剝削階級醜惡與卑鄙的化身。這麼兩個女人，

---

*　Margaret Mitchell（1900～1949）, *Gone with the Wind*（1936）.

在藝術上有什麼認識價值，或者說，有什麼可以比較研究的呢？

　　一個是東方貴族少婦，一個是西方黃花閨女；一個受寵得勢，一個情竇初開。年青貌美對她們意義何在呢？回答是：這是物質基礎，這是客觀條件。試想，離開了一個"美"字，她們那貪婪、狠辣、冷酷、殘忍的本性，"人莫予毒"的手段，能施展到登峰造極的地步嗎？"美"，可以適應某些人感官上的需要，結合其他條件，王熙鳳得以親上做親嫁與賈璉，得到賈母百般寵愛，成爲大觀園裏的風雲人物。你看，前八十回的鳳姐，眞個是顧盼自如，頤指氣使，左右逢源，洋洋自得。同樣地，"美"結合其它條件，郝思嘉得以翻雲覆雨，手到擒拿，"對甘扶瀾拋了一個閃爍的微笑"，給韓察理"一個十分春意的微笑"，給希禮"一個最最美麗的微笑"，一嫁韓察理，二嫁甘扶瀾，三嫁白瑞德，投身市場角逐，瘋狂追求利潤：挽莊園制崩潰狂瀾於旣倒，絕資本主義急流於到來。

　　從藝術形象的塑造上看，美的軀殼、醜的靈魂統一在一起，使人更感到其靈魂之醜惡。翻開文學史，古今中外，這樣的例子極多。王爾德（ Oscar Wilde, 1854-1900 ）的劇本《莎樂美》（ Salomé ）中的女主人公，愛先知約翰，因爲愛而不得，就要求殺約翰的頭。頭獻上來，莎樂美取而諦視，說不能和你的活頭親嘴，就同死頭親嘴吧，然後狂吻不已。"愛之欲其死"，眞是駭人聽聞。反過來，我們也見到醜的軀殼，美的靈魂，越顯其靈魂之美的例子。如《巴黎聖母院》（ Notre Dame de Paris ）中撞鐘人駝背畸形兒卡西莫多。

　　王熙鳳與郝思嘉的男性化，是曹雪芹、密西爾塑造人物又一着力點。

　　"拼着一身剮，敢把皇帝拉下馬"。經歷了十年動亂的人，對王熙鳳這句名言並不陌生。這位大觀園的女當家，"自幼假充男兒教養"，她名字中的"鳳"，就帶着男性意味，因神鳥鳳凰，雄者為鳳，所以"小名兒叫鳳哥"。《紅樓夢》全書，出現了三個重名重姓的王熙鳳，另兩個一是公子，一是當官的，可見王熙鳳確係通常男性用名。

　　初試鋒芒的是，王熙鳳哭祭罷秦可卿，"自入抱廈來，按名查點"，迎送親友的一人未到，即令傳來，處理畢若干事務後，"放下臉來，叫：'帶出去打他二十板子！'"再革一個月錢糧，以儆效尤。

　　王熙鳳說話和某些男的差不多。她滿口市井俚語，什麼"聾子放炮仗——散了"，"耗子尾巴上長瘡——多少膿血兒"，"蒼蠅不抱沒縫兒的鷄蛋"，"沒吃過豬肉，也見過豬跑"，等等。罵人的髒言髒語，也是時有所聞，什麼"放你媽的屁"，"別放你娘的屁了"，"小野雜種"，"沒臉的忘八蛋"，"好娼婦"，"下作娼婦"，"混賬忘八崽子"，"糊塗忘八崽子"，等等。李紈說她"說了兩車無賴的話"。像賈府那樣"詩禮簪纓之族"，有封建教養的男性，措詞都比她文明得多。

　　至於郝思嘉呢？同樣是自小男性化了的。說來也巧，她"小名叫加弟"，眞是無獨有偶。小說一開頭，她母親愛蘭拿所謂大家閨秀的傳統信條，敎養三個女兒。在兩個小女兒身上，算是成功的。"獨有思嘉，那是她老子的孩子，要把她敎養成一個閨秀，就難於登天了"。即就是玩，郝思嘉也和姑娘們不一樣，她"小時不喜歡跟自己的妹妹玩，不喜歡跟衛家那些小姐玩，偏偏喜歡跟田畈裡的小黑炭和鄰舍家的男孩子玩，而且她會爬樹，會扔石頭，跟那些野孩子一模一樣”，以致她的嬤嬤見她“生成這副性格”，心裏十分擔憂，常常教訓她：“要學得像個小姐。”什麼性格？還不是從小“玩笑時就有殺伐決斷”！郝思嘉對母親和嬤嬤繁縟的大家閨秀應該知道的“男人家”與“女孩子”嚴格區別的教導，心裏一直反感得很。白瑞德稱她那種“犟韃人的氣性與野貓似的凶威”，是“暴風雨一般的一副性格”。衛希禮“閃”了她，使她的單相思破產，她不像一般姑娘痛哭流涕，而是罵了他幾聲“王八蛋”，打了他一個響亮的耳摑，把磁瓶摔了個粉碎。白瑞德在戰火紛飛時，偷來瘦馬弄來破車，使她得以死裏逃生，但因要離她而去，她罵他是“下流坯”，是“懦夫”，是“討人嫌的臭傢伙”（她一時想不出更惡毒的詞），打了他一個響亮的耳摑。兩個耳摑的響聲，不正是郝思嘉暴風雨性格中的雷鳴嗎？

　　北軍大勝南軍潰敗，郝思嘉冒死回到陶樂，真是劫後餘生。當她拿起埋下的酒喝時，面對父親不以為然的神氣，簡單地說：“我知道女人是不能喝濃酒的，但是今天我不是女人了……。”當時陶樂經過戰爭洗禮，破敗不堪，她母親去世，父親發瘋，兩個妹妹病倒在床。為了活下去，為了重振家業，她幹着粗重的活，為撲滅火災出生入死，甚至為守護財產殺人。這樣，她在二嫁甘扶瀾時，不無得意地“想着自己在陶樂熬了這幾個月的苦難日子，確實已經做了一個男人的工作，而且做得並不錯呢”。由此，她產生了信心和力量：“我相信女人用不着男人的幫忙，世界上的事情沒有哪一樣辦不了的——就只除了養孩子。”這種氣慨，足以使某些"堂堂鬚眉"慨嘆自己"誠不若彼裙釵"！

在潑皮、無賴、流氓乃至於阿飛幾個同義詞中，這裏選用了"潑皮"，是因爲潑婦之"潑"，用在王熙鳳和郝思嘉身上頂合適。

能對她二人潑皮作風作出鑒定的，再沒有賈母和白瑞德之具有權威性了。賈母向黛玉介紹王熙鳳："我們這裡有名的一個潑辣貨，南京所謂辣子。"賈母還稱她爲"潑皮破落戶"（脂本三回），連李紈那樣心如死灰、與世無爭的人，都說她是"破落戶"（脂本二十七回），是"泥腿光棍"。

王熙鳳之潑辣具有兩重性，對上有阿諛奉承的特點，是陝西、甘肅一帶的"油潑辣子"，又香又辣，吃來津津有味，不可一日無此君。第四十六回，邢夫人奉賈赦之命，動員鴛鴦做小老婆，惹起一場風波。賈母氣得發抖，王夫人遭到訓斥，探春替王夫人申辯，賈母責怪"鳳姐兒也不提我"，王熙鳳的回話香得出奇、辣得特別："我倒不派老太太的不是，老太太倒尋上我了。"賈母聽了與眾人都笑道："這也奇了，倒要聽聽這不是。"鳳姐道："誰叫老太太會調理人，調理的水蔥兒似的，怎麼怨得人要！"這就妙極了，而妙文還在下面："我幸虧是孫兒媳婦，若是孫子，我早要了，還等到這會子呢！"又是溜尻，又是拍馬，又是肉麻，又是有趣，又是提意見，又是反批評。這號辣子，賈母怎能不愛"吃"，"吃"來又怎能不沁人心脾，所以接着笑道："這倒是我的不是了！"

諂上者必欺下。在眾人心目中，王熙鳳的潑辣是可怕的。賴升說她"是個有名的烈貨，臉酸心硬"；興兒說她是"嘴甜心苦，兩面三刀；上頭一臉笑，脚下使絆子；明是一盆火，暗是一把刀"；趙姨娘、賈環和衆多的丫頭小厮，怕她像老鼠怕貓。

在逼死尤二姐上，王熙鳳手段之歹毒，實在令人髮指。單是在尤氏上房大鬧的那一場戲，就"潑"得夠瞧的了。

第四十四回，〈變生不測鳳姐潑醋〉。豈止是"潑醋"，還有什麽沒有"潑"出來？這是她潑皮性格最最精彩的表演。

郝思嘉呢，她二嫁甘夫瀾生了孩子以後，白瑞德以不無稱讚的口吻說："你是什麽事情都幹得出來的——殺人，搶別人的丈夫，企圖賣淫，直至於巧取豪奪，沒有一件不令人欽佩之至。"當白瑞德說到思嘉是一個心直口快的流氓時，她不得不承認："你說我是流氓，也許我的確是流氓……"，接着自我辯解道："我常覺得自己在狂風暴雨中搖着一隻載得很沉重的船。我要這隻船浮在水面，已經要費不少的氣力，因而我不能不把有些無關重要的東西，例如好禮貌好道德之類，丟到船外去不管了。"這是又一個女潑皮的自白，也是她的生活哲學和準則。

再也沒有郝思嘉的三次結婚，能說明她是何許人了。第一次奪取了緊鄰蜜兒的情人，嫁的是個小孩，是閃電戰，"爲的是鬥氣"；第二次奪取了妹妹蘇綸的情人，嫁了個老頭兒，是閃電戰，"爲的是金錢"。至於第三次和白瑞德結合，嫁給這個不老不少海盜式的人物，鬥氣、金錢的成份是有的，但更爲重要的是有共同的思想基礎。

王熙鳳出身在東海龍王來請的金陵王家，那是壟斷了大清帝國對外貿易和外交關係的豪門巨戶。她不無得意地吹過："我爺爺專管各國進貢朝賀的事，凡有外國人來，都是我們家養活。粵、閩、滇、浙所有的洋船貨物都是我們家的。"西方資產階級海盜、冒險家、殖民主義者，是她家經常出沒的座上客，和這伙人混在一起，"自幼假充男兒教養"，怎能不調教出王熙鳳這麼一個吸血鬼來？

弄權鐵檻寺那一回，王熙鳳嘴上說"我一個錢也不要"，實則爲三千銀子，讓旺兒回城假托賈璉所囑，修書一封與節度使，"兩日功夫，俱已辦妥，姑娘懸樑自盡，男孩投河而死"。"自此鳳姐膽識愈壯，以後所作所爲，諸如此類，不可勝數"。這一情節，作爲王熙鳳的主導思想，貫串於其主持家政期間的全部活動中。

王熙鳳本人的成份是地地道道、貨眞價實的高利貸者。她公開放債，偸偸摸摸放債，甚至利用手中掌握的管家大權，推遲發放月錢用來放債——這在大觀園已經不是什麼秘密了。這債是驢打滾，利上生利的。平兒是她的幫手，來旺夫婦是她和債戶的中介人。尤氏旁觀者清，對平兒說："我看你主子這麼細緻，弄這些錢那裏使去，使不了，明兒帶了棺材裏使去！"可說是擊中要害，一語破的。

賈璉雖被她伙同平兒瞞着，但對她有大量私房錢早已有所覺察，同時也逃脫不了被她勒索的命運。第七十二回，賈璉通過鴛鴦偸當，平兒提醒鳳姐抽取一二百兩銀子的頭，賈璉笑道："你們也太狠了！你們這會子別說一千兩的當頭，就是現銀子，要三五千，只怕也難不倒。"笑得多麼尷尬，說得多麼慘然！連丈夫也不放過，高利貸者是不認什麼親人老子的。

郝思嘉也是大洋彼岸資本原始積累的一員驍將。美國作家H.

F. 斯諾（Snow）說得對："思嘉代表了新的（美國）南部，南部佐治亞州亞特蘭大（引者注：傅譯作肇嘉州餓狼陀）出現了資本主義萌芽，私人企業開始湧現，這自然同老莊園主，同建立在奴隸制而不是建立在金錢經濟和工資制度上面的生活方式分道揚鑣。"郝思嘉一開始步入人生的道路，短命的丈夫就死了，短命的婚姻告吹。這時，南北戰爭結束，舊日南方的生活方式烟消雲散，爲要復興陶樂種植園，爲要發展資本主義經濟，作爲新的生活方式代表人物的思嘉，登上歷史舞臺。她需要的只是一個字—錢。"哪怕要她去殺人，她也在所不惜"。

　　《飄》寫到戰後重建時期的思嘉，從一個老繭在手的莊園管家太太，變爲木廠的女老板，爲發財致富奔忙，用了較多的筆墨。爲了借三百元錢，她去監獄探望白瑞德，使盡了"狐媚的手段"。白瑞德對耳墜子、田地做抵押不感興趣，問她："你還有別的可做抵押的沒有？"郝思嘉衝口而出的是:"我——我還有我自己。"既然受之於父母的身體膚髮，都可以交給別人，其餘什麼仁義道德等勞什子，郝思嘉還會有一秒鐘的猶豫麼？後來她忍辱向白瑞德借到錢，買下了木廠，比起任何一個精明狠毒的資本家，毫不遜色地經營起自己的"事業"來。她拋頭露面，身帶保鏢，雇用囚犯幹活；她挺着有孕的大肚子，招搖過市，風裏來雨裏去；她和北佬、提包黨打交道，討價錢，做生意。"正因爲她是一個女流的緣故，她常常可以佔到便宜，因爲她有時可以故意裝出一副可憐的樣子，人家看見了心就軟下去了"。她甚至"咬着牙齒跌了價"，和另一木廠主競爭，直到逼使那家木廠宣告破產，她出了"極小的價格"，將那木廠買了過來。至於公衆的輿論，她

“不但不管，並且看得它一錢不值”。請看她的自供：“我現在已經明白，錢是世界上最重要的東西。”“我愛錢，比世界上任何東西都愛些。”

蔡　恒

〈王熙鳳與郝思嘉——比較研究一得〉，

（西安）《陝西師範大學學報》4(1983)，82～91。

《紅樓夢》與《埃涅阿斯記》[*]

　　在西方和中國文學裏，夢作爲一種手法，起着多種作用。本文只擬就夢在史詩《埃涅阿斯紀》和小說《紅樓夢》這兩部敍事文學作品中所起的預示災難的作用，探討一下這種手法和兩位作者的世界觀的關係，這種手法和他們的偉大成就的關係。

　　在《埃涅阿斯紀》（以下簡稱《埃紀》）裏，夢的手法運用了不下五次，四次在前半部（2・268—，3・147—，4・450—，4・556—），一次在後半部（8・31—）。此外，4・256—麥丘利顯現在埃涅阿斯面前，5・722—安奇塞斯顯現在他面前，他都未入睡，這兩次雖不是嚴格的夢，但其意義和夢並沒有什麼差別。在這些夢或覺醒時的幻象裏，3・147—（家神托夢），4・265—，5・772—和8・31—(第表河神托夢)都是鼓勵、安慰、敦促、甚至責備，督促他前進去完成神的使命——立國大業，起的是純粹的指迷作用，推動故事前進。但其他三次，除了有上述作用以外，詩人似乎還有更多的信息要傳達。

　　4・556—，麥丘利促埃涅阿斯離開迦太基，擺脫溫柔鄉的引誘，僞稱狄多要施展詭計，加害於他（ illa dolos dirumque nefas in pectore versat ），並用了一句詬罵婦女的話：" 女

---

[*]　Virgil 全名爲 Publius Vergilius Maro（70～19 B. C.），*Aeneid*（29～19 B. C.）.

人永遠是變化不定的 "，意思是水性楊花（ varium et mutabile semper femina ），似乎是要提醒埃涅阿斯，特洛亞戰爭的十年災難是由一個女子海倫引起的。這場夢實際上是在預示一場可能發生的災難。

4·450 —，狄多夢見埃涅阿斯在追趕她，她想念推羅同胞而不可得，孑然一身，無限孤凄。詩人用了一個很獨特的比喻，說狄多就像 " 俄瑞斯特斯逃避手持火把和黑蛇爲武器的母親，而復仇女神正坐在門口等着他那樣 "，來表現她愛和恨的矛盾心理和走投無路的絕望心情。她的夢是在精神錯亂的狀態下做的（fatis exterrita Dido mortem orat ）。在她做夢以前，詩人有一段情景交融的描寫：聖水變黑，醇酒變成腥穢的血，狄多恍惚聽到她已故丈夫說話和召喚的聲音，屋頂上鳥鳥哀號，用以烘托神秘恐怖氣氛和狄多的絕望情緒。這場夢的作用也是預示滅亡。

2·268 —，赫克托爾給埃涅阿斯托夢，其意義和藝術效果都不同於麥丘利托的夢和狄多的夢。麥丘利預言的是假想的災難，狄多的夢是絕望者的夢。埃涅阿斯這夢，時機很特殊。他是在他以爲和平已經到來，憂心消失的心情下做的夢，它不是起烘托作用，而是起強烈對照作用。特洛亞人處在身心完全鬆懈的狀態，全城靜悄悄的，但是表面的平靜却隱藏着危機，" 希臘人的船艦排成隊列離開了泰涅多斯島，在靜默的月亮的友好的掩護下，直向早先登陸的地點駛去 "，木馬裏埋伏着的武士也被奸細西農放了出來。赫克托爾的出現正是在這時刻。

爲什麼安排赫克托爾托夢，而不安排麥丘利或埃涅阿斯的母親維那斯？赫克托爾一度是特洛亞的支柱和驕傲，是它光榮偉大

的象徵和最可靠的希望（spes fidissima Teuerum）。但是他在夢
中的形象則非常可怕，遍體鱗傷，血肉模糊，變成覆滅的象徵。

　　在夢裏，赫克托爾對埃涅阿斯說：“唉，女神之子，逃跑吧，
逃開這熊熊的烈火吧。敵人已經佔領了城郊，特洛亞高聳入雲的
城堡已經坍塌了。祖國和普利阿姆斯的氣數已盡，如若人力能保
住特洛亞，我早就保住它了。現在特洛亞把它的一切聖物和它的
神祇都托付給你了；把它們帶着，和你同命運，再給它們找一個
城邦，當你飄洋過海之後，你最終是要建立一個城邦的。”

　　這段話有指點未來歸宿的預言，但也着眼於眼前的危機，突
出了命運的不可抗拒。如果結合埃涅阿斯在夢裏對赫克托爾說的
話，似乎其中還另有一層意義。埃涅阿斯說：“我們在盼望你…
我們經歷了各種災難，十分疲憊，能看到你真是高興啊。”似乎
埃涅阿斯下意識裏戰爭和災難還沒有結束，但是眼前的赫克托爾
已是一個身被重創的戰士，似乎對他能否保衞國家有些懷疑。這
一切使這場夢具有特殊意義。

　　我們還應結合全詩結尾埃涅阿斯的對手、意大利魯圖利亞青
年國王圖爾努斯之死來考慮赫克托爾這形象和他的意義。他們兩
人之死非常相像。阿奇琉斯爲了給副手帕特洛克魯斯報仇，殺死
赫克托爾，埃涅阿斯爲了給他的青年戰友帕拉斯報仇，殺死圖爾
努斯；赫克托爾上陣穿的是帕特洛克魯斯的甲胄，圖爾努斯則佩
了帕拉斯的腰帶；在最危急的時刻，赫克托爾向他的助手代佛布斯
（雅典娜女神假扮的）索槍，代佛布斯突然消失，同樣，圖爾努
斯在最緊急的時刻，他的神仙姐姐茹圖爾娜（前來助戰的）也被
天神驅走；赫克托爾和圖爾努斯都意識到自己的死是天意。赫克

托爾是希臘人取勝的主要障礙，圖爾努斯是埃涅阿斯立國的主要障礙。看來赫克托爾不啻是圖爾努斯的投影和先兆。維吉爾寫圖爾努斯之死，帶着悲憫的心情，用了一個做夢的比喻："就像在睡眠的時候，夜晚的寧靜和倦怠合上了我們的眼睛，我們夢見自己在狂熱地奔跑，老想跑得再遠些，但是老跑不遠，正在我們盡最大的努力的時候，我們懊喪地癱倒在地上，舌頭也不會說話了，身體也不像平時那樣氣力充沛了，聲音也沒有了，話也沒有了。圖爾努斯也和這一樣，不管他怎樣掙扎用力也找不到一條出路，那凶惡的復仇女神處處讓他失敗。他心亂如麻，他望見了魯圖利亞人和他的都城，他害怕，他躊躇，死亡臨頭使他戰慄，他不知道往哪裏躲，也沒有力氣去和敵人拚，戰車也看不見了，駕車的姐姐也看不見了。"❶

建國是光榮的事業，但對被排除的障礙又表示同情憐憫，這無疑是對這光榮事業本身的懷疑。維吉爾本來是相信歷史循環論的，金、銀、銅、鐵四個時代循環不息。眼前即使是黃金時代，好景也不會長久。在他那首千百年來引起猜測和爭議的《牧歌》第四首裏，他預言一個嬰兒的誕生和黃金時代的來臨，但是就在這麥浪黃熟、野果飄香的黃金時代，"古老的罪惡的少數痕迹仍然隱藏在下面，召喚着人們去駕船冒險，用高牆把城鎮圍起，大地上又挖起溝塹。第二個駕金羊毛船的舵手又要出現，又有好漢們乘上第二艘金羊毛船；第二次戰爭也又將發生，又一位偉大的阿奇琉斯將被派往特洛亞。"

可以說，夢中出現的赫克托爾不僅預示災難，而且隱藏着憐憫和懷疑。

　　《紅樓夢》前八十回中要緊的夢有三場:第一回甄士隱的夢,第五回寶玉夢遊太虛幻境,和第十三回王熙鳳夢見秦可卿。前兩場夢是理解全書的鑰匙,第三場夢是理解前兩場夢的鑰匙和出發點。其他的夢看來僅有局部的意義。

　　第三場夢和赫克托爾的夢都是預言衰亡,只不過後者預言的亡國已在眼前,而前者預言賈氏敗落則是此後幾年內的事,但兩個做夢的人都仍渾渾噩噩,心理狀態相同。他們都不知道命運的規律:"祖國和普利阿姆斯氣數已盡。"❷。"榮辱自古週而復始,豈人力能可保常的。"他們的夢都是在毫無心理準備的狀態下做的。

　　鳳姐的夢和埃涅阿斯的夢一樣,托夢的人和發生的時刻很有意義。它是發生在賈天祥正照風月鑒這段故事之後,賈璉送黛玉回揚州,鳳姐"心中實在無趣"的時候。托夢的人又是"淫喪天香樓"的秦可卿。"蓋作者大有深意存焉。"〔庚辰本十三回脂批〕托夢的人和托夢的時刻指向賈氏由盛而衰的一個主要原因。賈氏之敗,"造釁開端實在寧","家事消亡首在寧"(五回)。在雪芹看來,賈氏之敗,原因很多,如南直召禍,子孫不肖,包攬詞訟,等等,但禍端在一"淫"字。《紅樓夢》大量寫"情","情"包括"真情"和"縱慾"兩方面。第一夢用寓言方式把石頭寫成"情痴色鬼"、"蠢物"和"真情"的混合體。"真情"必須通過"淨化"過程才能脫出"蠢物"的軀殼而顯露,因此才有第二夢,在這夢裏,那已被"邪魔招入膏肓"的"濁物"必須"領略此仙閨幻境之風光尚如此"之後,才能淨化,情而不淫❸。寶玉夢中的秦氏起的是淨界的作用。

　　赫克托爾是毀滅的象徵,也包含毀滅的種子——他的"榮譽

感 "，也就是驕傲。秦可卿也是毀滅的象徵，也包含毀滅的種子——淫，這兩個形象都具象徵意義。

在表面興旺底下看到衰敗的迹象是這兩位作者的共同點。羅馬經過了幾百年的戰亂，雅努斯廟門終於關閉了。但詩人似乎覺得羅馬要建立眞正的 " 羅馬和平 "，需要許多條件，其中一個主要條件就是放棄黷武。西比爾說：" 戰爭，可怕的戰爭！" 概括了詩人的總的態度。全詩寫戰爭毫無荷馬的熱情，而是突出其悲慘、不人道、瘋狂、荒誕和悲劇性。埃涅阿斯最後面對受傷求饒的圖爾努斯，只因爲看到他佩着帕拉斯的腰帶，瞬息間就變成殘忍的阿奇琉斯式的人物，舉槍把圖爾努斯殺死。批評家 C. M. Bowra早已指出，一首羅馬帝國的頌歌以圖爾努斯之慘死結束，" 蓋作者大有深意存焉。" 埃涅阿斯可以變成阿奇琉斯，何以見得屋大維就不會變成或復原爲阿奇琉斯式的人物呢❹？維吉爾的懷疑使他成爲一個精神上的流放者。在《牧歌》和《農事詩》裏所表現的陶淵明式的生活理想才是他的精神故鄉❺。事實上，他的足迹也很少到羅馬。但是坎帕尼亞田莊上的和平能保持多久，是否可能有一天又變成曼圖亞田莊呢？這種忐忑疑慮很容易使他把現實的和平看成是夢，而把可能的戰亂想像成現實。這種心情可能就是埃涅阿斯的夢的基礎。

賈氏一族也是表面一派興旺，又是排家宴，又是慶元宵，又是賈元春選進鳳藻宮，隨着是建造大觀園，賈氏變成了皇親國戚，蒸蒸日上。但是福兮禍所伏，盛中孕衰。賈氏要挽回頹勢是不可能的，只能求一個不是徹底的覆滅，保住祖塋，繼續享血食，子孫讀書務正就是上上了。但有許多條件，其中之一就是戒淫慾。

庚辰本脂批就秦可卿托夢又寫道："然必寫出自可卿之意也，則又有他意寓焉"，又寫了一首詩："一步行來錯，回頭已百年，古今風月鑒，多少泣黃泉"，都提供了足夠的暗示。雪芹的對策便是伸張"眞情"但是"眞情"。不見容於現實界，正如黛玉《葬花詩》裏所說，"一年三百六十日，風刀霜劍嚴相逼。"在現實界雪芹也成了一個精神上的逐客❻。

　　一個要和平，一個要眞情，但是生活和現實使他們懷疑理想能否實現，暫時實現了能否持久，於是由懷疑而悲觀。丁尼生（ Alfred Tennyson，1809-1892 ）在紀念維吉爾一九〇〇年忌辰一詩中有兩句：

　　　人類未可知的命運使你悲傷，

　　　在悲傷中，你顯得那麼莊嚴。

而雪芹看到的總是那"漸漸露出"的"下世的光景"。一個是"萬事都堪落淚"（ lacrimae rerum ）的詩人，一個要"還淚"，直到"淚盡而逝"。

　　一個值得注意的現象就是在兩部作品裏寫死亡、訣別、葬禮等極多❼。這恐怕正是一種悲劇的人生觀和宿命思想的反映。死往往成爲一種解脫。特別是尤三姐之死和狄多之死很相似，都是由於對方背棄信義，都是殉情，都是從尷尬而痛苦的局面中求解脫。晴雯之死和狄多之死又有相似處，晴雯死前有海棠夭死半邊之兆，狄多死前，如前所述，聽到丈夫說話，梟鳥哀鳴，都反映了一種宿命的觀點❽。

　　悲劇的人生觀和宿命論互爲表裏。在維吉爾看來，命（fatum）是不能變更的，天神都必須服從它；運（ fortuna ）是變的，不易捉摸的。雪芹也有“有命無運”，“命運兩濟”之說，命不可易，運有升沉變化，賈氏之衰是命，可卿之勸是爭取運好。

　　悲觀宿命導致把現實看作虛幻，而夢境是眞實的，所謂“假作眞時眞亦假”，甲戌本第一回脂批也說“所謂萬境都如夢境看也”。埃涅阿斯從冥界出來經過的是象牙門，是假夢之門。在冥界他遇見亡友、受過苦難的亡靈、受到應得懲罰的亡靈，他遇見狄多，他的父親指點他前途，這一切都點明是假的了，也就是說，過去和未來都是幻夢。

　　認爲現實是夢幻，這是維吉爾和雪芹的哲學和世界觀的一部份，他們很自然會把夢幻作爲一種藝術手法應用到作品裏去。一般預言式的夢兆往往只有局部意義，如莎士比亞《凱撒》裏，凱撒遇刺前，他的夫人對他說守夜人看到許多可怕的異象，墳墓開口，放出死鬼，血點落到卡匹托山頂神廟上，大街上鬼魂尖叫。又如安娜・卡列尼娜自殺前朦朧看到一個鬍鬢蓬亂的小老頭俯身倚在鐵欄上，似乎想要害她。即使西賽羅（ Cicero，106-43 B. C.）的《西丕奧之夢》(*The Dream of Scipo*)也只預示了小西丕奧一個人的未來，都不像維吉爾和更大程度上曹雪芹用這手法好像是在預言一個歷史過程。其所以具有這種特殊意義，取得這種特殊效果，可能正是因爲他們對現實抱有的幻滅感。這種幻滅感實際是對生活的懷疑，因而他們能在所謂的太平盛世看出破綻，使他們預感到歷史未來的發展，也就艾略特（ T. S. Eliot ）所說的歷史感。他們所寫的夢也竟變成了驗夢(veridical dream)。

　　當然，他們的歷史感並非科學的推斷而是從生活感受中形成的，在作品裏以夢的形式表現出來。儘管如此，有沒有歷史感却是衡量一個作家是否偉大的標尺之一。

附　　註

❶ 按這比喻也是因襲荷馬《伊利亞紀》22，寫赫克托爾與阿奇琉斯
單獨交戰前，感到孤單害怕，望著城裏，希望有援兵助戰，荷馬用
了一個比喻，把他比作人們在夢中追逐，四肢癱軟無力。

❷ "sat patriae Priamoque datum"（2‧291）這句話有兩種
不同理解：一、"你已爲祖國和普利阿姆斯盡了力"；二、"祖國
和普利阿姆斯所應享的已經滿足"，以後一種解釋更切近講話場合
和詩人的思想。

❸ 二十五回，寶玉蒙甤，癩頭和尚說："他如今被聲色貨利所迷"，
也是此意，並暗示他還需進一步淨化。

❹ 屋大維建立和平、整頓羅馬，使詩人感激，但屋大維也有使詩人擔
心的一面。他野心勃勃，冷酷無情，爲了大權獨攬，不惜發動兩次
大戰，擊敗政敵布魯圖斯和安東尼。埃格那提烏斯（ M. Egnatius
Rufus ）與他爭選執政官失敗，屋大維懷疑他要謀害他，把他處死。
他和安東尼的弟弟魯奇烏斯作戰，把三百名俘虜殺了祭他的義父凱
撒。一個垂死的戰士請屋大維把他埋葬，屋大維對他說，野鳥會解
決他的問題的。這些雖然在某種意義上說都是" 正常 "現象，但仍
不能不引起" 萬事都堪落淚 "的詩人的疑慮。

❺ 維吉爾和陶淵明都追求一種小康生活，誠實躬耕，遠離繁華，希望
和平無戰亂，又都有些擔心。例如陶詩"方宅十餘畝，草屋八九間"，
敝廬何必廣，取足蔽床席"，"衣食當須紀，力耕不吾欺"，又如
"常恐霜霰至，零落同草莽"。維吉爾也處處有這類想法，如《農
事詩》（2‧458－）："種田人太幸福了……他們遠離戰火的衝
擊，最公正的大地爲他們從她的土地上自動地傾出輕易可得的生活
資料。即使他們沒有廣廈崇邸，從它豪華的大門或廳堂在黎明時分
湧出如潮的訪客；即使他們從未見過玳瑁鑲嵌的大門、織金的衣服
和哥林多的銅錢；即使他們的素白羊毛沒有染上亞述的顏料，他們

的清油裏也沒有摻雜桂花，那又何妨？……他們有林木，可以打獵；從青年時代就勞動，不怕吃苦；老年敬神；在他們中間，正義女神的足迹最後離開。"又如《農事詩》（ 1 · 145 — 146 ）："不懈的勞動，困苦生活的迫切需要將戰勝一切。"《牧歌》和《農事詩》內容十分豐富，不能縷舉，值得作專門研究。

❻　雪芹嚮往的理想國很難斷定，不過十八回賈妃歸省，說了一番話，她說："田舍之家，雖齏鹽布帛，終能聚天倫之樂；今雖富貴已極，然終無意趣。"前此在十七回裏，賈政看了稻香村的風景，也表示大有歸田之意。在第二回裏，雨村談了一番天地人生的大道理，以讚美的口吻臚舉了一大批高人逸士，如許由、陶潛、阮籍等等，稱他們爲"清明靈秀之氣所秉者"。這些都是歷來中國失意士大夫的想法，雪芹怕也難免。

❼　《紅樓夢》在開始十六回就有賈瑞、可卿姊弟之死，還點到其他人物之死，十七回以後熱鬧文字中又有金釧、賈敬、尤氏姊妹、晴雯和一些次要人物之死。《埃紀》前半，埃涅阿斯喪失了妻子、父親和舵手，引起狄多之死，至於特洛亞戰爭中和後半部戰爭中死的人就不計其數了。還可以提到祭司拉奧孔的可怕的死。死亡之外，還有失散和訣別，如英蓮之失，克列烏莎先失散後死去，如埃涅阿斯與安德洛瑪刻夫婦之訣別，寶玉與晴雯之訣別。在葬禮上，兩部書都大事鋪張。這些現象都應當進一步具體分析，但都說明在兩位作者的思想裏，死亡和分離佔有很重要的地位。

❽　雪芹有關於草木與人通靈的哲學，維吉爾的宗敎信仰，不在此贅述。《埃》在狄多死前寫她"想儘快割斷這可憎的生命"（ 4 · 631 ），寫她面對埃涅阿斯留下的衣物，其中包括一柄寶劍，說道："可愛的遺物啊……把我從痛苦中解脫出來吧！"（ 4 · 651 ）《紅樓夢》三十六回，寶玉對襲人講了一番死的道理，也是指'作人痛苦，死是解脫'。

楊周翰

〈預言式的夢在《埃涅阿斯紀》與《紅樓夢》中的作用〉，

《文藝研究》4(1983)，18～22。

《紅樓夢》與《傲慢與偏見》*(1)

　　奧斯丁的《傲慢與偏見》和曹雪芹的《紅樓夢》，雖然沒有直接的影響關係，却依然存在着可比性。文學的可比性是建立在作品的共相性基礎上的。這兩部作品的共相性，從根本說來，在於它們都是世情小說一類。關於世情小說，魯迅先生有過很精闢的概括：“大率爲離合悲歡及發迹變態之事，……又緣描摹世態，見其炎涼，故亦或謂之‘世情書’也。”可以說，《紅樓夢》和《傲慢與偏見》，是一樣兒女悲歡事，中英兩本世情書。對它們進行比較硏究是很有意義的。

　　翻開小說，呈現在我們面前的，是兩個十分迷人又十分接近的藝術世界。在藝術世界裏，旣濃縮着、積澱着社會的現實和觀念，又凝聚着、附結着作家的情感與理想。所以，藝術世界雖然與現實世界有着密切聯繫，但它終究不是現實世界。這裏有作家的選擇和創造。衆所週知，曹雪芹生活在中國社會風雲變幻的年代。新勢力與舊營壘的矛盾不斷尖銳，決戰是不可避免的。但是，正如我們所看到的，曹雪芹在《紅樓夢》中，並沒有直接正面描寫社會的動盪，不僅有意不寫“大賢大忠”，而且有意不寫“訕謗君相”。作家着筆於大觀園裏的脂粉群，特別着力描寫金陵十二釵的閨閣閒情，寫她們“三春去後諸芳盡，各自須尋各自門”

---

　　*　　Jane Austen (1775～1817), *Pride and Prejudice* (1817).

的離合悲歡，寫賈府如何由昌明隆盛、詩禮簪纓之族，變爲"好一似食盡鳥投林，落了片白茫茫大地眞乾淨"的際遇興衰。顯然，大觀園脂粉群和整個賈府的"身前身後事"就是曹雪芹的藝術選擇和藝術創造。回過頭來看，奧斯丁所處的時代，也是風雲迭起。當時的歐洲資產階級正在同封建階級決戰。法國資產階級革命舉世矚目。那是一個炮火連天、彈痕遍地的火與血的時代。但是，我們在《傲慢與偏見》中，旣聽不見炮聲響，又聞不到火藥味。相反，人物個個兒女情長，環境處處笑語喧朗。作品中的軍人，並不出入於槍林彈雨之中，而是活躍在主人的宴會廳裏，花園的跳舞場上，少女的石榴裙下。作家着筆於由班納特家族衆女子組成的脂粉群，以尼日斐花園爲中心，通過吉英、夏絲蒂、麗迪亞和伊麗莎白等的不同遭遇，編織出一幅細密的藝術畫卷。這就是奧斯丁的藝術選擇和藝術創造，和曹雪芹十分相似。《紅樓夢》和《傲慢與偏見》的成功，揭示了這樣一條美學規律：藝術世界的魅力不能以題材的輕重去衡量。

　　文學是人學。敍事文學要描寫人物形象，刻劃人物性格，而人物性格又要隨着故事情節的發展而展現。《紅樓夢》和《傲慢與偏見》在故事情節和人物性格方面，也有許多相似之處。可以說，林黛玉和伊麗莎白是愛神分別播在中國和英國的兩顆情種。兩部小說都以她們的愛情和婚姻爲中心情節，並以許多相似的藝術手段，塑造了這兩個具有反抗性格的少女形象，雖然她們命運的結局很不相同，一悲一喜。林黛玉和賈寶玉是一見傾心的。此後兩小無猜，耳鬢廝磨，愛情似可順利發展，婚姻似可如願，給人以喜劇的預感。但是，情節的發展則不然。他們經常鬧彆扭，

吵嘴，有時鬧得驚動整個大觀園，最後却演成了悲劇。這一方面
是由於賈寶玉對封建禮教的叛逆有個發展過程；另一方面則由於
薛寶釵對寶黛愛情發展的干擾和破壞。應當說，"金玉良緣"對
"木石前盟"始終是一威脅，並且最終也確實由於"掉包"而造
成了寶黛愛情的悲劇。再從林黛玉方面說，她雖然勇敢執着地熱
烈追求自由愛情和自主婚姻，但父母雙亡，寄人籬下，又處在一
個個都烏眼鷄似的環境裏，因此不能不加倍愼重，不能不多懷疑
心和猜忌。這就形成了她性格的"多情女情重愈斟酌"的一面。
更兼她疾病纏身，弱體難支，使生活充滿了悲哀和愁苦，對愛情
和婚姻幸福來說，這又是剪不掉的陰影。但是，林黛玉悲劇性格
之所以成爲中國文學史上不朽的典型，不在於她的纏綿多情，而
在於她的勇敢反抗。她的疑心、尖刻、孤高自許、弄小性兒等等，
正是她在頑固而殘酷的封建勢力重壓下，爲自由愛情和自主婚姻
而拚搏、奮爭的必然表現，是她反抗性格的外在構成。是的，伊
麗莎白和達西並不是一見鍾情的。正因爲雙方都無好感，促使他
們都產生了要了解對方的慾望。這也是一種曲折而痛苦的愛情。
達西在痛苦中不斷克服自己作爲貴族子弟的傲慢。而伊麗莎白却
在痛苦中很難拋棄自己的偏見，這倒不完全因爲騙子韋翰的惡毒
中傷，吉英與彬格萊先生婚事的挫折。更重要的是，伊麗莎白雖
然不似林黛玉孑然一身，但家庭地位低下，親友沒有敎養，常常
在公共場合醜態百出，使她自慚自愧。這種精神威壓，使她在爭
取自由愛情和自主婚姻時，也不得不像黛玉那樣格外愼重。她也
是"多情女情重愈斟酌"的。何況，在她和達西之間，也有一個
薛寶釵式的企圖製造愛情悲劇的人物——彬格萊小姐呢。這位小

姐同薛寶釵指責林黛玉"好弄小性兒"一樣，指責伊麗莎白"有一點小脾氣"。這位小姐同薛寶釵討好賈母、王夫人，向寶玉屢獻殷勤一樣，醜態百出地討好達西的妹妹，向達西獻殷勤。她的目的也是要親上做親的——讓哥哥娶達西的妹妹，而自己嫁給達西，這和寶釵讓薛蝌娶賈府裏的岫烟而自己嫁給了寶玉又是一樣的。所以，伊麗莎白的小脾氣和偏見，也是她反抗性格的外在構成，從內在本質看，她也是勇敢執着地追求自由愛情和自主婚姻的幸福的。她每次打趣和嘲弄了達西，都悵然若有所失，陷入苦惱，這不正如林黛玉那種每每將求近之心弄成疏遠之意的複雜心理嗎？她斷然拒絕了達西的求婚，堅決到了無情的程度："哪怕天下男人都死光了，我也不願意嫁給你！"然而道是無情却有情，待達西離開房間，她就孤自哭了半個鐘頭。這和林黛玉同寶玉鬧翻，剪了那玉上穿的穗子，獨自在瀟湘館臨風灑淚那種怨之甚正由於愛之深的複雜心理又何其相似？麗萃、黛玉，眞是"人居兩地，情發一心"啊！誠然，林黛玉和伊麗莎白性格發展的結局是不同的，一悲一喜，而這種不同又決定了兩部作品的基本情調上的差異：《紅樓夢》是悲劇，《傲慢與偏見》是喜劇。但是，基本情調不同並不意味着藝術手法必然相異。實際上，兩位藝術家的藝術手法是很相似的。如環境的虛化、追求細節特別是心理描寫的細膩、對比手法的運用等等，都是讀者很容易發現的，無庸贅述。這裏需特別指出的是，雖然兩部作品各有自己的基本情調，却又不是絕對的。《紅樓夢》不是徹頭徹尾的悲劇，而是包含了相當濃厚的喜劇色彩，它是以悲爲主，悲喜結合，寓悲於喜，以喜襯悲；《傲慢與偏見》也不是徹裏徹外的喜劇，而是包含了相當深刻的悲劇因素，它是以喜爲主，喜悲結合，寓喜於悲，以悲襯喜。曹雪芹不是說自己的作品是“滿紙荒唐言，一把辛酸淚”嗎？寶黛愛情明明是個悲劇，作家却說：“欠淚的，淚已盡……分離聚合皆前定……看破的，遁入空門；痴迷的，枉送了性命。”奧斯丁在小說開篇，就以班納特太太的“眞理”爲全書奠定了喜劇基調：“凡是有錢的單身漢，總想娶位太太。”“一個有錢的單身漢……眞是女兒們的福氣。”但是，頗有見識的夏綠蒂居然嫁給了庸俗不堪的柯林斯；麗迪亞居然與騙子韋翰私奔，……這不都是可悲的嗎？即以作品中唯一聰明而有理智的人伊麗莎白而論，居然也曾上了韋翰的當，這不是可悲的嗎？她與達西在愛情上的挫折，本質說來是理想與現實的矛盾，本身就是悲劇性的衝突。是的，最後他們結合了。然而，這個喜劇結局，又恰恰證明了作家所否定的班納特太太的荒謬“眞理”，豈不同樣可悲！顯然，兩部作品的成功，又揭示了這樣一個藝術規律：優秀作品應該是悲喜相間、苦樂相錯的，這旣符合生活的辯證法，又符合藝術的辯證法。

趙雙之
〈《紅樓夢》與《傲慢與偏見》〉，
《天津師大學報》3(1986)，77～80。

《紅樓夢》與《傲慢與偏見》[*](2)

　　《紅樓夢》與《傲慢與偏見》都是十八世紀具有開拓性意義的代表作。它們雖相隔縱橫幾萬里、歷史文化有別、社會環境不同、民族思想各異、感情表達方式徑庭、故事內容、體裁，作者情況等都相差迴然，然而，在師承受惠於前，人物貌似親緣、情節襲故彌新、啓迪施澤於後等都有着不少相似或相同的筆墨。本文擬就其題材選擇、得益群籍、人物親緣、性情眞實、情節襲故、妙在彌新等相似相同之處，作一初步比較探討，以同中求兩者聯繫，揭示其原因和規律。

　　《傲慢與偏見》所概括的班納特一家是十八世紀初一個相當有典型意義的中等階層家庭，通過婚姻嫁娶反映當時社會婦女的社會地位。但小說沒有孤立地寫這個家庭，而是以它爲中心，以結成有利的親事爲婦女的出路，以文雅的風度作爲判斷人的標準，以金錢爲一切的基礎展示了那個時代婦女的命運。這樣，小說雖然只寫了一個家庭，卻具有暴露整個資本主義社會的典型意義。而小說中有關這個家庭中對中產階級婦女的描寫，正是當時英國十八世紀婦女悲慘命運的寫照。正如作者所言：「大凡家境不好而又受過相當教育的青年女子，總是把結婚當作僅有的一條體面的退路。」表現了作者對婦女婚姻的見解：哪些婚姻是幸福、哪

---

　　*　　同前。

些婚姻是不幸、哪些婚姻是愛情的蓓蕾所開綻的幸福的花朵，哪些婚姻又是由於婦女迫不得已，把嫁人當作終身的衣食之計、委曲求全。彬格萊娶了吉英、達西娶了伊麗莎白、柯林斯牧師娶了夏絲蒂、韋翰娶了里迪雅……奧斯丁對這些不同類型的婚姻，提出了自己的看法。她認爲“沒有愛情可千萬不能結婚”，她反對只講物質利益、不講愛情的“按格論價”的買賣婚姻，同時也深刻揭露並諷刺了夏洛蒂與柯林斯的結合，認爲是掩蓋在華麗外表下的婚姻悲劇。這樣，《傲慢與偏見》所寫班納特一家的家庭的高度典型性，就好像那個時代中產階級家庭“三英寸大小的象牙雕刻品”，她在十九世紀現實主義小說高潮中承上啓下的作用不可低估。正如司格特（Walter Scott，1771-1832）評論說:“奧斯丁點鐵成金的妙筆使得日常平凡的人和事僅僅由於描寫得逼眞和感情的眞實而妙趣橫生”，“這位年輕的小姐在描寫人們的日常生活、內心感情以及許多錯綜復雜的瑣事方面，確實具有才能,這種才能極其難能可貴。”

　　但是，《紅樓夢》所概括的榮寧兩府，其典型性要比《傲慢與偏見》所寫班納特一家更深刻得多。《傲慢與偏見》裏的班納特一家原本是律師之後，全部家當是每年獲兩千鎊收入的一宗產業，雖也躋身於官列，但總還是比較下層的，只能是個富而不貴的中層階層，何況班納特先生無兒子，財產按規定由他遠房表親柯林斯繼承，還有五個十五到、廿二歲的閨女沒有出門。可見這個家庭家道已經中落。《紅樓夢》裏的賈府則不同。它是一個詩禮簪纓之族，是當年京中顯赫的八公之二，其地位遠在班納特這樣的人家之上，正是由於其社會地位不同，因此，儘管《傲慢與偏

見》中班納特一家也和一些爵士府、貴族、牧師、市長有着種種
勾搭，但它總不如《紅樓夢》裏一紙護官符所揭示的封建階級關
係來得典型，而且它也缺乏賈府和最高統治者那樣直接的聯繫。
就是說以賈府爲中心所張開的那張封建統治網，遠要比《傲慢與
偏見》的有關描寫更能概括那個社會的總體和本質。同時，就是
兩部小說所描寫的家庭內部關係來講，賈府作爲中國封建社會
的一個最基本的" 細胞 "，它要比《傲慢與偏見》中班納特一家
更有代表性。《紅樓夢》裏所展示的家庭內部關係，也比《傲慢
與偏見》錯綜複雜、豐富全面。由於以賈府爲代表的封建家族具
備了這樣深刻的典型性，因此《紅樓夢》圍繞了對賈府內外關係
的描寫，內容豐富到幾乎批判了整個封建社會的上層建築，並觸
及到經濟基礎方面的問題。而這一切正是《傲慢與偏見》所顯不
足或缺欠的。

　　不僅《紅樓夢》裏賈府比《傲慢與偏見》的班納特一家更具
有深刻的典型性，而且對兩個家庭中婦女的命運、人物風貌前者
也遠比後者揭示得廣泛、深刻得多。伊麗莎白和達西，作者通過
他們傲慢與偏見的愛情描寫，表現了資產階級思想中進步的平等
觀念，歌頌了伊麗莎白勇敢、堅強、卓有見識的女性形象。這一
點與《紅樓夢》中對賈寶玉、林黛玉的歌頌是一致的。兩部作品
都充滿着男女平等、婦女解放的初步觀念，兩部作品具有相似的
婦女觀。整個故事的結構圍繞着女兒們的婚事的起落而曲折的展
開，這是確實的。但對這個家庭班納特太太爲什麼處心積慮地要
嫁出女兒以致" 精神錯亂 "，缺乏有力的藝術形象的揭示。它只
是比較多地介紹了婚姻嫁娶、家庭風波的材料，除此之外並沒有

提供更多的深刻的內在原因。小說中達西的表弟費茲威廉上校對伊麗莎白傾心，由於他沒有財產不能憑感情用事，不能像達西那樣任憑感情的驅使去選定自己的配偶，這裏揭示了在婚姻家庭關係上金錢的作用，但畢竟是局部的、狹窄的。因此讀了這部小說，人們可以認爲這個家庭的一幕幕喜劇場面竟僅僅是對那個社會細緻、幽默的諷刺。《紅樓夢》却不然，它們寫的賈府是個“寬厚慈善”之家，代表當時封建正統人家，當然也有它罪惡荒淫的一面。小說描寫這樣一個家庭的衰敗及愛情的悲劇，並沒有企圖把它僅僅歸結於家庭本身的罪惡與腐朽——這只是暴露於表面的一個原因，而是通過對其錯綜複雜的內外關係的描寫更深入地揭示了當時中國封建社會的矛盾。這樣《紅樓夢》與《傲慢與偏見》所揭示的家庭的內在規律：前者寫一個家庭的衰敗、愛情的悲劇，可以引起我們深沉的思考，由此可以聯想到一個階級、一個王朝的興亡；而後者僅僅是一個喜劇氣氛中的悲劇，作者批判了貴族道德的墮落，同時肯定那些符合資產階級的思想道德原則，我們可以從“智慧的偉大”和“對人性的透徹理解”去認識它。這就是爲什麼《紅樓夢》同是寫家庭生活題材，但反映生活的深度和廣度要遠遠超出於《傲慢與偏見》的原因所在。

劉介民

〈《紅樓夢》與《傲慢與偏見》比較初探〉，

（遼寧）《比較文學研究與資料》2(1985)，8～16,52。

《紅樓夢》與《戰爭與和平》*

　　車爾尼雪夫斯基曾評價托爾斯泰說：“心理分析幾乎是使他的創作才能具有力量的一種極重要的特質”，他“最最注意的是一些情感和思想怎樣發展成別的情感和思想”，“最感興趣的是心理過程本身，它的形式、它的規律。”同樣，曹雪芹以“有如牛毛之微”〔哈斯寶〈新譯紅樓夢序〉〕的文思，在中國古典文學的領域內“打破歷來小說巢臼”〔甲戌本第一回脂硯齋批語〕，把人物心理活動本身作爲小說描寫的對象，寫出了人物思想和情緒變化的過程。當然，托爾斯泰和曹雪芹的作品具有民族和個人的鮮明印記。因此，他們筆下人物的心理活動過程也呈現出不同的特點，體現了二位作家在心理描寫方式上的差異。

　　彼爾，是《戰爭與和平》中的主人公。托爾斯泰寫道：“在世俗的眼中，彼爾是一個偉大的君子，一個顯赫的太太有點兒盲目而荒謬的丈夫，一個一無所爲但於人無害的聰明的怪人，也是一個一等好性格的人。但是，一種複雜而困難的內部發展過程，這時經常在彼爾的靈魂中進行，對他啓示了很多，也引起他許多精神上的疑惑和歡喜”。這種“複雜而困難的內部發展過程”，“疑惑而歡喜”的精神活動正是托爾斯泰所致力的“心靈辯證法”

---

　　*　Leo Nikolayevich Tolstoy（1828～1910）, *War and Peace*（1869）.
　　　引文出自董秋斯譯本。

的藝術創造。我們可以把彼爾從決心刺殺拿破侖到幻想破滅的心
理活動過程剖析一下：彼爾在這段不太長的時間內，思想感情經
歷了“感傷的樂趣”——“快活”——“痛苦”——“難過”——
“心煩”——“軟弱”——“快樂”的過程，其中每次大的情緒
起伏的此端與彼端，往往就是矛盾對立的兩面，這種矛盾對立狀
態的持續和延伸，形成了一條曲折、反復、迂迴多變的曲線，托
爾斯泰正是以曲線的形式來描摹人物心靈世界的變幻性。

　　進一步尋繹《戰爭與和平》中人物心理活動的發展脈絡，我
們還可發現：一條外在現實的發展線索始終貫穿於人物內在活動
的曲線之中。在關於彼爾的那段心理描寫中，托爾斯泰還交替地
插入了諸如法國人的入侵、醉漢的鳴槍、彼爾與法國上尉的交談、
多星的夜空等現實事件和自然現象，它們騷擾了人物的心靈，常
常使彼爾從沉湎中暫時擺脫出來，或者從一旁考察和審視自己的
思緒；或者忽然改變方向，投入一個新的幻想，陷入一種新的情
緒狀態。由於現實因素的不斷羼入，在人物心理徘徊的過程中形
成一個樞紐，決定了人物心理變化的方向和性質。

　　在曹雪芹的《紅樓夢》中，類似“托式”心理描寫、把筆觸
深入人物心靈世界的各個方面進行淋漓盡致的描摹，這種現象也
是很多的。但是，《紅樓夢》描寫從一種情緒向另一種情緒、一
種思想向另一種思想轉化嬗替的過程，畢竟有着自己的特點，那
就是：在展示人物內心複雜、多變、微妙的變化過程中，隨時都
伴隨着人物外部相應的活動——神態、語言、動作。《戰爭與和
平》中的彼爾，儘管經歷着“複雜而困難”的內部發展過程、“疑
惑而歡喜”的精神活動，但他的外在形象常常是“心不在焉”。

假如作者不把彼爾的心理活動過程一一展示出來，我們便無法從他的外部活動中洞悉其內在的活動。而《紅樓夢》中的人物，無論他們的內心在進行着什麼性質、內容、速度的變化，他們的外在形象也必然隨之發生變化：或順、或逆、或直、或曲，內外呼應，互爲統一。二十三回〈西廂妙詞通戲語·牡丹艷曲警芳心〉有寶黛共讀《西廂記》的描寫：黛玉從寶玉手裏接過劇本，越看越“愛”，只覺詞句警人，餘香滿口，一邊“只管出神”，一邊“心裏默默記誦”。當寶玉問這書好不好時，黛玉“笑”着“點頭兒”。可是，寶玉接着用《西廂記》的臺詞打趣黛玉，黛玉頓時“直豎起兩道似蹙非蹙的眉，瞪了兩隻似睜非睜的眼，微腮帶怒，薄面含嗔”。指着寶玉說他欺負了自己，“說到‘欺負’二個字上，早又把眼圈紅了，轉身就走”。寶玉立即告饒道，以後再說這樣的話，一定變個大王八，到黛玉墳上馱一輩子碑去，黛玉突然“噗嗤”一聲笑了。曹雪芹在這裏既以簡潔的筆墨點出黛玉心理變化的特徵，比如“愛”、“怒”等；又輔之以“點頭兒”、“眼圈紅了”、“噗嗤一聲笑了”以及豎眉瞪眼這一系列的神態和動作。曹雪芹對人物的內象和外象進行同時或交替的描寫，顯示了與“托式”心理描寫的不同特點，我們不妨把這種心理描寫稱爲“曹式”心理描寫。

　　“曹式”心理描寫的內外結合和統一是十分嚴密的，但在結合的形式上，却有順、逆、直、曲的種種。不同人物心理活動的內外結合的不同形式，體現了不同人物的性格，是人物眞實性格中不可缺少的因素。曹雪芹描寫林黛玉的心理活動，在內外結合的形式上，基本是順的、直的。因爲，在《紅樓夢》中，林黛玉

是位任性而眞誠的女子，不大矯情和作假，悲則哭、哀則嘆、傷
則讚、喜則笑。與林黛玉相比，薛寶釵的內外結合的形式往往是
曲的，甚至是逆的。即：與內心活動呼應的外在形象比較曲折而
非直接地傳遞心理變化的信息，有時，可以是相反的。比如〈享
福人福深還禱福・痴情女情重愈斟情〉一回裏，由於張道士送來
的一盤東西中有一個金麒麟，於是，便有了下面的對話：

> 賈母：好像我看見誰家的孩子也帶着這麼一個的。
>
> 寶釵：史大妹妹有一個，比這個小些。
>
> 寶玉：他這麼往我們家去住着，我也沒看見。
>
> 探春：寶姐姐有心，不管什麼她都記得。
>
> 黛玉冷笑道：她在別的上還有限，惟有這些人帶的東西上
> 　　　　　　越發留心。
>
> 寶釵聽說，便回頭裝沒聽見。

金麒麟雖小，因爲涉及“金玉良緣”的“金”字，便同時牽動寶
釵和黛玉二人的心思。黛玉心裏不好受，她的話譏諷意味便很濃。
寶釵儘管有所震動，還是“回頭裝沒聽見”。這種心形相逆的現
象是符合寶釵裝愚守拙、安份守己的性格的。在“金麒麟”這件
事上，集中表現了曹雪芹描寫的釵黛二人內外結合的不同方向以
及不同性格。正如王雪香所評：“黛玉說寶釵專留心人帶的東西，
有意尖刻，寶釵裝沒聽見，亦非無意，只是渾含不露”〔《增評
補像全圖金玉緣》二十九回〕。

　　“托式”心理描寫和“曹式”心理描寫都把人物的內心世界
作爲探究和描寫的對象，但它們在描寫方式上卻迥異其趣，各不
相同。這首先基於各個民族對人類精神活動的理解方式和觀察角

度的不同。正如別林斯基所說：" 每個民族的民族性秘密不在於那個民族的服裝和烹調，而在於它理解事物的方式。" 西方作家擅長於深入人物內心的 " 開闊地 " 中捕捉一瞬間的變化，精細而正確地再現人物內在活動的各個方面。中國小說則歷來以情節取勝，作家往往在對事件的鋪敍中通過對人物外象的描摹含蓄地、間接地表現其心理活動。這種情況頗如宗白華先生所論中西畫家觀察事物的不同方式：" 西洋人站在固定的地點，由固定角度透視深空 "，" 他對這無窮空間的態度是追尋的、控制的、冒險的、探索的 "。中國人的意趣則 " 不是一往不返，而是廻旋往復的"。

其次，就托爾斯泰和曹雪芹這兩位現實主義大師的個人創作特點而言，" 托式 " 心理描寫主要是以作者個人的內心體驗爲基礎的，托爾斯泰 " 極其專心地在自己身上探索人類精神生活的秘密，而這一種知識之所以寶貴，不僅是因爲它使托爾斯泰有可能去描繪人類思想的內在圖景，而且尤其因爲它爲托爾斯泰研究人類一般的生活奠定了基礎〔車爾尼雪夫斯基語〕，" 曹式 " 心理描寫則是中國傳統美學中關於 " 形 "、" 神 " 兼備的觀念在小說描寫上較完美的體現。曹雪芹以冷靜、客觀的態度，在中國小說心理描寫的基礎上，將外象描寫和內象描寫融爲一體，其筆觸能進能出，往返於內外之間，形成一條虛虛實實、似斷非斷、生氣流轉的鏈條，連貫地表現一個人心理活動的全部過程。

列寧說：" 必須有本事把對於說明這種和那種心理過程的事實的研究放在科學的基礎上面 "。" 托式 " 心理描寫和 " 曹式 " 心理描寫不僅僅是一個純粹精神現象的反映。如果我們把二者放在《戰爭與和平》和《紅樓夢》所表現的現實歷史環境及其發展中來考察，也就是以唯物的 " 科學 " 的目光來考察，那麼，就橫向而言，托爾斯泰和曹雪芹的心理描寫抓住了精神和現實的聯繫、人物內心活動和外在現實環境的互相聯繫與作用，就縱向而言，托爾斯泰和曹雪芹把人物一生的心理變遷和作品中所表現的現實歷史的發展趨向聯繫起來，表現了二者的一致性。

　　《紅樓夢》中的賈府由盛轉衰非一日之寒，它和每時每刻在發生的現實事件緊緊相聯。曹雪芹集中描寫了一系列較有典型意義的大事件作為人物性格衝突的焦點。就拿 " 寶玉挨打 " 來說吧，這一事件的實質涉及到封建家族要求本階級青年走什麼路以及封建社會後繼的問題，因而，它驚動了賈府上上下下、老老少少。所有的人都按照自己心理和性格的發展邏輯作出了不同的反應：哭的、鬧的、嘆的、幸災樂禍的。林黛玉對賈寶玉的態度很明確：她 " 雖不是嚎啕大哭，然越是這等無聲之泣，氣噎喉堵，更覺得利害 "。寶玉體會到黛玉的心意，在她走後，把自己的絹帕命晴雯送去，進一步向黛玉表示了誓願。黛玉收到這一信物，不由她不感到悲喜交加。但是，在 " 可喜 "、" 可悲 "、" 可笑 " 的心理變化之後，又爲何繼之以 " 可懼 "、" 可愧 "？這不能不使人看到，" 寶玉挨打 " 的風波雖然平息了，但這一現實事件的餘波和陰影仍然留存在黛玉的心靈深處並激起她非常劇烈的情緒波動和思想矛盾。《紅樓夢》中衆多的事件像層起疊湧的波浪，一方面推動着故事情節向前發展，一方面不斷衝擊着人物的心靈，使之發生着各種各樣的變化。

　　《紅樓夢》和《戰爭與和平》還寫出了人物在接受外界事物影響時所產生的非常迅速的外化現象。如果心靈的湖面被動地接受現實的風，那將是多麼乏味！

　　當黛玉收到了寶玉所贈的絹帕後，一時"五內沸然，由不得餘意纏綿"。於是，研墨蘸筆，向帕子上題詩三首，從詩中傳達黛玉內心不可言傳的千思萬緒，詩帕成爲黛玉心靈世界的象徵。續後四十回的高鶚抓住這一點作了好文章：當黛玉在疏竹孤燈相伴的寒夜，向人生的世界作最後一次巡視時，她喘着氣、點着頭，向火上焚燬詩帕。從贈帕、題帕到焚帕顯示了寶黛愛情從發展到毀滅的全過程。這裏，使我們難以分辨的是：黛玉臨死前所焚燬的絹帕究竟是一塊小小的單純的無生命之物呢？還是黛玉外化了的心靈、她一生的希望與慰藉？物和我，事和人就這樣難分彼此地融合一體，互爲映襯。《戰爭與和平》中也有這類描寫：安德烈在奧斯特里齊戰役之後的二年內，一直處在絕望之中。一次，他去視察利阿贊的莊子，看到長在路邊的一棵大橡樹"板着臉，僵硬、醜陋、冷酷。"似乎在嘲笑春天、愛情和幸福，指責這一切"永遠是一種欺騙。"於是，安德烈想到："我們的生命已經完了"，"沒有資格再開創任何什麼。"可是，當安德烈在一個美好的月夜聽到少女娜塔莎充滿活力和幻想的話，接着愛上了這位純潔、天眞而活潑的姑娘，安德烈的心情完全變了，並產生了"想幹一些什麼"的願望。現實生活中的意外事情改變了安德烈的心情，這一變化了的心情又投射到客觀外在的事物中。因而，當安德烈懷着喜悅的心情再次穿過森林返家時，他認不出來了，"那棵老橡樹，完全變了樣，展開了一個暗綠嫩葉的華蓋，如狂似醉地站在那裏，輕輕地在夕陽的光線中顫抖，這時，那些結節的手指，多年的疤痕，舊時的疑惑和憂愁，一切都不見了。其實，大橡樹並沒有變，變了的只是安德烈前後不同的心情。

　　《戰爭與和平》和《紅樓夢》都以富有感染力的藝術形象和場面，揭示了“自然界或人類歷史或我們自己的精神活動”，“是一幅幅由種種聯繫和相互作用無窮無盡地交織起來的畫面。”〔恩格斯語〕並體現了現實的歷史進程和心理歷程在發展趨向上的聯繫和統一。

　　彼爾的心理歷程可以有幾個代表性的階段。假如以是否娶愛倫這個既美麗又奇怪的女人為妻的心理矛盾為開始階段；以企圖刺殺拿破侖的心理波動為中間階段；以參加十二月黨人的活動時表現出來的心理狀況為最後階段，那麼，從開始階段到中間階段，彼爾心理活動的內容以及性質有很大不同。前者，彼爾還是上流社會一個幼稚、善良而不那麼合時宜的百萬富翁的私生子，他的心理變化必然帶有那個社會階層、那個貴族沙龍的特點。但是，當彼爾從虛偽、奸詐的社會圈子走出來，步入戰爭的洪流，接觸了兵士、農民等下層人民的生活後，他企圖刺殺拿破侖的行動和內心徘徊儘管仍留有舊生活給他的痕跡，但已經在性質上被新的意義所取代，已經多多少少與人民的熱情和願望接近、切合、一致起來，表現了彼爾逐漸擺脫舊生活，向新生活尋求真理的開始。至於彼爾最後階段的內心活動，托爾斯泰不再重複彼爾慣有的方式，彼爾一旦比較成熟、堅定，找到了出路，他就不再猶豫徬徨。他“被一個念頭吸引住了”，那就是“愛正義的人”“攜起手來”。這時候的彼爾在心理活動的形式方面與前面的彼爾很少有共同之處了。

　　因此，人物的心理歷程在托爾斯泰筆下不是一種簡單、重複的延續，不會永遠停留在"遲疑"之中，"如果它停留在單純的矛盾上面，不解決那矛盾，它就會在這矛盾上遭到毀滅"【黑格爾語】。矛盾以及矛盾的最終解決，這就是彼爾以及《戰爭與和平》其他主人公的心理歷程，這些心理歷程與托爾斯泰在作品中所思考、所表現的歷史發展進程是一致的。

《紅樓夢》中人物的心理也同樣與現實歷史的發展變化互相呼應的。鳳姐和寶玉是《紅樓夢》一書最重要的二位主人公。從鳳姐的心理歷程看，其變化的三部曲爲：得意——自慮——悲哀。辦理寧國府到元妃省親的這幾回裏是賈府極盛極貴的時期，鳳姐在這時作爲賈府的管家人，其內心之"得意"形於詞色。作者幾次寫道："鳳姐兒見自己威重令行，心中十分得意"，其外在的神態則是"灑爽風流，典則俊雅"，"哪裏還把衆人放在眼裏"。可是，隨着賈府的各種矛盾爆發和急劇地走下坡路，七十回後，鳳姐的心理狀態也發生了變化。她婆婆邢氏當衆給她沒臉，鳳姐也只能"越想越氣越愧，不覺得灰心轉悲，滾下淚來"。與先前令行禁止，頤指氣使的得意不可同日而語。當賈府"忽喇喇似大廈傾"之時，鳳姐也沒有擺脫"哭向金陵事更哀"的悲慘結局。從脂批所提供的曹雪芹佚稿看，最後階段，鳳姐的心理狀態是向慘痛悲哀發展的。正是所謂"回首時無怪慘痛之態。"〔甲戌本第十六回脂批〕

現實歷史和心理歷程在發展趨向上的一致性並非意味着它們在發展過程的每一階段上都爲同步的。如果說，鳳姐在心理特徵上的變化與《紅樓夢》所展示的現實環境的發展幾乎是同步的，那麼，寶玉的心理變遷則與現實環境的發展是不完全同步的。曹

雪芹塑造的賈寶玉形象，是個生長在“昌明隆盛之邦、詩禮簪纓
之族，花柳繁華地，溫柔富貴鄉”的富貴公子，他很少有“複雜
而困難的內部發展過程”。因而七十回後，賈府已日趨窮途，鳳
姐也開始自慮起退路時，寶玉仍然一心一意地希望與女兒們聚在
一起，“只管安富尊榮”，“過一日，是一日，死了也就完了，
什麼後事不後事。”可見，不同人物的性格可以在相同的現實環
境下表現出不同的心理特徵。但是，現實畢竟是冷酷的，它是對
人物心理變化起決定作用的。當“悲涼之霧，遍被華林，然呼吸
而領會之者，獨寶玉而已”【魯迅語】時，寶玉不僅悲從中來，
而且終因“近日抄檢大觀園、逐司棋、別迎春、悲晴雯等羞辱、
驚恐悲淒所致”而病倒了。寶玉從“富貴閒人”走向終日“徘徊
瞻顧”是嚴峻的現實對他心理習慣的改變。在《紅樓夢》的結尾，
曹雪芹讓寶玉懷着對人世的不平“懸崖撒手”，棄“寶釵之妻、
麝月之婢”（庚辰本第二十一回脂批），出家為僧，儘管寶玉的
覺醒晚了一些，但他最終震驚過來，而且更為徹底，並採取了更為
自覺、更帶反叛性的行動。難怪脂硯齋要指着寶玉道:“情極之毒!”。
這更加說明了在現實的歷史進程中，人物心理的變遷不一定是與
之同步，但在發展趨向上必然是與之一致的。

張菊如
〈人物心理的歷程與歷史進程的統一
　　——談《戰爭與和平》和《紅樓夢》的心理描寫〉，
《華東師範大學學報》（哲社版）4(1983)，13～18。

《紅樓夢》與《安娜·卡列尼娜》*

　　俄國十九世紀批判現實主義的偉大作家托爾斯泰和中國十八世紀的偉大小說家曹雪芹都以其卓越的藝術成就而譽滿文壇，並且他們的小說《安娜·卡列尼娜》和《紅樓夢》這兩部宏篇巨製在反映社會現實和歷史風貌以及藝術風格上，都有某些相似之處：象兩顆光彩奪目的魁星在世界文壇上交相輝映，具有無窮的藝術魅力。這就使我們產生了對這兩位偉大作家和他們的偉大作品進行比較研究的願望。所以本文僅想以比較的研究，來探討一下安娜、林黛玉這兩個藝術形象和她們悲劇的歷史意義，以及反映在作家創作中的婦女觀等問題。

　　托爾斯泰在《安娜·卡列尼娜》中，塑造了一個追求理想、愛情，奮起向貴族上流社會抗爭的婦女形象——安娜。曹雪芹在他的《紅樓夢》裏，描繪了一個具有詩人氣質的孤傲少女林黛玉，並熱情謳歌和讚美了她大膽衝破封建禮教的叛逆行動。雖然安娜和林黛玉是兩個根植於不同社會的文學典型；一個是十九世紀社會制度變革時的俄羅斯上層社會的貴夫人；一個是十八世紀中國封建社會末世的貴族小姐，反映了不同的社會特點。但她們都走了一條反抗舊的、腐朽的、不合理的社會制度，爭取理想、愛情

---

　　*　Leo Nikolayevich Tolstoy（1828～1910）, *Anna Karenina*（1873～1876）. 引文出自周揚譯本。

和個性解放的道路。因此她們在思想性格上又存在着一定的共同點，從而表現了既相同又迥異的典型意義。

首先兩位作家在創作中都賦予了兩位女主人公美的形象特徵和性格特點，並且使這兩個藝術形象的美與人物生存的黑暗、昏濁的社會現實形成鮮明的對比和尖銳的對立。從而構成了腐朽的社會環境束縛人性健康發展這樣包含了深廣社會內容的矛盾衝突，使人物具有高度的典型意義。只有美的事物才能獲得人們的普遍喜愛和追求，而美在反抗醜的過程中遭到毀滅，就更能產生悲劇的感人力量。所以作家們描繪了安娜、林黛玉具有超衆脫俗的美，和這種美不容於當時社會而釀成的時代悲劇。這也是作品成功的重要原因所在。在彼得堡的上流社會裏，安娜遠遠超越了她周圍的同伴。她熱愛生活、充滿幻想，既不隸屬於她丈夫那個官僚權謀集團，又厭惡莉蒂亞那個披着宗教外衣的僞善集團；更不同於培脫西那種高級娼妓的墮落集團，是獨樹一幟的佼佼者。可還在她剛剛是一個少女的時候，就被畸形的婚姻置於官僚機器卡列寧冷酷、虛僞的生活中達八年之久，使她身上美好、健康的品性受到壓抑和摧殘。正如安娜自己獨白的那樣："他們不知道八年來他是怎樣摧殘了我的生命，摧殘了活在我身體內的一切東西，——他甚至一次都沒有想到過我是一個需要愛情而活的女人。""心較比干多一竅"的林黛玉在大觀園內是一個有着非凡思想和超群才華的聰慧少女，她熾熱地燃燒自己去苦苦追求她的理想。但不幸的是她幼喪雙親，家境敗落而寄人籬下。在表面上花柳繁華、溫柔富貴，實際上充滿罪惡的賈府裏，封建社會的世態炎涼，封建禮教的冷酷摧殘過早地壓在這個精神世界異常豐富的少女身上，

使他時時感到壓抑和孤獨。"一年三百六十日，風刀霜劍嚴相
逼"，"花謝花飛飛滿天，紅消香斷有誰憐"？這飽含悲憤的控
訴，正是林黛玉生活環境的眞實寫照。

　　對於嚴酷舊制度的摧殘，安娜、林黛玉不是向黑暗的社會環
境屈服，變爲舊制度的奴僕；而是向四周壓迫的環境進行抗爭、
奮力掙脫舊制度的束縛，去爭取那誠摯美好的愛情和眞正人的生
活。也正因爲這樣，安娜和林黛玉成爲了世界文學中光彩照人的
藝術形象。在虛僞、冷酷的生活中被摧殘了八年的安娜，儘管她
生命的火花長期被壓抑，但並沒有熄滅。正如小說描寫的那樣
"有一股被壓抑的生氣在她的臉上流露"，"有一股過剩的生命
力洋溢在她的全身心"。因此當安娜與有着優雅的容貌風姿，並
且一見就愛慕和崇拜上她的渥倫斯奇邂逅時，冰凍八年的火種萌
發了，加上渥倫斯奇不顧一切的追求，安娜心中長久被壓抑的火
山終於爆發了。這使安娜感到了愛情和生活的美好。認識到與之
生活八年的丈夫不過是一架虛僞、冷酷、卑鄙的官僚機器。因此
安娜不顧一切地要求過眞正人的生活，用生命點燃的熊熊烈火燒
毀了一切世俗的、封建的、宗敎的樊籬，勇敢地離開了卡列寧，
向虛僞、昏濁的上流社會提出了大膽的挑戰。瘦弱多病的林黛玉
雖然寄人籬下，生活在那禮敎吃人的黑暗王國裏，但她却不顧封
建禮敎的重壓，熱烈地嚮往和苦苦地追求那誠摯美好的愛情和獨
立自由的生活。即使是殘酷的黑暗現實使這個孤傲少女的理想破
滅時，她也絕不向封建勢力妥協，最後懷着對吃人社會的憤憤不
平，清白地離開了那黑暗的社會，實踐了她那"質本潔來還潔去，
強於污淖陷渠溝"的誓言。

　　置身於壓迫環境中的反抗者，不得不用敏銳的眼睛和清醒的頭腦去觀察和思索外界事物。而強大舊勢力的摧殘，又不能不給孤軍奮戰的反抗者帶來巨大的心理壓力。因此對外界事物具有敏銳的感受力，則是安娜和林黛玉所具有的心理特徵。在大師們的筆下，安娜、林黛玉對外界事物都非常敏感和富於想像。托爾斯泰描寫安娜在閱讀文學作品時，有一股“要自己來生活”的強烈願望，“她讀到小說中的女主人公看護病人的時候，她就渴望自己帶着輕輕的步子在病房裏走動；她讀到國會議員演說時，她就渴望自己也作那樣的演說……。”同樣在《紅樓夢》裏，曹雪芹對林黛玉也有類似情景的描寫。她讀《西廂記》時，“但覺詞句警人，餘香滿口。一面看了，只管出神，心內還默默記誦。”她聽到“良辰美景奈何天，賞心樂事誰家院”的曲子時，便聯想到自己的身世而心動神搖，如醉如痴。安娜在與渥倫斯奇結合以後，對渥倫斯奇的一切非常敏感和注意。同樣，林黛玉對她周圍的事物也很敏感，而且她們的這種敏感都有時近乎多疑，甚至使人們感到這是一種病態的心理表現。但如果我們考察了她們生活的社會環境，就會發現是現實生活的壓迫造成了她們那種近乎多疑的病態心理。當安娜不顧一切與渥倫斯奇結合後，她生活的唯一精神支柱就是渥倫斯奇的愛情。因此安娜不能不敏感地對待渥倫斯奇的一切，唯恐失掉了渥倫斯奇對她的愛情。林黛玉寄人籬下，生活在封建勢力的重重包圍之中。她對理想、愛情的追求，必然引起封建家長的不滿而受到封建勢力的摧殘，這樣的處境，使得林黛玉不能不敏感地對待她周圍的一切，來維護自己的理想和人格尊嚴。

　　雖然安娜、林黛玉這兩個叛逆的女性在反抗舊的、黑暗的社會制度上表現得非常堅決，在理想、愛情的追求上又是那樣的勇敢；但她們又有其做為少女和母親的另一方面特點——眞誠和單純。托爾斯泰在小說中不止一次地描寫了安娜的質樸和單純。安娜第一次與吉提相會，就給吉提留下了十分單純而毫無隱瞞的印象。就是在她遭到整個上流社會的漫罵和詛咒時，列文還在她的身上感到“除了智慧、溫雅、端麗以外，她還具有一種誠實的品性”。她還非常熱愛她的兒子，時常思念兒子，甚至爲此而承受了莉蒂亞的污辱。在《紅樓夢》中，林黛玉最初給人們的表面印象是尖刻孤傲；但當人們越來越多地接觸了這個具有濃郁詩人氣質的少女時，就會深深地感到她爲人處事竟是十分眞誠和篤實的。她同丫環紫鵑情如手足，超越了主奴的界線；她對香菱的求教，不因其侍妾的低下地位諄諄善誘。當她眞正信任了你的時候，就會毫不猶豫地捧上自己赤誠的心，“金蘭契互剖金蘭語”之後，她對待寶釵是那樣的眞誠和熱情，“竟更比他人好十倍”，沒有絲毫的虛僞和藏奸。

　　在以上的分析比較中，我們看到安娜——林黛玉這兩個不同時代的藝術典型，在反抗舊制度的壓迫和追求理想等方面確實存在一些相似的思想性格。但我們認爲，這種相似是她們生活社會的某些類似的時代特點決定的。中國十八世紀的封建社會已瀕於末世，舊的社會制度和封建倫理道德已腐朽不堪，越來越被人們所拋棄。這就需要有新的、富於生命力的東西代替舊的、腐朽沒落的東西。十九世紀的俄國社會處在大變革時期，新的生產關係和道德意識正在逐步取代舊的封建農奴制和建立在此基礎上的思想意識。這種「舊的被否定、新的在孕育」的時代特點決定了安娜、林黛玉這兩個藝術形象的叛逆性。但她們又是帶有各自不同的鮮明特點，孕育生長在不同社會的兩個迥然有別的典型，絕不是同一藝術形象在不同國度中的重複。所以她們的反抗和追求有着不同的內容和特點。安娜對渥倫斯奇的愛情，是出於對愛情的要求和對獨立自由生活的嚮往，反映了資產階級個性解放的理想和要求，是公然的資產階級個人主義思想對虛僞的封建貴族思想的挑戰。而林黛玉和賈寶玉的愛情則是建立在共同反封建的思想基礎上的一對封建叛逆者的愛情，反映了初步民主主義思想對封建宗法思想和封建婚姻制度的勇猛衝擊。安娜可以衝破家庭公然地與渥倫斯奇結合在一起，去實現自己的理想和幸福。而林黛玉只能把愛情埋在心底，使自己長期處在感情的痛苦折磨之中，無法有公開的行動。這是因爲十九世紀俄國的階級關係和社會制度已發生根本性的變化，資產階級相對強大起來，這就爲安娜公開脫離卡列寧去追求個性解放提供了社會依據。而在封建勢力還佔據着絕對優勢和統治地位、資本主義還處在萌芽狀態的十八世紀的中國，林黛玉對帶有進步思想色彩的愛情追求，就不能像安娜那樣明顯和外露。民族的不同傳統和習慣及生活環境和教養的不同，形成了她們不同的氣質特點，如安娜熱情奔放、林黛玉憂鬱沉思，並使她們的追求有着不同的表現形式：前者外向熱烈，後者內在深沉。而這兩個藝術形象的塑造，同時又是作家對本民族各自優秀文化傳統的繼承和發展。林黛玉繼承、發展了崔鶯鶯、杜麗娘的叛逆性，並比她們帶有更深刻的思想性和典型意義。安娜則是繼卡杰琳娜的又一光彩照人的叛逆女性，而且這個藝術典型對社會的批判要比卡杰琳娜更廣泛、更深刻。

李書鯉

〈林黛玉與安娜〉，

《紅樓夢學刊》3(1984)，224～235。

《紅樓夢》與《復活》*

　　俄國作家屠格涅夫曾將漢姆雷特與堂・吉訶德作過比較，把他們當作人性的兩大典型。現在我們比較的是性格基本相同的兩個人物——賈寶玉與聶赫留朵夫（Nekhlyudov）。這兩個人物是現實主義大師曹雪芹與列甫・托爾斯泰的文學創造。對於賈寶玉、聶赫留朵夫兩個典型人物，及兩位作家創造典型的方法的比較，不僅可以使我們加深對世界文學中兩個著名的文學典型的認識，還可以進一步了解兩位文學大師創作思想的異同。

　　賈寶玉與聶赫留朵夫，是世界文學史中兩個著名的貴族叛逆者。賈寶玉是十八世紀中國小說《紅樓夢》中的人物，聶赫留朵夫是十九世紀俄國小說《復活》中的人物。但是這兩個出自不同時代、不同國家、不同作家之手的典型人物，却是殊途同歸的。

　　賈寶玉是《紅樓夢》裏的中心人物。他目睹青年婦女的悲慘命運與貴族家庭的沒落過程，正如魯迅所說的：“悲涼之霧，遍被華林，然呼吸而領會之者，獨寶玉而已。”他是貴族階級的罪惡的見證人，他以特有的敏感，覺察貴族家庭不可挽回的衰亡趨勢，萌發了以平等自由爲內涵的初步民主主義的觀念。聶赫留朵夫則是《復活》裏的中心人物。他看到了發生在上流社會與官僚

　　＊　　Leo Nikolayevich Tolstoy(1828～1910), *Resurrection*(1889
　　　　～1899).

集團中的無數的滑稽劇，與廣大人民的深重災難，形成了人道主義的思想體系。他不僅由衷地同情一切被侮辱被損害者，而且開列以不抵抗惡勢力爲中心的拯救俄羅斯的藥方。

　　賈寶玉與聶赫留朵夫都出身於貴族家庭。他們作爲貴族社會中的覺醒的個人，與社會發生了尖銳的衝突，經歷了不同的生活道路，最後與自己原來所屬的集團決裂。

　　先看賈寶玉。他把眞摯的友誼與愛情當作人生的眞諦，而不走封建階級規定的人生道路。因此他可在閨閣中得到知己，却被世俗所諷刺。大觀園的建成，更使賈寶玉的民主思想的幼芽，有了肥沃的土壤與合適的氣候條件。賈寶玉與林黛玉的建立在相互了解、志趣一致的基礎上的愛情如此鞏固，他又與靈魂純潔天眞活潑的女奴晴雯等，建立了超越封建等級的眞誠的情誼。這時他的思想幼芽的民主主義性質逐步明確。賈寶玉又目擊了發生在他的周圍的一幕幕摧殘人性的血的悲劇，特別是從抄檢大觀園開始的對女兒國的圍剿，更使他透過溫情脈脈的面紗，看清了統治者的猙獰與邪惡。於是賈寶玉在《芙蓉女兒誄》中呼喊：“高標見嫉，閨幃恨比長沙；直烈遭危，巾幗慘於羽野……箝詖奴之口，討豈從寬，剖悍婦之心，憤猶未釋……”他向邪惡的勢力宣戰了！不過賈寶玉缺乏可以依傍的力量。他孤單乏力，在呼喊後留下的只是更加深沉的悲痛。按曹雪芹的構思，大觀園被抄，只是榮寧二府被抄的預演。不僅是女兒國，詩禮簪纓之族終於淪爲賣漿擊柝者流。賈寶玉經歷了人世的滄桑，最後撒手懸崖，告別了自己的家族與社會關係，從而完成了自己對貴族階級的認識。

　　再看聶赫留朵夫。《復活》的開篇是聶赫留朵夫轉變爲“懺

悔的貴族＂的開端。聶赫留朵夫作爲陪審員，在法庭上與從前被
他誘奸過的瑪絲洛娃（Maslova）重逢。瑪絲洛娃被誣陷犯殺人
罪。聶赫留朵夫看到了自己的罪惡之果。他經過一天的靈魂搏鬥，
決心過新的生活。自從聶赫留朵夫的靈魂淨化後，他開始用新的
目光去觀察一切。他到農村，看到俄國地主給農民帶來的災難，
決定放棄剝削；他到首都，看到上層官僚集團的極端腐朽。他又
考察了監獄，並與犯人一起到西伯利亞，他看到了沙皇俄國的法
律與司法機構的反人民的實質；同時政治犯——革命者，爲他提
供了道德的表率。這時他已從個人贖罪的圈子解脫出來，成爲人
道主義者。當瑪絲洛娃把自己與西蒙生結合的消息告訴聶赫留朵
夫時，聶赫留朵夫並沒有感到輕鬆。他又進入更深刻的思考，開
始另一階段的新生活。

　　賈寶玉通過對自我與周圍女孩兒的個性的充分肯定，與自己
所屬的社會衝突；聶赫留朵夫則通過對自我與週圍人的否定，與
自己所屬的社會衝突。他們殊途同歸，最後與原來所屬的階級或
統治集團決裂，在貴族階級中出現了難能可貴的＂白烏鴉＂。

　　《紅樓夢》中的賈寶玉與林黛玉相互愛戀，他們的愛情如此
強烈與持久，把不能結合當作最大的不幸。對賈寶玉說來，男女
間的性愛，不止是外表的吸引，更是靈魂的契合。賈寶玉的戀愛
觀，具有明顯的現代性愛的因素。曹雪芹描寫寶黛愛情，並不是
孤立的。賈寶玉與林黛玉之間，不止是青年男女的相互愛悅。賈
寶玉愛林黛玉，主要因爲林黛玉不說＂混帳話＂。他不愛薛寶釵，
主要因爲薛寶釵勸他留意仕途經濟。曹雪芹描寫賈寶玉與林黛玉
的愛情，其創造性在於：寶黛愛情的萌動、發展、鞏固，是與社會

批判以及民主主義思想的滋長結合在一起的。第三十三回"手足
耽耽小動唇舌，不肯種種大承笞撻"，賈政毒打寶玉，並非因爲
寶黛戀愛，而是因爲寶玉與琪官、金釧的交往與親近。因此在賈
政的心目中，寶玉已成爲上辱先人的"逆子"，將來要"弒父弒
君"，這是父與子兩代人在人生觀世界觀上的第一次直接大衝突。
寶玉被打後，只向黛玉吐露心曲："你放心，別說這樣話，就便
爲這些人死了，也是情願的。"這既是對賈政的淫威不屈服的表
示，更是對林黛玉愛情的又一次曲折的表白，很明顯，"你放心"
云云，是前承三十二回中寶玉勸黛玉放心而說。寶玉與黛玉在反
對封建家族的統治者的鬥爭中，加深鞏固了愛情。兩代人的又一
次直接的大衝突，是從抄檢大觀園開始的。王夫人抄檢大觀園，
趕走逼死晴雯，終極目的是管束寶玉。但是寶玉反對家族的統治
者，却是爲了維護無辜的受害者的尊嚴與生命。晴雯死後，寶玉
悲憤已極，他的《芙蓉女兒誄》不僅是哀悼晴雯的祭文，也是聲
討封建家族統治者的檄文。當寶玉泣涕念完後，黛玉稱讚《芙蓉
女兒誄》可與"絕妙好辭"——《曹娥傳》並傳，並且與寶玉一
起修改文句。這就充分說明，他們的愛情是與叛逆思想緊密地聯
繫在一起的。曹雪芹過早地去世，是中國文學史的最大的不幸。
高鶚的功績是最後完成了寶黛的愛情悲劇。但是根據已經發現的
材料，足以證明，曹雪芹原來會讓賈寶玉在林黛玉死後，與寶釵
結婚，又經歷了家庭的敗落後才離家出走的。換言之，賈寶玉不
僅飽嘗了愛情的痛苦，而且歷盡人生的艱辛。他是在洞察封建的
社會關係，認識貴族家庭的悲劇命運不可逆轉以後，才懸崖撒手
的。

　　十九世紀俄羅斯文學中，愛情描寫是揭示人物性格的手段。普希金、萊蒙托夫、赫爾岑、屠格涅夫等都是這樣。但是托爾斯泰在創作《復活》時，却與他的文學前輩以及同時代人不同。他把聶赫留朵夫與瑪絲洛娃的關係，看作貴族青年的“自私自利的瘋病”。因此，聶赫留朵夫與瑪絲洛娃重逢後，決定與瑪絲洛娃結婚，並非愛情的承諾，而是贖罪的表示。聶赫留朵夫與瑪絲洛娃的關係的深刻性，在於反映了一個貴族青年靈魂變化與復活的過程。當時，貴族青年玩弄女性是司空見慣的。或者始亂之，終棄之；或者納爲外室，長期供養。但是聶赫留朵夫竟願與一個妓女結婚，這就坍了上流社會的臺，被視爲大逆不道。《復活》的主要內容，從外部表現上看，是聶赫留朵夫爲減免瑪絲洛娃將受的刑罰，減少她的痛苦而奔走；從內在意義上說，是聶赫留朵夫通過廣泛的社會考察，從而實現道德的自我完成。因此《復活》以聶赫留朵夫決定與瑪絲洛娃結婚始，以聶赫留朵夫與瑪絲洛娃分手終。但是聶赫留朵夫却開始了新的精神生活。

　　賈寶玉與聶赫留朵夫在各自的作品中，都處於結構的中心位置，都是事件的參加者、目擊者與作家美學思想的體現者，都是貴族階級的叛逆者；都是從愛情婚姻問題開始，與社會對抗，最後經過深刻的社會批判，實現最後的決裂。但是他們又都是不可重複的典型人物，有不同的個性與思想特點。

　　賈寶玉與聶赫留朵夫的各自的個性和思想特點，是與他們獨特的環境和經歷密切相關的。賈寶玉出身於“詩禮簪纓之族”，生活於美麗的大觀園——女兒國之中，整日相處的大多數是未出嫁的女孩兒。他細心、溫存、體貼。他從美的毀滅中，感受到邪

惡勢力的罪惡，從家族的墮落中，認識了貴族階級的危機。賈寶
玉的民主主義思想的幼芽，具有直觀的性質。它們往往以氣質或
稟性表現出來。他的思想帶有濃重的虛無主義色彩。賈寶玉說：
"我能和姐妹們過一日是一日，死了就完了。"他還說過死後化
成灰，化作煙霧。有人曾將賈寶玉的虛無主義與巴扎洛夫的虛無
主義相比擬，這是值得商榷的。屠格涅夫的《父與子》中的巴扎
洛夫（Bazarov），有唯物主義的頭腦，絕不崇拜權威，反映了
十九世紀六十年代的俄國平民知識份子的基本特點。至於巴扎洛
夫的否定科學，否定一切的虛無主義，則反映了屠格涅夫本人對
平民知識份子的不理解。而賈寶玉的虛無主義，是人物自身的悲
觀主義的表現形式。女兒國中會滋長民主主義思想的幼芽，但是
榮寧二府容不得反抗的種子。茫茫人海，侯門之子找不到依傍的
力量，他的哲學的宗教的探求，沒有發現改革的方案。對於巴扎
洛夫說來，虛無主義是民主主義被扭曲。對於賈寶玉說來，虛無
主義則是本人的絕望與幻滅。

　　然而聶赫留朵夫不同。聶赫留朵夫是閱歷已深的公爵。他在
年輕時讀過斯賓塞（Herbert Spencer, 1820～1903)與亨利·
喬治（Henry George, 1839～1897）的理論著作，後來沾染了
上流社會的惡習，幾度懺悔，而不能自拔。自造的罪惡之果使他
驚醒，他到鄉村，到首都，到監獄，走向茫茫的西伯利亞。他實
踐了亨利·喬治關於土地問題的學說，並且形成了改造俄羅斯的
方案。在托爾斯泰的日記中，記載著作家關於《復活》續篇的設
想。在續篇中聶赫留朵夫將要組織一個魯濱遜公社。

　　托爾斯泰說過，藝術的主要目的是展示出 "人的心靈的眞

實”。心理描寫是十九世紀批判現實主義對歐洲文學的一大貢獻。托爾斯泰繼司湯達之後，達到了歐洲現實主義文學心理描寫的高峰。有人說托爾斯泰“幾乎空前絕後地搜索人類的靈魂深處”。而十八世紀中國的曹雪芹也是揭示“人的心靈的眞實”的聖手。

托爾斯泰的心理描寫的特點，並不是表現人物的心理活動的終結，而是再現人物的靈魂的辨證過程。《復活》中描摹聶赫留朵夫的心理過程，是衆口皆碑的。托爾斯泰在這裏生動精細地表現了聶赫留朵夫發現階下囚就是當年被他誘惑過的卡秋莎以後的相互對立、複雜交織的心理因素：羞愧、恐懼、懺悔、厭惡、痛快、自尊……展示了疑慮、害怕、抵賴、抱歉等心理過程，以及故作鎮靜、激動得哭泣、堅決行動的表示等一連串的外部反映。托爾斯泰把聶赫留朵夫的心理狀態，形象地比喻作叭兒狗幹了壞事後，正在受主人的懲罰。托爾斯泰把聶赫留朵夫的複雜緊張的心理活動，刻劃得層次分明，讓它有中心有規律的進行。作家敏銳精確的觀察與眞實有力的表現，不放過任何細微末節。

內心獨白是《復活》中經常運用的表現手段。關於這點，斯塔索夫曾說：“在我看來，在人物‘語言’中沒有比‘內心獨白’再難寫的了。與其餘的一切文字比較，作家們在‘內心獨白’中更其虛飾、更多杜撰。由於程式性、規範性和‘純理論性’而失去了眞實。幾乎所有作家（包括屠格涅夫、陀斯妥耶夫斯基、果戈理、普希金、格里包耶陀夫）都把內心獨白寫得完全有條有理，正確連貫，修飾得順順當當，極其邏輯……可是難道我們自己是這樣思索的嗎？完全不是。迄今爲止，我只發現了一個唯一的例外，那就是托爾斯泰伯爵。只有他在長篇小說和戲劇中寫出了眞正的‘內心獨白’，恰恰是帶着種種不規格性、隨機性、間斷和跳躍。”試看《復活》第二部第四十章：聶赫留朵夫經過一天的疲勞，又目睹兩個囚犯死亡的慘象，去西伯利亞的三等車廂又悶又熱，於是他不進車廂，在站臺上思索。這時托爾斯泰運用了大量的內心獨白：聶赫留朵夫眼前又浮現出兩個死去的犯人的臉，他想到了自己見過的副省長、醫生、典獄長、押解官。他想：“……只要我們承認別的任甚麼東西能夠比我們對同胞的愛更重要……那就不管甚麼罪惡，我們都會心安理得地幹出來，而且自以爲沒罪。”一陣大雨過來，打斷了聶赫留朵夫的思路。雨過後，他又尋找自己的思路，接着進行的內心獨白，一會兒想到做官與博愛的矛盾，一會兒想到高坡上要不要鋪石頭，緊接着又想到人性的問題。聶赫留朵夫的內心獨白曾被雨點打斷，又有由自然界到社會問題的聯想交迭。它們是不規格的，隨機的，間斷和跳躍。正如斯塔索夫所說的，這種獨特表現的形式，確切地展示了人的心靈的眞實。

　　曹雪芹的心理描寫也有自己的特色。他善於通過人物的日常的語言與動作，確切地表現他們的複雜微妙，有時自己還未意識到的心理狀態。他能巧妙地反映人物的感情的豐富性和流動性，捕捉人物進行細緻的心理感受的瞬間。曹雪芹在表現賈寶玉與林黛玉的戀愛心理時，堪與世界第一流的作家媲美。精彩的例子不勝枚舉。特別是在第二十九回“享福人福深還禱福，多情女情重愈斟情”中，作家創造性地運用內心對白的形式，即戲曲的形式，表現寶黛複雜細膩的內心活動，更值得一提。在這一回中，寶玉與黛玉又一次無端口角，雙方又不說明原委。接着寫道：

即如此刻，寶玉心內想的是：「別人不知我的心，還有可恕，難道你就不想我的心裏眼裏只有你！你不能為我煩惱，反來以這話冤落堵噎我。可見我心裏一時一刻自有你，你竟心裏沒我。」心裏這意思，只口裏說不出來。那林黛玉心裏想著：「你心裏自然有我，雖有‘金玉相對’之說，你豈是重這邪說不重人的。我便時常提這‘金玉’，你只管了然自若無聞的，方見得是待我重，而毫無此心了。如何我只一提‘金玉’的事，你就著急，可知你心裏時時有‘金玉’。見我一提，你又怕我多心，故意著急，安心哄我。」

看來兩個人原本是一個心，但都多生了枝葉，反弄成兩個心了。那寶玉心中又想著：「我不管怎麼樣都好，只要你隨意，我便立刻因你死了也情願。你知也罷，不知也罷，只由我的心，可見你方和我近，不和我遠。」那林黛玉心裏又想著：「你只管你，你好、我自好，你何必為我而自失。殊不知你失我自失。可見是你不叫我近你，有意叫我遠你了。」

賈寶玉與林黛玉的內心的曲折的奧秘，是「用平常話決講不出來的」，但是曹雪芹運用創造性的戲劇式的內心對白形式，細膩入微地表現出來。以致能贏得批評家們拍案叫絕。

曹雪芹與托爾斯泰在刻劃賈寶玉和聶赫留朵夫的性格時，真實性被賦予了特殊的意義。美國作家羅伯特·潘·華倫（R. P. Warren）說：「作家最基本的任務是去理解他本人經歷的意義，從某種意義上說，小說是隱姓埋名的隱蔽的自傳。」我國作家郁達夫也認為，說文學作品是作家"自敍傳"的觀點，是"千眞萬確"的。進行文學創作，總要運用本人對生活的體驗。作家的個性會深刻地印在文學作品上面。我們批評過《紅樓夢》研究中，將賈府與曹府，將賈寶玉與曹雪芹完全等同起來，否認藝術虛構在《紅樓夢》創作中的作用的"自傳說"的觀點。但是不能因此否認曹雪芹在進行文學創作時，大量地運用本人的經歷與見聞資料。如果否認這一點，其實也是對現實主義文學典型化過程的否定，是不符合實際的。《脂硯齋重評石頭記》（庚辰本）第十七回夾批："余初見之，不覺怒焉，謂作者形容予幼年往事，因思彼亦寫短，何獨予哉！"又第十三回眉批："樹倒猢猻散之語，今猶在耳，屈指卅五年矣，哀哉傷哉！寧不痛殺！"同樣性質的脂評，還有不少。從現在掌握的曹雪芹的生平資料看，足以證明賈寶玉的生活道路，與作家本人的經歷是相似的。巴金說："就是在江青說話等於聖旨的時期，我也不相信大觀園全是虛構，《紅樓夢》裏就沒有曹雪芹自己，沒有他的親戚朋友。"我們贊同他的觀點。至於《復活》，聶赫留朵夫與瑪絲洛娃的關係是根據柯尼醫生講述的眞實事件創作的。聶赫留朵夫的形象，與《安娜·卡列尼娜》中的列文一樣，還帶有自傳性。聶赫留朵夫的思想轉變，他對現存制度的批判，以及對"怎麼辦"這個問題的思考，都明顯地採用了作家本人的自傳材料。藝術家心目中沒有眞實的活的人物在活動，他沒有傾注眞實的愛憎感情，不可能刻劃眞實可信的人物性格。賈寶玉、聶赫留朵夫兩個典型人物的深刻的眞實性，與曹雪芹和托爾斯泰兩位作家在創造兩個典型人物時，賦予他們的自傳性的因素是密切有關的。

　　賈寶玉與聶赫留朵夫這兩個典型，是中俄文學史上相似的歷史現象。我們如果對他們作認眞的比較研究，不僅可以加深對本國文學的了解，也可以從比較中發現共同的、使人感興趣的、也許是帶規律性的東西。

平慧善　陳元愷

〈賈寶玉聶赫留朵夫異問論〉，
《杭州大學學報》13.1（1983），123～129。

《紅樓夢》與《源氏物語》[*]

　　十一世紀初日本著名女作家紫式部創作的《源氏物語》和中國十八世紀偉大的現實主義大師曹雪芹的《紅樓夢》，分別被譽爲日本和中國古典小說的高峰。兩部巨著在主題思想、人物形象、藝術特色諸方面，具有驚人的相似之處，堪稱世界文學寶庫中的雙璧。

　　曹雪芹和紫式部這兩個東方民族的藝術大師，一男一女，性別各異，所處時代遠隔七百餘年，但其家庭出身、生活經歷、個人素養等方面頗多相似之處。他們都出身於書香門第的貴族家庭。曹雪芹祖父曹寅工詩詞戲曲，與當代名流過從甚密，曾刻印過《全唐詩》，在詩詞創作上有一定成就。紫式部的祖父、伯父是著名的歌仙，兄長也是有名的歌人，父親兼長漢詩與日本民歌，對中國古典文學頗有研究。這樣的家庭環境孕育了作家的藝術細胞。曹雪芹琴棋書畫無一不通，"風雅遊戲，觸境生春。"【裕瑞語】紫式部以才女出名，熟讀中國古代文獻和詩歌，對唐代詩人白居易的詩有較深的造詣。這兩位大師少年時代都有養尊處優的生活環境，後來又都經歷了坎坷不平的遭遇。曹氏幼年隨祖父、父執在南京、蘇州享盡了榮華富貴。到雍正、乾隆年間兩次被抄家，以致播遷流浪，一貧如洗，過着"舉家食粥酒常賒"

　　＊　　Murasaki Shikibu (？～1014), *Genji Monogatari* (？)。

〔敦誠語〕的生活。紫式部成年時家道中落，嫁給了一個比她大二十多歲的地方官爲妾，婚後不久，丈夫去世，她撫養女兒，孀居自守。後來當一個天皇皇后的女官，講解《日本書記》和白居易的詩，接觸到宮廷生活，對宮廷的內幕、貴族階級的沒落傾向有了全面瞭解。"憤怒出詩人。"曹、紫"皆意有鬱結，不得通其道，故述往事，思來者。"〔司馬遷語〕同時，他們還在各自的巨著裏寄託了自己的遭遇和身世之感，書中都有作家的自畫像。曹雪芹傾全力塑造的賈寶玉的叛逆性格在一定程度上概括了他自己的生活和思想經歷。寶玉不肯讀書，鄙視功名，傲骨狂形，雜學旁收，這正是曹雪芹自己的寫照。賈寶玉所過的錦衣紈袴，飲甘饜肥的生活，也是以曹家破敗前的生活爲原形的。《源氏物語》中的空蟬是作者紫式部的自畫像，空蟬的不幸遭遇其實包含着作者的辛酸血淚。空蟬小巧玲瓏，才貌雙全，性格柔中有剛，"好似一枝細竹，看似欲折，却終於不斷"。她具有一定的文藝素養，本有機會進宮當內侍，後來只能嫁給一個年邁的地方官做後妻，面臨薄命而淒涼的命運，產生了無法排解的苦惱和抑鬱之情。由於兩位大師都處於現存社會趨於沒落的時代，他們既看到這個社會已經瀕於滅亡，不可救藥的趨勢，又對這個社會充滿了留戀，思想上極度矛盾。他們雖然是舊時代的作家，但到底是偉大的天才，他們站在當時世界觀的最高水平上，宣判了舊制度的滅亡，看到自己出身階級的罪惡、腐朽、沒落，並給予無情的揭露批判。他們的理智喚起了作家的藝術良心和創作熱情，並自覺地採取了現實主義創作方法，這就決定了他們的作品具有永久的魅力。

　　《紅樓夢》通過寶黛愛情悲劇和賈府破敗過程的描寫，揭露了貴族階級的腐朽、罪惡，揭示了封建社會子孫不肖，後繼無人從而必然滅亡的客觀規律。《源氏物語》是從人的精神史的角度來描寫貴族社會的矛盾及其沒落的歷史，用鮮明的形象暗示貴族社會已經瀕於滅亡。通過愛情反映政治，寫現存社會的沒落史，是兩部巨著內容的共同特點之一。在階級社會裏，愛情往往是同政治利益聯繫在一起的，男女婚嫁成為政治鬥爭的手段，婦女成了政治交易的工具。左大臣把自己的女兒葵姬許配給源氏，是為了加強自己的聲勢和地位；朱雀天皇在源氏四十歲得勢時，將年方十六的女兒嫁給源氏，也是出於政治上的考慮。政敵右大臣發現源氏與女兒朧月夜戀愛，也擬將她許給源氏，以圖分化源氏一派。地方貴族明石道人和常陸介，一個為了求得富貴，強迫自己的女兒嫁給源氏，一個為了混上高官，將自己的女兒許了左近少將。作家把這些愛情故事作為政治鬥爭的補述，從更廣的方面暴露了貴族內部人與人之間明爭暗鬥的相互關係。《紅樓夢》中主人公賈寶玉、林黛玉的愛情悲劇正是封建貴族階級一手造成的。賈府統治者出於政治上的需要，面對賈寶玉鄙視仕途經濟、否定功名利祿，走上叛逆道路的情況，唯恐後繼無人，所以終於選擇了薛寶釵這個封建淑女作為孫媳婦，企圖借這個明大義、識大體的賢女來勸諫寶玉，挽狂瀾於既倒，維繫行將崩潰的封建大廈。此外，賈政甘願讓女兒元春到那"不得見人的去處"消磨青春，作為皇帝玩樂的工具，也是為了攀高結貴，鞏固搖搖欲墜的統治地位。

更值得注意的是，在這兩部小說裏，不僅通過主人公戀愛婚姻悲劇烘托出一幅貴族社會趨於沒落的景象，而且還揭示了這種景象同貴族階級的墮落生活是分不開的。《紅樓夢》中的人物，爬灰的爬灰，養小叔子的養小叔子"，胡子花白、兒孫成群的老色鬼賈赦竟要母親的婢女爲妾，在偌大的賈府中，只有兩個石頭獅子是乾淨的。《源氏物語》寫出了源氏上下三代人對婦女的摧殘。源氏依仗自己的權勢，糟蹋了不少婦女，他半夜貿然闖進空蟬的居室，玷污了這個有夫之婦；他踐踏了出身低微的夕顏的愛情，使她鬱鬱死去。他與繼母藤壺通奸，他闖進家道中落的末摘花的內室調戲她，見她長相醜陋，又加以奚落。此外對紫姬、明石姬等不同身分的女子也大體如此。這種亂倫關係和墮落生活是政治腐敗的折光反映。

　　塑造衆多的女子形象，寫出了她們的遭遇和反抗，把全部熱情寄託在受侮辱和受損害的婦女身上，是兩部巨著的又一共同特點。《紅樓夢》開卷第一回就宣稱"大旨談情"，"爲閨閣昭傳"，寫"幾個異樣女子"的"小才微善"。《紅樓夢》亦名《金陵十二釵》，把女性作爲主要描寫對象，記敍了她們的悲劇命運。在那種社會制度下，年輕女子無一不是封建禮教的犧牲品。即便是賈府的四位小姐也不能倖免，"原應嘆息"，徒喚奈何。那些丫環們的命運就更爲悲慘了，晴雯含寃而死，金釧投井身亡，鴛鴦懸梁自盡，司棋撞壁喪生……，還有那尤氏姐妹，一個受不了鳳姐的明槍暗箭，吞金自逝；一個被流言蜚語所迫，血染利刃。更有那身無長物、寄人籬下的林黛玉，從進入賈府一直哭到夭逝，那流不盡的淚水就是對風刀霜劍的悲憤控訴。在《源氏物語》中，作家有意安排了源氏父子與各階層的女子戀愛，讓人們看到當時上、中、下三個階層的婦女各自遭逢的悲慘命運。被源氏父皇玩弄的更衣，由於身分微寒，備受冷落，最後屈死於權力鬥爭之中。

被源氏侮辱的夕顏，鬱鬱死去。藤壺女御因與源氏之母相貌酷似，遭到奸污。末摘花被源氏調戲，因醜陋而被奚落。孤苦伶仃的弱女浮舟被源氏繼承人薰召摧殘之後，怕事敗露，被棄置於荒涼的宇治山莊。作家把他們的全部熱情寄託在這些被侮辱被損害的婦女身上，同情她們的悲慘遭遇，着力描寫了他們的反抗性格。《源氏物語》中的空蟬曾在源氏的追求下一度動搖，但她意識到自己是有夫之婦，毅然拒絕了源氏的非禮行爲。特別在她丈夫去世以後，源氏又未忘情於她，但她仍未妥協，最後削髮爲尼，堅持了婦女的情操和尊嚴，表現出弱者對強者的反抗。這種反抗精神在浮舟身上更爲明顯。一個侍女遭天皇兄弟宇治親王姦污，生下浮舟後，母女被一併抛棄。浮舟許配人家以後，因身世卑賤被退婚。後來又遭到薰召、匈親王兩個貴族公子的逼迫，走投無路，跳進了宇治深川，被人救起後在小野出家。《紅樓夢》中奴隸的反抗更爲激烈，大膽的司棋在戒備森嚴的大觀園裏與潘又安秘密約會，互贈信物，私訂終身。他們的秘密被揭露以後，面對主子，奴隸們的冷嘲熱諷，她是那樣的從容、鎮定，始終沒有慚恨、抱怨，更不屑於乞憐，最後，一頭撞在牆上，以死作了最後的抗爭。鴛鴦面對賈赦的淫威，誓死不嫁。晴雯"身爲下賤，心比天高"，口角鋒利，敢怒敢罵，"撕扇"就是一曲動人的頌歌，在抄檢大觀園事件中，她橫遭迫害，滿腔怒火，噴射而出，挽着頭髮闖進來，"豁瑯"一聲，將箱子掀開，兩手捉着底，往地上一倒。她當着鳳姐的面大罵王善保家的人，矛頭直指王夫人。她不求情，不告饒，掙扎着，反抗着，到底沒有露一口軟氣，表現了至死不屈的鬥爭精神。奴隸們的反抗鬥爭給黑暗王國投進了一線光明，也照見了封建主子們的無恥嘴臉和累累罪惡。

　　兩位大師相似的經歷，兩部作品共同的主題，在一定程度上決定了兩部作品相似的人物設置。《源氏物語》全書五十四回，近百萬字，故事涉及三代四朝天皇，經歷七十餘年。出場人物四百餘人，其中具有鮮明個性的有二、三十人。《紅樓夢》所寫及的人物亦超過四百，給人留下深刻印象的不下四、五十人。作品中的人物都有一定的代表性，大抵以上層貴族爲主，也描寫了下層貴族、宮妃、侍女乃至平民百姓、奴隸。特別是兩書的主人公賈寶玉和源氏除了蓋世無雙的美貌，卓而不群的聰明，多才多藝的修養以外，還有其獨到的相似之處。其一，泛愛。賈寶玉整天在女孩中廝混，他愛黛玉，建立了深厚的叛逆之情。但有時“見了姐姐，就忘了妹妹”，他看到寶釵健壯的體魄，端莊的儀表，又呆了。在丫環中間，襲人是他初試雲雨情的對象，但他心底裏又深愛晴雯，曾竭盡才華寫了〈芙蓉女兒誄〉來悼念她。顯然，這是一夫多妻制的反映。源氏與結髮之妻葵姬緣分較淺，而對其他女子一見鍾情，嬌小美麗的空蟬使他神魂顛倒，又與繼母藤壺女御通奸，還有出身低賤的夕顏，容貌醜陋的末摘花，邂逅相逢的軒端荻，年紀幼小的紫姬，政敵之女朧月夜，性格孤僻的明石姬，還有逢場作戲的花散里，六條妃子等人，都被他佔有過，眞是不勝枚舉。他自己說：“世間女子個個可愛，教我難於捨棄，這便苦死我也。”他發迹以後，居然把這些人聚集在六條院。作家顯然美化了源氏，因爲一夫多妻制本身的不合理是無法給婦女帶來幸福的。其二，移情。主人公對容貌酷似自己所愛的人也一往情深，傾心相愛。藤壺女御與源氏生母——已故的桐壺更衣容貌風采異常肖似，他每逢春花秋月，良辰美景，常親近藤壼，對她表示戀慕，進而與之私通；紫姬因係藤壼的侄女，與之相像，源氏一見鍾情，終於蓄養成婚。寶玉因晴雯生得像黛玉那樣美貌聰明，因而將晴雯另眼相看。又因爲五兒彷彿給晴雯脫了個影兒，又將想晴雯之心移到五兒身上。這反映了兩位大師在審美情趣上的相通之處。其三，厭世。這種消極遁世的思想，客觀上反映了當時貴族社會中人們心靈的空虛以及他們對正在逐漸解體的貴族社會本身的厭惡。寶玉曾多次對黛玉說："你死了，我出家做和尚去。"後來，"中鄉魁寶玉却塵緣"，終於出家做了和尚。源氏早有出家的念頭，被兒女私情所繫，難以遂願，最後終於遁入空門，不知所終。這說明作家在當時社會歷史條件下，還不能爲自己小說主人公找到擺脫現實的更好出路，而只有出家是當時有識之士的唯一歸宿。

這兩部巨著都是偉大的現實主義作品，閃耀着現實主義的光輝。《源氏物語》二十五回《螢》中，借主人公源氏之口說："原來故事小說、雖然並非如實記載某一人的事迹，但不論善惡，都是世間眞人眞事，觀之不足，聽之不足，但覺此種情節不能籠閉在一人心中，必須傳告後世之人，於是執筆寫作。因此欲寫一善人時，則專選其人之善事，而突出善的一方；在寫惡的一方時，則又專選稀世少見的惡事，使兩者互相對比。這些都是眞情實事，並非世外之談"。這不僅指文學的虛構中應包含生活的眞實，而且闡明了對藝術概括的看法。她的小說高度概括了貴族階級生活的各個側面，揭示了某些本質的東西，同時爲現實主義創作方法的發展作出了貢獻。《源氏物語》三十四回寫明石女御遷居，上至皇帝下至諸親王大臣，家家戶戶爲送禮而奔忙、大家力求盡善盡美，賀儀隆重無比，舉世稱盛，“其潛心設計的優雅之趣，應有記載傳之後世。但因筆者未曾一一親睹，故不詳述”。可見作家嚴謹的創作態度。《紅樓夢》第一回寫道：“……竟不如我這半世親見親聞的幾個女子，雖不敢說強似前代書中所有之人，但觀其事迹原委，亦可消愁破悶……其間離合悲歡，興衰際遇，俱是按迹循踪，不敢稍加穿鑿，至失其眞。”這是曹氏現實主義創作思想的流露。事實上，他對自己不熟悉的生活俱略而不書，譬如元春在宮中的飲食起居，他未曾向壁虛構。僅此可見一斑。

　　《紅樓夢》和《源氏物語》在藝術上有許多共同的特色：借助愛情筆墨巧妙地隱蔽有關政治矛盾的描寫和作家的思想傾向最爲顯著。曹氏故意強調“擅風情、秉月貌，便是敗家的根本”，借以隱蔽四大家族滅亡的眞正原因。他讓賈府略可成望的寶玉走上叛逆之路，把叛逆者的悲劇巧妙地蒙上“情”和“痴”的外衣。用“抓周”掩蓋寶玉叛逆思想的產生；用“風流痴病”和“內幃廝混”掩蓋他叛逆思想的發展；用“木石前盟”反對“金玉良緣”掩蓋叛逆與衞道的鬥爭；用“終不忘世外仙妹寂寞林”來掩蓋“懸崖撒手”的眞實原因。一言以蔽之，就是用“天下古今第一淫人“來掩蓋寶玉的叛逆性格，用“情”來隱蔽賈府衰敗的眞實原因。紫式部筆下源氏政治生命的完結和出家，是社會發展的必然結果，但作家却讓源氏表現爲對愛情的失意和厭倦。由於三公主與柏木私通，生一子後出家，源氏自感遭到報應，從此一蹶不振。紫夫人的病逝，他失去了忠實的情侶，終於走上了出家之路。

作家還故意用愛情和兩性關係描寫來隱蔽某些重大事件的性質。寶玉挨打的根本原因是忠順親王府來要人，是兩個護官符集團的鬥爭，但作家把事態嚴格控制在"流蕩優伶"，"逼淫母婢"等範圍內，把政治派系的鬥爭打上了"桃色"的印記。源氏流放到須磨實質上是源氏與右大臣權力角逐的失敗，作家却把它歸咎於源氏與朧月夜私通的結果，顯然與曹氏有異曲同工之妙。善於運用細緻的心理描寫，是兩書刻劃人物的重要特色。"蓋寫其形，必傳其神，傳其神，必寫其心"【宋·陳郁語】。《紅樓夢》三十四回黛玉題帕定情前的心理描寫達到了出神入化的境界。《源氏物語》中桐壺與更衣的死別，源氏流放前與紫姬的生離，明石母女的慘別都寫得各有千秋。作家寫失寵夫人的妒意亦不相同，髭黑大將元配夫人是倒香灰，雲居雁是回娘家，紫姬是以淚水洗面，作品寫出了這些貴族男女復複雜微的心理活動，使人物有血有肉，生氣勃發，格外傳神。散韻相間，典雅艷麗，是兩部巨著共同的語言風格。《源氏物語》中大量插入貴族男女在愛情生活中相互贈答的和歌，在敍事行文中也常摻入古代民歌或漢詩，用來刻劃人物形象，展開故事情節，加強氣氛渲染，抒發作家感情。小說引用和歌九百多首，白居易詩九十餘首，還有陶淵明、劉禹錫、元稹等人的詩，爲作品情調增加了無限的和聲，形成了婉約多姿，纏綿悱惻的風格。《紅樓夢》除小說的主體文字本身，還兼收了大量詩、詞、曲、歌、謠、諺、贊、誄、偈語、辭賦、聯額、書啓、燈謎、酒令、駢文、擬古文等，應有盡有。就詩而論，有五律、五絕，七律、七絕，排律、歌行，騷體；有咏懷、咏物、懷古，即事、即景，打油詩；有限題的，有限韻的，限詩體的；

有同題分咏的，分題合咏的；有應制體、聯句體、擬古體，有擬
初唐《春江花月夜》之格，有仿中唐《長恨歌》之體，有師楚人
《離騷》、《招魂》等作品而大膽創新的……琳瑯滿目，豐富多
彩，眞正做到文備衆體，是其它小說所未見的。作家大筆如椽，
揮灑自如，以詩詞爲武器，借題發揮，傷時罵世，但詩詞又不游
離於小說之外而成爲有機組成部分。以詩寫人，不僅顯示出人物
的思想性格，而且也能恰如其分地顯示他們的不同學識、才情、
修養，從而準確地寫出各人的風貌，珠玉瓦石，絕不混淆，他們
之間的差別彷彿墨分五色，層次井然。此外，兩部作品都廣泛地
展現了貴族社會生活畫面，人情世故，風俗習慣，自然景物，繪
畫音樂，庭院建築，衣着裝飾，烹調製藥等都有生動詳盡的描
繪，亦是他書所不多見的。

沈新林

〈兩部驚人相似的巨著——論《紅樓夢》與《源氏物語》的
　異同〉，

（江蘇）《鹽城師專學報》（社科版）3（1985），29
　～34，39.

《金瓶梅》與《十日談》*

　　中國封建社會有兩種事，大抵是只能做不能說。一是帝王統治的權術，另一就是"床笫之事"，即兩性生活。"床笫之言不逾閾"，更不用說形諸筆墨了。當然，這只限於士大夫或想當士大夫的人，山野村民好像沒有這樣的禁忌，他們相互嬉戲時，往往會說出不少房帷隱秘。如果有好事之徒將它實錄出來，也只能算是不登大雅之堂的俗文學。現在《金瓶梅》竟然將西門慶和他的一群妻妾，以及圍繞西門慶、潘金蓮一幫怨婦、娼妓、婢女們宿奸狂淫，直白淋漓地寫了出來，這在禁慾主義牢籠的時代，當然是件石破天驚的事，沒看到的覺得神秘，看到的會感到驚奇。

　　兩性關係是"人和人之間的直接的、自然的、必然的關係。"（《馬克思恩格斯全集》第四十二卷一一九頁）"食色，性也"（《孟子・告子上》），連儒家二等聖人的孟子，也承認"食色"，肯定它是人性。這一點上他比後世那些道學先生要高明得多。人們的性觀念、性生活，不單純是一種生理本能，同時還是一種文化現象。兩性關係的形式及其變化，表明了"自然界在何程度上成了人具有人的本質"（同上），從而由此可以衡量一個民族文化和社會文明的發展程度。所以，恩格斯說過："群婚制是與蒙昧時代相適應的，對偶婚制是與野蠻時代相適應的，以通

　　＊　同前

奸和賣淫爲補充的一夫一妻制是與文明時代相適應的。”（《馬
克思恩格斯選集》第四卷七○～七一頁）

　　既然兩性關係有多種多樣，對兩性關係的描寫當然也不會完
全相同。有人以薄伽丘《十日談》的縱慾主義爲例，認爲這是評
價《金瓶梅》的一把鑰匙。可惜他只想到了找鑰匙，忘記鎖還有
不同的型號。《十日談》和《金瓶梅》雖然都寫了兩性生活，但
它們反映了不同社會內容和時代的特徵。《十日談》寫於十四世
紀中葉，比《金瓶梅》早了二百多年。那時的意大利，天主教教
會統治着整個社會，連最虔誠的教徒也知道，教士們過着荒淫佚
樂的腐敗生活，羅馬教廷“從上到下，沒有一個不是寡廉鮮恥，
犯着貪色的罪惡，甚至違反人道，耽溺男風，連一點點顧忌、羞
恥之心都不存了；因此竟至於妓女和變童當道，有什麼事要向廷
上請求，反而要走他們的門路。”在人們的眼中，“羅馬不是一
個神聖的京城，而是一個容納一切罪惡的大洪爐！”（第一天故
事第二，《十日談》四八、五○頁）《十日談》中描寫的縱慾主
義，是揭露教會腐朽糜爛和宗教道德的虛僞的一條鞭子。它謳歌
的是兩性之間純正的愛情，綺思夢達（第四天故事第一）、莎莉
貝達（第四天故事第五）、紀洛拉摩（第四天故事第八）……這
些對愛情堅貞不渝的青年男女，他們的愛情悲劇透露了新時代的
曙光。

　　和僧侶們縱慾不同的是，愛情會使人聰明，給人力量。加利
索由於愛上了伊菲金利亞，不再愚頑呆痴，變得聰明禮貌，並且
幾經磨難，終於同伊菲金利亞結了婚（第五天故事第一）。“從
這個故事裏我們可以看出，愛情的力量有多麼神聖，多麼偉大”，

它"並不像信口雌黃的人所指責的那樣猥褻淫邪。"(《十日談》四四一頁)第七天一些故事中的女性爲了保護自己的情人表現的從容機智,除了愛神,"古往今來無論哪個大哲學家、藝術家,也不能把這種本領教給人!"(《十日談》六〇九頁)這同土斯堪尼城修道院院長的虛僞狡詐(第三天故事第八),伐倫谷那個貪色而又寒傖的教士(第八天故事第二),隆巴地女修道院院長的露乖出醜(第九天故事第九),成了鮮明的對照!

《金瓶梅》中有這樣的愛情故事嗎?西門慶和潘金蓮,西門慶和李瓶兒,潘金蓮和琴童,潘金蓮和陳經濟,……他們除了爲滿足性慾而縱情狂淫,還有什麼其他東西呢?誠然,性慾並不就是罪過,愛情同性慾也不是水火不容,但愛情却是性慾的超越,是兩性之間一種感情的形式在精神上的昇華。沒有性慾的愛情固然不可理解,但沒有愛情的性慾放縱,則是人把自己混同於動物,是人類文明的一種退化。正像馬克思說的:"拿婦女當作共同淫樂的犧牲品和婢女來對待,這表現了人在對待自身方面的無限的退化。"(《馬克思恩格斯全集》第四十二卷一一九頁)我們從《金瓶梅》中看到的不正是這種退化嗎?這種退化雖然暴露了封建綱常禮教的崩潰,却看不到新時代的曙光。或曰《金瓶梅》具有反封建的傾向,反映了明代資本主義的萌芽,那是把日落西山的一抹晚霞當作東方欲曉的晨曦了。所以,把《十日談》的社會內容和思想傾向硬往《金瓶梅》上套,豈不是連色情和愛情也混淆不分了嗎?難怪有人就以"資產階級的縱慾主義"來概括《十日談》中對兩性關係的描寫哩。《十日談》對中世紀禁慾主義的批判,戳破了天國迷夢的虛幻;《金瓶梅》暴露了禁慾主義的虛僞，展現的是人倫的喪落，光明的無望！它們反映的時代特徵時大不相同的啊！

我們否定放縱性慾的色情，當然不是要和道學家們滾到一起，充當維護禁慾主義的衞道士。禁慾主義與色情縱慾，與其說他們是互相對立，還不如說是互相補充更符合邏輯，也更符合事實。就像《十日談》中愛米莉亞講的那樣，“那班修士、神父，以及各式各樣的教士怎樣百般地勾引調戲我們女人；不過教會裏的這種敗行實在太多了。”（《十日談》六九三頁）《金瓶梅》產生的明代，理學對社會禁錮得最緊。但恰恰是明代，淫蕩縱慾成了社會的風氣，從最高封建帝王到一般文人學士，都有不少風流軼事。因此《金瓶梅》“色情狂的性慾描寫，只是受了時代風氣的影響”（沈雁冰〈中國文學內的性慾描寫〉）。在封建社會總是存在着這樣的畸形現象，一面是縱容色情淫慾，並從制度上給予法律保護，一夫多妻和公開賣淫不是一直盛行不衰嗎？一面却嚴禁眞正的愛情，“萬惡淫爲首”，愛情被當作了淫亂。禁慾主義的逆情悖理，不在於它懼怕將統治階級的淫亂公開化，而是它總要用“天理”的大棒，打殺一切美好的愛情。

如果說《金瓶梅》和《十日談》都反映了東西方中世紀禁慾主義的動搖和崩解，那在《十日談》中，宗教禁慾主義的崩解，產生的是建立在性愛基礎上的愛情；《金瓶梅》中理學禁慾主義的動搖，滋生的則是性放縱的色情。這種差別的產生，是十四世紀的意大利，資本主義已經成了和舊世界抗衡的力量，人性、人道主義已經擺脫神學禁條的覊絆，成了和神性對立的一面旗幟；而十六世紀的中國，商業經濟雖然有了充足的發展，却依然是封建自然經濟的附庸，理學禁慾主義的崩潰被視爲世風日下，人心不古，情和理的對立只是停留在思想家們對傳統經典的反芻中，實踐本身還沒有提出解放人性的任務。晚明思想解放的社會風潮衝擊了封建倫理綱常，却沒有提出新的道德規範。《金瓶梅》中連對理學的正面抨擊都沒有，西門慶是經商發迹，潘金蓮是妓女出身，被作者當作肯定形象的吳月娘，則是封建思想灌注的典型，又談何反封建傾向？它只不過表現了封建社會"世紀末"的淫蕩，我們從《金瓶梅》中看到的是，這個"社會還是那麼根深蒂固的生活着"（參見鄭振鐸〈談《金瓶梅詞話》〉）。

同是縱慾主義，《金瓶梅》和《十日談》也不完全一樣。《金瓶梅》中的縱慾是一夥色情狂的淫亂，他們沒有任何恩愛、任何忠貞。西門慶、潘金蓮掙斷了"天理"的韁索，同樣也失落了人性，膨脹了的是動物性的原始情慾。《十日談》中的縱慾描寫，不僅深刻揭露了宗教道德的虛僞，同時可以從神性光輪的墜落中看出人性的閃光。一位修道院院長承認："我雖然是一個院長，可我也像別的男子漢一樣，是一個人呀！"（第三天故事第八，《十日談》三〇六頁）林那多說："我只要把這件法衣一脫掉——這當然是件輕而易舉的事——我就成了一個普通的男人，而不是什麼修道士了。"（第七天故事第三，《十日談》六〇三頁）一位自小離開人群，在深山長大的青年，連女人這個詞都不知道，一旦見了美麗的姑娘，父親告訴他是"綠鵝"，是"禍水"。他却認爲，這些"禍水"比天使的畫像還要美，對她們產生悅慕之情，要求父親給他"帶一只綠鵝回去"。這個"綠鵝"故事說明，人性無所不在，不可窒滅。"誰要是想阻擋人類的天性，那

可得好好兒拿點本領出來呢。如果你非要跟它作對不可，那只怕
不但枉費心機，到頭來還要弄得頭破血流。”（《十日談》三四
八頁）追求幸福是人的天性，禁慾主義堤防終將沖坍！

包遵信

《色情的溫床和愛情的土壤──《金瓶梅》和《十日談》的
　　比較〉，

（北京）《讀書》10（1985），20～26。

《金瓶梅》與《包法利夫人》*

　　這兩部小說具有驚人的相似性，不是在情節上，而是在思想內容和創作方法上。在比較之前，先將它們分別作一個概述。

　　《包法利夫人》和《金瓶梅》在暴露社會黑暗面的創作傾向上，在描寫婦女的性苦悶的心理和行爲上，在對被摧殘的、墮落了的婦女又譴責又同情的態度上，在描寫人情世態的高度的眞實性上，在寓主觀於客觀的寫作方法上，在生活細節、人物語言的準確描寫和運用上，都十分肖似。二書均曾被指控爲“淫書”，文學史家却認爲它們開一代小說的新風。

　　《包法利夫人》旨在揭露社會的黑暗，福樓拜是明白說過的，他晚年和本國著名的浪漫主義女作家喬治‧桑（George Sand，1804～1876）有過一次書信上的文學爭論，喬治‧桑指責他專寫“陰溝”，寫“傷人心的東西”，“冷然地把罪惡給讀者看，永遠不指善良給讀者看。”說《包法利夫人》的傾向性不鮮明，他應該把一個女人失足的“教訓”寫得“清楚”一些才對。福樓拜很敬愛自己的前輩，但回信堅持他自己的創作觀點，說他不能“換掉我的眼睛”不看客觀存在的“陰溝”，只看見一些騙人的“進步、博愛、民主”的字樣。《包法利夫人》是一部沒有肯定人物的小說，從作品中看不到一線光明，這在福樓拜以前的法國

---

　　*　Gustave Flaubert（1821～1880），*Madame Bovary*（1857）.

小說中是極爲罕見的，雨果的小說是充滿亮麗的，司湯達(Stend-
hal，1783～1842)、巴爾札克的小說也有亮色，唯獨《包法利
夫人》是一片黑暗。茅盾在三十年代著文說："《波華荔夫人傳》
有一個中心：人生的醜惡。"（〈福樓拜的《波華荔夫人傳》〉）
他的評價是很正確的。

　　《金瓶梅》的主旨也是寫黑暗，它同樣是沒有一個肯定的人
物，武松殺嫂的故事不過是作者用來借題發揮的插曲，武松在作
者筆下只見凶狠，不見勇武，作者並不把他作爲肯定人物來處
理。它同樣也看不到任何光明，前人已指出它"曲盡人間醜態"。

　　《包法利夫人》用了重筆去描寫女主人公的性苦悶、性追求、
性變態，相當露骨，所佔的篇幅不算少。福樓拜的主要傾向性，
是要把女主人公寫成一個"色情狂"，是要暴露她這些方面的醜
行。茅盾在同一篇文章中指出：

　　　　波華荔夫人是脆弱的，色情狂的，貪婪的；福樓拜是認定
　　　了這些醜惡點寫的。但是在波華荔夫人那愛美的追求的呻
　　　吟中，那求見理想的憧憬中，那頑固地忠實於戀愛的浪漫
　　　的趣味中，都有一些好的根芽，只要作者的筆鋒稍稍一偏，
　　　未始不可以把這平凡、色情，叫人幾乎作嘔的女人弄得可
　　　愛一些，可以使人同情一些。然而福樓拜並不！所以他的
　　　態度雖然是純客觀的，但反過來看，他在客觀中有主觀，
　　　卽他的着眼點只在醜惡。

　　茅盾這段話，完全可以移贈《金瓶梅》。《包法利夫人》是
寫一個墮落的女子，《金瓶梅》是寫一群，這些在慾海沉浮的女
性，更加缺乏人生的美麗的幻想和憧憬，沒有文化。西門慶不是

福樓拜筆下那個庸碌無能的可憐的小醫生，而是一個糟蹋婦女的暴君，因而她們的身世比之包法利夫人更爲悲慘可憐。她們也不是沒有“好的根芽”，例如孟玉樓的同情心、李瓶兒的老實癡心、宋惠蓮上吊前的覺悟與反抗，都是人性中美好的一面，但《金瓶梅》的作者的着眼點並不放在這些上面。

　　兩書對婦女的奴隸性的寫法，有些地方十分近似，雖然她們語言表現形式不同，但都反映出在男權統治的社會中，婦女完全喪失了獨立的人格。包法利夫人哀求羅道耳弗說：

> 因為我愛你啊！愛到離開你，我就活不成，你可知道？……我是你的奴才，你的姘頭！你是我的王爺、我的偶像！你好！你美！你聰明！你強壯！（《包法利夫人》一八八頁）

李瓶兒哀求西門慶把她娶過去說：

> 房子賣的賣，不的你着人來看守，你早把奴娶過去吧。省的奴在這裏，晚夕空落落的，我害怕，常有狐狸鬼混的慌。你到家對大娘說，只當可憐見奴的性命罷。隨你把奴做第幾個，奴情願服侍你鋪床疊被，也無抱怨。（《金瓶梅詞話》一八六頁）

　　福羅拜對包法利夫人的態度，誠然主要是暴露與譴責，但也不是沒有憐憫與同情，他寫給泰納的一封信上說：“我寫包法利夫人服毒，我一嘴的砒霜氣味，就像自己中了毒一樣，一連兩回鬧不消化，因爲我把晚飯全嘔出來了。”他還說過：“我的可憐的包法利夫人，不用說，就在如今，同時在法國二十個鄉村中哭泣着。”當然，無論譴責與同情，他的傾向都深藏不露。他對喬治·桑說：“至於洩露我本人對我所創造的人物的意見：不，不，一千個不！我不承認我有這種權利。”

《金瓶梅》的作者對被踩躪的、墮落的婦女的態度也有兩重性，重點在暴露，亦有憐憫與同情，傾向一樣深藏不露，但有時實在控制不住胸中的感情，也站出來說幾句話，要這樣才痛快。他的憐憫心與同情心，不僅見諸對孟玉樓、李瓶兒、宋惠蓮的描寫上，即使對潘金蓮吧，他也不只是深惡痛絕，憐憫之情也有所流露，她又何嘗不是西門慶的女奴呢！只要他性起，就可以命令她脫去衣服，赤身露體跪在院中，跪在床前，任他鞭打，她爲了保住家庭中得寵的地位，還得忍氣吞聲，絕不能反抗。她與其他婦女的勾心鬥角，是因爲在以男權爲中心的封建社會中，婦女的仇恨不敢向夫權發作，只好同類仇仇，這是一種畸形現象。她被武松開膛剜心割頭的場面是觸目驚心的，令人不忍終讀。作者寫到後來，憐憫是不加掩飾的。下面將這段文字與《水滸傳》中同樣內容的文字摘錄如下，通過比較，《金瓶梅》作者對潘金蓮的憐憫不說自明。

> 那婦人見頭勢不好，才待大叫。被武松向爐內搲了一把香灰，塞在他口，就叫不出來了。然後腦揪翻在地，那婦人掙扎，把髮髻簪環都滾落了。武松恐怕他掙扎，先用油靴只顧踢他肋肢，後用兩隻腳踏他兩隻胳膊，便道：“淫婦，自說你伶俐，不知你心怎麼生着，我試看一看！”一面用手去攤開她胸脯，說時遲，那時快，把刀子去婦人白馥馥心窩內只一剜，剜了個血窟窿，那鮮血就邀出來。那婦人就星眸半閃，兩隻腳只顧登踏。武松口擒着刀子，雙手去幹

開他胸脯，撲扢的一聲，把心肝五臟生扯下來，血瀝瀝供
養在靈前。後方一刀，割下頭來。血流滿地。迎兒小女在
旁看見。唬的只掩了臉。武松這漢子，端的好狠也！可憐
這婦人，正是三寸氣在千般用，一日無常萬事休，亡年三
十二歲。但見手到處，青春喪命，刀落時，紅粉亡身。七
魄悠悠，已赴森羅殿上；三魂渺渺，應歸枉死城中。星眸
緊閉，直挺挺尸橫光城下；銀牙半咬，血淋淋頭在一邊離。
好似初春大雪壓折金錢柳，臘月狂風吹折玉梅花。這婦人
嬌媚不知歸何處，芳魂今夜落誰家。古人有詩一首，單悼
金蓮死得好苦也：“堪悼金蓮誠可憐，……”（《金瓶梅詞
話》一三一二頁）

那婦人見勢不好，却待要叫，被武松腦揪倒來，兩只脚踏
住他兩隻胳膊，扯開胸脯衣裳。說時遲，那時快，把尖刀
去胸前只一剜，口裏銜着刀；雙手去挖開胸脯，嘔出心肝
五臟，供養在靈前；肶查一刀，便割下那婦人頭來，血流
滿地。（《水滸全傳》三二九頁）

《包法利夫人》最大的特色是寫實，百分之百的寫實，它的
副標題就叫做“外省風俗”，這是繼承了巴爾札克的傳統的。然
而，在福樓拜之前，司湯達、巴爾札克等人的小說，仍有大膽的
浪漫主義想像，驚人的誇張情節，直抒的強烈傾向。到了福樓拜
的小說，風格頓起變化，寫得客觀、冷峻，像生活一樣地自然眞
實，和前輩作家迥然不同。因此，西方有人認爲他首創“現實主
義”文學，《包法利夫人》是第一部完全排除了浪漫主義的寫實
小說，從他開始，“現實主義”在西方文壇上才流傳開來，在一

些文學史中，巴爾札克等人才被追認爲是現實主義作家。法國大
批評家聖・勃夫稱福樓拜是"新一代領袖"，左拉說："《包法
利夫人》一出現，……新的藝術法典寫出來了。"馬克思的小女
兒愛琳娜在她的英譯本的"導言"中說："完整無缺的《包法利
夫人》出書以後，在文壇上產生了類似革命的效果。"

　　《金瓶梅》最大的特色也是百分之百的寫實性，然而，《包
法利夫人》還有傳統可以繼承，《金瓶梅》却沒有傳統可以繼承，
因爲我國的長篇小說的寫實傳統，嚴格說來，是它開創的。早在
二十年代，魯迅已指出《金瓶梅》是明朝最好的"世情書"，明
朝沒有一部小說比得上它："同時說部，無以上之。"（《中國
小說史略》）鄭振鐸繼魯迅之後，在三十年代他的《插圖本中國
文學史》中對《金瓶梅》寫實的特點及其在小說史上的地位，又
作了極高的評價，他是不是講得有點過頭，可以斟酌，但文筆可
眞是洋洋灑灑，淋漓盡致極了：

　　　　《金瓶梅》的出現，可謂中國小說的發展的極峰。在文學
　　　的成就上說來，《金瓶梅》實較《水滸傳》、《西遊記》、
　　　《封神傳》爲尤偉大……在始終未盡超脫過古舊的中世紀
　　　傳奇式的許多小說中，《金瓶梅》實是一部可詫異的偉大
　　　寫實小說。……像她這樣的純然以不動感情的客觀描寫，
　　　來寫中等社會的男與女的日常生活（也許有點黑暗的、偏於性
　　　生活的）的，在我們的小說界中，也許僅有這一部而已。

　　中西小說的素材來源有二，一是生活，二是書本，但西方的
多取材於生活，我國的多取材於書本，短篇小說如此，長篇小說
亦然。我們的古典長篇小說，除了《紅樓夢》和《儒林外史》外，

均取材於前人的書本，《三國》取自《三國志》，《水滸》取自
《大宋宣和遺事》，《西遊》取自《大唐三藏取經詩話》，它們
還取材於一些短篇的話本。《金瓶梅》主要取材於現實生活，但
也取材於《水滸》。劉大杰說：＂明代的長篇小說，故事內容，
大都本前人著作而加以改作的，如《三國》、《水滸》、《西
遊》、《封神》都是如此，《金瓶梅》亦然，所不同者，《金瓶
梅》是借《水滸》中一段家庭故事，寫成長篇巨著。＂（《中國
文學發展史》一〇五九頁）

　　必須指出，《金瓶梅》作者選材目光極其高明，他看出了西
門慶與潘金蓮這兩個人物的典型性與複雜性，故能借題發揮，通
過西門慶一家的醜惡生活，反映明代的市民和官商的荒淫，表現
現實社會黑暗的面貌。西門慶與潘金蓮的性格刻劃，遠遠超過了
《水滸傳》的描寫。他看出了武松殺嫂的殘酷性，他寫武松殺嫂
那段文字，着眼點是要寫潘金蓮的可憐，力氣全用在＂武松這漢
子，端的好狠也＂兩句話上。作者寫出了潘金蓮悲劇的社會原
因，否定了武松殺嫂祭靈的凶狠行爲，是一種可貴的民主思想，
表現了他的膽識。

　　《包法利夫人》不是取材於書本，是取材於當時一個家庭的
眞實的故事：古都芮耶地主不肯透露他的財產的實況，每逢有人
向他的女兒求婚，總是在這一點灰了對方的心。這時來了一個窮
醫生，戴耳芬將近二十三歲，急於出嫁，用手帕做了一個假肚子
，引起家人的焦慮，便匆忙地把她嫁給這個窮醫生，生了一個女
兒。她在近鄰中結識了一個情人路易·康皮雍，這是一個荒唐鬼，
以後在巴黎的街道上用手槍打死自己。她另外結交了一個情人，

一個小書記。生活糜爛，債臺高築，活不下去，服毒自盡。窮醫
生爲她立了一方"賢妻良母"的墓碑，不堪傷心，不久也就去世。
福樓拜改造了這個素材，不寫她的情人自殺，而寫貴族地主對她
的引誘，從社會、文化、心理、婚姻四個方面寫出她墮落的必然
性，藉她悲慘一生，揭露法國七月王朝外省資產階級貴族社會的
冷酷和沉悶，使一個妻子欺騙丈夫的故事具有控訴社會的意義。

李萬鈞

〈《包法利夫人》和《金瓶梅》〉，
《北京師範大學學報》（社科版）4（1986），42～47。

《金瓶梅》與《娜娜》*

《娜娜》以作品的主人公命名。娜娜處在資本主義社會下層的妓女，賣淫制度不僅使她在肉體上受盡折磨，而且在精神上也備受摧殘，她成了巴黎社會的玩物。王子、侯爵、伯爵、富商、軍官、貴族子弟、新聞記者、外國使館官員，把她當作洩慾的工具；像俱商、供應商、理髮師、老鴇、演員，把她看作俎上之肉，作為妓女，娜娜在罪惡的社會環境中習慣於過奢侈腐化的生活，肆無忌憚地揮霍財物，最後，娜娜死於天花。

同《娜娜》一樣，《金瓶梅》也以作品的人物作為書名，不過，它是三個女性的名字的縮寫，“金”指潘金蓮，“瓶”指李瓶兒，“梅”指春梅，三人均是西門慶依財仗勢霸佔來的妻妾。她們被西門慶奸污、踐躪的同時，也墮入生活糜爛、道德敗壞的深淵，最後，她們的下場也都十分悲慘。

在《娜娜》裏，左拉以深切的同情心描寫一個在惡劣社會環境裏墮落的女性的同時，怒不可遏地刻劃出上層社會的腐化墮落、道德敗壞的一群男女醜類，在作者筆下，“凡是上等人都是些衣冠禽獸”。這些有錢有勢、作為第二帝國支柱的達官貴人，他們表面上道貌岸然，骨子裏却是男盜女娼。宮廷侍衞長官米法伯爵

---

* 　Emile Zola（ 1840～1902 ）, *Nana*（ 1880 ）.引文出自鄭永慧譯本。

夫婦，一個公開玩妓，一個"秘密"偷漢。紈綺子弟達蓋內爲了
酬謝娜娜幫他娶到伯爵的獨生女兒，竟無恥地送上他的"初夜
權"。貴族青年米尼翁不知羞恥地感到他妻子的情夫福什里"給
他帶來無限的好處"，並"整天到街上爲他的醜八怪老婆拉客"。
喬治、菲利普、旺德夫爾和米法等幾個男人"像親密的朋友一樣
互相握手"，公開地在一個居室裏同一個女人過魂牽夢繞的生
活。總之，在巴黎這個社會裏，"越是上等男人，越是什麼髒事
都做得出來"。他們紙醉金迷、揮霍無度、晝伏夜作、喪盡廉恥。
而所謂上流社會的"正經女人"，"則躲在人不知鬼不覺的骯髒
角落裏，拚着命來尋歡作樂。"她們婚外亂淫、放縱私鳥、道德
淪喪，罪惡淵藪。

　　《金瓶梅》的故事的基本部分是圍繞着西門慶的荒淫糜爛的
生活展開的。

　　西門慶原是"清河縣一個破落戶財主"，最初開生藥鋪，由
於"交通官吏"而家道中興，由"理刑千戶"升到"正千戶提刑
官"，成了集官、商、地主於一身的暴發戶。西門慶像《娜娜》
裏的許多男人一樣，以卑劣的手段蹂躪婦女。他偷娶潘金蓮、強
娶鄰妻李瓶兒，奸佔奴僕之妻宋惠蓮，娶妓女李嬌兒、寡婦孟玉
樓，佔他的妻陳氏的陪床孫雪娥，奸其妾潘金蓮的女僕春梅。家
有妻妾成群，外設"外宅"多處。婚外淫亂變本加厲，縱慾亂倫，
花樣翻新。耽溺男風，違反人道，聲色犬馬，浮淪無恥。

　　西門慶只是一個代表。在作者筆下，這個社會上至朝廷權相、
太監、地方官吏、貴族子弟、高利貸者，下至依附於受制於上層的
幫閒無賴、僧道尼姑、巫醫媒婆、無行文人，以及男伶女妓，都

在金錢、權勢、色情中追逐角鬥。他們營私舞弊、賄賂公行、淫邪放蕩、導演出一幕幕醜劇。

金錢、欺騙、淫蕩，構成了《娜娜》和《金瓶梅》兩部小說各自時代的共同特徵。

我們從法國伯爵、侯爵的愛色貪花和中國太師、狀元的姍妓風流，看到了兩個國家裏的宮廷貴族的精神空虛和人性墮落；從德·舒阿爾侯爵由於"60年的荒淫生活"造成"骷髏似的身體"在娜娜床上"不住的哆嗦"，想到西門"縱慾不顧死活"，終因濫服媚藥縱慾過度而暴亡，從而看到兩個沒落的剝削階級的腐爛崩潰；從貢倆兄弟相互默契與娜娜心安理得的亂倫，到陳經済與潘金蓮表面娘兒相稱，背後相奸共淫，從法國貴族米法晚上佔有娜娜一小時可以花掉幾萬法郎，到中國統治階級花費千兩銀子辦的一桌酒席、從巴黎專搞同性戀的咖啡館，到西門慶癖好男色的歡樂窩，看到生活在中法兩個"世紀末"的人們道德敗壞的共同之處；從巴黎夜晚"光線越來越陰暗的林蔭道上妓女粗野地獵取男人討價還價的交易"中，看到生活在十九世紀七〇年代法國下層婦女的屈辱生活；從中國統治者把婦女當作商品自由買賣和她們不時遭到凌辱和打罵的醜行，看到明代萬曆年間下層婦女的悲慘遭遇。左拉的《娜娜》，接近實錄地反映了法國"整個社會，從上到下……骯髒透頂"。"笑笑生"的《金瓶梅》，具體真實地表現了中國社會"風流頹敗，髒官汚吏，遍滿天下"。兩部作品揭示了一個共同的社會現象：人們置身於污穢的社會中，金錢和物質的魔力無時不在誘發他（她）們縱慾歡樂，結果是玩物喪志，不是傾家蕩產，就是敗落死亡。在兩位作者的筆下，社會充滿了濃瘡潰毒，人性遭到異化扭曲。

《娜娜》和《金瓶梅》兩書的作者都描寫了婦女猥褻不堪的生活。從總體上說，兩者都反映出在男權統治的社會裏，完全失去獨立人格的廣大婦女在被欺凌被玩弄的同時，走向墮落和沉淪的歷史。所不同的是，《娜娜》用重筆寫了一個，《金瓶梅》則寫了一群。

娜娜原是左拉另一部長篇小說《小酒店》裏的人物，她出身很苦，母親是個洗衣婦，父親是個洋鐵匠。她十五歲時在一個賣花店當學徒，不久被一個富有的鈕釦商老板勾引並跟他私奔了。到了《娜娜》這部小說裏，娜娜已經是一個十八歲的妙齡女子，她在一個歌劇院裏主演下流喜劇，一炮而紅，成了巴黎的名妓。她的發迹並不在於她有高超的演技，而是靠她那特有的冰清玉潔的軀體，她傾倒了無數男人，用肉體交換金錢，肆無忌憚地揮霍享樂。她的奢侈淫逸到了觸目驚心的程度：她獨出心裁地設計一張“連王后也沒有睡過”、價值五萬法郎的豪華別緻的床，供自己與情夫在上面出乖露醜地尋歡作樂。高興時，把穿一兩次、價值幾萬法郎的衣服、裙子隨便扔掉或送人。生起氣來，歇斯底里地摔碎古玩瓷器，隨心所欲地毀壞珠寶。她的怪癖是經常一絲不掛的赤裸着身體，長時間地對着鏡子自我欣賞。她的情慾泛濫到極點，與男人通奸穢褻不堪，搞同性戀沒有一點顧忌、羞恥之心。齷齪的社會生活使她墮落，賣笑生涯腐蝕了她的靈魂，嗜痂成癖的惡習使她墮入罪惡的深淵不能自拔。她毀壞了自己，也腐蝕了別人。左拉把她喻為“金蒼蠅”，說她“是一股意識不到的力量”，“停留在男人們身上，就把他們毒死”，“一種有破壞性

的酵素 ”，不知不覺間使巴黎墮落和解體。

《金瓶梅》寫了許多被男人蹂躪的怨婦、娼妓、婢女。在這些可憐而又墮落的婦女群像中，潘金蓮是最突出最典型的一個。她在縱慾、害人、也被害幾個方面，不僅與娜娜具有非常驚人的相似處，而且在墮落的深度上略勝一籌。

潘金蓮的出身也是很苦的。她原是一個窮裁縫的女兒，父親死後，母親把她賣給一個姓王的琴師學習彈唱。王死後，被張大戶收用。不久被迫嫁給賣燒餅的侏儒武大郎。最後，與西門慶勾搭成奸，害死武大，做了西門慶第五房的妾。數年間，潘金蓮成了一個被隨時賣掉的玩物，幾經易手、多方被糟蹋。殘酷的現實，摧殘了她的肉體，醜惡的社會，污染了她的靈魂，她迅速地滑向罪惡的深淵。

在墮落的道路上，潘金蓮用肉體換取淫慾的滿足和各種享樂生活，同時也在製造着罪惡。她不願作張大戶的姘婦，就花枝招展地在門前勾引男人。她不甘心做社會地位低下的醜八怪的妻子，就一方面不斷地與張大戶通奸，一方面勾引小叔子武松，以至藥鴆武大、委身西門。在西門慶家，她與西門慶的妻妾之間明爭暗鬥，排擠陷害，不顧一切地幹壞事。爲了增加黨羽，她把自己的婢女春梅獻給西門慶；她嫉妒西門慶與宋惠蓮私通，就挑唆西門慶逼宋惠蓮上吊；李瓶兒生子她懷恨在心，遂生殺機除掉母子二人而後快；膨脹了的動物性原始情慾，使她與西門慶、與女婿陳經濟、與僕人琴童、與王婆之子王潮兒縱情狂淫，以至在西門慶命如游絲的情況下，她給他服用過量春藥縱慾身亡。在作者筆下，潘金蓮成了一個集亂倫、嫉妒、狠毒於一身的淫婦，一個可怕的魔鬼。

　　娜娜和潘金蓮是《娜娜》和《金瓶梅》兩書中兩個主要人物，但都不是正面人物，然而她們的性格却是相當複雜的。她們既是可憎的墮落者，又是可悲的受害者。她們的墮落是有其深刻的社會根源的。

　　娜娜之所以成爲妓女，不是由於遺傳，而是因爲貧窮困苦的惡劣的生活環境。還在孩提時代，娜娜就同父母同居一個陰暗、窄狹的屋子裏，不可避免地"窺探"成人們的所做所爲。父親養成酗酒的惡習，無緣無故地打她，娜娜的家裏失去了生機、失去了溫暖、失去了愛，使她憤而離家出逃。父親酗酒和打人，是因爲工傷事故失業，是藉酒澆愁、藉酒洩氣。娜娜出逃，是企圖掙脫環境對她不公正的迫害。但是，她逃出了"虎口"，又落入"狼群"。是那個金錢統治的社會把一個弱女子步步逼入靑樓。可以說，在這之前，娜娜是一個天眞無邪的姑娘。"毫無疑問，她生下來是一個規矩的人"。來自下層人民的純樸善良的精神境界，始終在娜娜身上閃耀着光輝。她厭惡繁華的巴黎，喜歡鄉下愛撫別墅裏的美麗的自然風光。她全身心地愛着她的非婚生的兒子小路易，"她把兒子打扮得像小王子"。"她的慈母之愛，發作起來簡直像瘋了一樣的猛烈"，以致最後竟爲照顧兒子被病毒感染而死於非命。從她身上，我們看到一個非常慈祥的母親對簡樸而正當的生活良好願望。在她與喬治、與方堂的感情糾葛中，充滿着一個女子對愛情的天眞幻想。特別是她忍辱負重地接受方堂殘酷虐待，說明她多麼渴求一夫一妻的正常生活！她說得好："我知道有些東西比金錢更有價值……啊！要是有人能把我渴望的東西給我……"可以這樣說，娜娜是一個陷於泥坑而不能自拔的人性未泯的沉淪者。唯其如此，她才"從心底裏看不起那些上等人"，儘管"人家給她送來了財產，給她建造了宮殿，但她始終認爲還是她啃土豆的時代好"。被迫走上歧途的娜娜，在她表面上放蕩不羈、尋歡作樂的背後，隱藏着一顆悲哀破碎的心。她厭倦賣笑生活，滿肚子的辛酸和委曲。喬治自殺後，她曾這樣哭訴自己的不幸和無辜："這難道是我的錯？……我並沒有叫菲利普去侵吞公款，也沒有逼這個可憐的小傢伙自殺……在這裏最可憐的是我。人家到我家裏來做糊塗事，給我添麻煩，還把我當成壞女人看待"。娜娜無緣無故毀壞古瓷珠寶，詛咒金錢，那是內心空虛和絕望的反映。特別是她憤怒地踢打穿着朝服在地上自願做狗爬行的米法伯爵的舉動，表現出了一個被侮辱者長期積累的對統治階級的仇恨，那是被壓迫者對糟踢她的老爺的強烈反抗，是一個不幸的婦女對賣淫制度的控訴。

潘金蓮也不是天生的"淫婦"，她的墮落是有其一定的社會原因的。童年少年時代的潘金蓮，美麗聰慧，有過正當的追求。情竇初開，爲張大戶收用，實爲不幸；與武大郎的結合，可謂"鳳凰"落鴉窩，實爲可悲。那個社會給予她的不公平的待遇，使她叫苦不迭："端的那世悔氣，却嫁了他！是好苦也！"一個渴望獲得美好生活的妙齡女子，却被一種不般配的姻緣所禁錮，她的不滿和牢騷，甚至產生"偷漢子"的行爲，不但可以令人理解，甚至應該叫人同情。儘管潘金蓮的行爲是一種對"合法"婚姻的越軌，對丈夫的不忠，但在某種意義上，它是人的慾望被壓抑後的自然爆發，一種對外力撮合成的毫無選擇自由的不合理的婚配

的反抗，甚至是一種合乎人性的合理的愛情追求。潘金蓮的一生
就是以這個基本合理的愛情追求爲起點的。當然，潘金蓮與娜娜
不同，她後來畢竟由生活的底層進入上層當了主子。但她在西門
慶的妻妾中，自身低微、經濟非薄、排行第六、她與情敵的角逐，
是爲擺脫困境，爭取一個優越的地位。其實她又何嘗不是西門慶
的女奴！就在潘金蓮得勢之時，也免不了遭受西門慶的打罵凌辱。
有時把她按在地上或床上，被拳打脚踢；有時命令她脫光衣服，
赤身露體跪在院子裏、跪在床邊，接受一頓馬鞭子的抽打。在這
時，她不但不敢反抗，而且忍氣吞聲，或柔情蜜意以取悅，或委
曲哭訴以軟化。這種低三下四的以德報怨，只能說明潘金蓮在男
權爲中心的封建家庭的“有幸”的不幸。潘金蓮最後被武松割頭
刮心的可悲下場，也說明這一點。

　　潘金蓮被殺，固然罪有應得，但是，連作者也按捺不住對其
憐憫之情，以至發出“端的好苦也，可憐這婦人”的嘆息，我們
從觸目驚心地對一個女人的殺戮裏，感受到以男性爲中心的封建
道德的殘酷凶暴。潘金蓮的結局，是一個美麗、聰慧有過正常追
求的婦女，被蹂躪而墮落，最後被封建制度吞噬的悲劇。

　　恩格斯說：“賣淫制度使婦女中間不幸成爲受害者的人的墮
落”。顯然，賣淫制度是造成娜娜沉淪的根本原因，潘金蓮則是
以通奸和賣淫爲補充的封建買賣婚姻的犧牲品。娜娜被說成“金
蒼蠅”，那是罪惡的資本主義把人性異化的產物；潘金蓮被看成
是“淫婦”和“魔鬼”；那是一個女人被畸型社會扭曲了的畸型
人。

閻鳳海

《娜娜》和《金瓶梅》，

《外國文學研究 》4 (1987)，103 ～ 108。

《金瓶梅》與《俊友》*

誕生於十七世紀初的《金瓶梅》，以其“描寫世情，盡其情僞”〔魯迅語〕而成爲明末社會黑暗一面的鏡子；同時，由於它肆意描繪了不堪入目的男女縱慾，則被視作“淫書”。無獨有偶，十九世紀末法國作家莫泊桑的《俊友》〔又名《漂亮的朋友》〕，因其暴露了法蘭西第三共和國時期巴黎新聞界乃至上層資產階級官僚集團的骯髒內幕，曾得到恩格斯的讚譽；但也因爲作品過多地着墨於色情而被斥爲“一本非常污穢的書”〔列夫・托爾斯泰語〕。兩位作家非處同一國度，且又相距二百七十餘年。兩部作品反映的時代，在中國，資本主義始露端倪；法國已是資產階級趨向壟斷的階級，似乎不可同日而語。然而我們不難發現，兩書却有驚人的相似之處：描寫流氓發迹史、暴露社會黑暗而顯示的現實主義的批判精神；否定浪漫主義而流露的自然主義描寫傾向。

兩書都以愛情婚姻爲題材，以人物的發迹過程爲結構線索，塑造了流氓野心家的典型。《金瓶梅》的西門慶，原是清河縣開生藥舖的破落戶地主，但他通過漁色斂財，交通權貴，順利走完三步曲：從一個無賴變爲富商，爬上理刑副千戶，進而升任正職和執政官沆瀣一氣。《俊友》中的杜洛阿，開卷時只是個小職員，

---

*　Guyde Maupassant（1850～1893）, *Bel-Ami*（1885）.

口袋裏僅有"兩頓晚飯的價錢"。經朋友介紹進入報社後，他像餓狼覓食一樣尋找政治階梯和發財機遇，如願以償地走完三步曲：由一名記者成爲"本市要聞"編輯主任，爬上"政治新聞"主編的位子，進而登上總編輯高座，並窺伺着國會議員的職位。

　　西門慶和杜洛阿都是不學無術的流氓。一個寫拜帖請人代筆，一個寫報導由人口述，但竟然都能飛黃騰達。他們的手段和途徑縱然有異，但依靠誘騙女人並通過她們達到目的却很相似。杜洛阿勾引馬萊德太太，叩開了上流社會的大門；征服瑪德來因，依仗她的交際而在政治道路上平步青雲；誘奸總經理的夫人及其女兒，終於擠入"最富又最受人尊敬的人之列"。西門慶獵取女人似無謀取政治地位的動機，但他通過奸騙婦女斂財，得以用錢鋪平政治道路，實質並無二致。他納妓女李瓶兒爲妾，佔她積蓄，誘娶富孀孟玉樓，奪她家產；勾引李瓶兒，侵吞大批金銀財物，驟然暴富，這樣他才有資行商盤剝，貪緣攀附。他也深得通過女色獲利之個中奧壺，送美女給太師管家爲進階作鋪墊，送妓女陪伴新御史，勾結朝中官僚，由此地位身份日益擡高。兩個流氓有着剝削階級某些共同的本質特徵：貪得無厭，狡詐殘忍。女人對他們來說只是工具——用以滿足獸慾和獲得金錢地位。在沒有捕獲"獵物"之前，他們機關算盡，或殷勤獻媚，或賭咒發誓。一旦征服對象，便伸手一抹露出猙獰面目。杜洛阿侮辱洼勒兌爾太太，西門慶折磨李瓶兒，伎倆如出一轍。

　　不寧唯是，兩部作品還通過各階層人物關係的描寫，展示廣潤的社會畫面，令人信服地揭示了流氓發迹的社會動因。統治階級的需要和賞識則是流氓發迹的原因之一。總經理洼勒兌爾對於杜洛阿善玩權術、狡猾詭詐的性格頗爲欣賞，接二連三地破格提拔。在杜洛阿設計搞垮新任外交部長時，洼勒兌爾明知他手段毒辣，並提醒自己"提防這傢伙才好"，但又認爲"他將來的前程是遠大的"；甚至自己上當，女兒受騙，洼勒兌爾仍恬不知恥地讚道："哈！這光棍，他眞玩弄了我們，……他居然是精明能幹……將來是要做國會議員和部長的。"原來國會議員、部長就是杜洛阿這類人！同樣，西門慶胡作非爲，得到李縣主、夏提刑的包庇慫恿；他草菅人命，貪贓行賄，諸惡皆備，却被太師保舉爲官，兵部居然評云："才幹有爲，精察素著"，"在任不貪，國事克勤"。由此可見，西門慶算是後起之秀，而六部宰相更有過之無不及，都是一丘之貉。

十九世紀末的法國，資產階級貪婪至極，"拜金主義"風靡，杜洛阿便是這金錢世界的產物。他認爲"對於雄心和財產所抱的利己主義究竟比對於異性和愛情而抱的利己主義值價得多"。本着這一信條，他利用洼勒兌爾太太在摩洛哥事件中一下賺了七萬法郞；假意保護妻子的名譽而奪得五十萬法郞的遺產；拐騙西茶茵，理所當然地分享遺產，搖身變爲百萬富翁。他的行爲徹底撕破了資產階級籠罩在家庭、愛情、友誼上的面紗。然而，杜洛阿非但沒有遭到譴責，相反却贏得了人們的羨慕和尊敬，這就暴露了資本主義社會的醜惡本質。十七世紀初，在中國儘管沒有"拜金主義"一詞，但是，資本主義原始積累的劣性和封建統治階級斂財的痼疾，已使金錢萬能的毒素滲透了社會各個領域。西門慶一方面舞弊行賄，楊戩一案，花了五百石米、五百兩銀，"西門慶"便改成了"賈廉"；送上二次"生辰綱"，就換來了"提刑"

官銜。另一方面則枉法受賄，僅苗青一案便得贓銀一千兩。顯然，兩個時代金錢決定一切的社會現實是流氓發迹的又一原因。

流氓發迹的再一原因，也就是腐朽的社會制度所產生的衰頹世風。那一社會，"前程是滑頭們的"〔魯迅語〕，它爲野心家大開方便之門。《俊友》所描寫的法國上流人士，個個都是滑頭。管森林靠妻子外交混上主編，還只是小滑頭；拉洛史從報社股東躍上外交部長寶座、洼勒兌爾在摩洛哥事件中乘機撈取百萬錢鈔才是大滑頭。而杜洛阿更是出類拔萃的滑頭，所以連大滑頭都敗倒在他手下。西門慶所處的社會，天子愛色貪花，太師、太尉賣官鬻爵，狀元姻妓風流，知縣、提刑貪賄枉法。在這霉爛的社會土壤上，流氓之苗得以"茁壯成長"，則可謂"勢所必然"。

《金瓶梅》和《俊友》都沒有一個正面角色，作爲兩部流氓發迹史，小說描寫的人物及環境則是眞實的。明代萬曆時期，酒色財氣四病俱全的神宗皇帝，昏庸荒淫，朝政黑暗，吏治腐敗，世風日益衰頹。十九世紀末，普法戰爭導致了法蘭西第二共和國的滅亡；巴黎公社革命失敗後，大資產階級獲勝，成立了第三共和國。一方面作爲戰敗國的法國政府，加緊資本主義發展，擴張殖民主義，以圖東山再起；另一方面作爲勝利者的資產階級則爭權奪利，爾虞我詐，唯金是拜，揮霍放蕩，整個上層社會烏煙瘴氣。兩個社會，不同地域和歷史階段，但是政治腐敗、世風衰頹的社會特徵却有着共同性。《金瓶梅》"借西門慶以描畫世之大淨"（東吳弄珠客《金瓶梅詞話·序》），着此一家罵盡諸色，無疑是現實社會的縮影。杜洛阿這種流氓野心家，用莫泊桑的話來說，也能"在巴黎每天都能肘碰肘地遇到，都能在現有的各種職業中

碰到"。小說的面面觀是那一時代法國上流社會的典型概括。因
此，恩格斯說："我看到了《漂亮的朋友》生活中完全現實的一
幕。現在我應當向吉·德·莫泊桑脫帽致敬"。

　　顯然，"笑笑生"和莫泊桑觀察社會的犀利目光，憤世嫉俗
的創作態度十分相似。兩部作品暴露社會，共同體現了批判現實
主義作家所具有的膽量和批判精神。但無庸諱言，兩書都存在自
然主義色情描寫的致命缺陷。《俊友》對女性身體那種很不嚴肅
的細節描寫，《金瓶梅》既多且細的淫亂描寫，都嚴重地削弱了
作品思想內容的批判力量。之所以產生這種弊病，各自原因很多，
然而我們依然可從主客觀兩個方面看到極爲相似的因果關係。客
觀上，剝削階級的實際生活遠比小說描寫的還要污穢。正因爲十
八、十九世紀西方資產階級生活糜爛，才有諸如精神極端空虛的
愛瑪（《包法利夫人》）、"專爲金錢或衣着而不忠於丈夫"的
瑪德來因，以及無節制追求女色的于洛男爵（《貝姨》）等等形
象。而中國明末，幾代皇帝淫濫至極，方士"以獻房中術驟貴"，
興起的市民階層"不以縱談閨幃方藥之事爲恥"〔魯迅語〕。在
這社會環境裏，作家要逃脫影響也就不很容易。他們畢竟不能拔
着自己的頭髮離開地面。其次，兩部作品的創作都處於浪漫主義
文學思潮向現實主義轉變時期。《金瓶梅》之前，風靡一時的神
魔小說已趨衰落，小說家轉而提倡描寫耳目之內男女飲食，極摹
人情世態，備寫悲歡離合。然而摹繪人情，却又"不識情字，常
把淫字當作情字"〔《脂硯齋重評石頭記》〕。十九世紀法國，
浪漫主義文學走向了反面，喪失了積極意義。這時左拉提出：對
存在事物作"直接的觀察，精確的剖析"，如同科學實驗。莫泊

桑“很敬佩左拉”，和盤接受了他的理論。因之，兩書整體上不失為現實主義描寫，但在局部“爬行的、非道德的、專門描寫人類生活的裡層、描寫人類底最骯髒的生理職能的自然主義”〔法捷耶夫語〕筆墨，顯而易見。

方正耀

〈《金瓶梅》與《俊友》〉，

（滬）《書林》6（1985），44～45。

《西遊記》與《巨人傳》*

　　十六世紀中葉，在中國是明世宗嘉靖年間；在歐洲，正是文藝復興運動激揚奮發時期。正當吳承恩在遠東爲唐僧師徒上西天取經打點行裝時，法國人文主義先驅拉伯雷搶先一步，驅使法國民族巨人龐大固埃一行遠涉重洋到東方尋找“神壺”。這種時間上的巧合難道純屬偶然嗎？

　　再看這兩部巨著的內容及結構安排：

　　《巨人傳》前後分五部出版，其內容可以概括爲三部分。第一部分（小說第一、二部分）敍述巨人國王高康大和龐大固埃的出生、教育成長過程，描寫他們爲保衛國家而進行的戰鬥；第二部分（小說第三部）敍述龐大固埃的朋友巴奴日爲要不要結婚問題進行的廣泛討論，引出尋找“神壺”的啓示；第三部分（小說第四、五部）描述龐大固埃一行爲尋訪“神壺”而進行的海上冒險，最後終於得到“神壺”的啓示。

　　《西遊記》共一百回，內容也是三部分。第一部分（第一～八回）寫孫悟空的出世及其大鬧三界的經歷，江流兒出世，（第九～十二回）唐太宗遊地府，江流兒出世，引出唐僧師徒去西天“取經”；第三部分（第十三～一百回）寫唐僧、孫悟空一行在

---

　*　François Rabelais（1494?～1553），Gargantua et Pantagruel（1532～1564）.

取經路上經歷的種種磨難，終於取得了"三藏眞經"。

《西遊記》與《巨人傳》在內容和結構上的這種類似只是"表面的""偶然的"甚至是"臆造的"嗎？我們不能從這種"偶然的"相似中得到某些啓示嗎？

《西遊記》第二十回寫唐僧師徒到一個山莊借宿，主人聽說他們要去西天取經便擺手搖頭道："去不得，西天經難取；要取經，往東天去罷。"三藏口中不語，意下沉吟："菩薩指道西去，怎麼此老說往東行？東邊哪得有經？"……唐僧一心以爲"經"在西天，把西方當做人間極樂世界，反映了當時東方人的思想觀念。殊不知當時西方人恰恰認爲長有生命和智慧之樹的伊甸園乃在東方。在現實生活中，東方沒有的就到西方找，西方沒有的也到東方找。這是歷史上推動東西方探險家們跋山涉水、探索異地的原動力，也是構成和推動歷史上東西方文化交流的重要原因。然而促使兩位身處異地的作家同時拿起筆來表現這種探索的原動力又是什麼呢？

時代精神與作品主題
—— 巨人國王和孫悟空的形象以及他們的追求與探索

馬克思主義文藝觀認爲，作爲觀念形態的文學藝術作品，都是一定的社會生活在人類頭腦中反映的產物。偉大的藝術家，總是通過藝術形象把握時代的風貌，反映時代的本質。《巨人傳》中的巨人國王高康大，龐大固埃和《西遊記》中的齊天大聖孫悟空都是當時時代精神的象徵。巨人國王和孫悟空對宇宙、對人生的探索，構成了兩部巨著的共同主題，反映了共同的時代要求。
這種共同的時代要求則是推動兩位作家創作的原動力。

《巨人傳》中的巨人高康大、龐大固埃父子，本是法國中世
紀民間傳說中的巨人和魔鬼的形象，拉伯雷賦予他們以鮮明的時
代特徵。

十四～十六世紀的西歐，是資產階級文藝復興運動時期。隨
著生產力的發展，新的資本主義生產關係逐漸形成。資產階級的
意識逐步覺醒。意大利的人文主義作家卜迦丘最早衝破中世紀瘟
疫的毒害，在他劃時代傑作《十日談》中，爲人類描繪了一個陽
光明媚，充滿了甜蜜愛情和生活情趣的人間樂園。這是一個嶄新
的世界，大大刺激了人們粉碎中世紀封建和教會的牢籠，追求人
生幸福和人性解放的慾望。中國三大發明先後傳入歐洲，又給歐
洲前進以巨大的推動。哥倫布、達伽馬、麥哲倫相繼揚起探索世
界的風帆。歐洲科學復興了，哥白尼發現了天體在運行，神學的
基礎動搖了。路德勇敢地向宗教宣戰。歐洲中世紀統治在日趨崩
潰。正如恩格斯所說：“這是一次人類從來沒有經歷過的最偉大
的進步和變革，是一個需要巨人並且產生了巨人——在思維能力、
熱情和性格方面，在多才多藝和學識淵博方面的巨人的時代。”
拉伯雷正是適應這一時代需要而誕生的法國巨人，《巨人傳》則
是對時代巨人的生活、鬥爭、理想的眞實、生動的記錄。

《巨人傳》第一部中，拉伯雷就以獨特的誇張手法，描繪了
巨人高康大不同凡俗的舉止。他剛一出生就以宏大的吼叫使人震
駭，因此獲得了高康大（大嗓門）的稱號。這新生階級的第一聲
吶喊，喊出了時代的最強音。接着作者又生動、具體地描繪了高

康大的衣食住行——從早晨起床、梳洗吃飯、嬉戲，從他饕餮嗜酒到打銃似的放屁，他的一切行爲都以合乎自然、順乎人性爲法則，與中世紀的違反自然、戕害人性的禁慾主義、黑暗的封建秩序完全背道而馳。

作者還着意刻劃了巨人與天主教會的誓不兩立。當他騎馬到巴黎留學時，竟一脚跨上那千千萬萬人頂禮膜拜的巴黎聖母院，不僅把那裏的大鐘摘下來繫在馬脖子下做鈴鐺，而且站在那上面，當着全巴黎男女修士的面大撒其尿，以致造成一場洪水把巴黎修士們淹個不亦樂乎。高康大對神聖不可侵犯的"聖母院"進行如此褻瀆，正是當時日益高漲的反教會思想的藝術體現。

高康大與中世紀腐朽神學和經院哲學也是格格不入的。神學教育曾使他變得猥瑣、呆痴，只有在人文主義者用瀉藥將他頭腦中的中世紀汚穢清除之後他才恢復了勃勃生機。高康大對近代科學和優秀品德，却十分尊崇，請看他寫給兒子龐大固埃的信：

> 對於自然事物的知識，我希望你要以極大的好奇心去悉心鑽研……我希望你的廣博的學問像無底的深淵，但你長大以後，不能只長專心研究學問，必須學習武藝，以便能夠捍衞我們的祖國和朋友，在他們急難的時候保護他們……

這封信充分表達了資産階級人文主義者對待近代科學的態度以及人文主義的政治理想。

恩格斯還指出："給現代資産階級統治打下基礎的人物，決不受資産階級的局限。相反的，成爲時代特徵的冒險精神，或多或少地推動了這些人物。"確實如此，在《巨人傳》第四、五兩部中，拉伯雷精心描繪了巨人龐大固埃一行爲尋找神壺而進行的海上冒險。他們爲尋找愛情、尋找知識、尋找眞理、尋求人生意義的冒險精神，無疑是當時時代精神的最高體現。也正是由於時代精神的武裝，才使他們突破了資產階級的階級侷限，成爲代表這一偉大時代的"巨人"——"全面的或完全的人，跟自然等同的人，能力、智慧和生活本領方面的巨人"〔勒菲費爾語〕。

《西遊記》中孫悟空的形象，同樣來自民間傳說，吳承恩對這一形象，也進行了全面再創造，賦予他以鮮明的時代特徵。

首先，作者以奇特的想像，描繪了孫悟空的出世。它無父無母，乃是一個因受"天眞地秀、日精月華"破石而生的美猴王。這更是一個與自然等同的形象。這一形象，恰是中國古典哲學中"人"的象徵："故人者，其天地之德，陰陽之交，鬼神之會，五行之秀氣也"【《禮記·禮運》】。

孫悟空形象的意義，必須從當時特定的時代精神中去考察。吳承恩生活的明代中後期，是一個蘊釀着新的變革的時代。商業城市中，資本主義萌芽已經出現，市民階層在逐步壯大。在思想文化各條戰線，短時期中先後湧現了一批文人鬥士。衝破宋明理學枷鎖，要求人性解放；衝破"文以載道"傳統，努力抒寫性靈，表現人的眞實；這是一股和歐洲文藝復興運動一樣的新興階級的反抗運動。吳承恩的《西遊記》無論從思想上還是從藝術上都是這一運動的產物，也是這一運動的標誌。因此，孫悟空的形象，主要表現了這一特定時代的時代精神。表現了新興市民階級個性解放要求和願望。當然，由於時代和作家思想的複雜，這裏也不完全排除對農民起義的藝術折光，甚至也不排除封建士大夫階級懷才不遇的憤懣與頹傷。

我們不能把形象的豐富與混亂混爲一談。在這新舊交替的特定時代，矛盾鬥爭是錯綜複雜的。舊制度中的基本矛盾仍然存在，新的矛盾鬥爭也已爆發。吳承恩作爲偉大的藝術家，敏銳地感受到時代中出現的新因素，深刻地把握時代精神的本質，並用巧妙地藝術形式將其表現出來。這樣吳承恩也就和拉伯雷一樣，跳出了階級的侷限，把傳說中的巨人或魔鬼形象變成了時代精神的象徵。

現在我們就來討論這兩部作品的主題。《巨人傳》的主題，有人主張應從兩方面考察。第一部分是巨人主題，第二、三部分是巴奴日的探索——龐大固埃一行尋找“神壺”是由巴奴日對生活的探索引起的。其實這兩者是統一的。巴奴日，的確與巨人形象不同，這是一個流浪漢，一個不識雙親的私生子，一個剛剛掙脫了一切束縛的資產階級個人形象。然而，他對生活的探索，也正是時代的要求。

巴奴日的遊訪，與歐洲中世紀關於“聖杯”的傳奇完全不同。巴奴日繼承的是《奧德賽》的傳統，在歷盡艱辛、經過種種磨難，取得各種經驗、知識之後安然回家。然而巴奴日們是新時代的俄底修斯。他們到東方尋找“神壺”，與當時歐洲以及法國海外冒險分不開，與當時西方人對東方的認識和想像分不開。當時歐洲人普遍認爲，東方，這個太陽升起的地方，是神聖、富饒、黃金鋪地的國度，哥倫布之發現美洲，其最初動機本來是尋找印度與中國。更何況，奠定歐洲近代科學基礎的正是中國的三大發明。東方——知識的泉源，財富的寶庫，幸福的象徵，正像鬥牛士的紅布，是對歐洲新時代冒險精神的強烈刺激物。

　　《西遊記》的主題，歷代研究者莫衷一是。尤其是對孫悟空保護唐僧去西天"取經"的評價，近幾年更是爭論不休。許多論者往往抓住悟空在取經路上對神佛的一些話，說悟空"皈依了佛教"，進而引申爲投降了統治階級。我們認爲，是否應該更多地注意吳承恩筆下的孫悟空在取經的途中言行的不一致性和悟空性格前後的一致性。所謂悟空言行的不一致性，是說悟空在取經途中雖然嘴上說皈依、知悔，但在行動上却從來沒有眞正按宗教教條辦事，從未眞正皈依。對於佛教"五戒"這些最基本的戒條，悟空也從未放在心上；相反，悟空的每一個行動，每一個勝利，都是對這些戒條的根本否定。所謂悟空性格前後的一致性，是指悟空性格的核心始終是鬥爭、自由、解放，以鬥爭求自由、求解放。在取經前大鬧三界時是這樣，取經路上與妖魔做鬥爭，也是這樣。敢於鬥爭，善於鬥爭，堅持鬥爭，以鬥爭求勝利，這就是悟空的始終如一的性格特徵。

　　因此，《西遊記》雖然採用了佛教徒去西天取經的形式，却決不是一部宣傳佛教主義的聖徒行傳。在《西遊記》中，作家所關注的是個人的自我完成和壯麗與醜陋兼容的人生，表現了城市市民對生命的醉心和對人生的關切。

　　有人說過，歷代能傳下來的好書，都有"驚人的一致性"。一部偉大的作品，討論的往往是與人生密切相關的幾個問題。其中最根本的就是人對自己的認識，對人與自然、人與社會的關係的認識，對現存世界的批判與對理想世界的探索。這些問題一直存在着，不斷地折磨着每一個時代的人。因此，在每一歷史階段，都會有哲學家、科學家、文學家奮鬥畢生，試圖給以滿意的解釋。

處在偉大變革時代的偉大作家拉伯雷和吳承恩更是這樣。

披了宗教外衣的宗教批判與社會批判

——《巨人傳》與《西遊記》的思想傾向

拉伯雷對教會的批判是無情的，全面的，持久的。在《巨人傳》前後五部中，從頭至尾，字裏行間，無處不迸發着拉伯雷對整個僧侶階級的僞善、卑鄙、腐朽、寄生的不可容忍的憎惡，這種憎惡，越到後來表現得越強烈。

第一部第四十章曾專門討論"教士因甚招世人嫌棄"，拉伯雷指出，這些"貌似虔誠的老猴子"，"不像狗那樣會看家，不像牛那樣會拉車耕田，又不像羊那樣可以擠乳剪毛，也不像馬那樣可以馱東西。他只會拉屎惹禍。……"

第四部中教皇島的描寫，作者則把批判的矛頭、直指天主教皇。對《教皇教令集》的揶揄、嘲笑，眞是痛快淋漓，無以復加。教皇島上的主教稱這本書是"世界上最偉大的聖書，人類幸福的保證"，只要翻開《教令集》哪怕只讀上一句半句，也有無窮的樂趣。拉伯雷却藉巴奴日、約翰修士的口講了一連串笑話，揭穿主教的謊言，暴露了《教令集》流毒所及，遺害無窮：巴奴日說他聽了一章"教令集"就害得四五天大便不通；約翰修士說他撕下一頁《教令集》當手紙，因此得了痔瘡；他們還說藥鋪裏用《教令集》包藥，藥就會變質，變成毒藥；裁縫用《教令集》書頁做衣樣，衣服就會變形……總之，任何人任何事只要挨着《教令集》，絕沒有好結果。

　　高康大爲約翰修士修建"德廉美修道院"，表現了拉伯雷對教會、教規全面系統的批判與否定。

　　這裏旣不築高牆束縛人們的手脚，也不用鐘錶和日規限制人們的自由行動；甚至對於"一般出家人須立下三願：一願貞潔不淫，二願貧窮自安，三願遵守教規"也完全廢除。相反，這裏規定"男女修士可以光明正大結婚，人人都可以富有錢財、自由自在生活"，這裏的院規是"想做什麼就做什麼"。拉伯雷對天主教會的批判，反映了文藝復興時期宗教改革運動的基本特徵，它對人性的肯定和對神性的否定，使他開始邁上對宗教徹底否定的道路。"德廉美修道院"已經不單是一個理想修道院的藍圖，而是人文主義的烏托邦——理想的"德廉美社會"的縮影。這種對宗教的批判已經包含了社會批判的因素。

　　《西遊記》對宗教的態度，體現了自己的時代和民族特色。

　　首先，《西遊記》對道教進行了深刻諷刺和有力抨擊。《西遊記》中的道士，從頭到尾，從小到大，大都是反面角色。其中最突出的描寫是第三十七回烏鷄國道士篡位，第四十四回車遲國佞道滅佛，第七十八回比丘國妖道惑亂……只要道士出場，絕沒有好事。吳承恩對這些道士嘻笑怒罵，暴露了他們的陰謀與荒謬、斥責了他們的禍國殃民。吳承恩對道教的批判，主要是針對明世宗崇尙道教，方士擅權，"干擾政事，牽引群邪"，道教已成爲無惡不做的特權階層進行的，對道教的批判，主要是對政治的批判。

　　《西遊記》對佛教的態度，上文已經談到。"取經"，這一佛教歷史上的偉大壯舉，在《西遊記》中已完全改變了意義。孫悟空對佛教的皈依，只是借了宗教的外衣，完成自己的探索。"取經"的過程，恰恰體現了對僧侶階級、佛教信條的多方面否定過程。

　　第十六回"觀音院衆僧謀寶貝"對現實社會中佛門弟子生活的如實描寫，把他們的貪婪、狡詐、腐朽、醜惡暴露得淋漓盡致。悟空進寺時也曾把院裏的鐘鐺鐺亂敲，弄得寺僧個個驚慌，這一細節也和法國巨人高康大的行爲十分相似。

　　"取經"過程中展示的唐僧與悟空師徒二人矛盾衝突，是對佛教教條的最好否定。唐僧，是一個佛教信徒的虔誠和封建儒士的迂腐的巧妙結合體。他自幼出家，吃齋念佛、六根淨除，情慾盡滅。他對神佛的虔誠無與倫比。他的言行舉止，都以佛教教義爲準則。他頑固堅持佛教"不殺生"的主張，念念不忘出家人以慈悲爲懷……唐僧這樣做的結果，總是不僅自己上當倒楣，而且連累徒弟們吃苦受罪。依了唐僧的主張，按佛教教條辦事，不但完不成取經任務，千萬個唐僧也早被妖魔吃掉了。只有按照悟空的意思，擺脫宗教束縛，發揮人的聰明才智，英勇鬥爭，除惡務盡，才能取得最後勝利。

　　唐僧的宗教虔誠和儒士的迂腐相結合，就更爲荒謬。他的特徵就是"對敵慈悲對友刁"。每當悟空爲保衛他不被妖魔吃掉而奮力作戰時，他總是指責悟空是"無心向善之輩，有意做惡之人。"爲了束縛悟空的手脚，動輒念起那害人的"緊箍咒"，弄得悟空死去活來。緊箍咒，其實是佛教信條和儒家倫理對反抗英雄的精神枷瑣。孫悟空與唐僧的矛盾，反映了當時新舊兩種思潮的矛盾。孫悟空的勝利，體現了個性解放對佛表儒裡、儒佛合流的宋明理學的勝利。

　　《西遊記》對佛祖如來的揶揄挖苦，更是意味深長的。作者不僅讓孫悟空當面嘲笑他是"妖精的外甥"，而且常以巧妙的嘲諷，揭露佛教和佛祖的虛僞和欺詐。第七回"五行山下定心猿"如來佛就是用了卑劣手段，把剛剛取得大鬧天宮的偉大勝利的孫悟空壓到五行山下。鎮壓悟空的"唵嘛呢叭咪吽"（我把你哄了！）這只帖子，正是如來佛的自供狀。

　　許多論者都談到唐僧師徒到達西天，阿難、伽葉二尊者索取"人事"這一精彩故事。只因唐僧未送"人事"，這兩位聖者便將一包"卷卷都是白紙"的"無字之經"拿來朦騙。唐僧師徒發現後告到如來那裏，這位莊嚴的佛祖竟笑着說他已知此事，還講了一段"賤賣經文"的故事。原來就是他怕把經賣賤了"後代兒孫沒錢用"。吳承恩用這個小故事，不僅暴露了神佛聖地同樣營私舞弊，勒索賄賂，銅臭冲天，而且揭露了莊嚴的佛祖，原來是一個造經賣錢的暴發戶。吳承恩就這樣掃除了籠罩在神佛頭上的"神聖的光環"，顯示了世俗統治階級的卑劣面目。對神佛的批判也就變成了對世俗封建階級的批判。

　　當然，在《巨人傳》和《西遊記》中，拉伯雷和吳承恩都在宗教批判的同時，對世俗封建統治階級給予了直接、猛烈的抨擊，揭露了封建統治的腐敗、官吏的貪婪、司法的反動及其給人民造成的種種災難，顯示了封建社會中不可調和的矛盾。尤爲可貴的是他們還都用藝術形式，揭露了封建最高統治集團和下層貪官污吏之間狼狽爲奸、殘害人民的本質關係。拉伯雷在第四部第四十五章中曾指出："有許多人民因受不了教皇的壓迫，逃到一個荒島上。不幸他們到了這裏，又受到許多魔鬼的欺侮，而這些魔鬼原來是教皇放到這裏來做惡的。"吳承恩也通過神魔關係，反覆再現了這一現實關係。這一問題，過去曾有不少文章論及，這裏不再贅述了。

浪漫主義風格與現實主義特色

—— 《巨人傳 》與《 西遊記 》的藝術特徵

《巨人傳 》和《 西遊記 》都是具有濃厚的浪漫主義色彩的現實主義傑作。這一共同的藝術特徵也應該而且可以從相似的時代中找到淵源。雖然，在《巨人傳 》中，這種浪漫主義色彩主要通過奇特的誇張來表現；而在《西遊記 》中，則是借用了巧妙的神話形式。

《巨人傳 》中的浪漫主義，除了繼承民間文學的傳統和作者性格因素外，主要是時代精神的反映。拉伯雷的時代，是舊的生產關係桎梏下蘊積着極大的社會生產力的時代。在這一時代中，人們冒險精神，對舊世界的批判精神大大發揚，舊世界即將土崩瓦解。爲了衝破封建的生產關係，粉碎神聖的天主教會的偶像，爲了碎爛千百年來形成的牢不可破的神學和繁瑣哲學的精神枷鎖，爲了衝破封建生產關係，把人、人性、人的力量解放出來，必須有一種比這種陳腐的東西大百倍、千倍的力量。拉伯雷筆下的巨人形象，正是這種力量的象徵。與這個巨人形象相比，中世紀的一切都顯得無比虛弱和渺小。因此，拉伯雷的誇張，看似荒誕，奇特，帶有極大的主觀隨意性，並不違背現實的真實。儘管高康大和龐大固埃等巨人被誇張到貌似傳說中的神，但他們不是

神，而是真正呼吸着世俗空氣的現實的人，是代表着時代精神的
"巨人"。儘管那些格里潑米諾貓王們被描寫成吃人的妖怪，他
們也並不是妖，而是現實世界的法官，再現着封建法律機器的荒
謬與吃人的本質。他們是現實的真實的誇張，唯有這誇張，才更
真實地體現了現實的本質特徵。因此，儘管《巨人傳》呈現着強
烈的浪漫主義色彩，它仍是一部偉大的現實主義傑作。它通過三
代巨人國王的經歷和巴奴日尋訪"神壺"的見聞，體現了十六世
紀法國乃至整個歐洲的時代精神，再現了當時法國社會的各個方
面，不愧爲一部十六世紀法國社會的百科全書。

　　吳承恩在《西遊記》中，運用神話形式表達自己理想，一方
面也是由於對文學傳統的繼承。《西遊記》的故事，不是一人獨
創。它是作者對民間流傳的唐僧取經故事話本和元明取經雜劇等
藝術作品的加工、整理，原來的神話形式被保留下來。另一方面
是作者本人的社會經歷、思想氣質等因素。吳承恩本來是個年少
英才，"髫齡即以文鳴於淮"，然而他在後來的科舉考試中却一
直很不得意，三四十歲才得了個歲貢生。由於科場失意，生活境
遇不佳，加深了他對封建科場、官場的腐敗和炎涼世態的認識。
吳承恩"善諧劇"的性格和酷愛野史奇聞的癖好，則構成了作者
繼承志怪傳統，借用神話形式，諷刺和鞭笞社會黑暗，表達自己
理想的內在契機。吳承恩在〈送我入門來〉這首小詞中曾有幾句
自嘲，似乎隱約透露了《西遊記》的創作旨趣："雖貧杜甫還詩
伯，縱老廉頗是將才，漫說些痴話，賺他兒女輩，亂驚猜。"這
和拉伯雷的自嘲是頗相近的。

　　以上，我們主要探討了《巨人傳》與《西遊記》的幾個相同

或相近之點。對於這些相同或相近形成的原因，僅從時代特點中做了簡要分析。限於篇幅，許多問題，如社會批判、結構、人物塑造、語言等都未能論及。尤其是對於這兩部巨著的不同，本文未做分析。但這並不是說我們認爲這兩部作品只有相似而沒有相異。恰恰相反，我們認爲，在這兩部巨著中，同只是相對的，異却是絕對的。因爲，"詩人和藝術家在自己的眞正作品中總是表現出民族性。無論他寫什麼，無論他在自己的作品中抱什麼目標和思想，他總是有意無意地表現了民族性中某些天然因素，而且比民族的歷史表現得還要深刻和鮮明。即使抛開一切民族的東西，藝術家也不會喪失主要特點——可據以認出他是哪一個民族的那些特點"〔赫爾岑語〕。我們在這裏從絕對的異中求相對的同，只是試圖從各民族獨立的文學創作中尋找某些共性，尋找或印證在文學發展中某種帶規律性的東西，以此推進我們的文學研究和文學批評。

李克臣

〈吳承恩的《西遊記》和拉伯雷的《巨人傳》〉，《丹東師專學報》1（1985），47～55。

《西遊記》與《羅摩衍那》*

　　印度學者瑪朱姆達根據梵文原版改寫的《羅摩衍那的故事》，
已於六二年在我國翻譯出版。現僅根據這一改寫本中描繪的哈奴
曼的形象，與《西遊記》中的孫悟空形象作些比較。顯而易見，
兩個神猴有着驚人的相似之處。

　　首先，兩個神猴都有神通廣大的本領。印度神猴哈奴曼神力
無比，他爲了尋找“起死回生”的藥草，救治在戰鬥中負了重傷
的羅摩的弟弟羅什曼那，他飛到午佗摩羅檀山尋找藥草。妖魔犍
達縛尋釁生事，向他襲擊，他給予“回敬”，並把午佗摩羅檀山
抱起，頂在頭上，搬到他們的所在地，後來又把那座山搬回原
處。風神之子哈奴曼能騰雲駕霧，乘風而飛，跨過海洋，越過高
山。他還有一整套“變身術”，隨意而變。羅摩初次會見猴王，
爲了探聽隱士模樣的羅摩之弟是否國王派來的間諜，哈奴曼立即
變成隱士，前去探聽虛實。爲了尋找悉多的下落，他變成一隻貓
鼬，鑽進羅婆那的宮殿。他被羅婆那的兒子陀羅吉特用套索套住
後，爲了愚弄作惡多端的羅利們，他故意把身子變得如同一座小
山，成千成萬的羅利也無法把他擡起來。他的形體變得過份龐大，
國王下令把宮門拆除，費盡九牛二虎之力才把他弄進宮內。敵我
雙方交戰，往往需要深入敵營，刺探軍情，他能變成敵方巨頭模

---

　　*　　Valmiki（公元前三、四世紀），*Rāmāyana*.

樣，打進敵人心臟。他還能用"變身法"，變成一座濕婆廟，用尾巴化作一座護身的堡壘……。

印度神猴哈奴曼這般神通廣大的本領，在孫悟空身上不也有非常相似的表現嗎？孫悟空的神通，比之哈奴曼可謂有過之而無不及。老孫自我告白："我自聞道之後，有七十二般地煞變化之功，斜斗雲有莫大的神通；善能隱身遁身，起法攝法，上天有路，入地有門；步日月無影，入金石無礙；水不能溺，火不能焚"。他的確神力無比。第三回，大鬧龍宮時，他向龍王索取兵器，一柄七千二百斤重的畫捍方天戟，他嫌太輕，結果要來一根重一萬三千五百斤的"如意金箍棒"。此物在他手裏，宛如一根手杖，揮灑自如。他能騰雲駕霧，一個斜斗十萬八千里。他的"隱身變法"之術，竟有七十二般變化之多，他經常變作蟭蟟蟲、蜜蜂、小蠅、蚊子、促織、蝙蝠等等，鑽到妖洞裏去探消息、摸情況，找弱點，偷寶貝，或者化作魔怪的小妖、親戚、朋友、父母、夫妻，去欺騙他們，把他們愚弄得狼狽不堪。第六回，孫大聖與眞君鬥法，頻頻施其善變之功，大聖先後變成麻雀、大鶬老、小魚、水蛇、花鴇等，眞君也隨後變作雀鷹、大海鶴、魚鷹、灰鶴等，妄圖制服大聖，無耐"魔高一尺，道高一丈"，終不奏效。孫悟空的"變身術"不僅能變小，也能變大。眞君變得身高萬丈，大聖也變作與他身軀一樣，嘴臉一般。在這場眼花撩亂的鬥法中，大聖曾變成一座土地廟，大口張着似座廟門，牙齒變作門扇，舌尖變作菩薩，眼睛變作窗戶，尾巴變作一根旗杆，豎在廟的後面……，這些善變的神通，與印度神猴哈奴曼的變術，何其相似乃爾！

　　其次，由兩個神猴的性格發展所生發出來的情節，相似之處更是明顯。

　　《羅摩衍那的故事·美麗篇》中有一段描述，哈奴曼爲了幫助羅摩尋找悉多，前往楞迦的途中，遇見女羅利西彌迦，這個女妖張開血盆大口，妄想把哈奴曼一口吞下。哈奴曼伺機鑽進了她張着的嘴巴裏，女妖十分高興，合上她的大嘴，於是哈奴曼又鑽到她的肚子裏，用手把她的心撕得粉碎，然後鑽了一個洞，從女羅利的屍體中走了出來。——哈奴曼鑽進女羅利肚子裏，置她於死命的巧妙手法，在《西遊記》第五十九回"孫行者一調芭蕉扇"所描繪的情節中，不是如出一轍嗎？唐僧一行的取經隊伍要過火焰山，必須借到鐵扇公主的芭蕉扇，方能熄火通過。但孫悟空曾經降伏過她的兒子紅孩兒，與她有"害子"之仇，事情因此而複雜化了。孫悟空採取"先禮後兵"的策略，結果被鐵扇公主搧走。在得到靈吉菩薩的"定風丹"以後，孫悟空再戰得勝。鐵扇公主退而閉門，孫悟空跟蹤而去，變作蟭蟟蟲，鑽到她的肚子裏脚蹬頭頂，痛得她在地上打滾，只叫"饒命"，答應借給"芭蕉扇"。這個情節兩相比較，顯然是大同小異。

　　《美麗篇》中，哈奴曼在無憂園中找到悉多，他替羅摩與他的妻子悉多互交了信物之後，發現那裏有一片甘果林，罩着網，重兵把守着。哈奴曼變作一只小貓鼬，爬進園裏，偷摘甘果。羅利女哨兵發現，大打出手。哈奴曼一怒之下，拔起大樹，向敵方擲去。結果搗毀了甘果林，打死了許多看守。——讀到這一細節，我們自然會想起《西遊記》第五回"亂蟠桃大聖偷丹"。玉帝詔示孫悟空看管蟠桃園，他放肆地偷吃仙桃。西王母舉行"蟠桃盛

會"，沒有請他出席，他先赴瑤池，偷吃仙品、仙酒，攪亂了盛
會。玉帝派十萬天兵，去降服孫大聖，結果被他打得七零八落。
——這個細節，兩者雖有較大的差異，但基本點是相吻合的。

　　再次，兩個神猴的性格特點，也有相似之處。《西遊記》中的
孫悟空，是一個敢於蔑視權貴，勇於反抗，堅決向一切邪惡勢力
作鬥爭的典型；是一個救人危難，扶人困厄，深得廣大人民同情、
喜愛和讚揚的英雄。他不承認神的王國的任何權威，見了玉皇大
帝，自稱爲"老孫"。他藐視天宮地府，敢闖龍潭虎穴。他鬧了
龍宮，向海龍王強索兵器來武裝自己，又鬧了冥府，把生死簿上
猴類的名字一筆勾銷。見了"法力無邊"的如來佛，也是怒氣冲
冲，厲聲高叫，發出"強者爲尊該讓我，英雄只此敢爭先"、"皇
帝輪流做，明年到我家"的豪言壯語。作品充分展現了他的叛逆
性格和反抗精神。

　　《羅摩衍那的故事》中的哈奴曼，也是一個敢於蔑視權貴，
不畏強暴，勇於反抗，救人危難的英雄。他爲了深入敵營，故意
被俘後，國王羅婆那舉行審判會。哈奴曼進去，背向他而坐，表
現出對這個魔王的極端蔑視，哈奴曼當面斥責他"擅自稱王"，
嘲笑他當年"在猴王婆利的胳臂下都快給壓扁了"。並當面警告
他"我的尾巴能把你打得稀爛"，"我只要一拳，就能把你十個
頭全都打爛"。在哈奴曼的眼裏，沒有天神的任何權威。他爲了
救治負傷的羅什曼那，不讓太陽神升起（因爲太陽神升起，羅什
曼那就會死去），他拖住馬匹，舉起太陽神乘坐的戰車，還把太
陽神抱住，緊緊地挾在腋下，以致把太陽神拘留起來，後來才釋
放出去，讓它升到天空，結束黑夜。這種敢於蔑視王權和神權、

敢作敢爲的大無畏精神與孫悟空蔑視天宮冥府，敢闖龍潭虎穴的
精神，以及他們的叛逆性格，又何其相似！

印度古代史詩《羅摩衍那》與我國明代小說《西遊記》相距
將近二千年，而作品中的兩個神猴却有如此驚人的相同和相似之
處。難道這是一種偶然的巧合嗎？

爲了弄清楚兩者是偶然的巧合呢？還是存在一種確實的淵源
關係？這就要進一步探討構成淵源關係的外部條件。

不同國家、不同民族之間的文學的互相影響，並不是孤立地
發生的。隨着社會生活的發展，各民族之間需要政治上的交往和
經濟、文化上的交流，從而也就發生了文學上的相互影響。各個
國家、各個民族之間首先要有政治、經濟上的聯繫，而後才有文
學上的互相影響。只有具備了影響的這些外部條件，才有文學上
的互相影響可言。

中印兩國都是文明古國，且是鄰邦。據史籍記載，自漢武帝
開始（公元前 140～87 年）中印兩國就有了交往。隨着兩國政治、
經濟的發展，這種交往日漸頻繁，大約於公元一世紀，即東漢初，
印度佛教就傳入中國。公元 67 年，天竺沙門攝摩騰和竺法蘭應漢
朝之邀，以白馬馱佛經及釋迦佛像到東漢都城洛陽傳經。此後便
出現大量漢譯佛經典籍，興建寺廟，傳經授道。寺廟之多，僧侶
之衆，到南北朝時期，已是盛況空前。印度是一個充滿神話傳說
的國家，他們往往以神話故事的形式述說古代所發生的重大歷史
事件或英雄人物事迹。印度古代兩大史詩《摩訶婆羅多》、《羅
摩衍那》以及《往世書》，可以說是神話故事的總寶庫。這些神
話傳說，又往往和宗教聯繫在一起。在兩國帶有宗教性質的交往

中，印度史詩《羅摩衍那》不可能不被介紹到中國來。

　　事實正是這樣。《羅摩衍那》的故事隨着佛經的東傳，很早就在我國許多地區廣爲傳播。據藏族學者洛珠加措撰寫的〈《羅摩衍那》傳記在藏族地區的流行和發展〉一文中披露，《羅摩衍那》傳記有古代的兩種藏文譯本曾在西藏佛教前弘期，特別是藏王熱巴巾時期（公元 640～836 年）廣泛流傳於西藏地區。敦煌出土的文籍中，就發現有《羅摩衍那》傳記的兩種不同的藏譯本殘卷，這些史料後來被外國人盜走，現儲藏在英國和法國。此外，公元 1439 年，藏族作家宗·喀巴弟子象雄·却旺扎巴曾摹仿《羅摩衍那》的故事，寫了詩著《司伎樂仙女多弦妙音》。這些史料充分說明，《羅摩衍那》一書確實直接傳入了我國，並對我國民族文學產生過巨大的影響。在我國新疆發現的古代語言殘卷中，有古和闐文的《羅摩衍那》。在焉耆語（吐火羅Ａ）裏有《羅摩衍那》的故事。在我國雲南傣族地區，目前雖還沒發現《羅摩衍那》傳入的文本，但仍可看到《羅摩衍那》對傣族文學的間接影響。傣族著名長詩《拉戛西賀》是受泰國著名詩作《拉瑪堅》的影響而創作的。而《拉瑪堅》又是深受《羅摩衍那》的影響。因此，傣族文學中，也有某些《羅摩衍那》的影子。

　　《羅摩衍那》在漢族地區的傳播情況又是怎樣的呢？魏晉南北朝時期開始，我國幾位佛經大翻譯家的譯著都提到了《羅摩衍那》。例如後秦僧人鳩摩羅什（公元 344～413）譯的《大莊嚴論經》；北涼的曇無識（公元 385～433）譯的《佛所行贊》；南朝時陳梁僧人陳眞諦（公元 499～569）譯的《世新菩薩傳》；以及唐玄奘（公元 602～664）譯的《大毗婆沙論》等譯著都分別提到《羅摩衍那》的書名、作者、篇幅、主題、人物。其中最重要的是公元二五一年，三國吳康僧會譯的《六度集經》裏的《國王本生》(《猴王》)和公元四二七年，元魏吉迦夜共曇曜譯出的《雜寶藏經》裏的《十奢王緣》。

　　《國王本生》講的是一個國王被其舅興兵奪國，國王與元妃棄國入山林，元妃被惡龍刼往海中大洲，國王尋妻途中遇見也是被舅舅搶奪王位的獼猴王。他們互訂盟約，國王幫猴王復國，猴王幫國王尋妻。他們遇到因狙擊惡龍刼妃而受傷的巨鳥，得悉元妃下落。本篇還敍述了猴子造橋渡海圍攻龍宮，惡龍施法傷衆人，小猴以仙藥救衆，人猴合力斬妖救出王妃，國王疑她在魔宮中不貞，她誓地裂爲貞而取信於國王。《十奢王緣》講到十車王的小王后要挾國王，廢長立幼，羅摩被黜，流放森林，弟婆羅多捧履攝政，經十二年，羅摩復國。這兩篇合起來，簡直可以說是《羅摩衍那》的完整故事梗概了。所不同的是《羅摩衍那》在佛經裏被分成兩個獨立的故事，猴國的內部矛盾由兄弟間的矛盾而變成舅甥之間的矛盾，羅摩的對立面由羅婆那變成惡龍；還有一些細節稍有不同外，主要的故事情節和主要人物與《羅摩衍那》極爲相似。印度羅古毘羅博士和日本山本博士認爲，這兩個本生的故事，就是印度古代史詩《羅摩衍那》故事的原始形式。由此可見，至遲從公元三世紀起我國人民就開始知道《羅摩衍那》，了解到事實上是出自《羅摩衍那》的主要故事和內容。

　　文學是沒有國境的。正如馬克思、恩格斯指出：“各民族的精神產品成了公共的財產。民族的片面性和局限性日益成爲不可能，於是由許多種民族的和地方的文學形成了一種世界的文學。”

印度神猴哈奴曼不僅涉足於中國的領地，而且隨着《羅摩衍那》遠涉重洋來到了東南亞諸國。紀元後，印度教和佛教傳入柬埔寨，印度兩大史詩也隨之傳播到柬埔寨。公元 802～1426 年間，出現了由《羅摩衍那》改寫而成的著名的《羅摩的故事》。公元十二世紀上半葉興建的吳哥寺的迴廊上，就已經有"浮海翻騰"、"神猴助戰"等取材於印度兩大史詩的浮雕。《羅摩衍那》在印度尼西亞的傳播情況也相類似，公元四、五世紀印尼盛行印度教與佛教，隨着印度佛經的翻譯與傳播，印度兩大史詩也隨之在印尼廣爲傳播，並產生巨大影響。公元九世紀，印尼興建的羅羅·章格朗陵廟，上面的浮雕全部取材於印度的《羅摩衍那》。十世紀初，印尼曾先後出現《羅摩衍那》和《摩訶婆羅多》的古爪哇語散文譯本。此外，馬來亞的《室利·羅摩》等古典名著，也是取材於印度史詩《羅摩衍那》。根據印度精校本編校者的統計，《羅摩衍那》傳記共有兩千多種手寫本，五十多種梵文注釋，可見梵文《羅摩衍那》在世界各地影響之深廣。旣然印度古代兩大史詩對東南亞國家，曾經發生過這麼巨大的影響，難道與古代印度有密切交往的我國，竟會對在印度和世界文學史上佔有崇高地位的印度史詩《羅摩衍那》，閉目塞聽，不聞不問，而不引入，不發生影響嗎？這是不可能的。退一步說，即使《羅摩衍那》沒有直接傳入中國，也完全有可能從第三國傳入。須知紀元後，我國與東南亞各國的交往也甚密。公元三世紀，當印度文化傳入柬埔寨時，中國與柬埔寨不但互派使臣，而且柬埔寨還派樂工到中國來，至於商賈、僧侶的往來更是頻繁。公元六世紀初，柬埔寨成爲東南亞佛教中心時，中國南朝都城特設"扶南館"，專請扶南僧人翻'

譯佛經。我國與印度尼西亞的往來也有悠久歷史，公元七世紀唐代義淨僧人曾先後三次到印尼，最後一次帶去一批隨行人員住了四年，在那裏學習梵文，翻譯佛經。這期間，印度兩大史詩已在印尼盛傳開來。在這種國際環境下，如果印度古代史詩《羅摩衍那》眞是沒有直接傳入我國，難道不會通過近鄰國家間接傳入，而對我國文學產生影響嗎？

各個不同國家、不同民族之間的文學的翻譯、介紹、交流是整個文化交流中的一個部分。各國、各民族文學的互相傳播、互相影響不會是孤立進行的，它往往與其它姐妹藝術——雕刻、繪畫、音樂、舞蹈交織在一起，同時傳播，而產生影響。譬如，南亞民族所喜愛的傳統的鑿窟雕象藝術，在印度佛教傳入以後，我國也發展了這種藝術。據史籍記載，我國自東漢後期，即公元二世紀末，自西而東，從新疆到甘肅、西安、山西、到河北、山東、四川、河南等地，沿着印度佛教東傳的道路，先後建造了許多石窟，窟內的雕像藝術，具有印度犍陀邏藝術的特點，同時注入我國民族藝術的傳統風格，而形成獨具一格的中國佛教藝術。著名的敦煌、雲崗、龍門三大石窟，可謂代表。中國的繪畫藝術，同樣受到印度佛教藝術的影響，東晉時已有畫家向印度學習畫佛像，以後各朝代都出現了不少著名的佛教藝術畫家。敦煌藝術是我國民族的驕傲，窟內的壁畫也帶有印度佛教藝術的印記。在音樂舞蹈方面，中印兩國也曾進行過交流，東晉時期就傳入了天竺的音樂舞蹈，到了唐代，兩國文化藝術的交流到達極盛時代，著名的唐代樂曲和舞蹈《霓裳羽衣》，就是在我國民族傳統的基礎上，吸收印度音樂舞蹈藝術的特色，熔鑄成具有我國獨特風格的藝術珍品。既然與文學並行的姐妹藝術——印度的雕刻、繪畫、音樂、舞蹈，在我國封建社會的初期和中期，能夠隨印度佛教東傳流入我國，並產生過巨大的影響，難道具有崇高地位和世界聲譽的印度史詩《羅摩衍那》，竟會游離於其它姐妹藝術之外，獨自躲避起來，不傳入我國，不對我國文學產生影響嗎？這也是不可能的。

事實勝於雄辯。根據趙國華先生的考證，漢譯佛經中的有關文獻表明，至遲從公元三世紀起，中國人民就開始知道了《羅摩衍那》，了解到事實上是出自《羅摩衍那》的主要故事和重要插曲的比較詳細的內容。這個結論是由史實確證了的。

既然印度古代史詩《羅摩衍那》早在公元三世紀前就傳入了中國，這個首要問題解決了，那麼，《西遊記》中有印度的成份，中國神猴孫悟空淵源於印度神猴哈奴曼之論，也就能夠成立了。當然，《羅摩衍那》對《西遊記》的影響不是"立竿見影"式的，而是經過長時間的過程，或許吳承恩並沒有讀過佛經，沒有直接從漢譯佛經中看到過《羅摩衍那》的故事，但《羅摩衍那》在歷經幾個朝代的流傳中，早已像化學中化合物那樣，溶入到我國民族的文學藝術之中，吳承恩不可避免會間接地受到影響，自覺或不自覺地把印度神猴哈奴曼的形象，揉和到他所創造的孫悟空身上去。

對於孫悟空形象的淵源問題，有的文學史家認為，猴行者的形象最早出現在南宋的《大唐三藏取經詩話》一書中。無疑，吳承恩攝取了《取經詩話》中的人物和事件，去創作他的鴻篇巨著。但猴行者的形象是否在南宋時期才產生出來的呢？顯然不是。在南宋之前，猴行者的形象早已在中國大地走南串北，廣為傳播了。

十世紀中葉，在杭州將臺山開鑿的摩崖龕像裏，已經有玄奘、孫悟空、豬悟能、沙悟淨以及白馬馱經歸來的浮雕。此外，作於十一世紀上半葉（西夏初葉）的敦煌楡林窟玄奘取經的壁畫裏，也有持棒的猴行者的形象。可見在《取經詩話》之前，猴行者的形象早已存在，追根溯源下去，根據現有的資料，只能到漢譯佛經中去尋找緣由了。因此，我們完全贊同中國神猴孫悟空淵源於《羅摩衍那》中的哈奴曼的觀點。

陳邵群　連文光

〈試論兩個神猴的淵源關係——印度神猴哈奴曼與中國神猴孫悟空的比較〉，

（廣州）《暨南學報》（哲社版）1（1986），68～76，50。

《西遊記》與《浮士德》*

　　詩體悲劇《浮士德》的創作延續了六十年，幾乎耗費了歌德畢生的精力。正如茅盾所說：" 他的文學生活開始得不爲不早，他可說是寫到老死的，然而他一生著作數量比不上享壽較少的其他作家，這是因爲他一生精力都放在《浮士德》裏了。" 在這六十年中，世界上發生了一系列的重大事件。正是因爲歌德有幸經歷了這些世界大事，他才得以把《浮士德》寫成一部反映自文藝復興以來三百年的歷史發展並體現出人類理想的偉大史詩。可以說《浮士德》正是歌德多方面的閱歷，淵博的學識，以及豐富的藝術實踐的結晶。

　　吳承恩的《西遊記》則寫於他飽嘗生活艱辛和宦途困頓的晚年，長時期賣文自給的清苦生活，使他更易於接近人民並感受到人民要求變革的思想感情。這就使得他得以在民間傳說的基礎上成功地作出了獨特的藝術創造，把一個具有濃厚宗教色彩，以宣揚佛教精神,歌頌虔誠教徒爲宗旨的故事,寫成一部具有鮮明的民主傾向和時代特徵的神話小說，並賦予小說中的人物和故事以新的生命和新的意義。正如高爾基所說：" 各國偉大詩人的優秀作品都是從民間集體創作的寶藏中吸取滋養，自古以來這寶藏曾提供

---

　　*　　Johann　Wolfgang van Goethe (1749～1832), *Faust* (1808～1831).

了一切詩的概括、一切有名的形象和典型。"從而可知這兩部作品都是兩位作家花了畢生心血的力作，也是他們從民間集體創作中吸取滋養並在思想探索和藝術成就上具有總結性的代表作品。

　　歌德在《浮士德》中描寫的貫穿整部詩劇的中心人物是浮士德，着重寫了他的精神性格的發展，以及他不斷追求理想人生和理想社會的全過程。主人公浮士德儘管是一個在傳說的術士的基礎上加工塑造起來的半神話半幻想式的人物的形象，却從一開始就顯示出鮮明的性格特徵，在世界觀中具有明顯的現實主義傾向，貫穿着一種以自我爲中心的狂熱的入世思想。顯然，這是一種以自我爲中心的把一己的"小我"誇大爲"人類的大我"的資產階級意識形態。由於浮士德精神性格的核心是個人主義，因此他的內心又是充滿着矛盾的。他一方面追求理想，向着未來；一方面又要求着塵世的享樂，"沉溺在迷離的愛慾之中"。這種矛盾恰恰是現實生活中尚處在上升時期的資產階級二重性的反映。最後他以一個"自強不息者"而終於獲救，這固然表明了歌德的遠見和社會理想，同時也使我們從中看到，這種人生哲學，正是資本主義上升時期資產階級進步份子爲改變封建制度而進行着不息的鬥爭的典型概括，而作品中所設想出的理想社會。也正是當時歐洲啓蒙主義思潮社會理想的藝術體現。因此，浮士德這一人物形象，無論是在十八世紀的德國，還是在當時的歐洲，都具有廣泛的代表性。

　　我們知道，浪漫主義作爲文藝創作最基本的一種創作方法，其特點就是在反映客觀現實時側重從主觀內心世界出發，抒發對理想世界的熱烈追求，並常用熱情奔放的語言、瑰麗的想像和誇張的手法來塑造形象，追求強烈的美醜對比和出奇制勝的藝術效果。

在《浮士德》悲劇第一部"書齋"這一場中，浮士德將《新約聖經》頭一句"泰初有道"譯成了"泰初有爲"，這一改動，不僅表明了浮士德思想上的一個重大突破，而且也表明了他決心走向新的生活，通過行動和實踐來滿足他對人生理想的追求。於是在塑造浮士德這個形象時，歌德不僅爲他安排了一個相反相成、辯證統一的對立面——魔鬼靡非斯特，以促成他的性格在矛盾中不斷地發展和鮮明，而且還注意到使作品中的這個人物始終保持着積極向上、滿腔熱情和勇於進取的昂揚精神，使作品本身於悲劇的格局中始終保持着樂觀主義的基調。而在塑造這一形象的整個過程中，既有眞實的事件，如和瑪甘淚的戀愛，又有幻想的情節，如和古希臘美人海倫的結合；既有國王宮廷社會的現實環境，又有虛構的塡海造地的場景。背景從天上寫到地下，從神的領域寫到人的世界。場面變幻莫測，形象光怪陸離。象徵和比喻互相輝映，影射和嘲諷曲盡其妙。至於追求強烈的對比以收到出奇制勝的藝術效果，這一點在歌德的《浮士德》中，更是突出地表現於作品藝術結構和人物的相互關係上。從藝術結構上看，歌德運用了對比的結構形式，詩劇第一部從開濶的天界，到狹隘的書齋；從死氣沉沉的書齋，到開朗的人民生活和生機勃勃的大自然；從庸俗嘈雜的小酒店到洋溢着優美嫻靜的愛情氛圍的花園；又從愛情的生活場景到幽暗陰森的死囚牢房。詩劇第二部，從光明燦爛的大自然到腐朽昏亂的"紫禁城"；從紙醉金迷的宮廷宴樂到清明的遠古希臘的漫遊；從叛亂四起的沒落帝國到和平、勞動的理想之邦。歌德正是運用了這種對比鮮明的結構形式來展開情節，以突出浮士德的精神性格的發展極其複雜、曲折的探索過程。就人物之間的關係來說，浮士德和靡非斯特、瓦格納都是對比的關係，就連瑪甘淚，對浮士德來說也包涵着對比的意義。浮士德嚮往自然，熱愛生活，瓦格納脫離生活，不了解人民；浮士德追求眞理，有遠大抱負，敢想敢作，大膽無畏，瓦格納一味追求僵死的教條和空洞的理論，鼠目寸光，謹小愼微；浮士德要求打破中世紀的思想枷鎖，衝出封建經院思想的牢籠，去探求新生活的道路，瓦格納則竭力維護這個過時的思想體系，決心繼續沿着現成的道路爬行。至於靡非斯特，前面已經分析過，從一開始就否定"理性"，對現實和人生始終抱着絕對的虛無主義和悲觀主義的態度，是個極端利己主義者的典型。瑪甘淚作爲一個虔誠的市民少女，曾經嚮往過自由和愛情，但她始終深受着宗教思想的束縛，追求的實際上只不過是小市民情趣的愛情生活。她和浮士德柔弱的愛情花朵，終於在封建倫理道德觀念和反動宗教勢力的禁錮中凋謝。歌德正是通過對這些人物的不同性格的刻劃，在對比中把浮士德的精神世界和性格特徵更加鮮明地烘托出來。

　　作爲一部優秀的、富於浪漫主義精神的長編神話小說《西遊記》，當我們採用同樣的方法，拿來和歌德的《浮士德》作比較性的分析時，我想，我們也不難從中得出同樣的結論。

　　首先，《西遊記》的成書過程就和《浮士德》極其相似。唐朝僧人去西天取經的故事，很早就在民間長期流傳，一直到了十六世紀的明朝，才由作家吳承恩作了精心的藝術加工和再創造而寫定。

　　作爲一部優秀的浪漫主義神話小說，《西遊記》在它神奇美妙的浪漫主義描寫裏，同樣表現了時代的特色，熔鑄着現實生活的內容。因而在這部作品中，浪漫主義與現實主義的結合同樣是極其完美的。當然，由於它以神話故事爲其主要內容，以神魔鬼怪爲其中心人物，勢必不可能像《浮士德》那樣有大部分直接地反映其時代現實生活的內容，它只能是通過豐富的想像力，更富於幻想的藝術形式。間接而又曲折地來反映當時中國的社會矛盾和鬥爭，揭露封建統治階級的腐朽和罪惡，歌頌人民群衆對壓迫者和一切邪惡勢力的反抗情緒和鬥爭精神。而這些又都主要是通過塑造和歌頌孫悟空這個富有反抗性的神話英雄的形象來體現的。

此外，與《浮士德》相類似的還有，在塑造孫悟空這個形象時，吳承恩採用了和歌德幾乎完全相同的藝術手法，那就是在人物的對比中，突出中心人物的主要性格特徵。不難看出，在《西遊記》中，唐僧和豬八戒這兩個形象除了本身所特具的典型意義之外，在作品中的另一作用就是於對照中更好地襯托出孫悟空的主要性格和形象。唐僧雖然身爲取經小集體中的領頭人，可是，一旦遇到困難或妖魔鬼怪，便愁得兩淚交流，嚇得渾身發軟，"坐了穩雕鞍，翻跟頭跌下白馬"，一副十足的"膿包"相；而作爲唐僧第二個重要徒弟的豬八戒，則動不動就要"分行李"、"散夥"，不顧大局，臨陣脫逃。相形之下，孫悟空毫不畏懼困難，堅韌不拔的頑強鬥爭精神，就顯得更爲突出，更其鮮明。

另一點與《浮士德》相類似的就是，這部作品在塑造人物形象時，亦很注意於幻想之中見眞實。吳承恩在孫悟空這個神話英雄身上，傾注了自己的全部熱情，極力把他寫成一個具有無比神

威的理想的英雄典型，這也是與作者對當時社會黑暗的不滿和希
望拯救“世風”的強烈願望分不開的。而孫悟空恰恰就是吳承恩
這種理想和願望的一個形象化的化身。也表現了他那種蔑視權貴、
不畏強暴、勇於鬥爭、戰勝困難的精神。

孫大公

〈從《浮士德》和《西遊記》看浪漫主義與現實主義的
　結合〉，
（桂）《河池師專學報》2（1983），54～57。

《三國演義》與《伊利亞特》*

　　希臘史詩《伊利亞特》和中國歷史小說《三國演義》的關係，似乎可以用這樣二十個字來概括：

　　　　時地去遠隔，未必有開通；

　　　　多少相異處，卻亦見其同。

　　這兩部書時間距離上下兩千年，空間相隔縱橫幾萬里，歷史文化有別，社會環境不同，民族思想結構各異，感情表達方式徑庭，故事內容、體裁、作者情況等都相差迥然。然而，它們在人物的直接表現或通過其他事物來間接表現方面，卻用了不少相似甚至相同的筆墨。本文擬就其相同或相似之處作一探討。至於兩書之間的千差萬別，擬在今後再談。現在先從兩書中舉幾個相似或相同的例子：

《伊利亞特》

《三國演義》

1.希臘聯軍大將阿喀琉斯戰場上大叫三聲，嚇得敵方特洛亞人魂飛魄散，四下奔逃，自相踐踏，折損十二員大將。（第十九章）

張飛在長坂橋三聲大喝，嚇得曹將夏侯傑肝膽碎裂，倒撞於馬下。曹軍人馬一齊往西奔走。人如潮湧，馬似山崩，自相踐踏。（第四十二回）

---

　　*　　Homer, *Iliad*. (8th century B.C. ?)

2. 阿喀琉斯披掛起來，脚上帶着美好的脛甲，胸前戴好胸甲，肩上掛着一支劍，手裏拿着那個像天空一樣光輝的大盾牌，頭上戴着頭盔，上面的髮飾微微地飄動着。鎧甲合身，穿了就像長了翅膀一樣輕鬆。手拿長槍，對他的名馬說話，準備上戰場。（第二十一章）

呂布出陣：頭戴三叉束髮紫金冠，體掛西川紅錦百花袍，身披獸面吞頭連環鎧，腰繫勒甲玲瓏獅蠻帶；弓箭隨身，手持畫戟，坐下嘶風赤兔馬。（第五回）

3. 全書幾十次用獅子、也多次用野豬、狼、鹿、鷹等野獸猛禽形容戰將。

多次提到張飛的豹頭虎鬚。又如華雄的虎體狼腰，豹頭猿臂。　第五回　猛將許褚惡戰虓勇稱"虎痴"。（第五十九回）

4. 希臘人都不敢和特洛亞名將赫克托交戰。希臘戰將墨涅拉俄斯跳出陣來說："你們簡直全是女人，不是男子漢。"（第九章）

司馬懿堅守不出戰，孔明給他送去巾幗女服，說他"不思披堅執銳，以決雌雄，乃甘窟守土巢，謹避刀箭，與婦人又何異哉！"（第一〇三回）

5.特洛亞大將赫克托出征前
別家，安慰妻子，叫她別
太難過，孩子長大會成為
勇武傑出的英雄。（第八
章）

魏將龐德出征前訣別家人，
囑咐妻子好生看養孩子，長
大必能為父報仇。（第七十四
回）

6.赫克托被阿喀琉斯殺死後，
靈魂張開翅膀飛去，一路
痛哭着它的命運和它留下
來的青春和壯志。（第二十
二章）

關羽兵敗麥城遇害後，一魂
不散，蕩蕩悠悠，……在空
中大呼：＂還我頭來！＂
（第七十七回）

7.……馬知道帕特克洛斯死
了，十分悲慟，不願再參
加戰鬥，……它們像墳墓
上的石柱似地立在那裏，
低垂着頭，流着大顆的眼
淚，把長長的鬃毛拖在地
上掃來掃去。（第十九章）

關公旣歿，坐下赤兎馬數日
不食草料而死。（第七十七回）

　　《伊利亞特》和《三國演義》兩部書中有不少這樣相似或相
同的寫法，是否偶然的巧合呢？不是，因為這是決定於它們形成
的基礎和題材的性質。這兩部書雖有千差萬別，但它們形成的基
礎和題材的性質是相同的，因而也就必然會有一定程度上的相同
的寫法，具體說明如下：

一、形成的基礎

　　《伊利亞特》相傳為希臘詩人荷馬所著。它和中國元末明初羅貫中寫的《三國演義》一樣，都是既根據史實又滙集民間傳說而寫成的。兩書作者都是在歷史的基礎上把多年以來若干前人的口頭創作集中起來，再充份發揮想像，用現實主義結合浪漫主義的手法作藝術綜合。

1　歷史的根據：

　　《伊利亞特》的意思是"伊利翁（ Ilion ）之歌"。伊利翁是小亞細亞的古城特洛亞的別名。這部史詩描寫公元前十二世紀發生的特洛亞戰爭最後一些日子的情形。希臘聯軍攻打特洛亞，結果攻陷並焚毀了這座古城。當時這個地方還在史前時期，所以沒有歷史記載。但是，十九世紀德國考古學家施利曼（ Dr. Sch-liemann， 1822～ 1890 ）在小亞細亞西北海岸發掘出特洛亞城遺跡，證實了希臘史前時期這座城存在過。發掘出來的鎧甲、劍等用具文物證實了這是銅器時期的產物。這些文物和《伊》詩中描寫的用具是符合的。

　　《三國演義》所寫的是自東漢靈帝中平元年（ 184 年）黃巾起義到晉武帝太康元年（ 280 ）年這將近一百年的歷史故事。關於這一時期的歷史，羅貫中根據的是晉代陳壽所編史書《三國志》及南朝（宋）裴松之的注解增補。魏、蜀、吳三分天下是客觀存在的歷史事實。曹操、劉備、孫權、諸葛亮等人都是歷史人物，

《三國志》中有他們的傳記。

2 傳説的綜合：

特洛亞戰爭發生於希臘史前時期，當時希臘尚無文字，但語言已相當發達。人類最早的文學作品都是勞動人民的口頭創作，反映初民在生產和生活中的思想感情，也保留了史前各民族古老的史實。《伊》詩就是在無數人民口頭創作基礎上以文字形式出現的英雄史詩，反映特洛亞大戰最後幾天驚心動魄的經過。相傳由於特洛亞王子拐走希臘王后海倫並掠去了大量財物，希臘就組織聯軍進攻特洛亞，因希臘聯軍大將阿喀琉斯（ Achilles ）與聯軍司令發生矛盾，阿喀琉斯憤不出戰，以致聯軍節節敗北，直到阿喀琉斯的好友在陣前被特洛亞名將赫克托(Hector)所殺後，阿喀琉斯悲憤欲狂而重上戰場，殺死赫克托。最後，赫克托之父求得阿喀琉斯准許，贖回赫克托屍首入葬。這個故事的每個細節描寫和感人之處都是流傳多年的無名作者的口頭藝術結晶，到了九世紀，由行吟詩人或流浪歌手總其成而產生了偉大的《伊利亞特》。雖然自十八世紀以來，德國沃而夫（ F. A. Wolf ）及其他學者懷疑是否有荷馬其人著這部史詩，但《伊》詩是由民間的歌唱文學逐漸累積形成，由出色的民間歌手彙集編纂，見諸文字，這是可以確定的。至於作者，我們不妨仍據歷來傳說，認爲是荷馬。美國哥倫比亞大學希臘拉丁文教授海蒂（ Gilbert Highet ） 說得好：誰都不能確定《伊利亞特》、《奧德賽》這兩部西方最古的完整作品究竟是何時何地何人所寫。遠在人類有歷史記錄之前，它們就從地下湧出，如滔滔大河，以奔騰無比的氣勢，無窮的生命力，洶湧向前……。

《三國演義》故事流傳民間由來已久。李商隱的〈驕兒詩〉：
"或謔張飛胡，或笑鄧艾吃"可證明唐朝時，張飛的莽撞形象、
鄧艾的口吃故事早已在民間流傳了。宋代蘇軾的《東坡志林》
（卷六）記載了里巷小兒都能聽到三國故事的說書。《東京夢華
錄》還提到北宋時專說"三分"的藝人霍四究。可見三國故事到
宋代已成了普遍的文藝娛樂形式，並且有專說三國故事的職業說
書名家。元初新安虞氏刊有《新全相三國志評話》，使三國故事
更進一步在群眾中根深蒂固。羅貫中就是從這許多民間藝人和文
人的口頭與書面創作中，去蕪存精，經過細密歷史考證和藝術構
思，渲染人物細節，寫成了光彩四溢的《三國演義》。

二、題材的性質

《伊利亞特》和《三國演義》雖然各自寫了不同的時代、地
點、社會的故事內容，但在性質上，它們都是反映重大歷史事件
的文學作品，而且都是描寫戰爭的軍事生活的，尤其作者都是在不
同程度上從英雄史觀出發來描寫戰爭的，這也就決定了兩書在描
寫戰爭中相同的側重是在不同程度上從英雄史觀出發來描寫戰爭
的，這也就決定了兩書在描寫戰爭中相同的側重點和採用的某些
相同的突出英雄人物的手法。

《伊》是人類歷史上最早的描寫戰爭的作品，恩格斯曾在他
的《家庭、私有制和國家的起源》一書中引用《伊》來說明原始
公社解體時部落間和戰爭的軍事生活。《伊》所表現的戰爭是以

英雄爲主體的。研究史詩的學者認爲《伊》描寫了"陽剛之美"、
"崇高之美"，也就是體現了勇武善戰、責任感強、光明磊落、
豪邁無畏的英雄氣概。

《三國演義》寫了百年歷史，正如明代高儒的《百川書志》
所說："陳敍百年，該括萬事。"但時間雖長，人物雖多，而情
節都環繞着每次戰役，突出的都是能征慣戰的大將和運籌帷幄的
主帥，也就是英雄。

共同以大量民間口頭創作爲基礎和共同從英雄史觀出發來描
寫戰爭史實使《伊》、《三國》兩書作者都筆酣墨飽熱情洋溢地
描寫英雄：戰場一喝，敵軍潰驚，氣勢聲口，幾無差別，作戰宜
勇武迎敵，才是男子漢大丈夫，不作婦人相；出征作戰，懷必死
之心，只希望兒子也能成英雄；甚至戰死沙場後，兩書作者源於
民間創作中人民對英雄的濃烈感情，都不甘心他們熱情歌頌的英
雄就此長夜無盡，永寂沉沉，所以要寫他們一靈不泯；也不甘心
如此神威英武的戰將竟爲人所殺，所以要用言語來爲他們鳴不平，
以至於連他們的馬也要寫出因主人之死而痛不欲生，用這樣側面
的筆法來烘托人物。而且兩書作者都從眞實的個性解剖來寫，細
膩而生動地運用形象語言來寫出人物的內心活動，把人物的性格
全面無遺地展現在讀者面前。即使是作者極力讚頌的英雄也不是
完美無缺的概念，而是有優點也有缺點的活生生的人：《伊》詩
中大力歌頌的阿喀琉斯勇冠三軍，威武無比，篤重友情，然而他
在殺死赫克托之後，竟殘暴地拖屍狂奔，全無理性；《三國演義》
寫關雲長天人神威，單刀赴會的軒昂氣概，刮骨療毒時悠然自若，
對劉備的忠貞不二，處處都顯示了大英雄的氣度，然而孫權求親

時他竟不以聯孫拒曹的大業為重，居然狂妄地說 " 吾虎女安肯嫁
犬子乎？ " ，終於導致曹孫聯合，荆州失守，蜀終降曹。讀者從
《伊》、《三國》兩書中看到的英雄都是有血有肉的人。這在兩
書中是極為明顯的共同特徵。

　　關於《伊》、《三國》兩書的同中之異以及許許多多的其他
差別，今後如時間允許再作春筍剝剖，層層縱深。而本文則只想
探索兩書相似及相同的橫斷面，通過探索獲得下列一些認識：

1　人類表達思想感情的方式有共同的開始運行的軌道可尋

　　人類存在於物質宇宙之中，一切事物都互相聯繫。人類的思
想感情的表達方式是一種物質存在，有固定的運行軌道。雖由於
時代、地區、民族、社會、文化等因素而有種種區別，但其表達
思想感情的運行還是有共同軌道的痕跡可尋。這在沒有實際接觸
的兩個民族的文化現象中，尤其是初民及較早的歌謠等口頭文學
中更容易找到實證。《伊》與《三國》兩書中人物寫法的相似相
同處就說明了人類民族文學間從初民時就已存在的共同點，為比
較文學的平行研究工作提供了可比性的出發點。

2　偉大的作品是從民間口頭文學中獲得營養的

　　《伊》、《三國》兩書都經歷了長期的歷史考驗。《伊》至
今已有兩千多年，《三國》也有六百年左右。

　　《伊》已譯成許多種文字，影響遍及全世界。單以《伊》的
英文譯本來說，就有查普曼（G. Chapman）、紐曼（F. W.
Newman）、波普（A. Pope）、丘奇（Church）、考珀(Cow-

per　)、坦尼森（Tennyson）、阿諾德（M. Arnold）等許多
家不同的譯本，然而英國文藝評論家阿諾德卻認爲各家譯本都沒
有能完全表達出荷馬原作之輕快、文字和詩體之平易、內容思想
之純樸直接以及風格之崇高。十九世紀英國詩人濟慈（John
Keats)第一次讀荷馬史詩時感到就像一個觀察天象的人忽然在眼
前發現一座新的星座一樣。馬克思也認爲荷馬的作品是一種美感
享受的源泉，在某些方面仍然是不可企及的標準和模範。幾千年
來，無數的作家作品從荷馬史詩中得到啓發。直到一九八一年美
國俄勒崗大學《比較文學》刊物上還登有弗錫思(Neil Forsyth)
的論文，研究荷馬對英國十七世紀著名詩人密爾頓的影響。在我
國，《伊》詩不但也有鄭振鐸、謝六逸、高歌、傅東華、徐遲、
水建馥等各家不同的譯本，而且也一直爲文學界所崇仰與研究。
上下幾千年，縱橫百萬里，《伊利亞特》一直傳誦至今，光芒四
射，永遠是人類文學寶庫中最高的典範。

　　《三國演義》雖然成書比《伊》晚，但在歷史、軍事，尤其
文學方面有極其巨大的價值。它對東漢末百年間四方霸主爭權混
戰的歷史爲後世提供了研究資料。後來的農民起義領袖張獻忠、
李自成、洪秀全等也都以《三國演義》中的戰爭部署以及策略戰
術作爲藍本。至於《三國演義》中的故事則早在成書以前就已家
喻戶曉。通過我國各地的說書、彈唱以及各種戲曲廣泛流傳，甚
至進入了我們的生活。“唱空城計”、“把人當阿斗”等語彙隨
時都在我們的語言中出現。《三國》的強大生命力將使它世世代
代永遠流傳下去。

　　這兩部作品之偉大正由於它們都是以多少年來累積的民間口

頭創作爲源泉，從中汲取無盡的營養和生命力。它們所運用的細
節描寫、想像誇張，側面反襯、兩兩對比，動靜結合，張弛相襯、
懸念、比喻等種種藝術手法，都在民間口頭創作的基礎上加以提
煉加工，從而能使這兩部偉大作品各自塑造出千年萬代永遠栩栩
如生的人物形象和描繪出感人腑肺的故事情節。因此，從兩書的
相似相同之處更可以使我們探索出偉大作品從民間口頭文學孕育
而成的肉血關係。

3　描寫人物的基本手法

　　文學作品是寫人的。古今中外，一切文學作品的中心總在於
表達人物的思想感情。即使是純粹描寫風景之作，也是從人的視
野與意念出發。"落霞與孤鶩齊飛，秋水共長天一色"看來只是
寫景，但實際上，落霞與孤鶩何嘗有意齊飛，秋水長天未必自知
一色，仍舊是作者看到景物後的觀感而已。在漫長歷史時期中，
《伊》、《三國》兩書一直深入人心的主要原因還在於對人物的
描寫。赫克托別妻出征的場面不知感動了多少讀者爲之淚下。諸
葛亮之聰明、曹操之奸，都已成爲典型人物，似乎就生活在我們
中間。兩書中人物之所以能對古往今來的讀者產生如此巨大的感
染力，決定於其形象刻劃的方法：既繼承了民間藝人口頭說唱慣
於用人物的聲音狀貌來描繪人物，又能在人與人的現實矛盾鬥爭
中捕捉有力的場景，只需幾句簡單的話就能生動而準確地表現他
們相互之間的關係和相應的心理活動，從而把人物的性格、處境
和形象烘托出來。兩書在渲染人物形象時所用的相似相同的筆墨
爲我們的探索提供了證明：無接觸的不同民族的文學在描寫人物

的基本手法上有共性。

朱炳蓀　于如柏

〈相似相同豈偶然？

　——《伊利亞特》與《三國演義》初窺 〉，

　（西寧）《青海社會科學》2（1986），79～85。

《三國演義》與《戰爭與和平》*

　　《戰爭與和平》描寫的是十九世紀初葉俄、奧、法戰爭（主要是俄法戰爭）及戰爭期間俄國的社會生活，小說展示了俄國歷史上一個重大的時代及其無比壯闊的生活圖景。托爾斯泰在談到他如何構思這部作品時說，他"曾無數次地動手來寫一八一二年的歷史"，"我想把我所認識到和感覺到的那個時代的一切都寫出來。"小說真實地再現了一八〇五———一八一二年的俄、奧、法三國之間的政治鬥爭和軍事鬥爭及由此而引起的俄國人民的衞國戰爭，它具體生動地描寫了射恩格拉本與奧斯特里茲戰役，保羅旣諾會戰，莫斯科大火，俄國人民英勇的游擊戰爭，並描述了由這次戰爭所引起的社會問題：十二月黨人運動的醞釀階段等一系列重大的歷史事件。作品在鋪開一系列驚心動魄的戰爭場面和許多重大歷史事件的同時，又描寫了從宮廷到貴族家庭以至民間的形形色色的生活情景，呈現出一幅具有鮮明的時代特色和民族特色的豐富多彩的社會生活全景。作品還塑造了自拿破侖、亞歷山大、庫圖索夫到以屠申爲代表的下級軍官、士兵、游擊隊戰士，從老一代貴族人物庫拉根、羅斯托夫、保爾康斯基到年輕一代的安德來、彼埃爾、娜塔莎以及農奴等五百五十餘個人物形象，從而構成一部浩瀚的時代史詩。它那宏偉的結構，衆多的人物形象，

---

*　同前。

紛繁的事件與豐富的生活畫面，呈現出雄偉壯闊的史詩風格。正是在這些方面，托爾斯泰自己把《戰爭與和平》比作荷馬的史詩，將它和《伊利亞特》、《奧德賽》歸入同一類。不少著名的作家、文學批評家及《戰爭與和平》的許多知名和不知名的讀者也都有同樣的感覺。如羅曼·羅蘭把它稱爲 "我們時代最浩瀚的史詩，是現代的《伊利亞特》。" 盧卡契在他的《托爾斯泰和現實主義的發展》這一宏篇大論中曾專門論述了《戰爭與和平》的史詩性質。《戰爭與和平》的史詩性質和史詩風格已是衆所公認，沒有人表示異議的了。

如果說，《戰爭與和平》是一部近代意義上的史詩，則《三國演義》可說是一部反映中國封建社會生活的史詩。同《戰爭與和平》一樣，它也具有史詩的性質和由此而形成的史詩風格，只不過它產生於不同的時代和不同的文化背景之下，出自不同民族作家的手筆，因而在時代特徵與民族特色和創作風格上同《戰爭與和平》又表現出極爲明顯的差異。

黑格爾在討論古代史詩時說過：" 戰爭情況中的衝突提供最適宜的史詩情境，因爲在戰爭中整個民族都被動員起來，在集體情況中經歷着一種新鮮的激情和活動，因爲在這裡的動因是全民族作爲整體去保衛自己。" 他還說過：" 在戰爭中主要興趣在於英勇，而英勇這種心靈狀態和活動旣不宜於抒情詩的表現，也不宜於用作戲劇的情節，但特別宜於史詩的描繪。"《三國演義》正是在這一方面，首先表現出其特有的史詩風格。誠然，黑格爾又說過這樣的話：" 只有一個民族對另一個民族的戰爭才眞正有史詩性質，改朝換代的鬥爭，內戰和市民騷動則只宜作戲劇題材。"但黑格爾的這一論斷，並不符合古代史詩的實際情況，印度史詩《摩訶婆羅多》敍述的就是婆羅多王後代兩大家族爭國的鬥爭。何況決定史詩性質的並不在於鬥爭雙方的民族屬性如何，而在於這場鬥爭是否關係到全民族的命運的大問題。

《三國演義》描述的是中國歷史上的一個重大的時代。作品通過魏、蜀、吳三個政治集團之間的矛盾衝突的眞實描寫，生動地再現了我國古代三國時期錯綜複雜、波瀾壯闊的政治、軍事鬥爭，展開了我國歷史上這個由統一到分裂再由分裂到統一的重大時代的歷史全景。作品描述的時間跨度，從東漢末年天下大亂的漢靈帝建寧元年（公元168年）起直到孫皓降晉，晉一統天下的太康元年（公元280年）止，共歷一百一十三年，其地域涉及整個中國，所寫人物包括東漢末代皇帝漢獻帝、暴臣董卓，蜀漢集團的劉備、關羽、張飛、諸葛亮，曹魏集團的曹操、司馬懿，孫吳集團的孫權、周瑜，以及許許多多各類人士有姓氏者共達九百八十餘人。它以描寫戰爭爲主，深刻地展現了我國封建社會一個重要的歷史時期的政治、軍事、文化，人們的思想、意識、道德信仰、精神面貌，以及風土人物，民情風俗等種種情狀，它那宏偉的史詩般的寬度與深度，即便在世界文學史上也是不多見的。

戰爭中的衝突提供了最適宜的史詩情境，但並不等於說凡描寫戰爭的作品就是史詩。一部作品之是否具有史詩性質，應看它是否表現了時代精神和民族精神。《戰爭與和平》的可貴之處在於突出了人民和人民戰爭的思想，由於拿破侖入侵所引起的衛國戰爭，使整個俄羅斯民族都被動員了起來，在祖國命運危在旦夕的時刻，人民奮起抗戰，高揚着愛國主義和英雄主義的精神。托爾斯泰曾表示他要寫"人民的歷史"，並表明："在《戰爭與和平》中，我喜歡人民思想，這是一八一二年戰爭的結果。"《戰爭與和平》突出地表現了人民昂揚的愛國熱情和英雄氣概，形象地表明了人民是歷史進程的決定者。作品還多方面地表現了人民群眾善良、純樸的品性，高度的責任感與友愛精神，以及人民對民族文化、民族性格和民族心理的深刻影響作用。正是以人民爲根基的俄羅斯民族精神與民族性格，影響了貴族階級的安德來、彼埃爾，使他們走上通向人民的精神探索的道路。作品的史詩性質也正是在這一方面獲得深刻的體現，它那雄偉的史詩風格也正是由於紮根在這一深刻的思想內涵上而分明地呈現在我們的眼前。

作爲一部史詩性的作品，《戰爭與和平》在結構上獨具特色，呈現出獨特的史詩風格。

亞里士多德在論述史詩的結構時說："史詩的情節也應像悲劇的情節那樣，按照戲劇的原則安排，環繞着一個整一的行動，有頭，有身，有尾，這樣它才能像一個完整的活東西。"他在解釋什麼是悲劇的完整的結構時說："所謂'完整'，指事之有頭，有身，有尾。所謂'頭'，指事之不必然上承他事，但自然引起他事之發生者；所謂'尾'，恰與此相反，指事之按照必然律或常規自然的上承他事者，但無他事繼其後；所謂'身'，指事之承前啓後者。"在這裡亞里士多德指出所謂結構完整是指故事情節應合乎因果律。亞里士多德的這一論斷成爲西方敍事體文學的圭臬。它一直影響到西方近代長篇小說的結構觀。那種"一人一事，一線到底"的結構模式，情節單純齊整，首尾封閉的體系和戲劇性發展的方式方法，長期來便成爲西方敍事文學的固定格局。

這種模式的長處是能有效地將主題、人物、情節統一在一個精心製作的結構之中，使作品形成爲一個統一的藝術有機體。西方的作家們循此法則創作出了一系列結構精巧的名著，以致人們認爲只有這樣去構思作品，才能達到藝術整體的統一。但是，藝術是發展的，沒有也不應有一成不變的固定的藝術法則。托爾斯泰的《戰爭與和平》的最大創新　就是適應作品內容的需要，徹底革新了長篇小說的結構，它打破了 " 一人一事，一線到底 " 的模式，按照生活本身的無限豐富性創造了開放式的小說結構。

　　《三國演義》在內容上表現出史詩般的浩大性質，它在結構上也是表現出史詩式的整體性。與西方古代史詩和近代長篇小說的敍事模式不同，它通過探求特定時期的歷史發展規律，展開對中國封建社會生活的廣闊描寫，作品着重要表現的不是人們的日常生活，也不是個別人的歡樂與痛苦，而是整個民族的命運。它注重的是在歷史上發生過影響的人物的活動，是有歷史意義和倫理道德意義的人物的思想行動和事件。作品所敍歷史大事歷時一百餘年，所寫人物近千個，大小戰役數十次，其結構與 " 一人一事，一線到底 " 的結構迥異，也與《戰爭與和平》的開放性生活流的結構不同。《戰爭與和平》寫的是一八〇五——一八二〇年俄國的整個生活，可以說包羅萬象。《三國演義》則主要寫我國三國時期的政治生活與軍事生活，戰爭與政治鬥爭是它描寫得最多的場景，社會日常生活的色彩較爲淡薄，特別是很少個人生活的描寫。關羽、張飛、諸葛亮這些主要英雄人物的婚姻、愛情、家庭生活如何，作品基本上沒有接觸。即便是劉備，寫他過江招親，也主要是表現婚姻方面的政治交易與政治鬥爭。應當說在表現生活的深度和生活的整體上，《三國演義》是不及《戰爭與和平》的。但由於它所描繪的是一個有時代特色和民族特色的歷史時期的生活，它那變幻莫測的政治風雲情境，那雄偉壯觀的戰爭場景，那洋溢着英雄主義氣概的人物形象畫廊，那飽含着智慧與鬥爭經驗的生活形象，那崇高的道德精神，以及作者所站的概括歷史規律的高度，便使得作品在再現歷史生活方面，具有無比的廣度，並超出了某一特定的歷史時代而具有一種普遍性的意義，從而使作品顯得氣勢雄渾，結構宏偉，具有鮮明的史詩風格。

　　傳統的史詩有一個相同的中心任務，這就是致力於塑造各自民族、各自時代的英雄人物形象。許多史詩就是以某一英雄人物的名字題名的，如《奧德賽》、《埃涅阿斯紀》(*Aeneid*)、《羅蘭之歌》(*Song of Roland*)、《熙德之歌》(*The Cid*)等等。作爲史詩後裔的近代長篇小說，作品中不一定有英雄人物，但也總有一個中心的主人公。史詩中的英雄人物不僅反映了時代精神和民族精神，而且也是他那個民族的某種理想的寄託，他鼓舞和啓示着這個民族世世代代的人們，成爲該民族的一座精神紀念碑。果戈理說過：史詩"永遠是把重要的人物作爲主人公，這個人物和很多的人物、事件與現象發生聯繫和接觸；必須能夠環繞他描繪他的整個時代。史詩不能只寫出幾個特徵，而是要包括整個時代；史詩的主人公必須能夠按照當時人類的思想、信念和意識的樣式去行動。通過這個人物，整個世界的宏偉壯闊都生動地顯現出來了"。可見主人公在史詩中佔着多麼重要的地位。但是，我們如果按照傳統史詩的要求，到《戰爭與和平》中去找英雄人物，那是找不到的。在這裡，托爾斯泰又一次表現了他的創

新精神。托爾斯泰在寫作《戰爭與和平》時一再聲明他要寫的是
"人民的歷史"。他在談到一八一二年俄國的勝利時,指出這勝
利的原因"是在於俄羅斯人民和軍隊的性格"。他摒棄了那種以
塑造某個英雄人物爲中心任務的傳統作法。他說:"在那個偉大
時代的半歷史性、半社會性、半虛構的具有偉大性格的人物之間
,我們的主人公這個人物已退於次要地位,而居於首位的却成了
那些使我感到同等興趣的當時的老老少少、男男女女了。"他在
《戰爭與和平》中,雖然也塑造了庫圖索夫、安德來、彼埃爾、
娜塔莎等生動的歷史人物形象和藝術形象,但他在作品中要努力
表現的已不是某一個主人公而是人民,他要歌頌的也不是某一個
英雄人物而是整個俄羅斯。正如一位評論家(克利夫頓·法迪曼)
所說:《戰爭與和平》是一部沒有主人公的小說,"如果沿用古
代的含義有一個主人公的話,這個主人公就是俄羅斯本身,而不
是任何一個個人"。作品通過保羅旣諾會戰,通過莫斯科大火,
通過廣泛開展的游擊戰爭等場景的描述,突出地表現和歌頌了俄
羅斯人民的英雄主義和愛國主義精神。從俄軍統帥庫圖索夫到下
級軍官屠申和廣大的士兵群衆,從勇敢機智的游擊隊員齊洪到殺
死數以百計的侵略者的村長之妻華西里莎、俘虜法軍士兵數百名
的教堂執事,以及親手放火燒掉自己的店鋪的商人,他們不是作
爲單個的英雄人物在行動,而是結合成爲一個整體去打擊侵略者。
他們組成爲一個英雄的集體,作爲英雄的群像而出現在作品中,
從而使作品表現出史詩般的偉大氣魄。

　　比之《戰爭與和平》,《三國演義》在人物形象的塑造上,
與史詩的傳統是相一致的。它雖然描寫了魏、蜀、吳三個政治集

團的衆多的人物，但作品中的主要英雄人物還是劉蜀集團的劉備、諸葛亮、關羽、張飛、趙雲等。這些人物又以劉備、諸葛亮爲最突出。全書雖不以人物而以三國故事爲始終，但劉備、諸葛亮却一直是光照全書的主角。作爲聖明君主形象的劉備是適應封建社會黑暗統治下人民的期望而塑造出來的。恩格斯在論述悲劇中的人物時曾指出："主要的人物是一定的階級和傾向的代表，因而也是他們時代的一定思想的代表，他們的動機不是從瑣碎的個人慾望中，而正是從他們所處的歷史潮流中得來的。"劉備無疑是封建階級的代表人物，但他是受到當時歷史潮流的推動，受到民心的影響而思想而行動的。他懷抱着"安社稷，濟蒼生"的宏願，施仁義，恤百姓，"近得人心，遠得人望"。所以他雖是封建階級的代表人物，却又能得到人民的擁戴。他的思想行動在一定程度上是符合人民的願望和歷史的要求的。

易新農

<《戰爭與和平》和《三國演義》史詩風格比較>，（廣州）《中山大學學報》（哲社版）3（1986），93～103。

《水滸》與《艾凡赫》*

　　十二世紀初葉，宋江等三十六人“橫行齊魏，官軍數萬，無敢抗者”之後不久，遠隔重洋的英國，傳奇式的俠盜羅賓漢也在十二世紀末因不堪諾曼封建主壓迫，與一群自耕農結夥反抗，出沒森林，刼富濟貧。高爾基稱羅賓漢是“諾曼壓迫者不知疲倦的敵人，人民的寵兒，貧苦人的保衞者。”（《羅賓漢民謠》俄譯本序）同宋江起義的“奇聞異說，生於民間，輾轉繁變，以成故事”〔魯迅語：〕一樣，羅賓漢及其“林中兄弟”的神奇傳說也被編成民謠，在英國人民中間廣泛流傳。

　　十四世紀，施耐庵在民間說話藝人集體創作的基礎上，根據宋江起義的歷史傳說的輪廓，將一個個相對獨立的英雄故事，薈萃成一部統一的《水滸傳》。同樣，在十五世紀，英國有人編集了一本《羅賓漢英雄事蹟小唱》（The little Gest of Robin Hood），企圖把關於羅賓漢的許多歌謠統一起來，但結果沒有達到眞正的統一，因爲每一篇歌謠仍然保持着結構上的獨立性。直到十九世紀，司各特寫成了《艾凡赫》，才把羅賓漢的故事藝術而完整地表現出來。

　　《水滸》和《艾凡赫》這樣兩部由兩個民族“各不相謀”地創作出來的杰出作品，至少有下列幾個方面是相同或相似的：

---

* 　　Sir Walter Scott（1771～1832），*Ivanhoe*．（1819）

首先，它們都有其歷史的原型。宋江起義的經過，正史上語焉不詳。但據方勺《泊宅編》、王稱《東都事略》、宋埴《皇宋十朝綱要》、徐夢莘《三朝北盟會編》等書，都可以看出這支起義軍主要是流動作戰。《水滸》故事的總輪廓，大體上是符合實際情況的，所以關於《水滸》的故事，在“說話”藝術中，被歸入“講史”一類。司各特在寫作《艾凡赫》時，更參閱了大量的歷史資料（如亨利的《薩克遜編年史》、瓦杜爾手稿之類），他筆下的獅心王理查時代的社會狀況，也基本上符合歷史事實。

當然，無論是《水滸》還是《艾凡赫》，它們都不是嚴格意義上的歷史小說。它們所取來作爲題材的原型，都經過了民間傳說的長期加工，經歷了民間說唱藝人的再創造的過程，因此使作品的主題發生了質的變化。同時，《水滸》和《艾凡赫》都是經由文人作家之手，經歷了一番再加工和再創作而後形成的。文人作家對於民間文學的藝術成品或半成品的取捨加工，無不受到他們的世界觀、美學觀以及實際生活體驗的制約和影響，這樣一個規律，對於它們，也是完全適用的。

正是由於它們具備了這些可比因素，我們才得以將二者加以比較，由此比出它們在思想內容和藝術手法上的同異短長來。

《水滸》和《艾凡赫》在思想內容上，存在許多極爲相同或相近的方面，這主要是：它們都深刻地揭示了封建社會內部種種複雜的矛盾；它們都憤怒地鞭撻了封建統治集團的暴虐政治；它們都熱情謳歌了廣大被壓迫人民的反抗鬥爭；另外，它們也都存在着對於王權的肯定和崇拜。在這總的方面相同或相近的情況下，兩部作品又呈現出各自千姿百態的特點來。

　　從全局、從宏觀看，《艾凡赫》對於英國白朗柔王朝的理查一世時期的階級矛盾錯綜複雜的局勢作了輪廓鮮明的勾勒。作品突出地描寫了諾曼征服者同薩克遜被征服者的矛盾，並把它作爲貫串始終的主線。在諾曼封建主貴族壓迫下，被幾乎斬盡殺絕、剝奪了繼承權利的薩克遜貴族的復國主義和廣大受剝削受壓迫的農民、農奴的反抗鬥爭，作品中都有明晰而深刻的反映。這同司各特生活在資本主義經濟在蘇格蘭迅速發展的時代，美國獨立戰爭、法國資產階級革命等重大歷史事件使他的思想受到極大影響，因而能夠運用比較新的眼光去分析歷史上的矛盾是分不開的。相比之下，《水滸》在對歷史背景，即對它所要着力謳歌的英雄人物所處的歷史舞台作出全面概括的時候，視線就大爲模糊了。作品反覆強調的是：“至今徽宗天子，至聖至明，不期被奸臣當道，讒佞專權，屈害忠良，深可憫念。當此之時，却是蔡京、童貫、高俅、楊戩四個賊臣，變亂天下，壞國、壞家、壞民。”說話人固然要標榜自己博古明今，貫通經史，然而他們的歷史知識的來源，往往是《太平廣記》之類的雜書。他們也講一些歷史現象，無非是用來證明他講的故事有源有本而已，並不是爲了給歷史作出科學的評價。說話人以及施耐庵的狹隘的歷史眼光，使他們無法勝任在全體上把握住歷史本質的重任。

　　然而，文學是以形象化的手段來反映社會生活的。從細節看，從微觀看，《水滸》對於黑暗現實的揭露則有不可置疑的長處。即以對宋徽宗的態度來說，小說雖然也有一些抽象的頌聖之辭，但在實際描寫中，通過徽宗重用信賴高俅等四賊，與妓女李師師鬼混等，暴露了這個“道君皇帝”的無道、荒淫、昏聵，流露出批評、譴責之意。倒是《艾凡赫》，對於獅心王理查作了最熱忱的歌頌和讚美，把他當作眞理和正義的最高體現者，嚴重反映了作者的偏見。

在對於封建統治集團的暴虐政治的抨擊方面，《水滸》和《艾凡赫》都取得了出色的成就。《水滸》一開頭就寫了高俅這樣一個爲市民所不齒的流氓無賴，因被宋徽宗擡舉，當上了殿帥府太尉，就公然公報私仇，逼走了王進；又再三設下毒計，要謀害林冲性命。《水滸》還通過梁中書收買十萬貫金珠寶貝，爲蔡京慶生辰等，揭示了"亂自上作"是"官逼民反"的根本原因，具有深刻的社會意義。"取非其有官皆盜，損彼盈餘盜是公"，這種官即是盜，官比盜還壞百倍的思想，在《艾凡赫》中同樣得到充分的表現。脫克和尙說："至於說到強盜，要是把我所熟識的強盜和他（指諾曼封建主弗朗·德·別夫）比較一下，我看強盜要比他忠厚得多呢。"汪巴說，馬爾烏亞森的部隊"在這內戰期間，那幫人只要來上十來個，就抵得上一大群狼。"對於封建統治者搜刮民膏民脂得來的錢財，《水滸》和《艾凡赫》都一致喊出了："不義之財，取之何礙"的呼聲。這就爲被壓迫民衆的反抗的正義性，提供了有力的思想武器。

我們還發現：《水滸》中梁山泊英雄和《艾凡赫》中羅賓漢的綠林豪傑，無論在組織形式上還是活動特點上，都有極其相似的地方：

以梁山泊爲根據地的水滸英雄，"但閒便下山，或帶人馬，或只是數個頭領各自取路去，途次中若是客商車輛人馬，任從經過；若是上任官員，箱裡搜出金銀來時，全家不留，所得之物，解送山寨，納庫公用，其餘些小，就便分了。折莫便是百十里，三二百里，若有錢糧廣積害民的大戶，便引人去公然搬取上山，誰敢阻擋。但打聽得有那欺壓良善暴富小人，積攢得些家私，不論遠近，令人便去盡數收拾上山。如此之爲，大小何止千百餘處。”而以哈特希爾牧場那棵作爲標誌的橡樹爲“集合樹”的羅賓漢綠林好漢——“這些綠林中的快活人兒燒掉一座堡，跟着就蓋起一間茅屋，搶刧了一座禮拜堂，跟着就替一個唱詩班搭起涼棚；殺死一個鬧氣的州官，跟着就釋放一個可憐的囚犯”，一句話，他們的共同特點是：旣打家刧舍，而又刧富濟貧。他們的最高道德信條是“義”。汪巴稱綠林豪傑爲“講情說理的賊人，禮數周到的強盜”，是十分貼切的。羅賓漢更自豪地說：“我現在雖是一個落草的人，我的手却是一個眞實的英國人的手”。葛爾茲黃夜遇盜，羅賓漢主張放了他，說：“他主人是個流浪在外的騎士，應該免了他，不扣留他的錢。他跟咱們一樣，所以不能拿他的東西。俗語說得好，狼和狐狸還在到處橫行的時候，狗跟狗可不能自己吵起來。”當塞得利克被聖殿騎士布里昂等人綁架以後，羅賓漢又說：“塞得利克是一個衞護英吉利人民權利的朋友，當他遇到急難的時候，不愁沒有英吉利人出來幫忙。”作品還通過一個嘍囉的話，提到他“從前在胖子老甘迭林手下幹事的時候，可不講什麼良心不良心。”這就如同在晁蓋、宋江同王倫中劃出一道“義”與“不義”的界線一樣，在羅賓漢同老甘迭林中也劃出了一道“義”與“不義”的界線。

　　總而言之，《水滸》和《艾凡赫》以夭矯變幻的筆觸所描繪出來的縱橫捭闔的英雄人物，從本質上講，就是俠盜。他們是被逼鋌而走險、打家劫舍的 "盜"，然而又是 "替天行道"，見義勇爲的 "俠"。這些 "具有無限權力做壞事的人却能做出好事，特別令人敬佩。不僅敬佩他做了好事，同時也敬佩他制止自己不做壞事"。這樣的俠盜身上，正寄託了人民的理想和願望。

　　這就提出了一個問題：歷史上的宋江和羅賓漢，都是農民起義的領袖，我們是否就因此必須要用 "農民起義" 的觀點來分析這兩部作品呢？應該指出的是，當我們許多人站在二十世紀的歷史瞭望點上，在 "農民起義是推動封建社會進步的唯一（或主要）動力" 的觀點支配下去剖析具體文學作品的時候，他們所使用的 "農民起義" 的概念實際上已經被現代化了。其中一些人把歷史人物現代化，彷彿他們是穿着古人衣盔的現代革命者；另一些人則拿着現代人所懸擬的模式去苛求古人，求全責備：二者表現形態不同，實質則完全一致，都是從同一根源中派生出來的。

歐陽健
<《水滸》、《艾凡赫》同異短長論>，
《華東師範大學學報》2（1981），64～70。

《水滸》與《堂吉訶德》[*]

　　《水滸傳》成書於明代嘉靖年間，約當公元一五三二——一五三三年❶。《堂吉訶德》兩卷，分別寫於一六○三年和一六一四年（出版於一六○五、一六一五年）。雖然兩部巨著相隔半個世紀，但都是近代小說從短篇向長篇過渡的開創之作，在藝術結構上有不少相通之處。分析、比較兩書，可以蠡測近代短篇結構向長篇結構發展的某些痕迹。這對考察現實主義小說美學的演變和發展無疑是個重要課題。

　　《水滸》和《堂吉訶德》在長篇結構上究竟有何相通之處？我認爲，從兩部小說的總體考察中，可以知悉二者在結構上頗爲相似的審美特徵：

以陪襯人物作爲總體佈局和牽引情節線的支撐點

　　在繪畫藝術中，藝術家要擺正各個形象在畫面中的空間位置，總是首先選定一個或數個透視中心作爲總體結構的支撐點。這是確定形象或遠或近，或大或小，或正或反的空間活動方向和位置的立足點。以時間、空間爲運動形式的敍事性小說，其形象結構也同樣適應這一美學規律。在《水滸》和《堂吉訶德》裡，施耐庵將高俅、晁蓋，塞萬提斯將神父和理髮師作爲總體結構的支撐

---

　　* 　Miguel de Cervantes Saavedra（1547～1616），*Don Quixoto.*

點，是獨具匠心的。

　　《水滸》的基本故事內容是敍述一百零八人逼上梁山及其起義失敗的悲壯歷程。書中高俅、晁蓋作爲配角對小說結構的整體構思起了提綱挈領的作用。

以主要人物的傳記部署長篇小説的縱向結構脈線

　　應該說，把握準作品構圖的支點，只是爲長篇結構鋪下了奠基石；要支撐住小說結構的脊樑還得藉助主要人物及其性格傳記爲經脈來安排組織各類角色和生活事件。如果說，魯智深、武松、林冲、宋江等人的性格傳記都是《水滸》着力經營的縱向結構脈線，它們向不同生活側面和空間領域延伸，組成了《水滸》主體結構的框架；那末，堂吉訶德及其侍從桑丘（Sancho）的遊俠經歷也自然構成了小說結構的縱向主幹情節線。兩者結構的表述形式顯示了一個共同的審美特徵：人物活動的時間長度與故事情節的長度相等。場景的聯結，轉變，情節的鋪現，往往伴隨人物活動的變化而變化。人物活動的描述與一定的時空順序一致，所以小說故事情節有頭有尾，來龍去脈清晰，情節開端、發展、高潮、結局等構成的層次比較分明、協調。這也是兩部小說所體現的縱向結構的基本特色。不妨先分析《堂吉訶德》的情節結構。

　　塞萬提斯在《前言》裡爲長篇結構的情節佈局作了一個注釋：《堂吉訶德》就是“這位大勇士的傳記”，整部小說充滿了“奇情異想的故事”。這一脚注清楚地表明了作者結構佈局的基本特徵。這就是，沿着主人公的生平經歷來組織、綴合“奇情異想的故事”的情節主幹線。

非主幹情節的框架結構和橫向穿插

　　《堂吉訶德》、《水滸》縱向結構脈線的空間幅度較大，地域較廣，時而在酒樓、肉鋪、客店、深山，時而在僧堂、山寨、公爵府、鄉村草舍，活動環境多變。這種結構表述形式雖然能保持人物、情節活動踪迹與時空順序的一致性，但也容易造成結構形式的單一。這在中國古代短篇小說和歐洲騎士傳奇、流浪漢小說中是個難以克服的弊病。塞萬提斯和施耐庵爲補充這一縱向結構表述形式的不足，不約而同地探取了縱橫雙向參差錯落的佈局。具體地說，就是，以某一個人物傳記爲樞軸，橫向交叉和穿插若干完整的非主幹情節（也稱橫向框架式故事情節）。由於橫向框架式情節的空間地域相對集中，故事情節自身具有相對獨立性和完整性，所以，經穿插後的“雙向結構”既保持了結構空間的伸縮性，開拓了形象畫面的延伸廣度，又凸現了活動環境的相對穩定，增加了情節內容的思想容量和反映生活的深度。

　　由此可見，《水滸》和《堂吉訶德》採用非主幹情節的穿插交叉的結構表述使長篇結構在主幹情節向縱深擴展的同時又向橫斷面的諸方向延伸，在一個或幾個空間地域同時展現社會生活畫面。這種格局有效地擺脫了短篇小說那種單一化的窠臼。這是其一。其二，非主幹情節的橫向穿插，加強了小說結構概括、組織生活形象的廣度和深度。由於作者以縱橫雙向交叉的結構表述來變換場景，凝縮或擴展主要人物活動的空間，使整體形象結構具備了史詩的藝術特徵。這對中國和歐洲的長篇小說結構的形成具有不可忽視的美學價值。

　　《水滸》與《堂吉訶德》的結構異同比較並非筆者的主觀臆測，我們擬從中西小說的發展及其民族傳統的審美意識中找到歷史和理論上的依據。正如喬治・桑塔耶納（George Santayana, 1863 — 1952 ）所說：“一個有眞正審美知覺的民族”，在美的表述上會“創造出傳統的形式”。作爲近代長篇小說的開山之作，《水滸》和《堂吉訶德》都有其民族傳統的淵源。我們從這點出發，便可找出《水滸》與《堂吉訶德》結構異同的可比性及其理論依據。

　　民族文化的傳統審美意識構成了《水滸》和《堂吉訶德》長篇結構的同一性。

　　《水滸》從它的雛型《大宋宣和遺事》起，到施耐庵本《忠義水滸全傳》，經歷了宋、元、明三代的長時期流傳。早在北宋末年、南宋初年，水滸故事已成爲民間的“街談巷語”。經過民間“說話人”的整理、加工潤飾，《水滸》吸收了講史話本的創作經驗，在編織故事、穿插情節和刻劃人物上都保留了民間說話藝術的特色。在《水滸》之前，古代小說美學最早的集大成者元人羅燁，在總結講史、話本小說結構的傳統藝術時寫道：“講論處不帶（滯）搭，不絮煩；敷衍處有規模、有收拾。冷淡處提綴得有家數，熱鬧處敷衍得越長久”〔《醉翁談錄》〕。這裡的“講演處”（作者的議論），“敷演處”（情節的展現）、冷淡處（情節的交代、轉折）“熱鬧處”（情節的高潮），就是要求渾然一體，構成一個完整同一的藝術結構。若將民族傳統審美意識的淵源再推遠些，則可從中國古代文論中找到源頭。早在齊梁時代，劉勰在《文心雕龍》裡就強調了“首尾周密，表裡一體”

的 “附會之術”，並把 “總務綱領” 的總體構思視爲 “命篇之經略”。施耐庵顯然是接受了這一傳統的民族審美意識而且身體力行，鑄在藝術實踐之中。這是其一。其二，元代雜劇的興起也豐富了《水滸》結構的藝術表述。元代《黑旋風雙獻功》(高文秀)、《同樂院燕青博魚》（李文蔚）、《梁山泊李逵負荊》（康進之）等雜劇，不只豐富了《水滸》的題材和故事內容，同時，古代雜劇注重戲劇結構的精巧、嚴謹，各局部結構的互相埋伏、映照等手法，也對施耐庵起了潛移默化的影響。可以這麼推斷，古代話本、傳奇、雜劇的傳統審美意識的影響促成了施耐庵對曲折變幻、錯綜交叉、整一和諧的長篇結構的藝術追求。

若考察歐洲古代和近代美學理論對塞萬提斯的影響，同樣可以找到《堂吉訶德》追求長篇結構有機性的必然性。塞萬提斯接受的傳統審美意識主要是：近代西班牙戲劇及其理論，亞里士多德及其《詩學》（在小說中作者也曾多次暗示了亞氏對他的啓發和影響）。亞里士多德在著名的美學著作《詩學》裡再三強調悲劇結構的完整性。他認爲，“完美的佈局應有單一的（整一的—筆者按）結構”。“詩人於佈局，恆必求其合乎必然或或然律”〔《法學》、《偉大作家與創作》〕，唯有整一的結構 “才能給我們一種它特別能給的快樂”〔《詩學》〕。西班牙喜劇家維迦（Vega，1562 — 1635）在《當代寫作喜劇的新藝術》一文中也闡述了戲劇結構必須完整的審美要求。他主張：“一個角色無論如何不能和自己說過的話相矛盾，不可忘記自己的過去”。這也同樣指出了藝術結構必須追求一個完整的、有真實感的藝術天地塞萬提斯繼承了這些傳統的審美意識。《堂吉訶德》的前言及上

卷第四十七、四十八章對騎士小說的批評便集中體現了作者的美
學觀：追求小說結構的整一性，情節佈局的合理性。《堂吉訶德》
正是這一審美意識的形象體現。

　　從中國和歐洲近代的民族審美意識比較中，可知不同民族對
現實主義的美的創造有其共同的審美理想和追求的一面。這也就
構成了《水滸》和《堂吉訶德》結構趨向的同一性。

　　傳統審美趣味對作者的影響也構成了《水滸》與《堂吉訶德
長篇結構的相異性。

　　由於歷史傳統的不同，人們的審美趣味並不是完全一致的。
從某種意義上說，“審美快感的特徵不是普遍性”〔喬治·桑塔
耶納語〕。傳統的審美趣味既受制於民族的審美意識，又受制於
特定的歷史環境。兩者的影響使作者對文學作品結構的表述方式
呈現出特殊性。中國明代之前，由於傳奇、話本、講史演義的流
傳，讀者形成了傳統的審美心理，即是以小說“傳奇性”——情
節的生動、曲折、離奇來達到審美滿足。在話本和演義的基礎上
孕育而成的《水滸》自然不會有悖於這一傳統。所以，施耐庵對
長篇結構的創造是着眼於“縱橫曲直”，通過情節衝突的本身
（包括情節內涵的複雜性和情節組合、安排的戲劇性）來顯示藝
術結構的審美情趣。

　　塞萬提斯在《堂吉訶德》的結構創造中同樣體現了本民族的
傳統審美趣味。在《堂吉訶德》之前，歐洲小說盛行三大類體裁。
一、教會文學。專門塑造基督教“英雄人物”，寫聖徒的事迹。
這類文學作品的情節比較單一，缺乏有機聯繫，故事近於梗概，
結構表述採用傳記形式。二、騎士傳奇。這類作品往往是即興創

作的（如：《著名的白騎士悌朗德傳》、《阿馬狄斯・台・伽烏拉》等），結構的表述講究情節的離奇和曲折。三、流浪漢小說。結構表述有較大的隨意性（如：無名氏《托美恩河的小拉撒路》，馬提歐・阿列曼《阿爾法拉契人的古斯曼》）。這些作品的流行使人們的審美心理趨向於以一人一事爲主體的傳奇體裁和故事情節魚貫式的框架結構爲滿足。這些傳統的審美心理和審美趣味對塞萬提斯的創作產生了直接影響。如果說，塞萬提斯在《堂吉訶德》之前，寫作第一部小說《伽拉泰亞》（1584年）時曾用田園牧歌來嘗試傳奇小說的結構；那末，在《堂吉訶德》裡則比較自覺地綜合和借鑒了教會文學、騎士傳奇、流浪漢小說的藝術結構的合理因素，形成了以一人一事（堂吉訶德及其遊俠經歷）的傳記爲主體，與自由式故事框架相結合的長篇結構。這與《水滸》的結構有明顯的差別。

附　　註

❶　張國光《水滸祖本探考》，《江漢論壇》1982年1期。《水滸》成書年代學術界有爭論，但其下限不會超過此年代。

吳士余

<《水滸》與《堂吉訶德》結構異同論>，
《中國比較文學》1（1985），59～75。

《儒林外史》與《死魂靈》*

含淚的微笑——諷刺傾向之比較

任何一個偉大的作家，對自己作品中的人或事，總是要表現出強烈的傾向性的。《儒林外史》與《死魂靈》的作者，表達其傾向性時有一個共同點：含着淚水微笑，即作家用飽蘸辛酸淚水的筆來寫喜劇，對作品中的許多人物，旣有辛辣的諷刺，又懷有深切的同情，甚至在諷刺之中蘊含着一定程度的讚頌。在審美學上表現出悲劇與喜劇的結合。

吳敬梓的《儒林外史》，是我國文學史上第一部眞正意義上的諷刺小說，在這部“機鋒所向，尤在士林”的“諷刺之書”〔魯迅語〕中，作家是“混合着痛苦的憎惡和明朗的笑”〔何其芳語〕這種複雜的感情進行創作的，因而，他不滿足於只將他所諷刺的對象身上那些無價值的東西撕破給人看，從而收到喜劇效果的做法，而是將悲與喜這一對對立的美學範疇有機地結合在一起，寫出人物身上可笑之中的可悲，所謂“雖以諧語出之，其實處處皆淚痕也”〔《儒林外史》臥閒草堂本四十七回評語〕，讓人在一陣開心的笑中，去思考嚴肅的社會問題，其中寄寓了作者對人物的嘲笑、對社會的批判和爲人物的命運深表同情的思想感

---

*　　Nikolai Vasilyevich Gogol（1809～1852）, *Dead Souls*（1842）.

情。王玉輝是作者諷刺的人物之一，這個被程朱理學毒害得幾乎喪失了人性的迂拙夫子，他的大女兒早已"守節在家裡"，三女兒"出閣不上一年多"，也死了丈夫，"哭得天愁地慘"，立意"跟着丈夫一處去"，公婆聽了，"驚得淚下如雨"，反覆好語相慰，然而作爲父親的王玉輝，對女兒不僅不加勸阻，反而極力支持，並訓斥自己的老婆不理解女兒的行動，女兒實現了殉夫的願望之後，王玉輝則"仰天大笑道：' 死得好！死得好！' "讀到這裡，我們不禁會失聲大笑：主人公在這裡所發表的議論，所採取的態度，既是迂腐的，又是不合人性的，而這種"和我們自己以及人的天性中最不一致"的現象，正是笑得以產生的原因之一，是喜劇性的根源，因此王玉輝勸女兒殉夫是具有喜劇性的，然而在他身上也存在着令人心酸的因素：他在女兒自盡，建坊入祠時，又"轉覺傷心"，"在家日日看見老妻悲慟，心下不忍"，見"紅男綠女"出遊，觸景生情，引起胸中幾多哀愁，這是人性在他身上的復歸，是人性復歸後對心酸往事的回憶而產生的幾絲痛苦，因此他又是悲劇性的。

除了通過寫人物的可笑與可悲的性格因素以外，將人物的可笑面與可悲面結合起來、寫出人物身上的無價值的東西以及有價值的東西的被毀滅，從而爲人物一洒同情的淚水是吳敬梓寫作傾向上的又一特色。

可以說馬二先生就是這樣一個悲劇與喜劇相結合的人物。幾十年的刻苦攻讀，養成了他思想僵化、動作機械的特性，因而出現了遊西湖這樣的喜劇場面。本來，走出書齋、投身到大自然的懷抱，對每個讀書人來說，是一種極大的享受，可馬二先生在大自然的景色中，顯得格外不協調，他以自身行爲的荒謬，甚至荒唐，成爲人們嘲笑的對象。在這裡，馬純上是一個令人嫌惡的冬烘先生。然而在他身上也有令人同情的一面，二十多年的科場試藝，屢屢失敗，這不能不說是人生的一大悲劇；然而他並沒有從中覺醒，仍舊醉心舉業，彌久不衰，費盡心力去追求那毫無價值的東西，這又是一大悲劇，更爲可悲的是：他還那麼眞心實意地指引別人去走他自己被證明是錯了的老路，這便是一個用"好心"製造悲劇的人物了。有什麼比身處愚鈍而不能自覺、還自以爲是更爲可悲的呢？！

　　同吳敬梓一樣，果戈理在《死魂靈》裡的諷刺也是非常尖刻的，作品通過對具有代表性的五個地主的描繪，極其深刻地鞭撻了俄羅斯腐朽社會的代表人物——官僚、地主和貴族。而在諷刺傾向上，其突出的特點正如作者自己在作品中以表述的那樣："由分明的笑，和誰也不知道的不分明的淚，來歷覽一切壯大活動的人生。"作家對所描寫的對象，一方面進行了辛辣的諷刺和無情的嘲笑，同時作家又對他們寄予了深切的同情和哀輓，成爲所謂"含淚的微笑"。爲了構成"分明的笑"，作家抓住地主資產階級的人物言論與行動、手段與目的、現象與本質之間的矛盾，通過具體生動的別具風趣的平常話、平常事，寫出他們特有的口是心非、表裡不一的本性，從而收到喜劇藝術的特有效果。例如乞乞科夫（Chichikov）本是一個唯利是圖的傢伙，只要能賺錢，什麼壞事都幹得出來，可他在幹這些壞事時，却表現出十分高雅的樣子。他購買死魂靈，大發死人財，這是一個出發點極爲卑鄙的舉動，然而作者却讓他儼然以一位正人君子的面貌出現在衆人面前。他在瑪尼羅夫那兒，流着眼淚說自己購買死魂靈是 " 忠實於眞理 "、爲的是要使自己的 " 良心乾淨 "、爲的是自己要幫助無依無靠的 " 寡婦和可憐的孤兒 "，說自己購買死魂靈對國家有利無害，國庫會因此而收入一筆可觀的手續費。他在各嗇鬼潑留希金那兒竟然成了一個十足的呆子，說他情願負擔死農奴的人頭稅，不怕 " 吃虧 "，而且 " 連買賣合同的全部費用，也全歸自己負擔 "。這一切說明，主人公都是用另外一個本質的假象來把自己的本質掩蓋起來，從而形成了現象與本質、手段和目的之間的尖銳對立：只信金錢、不信其它一切的人，竟然成了眞理的忠實信徒：心地骯髒的傢伙竟成爲 " 良心乾淨 " 的人 " 奪人唯恐不盡，連死人也不放過的利己漢竟成了寡婦和孤兒的救命恩人；金錢迷一下子變成了講情誼的慷慨漢。作者正是抓住人物本質與現象相比形成的矛盾與不相稱，導致這種現象的自我否定，從而收到了諷刺藝術所特有的 " 笑 " 的效果。

獨特的技巧——諷刺方法比較

　　每個成熟的作家，都有其獨特的藝術個性，即使在風格和方法上相近的作家，也會在許多方面顯示出他們的不同來。對於同屬諷刺傑作的《儒林外史》和《死魂靈》，只要我們一讀，便不難感到：它們在風格上是不一樣的，讀《死魂靈》，總覺得作者站在你旁邊，時時、處處在提醒你、幫助你認識人物；而對《儒林外史》，在讀者與作品形象之間，感覺不到作者的存在，因而二部作品出現了冷嘲與熱諷的區別——

　　《死魂靈》的作者常常在作品裡穿插議論，直接就人物、事

件或生活表示自己的意見，將諷刺之意明顯地表現出來。其中，
作者有時是通過自己的敍述語言來介紹，而不是通過具體的事件
或場面表現人物性格，從而達到諷刺的目的。如作者寫地主潑留
希金的貪婪：

> 每天每天，他很不滿足地在自己的莊子的路上走，看著橋
> 下、跳板下，凡有在路上看見的：一塊舊鞋底，一片破衣
> 裳，一個鐵釘，一角碎片——他都拾了去，……而且的確
> 經他走過之徑，道路"就用不着打掃。"

　　這一段敍述，顯然不是對情節和場面的描寫，而純粹是作者
以目睹者和評判者的身份向人們作介紹，但因作者用了較爲形象
而誇張的語言,就把一位貪得無饜的地主形象展現在我們的面前。

　　和《死魂靈》不同，《儒林外史》的諷刺傾向則是從情節和
場面的描寫中自然而然地流露出來的，作家對形形色色的人物和
現象的諷刺，總是含寓在對具體事物貌似客觀的描繪之中，而不
作直接的評論和褒貶，表現出形象描寫的客觀性。其中，有時作
者通過對人物言行的自相矛盾的描寫，以現象之間的相互否定，
來達到對人物的否定。那位自以爲高雅的杜愼卿，曾公開表示對
天下女人深惡痛絕，然而暗地裡却到處托人找妾；是他口頭上高
喊最討厭"開口就是烏紗帽"，也是他留着幾千兩銀子準備活動
做官……。在這裡，作家沒有發表任何評論，只是眞實地記述了
人物的言論與行動，由於它們相互之間的矛盾，人物自己醜惡的
行動打了他自己"高尚"的嘴巴，從而揭露了他卑汚的靈魂，收
到了諷刺的效果；一併寫出人物的幾"面"讓這幾"面"之間互相
比照，相互否定，形成諷刺，這是《儒林外史》與《死魂靈》在

人物性格塑造上的共同特徵。《死魂靈》裡的瑪尼羅夫(Manilov)
是一個耽於幻想、侈談禮儀的傢伙。作家對他的無着邊際的胡思
亂想、對待家務、對待禮節等方面的所作所爲作了誇張的描寫：
他的書房裡放着一本書，看了二年，才翻到第十四頁；他客廳裡
的二把椅子，從結婚至今還沒完工；當他在城裡遇見乞乞科夫時，
"兩個人互相擁抱"，足足"過了五分鐘"，"互相接吻，很有
勁，……至於後來門牙都痛了一整天"，爲着讓對方先進客廳，
"彼此互相謙遜，要別人先進門去"去"，竟然達"好幾分鐘"，
最後，"這兩位朋友終於並排走進門去了"。作家通過對瑪尼羅
夫的生活、修養、言談、思想等方面的誇張描寫，集中刻劃出了
一個披着高雅的外衣、實則庸俗無聊、懶惰空虛的寄生蟲的形象。
此外，像羅士特來夫的吹牛、潑留希金的慳吝，都是作者通過誇
張手法而描寫出來的性格。

　　同《死魂靈》一樣，《儒林外史》裡也有許多地方是通過誇
張的手法來刻劃人物性格的，不過相比之下，儘管二位大師都很
注意對人物作現實主義的描寫，沒有把形象誇張到怪誕的程度，
但就誇張的比例而言，《死魂靈》要比《儒林外史》大一些，可
以這樣說：《死魂靈》裡的誇張是在怪誕程度以內極度誇張，是
形式上的誇張，顯得較明顯，可謂鋒芒畢露；《儒林外史》裡的
誇張，，是通過對生活本來面目的眞實描繪而形成的誇張，是內
在的誇張，顯得較含蓄，足稱柔裡藏機。爲了刻劃出嚴貢生這個
爲非作歹、橫行鄉里的惡霸形象，吳敬梓先後寫了他強圈窮人的
豬，還行凶打折了別人的腿；他施展訟棍的手段，沒有借給別人
銀子，却向人家要利息；他刻薄無情，欺壓寡婦弟媳、霸佔二房

產業；他坐船不僅分文不付，反而要船家給他賠不是……。這些情節，都是圍繞人物的性格特徵展開的，因而使得人物猶如被置身於放大鏡下一般，顯得更加鮮明突出，使人一目了然，又因作者誇張時，注意了對象存在的某種合理性，而且恰當地把握住了藝術的分寸感，形成戚而能諧，婉而多諷的風格。

劉傳鐵

＜渾言則同、析言有別

——《儒林外史》與《死魂靈》

諷刺藝術之比較＞，

《外國文學研究》3(1987)，103～107，68。

《儒林外史》與《湯姆河》*

　　《湯姆河》是流浪小說中的第一部，也可以說是至今這類小說中最成功的一部。而這第一部中的主人翁就叫拉匹里攸，通常人只以人名代表書名而稱這本書爲《拉匹里攸》（ *El Lazaril-lo* ）❶；本文稱《湯姆河》，以別於書中人物。《湯姆河》這本書只有四萬多字，但至今膾炙人口，而且開啓了一種文學類型，可見其流傳之廣，影響之深。

《湯姆河的拉匹里攸》和《儒林外史》

　　提到這兩本書，有幾點驚人的巧合。第一，這兩本書都是盛世的作品。儒林外史成書於一七五〇年，那是乾隆年間，清朝盛世。《湯姆河》出現在一五五四年，也是西班牙的盛世。我國的《紅樓夢》出現於《儒林外史》之後，西班牙的《吉訶德先生傳》（ *El Quijote* 1605 ）也出現於《湯姆河》之後。我們無意於說《紅》《吉》二書受到《儒》《湯》二書的影響，但後二者是否給了前二者啓示與動機，雖不在本文討論之內，但《儒》《湯》二書寫的是反英雄（《儒林外史》上的庸俗腐儒是另一階層的反英雄），《紅》《吉》二書寫的則是英雄。還有一點巧合，《儒》《湯》二書寫

---

　　*　作者不詳，*Lazarillo de Tormes*（ 1554 ）。

的都是社會醜象，但《儒林外史》文辭高雅，而《湯姆河》則學問淵博，皆非泛泛之輩的作品。

《儒林外史》以字數來說，遠較《湯姆河的拉匝里攸》爲長，我們不但無法像《湯姆河的拉匝里攸》一樣，逐章加以介紹與分析，而且也無此必要。我們只願指出，《儒林外史》上那些窮酸腐儒的庸醜愚俗，不是哈哈一笑就能罷休的。

《儒林外史》正文一開頭就是寫的兩個俗不可耐的人物——周進和范進。這二人都可說是本本分分的人，但他們終其一生也跳不出文章舉業“飛黃騰達”的範籠。二人都是六十歲左右才進學，一個因爲遲遲不能進學，見了貢院，一頭撞死在地，哭個死去活來，像個三歲小兒；一個聽見自己中了舉人，發了瘋在地上打滾。馬純上馬二先生，規規矩矩，不取巧不愛色，是個仁厚長者，見人有難，傾囊相助，但卻看不破功名，甚至說孔、老“夫子在，而今也要念文章，做舉業。因爲舉業二字，是從古及今人人必要做的”。以上三人雖都仍可說是善人，但都跳不出傳統和社會加給他們的枷鎖，終生奉之爲主，自己爲囚爲奴而不自知。

被譽爲有“經天緯地之才，空古絕今之學”的權勿用，一身名士派頭，被婁三公子四公子羅致到家，以“客”而養，後來卻發現是個地棍奸拐的騙子。

匡二可以說是個典型的掛名文人，是儒林外史描寫得最成功的人物之一。不幸的是，他出世所結識的，不是杜少卿虞博士或者王進者流，而是那位“仁厚長者”馬純上。馬純上給他指的路是人生“總以文章舉業爲主；人生世上，除了這事就沒有第二件可以出頭……賢弟，你回去奉養父母之外，總以做舉業爲主。就

是生意不好，奉養不周，也不必介意，總以做文章爲主＂。書裏
旣有＂黃金屋，……千鍾粟，……顏如玉＂，你＂那害病的父親，
睡在床上，沒有東西吃，果然聽見你唸文章的聲氣，他心花開放
了，分明難過也好過，分明那裏痛也不疼了……＂，怪不得馬二
先生會遇仙而信仙。

匡二於是考取了秀才，進了學，但自己還未通就批起文章來
［第十八回］。進學之後，把馬純上的勸告資助忘之腦後，對之
頗有微辭。批文章之餘還與潘三勾結開賭場聚賭，抽賭頭［第十
九回］，假造文書，做槍手替考，重婚，無所不來。等潘三事發
坐在監裏，他不但不去探望，還說風涼話，批評潘三做事不該
［第二十四回］。遇到機會就大吹大擂，自封爲匡子，他說道：
＂北五省讀書的人，家家隆重的是小弟，都在書案上香火蠟燭供
着＇先儒匡子之神位＇。＂經人指出＂先人＂是已亡故的人的意
思，匡二辯道：＂先儒者，乃先生之謂也！＂也是在這次高談闊
論之中，匡二甚至不轉彎抹角，直接大言不慚地說＂我的文名也
夠了＂之後，談到誰是選文章的能家時，你在等匡二匡超人的宏
論，學學他那名人高深的學理，當你屏住氣等這位偉人發表名論
時，他說道：＂……選本總以行爲主，若是不行，書店就要賠本!
……！＂

女詩人沈瓊枝是匡二的反面。如果匡二拉匝里㑇都是自願爲
社會環境套籠，自願向社會環境低頭的例子，沈瓊枝則是個不低
頭不屈服的例子。但社會的力量龐大詭詐，敗家仍是對方。

沈瓊枝被父親誤送至鹽商宋爲富家做妾。瓊枝捲款潛逃，以
賣詩文維生，甚至結交了杜少卿。這在中國過去的社會中，拋頭

露面，不顧傳統所施加的壓力，且不說其行爲正確與否，總是不輕易低頭的作風。瓊枝本可以賣詩文爲生，但金錢的力量推動着社會上的事事物物。宋爲富告到官裏，把瓊枝捉回家中。瓊枝不得已，以生子扶正爲條件嫁給了宋爲富。"又不得已"到尼姑庵由僧尼捉弄得了和尚仙種，生了子扶了正。還以爲兒子的來歷神不知鬼不覺，豈不知和尚尼姑們不饒過她，到頭來還不是"心裏懊悔，羞憤成疾"！

《儒林外史》上不只這些窮酸腐儒，還寫了些拐騙詐欺甚至活吃人腦的變成了賊和尚的王惠王道台,虛張聲勢騙錢的張鐵臂,以牛爲轉世父親騙錢的和尚等等。但濁者自濁，清者自清。影射作者的杜文卿，大有春秋戰國時養士之風的婁三四公子，戲子鮑文卿是個有讀書氣概的人。其他如季遐年（書），王太（棋），蓋寬（畫）以及荆元（琴）等人，在生於清朝長於清朝的作者眼中，都可以說是出汙泥而不染的君子，杜華軒、莊徵君等則可說是傳統中國人眼中豁達豪放的高人雅士。在《儒林外史》那愚昧腐朽庸俗虛僞的羣像之中，這些人是一服清涼劑，多少給人以舒暢之感。這些散發着眞與樸的人物,可以說都是活的自己的生命,可以說都是歐泰戈筆下的英雄。而這些人物的存在，也在《儒林外史》和《拉匹里攸》之間劃出了一道分水嶺，使這兩部作品有了非常不同之處。《湯姆河》的故事裏沒有這類人物存在，它的思想是悲觀的。而《儒林外史》是樂觀的。《湯姆河》的中心主題是活命，爲了活命而與命運掙扎，把原可學到的眞理原則賠進去。一個天眞無邪的孩童由瞎子帶路走進了人生。他從瞎子身上沒有學到別的，他學到的只是黑暗與歹毒，以及瞎子那一套謀生的技巧。

　　《儒林外史》的重點是一羣昏了頭轉了向的庸俗窮酸，偏要
以文人自居，終生碌碌。這羣人一生不做別的，只追求文章舉業，
爲了文章舉業，在那最講孝道的儒人社會中，父母亡故孝也可以
不戴，喪也可以不奔［第七回］。甚至一個有病的父親，聽見兒
子唸文章，心花也開了，病痛也不痛了［第十六回］。這些自命
非凡的人，實際上活的都不是他們自己的生命，他們把自己套在
一套不宏又不大的枷鎖之中，不肯自拔。

拉匝里攸與匡二

　　有了這樣的簡介，一定有人說這兩本書都是諷刺社會的作品。
這還需要進一步探討。至少不能用這樣一句話簡單地概括湯姆河
全書。它裏頭有社會力量的巨大性，有俗人俗事的醜陋性，有天
使的墮落史，有徹底的悲觀心理。

　　《湯姆河》整個故事都以拉匝里攸這個孩童爲中心，但在
《儒林外史》上有一連串的中心人物，代表着那些知識閉塞的自
詡爲文人的愚昧羣像。其中與拉匝里攸最相似的，莫過於匡二，
可以說匡二和拉匝里攸都代表了反英雄人物，儘管活命在匡二身
上變成了文章與舉業。

　　拉匝里攸出生在河裏，生下來就註定了隨波逐流，與逆流而
行的英雄背道而馳，是個反英雄人物。西班牙人把人出身的血統
看做其人價值高低的基本因素，出產於西班牙的拉匝里攸，自從
呱呱落地就烙上了不榮譽的特徵。但這個出生在下流社會的兒童，

一如其他兒童一樣，與其說是昏昏懵懵，不如說是天眞無邪，心腸善良。就因了他那一顆善良的心，直到他離開第三個只有虛榮心其他一無所有的侍從主人時止，仍然有着人世間最美好的博愛之心：以乞討來的食物供養他，而且並未想因此而離開這個主人，是這個主人把他遺棄的。

匡二出場時已經二十二歲，但那也是他人生的開端，那是第十五回，由馬純上馬二先生引出來的。我國不以出身或血統評估人的價值高低。匡二的出身寒微並不代表人格的低賤。匡二出場時流落在異鄉，在一間茶室旁擺了張小桌測字維生，沒有去偸搶拐騙。且看匡迥出場時給人的印象是那樣的純眞可愛！馬二先生借他的板凳坐下，他卻捧出茶來招待，好一個溫文知禮的青年，不怪馬二先生愛他。回到家之後，不與兄爭，事親至孝，處事得體。可是後來一旦入了學，做了“文人”，變得驕傲庸俗，令人生厭。

拉匝里攸的墮落和匡二的情形也頗有異曲同工之妙。在他剛剛走上人生之路，瞎子教他“牽瞎童要比魔鬼知道得多一點”時，這個由天眞無邪開始有了心機的孩童寫道：“好像就在那時，我孩童的單純驚醒了！”“幾天之內他就教會了我強盜流氓的用語。”拉匝里攸就這樣走向人生墮落之途。他這位啓蒙老師又向他用《聖經》的口吻但魔鬼似的說道：“我不能給你金，也不能給你銀，但爲了生活而需要的機警，我會教你很多。”就這樣，一個原本內心明亮的孩童，一步步地變成了一個不知廉恥的魔鬼。一個把人生、道德、天主、在在都爲那可憐的活命（生物性的活命）而服務的魔鬼：拉匝祿背叛了拉匝里攸。

同樣，青年時的，或更好說是考中之前的匡迥，和考中了舉業之後的匡二也判若兩人。這是誰的恩賜？潮流、社會、傳統…一大堆的枷鎖。

英雄與反英雄只在一念之差。拉匝里攸之變成拉匝祿是在他接受妻子繼續與人通姦時肯定的，如果他後退一步，背叛的不是拉匝里攸而是生物性的活命所加給他的枷鎖，他立地成爲英雄。不，那個雖剛成年但已老滑腐朽的拉匝祿卻思考縝密：如果他說穿，他那個有權勢的情敵會放過他妻子而善罷甘休嗎？妻子會從今以後安分守己地和他相守嗎？尤其是，說穿擾亂了妻子與情敵之間的來往，這個情敵是否會繼續叫他做叫賣葡萄酒的生意呢？不，不能說穿。妻子婚前已生過三個孩子，婚後繼續給他綠帽子戴，這一切的一切，都不如活命重要。拉匝祿閉上了眼閉上了嘴，閉上了耳朵，閉上了心。因爲早在娶妻之前，他就清楚了"活命"是什麼。

填飽肚子餓不死是拉匝祿的人生，是很多人唯一的人生。如果拉匝里攸爲了那低級的、生物性的人生而扼殺了那原可以自由享受的精神生活，這本書所探討的應不是諷刺社會，而是一死一生的問題。

第四章天使拉匝里攸死亡，第五章魔鬼化了的拉匝祿開始復活。而這復活在最末一章完成，一個眞正的魔鬼完全復活了，那是：

> 在我做宣叫員的職務上，有一天我們在多來多去執行一個搶刼犯的絞刑，我帶着一條粗繩。我突然間悟出了我那個瞎子主人在厄斯卡裏納對我說的話，我後悔我恩將仇報，

　　　　那樣狠毒地對待了他。我之能有今天，除了天主之外，他

　　　　就是我的大恩人。

　　在此我們又印證了《湯姆河》這本書的成功處，用字簡潔處。
拉匹祿爲什麼因了一條粗繩而想起他那瞎子主人呢？並且一反以
前的態度，反過來感激他這位啓蒙老師呢？這點至今還沒有人指
出過。粗繩（Soga） 這個字西班牙文有兩個意思，一是粗繩，
一是耐心忍受煩擾傷害反對，只要能達到目的什麼都忍受的人。
拉匹祿不就是忍受着一切才活命的嗎？ Soga 這第二個意義就是
反英雄的寫照，就是拉匹祿。可以說， Soga 是個“帶光”的字。
Soga 去取那個囚犯的命，卻使拉匹祿活下去。這個文字遊戲和
拉匹里攸的墮落史，一起否決了這本書爲諷刺社會之作之說❷。

　　那麼，《湯姆河》的中心思想或寫作目的又是什麼呢？曼斯
因（Howard Mancing） 認爲《湯姆河》的結論是：“人能做最
高尚最卓越的行爲，但終究抵抗不住那個四周圍繞着的腐敗的、
不道德的、虛僞的社會的力量，而總是選擇壞的。”這些力量就
是我們所說的枷鎖。但這力量雖大，卻不是掙不破的，所以曼斯
因有“選擇壞的”這句話。曼斯因認爲《湯姆河》對世界的看法
是徹底悲觀的。書上所有的人都說明人生就是騙人的，在物質和
社會上金錢爲主，在道德和人性上虛僞爲主。甚至文字都不代表
它原來的意義。天主等於好運；好人意味着有權有勢的人；生活
就是精神的死亡；榮譽指的是利益……。拉匹里攸既沒有朋友也
沒有愛情，男女的關係也只建基於金錢上。拉匹里攸的世界是個
厚顏無恥的世界，缺少一切物質的、社會的和道德的積極價值。
“馬奎斯（Francisco Marquez Villanneva） 說得更積極，他

說：“拉匝祿遺棄基督教道德的絕對眞理而採取他那個社會中眞正算數的相對眞理。嚴重的是，沒有理由強迫拉匝祿做這樣的選擇，不是特別一個人或一件事使他腐敗的，他接受醜惡的行爲是充分自由的，惡甚至在他挨餓時也不是不請自來的。”

　　我們同意以上二人的意見，儒林外史就幫助我們有這種想法。儘管充斥《儒林外史》的是那羣庸俗窮酸、奸拐詐騙的愚俗的尼姑和尙、土豪劣紳和墮落了的遊俠，但在那個世界裏仍有莊徵君、虞博士、杜少卿、季遐年、王太、蓋寬、荊之、鳳四老爹、鮑文卿以及郭孝子等作者眼中的眞人。《儒林外史》和《拉匝里攸》的區別就在於這一點，如果說後者是絕對的悲觀者，前者就是相對的悲觀者。《儒林外史》從這一點來看是中國腦筋的產品，中國人總相信仁者無敵，善能勝惡，邪不勝正。流露在吳敬梓筆端之外的是，世上芸芸衆生，雖然迂腐醜陋，但事在人爲，人定勝天，只要自己努力定能成聖成賢，重點在於人是否自潔自清，或者隨波逐流，同流合汚。逆流而行者是英雄，順流而同化者是反英雄。《湯姆河》沒給我們描寫英雄是什麼，也許在作者眼中，世界上根本沒有英雄。

附　　註

❶　《湯姆河》的全名是《湯姆河的拉匝里攸，其生平及其噩運及好運》
　　（ *La Vida de Lazarillo de Tormes y sus Fortunas y Adver-*
　　sidades)，簡稱爲 *Lazarillo de Tormes* 或 *El Lazarillo*。“ *La-*
　　razillo ”這個字也因了《湯姆河》這本書而變成了牽瞎子的童子
　　的意思而存留在西班牙文字彙裏了。

❷　認爲《湯姆河》爲諷刺小說是很普遍的，例如今人賽哈斗 Julio
Cejador y Fragua 就認爲這本小說是" 火辣辣的嚴厲地諷刺西班
牙十六世紀中葉社會的作品，越不露聲色諷刺的力量也越火辣越血
腥……"。(p. 8. *Introduccion*, *La Vida de Lazarillo de
Tormes*. Espasa‑calpe. C. H. Madrid. 1914.)

田毓英

〈《儒林外史》與《湯姆河的拉匹里攸》的反英雄人物〉，
（臺）《中外文學》12.7.(1983.)，160～180。

《三言》、《二拍》與《十日談》*

卜伽丘生活的時代，以教會和世俗封建主爲代表的封建勢力在歐洲仍佔據着統治地位。其中教會的職能主要是對人民實行全面的精神統治，它的影響不僅存在於歐洲的每一個角落，而且無孔不入地滲透到人民生活的每一個方面。正是由於教會已成爲當時封建制度的主要精神支柱，因此情況往往是：〝要在每個國家內從各個方面成功地進攻世俗的封建制度，就必須先摧毀它的這個神聖的中心組織〞，〝一般針對封建制度發出的一切攻擊必然首先就是對教會的攻擊。〞〔恩格斯語〕卜伽丘的《十日談》，正是這樣一部集中向教會展開攻擊的文學作品。他以犀利的筆觸，深刻揭露了教會的虛僞與腐朽：在作者筆下，不僅神父一個個都是荒淫無恥、陰險狡猾的傢伙，而且教會也完全成了藏垢納污、爲非作歹的場所。小說以藝術描寫告訴人們，在教會所宣揚的禁慾主義的背後，他們實際上實行的卻是縱慾主義，從而無情地撕破了教會崇高神聖的外衣，顯露了它那罪惡無恥的原形。

與產生《十日談》的時代相似，產生《三言》、《二拍》的我國明代中葉以後也是一個宗教有着很大勢力和影響的時代。這不僅是從一般意義上講，作爲我國兩大宗教的佛教和道教一直佔據着和儒教鼎足而立的地位，而且自明代中葉開始，這兩大宗教

---

* 同前。

更交替成為我國政治思想舞臺上一種特殊的力量。正德時武宗的
佞佛，嘉靖時世宗的崇道，萬曆時神宗的復又佞佛，構成了明代
中葉以後我國政治生活的一大特點。當時，在最高統治者的寵信
和重用之下，和尚和道士相繼成為我國社會的一個特權階層，他
們被封官晉爵，委以重任，炙手可熱，勢焰薰天；而這些佛教徒
和道教徒之所以得寵，並不是因為他們有什麼高超的本領，只是
在於他們向最高統治者提供了其荒淫生活所需要的閨幃方藥。
"成化時，方士李孜僧繼曉已以獻房中術驟貴，至嘉靖門而陶仲
文以進紅鉛得幸於世宗，官至特進光祿大夫柱國少師少傅少保禮
部尚書恭誠伯。"〔魯迅語〕這在當時已是司空見慣的事。因此，
產生於這一特定歷史條件下的文學作品，只要它是於世俗封建制
度有所揭露和攻擊的，必然也會把攻擊的矛頭首先指向宗教僧侶
勢力。《三言》、《二拍》正是這樣的作品。

　　在《十日談》裏，作者不惜筆墨，反覆描寫了教會和神父的
故事。在第一天故事第二裏，作者寫了一個叫亞伯拉罕的猶太人，
聽了好友的苦勸，準備改奉天主教。他來到羅馬，想親眼看看天
主派到世上來的代表教皇的生活作風。但在教皇的宮廷裏，他看
到的卻是——

　　　　從上到下，沒有一個不是寡廉鮮恥，犯着‘貪色’的罪惡，
　　　甚至違反人道，耽溺男風連一點點顧忌、羞恥之心都不存
　　　了：因此竟至於妓女和孌童當道，有什麼事要向廷上請求，
　　　反而要走他們的門路。不僅是這些，他還看透他們毫無例
　　　外、個個都是貪圖口腹之慾的酒囊飯袋，那種狼吞虎咽，
　　　活像是頭野獸。他們首先是色中餓鬼，其次就好算得肚子

的奴隸了。

那兒的修士沒有一個談得上什麼聖潔、虔敬、德行、談得
上為人表率。那班人只知道奸淫、貪慾、吃喝，可以說是
無惡不作，壞到了不能再壞的地步。這些罪惡是那樣配合
他們的口味，我只覺得羅馬不是一個神聖的京城，而是一
個容納一切罪惡的大洪爐！

　　這篇故事是抨擊教會罪惡的檄文，帶有提綱挈領的性質，可
以說它是整個作品的總綱之一；以後小說中許多批判性的故事，
便是圍繞了這一總綱，通過各種生動的藝術形象，對於這篇故事
所作的抨擊賦予更具體的內涵。

　　在第一天故事第四裏，一個小修士犯了色戒，勾引誘騙了一
個佃戶的女兒。院長發現了這一奸情，本想懲罰這個修士，可是
在他接觸了姑娘以後，同樣卑鄙地奸污了這個姑娘，並想把小修
士"打入牢房，關禁起來"，以使"那個小寶貝""歸自己一個人
享受"。小修士巧妙地證明院長也犯了同樣的過失，這才逃過了
責罰。以後他倆沆瀣一氣，"又把那小姑娘弄進院去了好幾回"。

　　在第三天故事第四裏，一個叫費利斯的修士為了勾引朋友布
喬兄弟的妻子，假稱教給布喬一種修成聖徒的秘法，把他支開，
而在布喬苦修的時候，自己就乘機去和他的妻子尋歡作樂，夜夜
幽會。

　　第三天故事第八，還寫了一位"言語舉止都十分聖潔"的修
道院長，看上了一個農民的妻子，於是他用藥酒使這位農民人事
不省，像死去一般，並把他禁錮在地窖裏，乘機和他的老婆私下

來往。後來那女人懷了孕，才把農民放回人世，做孩子的爸爸。這位農民醒來之後，還道自己眞是在煉獄裏受罪呢。

第四天故事第二，則敍述了一個爲非作歹的壞蛋，居然搖身一變，成了法蘭西斯派的神父，自稱爲亞伯度。這個亞伯度神父愚弄一個女人，說是加百列天使愛上了她，然後自己扮作天使模樣，得便就去和她幽會，以此來滿足自己的私慾，最終受到了懲罰。

還有第九天故事第二，寫一所女修道院的修女犯了奸情，其他修女發現後讓院長和她們一起去捉奸，不料女院長正陪着一個教士睡覺，慌忙中拿教士的短褲當作了自己的頭巾。後來那個修女當衆揭穿，使這個原先滿口仁義道德的院長在衆目睽睽之下出乖露醜。

凡此種種，不一而足。這一切正如作者在第一天故事第二裏所揭示的：他們每個人在聖潔的外衣下，掩藏的都是一顆"墮落的靈魂和卑劣的居心"。而這種墮落和卑劣，正是被禁慾主義所扭曲了的人性的變態反映。對於卜伽丘來說，揭露這些天主的代表的男盜女娼已成爲他反對教會及其所鼓吹的禁慾主義的有效武器。

同樣，在《三言》、《二拍》裏，對佛道二教的禁慾主義的抨擊也構成了小說反封建的一個重要內容。在這兩部小說集中，無論是僧是道，都是貪淫奸邪的色中餓鬼：無論是寺是觀，都是藏垢納污的罪惡場所。所謂"欲潔何曾潔，云空未必空"，在小說所塑造的衆多的以標榜色空爲任的僧、道、尼形象中，沒有一個不是以奸淫貪鄙的面目出現的。這使人很自然想起《十日談》的有關描寫，它們在這方面確有着異曲同工之妙。

《醒世恒言》第三十九卷〈汪大尹火焚寶蓮寺〉，寫一伙佛門弟子貪淫奸惡，利用善男信女求嗣心切，在寺中設子孫堂，哄騙婦女到堂中住宿，堂內俱有暗道可入，至夜深時和尚便來輪流奸宿，事發後被捉，還企圖謀反越獄。

《初刻拍案驚奇》第六卷〈酒下酒趙尼媼迷花，機中機賈秀才報怨〉，寫一個觀音庵中的老尼，平時把徒弟當作粉頭，陪人歇宿，得人錢財，後又與一個浮浪子弟串通一氣，設計玷汚了一個正經女子，自己也從中漁色，肆意淫樂。

《初刻拍案驚奇》第十七卷〈西山觀設籙度亡魂，開封府備棺追活命〉，則寫西山觀一個道士黃知觀，平時不僅養着兩個道童，耽溺男風，而且借設符籙醮壇為由，勾引寡婦，以致因奸唆殺人子，最後死於非命。

又《初刻拍案驚奇》第二十六卷〈奪風情村婦捐軀，假天語幕僚斷獄〉，寫一個寺院的老和尚，平時也是沉溺男風，並和徒弟一起，長期奸佔了一個莊戶人家的妻子，後因爭奪風情，竟下毒手殺死了村婦。

其它諸如《古今小說》第三十五卷〈簡帖僧巧騙皇甫妻〉、《初刻拍案驚奇》第三十四卷〈聞人生野戰翠浮庵，靜觀尼晝錦黃沙衖〉，同書第三十一卷〈何道士因術成奸，周經歷因奸破賊〉、也都分別是揭露僧、尼、道醜行的篇章。可以說，沒有比這些佛老的門徒的所作所為更寡廉鮮恥的了，也沒有比他們所標榜的禁慾主義的道學觀念更虛偽荒謬的了！

只要我們把上述例舉和《十日談》的有關內容稍加對照，便不難清楚地看到：在揭露教會和教徒的荒淫無恥上，在抨擊蠱惑人心的禁慾主義的虛僞、荒謬和違反人道上，作者的創作意圖和作品的思想傾向表現了何等驚人地一致！

更有意思的是，這兩部前後相距兩個半世紀之久的東西方文學作品（這裏我們把《三言》、《二拍》作爲一個整體看），有少數篇章眞像後者是從前者脫胎演化而來。《十日談》第三天故事第一，敍述了一座以聖潔著稱的女修道院把一個假裝啞巴的園丁當作“一種畜生”，從院長到修女九人輪番向他進攻，弄得園丁精疲力盡，再也支撐不下去。無獨有偶，《醒世恆言》第十五卷〈赫大卿遺恨鴛鴦縧〉；也寫了一所叫非空庵的四個尼姑，她們私藏男子，供其淫樂，後爲達到長期奸宿的目的，竟將對方削髮做尼姑打扮，使他不得回家見人，直到弄得他一命嗚呼。這兩篇故事從立意到構思，從人物到情節，都是如此的妙合；它旣反映了東西方教徒們客觀上品行的一致——都是一樣的荒淫無恥；同時也表現了東西方小說編撰者們思想立場的相近——都對當時盛行的宗教持激烈的攻擊態度，並把攻擊的矛頭主要指向教會供職人員的荒淫無恥和禁慾主義的虛僞荒謬上。如果要說有什麼不同，那就是出現在《醒世恆言》裏的尼姑，要比《十日談》裏的修女表現了更大的殘忍性，因爲後者畢竟沒有狠心到把對方弄死的地步。

事非偶然，《三言》、《二拍》和《十日談》產生的土壤不同（代表了東西方兩個截然不同的民族）、時間不同（前後相距兩個半世紀），但它們在抨擊教會這一點上卻表現了如此驚人的一致，這從根本上是由社會和時代決定的。卜伽丘生活於歐洲中世

紀和近代社會之交，一方面，貌似崇高神聖的教會統治業已顯示
了它的腐朽性和虛僞性，聖徒們的所作所爲無時不在給天主和自
己的臉上抹黑，生活給卜伽丘提供了大量這方面的素材；另一方
面，近代新的經濟形態以及伴隨它而產生的新的思想道德觀念，
給卜伽丘提供了新的強有力的思想武器，使他得以向教會發起致
命的攻擊。《三言》、《二拍》的編纂者馮夢龍和凌濛初雖然要
晚兩個半世紀才出世，但他們也大致是生活在這樣一個類似的歷
史時代。大家知道，明代中葉以後的嘉靖、萬曆時期，是我國封
建社會一個重要的轉折時期，即我國由中世紀社會向初步具有近
代色彩的社會過渡的時期。這個時代所提供給《三言》、《二拍》作
者的，也正是卜伽丘所生活的時代提供給他的。只要我們翻開歷
史，看一看卜伽丘生活的時代羅馬天主教會的猖獗和不可一世，看
一看馮夢龍和凌濛初生活的時代佛道教的相繼得勢和薰天氣焰，
便不難理解他們何以會持同樣激烈的反宗教立場和情緒，同時也
不能不佩服他們作爲一個眞正的藝術家的膽識和勇氣。

　　《三言》、《二拍》和《十日談》產生的民族土壤不同，我
們無須也不必要套用西方的人文主義思想來解釋我國歷史上的文
學現象；但一個明顯的事實是：它們之間在思想上確有着許多相
通之處。肯定"人慾"，否定"天理"，提倡塵世利益和塵世享
樂，貫穿於《三言》、《二拍》的這一中心思想，就和上述《十
日談》的人文主義思想是一致的。

　　衆所周知，宗教——無論是羅馬的天主教還是我國的佛道教，
都把男女之間的性愛看作是邪惡的肉慾，不僅不允許它有合法存
存的權力，甚至只要一想到它，也是一種罪惡。但卜伽丘和馮夢

龍、凌濛初卻在他們的故事中一再表明：男女之間的性愛是人類
的天性之一，是人生的自然需求。它有着無法抵擋的誘惑力；特
別是那種純潔眞誠的愛情，更是人類一種最高尚的感情，是人生
中一種積極的因素，它不僅無可非議，而且應該受到祝福。

　　《十日談》裏不乏優美動人的愛情作品，其中優秀的篇章多
是以悲劇形式出現的。作者以飽含感情的筆墨，熱情謳歌了男女
青年對於愛情的執着追求。第四天故事第一所塑造的綺思夢達郡
主的形象尤其使人難忘，她是一位親王的獨養女兒，在嫁給一個
公爵的兒子後不幸早寡。後她回到父親的宮廷，自己看中了一個
名叫紀斯卡多的年青侍從，兩人眞誠地相愛着。但是事情不久被
她的父王發覺，親王殺死了女兒的情人，取出心臟，盛在金杯裏
面，送給女兒。郡王早已把準備好的毒液傾注在心臟上，和淚飲
下而死。這是一齣爲門第觀念所限而由封建貴族一手製造的愛情
悲劇。當親王責備女兒應該＂挑一個身份相稱的男人才好！多少
王孫公子出入我的宮廷，你卻偏偏看中了紀斯卡多——這是一個
下賤的奴僕＂時，綺思夢達回答她父親的是：

　　　　我們人類的骨肉都是用同樣的物質造成的，我們的靈魂都
　　　是天主賜給的，具備着同等的機能和一樣的效用。我們人
　　　類是天生一律平等的，只有品德才是區分人類的標準，那
　　　發揮大才大德的才當得起一個＂貴＂，否則就只能算是＂賤＂。

　　　　聽你的口氣，我締結了一段私情，罪過還輕；只是千不
　　　該萬不該去跟一個低三下四的男人發生關係，倒好像我要
　　　是找一個王孫公子來做情夫，那你就不會生我的氣了。這

完全是沒有道理的世俗成見。

這裏，作者通過小說人物之口，對封建門第觀念以及建築在這一觀念基礎上的婚姻制度提出了挑戰，字裏行間洋溢着可貴的民主思想。

不僅如此，這則故事還表現了愛情的力量和這對青年男女對於愛情的執着追求。當親王責罵紀斯卡多“敗壞”他女兒的“名節”時，紀斯卡多一句爲自己辯解的話都沒有，只是回答他：“愛情的力量不是你我所管束得了的。”

綺思夢達也是一樣，起先“好幾次都險些兒要像一般女人那樣大哭大叫起來”，因爲“她知道她的紀斯卡多必死無疑，可是崇高的愛情戰勝了那脆弱的感情，她憑着驚人的意志力，強自鎮定，並且打定主意，寧可死也決不說一句求饒的話”。她不僅敢於對父親承認自己“確是愛上了紀斯卡多”，而且表示“只要我還活着——只怕是活不長久了——我就始終如一地愛他。假使人死後還會愛，那我死了之後還要繼續愛他。”

多麼勇敢的表現，多麼堅定的信念！在封建專制主義淫威下，純潔眞誠的愛情就是這樣既摻合着血淚，又充滿了活力。

在《十日談》裏，還寫到了好些這樣的愛情悲劇。第四天故事第五敍述一個叫莉莎貝達的姑娘，愛上了她哥哥店鋪中的一個年青伙計：哥哥知道後不動聲色，設計殺死了妹妹的情人。她因情人一去不回而哭得柔腸寸斷，一天在夢中看見情人形容枯槁，指點自己被埋的地方。她私下發掘出情人的屍體，把他的頭顱埋在花盆內，終日守着哭泣。她的哥哥又把花盆奪去，最後她哀慟而死。此外同一天故事第八還描寫了一位富商的兒子紀洛拉摩，愛上了一個窮人的女兒；他倆從小青梅竹馬，長大後成爲一對情侶。但他母親不答應這門婚事，強迫他遠去巴黎，期望他能把她忘了，到時重新物色一個"大戶人家的小姐和他完婚"。等到兩年後他從巴黎回來，姑娘已經嫁人。他闖進她家裏，死在她身邊；而當他的屍體停放在教堂時，她也一慟而絕，死在他身邊。一對青年男女雙雙以身殉情……這些被教會視爲邪惡肉慾的男女之間的愛情，在作者筆下就是這樣地顯得動人而有光彩。卜伽丘正是通過對愛情和忠於愛情的青年男女的熱情謳歌，表現了他人文主義的思想觀點。

同樣，在《三言》、《二拍》裏，有關愛情婚姻題材的作品不僅所佔分量最重，而且寫得也最出色，它們集中表現了作者新的市民階級的思想和道德。這些思想和道德與上述《十日談》的人文主義思想是一脈相通的。

膾炙人口的《杜十娘怒沉百寶箱》和《賣油郎獨佔花魁》，是《三言》中市民思想最爲鮮明的優秀愛情作品。這兩篇作品的故事格局雖然和《十日談》"綺思夢達的故事"不很相同，但它們都同樣飽含着對於純潔愛情的熱情歌頌，對於封建社會的深刻暴露。綺思夢達因爲愛上了一個年輕的侍從而不是王孫公子，結果被迫雙雙殉情而死。她的選擇本來是對的，但以她父親爲代表的封建統治勢力不允許她作這樣的選擇。《三言》中的這兩篇作品則從另外一個側面證明：杜十娘和莘瑤琴雖都是"教坊名妓"，但她們一個委身於宦家子弟，結果抱恨終天：一個和下層市民結合，得以享受愛情的幸福。這一悲一喜，說明獲得幸福愛情的條件不在於對方是"王孫公子，貴客豪門"，而在於對方人品要

“忠厚”“老實”，“有眞情實意的愛慕”。其中特別是《賣油郎獨佔花魁》一篇，從開始秦重顧慮瑤琴的豪華生活和自己本分勤儉的勞動生活不能適應，到後來瑤琴決心“布衣蔬食，死而無怨”，說明他倆的結合已有了一致的思想基礎，這已接近“成爲婚姻的基礎的愛情”了。而其間秦重對於瑤琴人格的尊重和平等相待，也具有了近代平等觀念的初步萌芽。

　　愛情婚姻乃是《三言》、《二拍》中一個令人矚目的題材，其中佳作甚多。這些作品或寫了青年男女特別是青年女性對於愛情的執着追求。如《古今小說》第二十三卷〈張舜美燈宵得麗女〉中的劉素香，爲了愛情，毅然不顧一切地衝出了家庭的樊籠，歷流離艱辛達三年之久；《二刻拍案驚奇》第三十五卷〈錯調情買母賈女，誤告狀孫郎得妻〉，寫賈閏娘與孫小官兩心相許，迫使母親遷就女兒，有情人終成眷屬。或寫了她們對於父母悔盟負約的反抗，如《醒世恆言》第九卷〈陳多壽生死夫妻〉、《初刻拍案驚奇》第九卷〈宣徽院仕女鞦韆會，清安寺夫婦笑啼緣〉，寫少女多哥和速哥失里不嫌癩，不欺貧，堅決反對父母的悔婚行爲，終於與未婚夫團聚，獲得了幸福的愛情；又如《警世通言》第二十二卷〈宋小宮團圓破氈笠〉，寫船戶之女劉宜春在和宋金郎結婚之後，由於丈夫病篤，父母欺心，強行拆散了他倆的婚姻，但她與父母展開鬥爭，誓不再嫁，最後迫使父母屈從了自己的意志。還有的則寫了她們反對建築在“門當戶對”基礎上的父母包辦婚姻的鬥爭，如《古今小說》第四卷〈閑雲庵阮三償寃債〉，寫一個帥府的小姐陳玉蘭由於父親極其苛刻的擇婿條件，蹉跎了自己的婚姻，於是她不顧父親的意志，大膽而熱烈地愛上了對門一個

商販人家的子弟阮三官；《初刻拍案驚奇》第二十九卷〈通閨闈
堅心燈火，鬧囹圄捷報旗鈴〉，寫羅惜惜反對父母包辦婚姻，迫
使父母退掉原訂婚約，尊重自己的選擇。這一切按照我國傳統宗
教和理學眼光來看，無疑也都是屬於“邪惡的肉慾”，屬於“非
禮”的淫亂行爲，但《三言》、《二拍》作者卻熱情謳歌了這種
他們認爲是高尙純潔的愛情，謳歌了靑年男女對於愛情的忠誠和
堅貞。小說有關這方面的內容雖然沒有達到《十日談》的個別篇
章如“綺思夢達的故事”那樣的思想高度，但就總體上講，它們
在反映生活的廣度和深度上是要超過《十日談》的。

孫 遜
〈東西方啓蒙文學的先驅〉
——《三言》、《二拍》和《十日談》，
（京）《文學評論》4（1987），112～124。

《三言》與《十日談》*

　　使用通俗的語言和形式，眞實地表現市民階級的現實生活和思想感情，具有鮮明的現實主義傾向：這是《十日談》與《三言》在藝術上的共同之處。

　　卜伽丘在創作《十日談》時，意大利及西歐學者們，大多仍在使用拉丁文寫作。卜伽丘卻特地使用“不登大雅之堂的佛羅倫薩方言”來編寫這一百個故事。這在當時也是具有劃時代意義的。卜伽丘和但丁，成爲意大利，民族文學的偉大開拓者。另一方面卜伽丘採用了中世紀民間流行的，爲市民階級喜聞樂見的故事形式。這些故事的優點在於它的眞實性，它的濃郁的生活氣息，在於它所包含的珍貴的批評因素。卜伽丘並沒有以一個這種故事的收集、講述者爲滿足，他是一個自覺的藝術大師，他把這些簡略的故事，創造成鮮艷多彩的現實主義圖畫，使其達到眞正的藝術高度。《十日談》中的短篇故事，開創了歐洲近代短篇小說的歷史紀元，這一深遠意義，即使卜伽丘也是始料不及的。

　　《十日談》是歐洲資產階級現實主義文學第一部傑作。

　　《十日談》中的十個故事講述者，是意大利早期人文主義代表。他們出身於城市富裕階層，受過良好教育；他們對生活有嶄新的見解，他們與中世紀的封建道德格格不入。《十日談》中的

　　＊　同前。

一百個故事，大多取材於佛羅倫薩現實生活，有些來源於古代傳統或東方故事，卜伽丘也賦予它們以嶄新的意大利的現實生活氣息，使之表現意大利的現實的社會關係。這在一百個故事中，販夫、走卒、男匠、女工等各種平民人物已經做爲故事的主人公出現了。市民階級登上了文學舞臺，徹底打破了教會文學、騎士文學稱霸文壇的局面。只要我們把僅比《十日談》早三十年完成的但丁的《神曲》拿來比較一下，《十日談》的現實主義傾向就更爲明顯了。從《神曲》到《十日談》，人類文學邁出了多麼可貴的一步啊！主人公已從“神”變成了“人”，而且是普通平民；夢幻的、象徵的形式變成了清醒的、眞實的描繪；理想世界的悲歌變成了現實世界的歡笑……，這些，集中地體現了早期文藝復興時期人文主義現實主義的藝術傾向。

同樣，馮夢龍爲了達到利用小說“喩世、警世、醒世”的目的，也十分注意小說藝術形式的通俗。

《三言》的通俗，也主要表現在以下三個方面：一是語言，使用通俗淺顯的白話，廢棄深奧簡古的文言。二是體裁，採用爲當時市民所喜聞樂見的話本形式。三是題材、內容：《三言》中所描寫的，也大多是明代市民階層熟悉的社會生活。《三言》中輯錄的宋元話本，大多直接描寫現實生活，自不必說。《三言》中的一些明代擬話本，雖然採用前人筆記或傳奇中的素材，然而經過作者不同程度的藝術加工，人物思想和作品主題均比較接近明代社會生活的眞實，反映了當時市民階層的愛憎和是非觀點。

馮夢龍也同樣強調藝術的眞實。他反對矯揉造作，主張“發於中情，自然而然”。馮夢龍還注意到通俗文學與眞實的關係的，他認爲只有通俗文學，才能做到"眞"，"但有假詩文，無假山歌，則以山歌不與詩文爭名，故不屑假"（《敍山歌》）。馮夢龍編纂《三言》，也正是本着上述原則。當然，人們也可以指責，馮夢龍的"眞"，有着鮮明的時代和階級的局限。但是，它畢竟代表着中國案頭文學在民間文學的影響下由傳奇，志怪、講史到眞實地表現現實生活這一偉大轉變，給中國文學的發展以極大影響。

在小說情節安排，人物形象塑造方面，《十日談》與《三言》各有千秋。它們繼承了各自的文學傳統，形成了各自的民族風格。

從整個小說結構——故事編排串聯來看，卜伽丘顯示了比馮夢龍更高的藝術構思。他把現實的、古代的、東方的傳說故事統統放在一四四八年佛羅倫薩大瘟疫的特定背景上，把佛羅倫薩的黑暗、窒息、充滿瘟疫的社會現實與郊外別墅的陽光明媚、春意盎然的人文主義理想世界形成鮮明對照，大大增強了一百個通俗故事所具有的社會意義。另一方面，卜伽丘把一百個故事分爲十天，納入幾個互相關聯的主題之中，這樣就把這一百個互不相干的故事，聯繫成一個有機的整體。這些是馮夢龍編纂的《三言》所不具備的。

但是，如果我們把兩部作品中的每一篇故事抽出來加以比較，就會發現，《十日談》中的故事，結構比較簡單。它沒有曲折、複雜的故事情節，許多故事只是截取生活中的一個片斷或一個場景來表達一個思想，說明一個問題，它對生活的描寫是橫向的。尤其是第六天那些"富於機智"的故事，情節更爲簡略。它與歐洲中世紀民間故事的風格一脈相承。《三言》中的故事，大多篇

幅較長，它體現着中國話本小說的特點。故事結構完整，有頭有
尾，前呼後應，矛盾當場解決，結局交待分明；情節曲折生動，
波瀾起伏，有時多線條交叉，錯綜複雜，引人入勝。它對生活的
描寫是縱向的。《三言》中大多數擬話本也基本保留着宋元話本
做爲“說話人”表演手段的詩詞、入話、頭回等創作形式，作者
或藉詩詞、入話發議論，講主張；或借頭回故事與正文故事相映
襯，使作品立意更爲顯豁。由於二者在結構風格上是這樣不同，
因此，強分高低是無益的。我們只能說，《十日談》截取生活斷
面來表現人生的寫法奠定了歐洲近代短篇小說的結構風格；《三
言》的結構藝術，則形成了中國明清以來白話小說創作的民族風
格。

　　在人物形象塑造和性格刻劃方面，《十日談》與《三言》基
本上都開始注意人物的個性描寫與社會存在、時代特徵相適應。
其描寫手法和功力，卻又各具特色。一般說來，《十日談》中對
十個講故事的青年男女的性格刻劃，是比較出色的，他們講的故
事，從內容到語言，都與他們各自的性格相吻合。然而對這些故
事中的人物個性描寫則注意不夠，有不少篇目，人物形象相當單
薄。如果我們把《十日談》中的優秀篇目，如第四天故事第一中
的女主人公綺思夢達這一女性形象和《三言》中的周勝仙、杜十
娘等女性形象略加比較，顯然，《三言》比《十日談》要更爲精
彩。

　　按照現代英國文學批評家福斯特（ E. M. Forster 1879 -
1970 ） 的理論，我們可以看到，在《三言》中，“扁”的人物
形象塑造已相當成功，“圓”的人物形象卻還沒有形成。福斯特

曾經例舉選更斯筆下的米考伯太太等做爲"扁"的人物的例證，
這是一些類型式或漫畫式人物，他們的個性鮮明但沒有發展——
無論什麼時候出現也能讓人一眼認出並且一成不變地留在人們記
憶中，他們的特點可以用一句話來概括，正如用"我永遠不會抛
棄米考伯先生"來概括米考伯太太那樣。《三言》中的〈宋四公
大鬧禁魂張〉中的張員外，就是一個成功的"扁"的吝嗇鬼形象。
此外還有一些喜劇性的"扁"的人物，這裏不再例舉。《三言》
中所使用的通過典型細節進行重複、誇張或細膩的描寫表現人物
性格，塑造"扁"的人物形象的手法，對中國古典白話小說人物
塑造影響是相當大的。可惜，《三言》中也有不少篇目只注意故
事情節的曲折、離奇，完全忽略人物形象的塑造，這種偏差，也
給中國文學以一定的影響。

　　最後，我們還要談談《十日談》與《三言》的心理描寫。
《十日談》的心理描寫，具體而細膩，尤其是對女性心理的描寫，
深入生動，活靈活現。這些早已受到前人的稱道。在方法上，
《十日談》中的心理描寫則多爲藉助人物內心獨白或由作者從旁
敍述來完成。《三言》中的有些篇目，也已很注意人物的心理描
寫了。然而，由於話本是從中國民間說書人口頭創作演化而來，
因而，《三言》中的心理描寫往往是把人物內心活動同生活細節
描寫，同人物的表情、語言、行動有機結合在一起，而很少採用
內心獨白或作者從旁進行大段心理分析。《十日談》與《三言》
的心理描寫方法，已基本奠定了兩個民族不同的心理描寫風格。

　　從以上三方面比較中，我們可以看到，由於十四世紀的意大
利與十六世紀的中國社會同處在資本主義生產關係在封建制度中

萌芽時期，因此，這兩部作品在反映市民階級的要求、意識形態的變化等方面，是有着許多共同之處的。然而，由於中國封建社會的漫長和中國封建枷鎖的牢固，中國資本主義生產關係的萌芽在誕生時是弱小的，中國新興市民階層也遠不像意大利城市市民階層那樣自信和有力。因此，十六世紀的明代中國，沒有，也不可能誕生像卜伽丘那樣的早期人文主義戰士；沒有，也不可能產生像《十日談》那樣全面地、大膽地、赤裸裸地宣揚新興市民階級道德，表現市民階級要求的文學作品。卜伽丘對現存社會的批判，是以人文主義為思想武器的；馮夢龍的時代，卻正是宋明理學的泛濫時期。因此，《三言》中的話本，雖然在一定程度上表現了市民階級反封建的要求和願望，然而，卻提不出自己的獨立的社會理想和道德觀念。他們對封建社會的腐朽、罪惡的批判，往往又和宣揚封建秩序倫理，維護封建道德的說教混合在一起。這樣，他們所反映的某些市民階層的執拗然而微弱的反抗呼聲，往往又被通篇充斥的封建禮教的喧囂淹沒了。

　　當然，《十日談》在對封建道德進行批判時，也有着一定的局限。這種局限，越到後文暴露得越加清楚。《十日談》第九天故事第九、第十天故事第十也宣揚了赤裸裸的封建道德。然而，《十日談》的傾向來說，它勇敢而莊嚴地宣告："虛僞在教堂"，"幸福在人間"，是具有劃時代意義的。《十日談》中的這些通俗故事，對整個歐洲資產階級文學產生了深刻影響。《三言》中的話本，魚龍混雜，良莠相揉，往往在反映市民階級的自由、平等的願望中，卻深深地打上了封建地主階級的思想印記。儘管如此，它對中國白話小說以及戲劇的影響，也是不可低估的。十八、

十九世紀，《三言》還傳到日本以及歐洲，對日本文學以及歐洲
文學也產生一定影響。

李克臣

〈卜迦丘的《十日談》與馮夢龍的《三言》〉，
《丹東師專學報》1（1982），2～11。

《杜十娘》與《復活》*

　　我國傳統的文學作品，對於妓女，多同情其遭際，歌頌其美德，而極少視爲淫賤，加以譴責的。明末著名的通俗文學家馮夢龍（一五七四～一六四六）在古代短篇小說的寶庫《三言》裏就以相當的篇幅成功地描繪了封建社會婦女中最悲慘的一部分——被拋擲到商品地位的妓女。《三言》中的妓女，往往有美麗的外貌、反抗的性格、純潔的內心、堅貞的愛情。作者用充滿敬佩讚美和同情哀惋的筆調，寫下了她們的苦難遭遇，塑造了受盡壓迫和凌辱而又不甘屈服的下層婦女的典型形象。膾炙人口的《杜十娘怒沉百寶箱》是其中最爲出色的一篇。

　　京都名妓女杜十娘，十三歲陷入妓院到十九歲，七年間受盡踐踏凌辱，爲了擺脫這種非人的境遇，迫切希望能早日"從良"。她苦心地"私有所積"，"韞藏百寶"，在所遇者中物色可托付終身的伴侶。經過一番考察，杜十娘把全部希望寄託在"忠厚志誠"的李甲身上。然而，誰又料想得到這顆愛情的種子卻錯播進了貧瘠的野地裏。正當她滿懷希望同李甲奔向她所嚮往的美好幸福的未來時，李甲竟以千金之價把她賣給了商人孫富。愛情小舟在人生的汪洋大海中被殘酷地顛覆了，希望變成了絕望。面對這突如其來的致命打擊，杜十娘滿懷悲憤，痛斥孫富的陰險無恥，譴

---

　　*　同前。本文所引《復活》爲汝龍譯本。

責李甲的卑鄙自私，跳進了**滾滾**的波濤。杜十娘死了，她死於對愛情的渴望，死於黑暗的封建社會。

同樣地，世界各國許多傑出的作家也把眼光轉到婦女身上，筆觸深入了婦女的生活領域。他們刻劃了婦女們的熱情追求和痛苦掙扎，塑造了一系列婦女的形象，其中不乏善良可憐而又富有反抗精神的妓女。俄國偉大的作家列夫・托爾斯泰（一八二八～一九一〇）在他的名著《復活》（一八八九～一八九九）中第一次塑造了一個被侮辱被損害的底層婦女——妓女瑪絲洛娃的形象。

瑪絲洛娃是農奴的私生子，三歲起就寄人籬下，成了地主的半養女，半婢女。少女時代的瑪絲洛娃是個天眞、純潔、憧憬美好生活的姑娘，她和來度假的少爺聶赫留朵夫產生了純眞的初戀。然而，在階級社會裏，階級地位決定了人們的思想感情的本質，在男女關係上也不例外。三年後，聶赫留朵夫公爵像許多可恥的統治階級的成員一樣誘奸了瑪絲洛娃，並隨之毫不留情地拋棄了她，使這位天眞的姑娘像一朵盛開的鮮花突然遭到狂風暴雨的無情摧殘，過早地衰萎凋零了。嚴酷的現實粉碎了瑪絲洛娃甜蜜的幻想，貴族老爺聶赫留朵夫對她的侮辱和遺棄是她悲劇命運的開端。懷孕了的瑪絲洛娃被趕出莊園後走投無路，墮入青樓，成爲社會的犧牲品。她在妓院過了七年，到二十六歲時被誣告爲謀財害命的凶手，關進了監獄。

兩個不同國度，不同民族，相去三個世紀的女性，她們都追求自由幸福的愛情生活，渴望得到眞誠、平等的愛情。然而，她們得到的卻都是始亂終棄的悲慘命運：一個含恨沉江，一個被寃坐牢。在以男性爲中心的黑暗社會裏，婦女往往是男子玩弄的對象，是婚姻戀愛的犧牲品，始亂終棄是屢見不鮮的社會現象。相同的始亂終棄的情節，說明在不同的國度、不同的時代、不同的民族裏的一個共同存在的社會現象，它深刻地揭示出階級社會中婦女的悲慘命運，表現出婦女在爭取愛情、婚姻的幸福和個性自由上所付出的巨大犧牲。它在反映婦女不幸的命運上具有典型的意義。

　　杜十娘是個性格堅定、剛強、富有俠義血性的女子，她雖生活在汙泥之中，卻始終保持着純潔的心靈。從自己的賣笑生涯中，她深切地體驗到了世態的炎涼，生活的無聊。她憧憬幸福的家庭生活，希望能擺脫風塵女子屈辱的社會地位。由於時代的局限，她沒有，也不可能有爭取自身解放的革命要求。她的理想僅僅是跳出火坑，找一個能依附的好男人，她所生活的環境的影響，使她要求的僅僅只是做李甲這樣一個公子哥兒的小妾。在男子可以三房六妾幾乎被視作天經地義的封建時代，杜十娘可憐的要求，說穿了，還是甘居於被男子玩弄的地位，這種愛情仍然是不平等的。然而，她竟連這一點點低微的要求都得不到，結果抱恨終天。爲什麼杜十娘不可能實現她的“理想”呢？這是因爲杜十娘所面對的是擁有強大勢力的滅絕人性的封建制度，而杜十娘所選中的李甲，是一個大官僚、大地主出身的紈綺子弟，這種子弟所表現出來的必然是對女性的玩弄和政治經濟利益的計較。不能設想李甲會突破封建婚姻制度森嚴的樊籬，“爲妾而觸父，因妓而棄家”，儘管十娘對李甲抱着極大的幻想，李甲卻一直視十娘爲玩具、爲商品，很難談得上有眞摯的愛情。正因爲如此，他才會聽從孫富的“勸導”而出賣杜十娘。這悲劇從表面上看來是杜十娘與李甲的矛盾，是孫富的讒言破壞，而實質上卻是杜十娘的理想願望與封建制度本身的矛盾。杜十娘生活的時代環境和社會條件使她不可能看到李甲的階級本質。當她被遺棄時，也只能抱怨對方"惑於浮議"，不可能理解自己的身份地位與貴族豪門之間居然橫隔着多麼深的鴻溝。李甲跪倒船頭，他看到的主要還是百寶箱，是金錢，而不是杜十娘，而杜十娘在絕望中看清了李甲的真面目。理想破滅之後，她既不願以金錢挽回李甲的虛假愛情，更不願委身事仇，寧爲玉碎，不肯瓦全。沉江，便成爲她唯一可走的道路了。杜十娘以她年輕的生命向吃人的社會發出深沉的控訴，撞擊出剛烈的反抗火花，給人以振奮，以鼓舞。面對着強大的封建勢力，她孤軍奮戰，力量是單薄的，她的抗爭方式——死是消極的，然而，這種與黑暗勢力毫不妥協的鬥爭精神光照千古，具有震懾人心的感情力量。杜十娘對幸福生活的渴望是強烈的，對愛情的追求是積極的，她的愛是熾熱的，她的死是悲壯的，她不愧爲"千古女俠"。杜十娘雖然死了，但是，人們從這美的毀滅中感受到了邪惡勢力的罪惡。

　　瑪絲洛娃的遭遇同樣是不幸的。這個年輕純潔的少女墮入烟花柳巷後，不僅在肉體上受盡摧殘，而且在精神上也備受折磨。生活中沒有歡樂，沒有溫暖，遇不到一個真誠相待的人，到處都是虛情假意，冷酷而又自私的紈綺子弟。她感到自己如若在苦海飄蕩的小舟，孤獨無援而又苦痛凄涼，像籠子裏的小鳥，強顏歡笑地依靠乞討爲生，過着毫無保障、毫無樂趣的生活。表面上的放蕩不羈、尋歡作樂，背後正隱藏着一顆悲哀破碎的心，這是比痛苦還更痛苦、還更悲愁的一種"歡欣"。是那個利慾薰心，趨炎附勢的社會把她步步逼入墮落的深淵，而且墮落得如此之深。
這個原本是善良純潔的姑娘，竟然把香烟、伏特加，"客人"，
醫院看作家常便飯，竟然變成一個以青樓生活相炫耀的妓女。此
時的瑪絲洛娃絕望了，她肉體上雖然仍活着，精神上卻正逐漸死
去。她消極地、麻木地、默默地忍受着一切，而不像杜十娘那樣，
千方百計地、熱烈地想脫離這種非人的賣笑生涯。然而，歷史的
脚步畢竟邁到了十九世紀末葉，在俄國，工人階級已經作為自為
的階級登上歷史舞臺，瑪絲洛娃生活在這樣一個時代裏不能不受
到深刻的影響。當聶赫留朵夫向她表示贖罪時，她喊道："你躲
開我，我是苦役犯，你是公爵，……你在塵世的生活裏拿我取樂
還不算，你還打算在死後的世界裏用我來拯救你自己！我討厭你，
……你走開，走開！"，瑪絲洛娃走上了與杜十娘不同的道路，
她對摧毀她、糟蹋她的老爺們發出了強烈的抗議。瑪絲洛娃後來
"復活"了，在監獄中和難友們患難與共的日子，使她逐漸恢
復了正常的生活信念。目睹窮人受迫害，政治犯受虐待，法律的
不公正，看守的野蠻……瑪絲洛娃開始把自身不幸的遭遇和勞苦
群衆的命運聯結起來。於是，她的愛憎榮辱觀念也變得和被壓迫
的人民相同。她戒除烟酒，厭棄同男人的調情。她同情難友們的
遭遇，幫助獄中的同伴。她迅速地向新生的道路邁進，她又回到
人民中間來了。但是，由於托爾斯泰本身世界觀具有軟弱消極的
一面，對這個備受摧殘的下層婦女，作家又反覆用道德感化的力
量來促使她的"覺醒"。我們看到，瑪絲洛娃每和聶赫留朵夫接
觸一次，她對他的仇恨就減弱一分，最後，"愛"創造了奇蹟，
階級對立被"愛"取代了。她爲了"愛敵人"——這個她曾一度

愛戀過而又給她帶來了無限痛苦和無窮災難的公爵，她爲了不願
他因自己受連累，改而和革命者西蒙松結婚，表現出高尚的自我
犧牲精神，實現了精神的"復活"。　這看來是托爾斯泰主義的
"勝利"，但瑪絲洛娃"復活"後到底如何生活，托爾斯泰無法
具體告訴讀者。走向人民的瑪絲洛娃也好，精神得到解脫的瑪絲
洛娃也好，形象是十分模糊的。因此，瑪絲洛娃的命運只能引起
千萬讀者的同情，卻未能迸發出耀眼的火花。

林永珉

〈相同的遭遇，不同的結局〉，

—— 杜十娘與瑪絲洛娃之比較

（閩）《寧德師專學報》1（1986），52～57。

《杜十娘》與《舞女》*

　　《杜十娘怒沉百寶箱》（以下簡稱《杜十娘》）是我國明代白話短篇小說的珍品；《舞女》是日本近代著名作家森鷗外的出世傑作。這兩篇作品的人物、主題、風格各異，情趣也很不同；但是當我們把它擺在一起，仔細研究，卻出乎我們的意料，兩者有着明顯的相近之處。

　　如果細緻加以對照，不難看出，儘管《杜十娘》和《舞女》多麼不相同，但是它們都是源於一個共同的文學模式，即我國的才子佳人小說的式樣。這首先表現爲它們有一個共同的情節基礎：始亂終棄。把《杜十娘》的情節發展簡單地歸納，可以爲"遊學——相遇而愛——受勸遺棄"的三個步驟。在《舞女》中，我們拋開它的大量內心獨白和自我情感的抒發，它的情節基本也是沿着這個中心線索發展的，先是太田豐太郎受命赴德學習；後是與葉麗斯邂逅相遇，不久相親相愛；最後友人相澤謙吉的規勸，豐太郎爲個人仕宦之途着想，斷絕與葉麗斯的情感歸國。豐太郎遺棄葉麗斯，使葉發瘋致殘。

　　始亂終棄的情節是我國古代愛情小說慣用的題材，它能夠更深刻地揭示出在封建社會中婦女的悲慘命運，也更有力地表現出婦女在爭取愛情、婚姻的幸福和個性自由上所付出的巨大的犧牲；

　　＊　Mori Ogai (1862～1922), *Minime* (1890).

它促使讀者更加同情被侮辱、被損害的女性的不幸，也更加憎惡
代表惡勢力的玩弄女性、負義薄情的男子。在以男性爲中心的封
建社會，資本主義社會裏，婦女往往是男子玩弄的對象，是婚姻、
戀愛的犧牲品；始亂終棄亦即是兩性關係中的屢見不鮮的社會現
象。我國古代小說（不僅小說）把始亂終棄作爲典型情節表現婦
女的不幸，對萬惡社會進行揭露和控訴，是符合文學源於生活、
再現生活的基本原理的。《杜十娘》的內容據說是發生在我國明
代萬曆年間北京城內一件眞實的故事。《舞女》的題材也是與作
者森鷗外個人生活密切相關的。森鷗外在青年時期留學德國學醫，
據說，他歸國後一週，一位名叫葉麗斯的德國少女也跟踪而至。
他的母親和妹妹爲了掩飾家醜，托人把德國女子勸說回國（見飛
鳥井雅道《近代的日本文學》，東京三一書房，一九六一年版)。
當然我們不能說《舞女》中的豐太郎即是作者本人，葉麗斯即是
同名的德國少女，但是正如森鷗外自己所說"《舞女》是根據事
實創作出來的"（《關於自己創作的素材》），可見兩篇作品相
同的始亂終棄的情節，說明在不同的國度，不同的時代，不同的
社會裏，是共同存在的社會現象，它在反映婦女不幸的命運上具
有典型的意義。

　　其次，人物性格逆轉下的愛情關係。《杜十娘》和《舞女》
的男女人物有着相同的特點。杜十娘和葉麗斯都是性格堅定、剛
強，富有俠義血性的女子，她們對愛情忠貞，爲爭取幸福的生活
不惜一切。杜十娘出於對李甲的眞情，出於要擺脫風塵女子屈辱
社會地位的心願，她傾其生命和全部積蓄偕同李甲歸鄉。當她知
道自己被拋棄，愛情破滅之後，她又憤然自盡，以死表達對不平

社會的控訴。她的愛是強烈的，她的死是悲壯的。杜十娘被稱頌爲 "千古女俠"。《舞女》的葉麗斯誠摯、善良，對豐太郎一片愛心。當豐太郎被免除官職和留學生資格，處於舉目無親的困難時刻，她伸出愛情之手，"說動了母親" 把豐太郎 "當作自家人一樣" 一起生活 "在她家裏"，當豐太郎重病不起，她殷勤 "服侍病人"；她懷孕之後，夢想着新生嬰兒像豐太郎一樣有一對漂亮的 "黑眼珠"。被遺棄的遭遇給她以致命的打擊，使她神志不清，發瘋變狂。她的愛是眞摯而熾熱的，她瘋後的淒厲的哭聲和喊叫是令人悲憤的。森鷗外稱她 "頗似卓文君，楊紅拂"（《致乞取牟之丞書》），也是一位剛强、俠義的女性。杜十娘和葉麗斯對幸福生活的渴望是强烈的，對愛情的追求是積極的，在作品中她們是處於主動的地位，這正反映了壓在社會低層的婦女對人性生活的强烈而迫切的要求。杜十娘是妓女，葉麗斯是舞女，都是被社會所歧視的 "下等女人" 她們備受社會的欺凌與摧殘。因此，在追求和渴望生活的幸福上，她們更加强烈、更加迫切。杜十娘在從良上是堅定不移的；葉麗斯在愛情上是眞摯一心的。

　　然而兩篇作品中的男性人物卻是另一種表現。李甲懼怕父親的嚴命，輕易聽從孫富的一席假話，拋棄十娘以換得重金；豐太郎在朋友的功名利祿的引誘之下，離開已孕的情人回國。他們在愛情上是不忠的，成爲人們所唾棄的薄情郎、負心漢。在他們身上有着共同的特點，即是優柔寡斷，軟弱無力。正如森鷗外評論豐太郎 "荏弱"（《致乞取牟之丞書》）一樣。他們在整個的愛情故事裏，始終扮演一個消極、被動的角色，缺乏杜十娘和葉麗斯的强烈要求和果敢行動。

　　總之，在兩篇作品裏，女性主人公有着一般男性俠義、剛強
的性格，而男性主人公卻有着一般女性的軟弱無能的特點；在愛
情結合上，女性居於主導，男性則處於被動，這種在愛情關係上
表現出來的人物性格逆轉的變化也是我國才子佳人式的作品的特
點。森鷗外所提到的卓文君和楊紅拂也都是俠義之女，她們在愛
情上的大膽追求爲世人所敬，成爲千古流傳的佳話。

　　最後，嚴厲長者的管制，《杜十娘》和《舞女》還有一個共
同特點，即是作品裏有着墨不多的長者的存在。在《杜十娘》裏
是李甲之父李布政，在《舞女》裏是豐太郎的長官和天方伯爵，
前者是封建家教的代表，他因兒子“闕家”觸怒其威，“幾遍寫
字來喚”兒子回來，以正家教。他的嚴命是封建道德的規範，它
使李甲不絕“父子天倫”而斷情侶之愛，拋棄十娘，演成痛烈人
心的愛情悲劇。後者是國家權力的代表，他們要求下屬以仕宦爲
重，不許私情而怠忽職守。豐太郎先是因與葉麗斯戀愛而觸犯了
長官的戒律，免除了官職，後又得到天方伯爵的器重、“庇護”，
爲了個人的榮達離開葉麗斯回國。嚴厲長者的管制象徵着冷酷無
情的封建家法、宗法和國法，它是造成男子離異的原因，是愛情
悲劇的根源。這也是我國古代愛情作品的一個特徵。因此在我國
古代某些愛情作品裏，把矛盾衝突寫成爭取愛情自由的男女雙方
與嚴厲長者的爭鬥，如《白蛇傳》、《西廂記》等。

何文林

〈《杜十娘》與《舞女》〉，

（武漢）《外國文學研究》4（1983），89～93。

《鏡花緣》與《烏有鄉》*

　　【本文作者】《鏡花緣》與《烏有鄉》這兩本在絕對不同的歷史淵源與文化背景下產的作品，作一系統性的比較研究，以期獲致好奇的興味與美學上的滿足。

　　兩位作者似乎都有意或無意暗示讀者，其小說純係向壁虛構者，絕非事實。關於這點，我們不難從書中之人名及地名上看出端倪。《烏有鄉》中之人名及地名如 Senj Nosnibor, Thims, Erewhon 等，實即 Robinson Joncs, Smith, nowhere 之倒拼，可見實際上本無其人其地。其他如 " 無理學校 "（ School of Unreason ）中所教授的課程如 " 無定見 "（ Inconsistency ）、" 逃避 "（ Evasion ）、" 老於世故 "（ Worldly Wisdom ）、" 知識無用論 "（ The Suppression of Useless Knowledge ），及 " 徹底推翻過去"(The Complete Obliteration of the Past) 等等，皆荒謬絕倫，足使讀者洞悉作者之心意。

　　李汝珍則採用《紅樓夢》裏以 " 甄士隱 " 與 " 賈雨村 "二人，來影射 " 眞事隱去，假語村言 " 的手法，故書中頗多發人深省的人名與地名。如 " 紅顏洞 "、" 薄命岩 "、" 鏡花嶺 "、" 水月村 "，以及唐小山之暗指 " 小蓬萊 "，與後來之易名爲 "唐閨臣"（ 前已述 ）等等。但是最令人矚目的，當是由武氏兄弟所把守的

---

　　*　　Samuel Butler (1835～1902), *Erewhon* (1875).

那四座毒陣的名字，即"酉水"、"巴刀"、"才貝"與"無火"四關。這四座關名實即"酒"、"色"、"財"、"氣"四個字的拆字遊戲，亦即世人所最難擺脫的四大引誘。

　　兩部小說都對當時社會上的陋風敗俗、宗教、教育體制、生死觀念，以及許多枝節性的小事，予以深刻的諷刺，但是巴氏由達爾文的進化論所引發的一些荒謬奇想，李汝珍固然未述及，然而李汝珍嘲弄我國當時的讀書人及提倡女權等情節，在《烏有鄉》中亦付闕如。兩部小說中的人物，都或多或少分別為維多利亞時代的英國與清代中國的代言人，而故事的"烏有鄉"及海外各"國"，亦無疑分別暗指當時的英國與中國。以下茲就這兩部小說中相同與相異部份，做一系統性的比較研究。

　　在描寫社會觀念與現象方面，巴氏係以本末倒置，倒行逆施的手法處理。即如"烏有鄉"（ Erewhon ）一詞，就是"無此處"（ nowhere ）一字之倒拆。在那個地區，人們以照顧病患的心情對待罪犯，而卻以對待罪犯的方式懲治病患；教堂成了專為替世人們辦理把金錢預存在天堂裏的"銀行"；婦女則全部都篤信"伊格倫"（ Ydgrun ）女神。在第七章裏，談到在司壯甫抵烏有鄉時，因為他手腕上戴了一隻手錶，而遭到監禁。就在他被領向牢房時，他看到兩個容顏枯槁，相貌極醜之人。他當時認為奇怪，為甚麼他在該地所見到的男女都非常英俊貌美，唯獨這兩個人卻這樣醜陋。讀者當然一定也會感到百思莫解，但是等讀到第十章時，看過下列的一段似是而非的說明後，方始恍然大悟：

　　以下就是我所知道的一切：在那個"國度"裏，如果某人在七十歲以前身體衰弱，染患疾病，或在任何情形下顯得

體力不濟，都要在他的"國"人所組成的陪審團前受審，
其判決亦視其案情的輕重而定。疾病則又可細分為惡性重
大與小錯，一如我們社會的違法犯紀亦有輕重之分一樣。
一個害大病的人要受到嚴厲的懲罰，而一個六十五歲以上
的老人，如果他身體的其他部份都健康如常，只是視力與
聽力稍遜，則僅科以罰金了事。要是他連罰金都無力償付，
那便要改為監禁。但是如果某人偽造支票、縱火焚屋、施
暴或掠奪他人物品，以及做任何在我們的國家中認為作奸
犯科等情事，則不是送到公立醫院，由國家出資予以最妥
善的看顧，就是（如果他家境尚稱富裕的話）由他本人遍告諸
親友，自謂已罹患極其嚴重的不道德症，這就好像我們生
病時的情形一樣。於是他的親友們便會滿懷焦慮與關切地
來探望他，並問他病情究竟因何而起，以及最初的徵候如
何等，他也毫無掩飾地據實回答。他們對於不良行為的看
法，就像我們對於疾病的看法一樣，認為都是可悲之事，
這無疑表明了：凡是行為不良的人，其本身即有着嚴重的
錯失。而在那個"國度"裏，卻認為是由於先天或後天的
不幸所造成的。

並且曉得，"在烏有鄉，一切病患皆被認為是極端的不道德及犯
罪行為"（第八章）。可見那裏的人對患病者不但不體邮照顧，
反而判以重罪，任其在監牢中受盡折磨而死。這眞是一個是非不
分，黑白顛倒的社會！
　　李汝珍在《鏡花緣》中也穿插了許多類似的反常情節與對話，

所不同的，只是巴氏是一本正經地"報導"，李氏則是以玩世不恭的態度敍述。由於篇幅所限，茲略舉數則如下：

> 有一天，唐敖、林之洋及多九公一行三人來到"君子
> 國"，見到當地人衣冠言談，都與中原一樣，國民都
> 好讓不爭。當他們漸漸來到鬧市，便看見一個隸卒正在一
> 家商店買東西。隸卒道：
>
> 老兄！如此高貨，卻討恁般賤價，敎小弟買去，如何能安？
> 務求將價加增，方好遵敎。若再過謙，那是有意不肯賞光
> 交易了。

沒想到店老闆竟回答道：

> 旣承照顧，敢不仰體？但適才妄討大價，已覺厚顏；不竟
> 老兄反說貨高價賤，豈不更敎小弟慚愧？況敝貨並非言無
> 二價，其中頗有虛頭。俗云："漫天要價，就地還錢。"
> 今老兄不但不減，反要增加，如此克己，只好請到別家交
> 易，小弟實難遵命。（第十一回）

在"小人國"裏，他們所見到的都是八、九寸高的小人。我國俗稱卑鄙之人爲小人，故小人國裏盡是些口是心非的小人，他們指甜爲苦，說鹹爲淡，凡事總是敎人捉摸不定。（第十九回）但是最荒唐的還是他們在"女兒國"中的所見所聞。在那裏，女人把持一切，男人只是她們的附屬品。她們穿男子的服飾，一切所做所爲也完全與我們社會裏的男人一樣。男人卻敷粉、纏足、戴耳環，走起路來蓮步跚跚，專門持家、做飯、洗衣。當我們讀到林之洋由於面貌姣好，而被女兒國國王選爲"妃子"，並強迫他纏足的那一段時，眞是要忍不住大笑出聲。但是如果冷靜下來

想一想，我們便不難領悟到，李氏之所以如此寫，無非是諷示男人，要多多爲女人想想，切莫自鳴得意。須知要是有一天男女易地而處，那時男人應該作何感想？以我看來，這一大段的描寫，無疑是李氏提倡女子教育與伸張女權的主張。有關這點，待後章中詳述。

巴特勒在《烏有鄉》裏曾極盡刻薄之能事地把醫生大罵了一頓，李汝珍在《鏡花緣》裏也指桑罵槐地諷刺了好幾種人。有次唐、林、多三人來到一處山林，看見一隻老虎正在吃一隻"果然"（作者按：據《鏡花緣》第九回載，此爲一"異獸，形象如猿，渾身白毛，上有許多黑紋，其體不過四尺，後面一條長尾，由身子盤至頂上，還有二尺有餘，毛長而細，頰下許多黑鬣"），多九公借題發揮而感嘆地道：

> 虎豹從來不敢吃人……人之天良不滅，頂上必有靈光，虎豹看見，卽遠遠迴避。（第十回）

林之洋聽後反駁道：

> 俺有一個親戚，做人甚好，時常吃齋念佛；一日，同朋友上山進香，竟被老虎吃了。難道這樣善行，頭上反無靈光麽？（第十回）

多九公的回答無疑是針對內心不眞誠的吃齋念佛者的當頭棒喝：

> 林兄，這是什話？善惡也有大小。以善抵惡，就如將功贖罪。其中輕重，大有區別，豈能一概而論？卽如這人忤逆父母，淫人妻女，仍罪大惡極，不能寬宥的；你卻將他吃齋念佛那些小善，就要抵他兩椿大惡，豈非拏了杯水要救車薪麽？況且吃齋念佛不過外面向善，究竟不知其心如何。

若外面造作行善虛名，心裏卻懷着凶惡，如此險詐，其罪
尤重。總之，為人心地最是要緊。若謂吃齋念佛都是善人，
恐未盡然。（第十回）

　　為了證實上面的說法，李氏遂捏造了一段神話。三人前行不
遠，"只見路旁林內飛出一隻大鳥，其形如人，滿口豬牙，渾身
長毛，四肢五官，與人無異，惟肋下舒着兩個肉翅，頂上兩個人
頭，一頭像男，一頭像女，額上有文，細細看去，卻是'不孝'
二字……三人近前細看，不但額上有'不孝'二字，並且口有
'不慈'二字，臂有'不道'二字，右脇有'愛夫'二字，左脇
有'憐婦'二字"（第十回）。三人看後，唐敖的一段話當眞發
人深省：

　　……據小弟看來，這是世間那些不孝之人，行為近於禽獸，
　　死後不能復投人身，戾氣凝結，因而變為此鳥。（第
　　十回）

由此觀之，當眞是"英雄所見略同"。

　　巴特勒只是敍述一"國"的情形，可是李汝珍在唐敖第一次
航行中，就到過三十餘"國"。然而，不管是司壯在"烏有鄉"
一國所見到的各種不同風俗，或是唐敖等人在許多不同的國度中
所見到的各種不同習性，其實都是諷示英國或中國的人們，希望人
們能"有則改之，無則嘉勉"。

　　在宗教信仰方面，李汝珍非常寬宏大量，認爲儒家之道、佛
家之道，或道家之道，都一樣好，並無任何衝突，也無任何高低
等第的差別。得道的人能成佛、成仙、或成聖，固然值得人羨慕，
如果未能得道，只要能進德修業，日日爲善，人生也極寫意，因

爲人世間也是個極好的地方。唐閨臣最後是得道成仙了，但是從她臨別時對弟弟唐小峯的贈言，可以看出她對儒家的修、齊、治、平之道，並不蔑視：

> 已不小，一切也不消再囑。總之，在家必須要孝親，為官必須要忠君。凡有各事，只要俯仰無愧，時常把天地君親放在心上，這就是你一生之事了。（第九十四回）

可是巴氏卻完全不是如此。他把教會比作“音樂銀行”（Musical Bank）。在這種銀行裏，一切金錢上的往來及處理，都是在一種極其難聽的音樂伴奏聲中進行。在“烏有鄉”的人看來，人世間的一切，包括人本身在內，在同一時間內都有着有形與無形兩方面，商業行爲自然也不例外。因此，他們那裏流行着兩種錢幣，一種是專用來在市場或百貨商店中購物的，而另一種則只能在這種銀行裏流通，絕不能用來買麵包、肉類，或衣服。司壯有天和羅夫人及她的兩個女兒一同來到一家這類的銀行，她們請他在外間的一處大廳裏等一下，然後她們母女三人即走進另一間房間。司壯好奇地走到一扇窗子旁邊，想把窗簾撥開一線，看看裏面究竟在做什麼。就在這時，有一個穿着一身黑衣，看起來滿臉陰沉的傢伙（是神父？抑或牧師？）走過來直向他怒容滿面地做手勢，意思是叫他不可偷窺。他給了那人一張只能用來購買無形物的鈔票，沒想到那人看起來似乎更是氣憤，於是，他只好用另一種鈔票賄賂他，才把那人打發走。巴氏眞不愧是一個尖酸刻薄的諷刺能手。

等到那人走後，司壯又走到那扇窗口去偷看，只見朱洛娜正在把一張好像是支票的紙遞給其中的一位出納。這也許就是波拉

得（ Arthur Pollard ）所謂的 " 在那裏，教堂成爲靠好的託詞以
堆積財富於天國的銀行。" 但是，這種銀行卻從不付股息，只是
按每人存款的多寡，每三千年分一次紅利。由於那時才只不過是
兩千年左右，存款的人都明知道自己此生已是等不及分紅利了，
因此而覺得很喪氣，但是他(她)們仍然照舊每天按時前往存款，
尤其是以女人爲甚。

　　李汝珍雖然對宗教一視同仁,但是對一些吃肉喝酒的花和尙、
野尼姑，及不守清規的道士，也是極其鄙視，且冷嘲熱諷的。如
在 " 大人國 " 的那一段，當唐、林、多三人翻過了幾座山頭，發
覺竟走錯了路時，忽然見到前面不遠處有個茅庵，三人便想走上
前去問路。就在此時，只見前面來了一個老者，

　　　　手中提着一把酒壺、一個猪頭，走至庵前，推開庵門，意
　　　　欲進去。唐敖拱手道："請敎老丈，此庵何名？裏面可有
　　　　僧人？"老叟聽罷，道聲得罪，連忙進內把猪頭放下，卽
　　　　走出拱手道："此庵供着觀音大士，小子便是僧人。"

林之洋聽後，驚異莫名地道：

　　　　你這老兄旣是和尚，為甚並不削髮？你旣打酒買肉，自然
　　　　養着尼姑了。

沒想到這位 " 和尙 " 的回答更是駭人聽聞：

　　　　裏面雖有尼姑，卻是小 " 僧 " 之 " 妻 "。(第十四回)

　　反觀《烏有鄉》，巴氏除了捏造了一個 " 音樂銀行 " 之外，
也杜撰了一個名叫 " 伊格倫 " (見前第四章：諷刺社會觀念與現
象) 的女神。據周(Samuel C. Chew)與艾提克(Richard
D. Altick) 二氏在其合著之《十九世紀及其後之英國文學》中

謂：" 伊格倫實即格倫蒂夫人 "，也就是 " 人云亦云 " 之意。巴
氏的意思是：一般人，尤其是婦人，寧願相信街談巷議，而不願
相信聖經。因此，司壯才有勸說當地人改奉基督教的念頭，這自
然也是暗諷當時一般英國人在宗教信仰方面的實際情形。

　　但是讀到最後，我們尚可看出，司壯的野心不光是只限於宗
教方面，他甚至想籌足五萬英鎊的巨額資金，組成一個股份公司
（ joint-stock company ），然後假借傳教之名，帶着洋鎗砲火
征服該地，以逐其殖民的意願。由此可見，巴氏是極端反對殖民
政策的。他之所以如此寫，完全是爲了挖苦那些滿腦子想以殖民
致富的英國人。然而在《鏡花緣》中，我們絕對找不到改變宗教
信仰或殖民思想的文字，這也許就是民族性所使然吧！

　　從《烏有鄉》一書中，我們可以很明顯地看出，巴氏對當時
英國的教育體制極不滿意，因此才以迂迴的方式捏造了一些 " 無
理學院 "（ The Colleges of Unreason ），指桑罵槐地予以諷
刺一番。校中主修的科目爲 " 假說的 " 理論語言，學生們所學習
的只是一些渺不可及的偶發事件發生的可能性。教授們一致認爲，
這些理論在學生們畢業後服務社會人羣方面，遠比實際的應用知
識來得有用。當地教育家們一致的看法是：

> 人生如果是完全按理性行事，那就太乏味了。理性只能使
> 人刻板而不知變通，要是以語言予以界說，而語言也只是
> 如太陽一般，每天早晨昇起，然後就照耀大地。" 極端 "
> （ the extreme ）是始終如一的，而 " 中庸 "（ the mean ）
> 卻富有彈性。故極端純然是荒謬的，而中庸之道則近乎人
> 情。（第二十一章）

　　所以，對於烏有鄉的教育家來說，“無理”即自然而然地成爲“理性”的補助物。硬是沒有無理，那麼也就無所謂理性了。他們的教學法是把他們自以爲是有用的知識，一股腦兒地以塡鴨的方式灌輸給學生。他們不相信有所謂“天才”之說，認爲每個人至少在某方面或多或少的有些天賦。天才在某些方面也許是白癡，而白癡在另些方面卻是天才。

　　大體上說起來，巴氏所諷刺的對象，不外乎是維多利亞時代的英國教育體制，與教育工作者們的觀念和作風，而李汝珍在這方面也大致相同。李氏的主旨可大別爲：㈠嘲弄當時的科舉甄才制度，與在這種制度下失意的讀書人的悲哀；㈡提倡女子教育，強調女子的才情並不弱於男人。有關第㈠點，我們且看看李氏在《鏡花緣》第九回裏的一段描寫。那是在第一次出航不久，唐、林、多三人來到一處叫做“東口”的小港口時，唐敖無意中發現了一棵朱草，吃下去後，

　　　　只聽腹中響了一陣，登時濁氣下降，微微有聲。

唐敖覺得非常奇怪，因而向林、多二人道：

　　　　小弟起初吃了朱草，細想幼年所作詩文，明明全部記得，
　　　　不意此刻腹痛之後，再想舊作，十分中不過記得一分，其
　　　　餘九分再也想不出，不解何意？

林之洋道：

　　　　這事有什奇怪？據我看來，妹夫想不出的，那九分就是剛
　　　　才那股濁氣，朱草嫌他有些氣味，把他趕出……其餘一分，
　　　　並無氣味，朱草容他在內，如今好好在你腹中，自然一想
　　　　就有了。俺只記掛妹夫中採花那本卷子，不知朱草可肯留

> 點情兒。妹夫平日所作窗稿，將來如要發刻，據俺主意，
> 不須託人去選，就把今日想不出的九分全部刪去，只刻想
> 得出的那一分，包你必是好的。若不論好歹，一概發刻，
> 在你自己刻的是詩，那知朱草卻大為不然………（第
> 九回）

可見清代甄才的"八股文"，也是與英國的教育制度一樣，十分
之九都是要不得的。

　　在探討生死及前世等方面，兩位作家均有本有據地捏造了一
些神話。巴氏是根據華治華斯（William Wordsworth ）的〈歡
樂童年頌〉一詩中之名句：

> 我們的誕生僅只是睡眠與遺忘，
> 我們的靈魂與我們一同昇揚；
> 命運之星原有其居住之處，
> 那是在渺不可知的遠方。

而李汝珍則是把我國的一些典籍，如《山海經》、《博物志》、
《神異經》、及《述異記》等中述及的一些國家、人物、及動植
物，以活生生的姿態，展現在我們的眼前。如《伯慮國》的那段
就是採自《山海經》裏的名詞，再創造一個小小的寓言來諷示世
人。二人之不同處，端在巴氏以悲天憫人的筆觸報導，而李氏則
以創意的手法描述。

　　就如導言中所述的，巴氏之父祖輩皆為神職人員，故巴氏似
乎命中註定要終生從事神職。但是在試了一段時間之後，發現自
己真正興趣之所在是繪畫。由於其長輩之極力反對，而使得巴氏
心存怨恨。因此，在其另一本小說《俗路》中，他把父親狠狠地

地報復了一頓，算是發洩了胸中的怨氣。他幼年時被迫而放棄了繪畫，但是他想成爲畫家的願望，直到他撰寫《烏有鄉》時，仍不時在煎熬着他，就像《烏有鄉》中那些未誕生的嬰兒靈魂一樣，整天不停地在折磨着已婚的主婦，直到他（她）們答應把它們生養下來爲止。這些未誕生的嬰兒靈魂，不就指的是巴氏幼年時代的願望嗎？

　　巴氏同時也想到自己，認爲人生本就是痛苦。就像烏有鄉人對前世的說法一樣，＂每個人都是在無助且毫無自己意志的情況下來到這世界上。＂（第十九章）因此，他認爲誕生原本就是犯了大罪，而罪行是隨時隨地都會受到宣判的。縱然是獲得減刑，人可以無盡期地活下去，但是到最後，人也會厭倦這世界，倒反而認爲受刑而死是一大解脫。因爲在生前，人的靈魂是生活在無血無肉，神人同形的狀態下，只有死亡才能使他回到那樣的世界裏去。在那裏，他可以永遠啜飲玉液瓊漿（ambrosia），無憂無慮地過日子。所以，四十歲以上而尚且貪戀這世界，不想回到來處的人，可說是絕無僅有。

　　至於爲人父母的人，只要他們心中有這個意思，可以隨時隨地殺死自己的子女（第十八章）。這也足證巴氏對其父母在他幼年時阻擾他習畫的願望，以含沙射影的手法發出的怨恨。

湯雄飛

〈寓社會諷刺於傳奇小說〉，

——《鏡花緣》與《烏有鄉》之比較研究

（臺）《中外文學》7. 7（1978.），126～160。

《鏡花緣》與《格列佛遊記》*

　　十八世紀英國諷刺作家斯威夫特的《格列佛遊記》和我國晚清諷刺小說家李汝珍的《鏡花緣》，就是完全按照本民族的文學傳統的源流而獨立創作的。有趣的是，它們卻打破了時隔百年，地差萬里的時空界限，在內容主題、體裁選擇、創作構思及藝術手法等方面呈現出不謀而合的相似。

　　《遊記》、《鏡花緣》都採用遊記的體裁和幻想的形式，對黑暗的社會現實作了淋漓盡致的揭露，對資產階級和封建階級的醜惡本質作了無情的鞭撻和諷刺，表達了比較進步的社會理想。這兩部作品雖然都描寫了一些離奇怪誕的海外之邦，實際上都是當時現實社會的變相縮影和作者社會理想的形象體現。斯威夫特在《遊記》末章通過格列佛之口說：“我寫這部書主要是向你報導而不是供你消遣”，“我爲自己訂立了一條終身恪守的信條：我一定要忠於事實”。李汝珍則在《鏡花緣》中通過吳氏兄弟“暢談俗弊”，鮮明地表達了對現實社會的一系列看法和主張。可見這兩部小說都並非是單純描寫異國情調的尋奇獵怪之作，而是具有強烈思想傾向的現實主義作品。從作品中透出的豐富深刻的思想內容來看，兩位作者都涉及了當時社會的政治、文化、教

---

　　*　　Jonathan Swift (1667～1745), *Gulliver's Travel* (1726).
　　　　引文爲張健譯本。

育、道德、倫理等上層建築各個方面的範疇。下面我們從兩個方面來進行比較分析。

㈠　對統治階級和現實社會的深刻批判

從全局，從宏觀來看，斯威夫特的《遊記》對英國的整個社會制度作了較爲深入的揭露和譴責，批判鋒芒直指統治集團的核心——國王和首相以及當時愈演愈烈的黨派鬥爭。《遊記》一開始就描寫格列佛周遊小人國利立浦特，這個小朝廷裏，也有着一套同英國社會一樣的典章制度，也同樣充滿着陰謀詭計、傾軋陷害。那些身高不滿六英寸的貴族大臣們爲着鞋跟高低而分黨結派，勾心鬥角，爲着鷄蛋大端與小端而發動戰爭，侵略別國，這一切使得格列佛"對朝廷大臣們的眞面貌第一次有了一些不完全的認識"，原來他們是一伙委瑣卑汚、無聊可恥的騙子、政客。《遊記》的第三部中，作者則是諷刺了國王喬治一世的不學無術；挖苦首相渥爾波是一隻"追求財富、權力和爵位的""凶惡的老雕"；作者把整個朝廷比作"臭水坑"，把虛僞的法律比爲"破折了的蘆葦隨風搖擺"。作者甚至憤怒地指出：近百年來所謂英國的大事記只不過是"貪婪、黨爭、僞善、無信、殘暴、憤怒、瘋狂、怨恨、嫉妒、淫慾、陰險和野心所產生的最大的惡果"。(《遊記》第二部第六章）這簡直可以說是對英國現實社會的痛快淋漓、切中要害的揭露和鞭撻。相比之下，李汝珍的《鏡花緣》在這方面就顯得銳氣不足，批判的視線有些模糊，小說的第三十五回，雖然藉女兒圖的描寫，曲折含蓄地諷刺了只重女色不顧災荒，爲了女色而要屠殺治理水災的人民群衆的皇帝，但從整部小說的傾向看，作者的批判意圖並非在統治階級的核心集團和整個社會制度，而是更多地揭露和鞭撻統治階級賴以生存的社會基礎——大大小小的封建爪牙，尸位素餐的貪官污吏以及他們所造成的種種糜爛污濁的社會風氣。作者通過牛形藥獸的形象，諷刺了那些"不會切脈，也未讀過醫書""以人命當耍"的庸醫；通過翼民國人頭長五尺的形象，嘲笑了那些"愛戴高帽"喜歡奉承的劣徒；通過大人國官員的形象，針砭了統治階級的幫凶官吏瞞心昧己的醜行。另外像爲了保持自己的木棉生產，竟不惜驅逐蠶桑的傳播者並企圖加以殺害的極端自私的"保守"者；注重錢財，到處伸手搜刮的"長臂"者；心術不正，暗懷鬼胎因而胸部前後潰爛相通的"穿胸"者；好吃懶做，遊手好閒而積成痼疾的"結胸"者等等，無一不在作者犀利的筆下露出面目可憎，令人生厭的醜惡本質。不過作者刻劃得最生動的是那些表面和善，本質凶惡的"兩面人"，並通過歷經世故的多九公之口，告誡人們要提高警惕。因爲"諸如此類，也是世間難免之事"，不防備，就會"身遭其害"，這就深刻地挖掘出這些虛構的兩面人的現實模特兒——封建惡勢力以及充滿凶險、醜惡、詭詐的社會風氣。不惟如此，作者還通過"雙宰輔""暢談俗弊"，對當時社會盛行的諸如風鑒卜筮、算命合婚、浪費奢侈、揮霍縱慾、八股科舉、虛僞學風、壓迫婦女、摧殘人性等各種陰風惡氣都作了直接的抨擊和否定，顯示出作品反封建的戰鬥傾向。

如果說，斯威夫特的《遊記》像一柄利劍，刺穿了統治階級肌體的心臟的話，那麼李汝珍的《鏡花緣》恰似一股不小的颶風，

＊ 小　說 ＊

掃蕩着統治階級賴以生存的各種陰暗齷齪的社會角落，而人剝削
人、人壓迫人的不平等現象，則是這兩位作者批判揭露的鋒芒共
同聚集的一個焦點。斯威夫特在《遊記》中一針見血地揭示了金
錢崇拜、奢侈淫逸是社會罪惡和貧困的根源，貴族們聲色犬馬，
縱情享樂，＂必然使得我們大多數人民無以爲生，只好去討飯、
搶扨、偷竊……以及種種類似的事情來餬口度日＂。這段話實際
上反映了當時愛爾蘭乞丐充斥街頭，人民無以爲生的悲慘情景，
表現了作者對生活貧困的廣大人民的深切同情。作者在《遊記》
中還通過飛島和它所管轄的巴尼巴比島兩國關係的描寫，來抨擊
當時英國對愛爾蘭殖民地人民的殖民剝削和壓迫。同樣，在《鏡
花緣》中李汝珍對這種不合理的剝削壓迫現象也是切齒痛恨的，
例如說到無腸國時：＂那想發財人家，你道他們如何打算？說來
倒也好笑！他因所吃之物，到了腹中隨即通過，名雖是糞，但入
腹內並不停留，尚未腐臭，所以仍將此糞好好收存，以備僕婢下
頓之用。日日如此，再將各事極力刻薄，如何不富！＂（第十四
回）＂幸虧無腸國那些富家不知土可當飯，他若曉得，只怕連地
皮都要刮盡哩。＂（第十六回）這裏作者犀利地挖苦諷刺了那些
以剝削人民起家的貪婪吝嗇的地主階級份子。在封建社會中，廣
大婦女受到的壓迫最爲深重，李汝珍對此作了最強烈的控訴和抗
議，寄予備受迫害和摧殘的婦女以深切的同情，像書中藉林之洋
以男士身份到了女兒國，受到了如同中國婦女所受的摧殘時寫道
——

　　話說林之洋兩支＂金蓮＂，被眾宮人今日也纏，明日也纏，
　　並用藥水薰洗，未及半月，已將腳面彎曲折作兩段，十指

俱已腐爛，日日鮮血淋漓。……又走了幾步，只覺疼得寸
步難移。……情願立刻處死，若要纏足，至死不能。……
不知不覺，那足上腐爛的血肉都變成膿水，業已流盡，只
剩幾根枯骨，兩足甚覺瘦小。（第三十四回）

中國封建社會中纏足的"美人"就是如此殘酷地被製造出來，對
於這種封建愚昧摧殘下的"傑作"，作者在小說十二回裏發出憤
怒的責問："試問鼻大者削之使小，額高者削之使平，人必謂爲
殘廢之人；何以兩足殘缺，步履艱難，卻又爲美？"並且進一步
指出："細推其由，與造淫具何異？"這就對壓迫、殘害婦女的
封建制度作了無情的控訴。

(二) 對理想社會和美好未來的熱烈憧憬

在批判和暴露社會現實的基礎上，兩位作者也不同程度地提
出了各自的社會理想，並對這種理想社會作了無限的嚮往和憧憬。
在小說中，他們都用肯定讚賞的筆調描繪海外的"理想國度"，
以此來表現他們的民主主義思想和改革社會的主張。

十八世紀的歐洲是所謂"理性"的世紀。斯威夫特是個理性
主義者，因此他在《遊記》中提出的社會理想的核心就是理性。
英國自一六八八年以後實行的貴族同資產階級相妥協的君主立憲
制度，實際上是資產階級取代封建貴族階級佔據了統治地位，對
這個早期資產階級的社會制度，斯威夫特一方面是歡迎的、擁護
的，因爲它較之於落後的封建制度有其先進性；但另一方面，作
爲啓蒙思想家的斯威夫特又不得不正視現實，敏銳地觀察到這個

社會還存在着許多"不合情理"的痼疾和弊端，這個制度還遠遠不夠"完善理想"，於是他開出了療救社會的"理性藥方"，主張用"理性"來指導人們的生活實踐，以求人類行爲的"合情合理"，社會制度的"完善理想"，從而使資產階級政權趨於合理化。因此，"斯威夫特認爲他的故事與議論的目的，在於'我想盡我的綿力來使英國的牙胡們的社會變得好些……'。"【阿尼克斯特語】可見，斯威夫特提出的理想社會更多地具有保守改良的性質。而李汝珍在《鏡花緣》中提出的社會理想，雖帶有樸素朦朧的色彩，但從當時中國歷史條件去分析，這種理想帶有積極的進步的性質，在客觀上對改革社會，變革現實是有益的。在封建社會分崩離析的前夕，資本主義經濟成份及其意識形態的影響日益增多，儘管它尚未發展到足以推翻封建王朝的地步，但它畢竟代表了新的歷史潮流而不可阻擋。李汝珍順應歷史潮流，接受先進的資產階級民主主義思想，在小說中抒發自己的改革現存社會的意見。這些主張意見與其說旨在"諷勸"封建統治階級"匡正時弊"，還不如說是迎合了時代跳動的脈搏，破壞着封建統治大廈的根基，表現出同這個社會相對立、相反叛的思想傾向。

斯威夫特和李汝珍都是通過對"理想國度"的描寫來體現他們各自的社會理想。《遊記》第二部〈博羅布丁拉紀行〉〈即大人國〉和第四部〈智馬國紀行〉〈即慧駰國〉都象徵着作者的理想社會。斯威夫特在大人國中提出了他理想的開明君主，應該是一些具有"理性和常識，公理和仁慈"的理性主義哲學家。在智馬國中還描寫了理想的人類，即那些聰明的馬兒——慧駰。他們"受着理性的支配"，大公無私，友誼仁慈。這裏，沒有撒謊，沒有奢侈，民風純樸，買賣公平，婦女和男子享有同等的權利。
眞是一派古風融融，其樂無窮的景象。

　　綜上所述，李汝珍敢於越出封建正統軌道，敢於抒發那種所
謂"大逆不道"的社會理想，正是《鏡花緣》這部小說的精神所
在。從這方面來比較李汝珍和斯威夫特，可以說，李汝珍提出的
平等社會理想猶如一顆炸彈，至少在客觀上構成對現存封建社會
的威脅；而斯威夫特提出的理性社會理想，則似一圈花環，目的
是要把資產階級現存社會改造得完美一些。原因只能從這兩位作
者所身處的社會歷史條件中去尋找。李汝珍生活的乾嘉時代，封
建社會已走到末路，它必然爲一種新的社會所代替，因此李汝珍
站在先進社會力量的一邊，從變革社會的歷史角度，用新的東西
去否定舊的東西；斯威夫特則處在資產階級社會上升發展時期，
儘管日益暴露出其腐朽性的特點，但歷史尙未發展到用更先進的
社會形態來取代現存社會的階段，因此斯威夫特只得開出理性
（即宗法制）的藥方去醫治現存社會的種種弊病，實際上是用一
種更爲陳舊的東西去完善剛開始陳舊的東西。從這個意義上說，
李汝珍的社會理想較之斯威夫特的社會理想更爲深刻，批判得更
爲尖銳。

　　斯威夫特和李汝珍都通過諷刺和滑稽的形式來表達嚴肅崇高
的思想主題，這是同他們進步的民主主義思想和啓蒙思想分不開
的。在抨擊黑暗追求光明的鬥爭過程中，他們都把諷刺作爲揭發
社會惡習弊端的重要藝術武器，不但使人發笑，而且促人深思，
使人感到諷刺對象的荒謬絕倫，可鄙可惡。這兩部作品除了一般
諷刺文學常用的表現手法以外，還共同具有下列一些諷刺藝術特

徵：

　　㈠幻想與現實的統一，虛構和眞實的統一，造成了這兩部作品“諧”中有“莊”，“莊”“諧”交融的風格特色，從而收到高度的諷刺藝術效果。《遊記》全書的結構是以主人公格列佛醫生個人遊記的形式出現，通過他數次航海遇險的經歷，從國家制度、黨派黑幕、宗教法律、殖民政策、虛僞學風等諸方面，批判了貴族資產階級統治的英國社會現實，表達了自己的理想主張，其中的大人國、小人國、智馬國都是作者創造出來的生動有趣、豐富多彩的童話般的幻想世界。根據我國神話書《山海經》鋪衍而成的《鏡花緣》則是假托初唐武則天時期的歷史故事，敍述唐傲攜同林之洋、多九公遨遊海外的經歷，展開對三十多個幻想國家的風土人情和形形色色的虛構人物的描寫，以達到諷刺現實，表達理想的目的。當然，遊歷這部分並非是全書的唯一情節，這點稍不同於《遊記》，但這部分可以說是《鏡花緣》主要的精粹的內容，而且從故事情節的撲朔迷離，幻想色彩的絢麗繽紛，既充滿奇情怪趣，又富有現實意義這幾點來看，也完全可同《遊記》相媲美。還必須指出，他們雖然都以諷刺作爲主體性藝術手段，使作品充滿詼諧格調，但又都遵循眞實是諷刺的生命的原則，將筆下創造的虛構情節和幻想世界嚴格地放置在現實社會的基礎上，具有生活的眞實感和現實的生命力，在諷刺性藝術形象中包蘊着深刻的社會性主題。

　　㈡用誇張的技巧和漫畫的筆法，將現實生活中習以爲常的醜惡現象“放大”出來，使人們有所驚醒，有所感奮。

　　首先是對人物形象的誇張，故意把他們縮小或放大，使他們顯得特別怪誕不經，目的在於把這些人物的特徵更集中凸出地刻劃出來，比如他們都描寫到了巴掌大的小人，山一樣的巨人以及其他形形色色的畸形怪狀的＂人物＂，有時甚至是漫畫式的描寫，像斯威夫特筆下的＂飛島人＂，李汝珍筆下的＂方人＂等等。當然，斯威夫特的人物外形的誇張，是按比例地誇大或縮小，即按一定的大小尺寸來整個地描摹他們的身材面貌及周圍環境，因此他的誇張包含了某種準確性；李汝珍的誇張則是以神似為主，往往突出人體中的某一部位加以誇張，如豕喙國人的一張豬嘴，聶耳國人的一雙長耳等等，追求的是生動性。但不管怎麼說，經他們誇張的諷刺形象都具有更強烈的暴露性力量。其次是對事件本身的誇張。斯威夫特把小人國中分黨結派，宗教紛爭的起因誇張為高低鞋跟的十分之一寸的差別而引起的。把升官晉爵的標準誇張為在離地面十二英寸的繩子上比賽跳躍，這都是藉以表現這些事情的荒唐透頂，無聊之極。李汝珍精彩地描寫了淑士園酒樓上腐儒同唐傲三人的對話，誇張地用了五十四個＂之乎者也＂。再有對秦小春、林婉如在發榜前後＂忽而大笑＂、＂忽而大哭＂的精神失常的誇張描寫，淋漓盡致地諷刺了科舉制度對讀書人的精神摧殘和心靈戕害。使讀者對不合理社會產生強烈鄙夷和憎惡。

㈢運用一種和現實顛倒對照的手法。這一點，《遊記》和《鏡花緣》更是有着異曲同工之妙。李汝珍描寫君子國謙讓成風，買賣公平，顧客願出高價而取次貨，賣主卻說貨價已貴而不願成交，彼此好讓不爭，這樣寫法是含有深意的，它不是同現實社會上＂漫天要價，就地還錢＂的不公平的買賣現象形成鮮明的對比嗎？再如描寫女兒國時，作者將男人當作女人，女人當作男人，

“男子反穿衣裙，作爲婦人，以治內事；女人反穿靴帽，作爲男人，以治外事”。後來又寫林之洋被選到宮裏作嬪妃，要他纏足，使他骨斷血流，痛不欲生。作者在此故意顛倒現實社會中男專女卑的關係，以抗議現存的不合理的社會制度。《遊記》第四部描寫格列佛來到智馬國，這些聰明而又有美德的智馬把國家治理得井井有條；而替智馬拉車、拖東西以及作各種苦役的是叫做“野胡”的畜牲，格列佛後來仔細觀察，發現野胡具有一副完整的人形，他說，假如他自己脫掉衣冠，不穿鞋襪，和野胡就沒有什麼兩樣，所謂野胡，實際上就是變相的人。因此，作者描寫智馬國其實是以馬作人，以人作馬，以“智馬”作爲統治者，把“野胡”放在被統治被奴役的地位上，用的也是這樣一種和現實顛倒對照的手法，以表示對“衣冠禽獸”的現實社會的憤懑和不滿。

王　捷

〈《鏡花緣》、《格列佛遊記》比較簡論〉，

(蘇)《徐州師範學院學報》(哲社版) 4 (1984)，

44～49。

《桃花源》與《烏托邦》[*]

　　《桃花源記幷詩》和《烏托邦》是兩部有世界影響的文學名
著；它們已超越出文學的領域，並在思想領域、文化領域產生了
並將繼續產生着極爲深遠的影響。

　　有趣的是這兩部文學名著，從時空和地域的角度看，它們相
去甚遠，但它們之間似乎有很多相似之處。"一切的價值都在比
較上看出來。"下面，我們不妨對這兩部作品作一番比較研究。

　　從宏觀角度去觀察，這兩部作品至少有兩個驚人的相似之處：
其一，兩部作品都是運用文學的形式，生動地描繪了一個並非實
有的、而又十分迷人的理想社會："伊甸園"；其二，兩部作品
又都對各自所處的現實社會給予了有力的批判，具有文學的、文
化的、思想的、政治的積極意義，它超越了時空、超越了國度，
變成了全人類的精神財富，一種理想的寄託。

　　《桃花源記幷詩》分"記"與"詩"兩個部分，它以《記》
開頭，《記》與《詩》互爲補充。《記》中以漁人沿溪追魚爲線
索，忽遇桃花林；被桃花林美景所吸引，逐窮追不捨，終於到達
一個與世隔絕的仙境——桃花源。《記》概括了這個世外樂園的
淳厚氣氛："土地平曠，屋舍儼然。有良田、美池、桑竹之屬。
阡陌交通，雞犬相聞。其中往來種作，男女衣着，悉如外人，黃

---

　　[*]　　Sir Thomas More (1478～1535), *Utopia* (1516).

髮垂髫，並怡然自樂。"《詩》進一步以洗煉的語言，描繪了桃
花源中太平盛世的景象："相命肆農耕，日入從所息。桑竹垂餘
蔭，菽稷隨時藝。春蠶收長絲，秋熟靡王稅。""童孺縱行歌，
斑白歡遊詣。""怡然有餘樂，于何勞智慧。"陶淵明描繪了一
幅多麼美好的生活藍圖：沒有剝削，沒有壓迫；人人勞動，各得
其所；和融熙樂，無憂無慮；和平寧靜，自由歡樂的世外桃源。

　　而這個桃源世界，又與陶淵明所處的朝代更迭，干戈連年，
官場腐敗，民不聊生的亂世，形成了極為強烈、鮮明的對比！作
者對桃花源美好生活的褒揚，正是對殘暴而黑暗的封建統治的控
訴！桃源世界描寫得越美好，反襯出的現實社會就越醜惡，所形
成的美與醜的反差就越大，從而能產生一種強大的批判力。誠然，
誰都知道，在魏晉那個封建時代，桃花源是一個在現實社會裏不
可能存在的幻想境界；然而，陶淵明卻讓它在文學作品中存在了，
它膾炙人口，吸引了許許多多不同國度、不同民族、不同時代、
不同階級的讀者，這不能不說是難能可貴的，其積極意義是無法
抹殺的。

　　《烏托邦》也分為兩部分，第一部分是莫爾和一位傑出的航
海家拉斐爾·希斯拉德的談話，用文學的語言描寫了那個時代歐
洲各國的基本政治制度和社會制度；作者藉希斯拉德之口，揭露
了當時英國社會的種種黑暗和醜惡，並揭示其罪惡的根源是私有
制的統治。《烏托邦》的第二部分，莫爾轉述希斯拉德關於烏托
邦國理想盛世的談話：烏托邦社會在經濟上是一個統一體，在沒
有私有制的條件下，根據平等原則來組織社會生產。烏托邦的基
本經濟單位是家庭，人人都從事生產勞動——手工業勞動或農業

勞動。一切產品都是整個社會的財產，按每個人的需要分配。烏
托邦人每天勞動六小時，但產品十分豐富，全體公民生活富裕。
烏托邦實行民主管理的政治制度，全體官員都由公民選舉產生。
此外，醫療衛生和國民教育，在烏托邦都受到重視，宗教信仰也
可自由選擇；當然，它有懲戒壞人的法制。在莫爾的筆下，如此
高尚的人民，如此安定的社會，如此幸福的國家，便是他心目中
的理想世界：烏托邦。

　　《烏托邦》的第一部分與第二部分是相輔相成，互爲補充的。
第一部分是“現實王國”，第二部分是“理想王國”，現實與理
想參照，形成強烈的對比，以此大膽而直率地批判了當時英國的
社會。我們不妨舉例作些說明。首先，莫爾所處的時代是高度君
主專制的時代，公民只有被統治的權利，根本談不上享受民主；
然而，在“烏托邦”社會裏，莫爾提出了嶄新的民主主義的觀
點，這在當時是很了不起的。其次，在莫爾時期，英國的圈地運
動已形成高潮，這是英國資本原始積累的主要方式之一，莫爾把
這種圈地比作“羊吃人”，英國農民由此受到了最殘暴的掠奪；
在“烏托邦”國度裏，卻人人勞動，個個豐衣足食，生活安定美
滿。這分明是一個天堂、一個地獄。再次，這也是最本質的一點，
英國當時的社會制度決定了財產是歸少數統治者所佔有，他們貪
得無饜，竭盡搜刮之能事，而大多數百姓在貧困中掙扎；“烏托
邦”制度無比優越，就是因爲一切歸全民所有，它保證了人人能
實現富裕。相比之下，不難看出莫爾的“烏托邦”之理論與當時
的英國社會制度之間存在着天壤之別。其積極意義毋庸贅言之。

　　由此可見，桃花源也好，烏托邦也罷，都是作家心中的美好

世界：那裏都沒有剝削，沒有壓迫，人人平等安居，家家勤奮樂
業，一個與現實截然對立着的理想盛世！當然，這個桃花源，這
個烏托邦，又是脫胎於現實土壤的，它是當時社會現實的反動！

　　這兩部作品，出現在兩個不同的國度，地域上相差“十萬八
千里”；所處兩個完全不同的時代，其間相隔一千年。兩位不同
膚色的作家，其筆端所描繪的理想世界，爲何如此不謀而合呢？

　　俗話說，“風格就是人”。“文如其人”。就是說，一部作
品往往是作者人格的一面鏡子。筆者以爲，陶淵明和莫爾這兩部
作品之所以會如出一轍，與這兩位作家人格方面的相似不無聯繫。
他倆在人格方面具有一致性：倆人都有一身正氣，剛正不阿；且
都不圖名利而追求自由。陶淵明不與腐敗的宦官同流合污，他
“質性自然，非矯厲所得”；於是堅決退隱田園，“復得返自然”。
他那“不爲五斗米折腰”的錚錚骨氣，更是爲後人所讚揚。莫爾
作爲一名律師，後來又擔任倫敦市的司法官，向來主持公道，替
受屈的人撐腰。他在從事全部公務活動的過程中，從不見機行事，
或委曲求全；以致最終因爲在宗教問題上堅持己見而違抗英王，
被處以極刑。臨刑時，他仍視死如歸，絕不屈服。莫爾一向憎恨
專制，喜愛平等，貪求一種不受羈束的閒適生活；一旦得閒，便
領略其中無窮的樂趣。他們的這種個性與品格的特質，決定了他
們與各自所處的黑暗社會格格不入；他們心中所追求和嚮往的正
是現實的反面，是一個充滿光明和自由、平等和富足的極樂世界。
這種竭力追求完全符合他們的性格和情理。

　　陶淵明和莫爾所生活的時代，有着相似的社會背景。陶淵明
所處的東晉末年，是中國歷史上極爲黑暗、充滿戰亂、最爲動盪

的時期之一；莫爾所處的十五世紀末和十六世紀初的英國，資本主義開始發展，圈地運動形成高潮，也是一個最爲動盪的年代。統治者爲了自己的利益，大肆盤剝壓榨百姓，民不聊生。東晉時代的中國農民和十六世紀之初的英國農民都在水深火熱之中掙扎。陶淵明和莫爾都看到各自所處的時代政治腐敗，經濟掠奪瘋狂；他們憤懣不已，卻又無力抗爭。他們內心處於極度的矛盾之中：直面現實生活，處處是腐敗黑暗；於是，只好轉向內心，那裏有着追求自由的天性。既然美好的社會，在現實中不存在，在現實中無法求得；那麼，他們用自己的筆，用文學的形式，把它們描繪出來。這樣，陶淵明的世外仙境——桃花源，莫爾的太平盛世——烏托邦，從此問世了。興許這是人類追求美好天性的默契，從而使這兩部作品，存在着許多驚人的相似之處。

　　當然，這兩位作家還具有諸多相同的素質。譬如，兩位作家都受到本民族文化的薰陶，以及接受了民族意識、心理、觀念、情趣的深刻影響；又對當代的社會思潮、哲學思潮有着濃厚的興趣。如陶淵明受晉代西域文化與中國文化交融的影響，莫爾受當時西方人文主義浪潮的影響，使他們能夠站在時代的思想、哲學、文化的高峰，俯視生活，俯視人生，唱出時代的最強音。

包　涵

〈兩個民族、兩個時代的理想世界〉

　　——《桃花源》與《烏托邦》之比較，

　　（贛）《九江師專學報》（哲社版）3（1986），6～11。

《聊齋誌異 · 樂仲》與《湯姆 · 瓊斯》*

　　蒲松齡（ 1640 ～ 1715 ）的〈樂仲〉，載聊齋誌異卷三，寫作乃至開始流通的年代，無從查考。我們所能知道的是，全書最早由趙振杲於乾隆三十年付刻，次年（ 1766 ）問世， 所以蒲松齡雖較《湯姆 · 瓊斯》的作者費爾定（ Henry Fielding，1707 ～ 1754 ） 年長了六十多歲，《聊齋誌異》的出版，卻較《湯姆 · 瓊斯》（ 1749 ）遲了十七年光景。《聊齋誌異》顯然上承唐代傳奇和明代用文言寫成的短篇小說，例如瞿佑的《剪燈新話》之類，再加上六朝以來而迄宋代《夷堅志》的傳統，卻繞過了宋代短篇話本、明代的《三言》、《二拍》，和從而選錄的《今古奇觀》等口語作品。從胡適之先生對中國文學的進化立場來看，蒲松齡毋寧是開了倒車❶。但在另一方面，自《子不語》、《閱微草堂筆記》、《觚賸》、《諧譯》、《螢窗異草》到清末的《夜雨秋燈錄》，乃至臺灣報紙副刊偶見的文言小說等看來，《聊齋誌異》實不啻開闢了新的傳統，至今衰而未歇，同時還是一切中國文學史和小說史所必收必論的作品，則其重要性和影響力，是可以公認的。至少，專就這一點來說，他足以和《湯姆 · 瓊斯》相埒。費爾定儘管年壽不永，其身世坎坷和懷才不遇的情形，已差類蒲松齡，縱然晚年略見騰達，究竟是 " 夕陽無限好，只是近黃昏 "

---

　　*　　Henry Fielding (1707 ～ 1754), *Tom Jones* (1749).

的事。他上宗拉比來（ Rabelais,？ 1494 ～ 1553 ）、塞萬提斯
（ Cervantes, 1547 ～ 1616 ）、斯卡隆（ Paul Scarron, 1610
～ 60 ）和較同時代的馬利伏（ Pierre de Marivaux, 1688 ～
1763 ）與勒薩日（ Alain Rene Le Sage, 1660 ～ 1747 ），卻
因他在寫實、人物刻劃、情節安排以及對小說的深刻新見，成爲
所謂 “ 現代小說 ”（ the modern novel ）開山祖師之一。

　　當然，兩人的成就儘管相當，相異之處也正復不少。首先，
蒲松齡與費爾定，地隔數萬里，成長於不同的文化圈內，其作品
的寫作時間，相差也達半個多世紀。更重要的是，〈 樂仲 〉是短
篇故事，在《聊齋誌異》的三百多則故事裏，篇幅雖非過短，全
文僅得二千餘字。《湯姆・瓊斯》共分十八卷，都二百十章，近
五十萬言。前者必須在有限的空間裏進行濃縮，後者則沃野千里，
供作者縱橫馳騁。這些分別，似乎使兩者不可能同日而語。使兩
作可以同日而語的，是兩位作家對小說的看法，更特別是兩作的
主題。《聊齋誌異》雖屬短篇結集，籠罩全書的主題原則，似乎
便是本文題目所引的，“ 一人二人，有心無心 ”。這兩句話出自
該書首篇的〈 考城隍 〉，說的是宋燾病臥，有吏來召他應試，題
目便是那八個字，他的文章的警句是：

　　　有心爲善，雖善不賞；無心爲惡，雖惡不罰。

這十六個字博得試官（ 神祇 ）們的讚賞，卻也正是《湯姆・瓊斯》
的主題。本文要討論的，就在於蒲松齡和費爾定如何發揮這個主
題，其發揮的異同，和其異同的可能原因。

　　要了解費爾定的看法，自然要首先看他的故事。就其大意來
講，地主仕紳全善離家數月，夜晚歸來，就寢之時，在床上發

現一個嬰兒，乃撫如己出，並名以湯姆・瓊斯。其多年未嫁
的妹妹，旋與食客成婚，生一子名卜理福。兩兒同長，就學於一
位清教牧師和一位自然神論的哲學家。及長，卜理福表面恭謹規
矩，湯姆則心地良善，行爲放蕩，多帷薄不修之行，終以誤會，
受逐出外。全善鄰紳之女蘇菲亞，因不願其父逼令婚於卜理福，
離家出走，中途竟又目覩湯姆逾檢行爲，傷心而至倫敦。湯姆俟
以巧合，拾得蘇菲亞錢包及支票，再赴倫敦設法返璧。途中及至
倫敦後，湯姆熱心助人，始終如一，而不擇細行，亦同往昔，終
至陷身囹圄，幾罪犯大辟，且有上烝生母嫌疑。最後眞相大白，
湯姆出獄，身份實爲卜理福同母之兄，屢遭其弟陷害，其弟旣逐，
他與蘇菲亞成婚，並爲全善與岳家雙方的繼承人，自此痛改前非，
專心向善。

　　本來的故事當然並非如此簡單。雖則如此，我們仍可以看出
若干特點：第一、湯姆與卜理福同母所生，同氣連枝，卻一善一
惡。事實上，他們生長在同一環境，同樣無父（卜理福生後不久
其父即故去），受同樣的慈藹與正直的人照顧，也接受同樣嚴守
宗教教條，和滿口理性的老師教導，其結果竟如此懸殊，則天命
之謂性，稟賦旣立，雖有修道之教，也全不相干。他們那兩位老
師，雖多可非議之處，舅父全善，雖也可君子欺之以方，有受到
矇蔽的時候，卻是良師好榜樣，而兩人天性定於先天，遂使後天
教育，完全無處著力。第二、性格出於先天，稟賦有善有惡，則
費爾定的想法，顯然不宗孟子，不宗荀子，最近而並未全宗當時
英國性善論者的沙孚貝里（Anthony Ashley Cooper, 3d Earl
of Shaftsbury, 1671 ～ 1713 ）❷，但也未宗清教思想，認爲人

性全惡，卻略是孟荀的混合。蓋兩位先儒雖有性善性惡不同，總認爲可以從爲學來發揮其善和積漸改善，費氏卻顯似認爲，秉賦惡性的，學也無用，性善者則如湯姆質美未學，僅要學到靭勒自律，便可盡善盡美，無往不利。費氏大約是宗善惡二元論的。第三、湯姆的兩位老師，都十分峻嚴，特別是那位主清教思想的卡亥（鞭孩 Thwackum = thwack them），認爲死後是否得救，全出神旨，不在行善與否，但善行必出神旨，而此生端爲待救而活。另一位方矩，臨死皈依宗教，平素則爲自然神論（Deism）者。按此論以爲上帝既在一切事物中，蘊含了自然律法，便能使宇宙持續運行，不必再勞祂操心。既然有此安排，一切自有其常其當，爲人只要遵循理性，尋求常常，自能向善。方矩自己認爲，道德者，靈魂與觀念界之和諧也。人能依理性制其行爲，便能道德。然而這兩人其實都貌是心非，表裏不符，並且根本上宗的是霍布斯（Thomas Hobbes）的自私論，是以立論雖高，行爲難符。這可見得 " 善行僅能出自善的衝動，而非良好的原則 "。卷十二第八章裏，費爾定說他在本書裏，旨在推演一椿 " 偉大、有用而異常的教條 "。恩普遜（William Emperson）認爲這教條便是： " 天性善良的人，必能直接感受他人的感受，乃至有行動的衝動，如其身受；這種衝動，是個人最大快樂與惟一眞正無私行爲的根源。" 行善因此無關乎學，也無關乎自家樹立的道，卻端在能夠推己及人或 " 他人有心，予忖度之 "。它要的是善根。前面的節要裏並未提及這個教條，但湯姆、卜理福、卡亥和方矩的表現確實如此。最後一點：湯姆行爲，全憑善根衝動或者說只求心之所安，一向不計後果。清教巨擘喀爾文（John Calvin）倒是主張：

爲升天而行的善事，不配升天。因此，欲達善行或無私的動機，
僅能求諸上帝的恩佑。喀爾文的想法，前半全同“有心爲善，雖
善不賞”，後半則走上了玄學或至少神學的道路，是中國人不大
願意操心的事。費爾定大抵是反淸敎的——他把卞亥乃至循理公
會創始人物，寫得頗爲不堪，具見其情操，但其所見相同的只有
前半（因爲他要使湯姆得到的是塵世的風光，而非死後的天堂），
而前半恰與《聊齋誌異》的主張相符。湯姆不僅爲善出於無心，
爲惡也出於無心。行善是出於心之所安，本身已是報償，但顯然
只要瑕不掩瑜，行善仍會有其它的善報。費爾定在書內各卷前的
楔子中，雖頗強調行善不必有善報，然而湯姆歷盡挫折，終能與
美同歸，坐擁鉅產，這報償可也就未爲菲薄了。

〈樂仲〉的大意是，遺腹子樂仲，厭其母佞佛茹素，於其母
患病思肉時割股以進。母悔破戒，不食而死。仲更割右股，焚佛
像，立主祀母，醉後輒對主哀慟。樂仲不二色，就連妻子也在成
婚三日後休掉。平時放蕩縱飲，但“里黨乞求，不靳與”，雖受
欺無悔。他後來生病不能上墳，“瞀亂中覺有人摩撫之。目啓之，
則母也”。母親告訴他她現在南海。他病癒後發願朝南海，路上
卻仍“牛酒韮蒜”遭到同往進香者的排斥，而且途中遇到妓女瓊
華，也“遂與俱發，寢食共之，而實一無所私”。在南海別人禮
拜，一無所見，瓊華卻看到遍海蓮花，上坐菩薩，他看到的則
“朵上皆母”，並且跳下海去，但奇蹟般地“身猶在岸……衣履
並無沾濡。望海大哭，聲震島嶼”。他倆分手後，原憂嗣續的樂
仲，路上竟撿得成婚三日時所生的兒子，相偕回家。後來瓊華來
依，並且帶來財產，使樂仲不至爲喝酒發愁。有一天，樂仲對酒

對美，忽有懺悟，乃見股上的傷，化爲蓮苞，他自己說花開時就是他死的時候。但後來花開了，卻因瓊華要求復合。又過了三年，兩人同死。死前，瓊華告訴樂仲的兒子：" 父種福而子享。奴婢牛馬騙債者塡償汝父。我無功焉。"後而還有樂仲的兒子幾乎遭族人覬覦財產，加以驅逐的故事，幸得外祖及時趕來作證，乃告無事。最後是異史氏的評論，主要的話爲：" 斷葷戒酒，佛之似也；爛漫天眞，佛之眞也。"

我們記得了湯姆·瓊斯的故事，就可以看到，樂仲與湯姆，都是順應自然的人物。他們同樣有善根，同樣率性而行，同樣不爲流俗所認識，卻都在一人二人上，做到了" 無心"，而且同樣地有女同歸，生活上超過了衣食無缺的境界，樂仲甚至比湯姆更幸運，因爲他成佛做祖似乎是定了的。湯姆旣不受清教的教跡，也不受自然神教思想的左右。樂仲飮酒放佚，非儒家名教所能容，而毀棄佛像，食葷宿娼，至少在表面上也與佛家的要求不合。儘管蒲松齡未提到名教中自有樂地的話，樂仲的行爲，絕對違背了事親養志的方式；他也未提及正統的佛家思想，其語氣與取捨是明顯的。然則費爾定和蒲松齡同樣地對同時代的思想，有所不滿，而認爲坐而言，不如起而行。蒲松齡未提及人性，意下大約是有善有惡，各從秉賦，——那些騙他的和棄他而去，乃至跟他兒子打官司，爭遺產的想來都有不是之處——但善卻要形諸於外。這一切，都是兩位作家表現得頗爲類似的地方。特別是兩人着重的都是動機，所謂佛之似，佛之眞，意義就在這裏。除此之外，在細節上還不妨提及的，是樂仲固然愛酒，湯姆也非不愛，而兩人都是頗愛哭的。這好酒貪杯，痛哭流涕，卻也並非等閒落筆，實在另有寓意，後面當再論及。

　　費爾定和蒲松齡，時代接近，遭逢相似，又同對後世具有影響。這些是他們外緣的同。主題、形式乃至細節的類似，是內在的同。內在同以外，不同處恰也不少。樂仲這個人物，與湯姆一樣地離經叛道，但他與湯姆大為歧異的是孝心與不親女色。湯姆是到處留情，甚至一度在誤會中吃了軟飯。再者，湯姆在故事將結束時，剛剛成年，後來又有了一子一女，所以不至為嗣續掛懷。但全善和蘇菲亞的尊人，也從來不想後代香烟問題。樂仲到三十歲不曾再婚，卻擔心祖先會成為若敖氏之鬼。這孝思、對女色的態度，和憂嗣三點，是兩位主角顯著的不同，恰也是兩種文化的分野。這種分野，同時也說明了：為甚麼費爾定的作品，雖然處處有天理天道在，以致生出許多巧合，走的卻是寫實路線，也便是完全以經驗為依歸，不讓梨山老母一類出現，蒲松齡便毫不介意地要樂仲兩次見到死去的母親，而且經由頓悟，勘破生死大關。這些問題，都常再加討論。

　　為了討論的方便，我們不妨把前面說到的，兩作的同與不同之處，重述一次，再試圖說明其同中之異與異中之異的可能原因，首先是主題之同，也便是“一人二人，有心無心”。這裏牽涉的仁與自然，也便是率性問題，包括兩位作家在作品裏對人性的看法。其次是無心之善，雖不求報償卻必有報償。報償卻必以塵世的報償為先。樂仲雖幾乎是註定了成佛作祖，此生仍還是美妻為伴，賢子承歡的，湯姆下地獄的可能性也不大，然而當前先享盡了人間豔福與財富地位。樂仲和湯姆都酗酒愛哭。蒲松齡和費爾定都以所寫的是歷史為言。這一點較為簡單。大體來說，兩人都

有爲文學佔地位，求重視的意願，也同樣都有前修舊例可援。這
部分的同中之異，無關大旨。樂仲與湯姆的最大不同，篇幅影響
情節發展，一望即知，也毋庸多說。他們的不同，重要的在於前
者強調了孝道與非色，另外還有嗣續問題。這個問題其實是孝道
的延伸。最後也當一提的是寫實或經驗內外的問題。這些問題都
是互爲糾結，與兩種文化的系統息息相關。

　　人性秉之於天，是東西方共同的看法。這原因很簡單：除了
歸之於天，再沒有更好的說詞。將來的科學，能否進步到足以找
出理由，尚不可知。至少在目前，我們必須接受魏禮的話，即科
學只能解釋其然，人文才能解釋其所以然。人類的理性有其限制，
而這種推理的過程，恰是笛卡兒所用的。他證明“我在”，爲的
是證明上帝存在。牛頓的科學理論，也是爲了這一目的。伏爾泰
甚至說，假使沒有上帝，我們就非造出一位來不可。人性秉賦善
惡，則西方大體是認爲參半，卻有改善餘地。這與《三字經》開
宗明義的說法，並無多大出入。儘管三字經是以孟子補充孔子，
以爲人性本善，卻說“苟不教，性乃遷”，這遷字總是指其向惡，
而非遷善，則本性之善顯然並不可靠。十六世紀基督教新教興起，
其中具所謂清教思想的，特別是喀爾文，承繼保羅經聖奧古斯丁
以來的想法，認爲原罪使人人有罪，是故天性完全是惡的，縱能
行善，其動機不堪聞問。因此，人類行爲無足取，重要的是信心。
霍布斯主張人性自私，便從此一思想得來。這種想法，與同時代
文藝復興的人文思想不合，尤不符人類對上帝，特別是自己的想
法。彌爾頓是清教人物，便對此不肯苟同。沙孚貝里的性善論於
焉興起。他認爲人性中先天有其道德意識，只要能予以發揚，則

人人可以爲善。他的根據是人的美感。從美感而到情感，是幾間
的事。下一步便是自然流露的情感必是美的。李查遜的克拉麗薩，
旨在賺人眼淚。湯姆愛哭，實際便從此處衍生，沙孚貝里的想法，
旋由盧騷接受與發揮。那已是後來的事了。

　　早在希臘時代，索福克利斯（ Sophocles ）在《安蒂岡妮》
（ *Antigone* ）裏，已指出世上當有兩種律法，一爲天道，一爲
國法，前者實即人情或所謂人性的自然流露。十七世紀是所謂新
古典主義時代，動講規律，但即以其中大師頗普來說，雖主規範，
卻仍認爲人道即合自然。英文中人性與自然，本來都是 nature
一詞。自然便非造作。費爾定的小說，都有一個共同的目的，便
是對矯揉造作的行爲，肆其撻伐。另外，既然人性爲舉世所同，
則常情常理，就合於理性，合於人心和天道，足堪信賴。

　　前面已提到牛頓的名字。十八世紀的科學家，雖無從自感官
的經驗上，看到上帝，卻相信宇宙出於上帝安排，而且天心仁愛，
求知正是上帝的賜與。用科學來毀壞宗教，是十九世紀的特殊貢
獻。十八世紀只要了解上帝已有的佈署。勃雷克（ William Bla-
ke， 1757 ～ 1827 ）的“一粒沙中見世界”和我們的“數點梅
花見天心”，同樣是自詩人的直覺來體會帝旨，科學家則從格物
出發。後者認爲上帝既造世界，諸事停妥，便自歇向一邊，袖手
旁視。而人類智能有限，也不當過爲求解於天心。頗普的詩所說，
“人當理人事，天心休妄窺”和“事皆合天意”，都是這方面的
表現。整個說來，十八世紀的英國，一面是科學開始日趨昌明，
思想五色繽紛，但依大而化之的辦法來看，卻也不外仁善主義
（ benevolism ），包括天性善良與情感主義（ sentimentalism ），

常情常理（ common sense ），進步或趨善可能（ human per-
fectibility ）和自我的抑制（ decorum ），只不過這抑制已非斯
多噶派（ Stoics ）對情感的斂抑，而是承認人類有所不知。它與
宗教虔誠仍是息息相關的。

　　這些思想當然有許多互相矛盾之處。然而人類的理性，本自
有限，十八世紀尤其對邏輯之學，不願恭維。費爾定在《約瑟·
安篤斯》裏嘲笑亞當牧師，滿口基督教式的斯多噶思想，教人逆
來順受，以求精神平靜，卻乍一聽到愛子溺斃，立即涕泗滂沱，
呼天搶地。在費氏當然是旨在說明，徒恃原則，不足以察言循行。
他的想法，與約翰遜在《雷錫瘖》（ Rasselas, 1759 ）中哲學家
的插曲情節一致，具見兩人想法類似。費爾定的妹妹，更是約翰
遜的好友。然而他卻與費爾定合不來，常要加以指摘。個人性格
使然，無可奈何。費爾'ε非自然神論者，更非所謂自由思想者
（ free thinkers ），雖受當代思想孕育，卻不宗一家，自爲綜
合。他的綜合，有什麼樣的結果呢？

　　費爾定相信人性有善有惡，而且大有遺傳意味。安篤斯的父
親是老實人。另一部以主角爲名的小說《約拿旦·維爾特》（ Jo-
nathan Wild, 1743 ），歷代祖先都是惡人。前者與美偕老，舉
家團圓，後者上了絞刑架。湯姆的生父是讀書人；卜理福的父親
偏於清教而刁鑽刻薄，所以雖同一生母，秉賦完全不同。這種看
法未嘗沒有小問題：他們的生母與全善是同胞，性情卻也並非全
同，但非如後夫那樣心機險惡，應屬尚有善根，可與爲善的人物。
她沒有影響到孩子，大約是因爲在十八世紀的時候，母子關係，
恰類孔融認爲的，果與容器的關係，是故母子非親。撇開這位母

親，則卜理福雖在陰謀敗露，號啕大哭的時候，流的仍非懺悔之淚，後來也依然故我，照舊營謀。費爾定在書中數次提到沙孚貝里，顯然接受了後者的仁善論，但是修正的接受，並不認爲人人都有先天的道德感。湯姆熱情奔放，卜理福卻是寡情而幾近絕情的。沙福貝里是自然神論者，視天性爲自然而然，人人皆可自修養琢磨而臻至善。賀爾定則相信基督教的教義，顯示人性受命自天，而且不堪琢磨，則琢磨也只是白費功夫。他也不同於喀爾文，雖然他相信“有心爲善，雖善不賞”，因爲他並不相信人性一定本惡，也不相信人可以僅恃信心而不必有善行。他似乎更相信有其中者必形其外，所謂誠中而形外，自然流露的善行才是善行。沒有實踐，只有理論，必然一無是處，只不過僞善與造作而已。

這其實也就是費爾定的中道。他面臨的是兩種極端：一面是嚴峻的宗教教條，卻又把人人視爲地獄的候補者，不肯容忍小德的出入；一面是純宗理性，滿口事之宜者，詩云子曰，否定了人性即天理。這兩種人，都是“賊夫人之子”的。這種中庸的實踐主義，使他的紳士，幾於君子。君子慎行，但健犢常要破車，是故湯姆雖生具善根，率性也常能合道，卻也常有出軌的時候。這便需要學乖了。用“乖”字來代替“謹愼”或“謀定後動”（ prudence ），也許有些唐突，然而“伐柯伐柯，其則不遠”，倒還並非全無道理。

他使湯姆眞情流露，率性而行，以致弄出許多紕漏，包括被趕、鬥毆受傷，因錯誤的榮譽感而幾乎娶了茉莉，和實際上吃了一陣子軟飯，跟他上床的，幾乎是他的母親，以及再度決鬥而幾乎犯下對基督徒十分嚴重的殺人罪名，用以說明謹愼的需要。但費爾定究竟是仁善論者，要以誠爲出發，也以誠爲判斷的依據。
這種過重感情，與儒家的禮防大爲不合。湯姆的酗酒和《水滸傳》
裏的人物的酗酒，同樣是證明丈夫氣概。他的哭也與宋江的哭類
似，只是再加上沙孚貝里的感情主義。他的好色，確如孔子所說，
" 吾未見好德如好色者 "，然而卻是中國人的大忌。同時，過重
感情，大約也是動機成爲判斷善惡的準繩的原因。前面已引過耶
穌的話。亞當夏娃被攆出伊甸園，根據也是行爲。希臘悲劇中最
具代表性的伊底帕斯王 (Sophocles, *Oedipus Rex*) 受懲罰，
其惡實出於無心。即前述喀爾文的話，也只 " 有心爲善 "，未提
無心爲惡的問題。莎士比亞的悲劇人物，無一不是爲其行動後果
負責。克拉麗薩和湯姆，倒也並非完全未受懲罰，但儘管兩人故
事，自世俗眼光看來，一悲一喜，從精神層面觀察，則都是喜劇。
湯姆的故事，受罰更是 " 高高舉起，輕輕落下 "。從整個文字的
發展看，自此時起，罪與罰似乎一般都不如前此的嚴厲。感情論
(sentimentalism) 與人道主義 (humanitarianism) 旣同興於
十八世紀，則自後果轉向動機，大約正與前者頗具關係。

　　湯姆和樂仲所受的報償，都有其特別之處。就湯姆來說，他
的下場幸福代表了中產階級興起後，宗教思想的改變。中世紀基
督教的勢力特高，而基督教總認爲人生是苦海，有待拯救。新教
挾清教思想而興起，一面強調此生是爲來生做準備——它的地獄
不是佛家的幻相，也不是中國一般信仰的十八層地獄，受苦者可
以逐層提升，而是定讞之後，永無脫離的可能；一面是強調塵世
的成功，意味着特邀天眷。所以儘管費爾定不曾談及湯姆是否會
上天堂，暗示中大約已有此一著。這種宗教思想的世俗化 (se-

cularization ），是十七世紀以來西方思想的一大變化。樂仲同樣
地象徵了一種思想變化，其影響也足能與西方的情形相比。

　　東方的理性，和西方十八世紀的理性，似乎同樣地以常理常
情爲出發點。而這常情常理都是人的，不是宗教的。是否這種對
人類常情常理的重視，引起一般對命運和報應問題的變化，雖難
確定，樂仲的遭遇，確實與以前類似的情形不同，卻與有了宋儒
以後的情形相似。樂仲不信佛氏，不戒葷膻，甚至誘使母親開齋，
褻瀆已到極致。按六朝以來佛家各種果報錄的方式，則 “ 地獄之
後，端爲斯人 ”❸，不要說 “ 花開見娘 ”，更不要說美伴賢子了。
《太平廣記》所載唐人小說，還不少則數，絞述神祇與凡人交往，
不必依常情常理行事❹。這種不講理的神，對朱熹來說，是氣歸
於邪的結果，但在《太平廣記》裏，卻是無襃無貶，視爲當然的。
但《聊齋誌異》裏的邪神，都受到人類視爲罪有應得的懲罰，如
〈 席方平 〉、〈 閻羅薨 〉等。朱子還認爲命運受之於天賦的氣，
修短壽夭，有其定數，例如韻淵的短命。他的想法，與秦景火之
不能食新麥，周亞夫、鄧通之縱理性入口，難免餓死，或李廣數
奇不能封侯的情形，好像無大差別。但自理學 “ 昌明 ” 以後，人
理似乎或取代了，或認同於天理。從此 “ 相由心造 ”，而行爲可
以改變命運，馴致司命的神祇，陡降至依違於人，不復能自做主
張❺。《今古奇觀》卷四〈 裴晉公義還原配 〉有段話說： “ 又有
一說，道是面相不恕相。假如上等貴相之人，也有做下虧心事損
了陰德，反不得好結果；又有犯着惡相的，卻因心地端正，肯積
陰功，反禍爲福。此是人定勝天，非相法之不靈也。” 樂仲是遵
情形的佳例：他不肯佞佛，佛只好來佞他了。

蒲松齡和費爾定，文化傳統有異，地理時間不同，卻能殊途同歸。十八世紀在歐洲是中國熱的時代，是否也與信仰類似有關呢？還是僅在於 " 人同此心，心同此理 " ？

附　　註

❶ 胡先生 爲蒲松齡寫爲〈僞舉例〉和〈醒世姻緣傳考證〉（並見《胡適文存》第四集卷三），甚至譽他爲 " 眞是十七世紀的一 個很偉大的新舊文學作家 " （頁三九五，民廿四、十、一），並不曾說他開倒車。但依胡氏對文學和白話文學的看法，包括稱新舊，說歷史進化，還寫了白話文學史等，立場顯然。

❷ 《湯姆‧瓊斯》書內有數處提到沙 孛貝里的名字及引用他的話，表示費氏對此人 確能詳悉（例卷二章五、卷五章二、卷十三章十二）。沙氏認爲嘲笑是破除迷信的良方。參見 W. R. Sarley, *A History of British Philosophy to* 1900 (England:Cambridge University Press, 〔 1920 〕 1965)，esp. p. 160. 卽此已可見沙 氏的 " 喜劇 " 概念的來龍去脈。沙氏認爲人生 爲許多衝動左右，包括自私與無私兩者。道德則在於兩者的平衡和諧，而此卽幸福，故本 身卽爲報償，不必涉及天堂問題，否 則倒成了市福了。惟沙 氏仍 認爲眞實的宗教可 以倡說神的慈愛而 有助於道德。參見 : Albert E. Avey, *Handbook in the History of Philosophy* (New York : Barnes and Noble, 〔 1954 〕 1961)，pp. 148 ～ 149 . 此種情形，顯爲沙氏亦 被列爲自然神論者的原因。另參考較 大的《英國文學史》，包括 Emile et Cazamian, *A History of English Literature*, Cazamian and W. D. Mac Innes, trs. (New York: Macmillan, 1935)，p. 815 —此書頁七七 〇認爲 Samuel Clarke (1675 ～ 1729) 影響費氏，但 似僅爲自然神論的代表；George Sherbur & Donald F. Band, *The Restoration and Eighteenth Century*,

in A Literary History of England，Albert C. Baugh，ed.
(New York: Appleton -Century -Crofts, 1948)，Ⅲ，pp. 837 ~
839。

❸　《太平廣記》卷九九至一〇一的〈釋證〉，卷一〇二至一三四的
〈報應〉，絕大部分都是因不信神佛而遭天譴。明李昌祺《剪燈餘
話》〈何思明遊酆都〉尚有此意，但何是宋人，"以性學自任"，
則本篇大有可能是反理學者所造，與《還冤錄》等爲昌明釋敎者立
意有別。

❹　例如卷五二〈張卓〉，卷三〇九〈張邍言〉，卷三一二〈楚州人〉，
卷三一三〈葛氏婦〉等。

❺　《剪燈新話》裏的〈三山福地記〉是一例證。《聊齋》裏〈齊天大
聖〉、《西遊記》的〈鳳仙郡〉，特別是《濟公傳》裏的王太和故
事等，都符合此一改變。

侯　健

〈有心無心、一人二人〉

——〈樂仲〉與《湯姆・瓊斯》的同與不同，

(臺)《中外文學》8. 10.（3. 1980.），26 ~ 45。

宋元白話短篇小説與《十日談》*

　　宋元白話短篇小説和《十日談》都出現於公元十一至十四世紀之間的封建社會。它們產生的時間雖有先後，但其時代背景和賴以生長的土壤和條件卻是相似的。這兩種小説都洋溢着反封建的戰鬥精神，體現了新時代到來之際鮮明的民主傾向。馬克思曾說過：＂一定時代的革命思想的存在是以革命階級的存在爲前提的。＂當時的中國和意大利由於城市繁榮，商品經濟迅速發展，作爲新興資產階級的前身——市民階層就逐漸在社會各個領域中佔有重要位置。他們迫切要求發展，這就與現存的封建生產關係發生衝突。人們的意識也就隨着人們的生活條件，人們的社會關係，人們的社會的存在的改變而改變。這時新興市民階層首先在意識形態領域向封建階級發動進攻，他們利用文學藝術表達自身的思想，爲所要求的社會變革做準備。宋元白話短篇小説和《十日談》就是作爲反映新興市民階層思想意識的鬥爭武器，在古代文學傳統的影響下應運而生的。

　　宋元白話短篇小説和《十日談》着力描寫市民群衆反對封建統治的鬥爭。兩者的共同特點是選用愛情和婚姻題材來暴露和批判封建制度的罪惡。因爲這類題材不僅觸及到男女之間的家庭生活問題，而且觸及到封建法權和人性之間尖銳衝突的社會問題。

---

　　* 同前。

兩者中都有一些思想意義深刻、內容健康、人物鮮明、情節曲折
動人的故事。尤其以女性形象爲主的愛情悲劇，更具有強烈的戰
鬥精神。它們雖然寫的是男女之間的悲歡離合和爲愛情獻身的故
事，但鋒芒卻直指封建統治賴以生存的基礎——政權、神權、父
權、夫權。這四種權力實際代表了全部封建宗法思想和制度。因
而使這兩種小說所包含的內容具有了相當的廣度和深度。

　　宋元白話短篇小說和《十日談》中有不少優秀的篇章。前者
有〈碾玉觀音〉，〈鬧樊樓多情周勝仙〉，〈快嘴李翠蓮記〉，
〈志誠張主管〉；後者如〈伊莎貝拉〉，〈綺思夢達〉、〈丈夫
和海盜〉、〈菲莉芭勝訴〉等故事。這些故事都藝術地再現了令
人窒息的封建時代，描寫了爲個性解放而鬥爭的各種女性，飽含
着對封建罪惡的有力控訴。至今仍有較高的認識價值和藝術價值。

　　這八個故事以豐富的內容描繪了一幅中世紀婦女苦難生活的
生動畫面。宋元白話短篇小說中思想成就最高的故事首推〈碾玉
觀音〉，它是一篇典型的下層市民的戀愛悲劇。主人公璩秀秀因
父母家貧而賣身爲奴，她愛上了王府中的碾玉匠崔寧後，主動慫
恿崔寧私奔，竟被郡王捉回殺害。《十日談》中的名篇〈伊莎貝拉〉
描述的是小市民階層中一對苦命鴛鴦的遭遇。失去雙親的少女伊
莎貝拉與家中伙計羅倫佐暗中相愛，不幸被她哥哥發覺。羅倫佐
慘遭暗殺。伊莎貝拉把情人的頭顱藏在花盆中，栽上花，朝夕用
淚水澆灌，終日爲伴。後花盆又被狠心的哥哥私下拿去。絕望的
少女伊莎貝拉終於哀慟而絕。這兩個故事都有男女相愛，遭受迫
害，雙雙慘死的情節。稍不同的是前者中的女主人公被活活打死；
後者中的男情人被悄悄殺害。〈鬧樊樓多情周勝仙〉和〈綺思夢

達〉寫的也是被封建制度所扼殺的愛情悲劇。商人之女周勝仙與
酒店范二郎私下相愛訂親，因遭父親周大郎的頑固反對，氣極昏
厥。埋葬後，她被盜墓人救起，得以生還逃走。不幸又被范二郎
誤認爲鬼而打死。周勝仙死後，她的鬼魂終於與范二郎夢中團圓。
綺思夢達是唐克烈親王的獨養女，寡居父家後，愛上了年青侍從
紀斯卡多。不幸在幽會時被親王發現。狠毒的親王殺死了紀斯卡
多，並取出心臟去"安慰"女兒。綺思夢達把早準備好的毒藥傾
注在心臟上，勇敢地和淚飲下。〈志誠張主管〉和〈丈夫和海盜〉
的故事描寫了兩個已婚婦女反抗封建禮教，尋求自由幸福的鬥爭。
〈志誠張主管〉中敍述一位失去主人歡心的小夫人，被騙嫁給白
髮老員外後，不顧封建禮教束縛，主動追求管家張勝，終於在封
建勢力迫害下自殺。"丈夫和海盜"中寫一個少女被迫嫁給一個
形同枯木的老法官，後來她被海盜刼去，法官要贖她回去，她寧
可與海盜同居，也不願歸家 因爲她覺得在海盜身邊，自己是眞正
地做了妻子，而不像過去只是充當法官的姘婦。在〈快嘴李翠蓮
記〉和〈菲莉芭勝訴〉故事中出現了兩個最有聲色的勇敢機智的
女性。〈快嘴李翠蓮記〉通過李翠蓮出嫁的始末，塑造了一個具
有高度智慧、敢於正面向封建禮教和一切傳統風俗大膽挑戰的婦
女形象。她以快利的口鋒，堅決反抗封建勢力對她的束縛和迫害。
她孤軍奮鬥直至出家，勇敢地與封建家庭決裂。〈菲莉芭勝訴〉
中寫美貌多情的菲莉芭因"犯奸罪"在法庭受審，她神色從容，
侃侃而談。結果，"損害夫權的犯婦"成了控訴者，她指責法律
對婦女的不公平，使法律中嚴懲婦女的條文得到修改。

　　以上四組故事從不同的角度眞實地反映了封建時代婦女的生

活。這些小說在描述婦女生活的苦難歷程的同時，深刻地剖析了
她們愛情悲劇產生的各種複雜原因，歌頌了當時婦女要求平等自
由和解放的理想，流露出強烈的民主傾向。

〈碾玉觀音〉和〈伊莎貝拉〉在故事的敍述中揭示了造成作
品主人公愛情悲劇的經濟原因。秀秀和伊莎貝拉都是青春煥發的
美麗少女，她們都有自己的生活理想，但她們卻沒有人身自由。
秀秀因無錢出嫁而賣給咸安郡王作“養娘”，實爲郡王佔有；伊
莎貝拉依靠哥哥養活，終身大事不能自主。這種經濟上的依附關
係決定了她們卑下的社會地位和任人擺佈的命運。儘管她們對自
己惡劣處境有清醒的認識，努力去爭取自己的幸福，反抗也很堅
決，但她們終不能擺脫悲劇命運。由此可見，形成悲劇的關鍵不
在於她們自身的性格和鬥爭方法，而在於她們在家庭和社會中根
本沒有經濟地位和人身自由。〈鬧樊樓多情周勝仙〉和〈綺思夢
達〉的故事則通過鮮明的人物形象揭示封建的倫理道德觀念是造
成女主人公愛情悲劇的重要原因。兩篇作品中的兩個女兒和兩個
父親的形象實質上是封建時代兩種不同性質的倫理道德觀念的代
表。周勝仙追求愛情自由的行動與周大郎的拜金主義發生激烈的
衝突；綺思夢達要求人人自由平等的思想與親王所代表的封建門
閥觀念構成尖銳的矛盾。兩個父親雖屬兩個民族，但他們都是封
建思想的衛道士。他們虛僞的外表，殘酷的內心和踐踏人性的暴
行何其相似?!周大郎得知女兒無視父權，擅自訂親，便大發雷霆，
打倒妻子，氣死女兒。他考慮的不是女兒的幸福，而是找“大戶
人家對親”，去換取經濟上和政治上的私利。他身上既具有封建
階級的罪惡本性又具有商人的野心。唐克烈親王用最殘暴的手段

去打擊本來命運就夠悲慘的女兒，爲的是維護封建貴族特權。這些事實說明在面臨父權、門第的抉擇中，兩個父親的“父愛”已被封建的觀念所吞沒。儘管周勝仙和綺思夢達是小姐和公主，但封建勢力對本階級的叛逆者的迫害從不手軟。而兩個父親就是封建勢力在家庭中的代表，他們一手製造了女兒的愛情悲劇。〈快嘴李翠蓮記〉和〈菲莉芭勝訴〉故事則具有另一種格調。作品着力表現要求個性解放的婦女與封建思想、制度的正面交鋒。李翠蓮面對夫家頑固的封建勢力，不畏強暴，據理力爭，歷數古人以鋒利口舌建功立業的事迹來爲自己爭取說話自由的權利而辯護，表達了封建社會受壓迫婦女的共同心聲。最後她又憤然出走，與封建家庭徹底決裂。菲莉芭則在法庭上義正詞嚴進行反駁，從國家法律的角度抨擊了封建社會男女不平等的現象，把被封建階級顛倒了的是非重新“顛倒”了過來。這兩則故事說明了中世紀婦女要爭取愛情婚姻的自由解放必須進行艱苦曲折的鬥爭。

　　然而，上述故事中的女主人公卻是在孤立無援的情況下對封建勢力進行有限鬥爭的。悲劇中的女主角都是富有主動性和進攻性的人物，爲了爭取愛情和人生自由，即使犧牲生命也在所不惜。她們身上體現出早期市民階層要求個性解放和反對封建壓迫的時代精神。可是，在鬥爭中，她們卻沒有得到男性的有力支持。崔寧雖有一定見識，但生性懦弱，在官府責問中，把責任都推到秀秀身上。范二郎愛慕周勝仙，也多因她的美貌丰姿。他不僅沒有幫助周勝仙，反而將含辛茹苦尋找他的周勝仙當鬼打死。主管張勝爲保全自己而拒絕了小夫人的眞摯愛情。李翠蓮的丈夫更是站在封建家庭一方來反對她。伊莎貝拉和綺思夢達的情人也沒有什

麼反抗行動。"丈夫和海盜"、"菲莉芭勝訴"中也沒有出現理
想的男性形象。女主人公孤軍奮鬥的現象說明：在封建社會中，
生活在社會最底層的廣大婦女受壓迫最重，受苦難最深，她們感
覺也最敏銳，所以，她們覺醒早，行動迅速，鬥爭堅決。但是，
由於封建勢力的強大和她們孤立無援、力量單薄的鬥爭狀況，她
們的反抗是不可能徹底的。多數女性只能以死來抗議封建迫害。
李翠蓮的落髮進庵，法官妻子的棄家不歸，菲莉芭的法庭勝訴，
乃至周勝仙與范二郎於冥冥之中的"團圓"也都只是沒有辦法中
的辦法，或在現實生活中難以實現的夢想，並不能真正改變婦女
在當時社會的不幸命運。

　　上述八個故事在宋元白話短篇小說和《十日談》的愛情故事
中是具有典型意義的。它們形象地反映了中世紀社會的婦女追求
自由愛情的苦難歷程 。 小說的氣氛是憂鬱而悲慘的 ， 但卻蘊藏
着強烈的個性解放的思想。作品的基調是哀傷的，然而其中又迴
盪着批判封建罪惡的時代強音。小說還進一步表明形成這些社會
悲劇的重要原因是由於時代條件的不成熟。剛登上歷史舞臺的市
民階層尚未強大到能與封建勢力進行正面較量的程度，那個時代
佔統治地位的思想仍然是統治階級的思想。"歷史的必然要求與
這個要求實際上不可能實現之間的悲劇性的衝突"【思格斯語】
正是構成這些愛情悲劇的基礎。

　　毫無疑問，這兩種小說的基本傾向都是進步的。但是，它們
也存在着糟粕。這是由時代條件、市民階層的兩重性和作家思想
局限所決定的。宋元白話短篇小說出現於理學盛行、忠孝節義影
響深廣的宋元時代，因此，在家庭、婚姻等方面的反封建傾向不

如《十日談》那麼鮮明。《十日談》成書於歐洲人文主義思潮萌芽時期，作家的資產階級傾向十分強烈。書中的篇篇故事像一把把七首投槍直指封建教會所宣揚的禁慾主義，直接爲新興資產階級的個性解放掃除障礙。但《十日談》在反對禁慾主義的同時，又宣揚了愛情至上和縱慾主義。宋元白話短篇小說中也有輕視婦女的落後因素。在描寫男女相愛時，仍不脫"一見鍾情"、"郎才女貌"的俗套，甚至雜以低級庸俗和色情的描寫，男女相愛也多在封建道德許可的範圍內得以實現。這不僅與市民階層欣賞趣味有關，還與作者自身思想受到封建統治思想影響有着密切聯繫。薄迦丘是一個新舊交替時代的作家，反封建、反教會是他思想和創作的主流，同時他的思想和作品中也留有舊時代的痕迹。作家常出入宮廷，與女王有交往，書中的大多數故事就是爲女王愛聽所寫。因而故事本身就必須兼顧到宮廷趣味和市民要求。宋元白話短篇小說的作者大多是下層文人，他們受封建思想影響也較深。當時皇帝常召"說話人"進宮說書，小說內容必須迎合帝王趣味。否則會招來殺身之禍。市民階層的軟弱，使小說內容具有妥協性的一面，這就是宋元白話短篇小說帶有宣揚追求榮華富貴、因果報應等封建觀念成份的癥結所在。

金長髮

〈宋元白話短篇小說和《十日談》中的愛情故事〉，

（蘇）《揚州師院學報》（社科版）1（1985），83～88。

《剪燈新話》與《金鰲新話》*

　　金時習是朝鮮中古時期傑出的文學家和哲學家。一四五五年六月，正當年輕的金時習懷着對未來的美好憧憬，在漢城附近的水落山發憤攻讀的時候，忽然傳來宮廷政變、首陽大君李瑈（即世祖）殺害自己年幼的姪子篡奪王位的消息，使他感到悲憤塡膺，閉門痛哭三天後，終於對功名仕途斷念，焚盡讀過的詩書，撕毀儒冠儒服，隱入深山。他行跡飄泊在關西、關東、湖南、嶺南等地，直到一四六五年才在慶尙道慶州的金鰲山暫時定居下來，過着“挑燈永夜焚香坐，閑著人間不見書”【《金鰲新話》書尾題詩】的生活。他的著名短篇小說集《金鰲新話》，就是這一時期創作的。

　　明初瞿佑的《剪燈新話》大約於高麗末、李朝初傳入朝鮮。金時習很喜愛這部作品，寫了一首名叫《題〈剪燈新話〉》的詩：“山陰君子【即瞿佑】弄機杼，手剪燈火錄奇語，有文有騷有記事，遊戲滑稽有倫序。”又說：“眼閱一篇足啓齒，蕩我平生磊塊臆。”足見該書使他感受極深。

　　《剪燈新話》之所以燃起金時習創作《金鰲新話》的慾望，有如下一些主要原因：一，瞿佑與金時習的出身和生平遭遇有相似之處。從有關資料和他們的著述看來，兩人都出身於封建貴族

---

　　* 　金時習（1435～1493），《金鰲新話》（？）。

家庭，自幼均有詩才。瞿佑宦途坎坷，因作詩致禍，"被謫戍保安十年"，後雖赦還，但終未得重用。金時習因對世祖篡位表示反抗，離家出走後以"狂客"自居，長久地過着"萬里江湖任意馳"的流浪生活。他一生自始至終未任一官半職。所謂"博學多聞，性氣英邁……然而命分甚薄"（《剪燈新話》《修文舍人傳》），"不得一奮其志於當時，使荊璞棄於塵野，明月沉於重淵"（《金鰲新話》《南炎浮州志》）等對作品主人公形象的描寫，可說是這兩位作者既不得志又不願屈服於強暴的生動寫照。當金時習讀到在一定程度上反映瞿佑的思想感情和政治見解的《剪燈新話》之後，產生很大共鳴，反響強烈，極易接受。二，《剪燈新話》富於浪漫色彩的藝術手法，給"玉堂揮翰已無心"的金時習以莫大的啓迪。他決心仿效《剪燈新話》，將自己細心搜尋到的"風流奇話"，通過天仙、地神等的形象，藉助夢幻的意境，無拘束地馳騁自己的想像，以達到針砭時弊，抒發自己政治理想的目的。

　　《金鰲新話》最後一篇的末尾附有"甲集"字樣，說明後面可能還有乙集等篇，可惜現在沒有流傳下來。就目前僅存的五個短篇看來，其內容與《剪燈新話》（四卷共二十篇，另有附錄兩篇）大略相似。它們之中除部份懷古之作（如《剪燈新話》的《天臺訪隱錄》和《金鰲新話》的《醉遊浮碧亭記》）外，其餘的，大體可包括兩個方面：一爲寫艷情，另一爲寫志怪。前者如《剪燈新話》的〈愛卿傳〉和〈翠翠傳〉與《金鰲新話》的〈萬福寺樗蒱記〉和〈李生窺牆傳〉，都是歌頌青年男女追求婚姻自由、對愛情堅貞不渝的。後者有《剪燈新話》的〈龍堂靈會錄〉與《金鰲新話》的〈龍宮赴宴錄〉寫書生遊龍宮賦詩言志的，也

有寫剛直正派之士在人間不得志卻被陰司重用的（如《剪燈新話》
的〈修文舍人傳〉與《金鰲新話》的〈南炎浮州志〉）。

　　《金鰲新話》對於《剪燈新話》，無論在構思、意境，或作
品中主人公的命運歸宿等，其借鑒之處均清晰可見，現僅以作品
中內容相近的某些情節爲例，列表對比說明如下：

情節場面	《剪燈新話》	《金鰲新話》
情人相會	〈聯芳樓記〉鄭生與蘭英、蕙英相會時：“二女以鞦韆絨索，垂一竹兜，墜於其前，生乃乘之而上。”	〈李生窺牆傳〉崔娘、李生相會時：“以鞦韆絨索，繫竹兜下垂，生攀緣而踰。”
訣　別	〈滕穆醉遊聚景園記〉衛芳華幻體與滕穆訣別時：“若更遲留，非止有損於妾，亦將不利於君……”	〈李生窺牆傳〉崔娘幻體與李生訣別時：“若固眷戀人間，違犯條令，非唯罪我，兼亦累及於君……”
主人公歸宿	〈水宮慶會錄〉主人公善文：“後亦不以功名為意，棄家修道，遍遊名山，不知所終。”	〈龍宮赴宴錄〉主人公韓生：“其後生不以名利為懷，入名山不知所終。”
	〈滕穆醉遊聚景園記〉主人公滕穆：“生後終身不娶，入雁蕩山採藥，遂不復還。”	〈萬福寺樗蒲記〉主人公梁生：“生後不復婚嫁，入智異山采藥，不知所終。”

文學中的借鑒和模仿，在古往今來的世界文學史上是屢見不

鮮的。不少偉大作家寫出過在模仿中經過創新的成功之作，可見
重要問題在於有所創新。據筆者初步比較，《金鰲新話》對於
《剪燈新話》既有模仿，也有創新。

甘章貞

〈借鑒與創新〉

—— 試比較《剪燈新話》和《金鰲新話》，

《廈門大學學報》4 (1983)，113 ～ 118。

《范巨卿雞黍死生交》與《菊花之約》*

〈菊花之約〉是上田秋成在《雨月物語》❶內的一個鬼故事，題材出自中國《古今小說》❷內第十六卷之〈范巨卿雞黍死生交〉的情節故事，在兩個故事之間的結構、情節、寓意，以及典故引用來說，我們可以看出彼此實是息息相關的，可是，雖說菊花故事乃是取自雞黍故事，但兩個民族的文化因素卻凌駕於比較研究的影響因素與接受因素，所以，我們說是息息相關，而避免率涉影響，因為在某一方面，我們看出〈菊花之約〉固然是受〈范巨卿〉的影響而成，但如竭力去追尋和探索影響與接受——哪一些是中國影響，哪一些是日本本土故事，徒足流入比較考證的下乘伎倆，所以，本文的主旨，在於探討這兩個故事的比較性和歧異性，用意在於把兩個不同民族而相同主題的文學作品放在同一平衡的角度去研究，用以就教於方家。

　　〈范巨卿〉和〈菊花〉都是以朋友守信踐約為主題的故事，〈范巨卿〉典故源出《後漢書》，據范曄《後漢書》載：

> 范式，字巨卿，山陽金鄉人也，少遊太學為諸生；與汝南張劭為友，劭字元伯，二人並告歸鄉里，式謂劭曰：「後二年當還，將過拜尊親，見孺子焉。」乃共尅期，後期方至，元伯具以白母，請設饌以俟之，母曰：「二年之別，千里結言，爾何信之審也。」對曰：「巨卿信士，必不乖違。」母曰：「若然，當為爾醞酒。」至其日，巨卿果到

外堂拜母，盡歡而別。❸

這是最早的記載，而在上面的故事裏，我們基本上看出兩點：
㈠范式與張劭並非虛構人物，確有其人其事，並爲好友。㈡兩人
並有一約，范兩年後守信踐約。

那麼，在〈菊花〉與〈范巨卿〉的故事裏，我們便可進一步
探索文內對友情信義的主題了，首先，友誼重恆，也就是兩個中
日故事開頭引用的楊柳詩意象，在〈范巨卿〉裏，篇首有詩曰：

> 種樹莫種垂楊枝，結交莫結輕薄兒，楊枝不耐秋風吹，輕
> 薄易結還易離，君不見，昨日書來兩相憶，今日相逢不相
> 識，不如楊枝猶可久，一度春風一回首。

〈菊花〉篇首亦以同樣的楊柳意象反映友情：

> 青青たる春の柳，家園に種るて となかれ。交りは輕薄の
> 人と結ぶことなかれ……楊柳いくたび春に染れども，輕
> 薄の人は絕て訪ふ日なし。

在世情險惡，人情淡薄的社會，人類彼此關係的維持與照顧，
成爲恆久而高義的友情，至是難得可貴；而恆的建立，實亦在一
“信”字，這也就是張劭夢醒後，欲到山陽親葬范巨卿時，其弟
謂夢未必可信，勸其先問其虛實方可成行，張劭答曰：

> 人稟天地而生，天地有五行，金木水火土，人則有五常，
> 仁義禮智信以配之，惟信非同小可，仁所以配木，取其生
> 意也，義所以配金，取其剛斷也，禮所以配水，取其謙下
> 也，智所以配火，取其明達也，信所以配土，取其重厚也，聖
> 人云大車無輗，小車無軌，其何以行之哉，又云，自古皆有死，
> 民無信不立，巨卿旣已為信而死，吾安可不信而不去哉？

這裏，與菊花故事內左門拜辭母親欲殯葬赤穴的理由一模一樣，上田秋成對儒家義禮的執着，亦可在下面左門的言辭中表現出來，他說：

> 兄長赤穴は一生を信義の爲に終る。小弟けふよら出雲に下ら，せめ骨を藏めて信を全ラせん。

所以"信"的兩面，一是守信，另一是背信，而此兩個中日"鬼友"故事的主題，同是去突出"守信"的執着，范巨卿忘掉重陽之約，從他的地方到他朋友的地方卻是"千里之隔，非一日可到"，可是，"若不如期，賢弟以我爲何物？鷄黍之約尚自爽信，何況大事乎？"所以范在尋思無計之下，才出下策以鬼魂能日行千里而自刎身死以赴約。同樣，赤穴之鬼魂御風而來，主要目的亦爲踐約：

> 此約にたがふものならば，賢弟吾を何ものとかせよと，ひたすら思ひ沈めども遁るゝに方なし。

可是，自殺身死以鬼魂赴約之事只是"信"在主題方面的直接表現，間接方面，這種思想的頌揚仍然能在高度性技巧下間接安排表現出來，張劭和左門，以及他們的母親就被用作這種思想的間接表現。

先說張劭和他的母親，張劭與其母的身份與看法實在代表了"信"的矛盾與掙扎，張劭代表了信的肯定，而張母卻代表了現實性的懷疑與否定，基本上以母子的感情而言，張母並沒有先入爲主的去否定兒子與友人的交情，正如張劭爲了照顧范病而誤了功名，回家向其母道及原因，其母亦諒解答曰："功名事皆份定，旣逢信義之人結交，甚快我心。"可是到了重陽節日，和劭一早

準備諸物以款待范巨卿時，張母對守約之事的懷疑卻表露無遺，
最先，當張劭"灑掃草堂，中設母座，傍列范巨卿位，遍插菊花
於瓶中，焚信香於座上，呼弟宰鷄炊飯，以待巨卿"時，他的母
親卻是第一個把他帶回現實的人，她很理智地提醒兒子："山陽
至此，迢遞千里，恐巨卿未必應期而至，待其來，殺鷄未遲。"
上面這幾句話，有兩種內涵：第一，當然是說路途遙遠，范氏可
以會來，但卻未必準時而來，因爲這是常理，經常均會發生的。
第二種含義卻隱隱然指出，路途遙遠是一回事，可是他來不來也
是另一回事，待他眞的依約而來，去歡迎他也不爲晚呀！但是在
張劭方面，卻代表了友誼信念的肯定，他回答說：

> 巨卿信士也，必然今日至矣，安肯誤鷄黍之約，入門便見
> 所許之物，足見我之待久，如候巨卿來而後宰之，不見我
> 惓惓之意。

上面的答覆也內涵了兩種含意：第一，張劭肯定相信范巨卿是守
約之人；第二，如果對他朋友守約有一絲懷疑，等他來了才宰鷄，
則未免有損他對朋友的信念了。

在〈菊花之約〉裏，左門之母亦同樣對左門說，因爲八雲郡
隔此有百里之遙，赤穴亦未必能應約而來，可是左門仍然堅持要
"草の屋席をはらひ、黃菊しら菊二枝三枝小瓶に挿、囊をかた
ふけて酒飯の設をす"。他的信念和張劭的一樣——"赤空は信
める武士なれば必約を誤らじ。其人を見てめはたくしからんは
思はんことの恥かしとて"。

而這種對朋友的信念在重陽當日一直到紅日西沉而堅持不墮。
懷疑下的張母又令張弟喚劭曰："兒久立倦矣，今日莫非巨卿不

來，且自晚膳。"同樣，左門久侯赤穴不至時，其母亦很婉轉地
向他勸說：

> 人の心の秋にはめらずとも，菊の色こきはけふのみかは。
> 歸らくる信だめらば，空は時雨にラつらゆしとも何をか
> 怨へき。

可是兩人都沒有睡，一直肯定地等待到他們朋友的鬼魂出現
爲止。

但是即使他們見到了朋友的鬼魂後，他們的母親仍然不肯相
信，當張劭夢醒痛哭時，張母問劭曰："汝兄巨卿不來，有什利
害，何苦自哭如此？"跟着又說："古人有云，囚人夢赦，渴人
夢漿，此是吾兒念念在心，故有此夢警耳。"左門之母亦先叱責
左門曰："伯氏赤穴が約にたかふを怨るとならば，明日なんも
し來るには言なかゥんものる。汝かくまでをさなくも愚るかと
つよく諫るに。"待左門告知赤穴已自鬼魂入夢踐約時，其母亦
同樣以'囚人夢赦，渴人夢漿'的典故來解釋。由此，我們看出，故
事內的主角與其母親對信約的肯定與懷疑的衝突矛盾，是明顯而
易見的。

而發展到此，我們已清晰看到，兩個故事的友情主旨已經超
越了它本身的極限，而進展入一種"親若手足"之情，這種傳統，
當然與左伯桃羊角哀之友情並列，而輝煌灼照於桃園結義與忠義
水滸傳的兄弟英雄故事。其實，這種由朋友之情進展爲兄弟之情，
亦顯著地在故事裏赤穴與左門的兄長與賢弟的相稱，以及范巨卿
與張劭的兄弟相交，雖然這種交情沒有結拜的儀式，但情義方面
卻早已昇越爲骨肉手足之情，這種切身之情，在赤穴死後，左門

矢志復仇的行動更可看得出來，左門怒斥赤穴表弟丹治之背棄舊
主鹽冶外，更追責丹治之遵新主之命囚禁其表兄而令其不能踐約
自殺身亡，在左門對丹治的指責裏，上田秋成用了《史記》公叔
痤與商鞅的故事，據《史記》卷十八〈商君列傳〉內載，公叔痤
爲魏國丞相，痤病時，魏王親往問病，曰：

> "公叔病有如不可諱，將奈社稷何？"公叔曰："痤之中
> 庶子公孫鞅，年雖少，有奇才，願王舉國而聽之。"王嘿
> 然。王且去，痤屛人言曰："王旣不聽用鞅，必殺之，無
> 令出境。"王許諾而去。公叔痤召鞅謝曰："今者王問可
> 以爲相者，我言若，王色不許我，我方先君後臣，因謂王
> 卽弗用鞅，當殺之。王許我。汝可疾去矣，且見禽。"

公叔痤的故事其意至明，爲了他與商鞅的交情，雖然要盡了
爲臣之職去告訴君主應循之徑，但同樣爲了私情，也應告之商鞅
讓他逃命。菊花故事內左門引用了這典故怒責丹治，而最終擊殺
丹治，實在爲了執行這一公理，但同樣以作者本身的動機而言，
上田秋成實在是以中國的道德標準來作爲他日本故事內所表揚的
忠義精神的模範。這種模範的建立，在《雨月物語》其他的故事
亦屢見不鮮。而在上田秋成的時代，他對當時武家的厭惡亦是明
顯的，卽使在菊花故事裏，他似乎仍未擺脫這種排斥的態度，武
家對階級性的奉獻，人性的譎貶，也就是不能以身踐菊約的最大
諷刺，而菊花與范巨卿故事所隱藏的偉大悲劇意識，實在不是因
爲能踐菊花重陽之約，而是把人性昇華入一種浪漫的夢境，在那
裏，一切不可能的社會現實都是可能的，而悲劇所以成爲悲劇，
就是因爲要達成這種可能而不惜一死而已。

附　註

❶ 上田秋成（1734～1809），本名上田東作，爲江戶時期上方（京阪）讀本主要作家，明和五年著《雨月物語》，與于意的《伽婢子》，庭鐘的《英草紙》，被稱爲怪奇小說的三大傑作。除《雨月物語》外，秋成另著有《春雨物語》及《藤簍冊子》等。此文所採用之版本，爲中村幸彥校注之《上田秋成集》，岩波書店，東京，昭和三十四年。

❷ 《古今小說》爲明代馮夢龍（？～1645）編撰的通俗故事"三言"的一種，亦卽後加補稱之《喩言明言》，收話本四十種，共四十卷宋元明三代之作品均有收列。本文所採用版本爲李田意攝校，臺北世界書局據明天許齋本景印之《古今小說》上下冊，上冊爲卷一至卷二十一，下冊爲卷二十二至四十，屬《景印珍本宋明話本叢刊》之一。

❸ 見《太平御覽》四百三十卷，宋李昉等著，共一千卷，以引證廣博見稱，共有書目一千六百九十餘種，所引多失傳古書或今本所無文字，此處引臺北明倫出版社影印本，一九七〇年。本文引錄內之標點符號本爲文作者加上者。又《後漢書》，南朝宋范曄撰，凡一百二十卷。

張　錯

〈菊花之約〉與〈范巨卿雞黍死生交〉，

—— 中國和日本"鬼友"故事的比較研究，

陳鵬翔編，《文學史學哲學》（臺北：時報文化出版事業有限公司），374～387。

《浮生六記》與《懺悔錄》*

　　在世界文化史的過程中，自傳體的回憶錄作品，有如恆河沙數！然而，思想文化價值高，藝術成就大的，要數法國盧梭的《懺悔錄》和中國沈復的《浮生六記》。

　　盧梭和沈復，處於歐、亞大陸，歷史發展過程大體相當的階段。他們的生活經歷和所受的文化薰陶並不一樣，但他們卻有着十分相近的精神狀態，又同樣陷入了社會與個人的尖銳對立之中，因此，他們都有張烈的封建社會末期思想先驅者們所特有的自由、平等的民主思想。盧梭竭力抨擊封建制度的腐敗和金融寡頭喪失道義，呼籲平民應該得到自由和平等。他的處女作《論科學與藝術》震動了法國的思想界，連同他後來發表的《論人間不平等的起源和基礎》、《社會公約》、《愛彌兒》和《朱麗》，這些著作的中心思想，都是攻擊封建專制暴政和天主教會，為爭取自由和平等清掃道路，對法國資產階級革命發生過極大影響。

　　沈復的《浮生六記》，以中國特有的抒情性散文來敍述他們夫婦生活，筆調精煉簡約，他表現自己的思想與品格的方式與盧梭不同，但他行動的準則與盧梭在本質上是一致的。

　　儒家推崇中國傳統的禮教，嚴重地束縛了知識份子的思想。

---

　　*　Jean-Jacques Rousseau（ 1712～1778 ），*Les Confessions*
　　　（ 1781～1788 ）。

沈復說：“腐儒迂拘多禮”，“禮多必詐！”他與愛妻陳芸，討論
李杜兩家詩，對李白的瀟灑落拓、活潑新鮮，深心嚮往。這一方
面說明他們夫婦間情愛篤厚，平等相敬，同時，也表現出一種對
“射姑仙子”般的自由生活的追求。

　　沈復筆下的農民，都是一些樸實敦厚的形象。跟盧梭筆下的
華倫夫人的男僕阿奈、平民樂師勤·麥特爾、流浪漢朋友“聰明
的巴克勒”等一樣，都有高尚、善良而又誠實的品格。這也是沈
復跟盧梭在社會觀點上相近似的一種反映。

　　他們都厭惡官場的名位追逐而嚮往高雅的生活情趣。

　　盧梭說他感到自己生來就是爲了退隱和鄉居的。在盧梭看來，
當時巴黎的官場和政府是社會罪惡的淵藪。他嚮往僻靜的鄉村、
原野和樹林，一七五六年四月六日離開都市，就再也不居都市了。
他不講繁文縟節，不羨奢侈豪華，追求高雅、美好的生活趣味。
同他父親一樣，沈復從十九歲開始也充當幕僚，對這種隨人俯仰
的無聊工作，他從未表示過高興，只是爲了家計，不得不應聘。
《浮生六記》中說到幕僚生活時，筆尖常帶苦澀味。沈復也跟盧
梭相似，不喜喧囂的都市，而神往村野山水，他的旅遊，跟他的
藝術情趣息息相通。他對藝術品提出了“雅近天然”的品評標準，
跟盧梭的觀點不謀而合。

　　《懺悔錄》和《浮生六記》，都着意描寫他們的愛情生活，
表述他們對婦女的觀念。盧梭和沈復，都懷抱健康和純潔的感情
去愛自己所愛的女性，尊重對方，追求彼此心靈的溝通與融合；
反對那種把人“引入迷途的理性”，這帶有明顯的反封建禮教和
反教會禁慾主義的民主性質。

　　盧梭與沈復的社會政治觀點及潔身自好的思想性格，與封建社會是格格不入的，這是構成他們在西方與中國先後出現的兩個悲劇的原因。這兩個悲劇，一個是反映了西方社會中的純潔與狡詐的對立，一個是說明了中國封建社會中的“情”與“理”的互不相容。

　　盧梭和沈復，在不同的國度裏，擔負着相同的歷史使命；他們既是封建舊制度崩潰的預兆，同時也是資產階級新思潮的先驅。

　　《懺悔錄》所記載的，是盧梭一七一二年六月二十八日出生以後到一七六六年被迫離開聖皮埃爾島之間這五十多年的生活經歷。他講他自己的善良本性與污濁的社會環境的衝突，講他所遭受的虐待，和他一生的孤憤的歷程，以及他所見所聞的社會腐敗與不平；他是以懺悔的形式對現實社會作沉痛的控訴和深刻的批判。

　　《浮生六記》中的〈記樂〉、〈記愁〉，是記沈復於乾隆癸未（公元一七六一年）十一月二十二日出生以後的各種實事，着重講他的閨房生活和坎坷經歷，講他妻子被封建禮教迫害致死，他自己被迫到處流浪，家破人亡，抱恨終身的實事。這實質上是“離騷之外篇”，是慘然的泣訴。

　　盧梭和沈復，都是在自己的自傳的回憶錄中，赤裸裸地表現個性，強調和突出“自我”。

　　盧梭說，“我保證的是按我本來的面貌敍述我自己。”“我希望把我的心赤裸裸地擺在讀者面前。”“我老老實實地詳細敍述我所遇到的一切、所做過的一切、所想過的一切以及所感覺到的一切，”我“向讀者說：‘我的性格就是這樣！’”盧梭在

《懺悔錄》中的確是這樣做了！

　　沈復說自己不見容於社會而致生活道路坎坷，是因為他的性格"爽直不羈"的緣故，他對自己的品格有過一個結論性的評述："余凡事喜獨出己見，不屑隨人是非"。他在《浮生六記》中表現了他倔強的、與宗法關係勢不兩立的異端性格。

　　盧梭和沈復在自傳體的回憶錄中，強烈地體現出個性的存在，表現了人的"自我"感覺的覺醒；這些，都可以看作是資產階級意識形態中所特有的現象。大家知道，封建主義與個性和自我是相敵對的；在封建社會的意識裏，個性和自我，都被迫消融在封建的家族、社會或國家的觀念裏。馬克思說："人並不是抽象的棲息在世界以外的東西。人就是人的世界，就是國家、社會。"封建社會與此相反，它不把世界、國家和社會當作是人的，而是把國家和社會凌駕於人之上，變成為超越人本身的統治力量。把人的個體利益、人的物質需要、精神需要和正常的生理要求，都看作是惡劣的"人慾"，這樣，社會就作為抽象的原則，成了封建統治階級從物質和精神上剝奪人民的中介﹝包遵信語﹞。

　　……從盧梭和沈復的成功的創作中，見出記憶在自傳文學創作中的重要性。

　　自傳文學作品的基調是隨主題確定的；主題的高下，有賴於作者對過去的歷史過程及對他寫作時所處社會環境的認識；然而，作品是否寫得生動活潑、真切動人，除了文字功力以外，則是取決於作者的記憶了。在這個意義上說，記憶在自傳文學創作中有著至關重要的作用。

　　盧梭在《懺悔錄》中，多次用大段文字申述記憶在他的創作實踐中的重要；沈復的《浮生六記》，開宗明義即說，過去的歲月，如果不記之於筆墨，則有如蘇軾所說的“事如春夢了無痕”，在他寫作時是記憶猶新的。他的寫作過程，“不過記其實情實事而已”。“實情”，指的是情感的記憶；“實事”，指的是形象的記憶。而就這兩部回憶錄來看，還有感覺的理性化過程，亦屬記憶的範疇，這三者在作品中是聯繫在一起的。現分述如下。

先說形象記憶。

盧梭說：“在一般情形下，各種事物當時給我的感覺，總不如事後給我留下的印象那樣深刻，又由於我的一切觀念都是一些形象，因此，留在我頭腦中的最初那些形象便一直保存着，以後印入我頭腦中的形象，與其說是遮蓋了原來的形象，不如說是和原來的形象交融在一起。”盧梭說的，各種事物當時的感受不如事後留下的印象深刻，這並不奇怪，就是許多作家、藝術家所經常說的，當時感受到的事物，當時剖析不清,事後經過含英咀華，咀嚼消化以後，反饋出來，印象和認識都深刻得多。這種事後的深刻印象，對於增強回憶是極其重要的。盧梭的創作經驗着重點還在於這段話的後一部份，即是他強調的形象記憶。他說，他的一切觀念都是一些形象，這是十分正確的。自傳文學所要表現的對象，都是具體生動的社會生活和豐富的人的內心世界，這些，要在觀念上作出嚴謹精確的分析，或者是對某種觀念的精神特質進行把握，都是十分困難的，有時甚至是不可能的。因此，作家最有效的途徑，不是從客觀現象中去提煉出某些冰冷僵硬的觀念，而是在頭腦中存貯許多生機靈趣的生活圖畫和活潑的形象。

同時，在自傳文學中，作者賴以表現主題的形式是飽和着作者思想情感的形象，從作家的思維過程來看，作家感受中的印象，知覺中的表象和審美過程中的意象，比起他頭腦中的各種觀念來，更貼近於生活眞實的本身，更貼近於人與人之間的交往，因而不那麼抽象、不那麼枯燥而更近於常情。作者頭腦裏保存豐富的形象比起保存各種觀念，更有利於自己創作的進行，因爲作品是直接用形象來感動人，用形象來顯示主題的。

在形象的記憶裏，關鍵的一環，是寫作時要能夠將自己以前經歷過的現象，清晰地反映出來。

盧梭對華倫夫人的描述，對戴萊絲的記載，都是這樣。

沈復的創作實踐也充分證明了這一點。他晚年寫作《浮生六記》時，形象的復映非常清晰。陳芸第二次被逐離家，陳芸病重，沈復失館，生活拮据，夫妻兒女，不能相保：「將交五鼓、暖粥共啜之。芸強顏笑曰：『昔一粥而聚，今一粥而散。若作傳奇，可名《吃粥記》矣！』逢森（其子名）聞聲亦起，呻曰：『母何爲？』芸曰：『將出門就醫耳！』逢森曰：『起何早？』曰：「路遠耳。汝與姊相安在家，毋討祖母嫌。我與汝父同往，數日即歸。』鷄聲三唱，芸含淚扶嫗，啓後門將去。逢森忽大哭，曰：『噫，我母不歸矣！』青君（其女名）恐驚人，急掩其口而慰之。當是時，余兩人寸腸已斷，不能復作一語，但止以勿哭而已。」這種母子永訣的悲劇場面的描寫，細膩眞切，蕩人心魄。這個場面，於沈復說來，當時是刻骨的悲痛，記憶是極其深刻的，復映時又是如此清晰，故感人至深！

次說情感記憶。

盧梭說：他爲了彌補記憶的不足，曾經搜集了一些文字資料，但這都落入他人之手。"我只有一個嚮導還忠實可靠，那就是感情之鏈，它標誌着我一生的發展，因此也就是我一生經歷的事件之鏈，因爲事件是那些感情的前因或後果。我很容易忘掉我的不幸，但是我不能忘掉我的過失，更不能忘掉我善良的感情。這些過失和感情的回憶對我說來是太寶貴了，永遠不能從我心裏消失掉。我很可能漏掉一些事實，某些事張冠李戴，某些日期錯前倒後；但是，凡是我曾感受到的，我卻不會記錯，我的感情驅使我做出來的，我也不會記錯；而我所要寫出的，主要也就是這些。"盧梭在這裏明確地論證了情感記憶在他創作《懺悔錄》時的重要意義。他認爲，情感是聯結諸多形象的鏈條，在記憶中某些形象可能被遺忘或者不準確，但因爲形象的形成，是爲情感所驅使，所以情感的記憶尤爲牢固，也更爲重要。

復說感覺的理性化。

盧梭說："有兩種幾乎絕對不能相容的東西，在我身上居然結合在一起，我很難想像這是怎麼一回事：一方面是非常熾烈的氣質，熱烈而好衝動的激情，另一方面卻是遲鈍而又混亂的思想。"他又說：我的"感情比閃電還快，立刻充滿了我的心"；但是，"我的思想在頭腦中經常亂成一團，很難整理出頭緒來，這些思想在腦袋裏盤旋不已，嗡嗡打轉，像發酵似的。"什麼也想不清楚，看不清楚。他這種極端敏銳的感覺跟他非常遲鈍的思想形成強烈對比，他自己概括爲"感覺敏銳，思想遲緩"，"對於自己回憶起來的事情倒看得明晰清楚，我只是在回憶中才能顯示智慧。"盧梭講的創作時出現的這種矛盾，指的是，他那種通過概念、推理、判斷而展開的抽象思維能力，比較遲緩；而他那種以自己實

踐體驗而直接感受到眞理的感覺能力很強。當然，後者也不可能
是完全純粹的感覺，特別是當他通過貯存、回憶的階段，就滲透
進了他的思想感情，成爲一種感覺與情趣的化合物了。這個過程，
現代心理學稱爲感覺的理性化；盧梭自傳體回憶錄的寫作成功，
正是由於他把這種感覺理性化的能力通過記憶、回憶而得到強化。

　　沈復與陳芸，"唱隨二十三年"，備受"貧賤夫妻百事哀"
的艱辛。沈復以他夫婦生活爲主線，"記樂"、"記趣"、"記
愁"、"記快"，完全是他的感覺，並沒有作什麼判斷、推理；
直到陳芸身亡，他才得出一個概括性的結論："芸一女流，具男
子之襟懷才識。""余有負閨中良友，又何可勝道哉！"沈復把
與陳芸"鴻案相莊廿有三年"的深刻感覺轉化成爲理性的認識。

　　中西兩位作家，在自傳文學中有着相同的創作經驗。記憶在
自傳體的回憶錄中佔有極其重要的地位。

　　沈復雖然沒有像盧梭這樣的明確表述，但他也有與盧梭相近
的創作感受："余憶童稚時，能張目對日，明察秋毫，見藐小微
物，必細察其紋理，故時有物外之趣。"這裏說的"物外之趣"，
可以理解爲形象記憶以外的情感體驗，至今保持下來的情感記憶。

　　這種"物外之趣"的情感記憶，明顯地體現在他對一年半的
蕭爽樓的高雅脫俗生活的敍述中。那時，他們夫婦正是而立之年。
當時所處的環境和所過的生活是這樣的："樓共五椽東向，余居其
三，晦明風雨，可以遠眺。庭中木犀一株，清香撩人，有廊有廂，
地極幽靜。……余素愛客，小酌必行令。藝善不費之烹庖，瓜蔬
魚蝦，一經芸手，便有意外味。同人知余貧，每出杖頭錢，作竟
日敍。余又好潔，地無纖塵；且無拘束，不嫌放縱。"時常過從

的都是些書畫藝術家，“如梁上之燕，自去自來”，十分親切。
可見他當時的生活是十分幽雅閒適，到沈復晚年寫作回憶錄時，
調動起自己的情感記憶，不禁感慨萬端：“今則天各一方，風流
雲散，兼之玉碎香埋，不堪回首矣！”

周偉民

〈東西方歷史陣痛時期反封建鬥爭的啓示〉，

—— 盧梭《懺悔錄》與 沈復《浮生六記》比較研究，

(武漢)《江漢論壇》11 (1986)，43 ～ 48 。

《好逑傳》與《克拉麗薩》*

　　臺北的河洛出版社，去年繼續翻印了一批舊式古典小說，其中一本是《好逑傳》。書前的序言裏，提到它又稱《俠義風月傳》，坊間有在書名上加題"兩才子書"或"第二才子書"的。這些話勾起我若干回憶。十餘年前，南昌街的書攤，曾販賣過似乎是香港翻印的本子，是稱作《風月傳》的。戰前大達與新文化出版社兩家，專門以翻（其實是重排）印舊書，以一折八扣的低廉價格發售，其中便有《風月傳》。我最初讀它，便是這個版本。所謂"第二才子書"云云，自然是承襲金聖嘆、張竹坡諸人的餘緒。各小說史裏，往往提到這種排比方式。不過，把《風月傳》歸為才子書，似並未受普遍接受。我只記得，在家鄉的省立中學學生的國學筆記裏，看到十才子的書目，其順序大約是:《三國演義》、《風月傳》、《玉嬌梨》（亦即盧夢白等的《雙美奇緣》）、《平山冷燕》、《水滸傳》、《西廂記》、《琵琶記》、《（鍾馗）捉鬼傳》、《駐春園》、《白圭志》。這些書當時都可以一折八扣的價錢買到，我也都買過。這份筆記按情理必有根據，但與金聖嘆在《西廂記》裏把莊、騷、馬遷、杜甫等與三國等並列者有異，而其分類也難能令人信服。《紅樓夢》問世過遲，但《金瓶梅》、《西遊記》等號稱四大奇書的，竟半數被摒諸門外，豈不

---

* Samuel Richardson（1689～1761），*Clarissa*（1747～1748)

奇怪？同時，這一排列的內容，也嫌蕪雜。第六、第七都是戲曲，
《三國演義》是通俗（而且歪曲）的歷史，《水滸傳》屬於盜匪
或俠義一類，《捉鬼傳》明是寓言，與其餘五種眞正的才子佳人
小說，迥不相同。但縱在這五種頗稱典型的才子小說裏，境界或
與現代小說構成條件相符合上，也各不相侔，《好逑傳》是高出
於其餘許多的。

　　《好逑傳》高出儕輩，證明之一，便是它雖短短十八回，約
二十五萬字，與《三國》、《水滸》、《西遊》、《金瓶梅》、
《紅樓夢》、《野叟曝言》、《醒世姻緣》等等受普遍注意的大
部頭小說相比較，份量不足三分之一，卻至今流行不衰。在各家
著錄中，也往往視爲才子佳人小說的代表。更有趣的是，它可能
是中國古典小說中，譯成西方文字最早，譯本最好的一種，河洛
本的序言裏說，它前後共有法、德、英等譯本十三種。梁實秋先
生引 Martha Davidson 的書目，提到一種（ H. Bedford-Jones,
The Breeze in the Moonlight, 1926 ），出現很遲，書名也與
司徒雷登的自傳中所稱，他所讀的第一種中國小說 ，是 *Happy
Union* 者不同。河洛圖書出版社不知有何根據。但如果想到所有
的小說史家等等，一致認爲這本書應爲明末清初亦即十七世紀的
作品，而最早的西文譯本，當書出版後數十年內便已出現，也就
足以顯示它受歡迎的程度了。有人讀，而且持久地有人讀，正是
古典或經典性作品的構成要件。約翰遜（ Samuel Johnson ）博
士認爲，能夠符合這種條件的，必然是因爲作品能夠洞察人性，
傳摹人情。《好逑傳》在這一點上，符合它當時的時代，卻也與
後代並無太大不侔之處。

　　《好逑傳》構成古典作品的要件，有關讀者的部分業如上述
其它原因留待後敍。要了解它構成現代小說的要件，則多少要回
溯到這一文學形式的開始。一般而言，西洋的現代小說，恰起於
《好逑傳》的西譯時代，也便是十八世紀。這一時代，在哲學上
表現的是理性主義，在文學上表現的是寫實主義，整個說來是文
藝復興後的新古典主義。這三者其實是共通的，而其共通之點，
便是常識常理，也就是經驗，以及由經驗而引起的期待（expec-
tation ）。新古典主義注重一般性（generality ），也便是集體
的經驗；理性主義要求凡事不逾常理，因而反對任何超自然的表
現；寫實主義也求經驗所同，尤其是共型或代表性，所以與十九
世紀的寫實主義，特別是由其孳生的自然主義，大異其趣。這一
切合併起來，便是散文面目的小說，必以人情經驗爲依歸，不能
有超乎自然的現象，人物性格，也不能有前後突變的行爲。

　　《好逑傳》顯然符合了這一點。卻另有特殊意義。孔子雖曾
“不語怪力亂神”，我們的小說，自《三國》、《水滸》以降，
一直到《紅樓夢》與《兒女英雄傳》，沒有例外地，都有鬼神的
事。短篇平話的《三言兩拍》，也泰半如此，惟獨清末馮夢龍所
編撰選輯的《今古奇觀》，卻背離了常道。在它的四十篇內，眞
正有超自然現象的，只有〈灌園叟〉、〈羊角哀〉、〈劉元普〉
等數篇，其餘的絕大多數，都是人與人在人間的故事。（不妨提
及的是，《好逑傳》前後，中國小說中很少有像西方小說那樣，
以男女二人爲主角，而環繞他們來敍述的，自《金瓶梅》到《紅
樓夢》，都是如此。玉、釵、黛固然重要，湘雲，探春，鳳姐等並
非完全的配角，這是《好逑傳》與克拉麗薩另一相同之處。）這

種理性與經驗的表現，是否受了理學家的影響，目前尚不能肯定，但《好逑傳》裏，是連怪夢都沒有的，它卻含有濃重的程朱頭巾氣。頭巾氣是十八世紀現代小說特有的色彩，不過以基督教義取代理學而已。

僅就這一點特色，已足使《好逑傳》可以與十八世紀的西方——其實是英國的現代小說相比擬。所謂現代小說，是散文體虛構故事（ prose fiction ）的一支。據塞克斯（ Sheldon Sacks）的分析，十八世紀英國所產這類故事，大別可分爲諷刺（satire）其特色是意在言外 ，以書內的故事，來影射、嘲諷書外的人事，但無積極的主張；寓言（ apologue ），以情節與人物爲工具，倡導某種見解或主張；現代小說（ represented action 或 modern novel ），則是以主角間及主角與他人間的不穩定關係之開始，止於這種關係的穩定，其間矛盾、衝突，使讀者經常爲書內人物擔心不已。《好逑傳》是符合這個定義的。鐵中玉與水冰心的關係，因各方的阻礙纏夾，不能穩定發展，直到障礙盡除，兩人正式圓房合卺，才得穩定。這個具有相當曲折的愛情故事，與《克拉麗薩》同而不同，值得比較。因爲儘管它們的發展與結局迥異，卻在許多方面都有類似的地方。本文的目的，就在於指出兩者間的同異，並就東西方的社會價值的差別，來推定這些同異諸點的原因。

首先是同處。如前所說，這兩本小說，《好逑傳》的著述年代與作家都無從確定，但就著錄的年代看來，應屬十七世紀無疑。但其第一種英譯本，稱 *Hau Kiou Choaan*，由波西主教（ Bishop Thomas Pery ）於一七六〇前後主持譯出，而揆其譯音，顯然他的底本是法文的。波西以古英詩拾遺（ *Reliques of Ancient English Poetry* ）列名文學史，但除了《好逑傳》以外，還有兩本有關中國的書問世。他對古英語詩歌的興趣，很可能與當代好奇及對中國的興趣有關。十八世紀的歐洲，是要以理性開拓人類視野的時代。恰巧耶穌會教士，自利瑪竇以還，爲了表現中國的傳教工作，大有意義，竭力以報導與翻譯介紹中國，到十八世紀，又值反啓示，反制度化宗教（ revealed, institutionalized religion，亦即基督教會及其教義 ）的思想濃厚，中國恰是文明古老，政治制度大有可觀，卻並無類似基督教會的國家，由而掀起歐洲對中國一切的狂熱。《克拉麗薩》的作者李查遜（ Samuel Richardson ），正活躍於這個時代。當時受過一點教育的人，多半都會些拉丁及歐洲其他語言，特別是法文。李查遜是否讀過《好逑傳》，雖然無從認定，但依當時的情形說，卻非無可能的。不論李查遜是否讀過或知道有《好逑傳》這本小說，它和全書出版於一七四八年的《克拉麗薩》可算是同時代的作品，殆無庸議。

　　其次是它們在思想上都代表中產階級。這個階級其實便是社會中做爲主體或中堅的階層。在西方它是基督教新教裏清教思想興起後的產物。經過一六四九年的流血革命和一六八八年的光榮革命，這一階級在政治與經濟上成了決策的階層，它的道德行爲標準，也成爲社會的共同標準。它的成員是商人。在中國它的成員則是士或讀書人，進而成爲官僚，退而則爲仕紳或至少有一襲藍衫可穿。這種人的境遇頗不穩定。自屈平或甚至上溯到商鞅諸人，中經賈誼、司馬遷、揚雄、李膺、蔡邕、楊修、孔融、嵇康、謝靈運、崔浩，甚至到了明朝的方孝孺、于謙等等，不少都慘遭滿門抄斬，多半也貶來謫去，更多的是功名蹭蹬、潦倒一世。清代的文字獄，惡毒儘管惡毒，倒也並非眞的慘絕人寰，而是古已有之的。雖然如此，他們仍是不論在朝在野，都具有政治與經濟的力量，更是社會道德價值標準的釐訂者，執行人。李查遜是商人，《好逑傳》的作者自稱“名教中人”，則其屬於士的階級，也是確鑿的事。

　　這兩本小說同樣以中產階級的價值爲價值。首先便是在理性上的表現。這理性是對常理的信賴與依恃，而流露於寫實上。它們的寫實主義，最顯著的特徵，在人物上是主角並非完美無缺的人。這種情形不僅限於自視過高，以致償事的克拉麗薩，也同樣見於自信過甚、頗多血氣的鐵中玉。在另一方面，兩者也都沒有眞正十惡不赦的惡人。誘騙克拉麗薩的羅夫雷（Robert Lovelace）有其十分可惡的一面，卻也有頗爲可愛的一面。約翰遜便曾說過：“只有李查遜方能敎人同時一面尊仰，一面憎惡。”羅夫雷的幫兇辛克萊太太，本是鴇母，邪惡本屬自然。至於起初與使得克拉麗薩離開家庭的她的父親、兄、姊，也都各有値得諒解的動機。同樣地，《好逑傳》裏的水運、過其祖、過學士、大夬侯、仇太監乃至鮑縣令等人，雖曾傾陷謀害，卻無一眞造成無可補償的錯誤，雖曾推波助瀾，卻只本身貽羞，反玉成別人的美事，結果沒有一個値得“綁赴市曹”的。

　　其次是對社會情形的基本性細節的重視。《好逑傳》的命名自然有關婚姻，便另一名稱《風月傳》顯然與名敎有關——“名敎中自有樂地”和“是眞才子自風流”以及“大德不逾閒，小德出入可也”與“通權達變”的綜合，而婚姻在中國恰是視爲“人倫之始"的。《克拉麗薩》強調她是一位"淑女"（ lady ），子題則是"有關私生活中最重要的事項，特別是表現父母子女在婚姻方面行爲失當時可能發生的可悲情形"，而書內的衝突，起於父母的逼婚與羅夫雷的騙婚。兩本書都以愛情與婚姻爲主題，巧的是卻都與財產有關。或者說與財產的繼承有關。水冰心的父親鰥居沒有兒子，所以她的親叔希望早早把她出嫁，以求把自己的兒子出繼過去，接收兄長家的產業。我國女子，從前沒有繼承權，有繼承權的，是父親的本族，以血緣的親疏決定承嗣的先後。沒有子女的固然非如此立嗣不可，僅有女兒的也無把祖遺或自置的財產隨意處分的權力。然後是"絕幼不絕長"的慣例，亦即弟有一子而兄無子的話，弟必須把兒子讓給兄長，算做自己絕嗣。這是我國從前一般人家長子惟一的特殊權利，因爲祖產本來是要平分，不能有任何人多佔便宜的。這種制度有其可笑（兒子出嗣，實質關係卻無法改變），不合理（女子無繼承權；各支都有出嗣權的時候，則爲爭產造成各種不和）的一面，更嚴重的社會影響，是一方面首富，經幾代瓜分以後，便所餘無幾，大家一樣窮了。當然，它也有好處：窮人經常可以勤奮創業。十八世紀的英國繼承辦法，則把祖產與自置部分分開。前者必須由長子繼承，無子則由父、母、妻各黨依親疏由男子一人繼承，後者則由置產人自由分配。由於祖產的繼承人只能享用，無權處分，下一個有權繼承的人，當然要經常注意產業的情形，不容其濫權——遺孀除原有約定者外並無繼承權。這種情形，使擁有財產的家族，其家業縱不增加，卻很難減少。文明社會的所謂財產，一向是有土斯有財，以土地爲主。英國以前視一切土地都爲王室所有，貴族等等的田業，都屬頒賜，任何財產沒有繼承人的時候，則由皇家收回。
這種制度一面使土地的擁有集中，而且是眞正的世業，擁有者在
地方上成爲左右政治、經濟乃至宗教等的貴族或仕紳（Squires
其勢力稱Squirearchy）， 一面則使有財力希望以購買土地，躋
身仕紳的城市中產或商人階級，無從下手。克拉麗薩就是這種制
度下的犧牲者。

　　克拉麗薩的家庭，顯然來自倫敦的商人階層，以各種機緣，
取得不少土地，成爲地方上的富家，但尙非首富，所以全家處心
積慮，希望擴展到富甲一方，乃至弄到個貴族頭銜，成爲眞正有
力人士。她父親弟兄三人，兩人爲達成這種願望，甘願犧牲自己，
畢生不婚。偏偏她的祖父，愛憐小孫女，把個人所置財產（per-
sonalty），不遺贈給兒子或惟一的孫子，甚或長孫女，卻給了她。
這一著已使她成爲全家衆矢之的，尤其受到她哥哥的妒忌。這時
又逢蘇謨斯因多年爲貴族服務，貴族乏嗣，將財產遺贈給他，他
卻喜歡上了克拉麗薩，希望結親。他的條件十分優厚：克拉麗薩
如無子女，財產胥歸其母家，如有子女，胥歸子女，但克拉麗薩
自祖父所得遺產，不得帶走。蘇謨斯比克拉麗薩大了二十歲，而
且面目生憎，但對渴求財產的她的家人來看，不是構成拒絕條件，
所以雖克拉麗薩聲明願意放棄她名份下的財產（其實說而未行），
仍不爲家人所容。特別是當時追求克拉麗薩的，只有羅夫雷，本
身雖無勳銜，卻出身貴族，而中產階級，辛苦累積，多半與爵位
無緣，或是艱難萬狀，因妒生恨，先天便反對坐享其成的閥閲之
家。於是通婚的結果，造成克拉麗薩的出走與誤上賊船，終致不
可收拾。

　　兩本小說雖然都是寫實，以理性經驗爲其古典主義精神的表現，卻同樣富於浪漫主義的色彩。這種色彩，在故事與情節的安排上，特別明顯。首先，兩者都屬於才子佳人小說。克拉麗薩遇到的，是白馬王子的化身。但她並非灰姑娘，他也不是忠心耿耿、情愛不渝的王子。這是一種神話的歪曲（ perversion ），但也是中產階級的心理流露。兩個主角都是十分執著的個人中心主義者，過份的個人主義，正是浪漫主義的特徵。後半部克拉麗薩受到凌辱，安心求死，前後數月，眼淚成缸，最末更訂製棺材，置傍臥榻，李查遜假藉書中人物，對它詳細傳摹，賺人欲歔，病態的感傷主義（ sentimentalism ）十分濃重。至於她失身前不能逃走，失身後反得逸去，以及對超升天國的自信，寬恕家人與一切仇敵的慈悲，也都是這一主義的表現。羅夫雷顯然是鄙夷一切的拜倫式英雄。水冰心與克拉麗薩同樣是完美主義者；克拉麗薩感情多於理智，水冰心卻理智得幾乎一點感情都沒有，後者當然是作者心目中的理想女性，然而這位女性卻是大理石般地冰冷。她要三度花燭才肯"抱衾與裯"，原來是要畢生守身的。《好逑傳》特別浪漫蒂克的，是過多的巧合。特別是將到終局的時候：鐵中玉在開始時救過韋佩，他偏巧做了水家所在的歷城縣令；仇太監已經軟硬兼施得把鐵中玉陷入必須犧牲原則的境地了，偏有皇帝召宴來爲他解圍。其他類似的巧合還有不少。鐵中玉秉持原則，但居然爲水冰心想到" 士爲知己者死 "的話【第十一回 】，卻非儒家思想，反流入了浪漫境界。

侯　健

〈《好逑傳》與《克拉麗薩》〉

—— 兩種社會價值的愛情故事，

(臺)《中外文學》6.12.（5. 1978.），4～20。

《桃花扇》與《羊脂球》*

　　《桃花扇》與《羊脂球》這兩部作品產生在完全不同的國家，創作時間相距將近兩個世紀，其體裁也各不相同，就它們所涉及的生活面而言，《桃花扇》也遠比《羊脂球》廣闊。從宮廷到青樓，從皇帝、大臣到書生、藝人、歌妓幾乎無所不包。它爲我們展示的，是一幅聲勢浩大的明末清初的歷史畫卷；而後者所反映的只是普法戰爭這個大戰場上的一個小場景——一輛馬車上所發生的故事。其人物有限得很，儘管如此，這兩部作品的主題思想、政治背景，和人物形象都頗爲相似。因此，本文試將它們加以比較，分析其中某些相同與不同的特點及其原因，總結一點帶有規律性的東西，也許是頗有意義的。

　　從主題思想來看，《桃花扇》通過李香君這個形象，熱烈歌頌了處在社會下層的青樓女子的愛國主義精神，無情地揭露和鞭撻了阮大鋮、馬士英這伙賣國權奸，同時也批判了一部份知識份子在國難當頭的時刻所表現的軟弱和動搖。

　　《羊脂球》則通過資產階級貴族老爺和一個普通妓女對待普魯士入侵者採取的絕然不同的態度，有力地揭露和諷刺了那些自命爲體面人物醜惡骯髒的靈魂。

---

　　*　Guy de Maupassant（1850～1893），*La Boule de Suif*（1880）。

　　從政治歷史背景看，《桃花扇》描寫的是南明小王朝復滅的歷史，它揭露了封建的昏君奸臣葬送國家民族的罪行。南明的弘光皇帝是個昏瞶荒淫的無能之輩，整日貪戀聲色不問國事，直到入侵者打到頭上還沉醉在歌舞酒色之中，而他周圍的宰相大臣又都是些不顧國家利益，專門結黨營私、陷害忠良的亂臣賊子，所以敵兵不費吹灰之力便戰而勝之。

　　劇中的主要反面人物是阮大鋮，原是魏閹黨徒，專以陷害東林黨人為能事，魏黨垮臺，他像過街老鼠人人喊打。為了喚取人們的同情，他裝副誠懇的樣子，主動接近復社文人。他一面要楊龍友出面為他解釋周旋、開脫罪責，一面又不惜為侯朝宗出重金梳攏香君，正如他自己所說：“牛馬風塵，暫屈何妨，刀筆吏宰相根由，人笑罵我不羞。”可是當他這一着落空了以後，他便惱羞成怒，懷恨在心，隨時伺機報復。像一條惡狗，掉到水裏時搖尾乞憐，一旦得救便恢復其凶相到處咬人。侯生的出走，香君被逼嫁，後來又將她拉入後宮，無一不是他從中在起作用。為了討好福王，他親自挑優選妓趕着排練“燕子箋”，你看他“恨不能腮描粉墨，也情願環抱琵琶。但博得歌筵前垂一顧；舞裙衣受寸賞，御酒龍茶，三生僥倖萬世榮華。”正是靠着這種叭兒狗的本質，他才得以步步高升，一旦他大權在握，就充分暴露出他小人得志便猖狂的真相。他到處追捕東林、復社進步文人，只恨不能斬盡殺絕，難怪人們罵他，“呼親父稱乾子，忝羞顏，也不過仗人勢，狗一般！”這種平時處處表現得毫無人格和政治節操的人，又怎麼能在國家安危的緊要關頭挺身而出、以身報國呢？

　　《羊脂球》的故事發生的年代雖然比孔尚任的《桃花扇》晚

一百八十年，但它們所反映的歷史現象卻有着驚人的相似之處。

　　普法戰爭本來是統治者之間爲爭權奪利而發動的戰爭，可是當敵人打到法國本土的時候，法國國防政府不是領導人民保衞自己神聖的領土，而是毫不猶豫地出賣民族主權，對於這個賣國政府的代表人物梯也爾，馬克思是這樣描繪的："一個玩弄政治小騙術的專家，背信棄義和賣身變節的老手，議會派鬥爭中施展細小權術、陰謀詭計和卑鄙奸詐的巨匠，他一旦失勢就不惜鼓吹革命，而一旦大權在握則毫不躊躇地把革命侵入血泊；……。"把這一段評價梯也爾的精彩的文字拿來送給阮大鋮，不也是非常恰如其份的嗎？

　　法國當時執政的外交部長是一個僞造文件的騙子手，陪同他一起去法蘭克福鑒訂屈辱的賣國條約的另一使臣就盧昂著名的紡織廠廠主——普野·克爾蒂約。馬克思說"此人把反革命看作在盧昂降低工資的手段，把割讓法國看作在法國擡高他的物貨價格的手段。"

　　《羊脂球》的故事就發生在陷落的盧昂，書中有這樣一段不引人注目的記敍：迦來·辣馬東先生，州議員，以棉業起家，產業是三個紡織廠，曾得榮譽團官長勳章……，在整個帝政時代，他始終是善意反對派的領袖，根據他本人的口吻，他是只用無双的禮劍作戰的，而目的純粹是爲了把他防禦的私人利害，向政府出賣得更貴一些。"我們不能斷然肯定莫泊桑是用迦來·辣馬東來影射普野·克爾蒂約，這種偶然的身份和行爲上的相似不足爲憑據，但是當時法國賣國政府大小官員藉戰爭機會大做投機買賣、大發國難之財，置國家、民族利益於不顧，這種共性卻是有其必然一致聯繫的。普法戰爭期間，主宰着法國命運的就是這樣一群大大小小的政治流氓，他們從上臺的第一天起就打算着出賣法蘭西，與阮大鋮、馬士英之流完全如出一轍。以上這就是產生這兩部作品既相似又不相同的政治歷史背景。

　　兩個作家在自己的作品中都不約而同地把社會地位十分低賤的妓女作爲自己歌頌的主人公。這不僅是對傳統道德觀念的勇敢挑戰，更是對統治階級的大膽蔑視，表現了作者對下層婦女深切的同情和對統治階級的強烈譴責。正是由於作家飽蘸着強烈愛憎的筆具有的巨大藝術功力，使李香君和羊脂球這兩個人物成了中外文壇上閃耀着愛國主義思想光輝的不朽的藝術形象。

　　《桃花扇》中的李香君，並不是一開始就以後來那種潑辣、勇敢的面貌出現的，她的性格是在情節的發展中逐步形成的。最初李香君雖然也具有自己獨特的個性，但基本上還是個溫柔美麗、多才多藝的少女，是她生活的特殊年代和環境造就了她不同於一般人的性格和思想品質。她從小跟隨假母與復社文人接觸較多，長期以來思想上受這些進步文人的影響很大，加上她的老師蘇昆生又是一個深明大義、剛直不阿的老人，給她以良好的教育，這些條件培養了李香君清醒的政治頭腦和嫉惡如仇的品質，她對權奸充滿了仇恨，對南明小朝廷腐敗的政治極爲不滿。她與侯生的結合，除了雙方在才貌上的互相傾慕以外，更重要的是他們有着共同的政治態度。香君的勇敢鬥爭精神是在嚴酷的現實鬥爭中逐漸鍛煉成熟的，是被權奸們逼出來的。從〈却奩〉、〈罵筵〉、〈拒婚〉幾場中可以比較集中地看到香君這種堅貞不屈的品質。

　　當侯生因阮大鋮送來妝奩便準備答應替他說情時，香君却指

斥道：“官人是何說話？阮大鋮趨附權奸，廉恥喪盡，婦人女子
無不唾罵。他人攻之，官人救之，官人自處於何地也?官人之意,
不過因他助我妝奩，便要徇公廢私，哪知道這幾件釵釧衣裙，原
不放在我香君眼裏！”說罷便將阮大鋮送來的東西脫下來丟撒一
地。在這件事情上，香君比起讀書萬卷的侯公子,不僅清醒得多,
而且也更有骨氣。

　　侯生被迫離京後，馬士英逼迫香君嫁給田仰做妾，香君堅決
不從，以頭撞地，血濺詩扇。這並不僅僅是一般封建時代婦女守
節的信念支持着，而是由於她對這幫權奸有深刻認識。她說 :“阮
田同是魏黨，阮家妝奩尚且不受，倒去跟着田仰嗎？”因此她寧
可毀掉自己的容貌也絕不屈從。一個青樓女子，能有如此見地和
膽識，豈不令人可敬可佩?!

　　更為可貴的是：她敢冒一死的危險，以“ 娼優之賤 ”當面痛
斥馬士英、阮大鋮，大殺“宰相之尊”的威風。她罵道：“ 堂堂列
公，半邊南朝，望你崢嶸。出身希貴寵，創業顯聲容，後庭花又
添幾種？ ”“ 東林傷伯仲，俺青樓皆知敬重，乾兒義子,重新用,
絕不了魏家種。 ”這種富貴不能淫，威武不能屈的愛國主義精神，
不僅襯托出身居高位的宰相大臣賣國求榮行為的醜惡與卑下，同
時也無情地譴責了這些人在人格上和覺悟上甚至連青樓女子 都不
如。

　　這不由得使人想起羊脂球在敵人面前採取的勇敢行動也是那
些“ 體面人物 ”不能比擬的。侵略者佔領盧昂城後，大多數殷實
的居民在家裏與普魯士軍官和平共處，和他們親切有禮貌地周旋，
期望從他們的庇護中得到好處，而這個以賣笑為生的女子卻為敵

人佔領盧昂哭了一天，她說：“哈，假若我是個男子漢，上前去罷！我從窗子裏望着他們，那些戴着尖鐵頂盔的肥猪，於是我的女傭人抓住我的雙手，免得我把椅子扔到他們的脊樑上。隨後有幾個到我家裏來住宿了，那時候，我撲到其中第一個脖子上，他們都不是比其它人格外難得扼死一些的，倘若沒有人抓我的頭髮，我是可以結果那一個的。”這是多麼強烈的民族情緒和愛國感情啊！與她同車的人當中，沒有一個是像她那樣因爲和敵人拚了命以後逃出來的。這些有地位的體面人物有的是爲了轉移私人財產，有的是爲了做投機買賣，還有的是打算拋棄正在受難的祖國到國外定居，他們是偶然擠到一輛馬車上來的。總之，這些正人君子們沒有一個人具有這個“下賤女人”身上那種巨大的勇敢和對自己民族的忠貞。

　　從作者的創作意圖看，孔尙任曾明確提出要通過《桃花扇》讓後世人“知三百年之基業墮於何人，敗於何人，消於何年，歇於何地？不獨令觀者感慨零涕，亦可以懲創人心，爲末世之一救矣。”

　　而莫泊桑的《羊脂球》在寫之前沒有什麼明確的目的，只是幾個朋友，在梅塘之夜聚會在一起，規定每個人都以普法戰爭爲題材講一個故事。孔尙任爲創作《桃花扇》花費了整整十年的光陰，還不包括他實地考察和收集資料的時間在內；而《羊脂球》不過是莫泊桑梅壙之夜的即席之作。兩個人在創作準備上的這種差別必然會在作品的立意和思想深度上表現出來。

　　從創作方法上看，兩個作家雖同屬現實主義作家，但由於民族傳統的不同，作品所表現的傾向性也有所不同。

　　西方現實主義起源於古希臘的模仿說，古希臘人認爲"詩是自然的模仿"。這種理論強調嚴格地按生活的本來面目去描寫生活，不主張主觀美化和渲染。這一理論的影響在西方十九世紀三十年代後達到了鼎盛和高峰，釀成了西歐文學史上影響最大、成就最高的批判現實主義文學運動，產生了一大批優秀的作家和作品，莫泊桑是其中的一位光輝的代表。

　　而中國最早的文學理論就提倡"詩言志"，所謂"在心爲志，發言爲詩"，這種理論強調作者的主觀意志和理想，它與後來唐代白居易所提倡的"文以載道"的思想實質上是一脈相承的，西方文論家稱這種理論爲"表現理論"，這種理論強調和重視文藝的社會功能和效果，強調作品的教化作用。它與西方的表現理論不同，西方的表現理論到後來發展爲抒發人的主觀情感表現人的主觀意志爲主體的浪漫主義，而中國的表現理論卻是基本以眞實生活爲基礎和前提的，這就是中國式現實主義所具有的特點。

　　在這一點上，孔尚任當然也不例外，他在所寫的《湖海集》中有關詩論部份曾寫道："人生最足惜者，不聞道也。不能及文辭見長，不足惜也。借古人經書，學其道也，不能學其辭，而道在也，……夫道在是而文辭即在是……。"由此可見，他是很看重文藝的社會作用的。他寫《桃花扇》絕不是爲了寫作而寫作，而是爲了總結前代的歷史教訓，爲了表達自己愛國感情和敢於與民族敵人抗爭的巨大勇氣是許多身居要職、對國家、對人民負有責任和義務的鬚眉男子身上所沒有的。

　　當然，比起羊脂球，李香君的反抗要清醒自覺得多，因爲她是一個有明確政治信念的人，同時知書識禮，有一定分辨是非的

能力，這都是羊脂球所不能比擬的。因此表現在行動上羊脂球顯
得盲目性就要大些。例如她扼死敵軍士兵，不願接受普魯士軍官
的非禮要求，這都是一種自發的行爲和情緒，但由於她僅僅是出
自於一種樸素的愛國感情，缺乏更高的思想覺悟和認識水平（事
實上也無法要求她達到這一點）所以最終還是被同行的人們弄得
不知所措，糊裏糊塗屈服於他們的意志，解除了自己的心理防線，
還滿以爲自己是爲了某種崇高的目的而作出一種自我犧牲，這種
不自覺正是她的悲劇性所在，她不過是個無足輕重的弱女子而已，
徒有一腔愛國熱情，然而她左右不了任何必然要發生的事情，也
左右不了自己的命運，甚至連自己所作所爲是否正確都弄不清。
而李香君在行動上無疑比她表現得更無畏、更堅定、更徹底，她
至死不屈的形象似乎比羊脂球顯得更加具有光彩。

　　而孔尚任在《桃花扇》中爲了主題的完整，甚至不惜對某些
眞人眞事加以虛構點染。例如歷史人物王將軍與楊龍友的合而爲
一，就是爲了減去與主題無關的枝蔓；對楊龍友的刻劃與眞實人
物出入甚大，歷史上的楊龍友是個爲國捐軀的英雄，而此處作者
不過是要藉這個名字塑造一個應該批判的八面玲瓏、缺乏氣節的
知識份子形象而已；另一個細節的改動是田仰及三百金求見香君
改爲田仰要娶香君爲妾，其目的在於表現香君的愛憎分明、堅貞
不屈的感情；侯李二人的雙雙入道也是與歷史眞實有出入的。這
些都無一不是爲表現主題而進行的必要的藝術虛構和加工。孔尚
任雖然是以眞人眞事爲模特兒進行創作，但是能突破眞人眞事的
局限，在不違背總的歷史眞實的原則下，對某些枝節來一些張冠
李戴、移花接木，目的是使主題更完整，讓主要人物形象更加豐

滿、完美、高大，具有鼓舞和激勵人們向上的力量。這也正是法國作家雨果(Victor Hugo，1802～1885)讚揚莎士比亞所具有的那種"眞實之中有偉大，偉大之中有眞實"。這種帶有一定主觀理想主義色彩的現實主義正是孔尙任的特色之一，也是他的民族風格的一種體現。因爲中國的現實主義雖然是以現實生活爲基礎，但比西歐現實主義要更強調作家的主觀意志和情感，強調作品的社會效果，具有明確的目的性和功利性。

而莫泊桑則由於生活在十九世紀後期的法國，他所奉行的現實主義創作原則是純粹法國式的，同時由於受福樓拜（Gustave Flaubert，1821～1880）的自然主義理論的影響，他更注重純客觀的描述。他主張要使讀者不可能看出並且指明，作者的目的和意圖所在。法國許多批評家都認爲他在作品中是過於"無動於衷"了，這不是沒有道理的。他始終在作品中保持着一種"高貴的平靜"。他以自己創作中的"冷淡"和"客觀主義"著稱，但這並不等於作家對一切都無所評價。

在《羊脂球》這部作品中，作家的同情與讚美顯然是站在羊脂球這一邊的。作者用異常冷峻的筆觸暴露了那些體面人物的虛僞、自私，讓那些貴族、資產階級和教會的代表人物處在一個備受他們欺凌、鄙棄的妓女的對立面上，使他們的卑劣無恥在後者的勇敢、無私和善良面前顯得那麼渺小。關於這一點，莫泊桑自己曾寫信給福樓拜說："我們在問題上的自覺的不偏不倚，在這些問題中每一個都不自覺地帶着熱情，比起萬馬奔騰的全速度的攻擊來，都要千倍更強烈地使資產階級暴躁起來"。

如果說中國式的現實主義塑造了一個理想化的李香君，給人高大完美的印象，並激勵人們像她那樣去鬥爭；那麼法國式的現實主義則為我們塑造了一個作為活生生的普通人的羊脂球，她雖不是一個英雄，但她是實在可感、楚楚動人的。

莫泊桑只是想如實地再現生活，雖然有其傾向性，但並不想在創作中過多地干預生活。因此他在作品中始終把自己像上帝一樣隱藏起來，而《桃花扇》的作者卻始終沒有忘記自己要"懲創人心"的偉大使命。這恐怕是造成他們作品差異的一個很重要的原因吧！

周明燕

〈從《桃花扇》和《羊脂球》看孔尚任和莫泊桑的創作傾
　　向〉，

（武漢）《湖北教育學院學報》2（1987），22～27。

《圍城》與《湯姆·瓊斯》*

　　錢鍾書先生的《圍城》單行本問世以來，評論這書的人雖多，卻還未見有誰指出它的淵源。有些批評家看見書中夾着許多中西典故，不禁怒髮衝冠，大罵作者自作聰明，把小說當作駢體文來做。哪曉得在這種稗官野史裏引經據典的作風，別處老早就有，並不是錢鍾書發明的。這只是舉一個例子來說罷了，其它有來歷的新奇手法，書中還有的是。我相信作者寫這部小說的主要動機，便在介紹這些外來的手法和作風。錢先生是以博極群書著名的，他這部作品所取法的西洋小說眞不知有幾派幾家，書中甚至連有些比喻都有出處；這兒只打算挑出一部性質跟它最近似的小說來比較，這就是十八世紀英國小說家亨利·菲爾丁的傑作《湯姆·瓊斯》。

　　錢鍾書和菲爾丁至少有兩點相同：第一，他們都是天生的諷刺家或幽默家，揭發虛僞和嘲笑愚昧是他們最擅長的，同時也是最願意幹的事情；第二，他們都不是妙手空空的作家，肚子裏有的是書卷，同時又都不贊成“別材非學”的主張，所以連做小說也還要掉些書袋。這兩點，前者決定內容，後者決定外表，他們作品的“質”與“形”，可由此推知了。我不敢說錢鍾書的《圍城》有意模仿菲爾丁的《湯姆·瓊斯》，但我敢斷言他在“懸擬這本

---

　　*　Henry Fielding（ 1707～1754 ），*Tom Jones*（1749 ）。

書該怎樣寫 ” 時，腦海中必定有這一部小說的影子在那裏浮動着。不信，且來看這兩部小說的各方面。

　　菲爾丁在《湯姆·瓊斯》的開卷第一章裏，以飲食爲喩聲明他要奉獻給讀者的佳肴只有一道——人性。說得明白一點，他在那本小說裏唯一要做的，是忠實地刻劃人性。錢先生雖不曾公然拈出揭發人性的宗旨，但它的《圍城》卻更徹底地是一部人性大觀。這二位心目中的人性，讀者可以想見，是絕不會高明的。《湯姆·瓊斯》中的人物，除一兩尊外，可大別爲兩類：下流的和陰險的。錢先生比菲爾丁還要憤世嫉俗，他在《圍城》的序文中劈頭便表白：“ 在本書裏，我想寫現代中國某一部份社會，某一類人物。寫這類人，我沒有忘記他們是人類，還是人類，具有無毛兩足動物的基本根性。” 這就是，他不相信世間會有　All-worthy（見《湯姆·瓊斯》）那樣一塵不染的完人。當時的世界，照錢先生的看法，不是天堂，也不是地獄，而是糞窖——這裏面熙熙攘攘着的盡是些臭人和醜事！一部《圍城》便是專門拿來給糞窖中的人物畫臉譜的。臉譜有三副，用韓非子的字眼來形容，一副代表“ 愚 ”，一副代表“ 誣 ”，還有一副是兩美幷全“ 愚而兼誣 ”。恰似但丁對待地獄中的鬼魂，作者對於糞窖中的三類人物還要加以區別。他比較最能同情的是第一類的“ 愚 ”。這類人物的毛病只在抵擋不住肉體的引誘，正合老子所說“ 吾所以有大患者，惟吾有身 ”，準情酌理是可以原諒的；書中的方鴻漸和趙辛楣屬於這一類。第二類的“ 誣 ”病在心術，在地獄中應屈居下層，自然更要厚加呵斥；書中的韓學愈屬於這一類。至於第三類的“ 愚而兼誣 ”，那是窮凶極惡，不可救藥，只好用大棒子來痛打了；書中的李梅亭屬於這一類。《圍城》中所有的人物不出這三類，中間只有一個例外——唐曉芙，作者對唐小姐特表好感，似乎有心發慈悲，給糞窖安上一朵花，借以略解穢氣。但即便是唐曉芙，好處也只是不愚不誣而已，並沒有什麼了不起的超人德性，別說比得上Allworthy，連Sophia（亦見《湯姆‧瓊斯》）的程度還差得很遠呢。

　　正由於宗旨相同，這兩書的“口氣”（tone）便也不謀而合。菲爾丁在《湯姆‧瓊斯》的第八卷第一章裏曾向文藝女神呼籲，希望能讓自己追踪亞里斯多芬、劉仙、塞萬提斯、拉伯雷、莫里哀、莎士比亞、斯威夫特、馬里服諸人，以幽默來充實本書的篇幅，“直到人類培養了只對別人的喪廉忘恥之行發笑的好脾氣，以及深以自己的同樣行爲爲憾的謙遜美德。”錢先生並沒向誰呼籲，不過我們可以斷定他心裏所傾慕的前代作家，必然地也就是前面那幾位。《圍城》和《湯姆‧瓊斯》同樣是以幽默諷刺的筆調來寫的，這筆調滲透全書，成了一種不可須臾離開的厚質；偶然一離，讀者立刻便有異樣之感。而也就在這裏，這兩位作家稍微有些不同。菲爾丁雖好諷刺，卻並不悲觀。他不喜歡板起臉孔來教訓，但有時也說正經話。因此，每逢他轉換口氣，總是從“幽默”改爲“正經”。錢先生當時則是個徹底的悲觀家，諷刺之外，唯有感傷，這情形從書的結束處看得最清楚。菲爾丁在他的大作第十八卷第二章裏，便曾公開聲明要改變作風。果然，在這一卷裏，作者笑意全收，以異常嚴正的態度，讓奸邪敗露，佳偶成雙。諷刺了一場之後，到底還是止於至善，眞正的十足狄更斯作風！《圍城》的前七章筆飛墨舞，極盡冷嘲熱諷之能事，字裏行間看得見作者臉上嘻笑的表情。從第八章起，這笑容漸漸消失，跟着來的不是"正經"，而是"悲哀"。第九章幾乎全浸在悲哀的情調中，縱有笑聲也是非常勉強的。雖然這兒述的仍是方鴻漸的事，作者的心聲無形中也從裏面透露出來了。本來書名《圍城》，是也應該有此收場的。《圍城》不僅象徵着方鴻漸的人生觀，實際也代表着作者自己的。

以體裁來說，這兩部作品都是所謂"惡棍小說"（ the pi-caresque novel ）。 這派小說有個特點，便是不大注重故事，因而也無所謂結構。作者倒是利用主人翁作線索來貫串全書，這主人翁又天生是一副驢馬病，永遠不會安逸。作者便藉着他到處漂泊的機會，來刻劃社會各階層的形形色色。在這一點上，《圍城》和《湯姆·瓊斯》可說是完全一致的。但後者畢竟是十八世紀的出產品，無結構之中還是有結構，而且有嚴密的結構。全書十八卷平分三部：第一部從湯姆出世起敍到他被逐止；第二部寫他從故鄉一路漂泊到倫敦去的情形；第三部敍他在倫敦的經歷以及他的最後勝利。書中事實千頭萬緒，人物也十分繁富，一路看去，像是信手牽出，全無關係，到了結束處，才知道這些全有作用。原來這裏面也包藏着無數的"埋伏"和"巧遇"，眞是萬派朝宗，一切路全通到羅馬去！這種傳奇性的手法固然很巧，給我們二十世紀的讀者看來，卻未免過於造作，有違"可能"（possible）和"可靠"（probable）的原則，比較起來，還是《圍城》接近人生。這書的結構非常簡單，只是把一位留學生從國外回來後的二年裏面的經歷，挨着次序敍述出來，中間既無曲折，又無叫應，老派小說家慣用的那些解數，這兒一概豁免。書中的事實，除了方鴻漸和孫小姐同在大鋪裏夢饜那一椿有點神秘外，其餘是太陽光底下司空見慣的。可知作者的興趣並不在事實和結構上面，而是另有所在了。

說到這裏，我們才眞正觸及到錢鍾書和菲爾丁的根本相通之處，便是題材無關緊要，要緊的是處理這題材的手腕。菲爾丁曾以牛肉爲喻，說明王公大人席上的牛肉或許和里巷賤人桌上的牛肉同出於一牛之身，然而前者能叫胃口頂壞的人動起食慾，而後者使食慾最強的人倒盡胃口，可見分別全在調味、加料和烹製的手腕上面。緊接着便來了下面的結論：“同樣地，精神食物的精美與否，關係於題材的比較關係於作家的藝術手腕的爲少。”（見《湯姆·瓊斯》第一卷第一章）這一番議論是爲了掩護書中醜惡的題材而發的，由錢先生全部接受過去，而更變本加厲地運用起來。以前有人在香港出版的《小說月刊》上評論《圍城》，說作者態度傲慢，儼然以上帝自居。其實錢氏的野心是絕不止於做做“上帝之夢”的，他還想更上一層樓地去做上帝的改革者。李長吉詩云：“筆補造化天無功。”錢鍾書的眞正野心是想拿藝術去對抗自然，把上帝創造天地時的疏忽給彌補起來。《圍城》一書除了臭人醜事外，還特地挑出宇宙間最惹厭的一些東西，如鼻聲、狐臭、跳虱、飢餓、夢饜、胡子、喉核、厠所之類來加工描寫。揣作者的用意，無非想化腐臭爲神奇，拿糞窖的材料來蓋八寶樓臺。平心而論，這書在題材、意識、態度諸方面，可攻之點自然不少，但作者感覺的靈敏和筆墨的精妙，卻是無論如何難以否認的。書中第五章記方鴻漸旅行所見，那些情景，抗戰期中常在內地奔波的，誰沒有經歷過？可是當時小說家中，除錢氏外，還有誰能寫出這樣驚才絕艷的一章？

　　關於藝術手腕，菲爾丁和錢鍾書慣用的都是做詩的技術。福斯德（E. M. Forster）說過：小說是介乎詩與歷史之間的一種東西。也許是有感於自己題材的過於醜惡吧，這兩位小說家都拚命用"詩"來補救。菲爾丁在《湯姆・瓊斯》的第四卷第一章裏曾自白過："因此，爲了使我們的作品不至於被比作這些歷史家的出產品，我們便盡量利用機會，把各種的明比、描寫文，以及其他詩的文飾，散入全書。"這一段話毫無折扣地被錢先生拿來實行。《圍城》裏面的描寫文最多，寫景的就有十段左右。這些雖都只短短的，卻極富詩趣，而且也還均勻地散佈書中。讓我們舉出一段來看：

> 天空早起了黑雲，漏出疏疏幾顆星，風浪像饕餮吞吃的聲音，白天的汪洋大海，這時全消化在更廣大的昏夜裏。襯了這背景，一個人身心的攪動也縮小以至于無，只心裏一團明天的希望，還未落入渺茫，在廣漠澎湃的黑暗深處，一點螢火似地自照着。

這是緊接着方鴻漸跟鮑小姐在船上調情之後而來的一段描寫，惡俗的場面後偏有此清幽的景色，可見作者是有心要藉雲水清光來給我們洗眼的了。風景以外的零碎描寫，書中更到處可見，美不勝收。例如：

> 鴻漸昨晚沒睡好，今天又累了，鄰室雖然弦歌交作，睡眠漆黑一團，當頭罩下來，他一聰睡到天明，覺得身體裏纖屑蜷伏的疲倦，都給睡眠熨平了，像衣服上的皺紋折痕經過烙印一樣。

以上兩個例子裏的最後一句話都是所謂"明比"（simile），讀
《圍城》的人首先發覺的，必是這種比喻之多與新奇。但是這些
跟《湯姆・瓊斯》裏的比喻一樣，都是直接從荷馬學來的，《伊
利亞特》中的一百八十個明比是他們的藍本。這種比喻的特點是
能獨立自存，有時甚至喧賓奪主，把所比的丟在讀者腦後，叫他
只注意比喻本身。《圍城》中的荷馬式明比，該是這種接在一起
的兩個：

> 鴻漸嘴裏機械地說着，心裏彷彿黑牢裏的禁錮者在摸索一
> 根火柴，剛劃亮，火柴就熄了，眼前後看清的一片又滑回
> 黑暗裏，譬如黑夜裏兩條船相近擦過，一個在這條路上，
> 瞥見對面船艙的燈光裏正是自己夢寐不忘的臉，沒來得及
> 叫喚，彼此早距離遠了。

明比和描寫文構成了這兩部作品——尤其是《湯姆・瓊斯》——
大部分的血肉和生命，假使把這通通剝掉，這兩本書縱不至生機
枯萎，剩下的精華怕也有限了。

　　以上就是二書相同之點來作比較。假如還要討論他們的互異
之點，那我們可以簡單地說《湯姆・瓊斯》中的事實多於議論；
《圍城》剛剛相反，議論多於事實。這分別是植根於兩位作家生
活經驗廣狹的不同。菲爾丁的經驗比較豐富，所以他的作品雖也
一樣地以"批評人生"爲主要目的，卻多少帶點"表現人生"的
傾向，盡量把來自多方面的事實填塞進去。錢先生所見的人生似
乎不多，於是他更珍惜這僅有的一點點經驗，要把它蒸熟、煮爛、
用詩人的神經來感覺它，用哲學家的頭腦來思索它。其結果，事
實不能僅僅是事實，而必須配上一連串的議論。這議論由三方面

表達出來：作者的解釋、人物的對話、主人翁的自我分析。說到
這裏，不由得令人想出一個新的名詞："學人之小說"。

林　海

〈《圍城》與《湯姆·瓊斯》〉，
《讀書》9 (1984)，60～65。

《子夜》與《金錢》*⁽¹⁾

　　《子夜》和《金錢》都描寫了資產階級生活形態，塑造了資產階級典型形象，題材近似，但是在兩位作家筆下，所呈現的時代色彩卻完全不同。

　　《金錢》再現了十九世紀中葉法國新老兩派金融資本家在交易所瘋狂搏鬥的情景。小說中的主角薩加爾，具有法國新派金融資本家典型的性格特徵。他野心勃勃，精力充沛，渾身燃燒着狂熱的征服慾和享受慾。當他從無恥政客雨赫口中得知普魯士和意大利即將簽訂停戰協定的絕密消息後，立即抓住時機，有效地利用政治形勢的變化，進行股票投機，一次就吞噬了銀行家甘德曼八百萬法郎，他從破了產的一無所有的窮光蛋，一躍而成爲聲勢顯赫的世界銀行經理。

　　薩加爾的野心極大，不只是要把巴黎踏在脚下，而且要征服全世界。他要在西亞開發迦密山銀礦，修建鐵路，壟斷地中海航運，建立"聖陵金庫"，把教皇遷到耶路撒冷，發動一次金錢的"十字軍東征"，實現拿破侖一世用大炮未能實現的夢想。

　　爲了達到這一目標，就得冒險。薩加爾認爲，"投機、賭，是中心的轉輪"，"也可以說就是心臟"。而金錢，則是搏動心臟的血液。他用虛假的成就騙得世界銀行股東們樂意拿出更多錢

---

　　*　Emile Zola（1840～1902），*L'Argent*（1891）。

來，供他驅使；善用遠大前程的夢幻引誘巴黎的男人女人，把全部財產都交給他，薩加爾利用別人的錢財進行投機冒險。他一舉手，一動步，不管有多少人成為犧牲品，那是毫不在意的。他自己說：" 我們每走一步，就會壓碎成千的生物 "。他用別人的生命，堆砌自己的金錢寶座。

可以說，薩加爾具有政治家的敏感，企業家的精明，冒險家的膽量，騙子手的卑鄙，和創子手的殘忍，他貪得無饜，不達目的決不罷休，這種性格，深刻地表現了法國向帝國主義轉變期中資產階級的壟斷性、殘酷性和征服慾，帶有鮮明的時代色彩。

而《子夜》中的吳蓀甫，雖然也具有法國十九世紀資產階級的某些性格特徵，但是他畢竟生長在半殖民地半封建的中國社會，他的資產階級血管裏還混和着封建階級的血液。中國民族資產階級先天的軟弱性，使他不可能產生薩加爾性格所具有的單向性。他的性格是複雜的、反向的：剛強和虛弱，果斷和猶疑，大膽和恐懼，往往在他身上交錯出現，資產階級品格和封建階級氣質矛盾地集於一身。這種性格，正體現了半殖民地半封建時代中國民族資產階級獨有的特點。

吳蓀甫像薩加爾一樣不擇手段地追逐金錢，吃掉別人，具有較過去年代更為殘酷地壓榨工人。為了攫取更多的剩餘價值，他延長工時，削減工資，開除工人；遭到工人罷工反抗時，他利用警特鎮壓工人。對於雙橋鎮農民暴動，他切齒咒罵，急電省保安隊，要求派軍鎮壓。另一方面，吳蓀甫要發展民族資本，建立資本主義王國，帝國主義要消滅民族資本，變中國為其殖民地，他不可避免地要受到帝國主義及其代理人的壓迫和打擊。金融買辦資本家趙伯韜對吳蓀甫的經濟封鎖，與他在交易所的決鬥，都表現出民族資本與帝國主義資本鬥爭的性質。儘管吳蓀甫跌入趙伯韜設置的陷阱，也是由於他貪婪的野心，但他與趙伯韜的鬥爭，是要發展民族工業，又帶有反帝色彩。

《子夜》和《金錢》都塑造了“開拓型”的資本家形象，但由於形象所體現的時代內容不同，因此它們的美學意義也殊異。薩加爾表現了法國走向帝國主義階段資產階級的壟斷慾和對外擴張要求，以及由此而產生的冒險精神和不達目的決不罷休的狂熱勁頭。金錢成了資產階級的上帝，金錢使他們失去了人性。薩加爾以及其他的投機家們，已不需要任何面紗遮掩，他們成了渾身散發銅臭的金錢動物。因此，在他們身上人們看不到任何美好的東西，只有醜惡。

《子夜》和《金錢》所描寫的交易所活動，同樣是資本家競爭，但由於社會歷史條件的不同，卻又反映出不同的社會生活色調，具有不同的民族特點。

《金錢》中薩加爾與猶太人銀行家甘德曼在交易所的競爭，是法國進入帝國主義階段，資本壟斷過程中新老兩派資本家的相互吞併，吞併的結果是大壟斷資本集團的出現。正如馬克思所說：“在這裏，成功和失敗同時導致資本的集中，從而導致最大規模的剝奪。”爲了取得競爭的勝利，雙方不惜採用一切手段。薩加爾將他的資本積累和對外經濟擴張，蒙上了一層宗教外衣，他要把世界銀行建成“聖陵金庫”，以便完成把教皇從羅馬遷到耶路撒冷的“偉業”。他把與甘德曼的競爭解釋爲天主教與猶太人之間含有宗教敵視和民族仇恨因素的矛盾鬥爭，似乎薩加爾在進行一場金錢"聖戰"。利用這種手段，薩加爾煽起了人們的宗教狂熱，心甘情願地把錢送到他的手中，"它從細小的渠道把血吸進來，積在一起，然後像河流一樣把它分送到各方面去，建成一條巨大的金錢的川流"，向甘德曼的黃金堤壩衝去。

《子夜》裏吳蓀甫與趙伯韜雖然都是資本家，但性質卻不同。吳蓀甫是從封建母體內分化出的民族資本家。他與封建經濟和帝國主義經濟雖有一定聯繫，但卻存在着尖銳矛盾，帝國主義不允許中國民族經濟發展，民族資本家爲了自身利益，必然和帝國主義在華經濟勢力發生侵吞與反侵吞的衝突。趙伯韜作爲買辦資本家，代表着美國金融資本的利益。他的活動受控於帝國主義老板的意志，以帝國主義爲後盾，在中國爲所欲爲。這是伴隨帝國主義侵略而出現的特殊的階級產物。他與吳蓀甫的競爭，反映了帝國主義經濟侵略和民族資本自衞的鬥爭。這與法國資本壟斷競爭的性質根本不同。

而且這場競爭的結果，與薩加爾和甘德曼的競爭也迥異。薩加爾他們不論誰勝，都要導致資本的更大集中，促使法國資本主義走向帝國主義，而吳蓀甫與趙伯韜競爭的勝負，直接影響着中國社會的命運。趙伯韜勝利，意味着帝國主義對華經濟侵略進一步擴大，中國也就更加殖民地化了。吳蓀甫的失敗，則表明半殖民地半封建的中國社會，要發展民族工商業，走資本主義道路，是根本不可能的。

這裏概括了半殖民地中國社會生活的豐富內容，表現出我們民族遭受帝國主義侵略的突出特點。

同樣的題材，在《子夢》和《金錢》中，由於作家世界觀的不同，因而表現出不同的思想傾向性，達到不同的思想深度。

《金錢》的獨到之處在於表現了帝國主義早期，金融活動中那些最富於時代特點的新變化。這個變化恰如列寧所指出："就是資本的所有權同資本對生產的投資權分離，貨幣資本同工業資本或生產資本分離，全靠貨幣資本的收入爲生的食利者同企業家和其他一切直接參與運用資本的人分離。"薩加爾的世界銀行貨幣資本的迅速膨脹，甘德曼的猶太人銀行金庫儲備的不斷增加，以及交易所裏洶湧奔流的金錢洪濤，都生動地表現出帝國主義初期這種"分離"的特性，而這種"分離"，又加劇了交易所中殘酷的金錢爭鬥。

左拉抓住交易所這個具有時代表徵的側面來揭露資本主義社會罪惡，是獨具慧眼的。在這個金錢的戰場上，資本主義一切文明的面具，都被剝得精光，暴露出殘酷、卑鄙、吃人的眞面目。"每一點鐘都可以致人於死命，每個地方都設置了陷阱，……這戰場上沒有伙伴，沒有親屬，沒有朋友，這是強有力者的殘酷法律，吃掉別人就是爲了不被人吃掉。"在那裏，金錢是人們一切行爲的出發點和歸宿，人世間的喜怒哀樂無不與金錢相關。金錢成了他們生命的活力，靈魂的寄託，生活的唯一目的。由於金錢在資本主義社會裏具有無窮的意義，一切令人詛咒的醜行便泛濫起來，資產階級無恥糜爛的生活，也會受到衆人頂禮膜拜。左拉讓人們看到，法國在第二帝國統治下，"資本主義制度的內在趨勢獲得了充分發展的機會，於是資本主義制度的全部卑鄙齷齪就無阻攔地泛濫起來。這同時也是窮奢極慾、粉飾昇平的鬧宴，是'上等階級'的一切下流慾望的鬼魅世界。"〔馬克思語〕皇帝

以十萬金錢的代價和一個女人睡一夜，而薩加爾竟以加倍的高價
買到皇帝的情婦，還恬不知恥地挽着她出席上流社會的晚會，受
到人們的羨慕。馬克思說："奢侈本身現在也成爲獲得信用的手
段。"薩加爾在奢侈生活中，讓金錢流淌，卻得到了更多人的信
任，人們把他看成是能使自己發財的"上帝"，無條件地把全部
財產交給他支配。

　　金錢的洪流，刺激着上流社會瘋狂行樂的慾望，而這種行樂
的需要又促使他們不擇手段地去獲得萬能的金錢。議員雨赫周旋
於大臣盧貢和薩加爾兩兄弟之間，抓住一切機會爲自己撈取金錢，
不惜採用盜竊機密情報的卑鄙手段；德格勒蓁爲了多搞錢，一向
在關鍵時刻倒戈；博安侯爵輸了錢就賴賬，贏了錢就放進腰包；
桑多爾夫男爵夫人用色相和叛賣換取交易所情報，只要自己得利
就行，如此等等，在那個腐敗黑暗的金融社會裏，這些卑鄙伎倆
都由金錢的利益得到最自然的解釋。《金錢》撕開了資本主義社
會人與人之間溫文爾雅的面紗，揭露了他們純粹金錢關係的醜惡
本質。在這方面，左拉的描寫是深刻的。

　　但是，左拉的資產階級世界觀和人道主義立場，決定了他對
資本主義制度的揭露和批判帶有很大的局限性。左拉一方面看出
了這個制度的不合理性，否定百孔千瘡的資本主義現實；一方面
又對它的潛在能力抱有幻想。這種矛盾的觀點，不僅表現在對薩
加爾本質的揭示上，也時時表露在他的理想人物嘉樂林夫人對金
錢和對薩加爾的看法上。作品無情地揭露了薩加爾"海盜"心腸
和卑鄙醜惡的面目，但又認爲他對貧弱的人還是寬厚仁慈的；嘉
樂林夫人既對薩加爾的骯髒歷史十分厭惡，痛恨他的投機事業造

成善良人的不幸，又爲薩加爾無時無刻不表現出來的熱情和活力所吸引。她既否定金錢的罪惡和帶來的毒素，又認爲金錢是人類文明事業的原動力。左拉對參與薩加爾創建世界銀行的嘉樂林夫人的美化，也正是他對資本主義制度潛在能力仍抱有幻想的反映。

另外，左拉一方面揭露金錢的罪惡，揭露資產階級追逐金錢的卑鄙本質，一方面又肯定資產階級對外經濟擴張是合法的、有益的。哈麥冷在中東的活動，建立地中海聯合輪船總公司，開發迦密山銀礦，建立土耳其銀行，修建中東鐵路幹線等等，都是在拿破崙第三時代向外軍事擴張、進行經濟侵略的行動，而左拉卻是以讚賞的態度來反映和表現的，他把這種帝國主義經濟侵略，說成是“人類的覺醒”，是爲落後地區帶來了“全部的文明”，是“人類更其幸福的表現”。在這個問題上，左拉說了一堆蠢話。

《子夜》是茅盾在無產階級世界觀指導下創作成功的作品。作家沒有孤立地描寫交易所的拚搏。吳蓀甫與趙伯韜的矛盾衝突，是在由“三座大山”與工農大衆這一基本矛盾爲主體構成的光怪陸離的社會生活背景中展開的，與中國社會的基本矛盾衝突緊密相連。這一點比《金錢》深刻得多，《金錢》沒有涉及工人階級與資產階級的矛盾鬥爭，因而不可能反映出更深刻的社會內容。

由於茅盾站在無產階級立場上，以馬克思主義觀點反映黑暗中國的社會生活，因此他的眼睛就不像左拉那樣只看到金錢的罪惡；不只是描繪了交易所金錢戰場上你死我活的鬥爭，同時也反映了工人與資本家的矛盾衝突；不只是描寫了民族資本家與買辦資本家之間的吞併關係，而且也揭示了民族資產階級內部的聯繫和傾軋；不只是描繪了由各色人等組成的城市社會相，而且也表

現了以農民暴動爲主要內容的農村風雲。總之,《子夜》描繪了
一幅廣闊的中國社會生活圖景,反映了各階級、階層人物在複雜
社會矛盾鬥爭中的意念和動向。這是《金錢》不可比的。

　　《子夜》不僅對黑暗社會罪惡和資產階級本質,作了深刻正
確的揭露,宣判了半殖民地半封建社會制度的死刑,而且還科學
地展示了社會發展前途。

　　兩位作家不同的世界觀,決定了這兩部作品具有不同的思想
傾向性;也決定了《子夜》遠遠超過批判現實主義,而成爲中國
革命現實主義小說的豐碑。《子夜》和《金錢》,取得了各不相
同的現實主義成就。

張德美

〈《子夜》、《金錢》比較談〉,

(蕪湖)《安徽師大學報》(哲社版) 1 (1986),83～
88。

《子夜》與《金錢》*⑵

　　在世界文學史上，常有這樣的例子：傑出作家筆下刻劃的藝術形象，特別是同一題材領域內的人物形象，由於他們的共性，他們共同的階級本質被加以高度概括和深刻揭示後，常常呈現出某些相似之處。左拉《金錢》中的薩加爾和茅盾《子夜》中的吳蓀甫，前者是十九世紀法國金融資本家，後者爲二十世紀中國民族工業巨頭，就給人以類似的感覺。在這兩個人物身上，體現着他們本階級的共同特徵，如表現出對金錢的崇拜，幻想着金錢能變成更多的工廠、銀行；野心勃勃，具有強烈的征服慾以及殘暴凶狠的性格。這些資本家與生俱來的共有的性格特徵——馬克思在一百多年以前曾無情地揭露過的資本共性，通過兩位傑出作家高超的手筆，以文學形式得到生動的再現。

　　《子夜》與《金錢》都是由巨大的場景、眞實的細節和形形色色的人物形象構成的生動的社會生活風俗畫。佔據這畫面中心位置的是吳蓀甫和薩加爾。雖然他們的經歷不同，生活方式不同，他們靈魂深處卻有一個共同的核心：金錢。無窮盡地攫取金錢成了他們行爲的原動力。

　　即使在喪父的悲痛日子裏，吳蓀甫披麻戴孝，心慌意亂，想的卻不是吳老太爺的喪事，而是計劃着如何＂聯名電請省政府火

＊　同前。

速調保安隊去鎮壓 ” 四鄉農民的暴動，以保住他在雙橋鎮的當舖、
錢莊、米廠等財產，如何培養屠維岳一類的親信，破壞工人團結，
保證絲廠運轉正常，利潤不受損失，如何參與杜竹齋等人的 “ 密
謀 ” ，在股票市場抛出五百萬，以期賺回比這數目大的多的金錢。
而那個久在構思中的 “ 大計劃 ” ，“ 更加明晰地攫住吳的全意識 ”
——聯合志同道合的王和甫、孫吉人，創辦益中信託公司，然後
組織一個 “ 工業托辣斯 ” ，聯合紡織業、長途汽車、輪船局、礦
山、應用化學等，進行統一經營管理，獲取更大的利潤。他做夢
都想到有更高的烟囱出現，有更多的貨幣收回。《金錢》則着重
描寫薩加爾在金融投機事業上的興衰。他以巴黎為陣地，奔走於
銀行和交易所之間，手裏捏着五顏六色的紙頭，腦子裏進行着緊
張的數字運算。他與人合夥創辦世界銀行，花錢買下《希望報》
大作廣告。他善於用遠大前程的夢幻來引誘公衆，騙取信任，掏
空他們的錢財從事投機事業。薩加爾和他的追隨者開銀行、辦公
司、建鐵礦、修鐵路。他利慾薰心，發財心切。不到三年，五百
法郎一股的世界銀行股票上漲到三千法郎，他瘋狂似地投身這場
大賭博。他兒子馬克辛姆這樣評論薩加爾：“ 他之所以到處要使
金錢像泉水一般噴出，不管以任何方式去吸取它，其目的就是想
看見這些錢像山洪一般狂流，他又能在這狂流中取得他的一切享
受：奢侈、逸樂和權力。” 作者通過薩加爾在巴黎上流社會各種
活動的眞切描繪，揭發出資產階級內部爾詐我虞、你死我活的金
錢肉搏。

在資本家積累財富過程中，金錢具有無窮的意義，它是生命
的活力，靈魂的寄託，是一切行爲和意志的歸宿。追逐金錢似乎

不再是爲了保證日常的溫飽和生命的必需，而是爲了金錢本身。正如馬克思所指出的："作爲資本的貨幣的流通本身就是目的，因爲只有在這個不斷更新的運動中才有價值的增殖。因此，資本的運動是沒有限度的。"也就是說，資本家本人已經變成金錢的出發點和復歸點，變成了人格化的資本。他們的目的是沒限度地無休止地謀取利潤。這種絕對的致富慾，這種價值追逐狂，這種金錢崇拜者，正是資本家的本質特徵。這一點在薩加爾身上表現得更加觸目驚心，更爲淋漓盡致。

薩加爾與吳蓀甫除了對金錢表現出共同性外，在野心勃勃，敢於冒險、有一種強烈的征服慾等方面，兩人也非常相似。

拿破崙第三政變後，薩加爾流浪巴黎街頭，口袋空空，腹中飢餓。他"急於想滿足他的各種慾望"，"想帶着他的歪跟靴子和骯髒外套和這個城市搏鬥，去征服它。"在第二帝國這個窮奢極慾的鬧宴上，他樣樣都嘗過，卻什麼也沒有吃夠。他失敗越慘，貪心就越大。十三年後，他重新流浪街頭。但是在同各式各樣人物的交談、接觸中，在對交易所做了密切的巡視、觀察後，他已下定決心，要組織"世界銀行"，向金融界挑戰，向整個巴黎挑戰。同樣，雄心勃勃、敢於冒險的吳蓀甫，在嚴厲的外表下也有一個要征服一切的內心世界。他曾經遊歷歐美，從繁榮的資本主義那裏學到了一套管理企業的辦法，試圖在家鄉雙橋鎮建立起以電力爲中心的各種類型的工業都得到發展的"雙橋王國"。然而，只有十萬人口雙橋鎮何足供廻旋。吳蓀甫要想在農村、工廠、金融各方面施展才能，要以絲織業爲中心，聯合各界同仁，把整個工業搞上去。他後來組織的益中信託公司僅資本一項就有五百萬元，區區雙橋鎮與之相比，簡直是小巫見大巫。《金錢》與《子夜》不僅表現主人公那強烈的不可一世的征服慾，而且描寫了他們的魄力和野心。薩加爾成立世界銀行後，計劃在西亞開發迦密山銀礦，修建"像魚網一樣，從中亞細亞的這一端到那一端"的"東方鐵路公司"，成立壟斷地中海航運的"聯合輪船總公司"。他還考慮怎樣建立"聖陵金庫"，把教皇遷到耶路撒冷，發動一次金錢的"十字軍東征"。吳蓀甫則宣稱他們的公司將和孫中山先生《建國方略》中提出的"東方大港"、"四大鐵路"聯繫起來，對外掛出驚人的招牌，以吸引投資，他憧憬那"高大的烟囪如林，在吐着黑烟，輪船在乘風破浪，汽車在駛過原野"。他要使生產出來的東西"踏遍中國的窮鄉僻壤"。

每個資本家的發家史都充滿着罪惡，都浸透着勞動人民的血汗。薩加爾信守着"吃掉別人，或被別人吃掉"的人生哲學，重回巴黎後身不由己投入交易所。他那種殘酷的天性在十三年前地產事業失敗時並沒泯滅，在交易所緊張劇烈的競爭中變得更爲凶狠，手段更爲卑劣。或者飛黃騰達，或者傾家蕩產，此外別無他途。他用別人的巨大財產進行冒險，調動百萬金錢如同調動棋盤上的幾顆棋子，至於哪些人會成爲這種"調動"的犧牲品，他絕不在意。在薩加爾看來，交易所就像一個沒有槍聲的你死我活的戰場，"在這戰場上沒有伙伴，沒有親屬，沒有朋友，這是強有力者的殘酷法律，吃掉別人就是爲了不被人吃掉"。他惡狠狠地說："難道人生應該顧慮這些事情麼？我們每走一步，就會壓碎成千的生物。"薩加爾是金融大資本家，他剝奪的範圍是中小資產階級，中小資產階級剝削的對象則是廣大工人，因此，在這場血腥的廝殺中，受害最深、命運最慘的還是勞苦大衆。

　　與薩加爾相似的是《子夜》中的吳蓀甫一樣殘酷凶狠，不留情面。這不僅表現在對比他弱小的同行的態度和對鄉村農民運動的鎮壓上，更表現在他爲了追求高額利潤，殘酷剝削工人和鎮壓工人運動。他明明知道廠裏的工人向他"要求米貼"是因爲"生活程度高，她們吃不飽"，可是他爲了自己賺取更多的利潤，不僅不給工人發"米貼"，反而大肆裁減工人，削減工資，延長工時。他採取各種手段來"消弭工潮"，親自坐車到廠裏鎮壓工人運動。當工人把他包圍起來時，他竟命令司機朝着人群"開車！開足了馬力衝！"他的隨身保鏢老關還"舉起手槍對準了密集的女工開了槍"。在他看來，那些"窮到只剩下一張要飯吃的嘴"的工人，只不過是他用以增加利潤的工具，可以隨時用汽車軋死或槍殺的對象，根本沒有生存的權力可言。無論薩加爾還是吳蓀甫都一樣的凶狠，都是靠殘酷地剝削壓迫別人才發家致富的。誠如馬克思所說的："資本來到世間，從頭到腳，每個毛孔都滴着血和骯髒的東西。"

　　茅盾在從事創作以前，大量閱讀過外國小說，英、法、俄等國的文學都曾涉足；他對傳統的中國文學也作過窮本溯源的研究。正是在批判地繼承中外優秀文學傳統的基礎上取精用宏，涵濡吐納，作者才爲現代文學史提供了一個傑作——《子夜》，做出了別的作家不曾做出的貢獻——塑造了吳蓀甫這個藝術典型。

　　的確，茅盾喜歡過左拉的作品，也有人曾指出過《子夜》受《金錢》的影響。但作者卻在答曾予燦的信中否定過這一點。以後他又在回憶錄中說："我雖然喜歡左拉，卻沒有讀完他的《盧貢•馬卡爾家族史》全部二十卷，那時我只讀過五、六卷，其中沒有《金錢》。"作者的話是可信的。從上文分析來看，由於作品取材的相同，更由於兩位作家用高超的手法描寫出主人公資本家的共性，從而使兩部作品呈現出某種程度的相似。然而，相似的作品不等於就存在影響關係。

吳蓀甫是茅盾採用現實主義方法創造出來的典型人物，是中國民族資產階級突出的"這一個"。他那鮮明、生動的個性與他周圍形成的典型環境水乳般地交融在一起。作者既憎恨他的貪婪、狡詐、狠毒，又欣賞他的膽略、魂力，對他最終敗於趙伯韜之手不無同情。而這一切，都嚴格地遵循着"情節是人物性格發展的歷史"這一現實主義創作的基本原則，再現於紙上。所以，吳蓀甫這個形象才有如此感人的巨大的藝術魅力。"這個英雄的失敗被寫得像希臘神話中的英雄的死亡一般地使人惋惜。"【侍桁語】並得到讀者意想不到的同情和讚賞。相比之下，薩加爾這個形象則蒼白多了。對薩加爾的失敗，讀者不僅不感到遺憾，並由他的失敗，對他在此之前所作的努力都給以否定，爲什麼出現這種情況？最重要的原因就是左拉粗暴地干預了主人公性格發展的邏輯，主觀地規定那樣一個極其偶然的、不合情理的結局。

通過對吳蓀甫和薩加爾兩個人物的比較分析，我們可以看出，一個作家的世界觀和創作方法對他的創作起着多麼重要的影響。正確的世界觀和創作方法使有才能的作家創造出成功的作品，而不正確的世界觀和創作方法則會使他的創作出現不少敗筆。

大家知道，左拉是自然主義大師。他的創作是在他的實驗主義理論指導下進行的。他主張去描寫所碰到的任何一件事、一個人，並盡力給所寫人物塗上現代自然科學的色彩。由於否定藝術創作的典型化過程，他的一些作品只能抓住事物的表面現象，不能探索事物的內部聯繫，甚至歪曲事件及人物的社會本質，常常把人物的犯罪行為歸之於獸性、遺傳等生物學原因，在社會人生的看法上陷入唯心主義。為了寫《魯貢・馬卡爾家族史》，"他作了這樣的安排：使每一本小說中都有這家族的一個成員演着高於一切的角色。這樣得來的統一性，與其說它是真實的，不如說是一種俗套而已。"拉法格進一步指出："可惜的像左拉這樣一個具有毋庸否認、也沒有人否認的才幹的人，卻過着隱士生活，這使他不能正確地去描寫他要表現的一切。""當左拉在他的隱士之居的深處生活和創作時，他遠離了作為他的研究對象的有生物和無生物；這樣一來，用畫家們的一句話來說，他不得不'寫意'了。"

　　由於世界觀和資產階級立場的局限，妨礙了左拉深入生活，深入社會。他遠遠地離開他的研究對象，"不能正確地去描寫他要表現的一切"。於是，他閉門想當然地把薩加爾和甘德曼之間的矛盾解釋為宗教間的宿仇，"寫意"式地給自己筆下的主人公一個偶然的結局，讓他演完"高於一切角色"的戲——公債事業。因此，薩加爾就像左拉許多其他作品中的人物一樣，並不給人以有血有肉的真實感覺。"他們就像蠶糠充塞的傀儡一樣，作家牽動他們身上的線，使他們按照情節發展和所要求的效果活動。"〔拉法格語〕

　　即使在"五・四"初年，茅盾所提倡的自然主義也是與寫實主義相混雜的。他介紹更多的是現實主義大師的作品。一九二二年寫的〈"曹拉主義"的危害性〉尖銳指出過自然主義的局限和危害。

一九三〇年茅盾爲使自己的創作眞正符合時代的要求，他盡一切可能去擴大自己的視野，對社會現狀做了廣泛的、大量的觀察和研究，積累了豐富的創作素材。作者在外文版《茅盾選集》所寫的序言中回憶到："爲寫《子夜》，我曾不止一次到交易所、絲廠、火柴廠等，實地觀察。至於人物，則因我的親戚故舊中就有類似吳蓀甫等等的人物，我與之往來既久，觀察之積累既豐富，所以能典型地刻劃他們的性格。……由此可以悟出一條眞理：豐富的生活經驗是作家創作的無窮泉源。"這段話闡明了茅盾的藝術見解，他正是從研究"活生生的人"開始創作《子夜》的。他長期的生活積累與消化保證了作品的深度，保證了吳蓀甫形象的高度典型性。

誠然，作者是在一定的理念活動支配下開始創作的。但是，在創作過程中起主導作用的始終是生活本身。茅盾是按照現實主義的要求，依照現實的本來面目和生活的固有邏輯來塑造人物、反映生活的。

茅盾和左拉生活的時代和國度完全不同，他們各自的生活經歷和創作生涯迥然相異。早在一九二九年寫的《從牯嶺到東京》一文，茅盾就曾說過："我曾經熱心地——雖然無效地而且很受誤會和反對，鼓吹過左拉的自然主義，可是到我自己試作小說的時候，我卻更近於托爾斯泰了。"以上通過對吳蓀甫、薩加爾兩個人物形象的比較分析，不正是可以幫助我們加深領會作者這段話的深刻內涵嗎？

宋文耀

〈《子夜》與《金錢》主人公形象比較談〉，
《杭州大學學報》（哲社版）1（1987），69～75。

《林家鋪子》與《伙計》[*]

　　美國猶太作家伯納德・馬拉默德的《伙計》和我國作家茅盾的《林家鋪子》都是優秀的現實主義作品。《伙計》曾獲美國全國文藝學院頒發的羅森塔爾獎，是馬拉默德的代表作，在中國已先後出版兩種中譯本。《林家鋪子》是茅盾的短篇小說的代表作之一，曾被搬上銀幕，在國內被選入多種選本，在國外也有日、英、法、西、阿拉伯、俄、越、捷、泰等十餘種譯本，影響十分深遠。

　　兩部作品都以二十世紀三十年代爲歷史背景，選取了相同的社會題材，結構成大致相同的故事：描寫一個雜貨鋪從掙扎到倒閉的過程，人物不多，一個勤勤懇懇、巴巴結結歷盡人生坎坷的店老板，一個終日憂心忡忡的老板娘，他們的天眞無邪的獨生女兒，一個支撐門面忠實能幹的伙計。他們面對社會上種種搶劫、欺騙、壓榨的黑暗勢力，慘淡經營，幾經掙扎，終於破產了，最後，老板的女兒嫁給了伙計。

　　文學史上不乏這樣的情形：兩個不同國籍、不同時代的作家，創作了同一主題的作品，塑造了同樣命運的主人公，故事的結局也大致相同。《伙計》與《林家鋪子》正屬於這種情形。從兩個

---

[*]　Bernard Malamud（ 1914 ～　　　　），*The Assistant*（ 1957 ）。
　　譯文引自葉封譯本。

作家的傳略和創作道路考察，沒有文學材料證明他們之間存在明顯的師承關係和影響關係。因此，本文對兩部作品進行比較研究，不是企圖從影響上說明他們之間的前後關系，而是研究兩個作家創作同一題材的作品所表現的觀察現實的角度和進行藝術概括、藝術處理的異同。

《林家鋪子》寫於一九三二年，《伙計》寫於一九五七年。兩部作品的寫作年代雖相差四分之一世紀，但它們都以一個雜貨鋪老板作爲小說的主人公，兩個主人公具有相同的性格特徵、心理素質和悲慘的命運，他們是三十年代那個特定歷史環境中典型人物。

《伙計》中的莫里斯姓 Bober，他的姓使人聯想到 bob，一個微小、窮苦的象徵。當俄國人對猶太人進行大屠殺的時候，他從沙俄軍隊裏逃往美國，開了一個雜貨鋪維持生活，沒有社會地位，經濟困窘，“一旦陷在這個店鋪裏，就像是一條魚在大油鍋裏”，從此“他的麻煩就像香蕉那樣結成串”。他善良、勤奮，不停地幹活，是個巴巴結結的小商人，從不投機倒把坑害別人，誠實是他的立身之本，他相信謙卑受賞、野心受罰，“做老實人，覺才睡得安穩”。爲了讓一個波蘭女人早些吃上麵包，他寧願自己受凍挨餓；他明知醉婆娘賒賬不還，但還是把黃油麵包給了她的女孩；一個窮苦的意大利太太忘在櫃擡上一枚鎳幣，莫里斯冒雪奔過兩條馬路把這枚鎳幣還給她。這樣一個老實的小商人理應得到較好的生活，但是到頭來，晚景淒涼，窮愁潦倒，獨生女海倫爲生活所迫不能升學，愛子夭折使他朝思暮想，“他對自己，對落空的期望，數不清的挫折，烟消雲散的歲月，都厭倦了”，終於默默地死去。

《林家鋪子》中的林老板也是一個巴結認真的小商人，他和莫里斯一樣，全部生產資料就是一個小雜貨鋪，這樣的財產和生產關係決定了他和莫里斯一樣的社會地位，他也是勤奮、善良、無嗜好，對各種惡勢力，唯恐避之不及，往往是委屈求全的。多少年來，他總是"抖擻着精神"，"用了異常溫和的目光"迎送顧客，顧客瞥到什麼貨物，林老板會"異常敏感"地拿出來"請他考較"，有時把女兒喚出來喊聲"伯伯"，有時讓小學徒"送上一杯便茶，外加一枝小聯珠"。在價目上，林老板常常將尾數從算盤上撥去。他殷勤待客，"汗透棉袍"，但"心裏卻很愉快"。這些細節描寫，塑造了一個心地善良、拘謹、巴結的小商人形象。但是，林老板也沒有得到較好的生活，在帝國主義、封建勢力、官僚資本主義壓榨下，女兒不能升學，妻子怨天尤人，林老板只好遠走他鄉。

莫里斯是戰後猶太文學中的一個典型。從十九世紀八十年代起，東歐國家大批猶太人遷移到美國，不僅開始一種新的生活，也開始接受新的思想、文化、道德的挑戰，猶太文學一方面是猶太人舊生活的總結，描述他們怎樣離開熟悉的故土來到美國，生活上一貧如洗，思想上與美國社會有隔膜，彼此依靠共同的命運維繫在一起；另一方面又是新生活的記錄，描寫他們投靠一個新世界，力圖向美國的現代生活靠攏，儘量縮短距離，但接觸不久就體味到這個新世界的許多痼疾，很快對新世界感到厭倦和失望，做猶太人難，不做猶太人也難。猶太文學就是在這二者之間發生、發展起來的，這種文學既不完全是傳統猶太人的，也不完全是現

代美國人的，它是跨立在兩者之間的一種文學。戰後猶太文學的
共同主題就是反映特定歷史條件下猶太人的現代生活、戰爭、暴
行、失業、金錢關係及種種意識形態。不同的作家從時代的喪失
感和困惑感中擷取藝術原料，形成自己筆下的人物形象。

《林家鋪子》中的林老板則是中國半封建半殖民地這塊土地
上江南小鎮的一個小商人。三十年代的中國，從“九一八”到
“一二八”，戰爭、經濟蕭條、農村破產、難民流亡、交通受阻、
錢莊封閉等等現實生活的影響像一個巨大的黑影撲面而來，林老
板的命運無可置疑地和這一重大歷史事件聯繫在一起。

林老板和莫里斯不同，他是土生土長的中國商人，他的生活
習慣和心理素質所形成的性格中，不存在着脫離舊傳統的生活方
式而向新生活靠攏的問題。他生於斯、長於斯，從父親手裏繼承
了小店，世代經商，在他身上沒有流落異鄉的漂泊感和風塵感，
倒有些小商人的鄉土氣。但是，一二八戰爭撞擊了他平靜的生活。
作品一開始，是賣國貨還是賣日貨這樣一個尖銳的問題便擺在了
作為商人的林老板面前。至於林小姐的穿着問題、林家鋪子的生
計問題也都圍繞着愛國還是賣國、賠錢還是賺錢這樣富有時代感
的線索展開。林老板連夜撕掉日貨標籤以冒充國貨，表現了追求
利潤的商人本性。當上海難民逃到鎮上，“幾十萬人只逃得一個
光身子”，林老板開始打這些難民的主意，連夜趕貼廣告，大書
“廉價一元貨”，一天牟利一百多元，即使奮力掙扎，林老板最
後還是破產了。政治的、經濟的、戰爭的、城市及農村的網絡將
林老板罩住，作家通過林老板的命運展現了中國二十世紀三十年
代小市鎮的風貌，賦予林老板的形象以鮮明的時代感和歷史感。

在藝術結構上，兩部小說具有同工之妙：即作爲主人公的陪襯的有一個輔助形象，這個形象恰恰都是作爲主人公的雜貨鋪老板的店員，《伙計》中的弗蘭克和《林家鋪子》中的壽生都處於這一形象在藝術構架的同一位置上。

如果說，莫里斯是作家筆下一個正面的"聖者"形象，那麼，作爲小說篇名的伙計弗蘭克•阿爾派恩則是作家筆下一個輔助的形象，他從否定的意義上補充了莫里斯的道德份量和美學價值。意大利青年弗蘭克自小在孤兒院長大，後來成了流浪漢，地窖度日，廣場過夜，從美國西部流浪到東部找不到工作，神情抑鬱，心事重重，在沃德的誘迫下搶了莫里斯，後來發現莫里斯並不富裕，於是良心受到責備，爲了贖罪，他就起早貪黑替莫里斯照顧鋪子，使買賣有所回升。莫里斯夫婦給他很少的工錢，他不計較；讓他睡在地窖裏，他也很知足，這一切都是爲了補償過失。生意日好，弗蘭克惡習重犯，開始偷莫里斯的錢，偷了錢又懊悔，他把偷到手的錢又偷偷放回出納機，力爭有一天全部還清。莫里斯病了，他去找夜間活幹，補充鋪子收入，使莫里斯免於破產。小說寫到最後，在莫里斯的葬禮上，弗蘭克看到莫里斯額角上遭搶刼時留下的傷疤，定心痛改前非，終於皈依猶太教，娶了莫里斯的女兒，當了雜貨鋪的繼承人。弗蘭克的道路是孤兒、流浪漢、搶刼犯、贖罪者、聖者，達到和莫里斯殊途同歸的結局。他的一切行爲都是在作惡與滌罪的矛盾中進行的，達到了從克制中得到淨化、從犧牲中得到再生的境界。老莫里斯死了，一個新的莫里斯誕生了。弗蘭克的形象告訴人們，老莫里斯的去世並不意味着他的人生哲學的終結，相反，老莫里斯的事業後繼有人，他的道德價值和道德力量將永在。

　　《林家鋪子》中的壽生一出場就使讀者感到他的形象是林老板形象的補充。他是在林老板處於內外交困、上海客人坐等收帳的情況下在戰亂中回到鋪子的，從他疲憊不堪、滿身泥濘的形象上，早已使讀者看到他對店主人的一片忠心。林老板不和自己的老婆、也不和其他店員商量鋪子的收帳問題，獨獨和壽生竊竊私議，也足見林老板對他的信任，壽生提醒林老板謹防倒帳，要防對門裕昌祥的排擠，這些都不幸而言中，成為後來的事實。說明壽生的眼光和遠見。隨着圍繞林家鋪子的各種矛盾的尖銳化，壽生在林家鋪子中的地位也日漸重要。是他想出了"一元貨"的辦法，利用自己的商品優勢使買賣起死回生。當林老板被縣黨部拘留，是他作主贖出師傅安慰師母。當林老板走投無路的時候，壽生一個"走"字，充分說明他對林老板遭受壓迫的同情和對壓迫者已不存絲毫幻想。這個形象是機智、果斷、富有正義感的。

　　兩個店員形象，一個從反面、從他自身的曲折道路證明了主人公的藝術力量，在藝術結構上是相反相成的；一個從正面、從他義無反顧的忠誠補充了主人公的藝術力量，在藝術結構上是相輔相成的。不論怎樣，這兩個店員的形象在小說的結構座標上佔據着同一位置。

李　岫

〈馬拉默德的《伙計》與茅盾的《林家鋪子》〉，
《北京師範大學學報》（社科版）4（1986），36～41，
　　35。

《秋天裏的春天》與《春天裏的秋天》*

　　一九三一年，巴金僅用了一個多星期的時間，就譯完了匈牙利現代詩人兼小說家尤利·巴基的中篇小說《秋天裡的春天》。翌年春天，巴金曾到福建晉江一次，在那裏爲一個因婚姻不自由而發瘋的少女的故事所激動，回到上海後就一口氣寫成了中篇小說《春天裏的秋天》，當年七月，與《秋天裏的春天》同時出版。這兩部小說的題目，都具有抒情氣息和象徵意義。從表面上看來，兩者的含義正好相反，但實際上它所反映的內容都帶有悲劇性質。《秋天裏的春天》描寫了兩個拾得的孩子的遇合及其不得不分離的痛苦，《春天裏的秋天》則更是"一個溫和地哭泣的故事"，抒寫了在封建專制家庭摧殘下一對青年男女的愛情悲劇。從作品的思想傾向來看，《春天裏的秋天》顯然較《秋天裏的春天》進步，但在書名的確定和某些藝術手法上，《春天裏的秋天》又受《秋天裏的春天》的影響。

　　巴金的中篇小說《春天裏的秋天》這一書名的確定，曾受到尤利·巴基的《秋天裏的春天》的啓示。他在一九七八年所寫的創作回憶錄《關於〈春天裏的秋天〉》中談到，當他在一九三二年寫完《春天裏的秋天》後，一時想不出題目。當時，他翻譯的《秋天裏的春天》剛好在《中學生》月刊上連載完畢，準備出單

---

* 　Julio Baghy（？），*Printempoen la aütuno*（1928）。

行本。他把全書重讀一遍，忽然"靈機一動"，就給自己的中篇小說想好一個名字：《春天裏的秋天》。它反"秋天裏的春天"之意而用之，却絲毫沒有《秋天裏的春天》所宣揚的那種宿命論的說教，而是相當深刻地挖掘了它所描寫的一對青年男女的愛情悲劇的社會根源，憤怒鞭撻了封建傳統觀念和悖謬的婚姻制度。

　　《春天裏的秋天》中的女主人公鄭佩瑢原是 C 城一所中學的學生，男主人公林是那所中學新來的英文教員。兩人在認識後成爲情侶，並先後來到廈門鼓浪嶼，分別住在自己的朋友家裏。鄭佩瑢雖掙得了求學的自由，從封建專制家庭中衝了出來，但是還沒有掙得獨立處理自己婚姻的自由。她已意識到當時的社會是壓迫女人的，"做一個女人，命運很悲慘"，甚至還以感嘆的口吻說過，"在整個社會的輕視和壓迫下面掙扎、受苦、滅亡，這就是我們以愛爲生命的女人的命運"。她對於她的家庭將阻撓她和林的結合有預感，覺得自己的前途黯淡，常常悲傷流淚，但她在 思想和行動上又十分軟弱，缺少與家庭抗爭的勇氣。不久，她爲探望母親的病，並跟父親商量自己的婚事而回到家裏。到家後她爲父親所逼，與另一個她所不愛的男子訂婚，並違心地寫了與林絕交的信，以免她的父親將林打死。最後她因憂鬱而得病，終於寂寞地死去。她在臨終前還寫信給林，祈求他的寬恕，表示對林的愛情至死還是忠貞不渝的。《春天裏的秋天》運用第一人稱的寫法，通過男主人公林的感受來寫他和鄭佩瑢的愛情生活，心理描寫細膩，抒情氣息濃厚，寫景大都用簡短的排比句（如"明亮的天，明亮的樹，明亮的房屋，明亮的街道"；"白的百合，紫的紫菫，黃的美人蕉"）。整部小說類似一首無韻的散文詩。

　　在"五四"時期，訴說青年男女婚姻不自由的苦痛的新文學作品是很多的，這些作品大都具有反對封建的戰鬥意義。到了二十年代中期，由於一部分知識青年已經衝出了封建家庭的牢籠，取得了人格上的獨立，進入社會，在新文學創作中又出現了如何處理爭取婚姻自由與社會改革的關係的作品。三十年代初期，有的新文學作品進一步反映了革命青年如何正確處理愛情與革命的關係。與巴金的《愛情三部曲》中從事社會活動的青年男女主人公不同，《春天裏的秋天》裏的兩位主角，還處在爭取婚姻自由的階段，他們未把爭取個人的幸福與改造整個社會聯繫起來，生活目標是很狹小的。在這篇作品寫作的當時，由於中國社會的性質並未根本改變，在封建勢力迫害下的青年男女的愛情悲劇仍然時有發生。正如巴金所說，"不合理的社會制度，不自由的婚姻，傳統觀念的束縛，家庭的專制，不知道摧殘了多少正在開花的年輕的靈魂"。（〈《春天裏的秋天》序〉）《春天裏的秋天》雖然沒有從廣濶的社會生活範圍裏來反映青年男女爭取婚姻自由的問題，但它所寫的兩位主人公在愛情上的不幸遭遇，從一個側面反映了當時社會生活的某些本質方面，因而仍然具有一定的典型意義和教育意義。

　　《春天裏的秋天》與巴金所寫的《家》等作品不同，它沒有具體描寫封建專制家庭對青年一代的迫害（只是在作品的結尾通過鄭佩瑢和她的堂妹鄭佩瑜給林的信來側面交代），也沒有從正面展開青年一代對封建專制家庭的激烈衝突。它着重渲染鄭佩瑢和林的愛情生活的"春天"中的"秋天"的陰影，而這一"陰影"實際上正是封建專制家庭對鄭佩瑢威脅和迫害的投影。同《秋天裏的春天》一樣，《春天裏的秋天》的筆調也是溫和的，憂鬱的。
但由於作者的思想水平的差異，兩者又有不同之處。《秋天裏的
春天》在溫和的憂鬱中流露着無可奈何的惆悵，作品的結尾雖也
展示了對於未來的希望，但由於這種理想缺少現實生活的基礎，
也只能成爲一種空洞的安慰而已。與《秋天裏的春天》將兩個社
會地位不同的相愛的孩子的分離歸於命運相反，《春天裏的秋天》
明確地將鄭佩瑢和林的愛情悲劇歸之於社會。從作品中可以清楚
地看到，促使鄭佩瑢的青春的生命夭折的正是她的封建專制家庭，
而這樣的一個家庭又植根於半封建半殖民地的社會土壤中，只要
這種社會存在一天，類似的愛情悲劇還會接連不斷地發生。《春
天裏的秋天》還在後半部分從側面交代了林的哥哥也因婚姻不自
由而自殺，這更說明這類悲劇在當時具有一定程度的普遍性，從
而加深了作品的社會意義。巴金的創作有着明確的目的性，他一
直把他的筆"當作攻擊舊制度、舊社會的武器來使用"，(《談《春》》)
在處理愛情題材時也不例外。愛情是一種與歷史、社會的實踐有
聯繫的精神活動。以愛情爲題材的優秀作品總是要反映一定歷史
時期的社會生活的某些本質方面。巴金不是爲寫愛情悲劇而寫愛
情悲劇的，他總是賦予它一定的社會內容，由此來進行反封建的戰
鬥，這正體現了他作爲一個革命民主主義作家鮮明的創作特色。

　　從創作的思想傾向性來看，巴金顯然不是像尤利·巴基那樣
的和平主義者、人道主義者。《春天裏的秋天》裏的女主人公鄭
佩瑢雖然缺少對封建專制家庭的反抗性，但透過作品中的形象描
寫所體現的反封建的精神卻是十分明顯的。巴金曾經說過，"《春
天裏的秋天》不止是一個溫和地哭泣的故事，它還是整整青年一

代的呼籲。我要拿起我的筆做武器，爲他們衝鋒，向着這垂死的
社會發出我的堅決的呼聲，‘Ｉaccuse’（我控訴）”。毫無疑
問，巴金也有人道主義思想，或正如他自己所說的“人道主義和
愛國主義的混合”。他在《《春天裏的秋天》序〉一文中曾經說
過，“我的許多年來的努力，我的用血和淚寫成的書，我的生活
的目標無一不是在：幫助人，使每個人都得着春天，每顆心都得
着光明，每個人的生活都得着幸福，每個人的發展都得着自由。”
但巴金的人道主義又不同於尤利・巴基的人道主義。它以對被壓
迫被侮辱被損害者的愛爲主要內容，並且與對帝國主義、封建主
義的憎恨緊密聯繫在一起。這是要從巴金所處的社會歷史條件和
個人的經歷以及所受的思想影響等方面來說明的。巴金曾經談到
他在幼年時是被“愛”養育大的。“父母的愛，骨肉的愛，人間
的愛，家庭生活的溫暖”。他愛一切的生物，討好所有的人，願
意揩乾每張臉上的眼淚，希望看見幸福的微笑掛在每個人的嘴邊。
不久，他在封建大家庭裏親眼看到“許多可愛的青年的生命在虛
僞的禮教的囚牢裏掙扎，受苦，憔悴，呻吟以至滅亡”，同時在
他的“渴望着發展的青年的靈魂上，過去的傳統和長輩的威權像
一塊磐石沉重壓下來”，“憎恨”的苗於是就在他的心上發芽生
葉了，“接着‘愛’來的就是這個‘恨’字”。他“開始覺得這
社會組織的不合理了”，想“是不是能夠來改造它，把一切事情
安排得更好一點”。（《短簡・我的幼年》）後來，他所受的民
主主義和無政府主義的思想影響又進一步加深了這種“人類愛”
的思想，而爲了實現“人類愛”他又堅持宣傳憎恨，批判“勿抗
惡”的思想。他曾經說過，“除了反抗而外，再沒有別的方法可

以使人類得救。在這個世界裏我們不能忍受，也不應該忍受 ”。
（《海行》）他在〈呈獻給 “吾師 ”凡宰特〉一文中又說， “我
知道在你的那一顆愛字鑄成的心中是沒有 ‘憎’和 ‘報復’存在
的。然而我却常常犯了罪了，因爲我違背了你的教訓去宣傳憎，
宣傳報復 ”。到了三十年代，他更明確宣告， “一切舊的傳統觀
念，一切阻止社會進化和人性發展的不合理的制度，一切摧殘愛
的勢力，它們都是我的最大的敵人。我始終守住我的營壘，並沒
有作過妥協。 ”（《寫作生活的回顧》）在巴金的創作裏，有着
鮮明的愛憎和明確的方向，而這正是尤利·巴基的作品中所缺少
的。

　　巴金在翻譯外國文學作品時，也很注意學習它的表現方法，
以提高自己創作的藝術水平。一九二九年二月，在他的第一本小
說《滅亡》寫成以前，正好第一次閱讀十九世紀俄國革命民主主
義作家赫爾岑的回憶錄《往事與隨想》。當時他 “心裏也有一團
火，它也在燃燒 ”。他 “有感情需要發洩，有愛憎需要傾吐 ”。
他 “也有血有淚，它們要通過紙筆化成一行、一段的文字 ”，就
“不知不覺間受到了赫爾岑的影響 ”。以後，他 “幾次翻譯《往
事與隨想》的一些章節，就有這樣一個意圖：學習，學習作者怎
樣把感情化成文字 ”。（〈《往事與隨想》後記㈠〉）一九三二年，
他在寫《春天裏的秋天》時，不僅書名的確定，而且在表現方法
上也受到了前一年翻譯的《秋天裏的春天》的某些影響。如小說
中女主人公鄭佩瑢以剪下的一縷頭髮作爲送給林的紀念品以表示
愛情的忠貞這一細節，就是向《秋天裏的春天》借鑒的。《秋天
裏的春天》的結尾，寫到夏娃在臨別前交給亞當·拉伯采一封信，

裏面附了一朵白菊花和一縷金黃色的鬢髮。亞當·拉伯采拆開信後，曾大聲痛哭，不住地吻着它們，並疑惑地對遇到的巴南約席先生說，"像這麼美麗的春天，像這個秋天裏的春天這麼美麗的，永不會再來了。"《春天裏的秋天》的最後一節也寫了林從鄭佩瑢的堂妹鄭佩瑜寄來的信中收到鄭佩瑢臨終前所剪下的一縷頭髮，他吻着那一縷頭髮，"像吻一個美麗的回憶"，並發出了"然而在我這一生裏還會有春天這樣一個季節麼？"的感嘆。這一細節將蕭殺般的"秋天"的悲劇結尾與已經消逝了的愛情生活中的"春天"聯繫起來，使人悲憤，發人深省，實際上也是對不合理的社會制度的血淚控訴，在用意上顯然較《秋天裏的春天》的結尾來得積極。

黎 舟

〈尤利·巴基的《秋天裏的春天》與巴金的《春天裏的秋天》〉，

《福建師大學報》1（1982），59～64。

《狂人日記》與《牆》*

　　我們認為，安特萊夫作品中，《牆》在思想、藝術上與魯迅的《狂人日記》更接近。

　　《牆》寫於一九〇一年九月，正是一九〇五年俄國革命前夕，俄國社會各種矛盾空前尖銳激化，大搏鬥已迫在眉睫。安特萊夫的《牆》在構思和表現上明顯受到比它早幾個月問世的高爾基的《海燕之歌》的影響。

　　《牆》的大意是這樣的：有一堵把蒼穹和大地分成兩半的巍然聳立的“牆”。“牆”裏面是一個“瘋狂，互相殘殺”的世界。“牆”就是一個嗜血成性的“殺人犯”。它把“好看的、健康的都殺了”，剩下來的是一些求生不得，欲死不能的瘋狂、絕望、冷漠的人。人們在痛苦中呻吟、掙扎，也有人為衝破“牆”的禁錮進行各種嘗試。他們的努力一次次失敗了。然而，人們仍在企盼着這“吸飽了人類鮮血和腦髓的磚石巨蛇”立刻倒塌，“從此出現一個新世界”。一個“骨瘦如柴的老好人站在一塊高高的石頭上”，“向牆伸出雙手”，發出痛苦的哀號：“把我的兒子還給我！”在老婦人的感召下，人們紛紛起來向“牆”討還血債，“還我孩子”的呼聲響徹大地，群眾憤怒了，“千萬個緊張而又暴怒的胸脯向着牆猛撞，泛着泡沫的血水噴向高空，一直噴到沉

---

　　*　　Leonid Andreyev（ 1871～1919 ），*La Mur*（ 1901 ）。

匈匈地來回翻滾着的密雲上,把密雲都染紅了,於是火一般的血紅的可怕的密雲,又把血紅的光射向地面……地面上的人群,揪人心肝地呻吟着,滿懷着難以言說的痛苦,急急地退了下來…"

人們經過多次鬥爭和失敗,終於喪失了信心,大地又沉寂了。這時,"我"——一個麻瘋病人却發現"牆"已經搖搖欲墜,於是,"我"大聲疾呼弟兄們起來,繼續鬥爭。然而,"我滿懷愉快地環顧四周——看到的只是背脊,冷漠、肥胖、倦怠的背脊","誰也不願聽我這個麻瘋病人的話"。最後"我"無可奈何地哀嘆:"災難呵!……災難呵!……災難!"

安特萊夫用"牆"、"夜"、"密雲"來象徵表現統治階級殘酷、虛弱的本質及其行將崩潰的前景。這些,與高爾基的《海燕之歌》是一脈相承的,然而在對待群衆的覺悟以及革命前途的佔計上,安特萊夫則與高爾基不同了。高爾基用高昂、熱烈的詞句,表現了革命樂觀主義精神:安特萊夫却用冷雋、陰森的筆調,流露了他對群衆愚昧的感傷和悲觀。

魯迅的《狂人日記》與安特萊夫的《牆》在許多地方都很相似。在思想方面,二者都暴露了統治階層"吃人"的罪惡,表現了要徹底推翻統治階層的強烈願望。在藝術形式上,二者都使用了象徵主義與寫實主義相調和的手法,大大增強了小說的藝術表現力。另外,二者的語言風格也是很相似的。這裏,我們主要談談二者運用象徵手法描寫時代、塑造人物等方面的相似之處。

首先是用象徵手法表現時代特徵。《牆》是用"夜"來象徵當時俄國黑暗社會的。文中寫道:"夜從來沒有離開過我們,這黑沉沉的夜竟不到山背後去歇息歇息……因此,它始終是倦怠的,令人窒息的，陰森森的。"

　　魯迅在《狂人日記》中也用了"黑漆的，不知是日是夜"來象徵中國社會的黑暗。

　　其次是用"吃人"來做象徵，揭露統治階層的凶殘，對"吃人"情景的描寫，二者也是相似的，全篇作品都籠罩着陰森、恐怖的氣氛。

　　安特萊夫在《牆》裏描寫了一個爲解救苦難的人，企圖用前額把"牆"搖倒的人，後來吊死在嵌進牆裏的鈎子上。他"身上還有熱氣"，人們便爭着來吃他的肉，那情景眞令人毛骨悚然：

　　　我看見那餓漢從他坐着的那塊石頭上掙扎着站起來，他跌跌撞撞，東搖西晃，用那雙像針一般刺人的胳膊肘把所有的人推開，連爬帶滾地到了牆跟前那個吊死的人正在晃蕩的地方，他像一個小孩似地興高彩烈的裂嘴笑着，牙齒磨得格格直響，但願能吃到塊腿肉！但他來晚了，其他一些強壯有力的人比他先到，他們相互抓着，咬着，蜂擁而來，把吊死者的屍體圍得水泄不通，他們啃着死者的脚和腿，然是有味的嚼着，被啃的骨頭咯吱吱亂響，大家怎麼也不讓這個餓漢進到屋子裏去，於是餓漢只得蹲下來，眼巴巴去瞧着別人吃，饞得直舐他那像銼刀似的舌頭。

　　這段象徵性的描寫含義是很深的，它表現了在人吃人的社會中，吃人者不僅是統治者，也包括受了統治階級思想禁錮的愚昧民衆，同時反映了革命者不爲民衆理解的悲哀——"一個人爲着飢餓者了，而這個飢餓者却竟連死者腿上的一小塊肉都沒能嚐到！"

在《狂人日記》中，我們同樣看到生活在封建社會中的各色人物，在禮教毒害下，也都參與了“吃人”的事業。魯迅通過狂人對歷史上和現實中許多“吃人”事例的披露以及狂人害怕被吃的多疑多慮、緊張恐懼的感受，用象徵手法揭露了整個封建社會“吃人”的本質。而且，“吃人”的方法也和《牆》裏差不多：“我曉得他們的方法，直接殺了，是不肯的，而且也不敢，怕有禍祟，所以他們大家聯絡，布滿了羅網，逼我自戕。”“最好是解下腰帶，掛在梁上，自己緊緊勒死，他們沒有了罪名，又償了心願，自然都歡天喜地地發出一種嗚嗚咽咽的笑聲。”

第三是用象徵手法揭露統治階級貌似強大却行將崩潰的虛弱本質，安特萊夫在《牆》中描寫了憤怒的人群像“被暴風掀翻的海洋”那樣吼叫着，“全力去衝撞那堵牆”，人們的反抗遭到了血腥的鎮壓，“最後終於筋疲力盡，死一般地睡着了”。這時，

> 我這個麻瘋病人正巧在牆角下，終於發現這個傲慢的女皇的軀體巳開始搖晃，它身上所有的磚石都因為懼怕而在顫顫發抖。

“它要倒塌啦！”我叫喊起來，“弟兄們，它要倒塌啦！”

《狂人日記》中，也有這樣的描寫。狂人滿懷希望勸轉大哥放棄吃人的心思，但是失敗了，狂人又被關進小屋裏：

> 屋裏面全是黑沉沉的，橫梁和椽子都在頭上發抖，抖了一會兒，放大起來，堆在我身上。
>
> 萬分沉重，動彈不得，他的意思是要我死。我曉得他的沉重是假的，便掙扎出來，出了一身汗，可是便要説：
>
> “你們立刻改了，從真心改起！你們要曉得將來是容不得

吃人的人，⋯⋯"

第四，兩篇作品對主人公形象的塑造也都使用了象徵手法。安特萊夫的《牆》的主人公是一個"麻瘋病人"。他象徵着在反動統治階級和市俗民衆眼裏的俄國社會改革者的形象。他認識到俄國社會是一個瘋狂的"互相殘殺"的世界，他也曾企圖衝出牆圍，尋找光明。他看到了俄國反動統治階級行將崩潰的前景，號召人們起來鬥爭。"但是我說話時帶着很難聽的鼻音，散發出令人作嘔的臭氣，誰也不願聽我這個麻瘋病人講話。"作者以此進一步表現了群衆的愚昧和先覺者——安特萊夫式的先覺者的悲哀。

《狂人日記》中的狂人則是最清醒的反封建鬥士的象徵。當狂人一心要勸轉大哥，"從眞心改起"，不再"吃人"的時候，面對許多圍觀者，"大哥也忽然顯出凶相，高聲喊道：'都出去，瘋子有什麼好看！'這時候，我又懂得一件他們的巧妙了。他們豈但不肯改，而且早已佈置：預備下一個瘋子的名目罩上我"。把一切革命反叛者評爲"瘋子"，以詆毀其影響，這是一切中外當權派慣用的伎倆，連狂人早都知道："這是他們的老譜！"

說明魯迅創作《狂人日記》時，曾受到安特萊夫的《牆》的啓示的另一有力旁證，便是一九二二年魯迅在〈《吶喊》·自序〉中寫的魯迅與金心異的一段談話。魯迅說的那"絕無窗戶而萬難破毀的鐵屋子"以及屋裏許多熟睡的人們，與安特萊夫在《牆》中所寫的人們"終於筋疲力盡，死一般地睡着了，周圍又復歸寂靜"幾乎相同，"鐵屋子"和"牆"的象徵意義十分近似。

但是，我們絕不能無限度地誇大安特萊夫對魯迅的影響。如果把魯迅的《狂人日記》說成是安特萊夫小說的模仿或套搬，是安特萊夫的中國化，則完全是錯誤的。魯迅的《狂人日記》與安特萊夫的《牆》等小說，雖然在許多方面有驚人的相似，但二者在思想上、藝術上也均有明顯不同，如果說安特萊夫的《牆》是俄國一九〇五年大革命前夕的階級鬥爭形勢在安特萊夫頭腦中所形成的藝術折光的話，那末魯迅的《狂人日記》則是魯迅對一九一九年"五四"運動前夕中國社會和中國歷史深入觀察、分析所做的獨特的天才的藝術概括。

首先，魯迅對中國封建制度和禮教"吃人"的認識，並不是受了安特萊夫的啓發。魯迅在一九一八年八月致許奇震的信中曾談到自己這一偉大發現："偶讀《通鑒》，乃悟中國人尚是食人民族，因此成篇，此種發現，關係亦甚大，而知者尚寥寥也……"魯迅清楚說明在他撰寫《狂人日記》之前，曾對中國社會、中國歷史進行了深入的探究，從而發現了中國封建制度"吃人"的罪惡本質。這個發現是破天荒的。這個獨特、深刻的發現一旦被魯迅從歷史和現實的紛紜複雜、粉飾極厚的平庸而又怪誕的現象中挖掘出來，魯迅就將它抓住，並且開始尋找一條通過藝術折光來表現這個偉大發現的途徑。

中國的傳統小說藝術沒有提供足以表現這樣深刻思想的技巧，國外傳統的現實主義手法也難以在短小的篇幅中完美地表現這一偉大發現，用堂皇的仁義道德來掩蓋感傷的"吃人"罪惡這樣一種荒誕的社會現實，必須用與之相同的形式來表現。"先前看過的百來篇外國作品和一點醫學上的知識"在這時開始發揮作用，早就爲魯迅所欣賞的安特萊夫的獨特的象徵主義與寫實主義相調和的藝術手法，這時被魯迅"拿來"了。

其次，《牆》中的痲瘋病人與《狂人日記》中的狂人在思想、性格方面也有很大差異。《狂人》是一個徹底的不妥協的反封建戰士。當他一旦認清現存社會的"吃人"罪惡之後，便勇敢地、執着地擔負起"勸轉"吃人的人的任務，堅定地向着全社會發出了驚天動地的"救救孩子"的戰鬥吶喊。痲瘋病人却沒有這種堅定、勇敢、執着的精神，他目睹了社會中的吃人現象之後，她"害怕得瑟瑟發抖"，"背着大家，偷偷地去吻那卑鄙齷齪的牆跟，求它放我過去，就放我一個人過去"。後來，當他發現"牆"倒蹋，呼喚弟兄們起來鬥爭而遭到拒絕時，他便發出了悲哀的喊叫，"災難呵！……災難呵！"《狂人日記》中狂人的"救救孩子"的吶喊和《牆》中痲瘋病人的"災難呵"的哀嘆，形成了鮮明對照，它體現着兩個作家的截然不同的思想傾向，正像《海燕之歌》和《牆》的思想傾向不同一樣。

魯迅在〈《吶喊》·自序〉中曾說過在日本創辦《新生》失敗後自己的精神狀況：

> 凡有一人的主張，得了贊和，是促其進行的，得了反對，是促其奮鬥的，獨有叫喊於生人中，時生人並無反應，既非贊同，也無反對，如置身毫無邊際的荒原，無可措手的了，這是怎樣的悲哀呵，我於是以我所感到者為寂寞。
>
> 這寂寞又一天一天的長大起來，如大毒蛇，纏住了我的靈魂了。

魯迅那時的思想，與安特萊夫在《牆》中所表現的思想，可以說是很接近的。魯迅因為認識到自己"絕不是一個振臂一呼應者雲集的英雄"，"於是用了種種手法，來痲醉自己的靈魂"。

這是怎樣的悲哀呀！然而，在《狂人日記》中，我們却看不到這種悲哀，魯迅並沒有因爲自己的絕望而將希望"抹煞"。

魯迅是遵了先驅者的"將令"而開始自己的小說創作的，爲了以自己的吶喊"慰藉那在寂寞裏奔馳的猛士，使他們不憚於前驅"，魯迅極力將自己的悲哀與頹唐隱藏起來，在作品中不惜用了曲筆，"刪削些黑暗，裝點些歡容，使作品比較地顯出若干亮色"。由於先驅者的影響，魯迅從悲哀的包圍中抬起頭；安特萊夫却沒有與當時俄國的眞正的先驅者們"取同一步調"，他被自己感受到的悲哀淹沒了。安特萊夫在《牆》中將自己的悲哀反復咀嚼，並將其傳染給讀者。魯迅却爲了中國的未來，絕不"將自以爲苦的寂寞，再來傳染給也如我那年青時候似地正做着好夢的青年"。因此，魯迅"救救孩子"的吶喊，與安特萊夫的痛苦的呻吟完全不同，而與高爾基的"讓暴風雨來得更猛烈些吧！"的熱切呼喚遙相呼應，正是在這個意義上，我們說，魯迅的《狂人日記》不愧爲中國革命的《海燕之歌》。魯迅的這種創作態度，對今天的作家仍有着深刻的啓示。

下面，我們再來談談《牆》與《狂人日記》在藝術表現上的不同。我們在前面說過，《牆》與《狂人日記》在藝術上的共同之點，就是都使用了把象徵主義與寫實主義相調和的手法，然而在具體運用上二者却有着明顯不同，《牆》是象徵主義小說，通篇都使用了象徵手法，有些超現實的象徵描寫甚至晦澀難懂。但就其總體看，"仍不失其現實性的"，它是用象徵來表現現實的。比如，《牆》中描寫了廣大群衆在一個老婦人的感召下，向《牆》展開猛烈衝擊的憤怒場景，正是當時俄國社會中工農運動蓬勃興起的藝術再現。老婦人等的"還我孩子"的呼號，正是俄國人民對沙皇統治者殘害千千萬萬革命青年的憤怒聲討。就在安特萊夫用象徵手法描繪老婦人的憤怒吼叫中，我們不是可以看到已經開始孕育的一九〇六年高爾基用現實主義手法精心描繪的《母親》的胚芽嗎？

魯迅的《狂人日記》却是現實主義的，在塑造狂人這一藝術形象時，魯迅運用自己的醫學知識，嚴格地遵從着病理學的眞實，精確地、科學地描繪了一個迫害狂患者的獨特、怪誕的病態心理。從這個意義上說，《狂人日記》是一篇二十世紀初的標準的現代派心理小說。但它仍然是現實主義的，它對狂人病態心理的描繪是嚴格寫實的，它對狂人形象的塑造是遵從着現實主義原則的。陀思妥也夫斯基說過："有人稱我爲心理學家，這並不正確，我只是最高意義上的現實主義者，也就是說，我描繪的是人的內心的全部深度。"魯迅也正是這樣一個"最高意義上的現實主義者"。但是，魯迅的創作意圖並不單是要如實地描繪一個狂人的病態心理，他是要藉狂人的怪誕意識和荒唐言行，表現自己對人類社會的深刻洞察和偉大發現。爲此，魯迅又借用了象徵主義手法，魯迅把象徵主義與寫實主義巧妙結合，賦予用寫實主義所描繪的狂人的荒誕意識、言行以新的象徵意義，從而收到了一種絕妙的藝術效果。這樣，就使狂人的荒唐的囈語，旣符合狂人的病態眞實，又說出了最清醒的戰士才能說出的最深刻的反封建眞理；狂人的怪誕的幻覺，旣符合狂人的意識，又表現了封建禮教"吃人"的罪惡本質。用通常的現實主義手法難以表現的荒誕、病態的社會現實就這樣巧妙、深刻地表現出來了。魯迅這樣把象

徵主義與寫實主義相調和，真正實現了" 消融了內面世界與外面
表現之差 "，消融了狂人荒誕，癲狂的意識與對社會最深刻、最
清醒的認識之差。一個真正的瘋子與一個最清醒的戰士的對立就
這樣有機地統一在一個形象之中。這也就使魯迅小說達到了中國
文學乃至世界文學前所未有的高度。

周　音　李克臣

〈試論魯迅的《狂人日記》與安特萊夫的《牆》〉。
《中國現代文學研究叢刊》4（ 1982 ）,234～246.

《狂人日記》與《該隱》*

　　過去，學術界探討果戈理的《狂人日記》和安特萊夫的《紅
笑》對魯迅的《狂人日記》的影響較多，而對《該隱》對魯迅的
《狂人日記》的影響，則幾乎無人提到。實際上，在魯迅的第一
篇綱領性的文藝論文《摩羅詩力說》中，魯迅已被《該隱》徹底
的傳統精神吸引了，那麼，十年之後，當青年時代的好夢又在魯
迅心中顯現的時候，在魯迅的第一篇白話小說——綱領性的反傳
統宣言《狂人日記》中，滲透着《該隱》的影響，不正是有其內
在的必然性嗎？

　　《該隱》既非現實主義的寫實，亦非浪漫主義的抒情，而是
表現久埋在拜倫心中對宗教和傳統的質疑，表現拜倫對現存秩序
的抗議和否定。然而，如果讓這種質疑以理論性質顯現出來，便
不是藝術作品而成科學論文了，於是，《該隱》運用了較爲隱蔽
的寓言式的象徵手法。上帝既是原來意義上的主宰，又是現實的
主宰和暴君的象徵，他所創造的萬物則象徵管人世傳統的現存秩
序，亞當們既是聖書上有據的上帝的遺棄者，又象徵着現實社會
裡在統治者的屠刀下馴服和安於現狀的奴隸。該隱象徵着進步人
類對傳統的懷疑和叛逆精神，而羅錫福則是知識和啓蒙精神的象

---

　　*George　Gordon　Byron（1788～1824），*Cain*（1821）。引
　　文用杜秉正譯本。

徵，因爲知識的啓蒙和傳統形成了不可調和的對立，所以羅錫福
又是對上帝和傳統反叛的典型。

　　魯迅的《狂人日記》也主要不是現實主義的寫實或浪漫主義
的抒情，而是以藝術來宣判封建主義的死刑——揭露並批判家族
制度和禮教的弊害。但是，如果讓這種揭露和批判直說出來，也
必定會造成藝術成分少而科學論文成分多的狀況。這樣，《該隱
的象徵手法便對魯迅有所啓發了。《狂人日記》中的趙貴翁是
封建族長的象徵，狗是封建幫凶的象徵，“古久先生的陳年流水
簿子”是維護家族制度和禮教的一切古訓的象徵。除狂人之外的
“衆數”都是家族制度和禮教的被害者——害人者，“吃人”是
中國家族制度和禮教之歷史和現狀的象徵，而狂人則是具有人道
主義和個性解放思想的對傳統大膽懷疑並逐漸覺醒過來的象徵性
典型。而且《狂人日記》和《該隱》故事情節的始終，都是主人
公由懷疑到覺醒的過程。更值得注意的是，作家對某種藝術手法
的運用往往與所表現的主題相聯繫，這樣，魯迅在構思《狂人日
記》的過程中，必能聯想到曾經激動過他的歐洲的反傳統名著
《該隱》，而《紅笑》則不具備這樣憂憤深廣的哲理內涵。

　　但是，《該隱》的象徵手法是隱蔽的，抽掉了深刻的象徵意
義，《該隱》仍具有反宗教的意義，而《狂人日記》的象徵手法
則是較爲明顯的，像“古久先生的陳年流水簿子”，如果不從象
徵的角度就不可理解，即使主人公狂人，抽去了其象徵意義，剩
下的也幾乎是一個眞的瘋子了。

　　《該隱》對魯迅《狂人日記》的影響，還表現在對傳統的徹
底顚倒上。聖書和衆人口中的羅錫福是惡魔，到了《該隱》中，

羅錫福卻變成了眞理的化身：“惡魔者，說眞理也”（《摩羅詩力說》）；而《狂人日記》中“衆數”眼裏的“狂人”“瘋子”則是眞正沒有瘋狂的覺醒的人。聖書和衆人口中的該隱是罪惡的化身，人類第一個殺人犯，然而到了拜倫筆下，卻不僅是眞理的追求者，而且是爲千百萬後來的人着想的人文主義者。該隱雖然沒有像狂人那樣以瘋狂的面目出現在作品中，但他最後說道：“我終於醒了——一個可怕的惡夢使我發瘋了。”這種因發瘋而清醒與《狂人日記》通過瘋人而說清醒的話是一致的。

　　《該隱》對傳統的徹底顚倒，在對上帝及其創造的現存秩序的否定中表現得尤爲充分。這個歷來被目爲不可侵犯的主宰，全能至善的化身的上帝，在《該隱》中卻變成了罪惡和不幸的根源。羅錫福“看看他永恒的臉孔，告訴他，他的惡不是善！”該隱斥責說：

　　　　什麼是他崇高的歡喜？

　　　　只愛聞焦肉和烟血的氣味，

　　　　只愛聽母羊咩鳴的苦痛，她們

　　　　還在渴念她們已死的兒女？

　　　　或看到悲哀無知的羔羊在你敬神

　　　　　　的刀下

　　　　受難，他才開心？滾吧

　　　　這血的記錄

　　　　不配站在陽光下，侮辱萬物！

　　而在《狂人日記》中，傳統的一切也被顚倒過來了。

　　我翻開歷史一查，這歷史沒有年代，歪歪斜斜的每頁都寫

　　　　着"仁義道德"幾個字。我横豎睡不着，仔細看了半夜，

　　　　才從字縫裏看出字來，滿本都寫着兩個字是"吃人"！

然而，《狂人日記》與只責備別人從而打上濃重的個人主義色彩
的該隱不同，而是連狂人自己"也燒在這裡面"，也不是沒有
"吃人"。因此，與該隱和羅錫福相比，狂人更具有偉大的同情
心和自責的精神！

　　與對傳統的徹底顛倒相聯繫，是由立足點的不同而造成的作
品中人物的觀點的對立衝突。在《該隱》中，亞德站在傳統的立
場上，便說"蛇"是虛僞的、毒辣的，是它給人類帶來了不幸，
而在反傳統的羅錫福看來，"蛇"是誠實的，本身是善的，許給
人類帶來解救的希望。與此相類，《狂人日記》對這種由立足
點的不同而造成的人物觀點的對立表現得更爲充分："我"（狂
人——引者）還記得大哥教我做論，無論怎樣好人，翻他幾句，
他便打上幾個圈；原諒壞人幾句，他便說"翻天妙手，與衆不
同。"因此，在反傳統的戰士狂人眼裡，恪守傳統的衆人的言談
笑語變成了"毒"和"刀"，衆人的行動及其所標榜的"仁義道
德"變成了"吃人"；而這些用禮教毒害別人或者受禮教毒害的
"衆數"，以傳統的眼光來看狂人，那麼，狂人的非聖無法只是
一種瘋狂的舉動，狂人勸他們不要吃人的話也不過是一個瘋子的
囈語。這是在古代與近代之交，古代的傳統的觀點與近代的反傳
統的觀點的對立和交鋒。《狂人日記》的深刻性就是在這種對立
和交鋒中表現出來的。一個從傳統的昏睡中覺悟了的人，即使是
清醒的，但他由於無視傳統而做出一系列異常的舉動，便會被視
爲"瘋子"，用狂人的話說，就是"預備下一個瘋子的名目罩上

我 ”；反過來，在強大的傳統勢力的壓迫下，一個覺醒者也的確可能被逼瘋。魯迅的悲哀也在這裏。恩格斯說：“ 傳統是一種巨大的阻力，是歷史的惰性力。” 但是，魯迅的《 狂人日記 》向我們表明：一個徹底反傳統的覺醒者，只能以瘋狂的面目現於世，現於當時封建傳統勢力強大的中國。

　　當然，在《 該隱 》中，這種傳統的觀點與反傳統的觀點的對立和交鋒是不多的，而是主要以該隱自身的矛盾和苦悶及其與亞德等人的關係，來表現這種矛盾衝突的。但在《 狂人日記 》中，狂人和 “ 衆數 ” 由立足點的不同而形成的觀點的截然對立，卻幾乎是貫穿始終的，成爲《 狂人日記 》特有的表現手法。

　　在藝術時空的處理上，《 該隱 》和《 狂人日記 》都沒有被客觀的物理的時空束縛住（ 這一點與強調客觀的物理的時空的現實主義有所不同 ），因而主觀心靈的時空就特別自由。《 該隱 》在羅錫福的導引下，暢遊宇宙，能 “ 把永恒擠塞在一小時裡，或者擴張一小時在永恆中 ” ；《 狂人日記 》的時空，則隨着狂人的眼睛和思索，把歷史和現實綜合在一起，或者從現實上溯到四千年（ 有人把這一點誇大，竟把《 狂人日記 》說成是 “ 意識流 ” ），……拜倫和魯迅之所以這樣處理，不過是爲了加強作品的廣度和深度，也就是魯迅所說的 “ 憂憤深廣 ” 。

高旭東

〈 拜倫的《 該隱 》與魯迅的《 狂人日記 》〉，

（ 蘇 ）《 蘇州大學學報 》（ 哲社版 ）2 (1985)，71～73，64。

中俄《狂人日記》*(1)

　　魯迅爲什麼要借鑒於果戈理呢？這是有着社會歷史條件，作家對客觀社會的認識以及藝術欣賞共鳴等多方面原因的。

　　首先，表現在，在相類似的社會條件下，使作家產生某些相類似的創作意圖的原因上。馮雪峰在談到果戈理對魯迅的影響時曾經指出：“要研究一個作家在創造工作中如何接受別的民族的文學的影響”，“必須研究兩個民族的社會發展的條件等問題”，“作歷史的比較研究”（〈魯迅與果戈理〉，《人民日報》一九五二年三月四日）。果戈理的《狂人日記》創作於十九世紀三十年代初期，那個時期，俄國社會發展的關鍵問題、核心問題，是廢除已經變成生產力桎梏的農奴制問題。當時，資本主義新的經濟關係要素，已在封建農奴制的俄國內部發展了。從工業上看，一些工業部門已開始機械化，紡織工業、冶金工業、機器製造業都有了發展，機械設備和技術都有了改善，交通工具也改善了——鐵路、輪船、電報首次出現了，整個工業企業的數目增多了，自由雇傭勞動的採用增加了，俄國開始進入了工業革命的時代。在農業方面，出現了更完善的工具和機械，雇傭勞動開始在俄國中部某些地區，在烏克蘭，局部地在伏爾加河流域被採用。列寧指

---

　　*　Nikolai Vasilyevich Gogol（1809～1852），*The Diary of A Mad Man*（1835）。

出：“地主之爲了出售而進行的谷物生產，在農奴法存在底最後
時期特別發達，已經是農奴制崩潰的預兆。”（《俄國資本主義的
發展》）這樣，成長了的生產力開始與農奴制生產關係發生衝突
了。於是，新的資本主義生產方式的形成和封建農奴制的瓦解，
這兩種社會經濟形態的更替，就成了有頭等重要歷史意義的問題，
也是果戈理《狂人日記》創作的重要社會背景。生產方式的變革
不可避免地引起了全部社會制度、社會思想、政治觀念等方面的
變革，無論在社會政治還是在文化方面所出現的現象，都只能從
這個社會變革的主導過程中來加以解釋，從而獲得本質的理解。
在農奴制崩潰的過程中，沙皇尼古拉一世看到，保持農奴制，就
是保持君主專制的穩定和他們以及他們所屬的階級全部的世襲權
益。於是，他竭盡全力挽救農奴制度，他用更爲直接的恬不知耻
的坦率態度實行暴政。十二月黨人雷列耶夫寫道：他們“把多得
像蝗蟲似的官吏，播滿了俄羅斯的廣大國境。”“他們要在我們
每個人身上剝兩張皮”，“和平的老百姓的心，盡膏了這些蛀蟲
的饞吻”。普希金更憤怒地指出：“到處是鞭笞，到處是鐵鏈，
法紀淪亡的大辱奇耻，奴隸生活的淚點，到處是不正義的淫威，
在偏見的密霧裏隱藏，到處是奴隸制度的厲鬼，和追求榮譽的致
命瘋狂。”（《自由頌》）果戈理到彼得堡以後，嘗到了生活的
艱辛，看到了沙皇統治下社會的黑暗和腐朽，特別是官僚階層的
卑鄙、無恥、貪婪和愚蠢，使果戈理感到社會危機四伏，他在給
波果津的信中說：“一八三三年對我來說是多麽可怕！老天爺，
它充滿了多少危機！”他期待着“在那些具有破壞力的變革之後”，
“會有一個良好的轉機”（《果戈理全集》）。於是，他產生了揭

露、譴責這些醜惡不平等社會現象的創作意圖。被別林斯基稱爲
"大膽地正視了俄羅斯現實"的果戈理，就是在這兩種社會經濟
形態更替、沙皇反對改革實行暴政的社會背景下，創作了他的短
篇——《狂人日記》。

　　其次，魯迅深刻地認識到了果戈理作品的普遍意義和較爲廣
泛的社會作用。從世界範圍來說，儘管英國和法國的資產階級革
命已經成爲過去，但是消滅舊的封建社會的經濟結構，推翻封建
專制制度，還是作爲十九世紀後半葉二十世紀上半葉世界性的歷
史任務而擺在許多國家的面前。果戈理的作品是有助於這一歷史
任務的完成的。從他的《狂人日記》到《死魂靈》等作品所塑造
的形象，長時間地保持着揭發的力量，有着廣泛的社會影響和作
用。魯迅在日本留學期間，就對果戈理的作品，給予了很大的關
注。後來他說：果戈理"以不可見之淚痕悲色，振其邦人"(《摩
羅詩力說》)，"直到現在，縱使時代不同，國度不同，也還使
我們像是遇見了有些熟識的人物，……藏着許多活人的影子"
(《且介亭雜文二集·幾乎無事的悲劇》)，"那時就知道了俄
國文學是我們的導師和朋友。因爲從那裏面，看見了被壓迫者善
良靈魂，辛酸的掙扎"，"明白了一件大事，是世界上有兩種
人：壓迫者和被壓迫者！"(《南腔北調集·祝中俄文學之
交》)

　　再次，魯迅很重視果戈理的藝術手法，尤其是"寫實"，象
徵和諷刺的本領。從果戈理塑造的藝術典型的廣泛、持久的社會
作用上，使魯迅看到了並"嘆服他的寫實本領"，尤其是"用平
常事，平常話"或"簡直沒有事的悲劇"，去顯示典型形象本質

的藝術手法，魯迅認爲，這尤其是他藝術上的＂獨特之處＂。我
們可以從魯迅的《狂人日記》裏，也可以從《阿Q正傳》以及
《肥皂》、《離婚》等作品中，看到這種更強的寫實的本領，看
到那些顯示人物典型本質的＂簡直近於沒有事的悲劇＂。

相近的國情和類似的手法

　　果戈理創作《狂人日記》時，是尼古拉一世的統治相當野蠻、
黑暗的時期。他殘酷地鎭壓了十二月黨人的武裝起義，把許多十
二月黨人的領袖送上了絞刑架或流放。尼古拉一世還頒佈推行了
肆虐的被稱爲＂生鐵條例＂的書報檢查制度。＂赤裸裸的眞理＂
的字樣也不准出現，因爲在俄文中＂眞理＂一詞是陰性，用＂赤
裸裸＂一詞來形容它，是褻瀆的。赫爾岑把俄國的這個時期，叫
作＂專橫暴虐、沉默無言的統治時代＂。在這樣的時代裏，果戈
理要表達對沙皇專制統治的不滿，也只能用蔭蔽的、隱晦的、象
徵性的形象、情節、語言和諷刺的、幽默的手法，這成爲他表達
對現實的意見的重要方式和途徑。

　　魯迅在創作他的《狂人日記》的過程中，是借鑒了果戈理這
些藝術手法的，取法的痕迹是明顯存在的。比如，他也選取了狂
人的形象，也運用了象徵、諷刺和心理自白等藝術手法，也在瘋
人的顚狂中表達了相當清醒比果戈理還要精深得遠的歷史社會見
解。從表面上看來，作者描寫的是確確實實的精神病患者，他多
疑，疑心別人議論他，暗算吃他，如疑心來看病的大夫是劊子手
扮的，是＂借了看脈這名目，揣一揣肥瘠＂，＂分一片肉吃＂，

大夫讓他" 靜靜的養 "，他以爲是讓他" 養肥了 "可以多吃等等。
這些對現實的病狂心理認識、自白，構成了日記的主要情節，然
而這些情節卻寄寓着作者巨大的深廣的思想內容，在看來是病狂
的認識中，表現了作者對歷史和現實的卓越的深刻的見解。這同
果戈理一樣，用看來是顚瘋而實爲清醒的方法來披露作者的創作
意圖、思想見解。魯迅也如同果戈理一樣，運用了象徵和諷刺的
手法。他把幾千年來的封建壓迫、剝削、殘害，比喻作"吃人"，
把幾千年的封建社會稱爲" 古家 "，把封建社會的史書比作" 陳
年流水簿子 "（正如他在《 華蓋集 • 這個與那個 》一文所說：
" 史書本來是過去的陳帳簿 "），這樣，狂人輕蔑、仇恨地用脚
踏踹" 古久先生的陳年流水簿子 "，寓意企指，就比較豁明了。
狂人還用嘲諷的口吻對封建統治者的思想性格本質作了揭露：他
們有" 獅子似的雄心，兔子的怯弱，狐狸的狡猾 "，這些描述，
都可以看出取法的痕迹。

　　魯迅對外民族作家的借鑒，從一開始就保持着民族的特點、
獨創的主動精神。從《 狂人日記 》中可以看出，內容上的民族性
是他作品的主體，他所注意的是從表現形式上的" 取法 "，但又
不是簡單的因襲和模仿。他深知：" 依傍和模仿決不能產生眞藝
術。 "（《 且介亭雜文末編 • 記蘇聯版畫展覽會 》）他主張" 以
獨創爲貴，但中國既然是在世界上的一國，則受點別國的影響，
即自然難免 "（《 集外集 • 編校後記 》），因而他又反對中國一
向的" 閉關主義 "，而主張" 拿來主義 "。在" 五四 "時期，短
篇小說是早已在外國流行的體裁，而在中國舊文學中是缺少的，
因而顯得格式" 特別 "和" 新穎 "。魯迅反對擁" 國粹 "，抱殘

守缺自私的狹隘的民族主義，他注重在形式上的取法，從創作
《狂人日記》開始，對這種體裁大膽地加以引進、拿來，作爲世
界近代文學形式和精神在中國的建立，這意義是重大的。

　　魯迅對於果戈理的借鑒，還表現了沉着，有辨別，有分析，
能設身處地地體察情況的特點。在日本留學期間，他就讀了大量
的果戈理的作品，後來又讀了俄國、德國等國對果戈理的評傳，
因而，他了解作家的階級立場，所處的國度，歷史時代，思想政
治觀點，作品的風格流派，正因爲這樣，他才能做到"棄糠取精"
地"拿來"。這就是後來他所闡明的嚴格的科學的態度："顧及
全人，以及他所處的社會狀態，這才較爲確切"（《且介亭雜文·
題未定草》）。當有人說果戈理一生"是恭維官場"、"諂媚政
府"、"不譏刺大官"時，魯迅認爲這是"純據中國思想立場，
外國的批評家都不這樣說，中國的論客，論事論人，向來是極苛
酷的"。"G決非革命者，那是的確的，不過一想到那時代，就
知道並不足奇"，"一者那時禁令嚴，二者人們都有一種迷信，
以爲高位者一定道德學問也好"，"其實也並不因爲去諂媚"
（一九三五年十月二十日致蕭軍）。爲了更好地進行文學研究和
創作上的借鑒，魯迅建議譯《果戈理怎樣工作》、《G怎樣寫作》
以及"多譯點別國人做的評傳，給大家看看"（一九三五年七月四
日致孟十環）。這都充分地體現了他的沉着，"有辨別，不自私"，
能細心體察情況嚴肅的借鑒態度，爲我們現在更好地借鑒外國作
品，繁榮發展社會主義新文藝樹立了典範。

袁少杰

〈兩篇《狂人日記》的比較〉，

《丹東師專學報》3 (1981)，21～29。

中俄《狂人日記》*⑵

　　果戈理是於十九世紀三十年代初踏上俄國進步文壇的。當時一方面是"十二月黨人起義"慘敗之後，在沙皇俄國反動的官僚警察專制主義統治下，一切黑暗腐敗的醜惡的社會現象使具有民主思想的進步作家不能緘於沉默；另一方面則是從一八三〇年七月法國"七月革命"後逐漸掀起的歐美批判現實主義的創作潮流已波及俄國，因此文學創作更多地含有對社會黑暗現實的暴露和批判。然而果戈理並沒有像司湯達、巴爾札克、梅里美、薩克雷等作家那樣熱心於塑造懷才不遇的個人奮鬥的英雄，而是在寫"小人物"的命運上另有開拓。

　　果戈理筆下的"小人物"大多不是真正的勞動者，而往往是有着向上爬惡習的小官吏或市儈人物，當然也有一些極其貧困的小市民。他們權力不大，甚至無權，卻不時做着升官發財的迷夢。不難想像，這些人一旦升了官，發了財，其醜行也將與日俱增。可是他們卻往往一輩子在可悲的社會地位上生活，一輩子渾渾噩噩，受人欺壓而又毫無反抗，既不幸又不爭，可笑而也可憐！《狂人日記》裏的主人公波普里希欽（Poprishchin）正落入這種境遇中，成為一個十九世紀三十年代舊俄時代"小人物"的典

＊　Nikolai Vasilyevich Gogol（1809～1852），*The Diary of A Mad Man*（1835）。

型。

　　波普里希欽是個"名門出身"的貴族子弟，在部裏當差的九品文官；他瞧不起下層人，妒忌同僚，而仰慕權勢；他整天胡思亂想以致神經錯亂。他庸俗求愛，見到年輕漂亮的部長小姐後便神魂顛倒，盲目追求；求而不得便幻想自己成爲有權有勢的伯爵、將軍，甚至是失踪了的西班牙皇帝費迪南八世……。這個一心想向上爬後過寄生生活的"小人物"，有着極其卑瑣的靈魂。因而作者始終沒有忘記用揶揄的口吻、調侃的筆調，嘲弄和諷刺着這個卑瑣的"小人物"。然而這是小說的一面。

　　在小說的另一面，又給讀者描繪了"小人物"的悲慘遭遇和在敍述波普里希欽的經歷過程中，直接抨擊了黑暗腐敗的官場社會。作者借主人公之口揭露了各種醜惡的官場生活：科長媚上欺下，財務員吝嗇好色，侍從官庸俗無聊，將軍作威作福，整個部裏、省政府、民政廳、稅務局都充斥着貪婪、阿諛、傾軋，一片烏烟瘴氣！

　　對於主人公波普里希欽的遭遇，作者當然是有所同情的。這個九品文官成天在部長辦公室裏爲部長削鵝毛筆，畏畏縮縮"簡直像一隻裝在麻袋裏的烏龜"；他窮得身無分文，要求預支月薪；他"腦袋瓜上的頭髮像一把稻草"，外套又舊又髒，領子短"並且呢子是完全沒有水燙過的"；年已四十二歲，尚無能力成家，過着辛酸的獨身生活。科長繃着臉訓他，財務員不肯通融預支月薪，部長把他當僕人使喚，部長小姐笑話他……當他不自量力"拼命在追部長大小姐"時，更遭到當頭棒喝！當他神經錯亂到自命爲西班牙皇帝時，別人就把他關進了瘋人院，剃光了他的頭

髮，用冷水澆他，用棍子打他，把他折磨得精疲力盡！於是他不
得不大聲呼救了！

　　然而，倘說果戈理在《狂人日記》中也表現出內心的"憂憤"
的話，那末，這種"憂憤"並不單單體現在對"小人物"的命運
的同情上，而更體現在對俄國官場的極度厭惡和對社會風尚的極
度失望上。果戈理不是為寫"小人物"而寫"小人物"，最終目
的是通過"小人物"的人生經歷看破這虛偽的社會真相。

　　果戈理的"憂憤"無疑對魯迅的同名小說的創作起着很大的
啓示作用。但後起的《狂人日記》更顯得"憂憤深廣"是可以通
過比較得出肯定的結論的。

　　魯迅的《狂人日記》是"五四文學革命"高潮中的"遵命文
學"。魯迅在《吶喊·自序》中詳述過他如何衝破多年的沉默而
有感於時代的新潮，聽從前驅者的"將令"而躍馬上陣的思想歷
程。魯迅雖然早就有意獻身於民族解放事業，寫過"我以我血荐軒
轅"的誓言，但他在"五四"風暴中的積極參戰，仍可看作是一
種新的覺醒。所以他開手創作第一篇白話小說便以戰鬥者的姿態
出現，塑造了反封建戰士的形象，不是偶然的。這比之果戈理從
寫"小人物"卑微的靈魂着手，便顯得有立意上的高低深淺之分。

　　同是"狂人"，同是受迫害，果戈理對自己筆下的"狂人"
可以賦予充分的同情，而魯迅對自己筆下的"狂人"卻難以用
"同情"來形容自己的特殊情感。有許多人花了不少筆墨去考證
魯迅曾有個姨表兄弟阮久蓀是小說中"狂人"的原型；也有不少
人認為是那些被反動派目為"瘋子"的改良派、革命黨人如譚嗣
同、章太炎、孫中山等才是魯迅心目中的"狂人"原型。其實這

些論者都捨近而求遠了。眞正的反封建"狂人"的原型難道不就是魯迅自己嗎？

魯迅在《狂人日記》的第一則日記中寫到："狂人"在昏暗中生活了三十多年，一旦發現了光明才自感清醒，這與魯迅在而立之年從"十月革命"中看到"新世紀的曙光"，從而精神振作的生活經歷和思想實際是十分吻合的。

一八三五年，果戈理把《狂人日記》收入《小品集》出版。由於作品表現了一種對俄國現實的潛在的不滿情緒，和對"小人物"命運的悲憤感，以致贏得了許多讀者和批評家的激賞。別林斯基（Belinski，1811-1848）曾興奮地說："在文學方面說，一八三五年實在是天之驕子！"並認爲果戈理的《狂人日記》、《涅瓦大街》等作品的問世，爲文學界帶來了"新的幸運日子的一抹美麗曙光"（見《別林斯基選集》第一卷）這說明果戈理的《狂人日記》確有很好的社會效果。但這與魯迅《狂人日記》問世後的社會反響比則又似乎稍遜一籌。

魯迅的《狂人日記》一問世，那些"吃人"、"瘋子"、"救救孩子"的概念立即爲廣大讀者所接受，並廣爲應用、吳虞在《新青年》上發表了著名的《吃人與禮教》；傅斯年在《新潮》上撰文《一段瘋話》並大讚"瘋子精神"；"救救孩子"更成爲許多反封建戰士樂於運用的口號。茅盾在一九二三年寫〈讀《吶喊》〉時，回憶了當年的讀後感："那時我對於這古怪的《狂人日記》……只覺得受着一種痛快的刺戟，猶如久處黑暗的人們驟然看見了耀眼的陽光"。可見魯迅的《狂人日記》正是因爲比果戈理的"憂憤深廣"而取得了促進社會戰鬥的更積極的藝術效果。

對整個社會起到了震聾發瞶的作用，說是"五四文學革命"的一聲驚雷是十分確切的形容。

"風格"說到底是作家的"人格"在藝術創作中的具體表現。

果戈理能在俄國沙皇統治的黑暗時期寫出《狂人日記》這樣的揭露社會的優秀小說，人格是高尚的。但世界觀的局限使他在作品中較多地表現社會的傷痛而幾乎沒有鼓動人們去進行有力的抗爭。這不僅影響了作品的思想深度，而且也為他以後的思想倒退伏下了根子。

魯迅在寫《狂人日記》時也並沒有把握住最先進的階級的思想武器。但是他的深沉的愛國主義，他的願為民族的解放而不懈戰鬥的偉大抱負，他的極度重視的深刻的自我解剖，以及他的"凡事須得研究，才會明白"的求索精神……都不僅使他的藝術創作具有深邃的思想內涵，充滿理想之光，呈現出獨特的戰鬥風格；而且也為他最終的成為偉大的文學家、思想家和革命家隱示了發展的線索。

大凡小說家創作時所採用的方法或現實主義，或浪漫主義，或象徵主義，或其他什麼主義，大多有明顯的創作軌迹可尋。唯獨魯迅的《狂人日記》與眾不同，到底是採用現實主義？浪漫主義？象徵主義？……至今眾說紛紜，爭論不下。關鍵就在於對於"狂人"這個形象的典型意義把握不住。這與果戈理的《狂人日記》有明顯的區別。

果戈理不寫正常人的生活和思想，而着重表現一個"狂人"的內心活動，用"日記"的形式敷衍成篇，已屬新穎。而在小說中又描繪了"人"與"狗"的對話，狗與狗的"通信"，近似寓言故事的表達，在現實主義的基礎上，結合着浪漫的手法，並具一定的象徵意味。當我們讀到那些有關"狗說人話"、"狗腔狗調"、"狗是聰明的傢伙，他們懂得一切政治關係"等等描寫時總不由得要想一想字面以外的含義。這些都是果戈理的獨創。然而果戈理切切實實地塑造了一個"小人物"的典型，他採用的創作方法基本上是現實主義的。

魯迅筆下的"狂人"是眞瘋子？還是假瘋子？還是旣眞又假，似眞似假？還是……？這裏有一系列的矛盾和疑問。

不少論者以小說中"狂人"爲眞瘋子，不僅從"日記"中找出了許多"語頗錯雜無倫次，又多荒唐之言"的例證，並進一步研究了精神分裂症患者中"迫害狂"的具體症狀，與小說的主人公對上了號。他們又從魯迅姨表兄弟發瘋的事實中找到小說人物的生活原型，於是"現實主義創作"論題頗能自圓其說。可是一談到小說的實際效果就有了破綻。因爲從"五四"到現在，不論是普通的讀者，還是專門研究人員抑或反動階級的代表，都幾乎一致論定魯迅之意不在爲眞瘋子抒憤懣，而矛頭直指中國歷代久存的封建家族制度和封建禮教。"日記"中所寫，讀者幾乎沒有人願意當瘋話來讀。茅盾就曾斷言，即使是當年的"國粹派"讀這小說，也不難感受到作者借"狂人"之口，對舊禮教的"最刻薄的攻擊"的。所以顯而易見，小說中的"狂人"理應當作反封建的戰士形象才能符合作者的本意。

倘使"狂人"可當"戰士"來看，就不是眞瘋子，而是所謂"瘋子"，是封建禮教眼中的"瘋子"。主張順着這條思路鑑賞小說的論者，很快就找到了"日記"中可以看作激烈抨擊封建禮教的字句，並也從現實生活中找出了諸如譚嗣同、章太炎、孫中山等曾被封建統治者咒罵爲"瘋子"的人物，拉過來算作小說的原型。於是一些有關"狂人"似瘋非瘋，如何假借形象灌輸精神的分析文章也就多起來了。可是這樣一來，卻又難以解釋小說中許多"狂人"的胡言亂語，難以解釋那些"被迫害妄想"、"知覺障礙"、"思維混亂"的眞病狀。

魯迅的《狂人日記》比之果戈理的《狂人日記》在創作方法的運用上，在藝術形象的塑造上，在語言符號的使用上，顯得更新更奇也更"可怪"。茅盾曾認爲《狂人日記》中"離經叛道"的思想值得讚賞，而古怪的"體式"是不足爲訓的。雖然它可以暗示文學青年，拋棄"舊酒瓶""努力用新形式，來表現自己的思想"，但大家卻大可不必都來直接效法《狂人日記》的寫法。

衆所周知，果戈理是個諷刺大家，筆調之幽默，而又在幽默中帶有悲劇意味形成"含淚的笑"是世所公認的。即如《狂人日記》，明裏調侃波普里希欽之神經錯亂，而暗裏包含着哀其不幸的基調；明裏諷刺官場的腐敗，暗裏融入了憤懣的情緒。魯迅說的"以不可見之淚痕悲色，振其邦人""確是一語道破了果戈理創作的獨特的語言風格和思想風格。

波普里希欽的神經錯亂起來越厲害是與他在生活中受到的刺激和打擊分不開的。小說結尾時竭力向母親呼救，本是恰到好處的"抒情放縱"筆墨，可惜，在一段痛心的呼救，加上一句："知道不知道在阿爾及利亞知事的鼻子下面長着一個瘤？"這句瘋話似與全篇照應，但卻自我冲淡了悲憤的抒情氣氛。

魯迅的《狂人日記》顯然有與果戈理《狂人日記》不同的筆

致。在魯迅以後寫的小說中不斷地出現"哀其不幸，怒其不爭"的角色，而《狂人日記》中的"狂人"如以反封建戰士來理解，是無"不幸"可"哀"，無"不爭"可"怒"的。儘管周圍麻木的國民對覺悟者充滿敵意，但"我"卻努力勸他們趕快覺醒，這裏是毫無"悲色"可言的。

如果說在魯迅《狂人日記》中也有"淚痕"也有"悲色"的話，那是體現在對周圍不覺悟群的描述上。但這在整篇小說中不是主要的傾向性的東西。

魯迅的《狂人日記》重點在於抒發反封建戰士的鬥爭精神，"抒情放縱"的筆致是貫穿始終的。當"我"衝破黑暗的重壓，開始覺醒的時候；當"我"用高度警惕的眼光審視着鬥爭的環境的時候；當"我"用深刻的總結揭示"吃人"的歷史的時候；當"我"用鮮明的態度對待各種迫害的時候；當"我"用精闢的語言論述壓迫者本質的時候；當"我"用誠摯的心懇請受害者自新的時候；當"我"對新生一代的命運焦慮的時候；當"我"爲民族的前途而向全社會呼籲的時候……每一則"日記"都飽含着熱烈的抒情氣氛。從"凡事總須研究，才會明白"到"沒有吃過人的孩子，或者還有？救救孩子……"等等一系列的抒情警句組成了充滿哲理的詩章，具有撼人肺腑的警策力量！

以上是對中俄兩篇《狂人日記》的風格作一粗略的比較。儘管魯迅在世界文壇上的影響超過了果戈理，魯迅的《狂人日記》在中國現代文學史上的地位和影響也大大超過果戈理《狂人日記》的獨到的貢獻。我們在論述我國現代文學的奠基作如何接受外國文學影響時始終無損於民族文化的自尊。相反我們應當爲我們的許多現代大文學家能多多吸取外國文學的養料而結合本國的時代風尚創作出具民族特色的優秀作品，感到非常欽佩！這對當前存在或盲目自大、一味保守，或盲目吸收、一味模仿的兩種傾向來說，是個鮮明的對照，苟有感念，大可借鑒。

張炳隅

〈中俄《狂人日記》風格比較〉，

《上海教育學院學報》（社科版）1（1986），84～
91。

中俄《狂人日記》*⑶

俄羅斯狂人的出世與中國狂人的誕生

　　十九世紀三十年代初，俄羅斯文學界出現了《狂人日記》，一個俄羅斯狂人，用含淚的、滿臉淒苦與無告的卑微小人的臉神，哀鳴哭泣：“媽媽呀，救救你可憐的孩子吧！”八十多年後，二十世紀最初年代的中國文壇，也出現了一篇《狂人日記》，一個中國狂人，用站在時代前列的覺醒者的佈滿憂傷恐懼與期待的臉神，驚懼怒號：“救救孩子！”兩篇小說，以相同的篇名和類似的立意及藝術構思，像兩顆明星一樣，突然出現在它們各自祖國的文學星空。後者的出現，顯然得到了前者的啓發與影響。但是，後者卻決不是前者的仿製品。

　　俄羅斯的狂人是在什麼樣的國情下出世的呢？

　　俄國偉大的革命民主主義者赫爾岑曾經指出：在發生於一八二五年的十二月黨人起義失敗後的長達二十年之久的歲月中，社會狀況的特徵是：“在官方俄羅斯的表面，虛有其表的帝國的表面，只能看到損傷、猖獗的反動勢力、殘酷無人道的迫害、專

----

　　*　Nikolai Vasilyevich Gogol（1809～1852），*The Diary of A Mad Man*（1835）。

制主義的加深”，這是一方面；另一方面，則是“憤怒情緒到處高漲起來”[《俄羅斯古典作家論》]，果戈理的作品的意義，正在於表現了這種潛藏的、不斷增長的憤怒情緒。當一八三五年收有果戈理的《涅瓦大街》和《狂人日記》在內的《小品集》以及稍後的《密爾格拉得》出版後，別林斯基欣喜地寫道：“在文學方面說，一八三五年實在是天之驕子！……天哪，但願這一年的開始是我們文學界新的幸運日子的一抹美麗曙光”，並且指出了這兩部作品“迷醉和抒情的放縱較少，可是生活描寫方面的深度和逼眞就更多了”[《別林斯基選集》第一卷]。這種深度和逼眞，主要就在於它表現了那種隱藏的、不斷增長的人民的憤怒情緒。

狂人的出世，反映了俄國社會生活已經發展到了不僅產生了小人物波布里希欽的可憐無告的苦難，而且已經產生了這種小人物的不滿，這種不滿已經積蓄到足以由作家醞釀出文學形象的程度了。這個小人物，一方面滿腹不滿、滿腔苦痛，已經難於忍耐；另一方面，又只能發出哀鳴與乞求，並且在夢幻般地執着而又無望的追求中，在耽於幻想的自我陶醉中，發狂了。人民苦難的深沉與反抗的強烈要求，和這種要求的還未成熟，都在這個狂人形象中反映出來了。

誕生於二十世紀最初十年的中國狂人，作爲藝術形象，受孕於中國近代、現代社會生活和現代民主主義革命，養育它的則是魯迅對於中國歷史的深入研究和對於現狀的深刻認識。當時的中國，已經面臨歷史巨大轉折期，具有幾千年歷史和古老傳統的民族思想文化，要來一個大變革。在經歷了戊戌政變、義和團運動、

辛亥革命等近代史上幾次大的變動之後，祖國的面貌依然沒有根
本的改變，帝國主義的入侵，已經使腐朽、潰爛的社會，更加江
河日下。而俄國十月革命的勝利，又給人以新的希望。舊的必須
摧毀，新的等待迎接。一切都要重新來過。一切都要重新估價、
重新認識、重新建設。然而，原有的、陳舊的、腐朽的一切，又
正在抵拒、掙扎、反撲。舊的濃霧重重，新的力量躍躍欲動。正
在這樣的時候，魯迅的《狂人日記》出現了。這個狂人大聲疾呼
地指出：中國幾千年的歷史，就是吃人的歷史！

十九世紀俄國狂人的"病歷"與二十世紀中國狂人的"病情"

　　在俄羅斯，一個專給司長削鵝毛管的小職員波布里希欽，一
個卑微的小人物，幹着機械的、無意義的營生，過着屈辱的生活。
但他竟愛上了司長的小姐。愛心如夢，但小姐連斜眼也不瞅他。
他感到屈辱。不僅司長、小姐、其他官吏瞧不上他，科長訓斥他。
連門房見了他也不起身。他連小姐的狗都不如。他難於忍受。他
想着自己"也是一個官"，想着自己"出身於名門望族"，更加
覺得屈辱難忍，憤憤不平。他昏昏沉沉，瘋瘋癲癲，耽於夢幻，
幻想自己成了西班牙國王。然而，人們根本不把他當國王來尊奉，
而是老實不客氣地當作一個瘋子來對待，剃光了他的頭，打他，
往他頭上澆冷水。在這種屈辱的生活和冷酷的待遇中，他發出淒
苦的哀號：

　　"不，我再也沒有力量忍受下去了。天哪！……媽媽呀，救

救你可憐的孩子吧！"

這個卑微小人因難忍屈辱，生活中一切都被奪去，便沉溺於幻想，在幻想中去"實現"在現實中所企求不到的東西；於是，更由幻想而入瘋狂，他的致狂，反映了環境對他的迫害。

拿這個俄羅斯狂人與中國狂人相比較，我們便可看到兩種不同的情況。

中國狂人所痛苦的不只是自身的苦難，而是痛切地感到別人——全體國人的悲哀：吃人、被吃；而且，更在於他深切地、清晰地看清了這是家族制度、封建禮教的吃人實質所造成的。他指出這個真理，他勸人改過，但是，人們不接受。他的指斥、揭露、批判、勸說，都被當做瘋話，他的一切行為，都被看做瘋子的胡作非為，他被隔離、看守，禁止與人談話，他一開口，便被制止、斥責。他更感孤獨、悲哀、憂憤。他由此而陷入瘋狂狀態。就像俄羅斯狂人發狂了還想着司長小姐一樣，中國狂人發狂了，還想着吃人和被吃的慘象。

中俄兩國的兩個狂人，是多麼不同！一個是受歧視、受屈辱的卑微人物；一個是受迫害受圍攻的先進戰士。一個是為被奪去了昔日的天堂和今日生活的權利而怨恨，為羨慕上流社會而傾倒，以致發狂；一個為被奪去了的人性而憤怒，為改變古已有之的舊制度舊秩序而呼號，不被理解，反遭迫害，以致發狂。一個是因自己想入非非而致狂，他是真瘋實狂，他想的隆盛華貴，實際卻卑微可憐；一個是為喚醒世人奔走呼號而被人逼瘋，他既是真瘋狂，又是真清醒，他說的是狂語，道出的卻是真理。一個朝思暮想得到司長小姐；一個日夜思慮人在吃人又被吃。一個哀告媽媽趕快來拯救自己，他要的是同情、愛撫、溫情和個人幸福；一個是呼籲拯救未受禮教污染的乾淨的“人之子”，他要的是覺醒、轉變、反抗、戰鬥和人類的進化。

這一切是多麼不同！

正如前面所說，這不同是社會生活的不同所造成的。但是，我們也不能不看到作家思想的差距、世界觀的不同。魯迅正是在這開手第一篇小說中，就充分地表現出他的思想家革命家的風貌。在果戈理的《狂人日記》中，小人物的逆來順受的性格，他的靈魂裏的卑微輕賤的渣滓，他的不覺醒與毫無反抗，則表現了他的局限性。作品人物的局限性，在這裏也同時就表現了作家本人思想上的局限性。

從兩個狂人的不同病歷看狂人形象的實質

果戈理筆下的狂人自述道：“我出身於名門望族”。然而，現在是沒落了，是個九等文官。這段“光榮”的歷史，也給他的心靈埋下了鄙瑣的種子：他仰慕上層人物的地位與生活，他想得到司長的小姐並在她面前顯出可憐相。前者使他胸中蓄着憤怒，心裡感到屈辱，他咒罵司長、科長、門房，他幻想改變現狀。後者使他企望爬上去，“想吃天鵝肉”，他的幻想帶着卑微的小人物的辛酸與庸俗。他因此而陷入癲狂。魯迅筆下的狂人的“病歷”是完全與此不同的。這個狂人，三十多歲，家庭出身埠稱富有，是個知識分子，少年時候，他就“把古久先生的陳年流水簿子，

端了一腳 ”，就是說他反抗過舊的禮教，現在二十年後，他更發現了：人們要吃他。而且，他覺悟到人們都在吃人與被吃，從過去一直吃到現在，幾千年了。他先覺醒了，看出了封建禮教與家族制度的弊害：吃人。他的揭露、質問、批判，家人、師長、親族都說：“ 這是瘋話 ”！於是勸他、嚇他、罵他，他不聽。並且針對別人勸說的話，繼續揭露、批判。於是人們便認爲他瘋了。人們用對待瘋子的辦法來對付他：隔離、另眼相看、禁止言論自由、直至禁止行動自由，他感到孤獨寂寞，忍受非人的迫害、在離群獨處的痛苦生活中，他眞的精神漸漸失常了，被迫害致狂了。事實上，這正是“ 大哥 ”等人“ 吃 ”人的一個具體事例。一個被迫害致狂的人，他腦子裡經常想的，就是引起他患病的那件事，而且，他繼續研究他的發現，於是翻開歷史來查，從仁義道德的字縫中，看見了“ 吃人 ”二字。

無論果戈理還是魯迅，在他們的小說中，都給人物（狂人）寫了簡歷和病歷，作爲藝術品，這就是情節史。故事情節就是這樣展開和發展的。在這個情節即“ 病歷 ”的發展中，刻劃了人物性格，展示了作品的主題。

這裏我們要着重探討的是：從這兩個不同國度的狂人的病歷中，我們看到了他們相同的“ 病情 ”，即情節發展的路徑，和不同的人物思想性格的內涵。

有人說，說狂人是一個戰士，那只能是就他的象徵意義來說，至於形象本身，他是一個貨眞價實的、普普通通的狂人；也有人說，他是一個戰士，他不是狂人，戰士是眞、狂人是假，只是被看作狂人罷了。這兩者，都把戰士和狂人完全對立起來了。其實，兩者並不矛盾。從上述的"病歷"中可以看到：把兩者對立起來是缺乏發展觀點，沒有看到狂人的"清醒的戰士——遭迫害——發狂"這樣一個發展變化的過程。因爲他是戰士，所以他遭迫害，又因爲他被迫害，所以成了狂人。又因爲他是這樣發狂的，所以他是這樣的狂人：他始終堅持指出"吃人"這一點。我們如果不這樣理解，那麼，狂人自狂之，思想是思想，狂人不過是一個思想的寄寓體、一個傳聲筒。這樣，這個藝術形象的思想意義就減弱了，甚至失去了，形象的眞實性也就削弱了，藝術魅力也因此失去光彩了。因爲，他（狂人）不過是一個與思想毫無關連的，偶然說出了眞理的形象。主題思想與藝術形象本身不是融爲一體，而是偶合在一起，各自游離。人們能對傳聲筒產生感情，被他的言行所感動嗎？

有人強調《狂人日記》的象徵意義。的確，狂人所說的"吃人"，具有象徵意義，但狂人的形象卻不是象徵性的。而且，"吃人"的象徵意義也不是暗示、隱語、雙關語，而是把本質用形象化的語言表現出來了。

我們是否可以說，通過對比，我們"發現"魯迅筆下狂人的"病歷"，從中我們更進一步證實了這個狂人，是一個曾經清醒的戰士，後來被迫害得發狂了。但他發病以後仍然進行了狂人式的戰鬥。

彭定安

〈魯迅的《狂人日記》與果戈理的同名小說〉，
《社會科學戰線》1(1982)，293～301。

《傷逝》與《玩偶之家》*

易卜生的娜拉與魯迅的子君產生於不同的歷史背景之下。恩格斯曾經指出："挪威的農民從來都不是農奴，這使得全部發展（加斯梯里亞的情形也是這樣）具有一種完全不同的背景。挪威的小資產者是自由農民之子，在這種情況下，他們比起墮落的德國小市民來是眞正的人。同時，挪威的小資產階級婦女比起德國的小市民婦女來，也簡直相隔天壤。"（恩格斯：〈致保·恩斯特〉《馬克思恩格斯選集》，卷四）這種天壤相隔的差別主要表現在挪威的小資產階級和這個階級的婦女還"有自己的性格以及首創的和獨立的精神"，而當時的德國的小市民階層則"具有膽怯、狹隘、束手無策、毫無首創能力這樣一些畸形發展的特殊性。"（恩格斯：〈致保·恩斯特〉）因此，娜拉性格中的首創和獨立精神，完全是在特殊的國度裏，特殊的階級關係與階級特徵的條件下形成的。具有這種性格的小資產階級婦女形象，不會，也不可能出現在當時的德國文學中。

《傷逝》的主人公子君與涓生是五四時代中國青年知識份子的形象。在反帝反封建的鬥爭中，中國知識份子的一個突出特點是它具有革命的首創精神與先鋒作用。毛澤東曾經指出："在中

---

* Henrik Ibsen （1828～1906），*A Doll's House*（1879）。

國的民主革命運動中，知識份子是首先覺悟的成份。辛亥革命和
五四運動都明顯地表現了這一點，而五四運動時期的知識份子則
比辛亥革命時期的知識份子更廣大和更覺悟。"（〈五四運動〉、
《毛澤東選集》）作爲覺悟了的知識份子，他們人生的第一要著
就是探尋革命的道路。對於子君這樣的青年知識份子，還有一個
探尋婦女解放的道路問題。在"有自己的性格以及首創和獨立的
精神"這一點上，中國的知識份子與挪威的小資產階級知識份子
有某種相類似的歷史共性。在這一點上也就使魯迅筆下的子君與
易卜生《玩偶之家》裡的娜拉建立了內在的歷史的聯繫。因此，
當《玩偶之家》在中國的最初上演便激起了中國青年知識份子的
廣泛的共鳴。

　　但是，中國知識份子與易卜生時代的知識份子有一個顯著的
差別，那就是：中國的知識份子，在履行自己的社會職責中是實
實在在的實踐者。因此，不僅比恩格斯時代的德國小市民，而且
比作爲"自由農民之子"的挪威小資產階級，都更有資格稱之爲
恩格斯所說的"真正的人"。他們是在變革社會，創造歷史的實
踐中證明了自己的"性格的歷史"與"人的價值"。這種階級的、
歷史的條件使魯迅的子君、涓生比娜拉的性格更全面，更有實踐
價值，有更深的歷史深度與更高的社會高度。那麼，什麼是"人
的價值"呢？這個價值絕不是一種簡單的個人主義的"自我解放"，
"自我生存"，"自我表現"的價值或權利。人的價值是體現在
人在履行自己的社會義務、歷史義務中確立與表現出來的。歌德
說過："一個人怎樣才能認識自己呢？絕不是通過思考，而是通
過實踐，盡力去履行你的職責，那你就會立刻知道你的價值。"

“可是你的職責是什麼呢？就是當前的現實要求。”易卜生的娜拉是自覺地表現了人們在資產階級確立了金元統治王國之後出現的一種可貴的社會自覺——向人的自我異化，即物化了的社會關係索還人的權利。但是，娜拉的形象還是不夠充實的，她還不能在改變現存社會關係的行動中眞正獲得自己的現實生命。簡言之，娜拉還不能在變革社會的實踐中眞正知道和獲得她作爲眞正的人的價值。易卜生做爲一位天才的藝術家，由於階級的和歷史的局限，他沒有能力找出解決他所思索的人生課題的道路。但他卻以有血有肉的人物的命運，震撼人心的藝術力量啓迪着人們：人應該怎樣生，路應該怎樣走？“娜拉走後怎樣？”這是易卜生近百年來始終留給人們的一個課題。這個課題又反過來證明：娜拉這個藝術形象從提出社會問題的角度看是血肉豐滿的，振動着歷史的呼喚；但從解決人生道路的角度，她又是蒼白的，用抽象的理想代替了實際生活的形象。魯迅在《娜拉走後怎樣》這篇講演中尖銳地指出了這一點，並對易卜生的創作作出了中肯的歷史評價。魯迅指出：對於娜拉走後怎樣辦的問題，“伊孛生（按：即易卜生）並無解答”，而且易卜生“也不是爲社會提出問題來而且代爲解答”。魯迅還講了有關易卜生的一段掌故：許多婦女開宴會招待易卜生，代表者起立致謝，感謝他把婦女解放、婦女的覺悟問題提出來，給人們以啓示。易卜生卻答道：“我寫那篇卻並不是這意思，我不過是做詩。”詩爲心聲，易卜生寫娜拉只不過是爲了實行他在倫理學上的“精神的反叛”，而不是變革社會的實踐。人們評價易卜生，總是說他沒有找到婦女解放的道路。但是，他找了嗎？不是的，他根本沒有找，也不想去找。魯迅說他對於他提出的社會問題，"不負解答的責任"。原因是易卜生"是在做詩"，"就如黃鶯一樣，他自己要歌唱"，這是極其精當的評價。如果按照娜拉的方式走向社會，即以個人對於社會的反抗的形式走向社會，那結果也還如魯迅所指出的："娜拉或者也實在只有兩條路：不是墮落，就是回來。還有一條，就是餓死了，但餓死已經離開了生活，更無所謂問題，所以也不是什麼路。"

的確，"人生最痛苦的是夢醒了無路可以走"娜拉是催人夢醒的，但也帶來了夢醒而無路的痛苦。正是這痛苦培植了一顆藝術的明珠——我們的子君與涓生。魯迅在評論娜拉的出路時指出：所以爲娜拉計，錢，——高雅的說罷，就是經濟，是最要緊的了。自由固不是錢所能買到的，但能夠爲錢而賣掉。人類有一個大缺點，就是常常要飢餓，爲補救這缺點起見，爲準備不做傀儡起見，在目下的社會裏，經濟權就顯得最要緊了，……可惜我不知道這權柄如何取得，單知道仍然要戰鬥；或許比要求參政權更要用劇烈的戰鬥。"

魯迅不知道這權柄如何求得，於是就提出探索道路的問題。而那探索的第一步就是否定，否定娜拉的抽象的個性主義的道路。就在這裏孕育了《傷逝》的創作主題與作品基調。

易卜生的娜拉發出了婦女解放的吶喊，是基於現實生活的教訓。嚴酷的現實生活告訴她：在她自以爲是充滿着純眞的愛的溫情脈脈的小家庭裏，她只不過是一個玩偶。爲了取得"人的價值"，她必須掙脫這樊籠。而魯迅的子君在婦女解放，乃至整個知識份子的個性解放的問題上是自覺地接受了啓蒙思想的薰陶。她的啓

蒙者就是涓生，她的啓蒙思想來自易卜生，泰戈爾、雪萊。他們
"談家庭專制，談打破舊習慣，談男女平等，談伊孛生，談泰戈
爾、談雪萊……。她（子君）總是微笑點頭，兩眼裡瀰漫着稚氣
的好奇的光澤。"而且，看來影響最深的是雪萊。"壁上就釘着
一張銅板的雪萊半身像，是從雜誌上裁下來的，是他最美的一張
像。當我指給她看時，她卻只草草一看，便低下了頭，似乎不好
意思了。"馬克思稱雪萊是"一個眞正的革命家，而且永遠是社
會主義的急先鋒。"（《馬克思恩格斯論藝術》第二卷）魯迅稱
雪萊是"立意在反抗，旨歸在動作"的"摩羅"詩人。雪萊的啓
蒙思想是引向實踐的啓蒙思想。子君是"分明地、堅決地、沉靜
地"接受了這思想的。涓生也"由此知道"，中國的女性"在不
遠的將來，便要看見輝煌的曙色的"。這種自覺的個性主義的理
想，使子君有了堅定的精神力量。於是她敢於大無畏地向舊勢力
挑戰。她的思想是"透徹，堅強得多"的。娜拉同樣也是以個人
反抗的形式向整個社會挑戰，在無畏這一點上媲美於子君；而娜
拉要弄明白的卻是"究竟是社會對，還是我對"。她在個性主義
的婦女解放問題上是不及子君的認識徹底與透徹的。因此，一旦
子君否定了個性主義的道路，那否定便有更明確的自覺性，因而
也就使《傷逝》的主題有更大的深刻性。

　　子君衝出家庭的樊籠，擊退了這牢門的守將——城裏胞叔和
在鄉下的父親，頂住了"鮎魚鬚的老東西"、"擦雪花膏的小東
西"，"穿布底鞋的長班的兒子"，以及使涓生"全身有瑟縮"
的在路上時時遇到的探索、譏笑、猥褻和輕蔑的眼光。她是驕傲
的，她爲自己的理想驕傲，爲自己的行爲驕傲。娜拉走出家門之

後，對於她個人的命運，人們無從具體猜測。但是生活的邏輯卻
使人們可以在子君與娜拉之間建立某種聯繫：《玩偶之家》的悲
劇的落幕片刻，正好是子君的悲劇的揭幕的時辰。而這悲劇的開
場卻是以子君的個性主義的暫短而歡樂的勝利作為序幕的。與涓
生相處了半年的子君驕傲地向封建專制家庭索回了她的權利，以
她對於涓生的無私的愛情肯定了她自己的獨立人格與獨立存在。
子君是用全部生命、全部感情去迎取這暫短的勝利的。子君與涓
生定情的時刻，正是他們燃放勝利的禮花的時刻，而這理想的勝
利又是如何牽動她的心扉，激起感情的浪潮啊：

> 不但我自己的，便是子君的言語舉動，我那時就沒有看
> 得分明；僅知道她已經允許我了。但也還彷彿記得她的臉
> 色變成青白，後來又漸漸轉作緋紅，——沒有見過，也沒
> 有再見的緋紅；孩子似的眼裏射出悲喜，但是夾着驚疑的
> 光，雖然力避我的視線，張皇地似乎要破窗而去。然而我
> 知道她已經允許我了，沒有知道她怎樣說或是沒有
> 說。

　　子君是否就由此獲得眞正的幸福，眞實的人的價値，而從
此就去譜寫她有獨立人格的“性格歷史”了呢？嚴酷的現實對
這一切的回答都是否定的。她與涓生的愛幾乎隨着定情的時刻
而迅速走向幻滅。熱戀着的人們是無需回憶往昔的好夢，而是
更多的是執着於現在的深情與未來的憧憬的。回首往昔的幸福與
愛，正是為了塡補現實的空虛，那是愛情走向枯竭的象徵。更何
況在這塡補愛情空虛的活動中，子君與涓生的情感又是如此的不
和諧：

> 她卻是什麼都記得：我的言辭，竟至於讀熟了一般，能夠
> 滔滔背誦；我的舉動，就有如一張我所看不見的影片掛在
> 眼下，敘述得如生，很細微，自然連那使我不願再想的淺
> 薄電影的一閃。

而涓生卻不能在這定情的回憶中得到心靈的溫暖，甚至變成了徒增負擔的考試：

> 夜闌人靜，是相對溫習的時刻了，我常是被質問、被考鈴，
> 並且被命復述當時的言語，然而常須由她補足，由她糾正，
> 像一個丁等的學生。

後來這溫習也稀疏了，變成了子君一個人的凝想，帶着越加柔和的神色，和深下去的笑窩。眼前的愛竟變成了遙遠的追憶，這是子君暫短勝利後到來的悲劇的初幕。

深一層的悲劇寫在子君"性格的歷史"上：隨着個性的"解放"帶來了個性的死亡；隨着"精神反叛"的實行，帶來了反叛精神的喪失。這是以個性主義爲奮鬥目標的人們的必然歸宿。現在我們看到的子君早已不是那帶着笑窩的蒼白的圓臉，蒼白的瘦的臂膊，布的條紋的衫子，玄色的裙的子君，不是那個聽易卜生、泰戈爾、雪萊而微笑點頭的、充滿熱烈憧憬的子君。她的感情有了"歸宿"，於是就粗疏、麻木起來。她不再帶着青春的敏感去採集"窗外的半枯的槐樹的新葉"和"掛在鐵似的老幹上的一房一房的紫白的藤花"。而是不再愛花，讓專門買來的兩盆小草花枯死在壁角。她汗流滿面地做飯、飼油雞、養"阿隨"，由於雞狗之爭而和小官太太暗鬥，並爲此大動感情，又要在涓生面前裝做勉強的笑容。"解放婦女"的個性已經雲飛天外，留下的只是

市儈的悲歡。子君在個性上已經夭亡了。那個堅決的、無畏的子君在失業這樣被涓生稱之爲"細微的小事情"上,竟至面色淒然、怯弱了。

然而這"細微的小事情"對子君涓生來說,卻是大事情。隨後的生路就證明,以個性主義爲目標的個人奮鬥,是經不起如磐的黑暗勢力的輕輕一擊的。秘書處的那張油印的通知涓生免職的紙條,實際上是毀掉了他們用全部努力、全部感情、全部生命爭取的一切!"來開一條新的路!"那只不過是自欺欺人的空話與大話。終於,油雞成了肴饌,子君的淒然神色又加上了冰冷。生活愈來愈困難。子君依然"爲着阿隨悲憤,爲着作飯出神"。"人必須生活着,愛才有所附麗",這樣的覺悟使涓生明白個性主義者那種把愛情看得比生還重的說教,只不過是脫離實際的夢囈。現實爲他們提出了一個不得不進行的嚴酷的選擇——或者是"携手同行",或者是"奮身孤往"。結局是子君以自己的毀滅證明了她以全部生命執着過的個性主義的道路的誕妄。走了娜拉出走後必不可免的兩條道路之一:回去。她回去在"父親的烈日一般的嚴威和旁人的賽過冰霜的冷眼"中去"走着所謂人生的路",路的盡頭是什麼呢?是一坯連墓碑也沒有的墳墓。

這是生活與歷史的邏輯帶給子君的眞正的結論,是涓生認識到的而在感情上希望掩蓋卻又無法掩蓋,不能掩蓋的眞實。它眞實地回答了娜拉走後怎麼辦?而否定了易卜生理想主義的然而卻是離開生活眞實的答案。證明易卜生以取得"獨立人格"的林丹太太做爲娜拉的未來的象徵,和預支給娜拉的未來的答案是完全虛妄的。我們說,魯迅的子君比起易卜生的娜拉有更大的歷史深度與更深的現實主義的內涵，其理由也就在於此。

　　從《玩偶之家》到《傷逝》這一齣多幕的歷史悲劇至此總可
以落幕了吧？易卜生時代的挪威，人們也許會看到徐徐下垂的幕
布；而五四時代的中國，這只不過是一齣威武雄壯的史詩的序曲。
無妨再重複一句：中國的知識份子畢竟是變革社會的實踐者，他
們在否定個性主義的道路之後，不會停止歷史的探索，哪怕這探
索暫時還不得不在迷惘中徬徨。《傷逝》這部作品的尾聲，是一
種不是尾聲的尾聲，像一曲交響詩，在這裡開始了第二主題——
探索：

　　　新的生路還很多，我必須跨進去，因為我還活着。但我還
　　不知道怎樣跨出那第一步。有時，彷彿看見那生路就像一
　　條灰白的長蛇，自己蜿蜒地向我奔來，我等着，等着，看
　　看臨近，但忽然又消失在黑暗裏了。

這探索，這新的生路的期待，新的歷史道路的探尋是殷切而充滿
痛楚的。但是涓生必須探索下去，因為那是他的同道——子君以
自己的毀滅留給他的人生義務：

　　　然而子君的葬式卻又在我的面前，是獨自員着虛空的重擔，
　　在灰白的長路上前行，而又卽刻消失在周圍的嚴威和冷眼
　　裏了。
　　　我願意真有所謂鬼魂，真有所謂地獄，那麼，卽使在孽風
　　怒吼之中，我也將尋覓子君，當面說出我的悔恨和悲哀，
　　祈求她的饒恕；否則，地獄的毒焰將圍繞我，猛烈地燒盡
　　我的悔恨和悲哀。
　　　我將在孽風和毒焰中擁抱子君，乞她寬容，或者使她快意

……

生者面前是一條忽然又消失在黑暗裏的灰白的長蛇般的生路；死者"是獨自負着虛空的重擔，在灰白的長路上前行"。——路漫漫其修遠兮，吾將上下以求索。求索吧，爲子君，而且不是爲一個子君，是爲千千萬萬個子君；爲自己，但是又不是爲一個小我的自己，是爲千千萬萬個在求索的道路上徬徨的自己。而那求索的第一步——"卻不過是寫下我的悔恨與悲哀"。悔恨那用個性主義的道路埋葬了一顆青春的少女的心靈與軀體；悲哀於夢醒之後依然"用希望的盾，抗拒那空虛的暗夜的襲來"，而又看不到真正的生路。那悔恨與悲哀是極爲深重的，以至使涓生希望在孽風與毒焰中"猛烈燒盡"他那顆悔恨的心。乞求子君寬容他，希望子君快意於他對舊路的棄絕與新路的探索。爲了使更多的活着的子君不再走那條個性主義的死路，他要三次，或三倍地埋葬這個性主義的道路，一次是埋葬掉在這條死路上斷送了自己的子君，再次是在遺忘中埋掉這條個性主義的道路，三次是"要不再想到這用了遺忘給子君送葬"。用這"葬在遺忘中"的再遺忘對個性主義作永遠的，永不復萌的、三倍的、最徹底的棄絕。就這樣，魯迅的《傷逝》雖然沒有正面去回答"娜拉走後怎麼辦？"但卻正面回答了"娜拉走後不該怎麼辦"。而娜拉式的出走，對於五四時代的中國青年知識份子中的一部分人，卻是一種有典型意義的現象。魯迅的《傷逝》對於五四時代的中國革命青年無疑有過巨大的指導意義，留下了一份不可磨滅的歷史功績。

呂香雲

〈從《玩偶之家》到《傷逝》的比較研究〉，

(京)《時代的報告》3 (1981)，55～60，65。

《祝福》與《純樸的心》*

十九世紀七十年代，法國傑出的批判現實主義作家居斯達夫·福樓拜，曾以社會底層的勞動婦女爲主人公，寫出了哀婉雋永的短篇小說《純樸的心》，三年後他就與世長辭了。就在他逝世後的第二年——一八八一年，世界的東方誕生了一位偉大的文學家，那就是中國的魯迅。正是這位中國作家，四十多年後，寫了一篇同樣以勞動婦女爲主人公的短篇小說《祝福》。

當然，題材相類似的現象在世界文學史上是並不罕見的，不過，我覺得通過不同時代、不同國家的兩位作家的兩部相似作品的比較，從中探索一下文學領域中的某些問題，也許是一件有意義的事。

基於以上想法，本文擬從法、中這兩位作家的上述兩篇小說的比較中，對有關問題作一些初步的探討。

首先，我們不妨先作一個這樣的比較，即先來看看這兩篇小說在安排鋪敍故事情節時，究竟有哪些相似和不同之處。

《純樸的心》寫的是主教橋這個小鎮上，一個富家寡婦奧般太太，雇到了一個能幹的女僕菲麗希特，這個女僕很會料理家務，在這個家庭裡幾乎樣樣事都能做，而且非常儉省。儘管她年紀不

---

*　　Gustave Flaubert(1821 ~ 1880)，*Un Coeur Simple* (1877) 。

大，可面貌卻已顯得十分衰老，原來這同她淒苦不幸的身世有很
大的關係。她小時已成孤兒，給人放羊，挨凍受餓。長大以後，
她在農場幹活，後來結識了一個小伙子，但她的情人爲了金錢拋
棄了她，她悲痛欲絕，一氣之下，這才當了女僕。精神上的創傷，
在她年紀還輕時就已使她的外貌顯露出衰老的跡象。

　　小說中還有一段故事。那是一個秋天的黃昏，菲麗希特和主
婦一家從牧場歸來，猛然間，一頭大牯牛衝了過來，菲麗希特勇
敢機智地保護了主婦和兩個孩子，自己卻差一點被牯牛戳穿了肚
皮。可她並不覺得自己幹了什麼了不起的事。

　　她一手帶大的兩個孩子都出門去了。她感到很寂寞，便認了
一個“外甥”，外甥後來又跟船出海謀生，她一直惦念着他。外
甥不幸得病死去，她感到十分悲傷。

　　此外她還照顧過一個孤苦伶仃的老人，老人死後，她還爲他
做了彌撒。

　　最後她愛上了一隻鸚鵡魯魯，把它當作自己的孩子一樣撫養，
鸚鵡死後，她又把鸚鵡的屍體寄到外地製成標本供奉起來。

　　主婦去世了，她非常傷心，經常跪在鸚鵡面前念經。她最後
得了肺炎，臨死前她還記掛着鸚鵡，這天適值聖體節來臨，在宗
教節日的氣氛中，她彷彿看到鸚鵡在天國的大門口迎接着她。…

　　《祝福》寫的也是一個小村鎮魯鎮上發生的事。在這個小鎮
裏，“我”在街上遇到了過去在地主魯四老爺家當傭人的祥林嫂。
這時的祥林嫂已是一個孤苦伶仃掙扎在死亡邊緣的乞丐，但她在
這極度的絕望之中，卻痛苦地懷疑着靈魂的有無，苦苦地尋求着
這折磨了她半輩子的心靈上的難題的答案。在那個社會裏，完滿

的答案自然是得不到的。最後她只得帶着精神上的萬分痛苦，於人們的"祝福"聲中，在冰天雪地裏悲慘地死去。

這個婦女是怎樣落到如此悲慘的境遇的呢？小說用追敍的手法，寫出了祥林嫂短暫痛苦的一生。其中着重寫了她的四個生活片斷，即祥林嫂死了第一個丈夫，第一次到地主魯四老爺家做工；祥林嫂被婆家搶走強迫嫁到深山坳，祥林嫂的第二個丈夫又不幸病死，兒子慘遭狼害；於是，祥林嫂第二次來到魯四老爺家做工；祥林嫂爲了贖"罪"到土地廟去捐門檻，但人們仍不寬恕她，使她精神上受到毀滅性的打擊。最後，祥林嫂被魯四老爺趕出家門，淪爲乞丐，流落街頭，終於在家家戶戶除夕的"祝福"聲中悲慘地結束了她痛苦的一生。

從以上兩篇小說故事情節的對照中，我們能得出怎樣的結論呢？我想，如果我們暫且撇開兩篇小說具體的細節描寫和人物刻劃不談，僅從大處着眼，就不難看出，兩篇小說在情節安排上，最大的相同之點就是，當兩位作家把主人公通過極省儉的不同的藝術手法擺在讀者面前之後，即刻掉轉筆鋒，全力以赴地展開舖敍，用大段的文字，筆酣墨飽地寫出了兩個主人公各自看似平常、實乃辛酸的一生，以此來感染讀者，引起讀者思想感情上的共鳴。這一點，可以說兩位作家在其小說的主體部分，都十分成功地達到了他們的預期目的。

那麼，兩篇小說在故事情節的安排上最大的不同之點又在哪裏呢？我想，這也是很明顯的，這就是兩位作者對作品的開頭和結尾作了不同的處理。

福樓拜作爲一個資產階級批判現實主義的作家，從純客觀的

觀點出發，不願在小說中露面。於是他採用樸實的白描手法，於
開端中，寥寥數筆就把一個純樸、善良而又勤勞的勞動婦女形象
介紹給了讀者。這其間，僅僅暗示了一筆主人公的衰老的外貌與
其年紀的不相稱，以引起讀者進一步地關注。至於結尾，作者出
於同樣的考慮，於是把主人公安排在一個雖然淒清冷漠，但卻安
謐恬靜、與世無爭的環境氛圍裏，讓她懷着踏進天國的一線希望
離開人世。

　　此外，我們還可看出，這樣安排作品的開頭和結尾，是與福
樓拜整篇作品的基調相一致的。在福樓拜的筆下，主人公菲麗希
特的一生既是不幸的，又是知足安份的，她在遭受到一個個的不
幸和別離一個個身邊的親人中，消磨了自己一生淒涼的歲月。在
作者精巧的安排下，這種哀婉而又安謐的情調貫串了作品的始終。

　　二十世紀二十年代的魯迅，要把舊中國苦難的人生解剖給人
看，要讓血淋淋的現實來震驚、喚醒沉睡中的民族，他決不會滿
足於平靜冷漠地純客觀地描述。於是，我們看到，主人公悲慘的
結局一下子被提到了作品的開端。展現於讀者眼前的主人公，已
是一個瀕臨於死亡邊緣的痛苦的靈魂，她沒有屈服於命運的播弄，
於是也就得不到依附和安寧，她在苦苦尋求折磨她心靈的一個難
題的答案，在這充滿苦難的人間苟延殘喘。這樣的開端，有如一
個高超的導演，以迅疾靈巧的手法，一下子就在觀衆的面前揭開
了悲劇的帷幕，露出了慘淡人生的一角，緊緊地抓住了讀者的心。
這決不是一般小說中的懸念所能比擬的。

　　從同樣的創作意圖出發，魯迅先生安排的小說結尾，與開頭
有異曲同工之妙。在家家戶戶忙於“祝福”的除夕歡樂之夜，一

個痛苦的靈魂在街頭躑躅，她不僅身受饑寒的苦楚，更遭受精神上的無限痛苦的折磨，她沒有一刻安寧，也沒有半點慰藉，更沒有一絲希望，直到倒斃在冰天雪地裏，爲漫天的大雪所掩沒，這是一幅多麼慘絕人寰的畫圖，這是一個多麼強烈的無聲控訴。

我們同樣可以看到，在魯迅的小說裏，這樣安排開頭和結尾，也是與整篇作品的基調相一致的。就魯迅先生的這篇小說來說，由於作家是以匕首一般鋒利的筆端去無情地解剖那慘淡的人生，讓人們看到的是鮮血淋淋的社會現實，是主人公雖則無力但卻永不屈服的反抗，是一顆沒有安寧永遠求索的心。因而作品的基調決不會是那種怨而不怒式的寧靜和安謐，恰恰相反，正是於悲苦的呻吟之中透着反抗的呼聲，是潛伏於那皚皚白雪之下的即將爆發的火山。

其次，我想再來比較一下，兩位作家在小說中對各自的主人公的性格刻劃。

在小說中我們看到，不論是菲麗希特，還是祥林嫂，都有着一顆善良、正直、純樸的心。她們勤勞樸實，忠誠賣力，平日總是盡心竭力地去做完主人家中的一切家務，不辭勞苦而又所求甚低。菲麗希特甚至在一次救了主人全家性命這樣一件大事之後，也絲毫不感到自己有什麼了不起。祥林嫂在魯家儘管一再受到主人的冷遇和盤剝，卻始終是“食物不論”、“不惜力氣”、“整天的做”、“比勤快的男人還勤快”，從平日的一切勤雜到年節時的繁忙“福禮”，全是一人擔當，不僅不覺得累，反而感到滿足。這些都寫出了這兩個來自社會底層的勞動婦女，作爲小說中的典型形象所共有的本質特徵，揭示了她們身上固有的勞動人民最可寶貴的品質。

但是，在福樓拜和魯迅這兩位不同時代的作家筆下，人物性格的進一步發展畢竟是大不相同的。

在《純樸的心》中，菲麗希特在福樓拜的細膩描繪、精心刻劃下，始終葆有着她那顆純樸善良的心。儘管生活的道路是那樣的坎坷，人生的旅途諸多挫折，使她備遭不幸，她卻始終是樂天知命，安分守己，逆來順受。對一再更換的不同的服侍照顧對象，永遠是從始至終的忠誠和一絲不變的純樸執着的愛。這大概就是作家福樓拜所特別鍾愛的並希望讀者也和他一道來推崇的人物的高尚品性吧。

《祝福》之中的祥林嫂則不然，她在魯迅先生的筆下，絕不是一個溫馴的奴隸。她的性格中始終潛藏着一股時起時伏的烈火，一種倔強的堅靱不屈的反抗精神。丈夫死了，她一再地從嚴厲的婆婆手中逃出來，去找工做。她不願受封建家長勢力的統治，甘願過自食其力的生活。當遭到婆家強迫改嫁時，她甚至不惜性命，“一頭撞在香案角上”。她發現自己受到人們冷酷無情地嘲弄時，就再也不去乞求別人的同情和憐憫。即使是昧於迷信，攢錢去捐門檻，其目的也是為了洗去自己的“罪過”，爭得做“人”的權利。最後，一系列慘痛的事實終於使她逐漸地覺醒，對鬼魂、神靈提出了大膽的懷疑，感受到精神上更大的矛盾和痛苦。這種對控制她的封建迷信力量的大膽懷疑，難道不正是對封建制度的一種反抗的表現嗎？

孫大公

〈哀婉的憐憫、強烈的控訴

　　——《純樸的心》與《祝福》比較〉

《河池師專》2 (1981)，17～21。

《好的故事》與《蔚藍的國》*

　　魯迅先生的《好的故事》與屠格涅夫的散文詩《蔚藍的國》一樣，寫的是詩人的一個"美夢"。

　　魯迅夢中那倒映在"澄碧的小河"中的山陰道邊的"美麗，幽雅，有趣"的"烏桕，新禾，野花，鷄、狗，叢樹和枯樹，茅屋，塔，伽藍，農夫和村婦，村女，……和尚，簑笠，天，雲，竹"和"閃爍的日光"，以及它們的"飛動"、"展開"、"碎散"、"錯綜"、"融和"所顯示的江南水鄉的湖光山色及人物，恰似"蔚藍的國"中那"光和色"、"青春與幸福"的演繹。

　　這兩篇作品的故事都是在相似的夢的背景下展開的。《蔚藍的國》的背景是"一碧無際的海"和"一碧無際的天"；而《好的故事》中交織着"許多美的人和美的事"的，是"水中的青天的底子"。兩篇作品的"故事"都在這水天交映中描繪出。

　　然而兩篇作品寫的是兩種不同的"夢"中的兩個不同的"國度"。

　　屠格涅夫夢中所見並置身其中的"蔚藍的國"，不是人間可以尋得的國度，而是一個烏托邦，是詩人幻想中追求的"天國"。它的基本色調藍色，不只是純潔的象徵，也是天空的顏色。在這

----

*　　Ivan Sergeyevich Turgenev（1818～1883），*The Azure Country*（1868）•引文爲巴金譯文。

個"國度"裏，響徹着"像神的笑聲一樣的清朗、歡樂的笑聲"；
人的歡歌笑語都充滿着彷彿神賜的"靈感"，它們與天的"應和"、
海的"顫鳴"構成了和諧、聖潔、醉心的"天國"音樂。那"好
像一隻天鵝的胸脯"的漲滿了風的"白帆"，載着詩人和他的年
輕、快樂、無憂無慮的伙伴駛向一些花雨繽紛、珠玉琳琅、雲蒸
霞蔚、芬芳馥郁的"仙島"，而引導者則是那個"每個人所鍾愛
的"人——上帝：

> 她在那兒……我們看不見她，她卻在我們近旁。過了片刻，
> 再看，她的眼睛會對你發光，她的微笑會為你展露……她
> 的手會拿起你的手把你引到不滅的樂土去！

《好的故事》夢的是詩人記憶中曾到過的"山陰道"：

> 我彷彿記得曾坐小船經過山陰道……

對於身處"灰土"世界（見《野草·求乞者》）的詩人，那
"記憶"，在當前只是一個美麗的夢。然而因為它曾經有過，將
來也仍可能再見，因而它是一個有一定現實意義的"夢"。在這
個夢境裏沒有一點"天國"的影子，如神界的歡笑，上天的音樂，
飄渺的"仙島"、"不滅的樂土"等等；它有的是沾着濃郁泥土
氣息的新禾、野花，為大紅花、斑紅花的影子映紅了的"胭脂
水"，普通的茅屋，普通的農夫、農婦、村女，既不是聖徒更不是上帝
的生活清苦的僧侶和他們守護不替的佛塔、伽藍……

正如《好的故事》中沒有"天國"的影子，《蔚藍的國》中
現實的因素是很微弱的。在《好的故事》中，儘管通過"夢"和
"記憶"的折光，它表現的仍是詩人"對於世界和生活的直觀"
其中現實的、敍事的成分，遠勝於幻想的、抒情的成分；而《蔚

藍的國》則把一切現實的東西“轉化爲一種感覺”〔《別林斯基選集》第三卷〕——一種宗教的歡樂與幸福。詩人說，在夢中：

> 我不知道誰跟我在一塊兒，不過我深深覺得他們同我一樣
> 全是年輕的、快樂的、無憂無慮的！

這裏，對於不存在的事物，詩人憑他那爲幸福所漲滿的心感覺到它的存在，並把它轉化爲與自己的心相一致的幸福的（“年輕的、快樂的、無憂無慮的”）感覺，使客觀事物與詩人的主觀感覺都籠罩在一種普遍的幸福之中。而這種“普遍幸福”感受的來源，則是神、神性的觀照。這樣，現實的島嶼便成了“仙島”；風帆流水都秉受了神性，向人們“訴說着愛，訴說着幸福的愛”；海上的航程也變成了從一些“仙島”駛向永恆的“不滅的樂土”的幸福的旅行。

因此，屠格涅夫的《蔚藍的國》是一個比魯迅先生所說的“空頭的夢”更少現實性的幻象。這種“空頭的夢”在《野草·秋夜》中曾作過富有哲理意味的描述。在《秋夜》中，小粉紅花做着“秋後要有春”的夢，而落葉則做着“春後還是秋”的夢，這些“夢”的意向所趨，是現實發展的或一種可能，因而比起屠格涅夫對於“天國”的夢想，還要切實得多。但因爲“夢”只是在幻想中實現對現實的超脫，因此對夢的沉溺——哪怕是“秋後要有春”的夢——是魯迅先生所反對的；他肯定的是執着現實的戰鬥的棗樹。而當他想到“猩紅的梔子開花時”棗樹也將“做小粉紅花的夢，青葱地彎成弧形”爲幸福的夢境所累，不能“舒服”地“欠伸”它那“鐵似的”枝丫，直指“鬼眨眼”的“天空”時，便“趕緊砍斷”他的心緒，回到現實中來，面對深秋的黑暗，

《好的故事》中的"夢"是對記憶中的美的人和美的事的深情緬懷，它還不是小粉紅花那種對於夢的沉溺，然而詩人也立刻警覺告訴讀者：《好的故事》儘管美麗，卻只是一個"夢"；而現實則是"昏沉的夜……"。魯迅先生在他的〈雜感〉裏說："仰慕往古的，回往古去罷！想出世的，快出世罷！想上天的，快上天罷！靈魂要離開肉體的，趕快離開罷！現在的地上，應該是執着現在，執着地上的人們居住的。"（《華蓋集》）魯迅先生始終執着"地上"的戰鬥，他的理想是"地上"的"前面"（《野草·過客》）， 而且始終聯繫於戰鬥的實踐。他與"空頭的夢"和"天國"的幻想是無緣的，即使是《野草》中最富於理想色彩的《好的故事》，也未能忘情於現實。

閔抗生

〈《好的故事》與《蔚藍的國》比較賞析〉，

（太原）《名作欣賞》2（1984），29～31。

《一件小事》與《咒語》*

　　《一件小事》是我國著名文學家魯迅的作品，《咒語》是印度現代著名作家普列姆昌德的短篇小說，前者寫於一九二○年，後者發表於一九二八年，兩者的問世相隔八年，目前尚無材料說明後者是受前者影響的，但是這兩篇作品卻有驚人的相似之處。首先，它們有相似的主題，它們都歌頌了勞動人民的高尚品德，譴責了小資產階級知識份子的自私自利。其次，爲了表現上述主題。在藝術表現上，它們都不約而同地運用了對比的藝術手法。那麼，是什麼原因導致這種相同？如果深入探討，我們就不難發現，這兩篇小說也存在着差異性，比如在思想內容上，前者比後者深刻：在藝術形式上，除對比手法外，它們都各有自己的特色。那麼，又是什麼原因導致這種差異性。本文試圖通過對這兩篇小說在思想內容和形式上的分析，來探討它們形成異同的原因，探討藝術形式在表現思想內容時的重要作用。

　　《一件小事》和《咒語》的故事情節雖然不同，可是主題卻極爲相似，那就是對小資產階級知識份子的自私自利的行爲加以譴責，對勞動人民大公無私的思想品德加以贊揚。

　　爲什麼兩篇內容不同的小說會產生相似的主題呢？我以爲，這和中印兩國勞動人民所處的社會歷史環境基本相同有關；同時

---

　　*　Premchand（ 1880 ~ 1936 ）， *Incantation*（ 1928 ）。

同魯迅、普列姆昌德都有進步的世界觀、都運用了現實主義的創
作方法進行創作有關。

　　魯迅和普列姆昌德所生活的中國和印度，當時一個是半封建
半殖民地的國家；一個是在帝國主義統治下的殖民地。兩國的社
會歷史環境基本是相同的。中印兩國作爲主體的勞動人民長期以
來都受到封建統治者和殖民主義者的剝削和奴役，過着暗無天日
的生活。他們在同封建階級、帝國主義和大自然的長期鬥爭中，
培養了百折不撓、勤勞勇敢和大公無私的思想品德。

　　文學作品是客觀現實的反映。魯迅和普列姆昌德根據中印兩
國的社會、歷史狀況和勞動人民的生活，創作了《一件小事》和
《咒語》，在作品中把他們作爲主人公加以描寫，歌頌他們高貴
的思想品質，因此很自然地會產生作品的情節雖然不同而主題卻
極爲相似的現象。

　　但是，魯迅和普列姆昌德又不是純客觀地、自然主義地去反
映客觀現實。在他們筆下的主人公，不論是人力車夫還是帕格特，
已經不是原來生活中的人力車夫和帕格特，而是經過作家的集中、
概括和提煉，成了具有獨特個性的“這一個”。

　　上面我們不厭其煩地說明生活現實和藝術眞實的關係。用意
在於說明第一，中印兩國具有相似的社會歷史環境，生活在這樣
的社會環境中的勞動人民很自然地會培育出相似的思想品格；第
二，不論是魯迅還是普列姆昌德都運用了現實主義的創作方法，
他們對豐富多彩的現實生活進行了提煉概括，眞實生動地創造了
具有社會意義的典型形象來。

　　《一件小事》和《咒語》在表現主題，塑造人物形象時都運

用了對比的藝術手法。同主題一樣，它們的對比也存在着相同和差異兩個方面。

首先，兩篇小說都用正反對比手法來描寫人物，突出主題。在《一件小事》中，作者賦予“我”以自私自利的思想特徵，是爲了更好地襯托出人力車夫的大公無私和友愛精神。同樣在《咒語》中，作者以賈達大夫的爲了打高爾夫球而拒醫來襯托出帕格特不請自來救治凱拉希的不記舊怨，大公無私的高尚品格。

其次，作者還用人物本身的思想前後變化作對比來表現正面人物和主題。在《一件小事》中，寫“我”開始不滿車夫的多事，到受車夫行動感動而自責，並從車夫身上吸取力量，增強勇氣。“我”的思想前後變化的對比從另一側面襯托出人力車夫高貴品質的巨大教育作用，強化了向勞動人民學習並吸取力量的主題思想。在《咒語》中，賈達大夫也經歷了思想變化的過程。小說一開篇寫他爲了打球而拒醫，暴露了他的自私自利的思想。但是在帕格特救治他的兒子以後，他受到了教育，認識到自己錯了，不但要向帕格特道歉，而且決心以他爲楷模。賈達大夫的這一思想轉變，即從心安理得的拒醫，到認識拒醫的錯誤，這一鮮明的對比也從另一個側面襯托出帕格特行爲的可貴，值得讚頌。它對深化主題也起到重要的作用。

但是，《一件小事》和《咒語》在運用對比藝術上也存在着差異性，這主要表現在兩者運用的對比存在着層次上的差別。如果深究一下，就不難發現，《一件小事》的對比較之《咒語》，屬於更多層次、更高層次。《一件小事》除了這一人物與另一人物對比，人物本身前後對比之外，還把“小事”和“國家大事”

對比，把"壞脾氣"和"增強勇氣"對比，由於有這兩個對比，就使得《一件小事》的主題比《咒語》深刻得多，使得"小事"在對比下顯出它的重大意義來：一切關心國家命運的知識份子，不要再懷疑徬徨了，應該從勞動人民身上看到希望，增強勇氣。《一件小事》之所以主題比《咒語》深刻，就像我們在前面提到的，在於魯迅把它放在典型的環境去描寫。怎樣用最省儉的筆墨來寫典型環境，在這裏魯迅是採用了對比的寫法。這樣做，既節約了篇幅，使文章顯得緊湊，不致冲掉主要內容，又起到交代背景、深化主題的作用。因此，這裏的對比就不僅僅是一個藝術方法的問題。它包含着更深刻的內容，那就是深邃思想的產物。拿《一件小事》和《咒語》相比，就不難看出，正是由於魯迅的深邃的思想，對當時社會矛盾的深刻認識，對勞動人民身上具有高尚的品格和對小資產階級知識份子身上存在着自私自利的弱點的認識，才使得他把一件小事放到這樣的典型環境中去描寫，從而突出了小事不小，意義重大的思想內容。

　　上面我們對《一件小事》和《咒語》從思想內容到藝術形式進行了對比研究，找出了它們之間的異同，探討了其成因，同時還論證了它們的形式對表達內容所起的重要作用。如果上述的一些結論能夠成立的話，那麼，我們從這個對比研究中，至少可以得到如下的啓發：

　　第一，世界觀對創作是起到制約作用的，一篇作品思想內容的深刻性與進步性是和作者的進步世界觀密不可分的。而且只有深刻地認識世界，作品才能深刻。魯迅的《一件小事》就是很好的範例。

第二，完美的藝術形式能夠更好表現作品的主題思想，像《一件小事》的多層次對比、典型環境的烘托、人稱的運用，都為表現小事不小，意義重大，催人奮起的主題起到了重要的作用，同樣，《咒語》的對比、縝密安排情節和層層鋪墊的藝術手法也為塑造帕格特的形象發揮了作用。

第三，它還告訴我們，在一篇作品中，哪怕是表現同別的作品相似的主題，作者在其藝術天地裏有着廣闊的馳騁的場地。每個作者都應該從生活本身出發，根據作品中人物性格發展的邏輯，縝密安排情節和結構，運用不同的藝術手段，做到人物個性突出，這樣就可以避免作品的雷同和千人一面的現象。在這方面，《咒語》為我們提供了有益的經驗。

吳兆漢

〈《一件小事》和《咒語》的比較〉，
《外國文學研究》4（1987），96～102。

《阿Q正傳》與《克藍比爾》*

　　古今中外一切偉大的進步的文學大師，無不關注人民的生活，創造下層人民的形象。法國十九世紀後期、二十世紀初期的傑出的文學家法朗士以耳聞目睹法國現實社會的事件爲題材，懷着對被壓迫、被欺凌人民的同情，於一九○一年發表了以城市貧民爲主人公的中篇小說《克蘭比爾》。在中國，偉大的文學家，思想家、革命家魯迅，重視對農村生活和農民形象的描繪，於一九二一年寫出《阿Q正傳》，它是以辛亥革命前後的農村未莊爲背景，塑造了一個深受封建主義壓迫和毒害的下層貧苦農民阿Q的形象。

　　《克蘭比爾》發表於一九○一年，"不但譯成世界各國文字，而且成了法國和國外最迫切需要的書之一"。《阿Q正傳》發表於一九二一年，辛亥革命失敗後約十年。兩部作品發表相隔二十年之久。但我們不能就此斷語，魯迅是受了法朗士之作的啓發而寫的，也許是殊途同歸，是一對時代的學生兄弟。法國著名進步作家羅曼・羅蘭非常贊賞《阿Q正傳》，他說："這部諷刺寫實作品是世界的，法國大革命時也有過阿Q，我永遠忘不了阿Q那付苦惱的面孔。"法國大革命和巴黎公社失敗後，法國人民仍處於貧困狀態，無權可言，無理可申，中國辛亥革命後農民的某種革命要求遭到封建統治者的鎮壓，沒有改變人民的現狀，因此人

----

　　*　Anatole France（1844～1924），*Crainquebille*（1901）。

民只有從幻想中的一些勝利取得安慰。可見克蘭比爾與阿Q身上的某些特徵是在革命失敗後，處於被壓迫、被欺侮的下層人們所共有的。誠所謂人同此心，心同此理。

克蘭比爾與阿Q同是下層的勞動人民，只是前者是城市貧民，後者是農村貧窮農民，他們生活的背景不同，而命運卻有共同之處。克蘭比爾是一個六十多歲的、賣小菜的流動小販，有五十年是推着活動的菜攤車過活的：晚上去把菜裝好，一早在人烟稠密的街上把新鮮菜送到城裏人手裏，就是這樣過着牛馬般的清苦生活。他住在一個小閣樓上，躺的是草褥，蓋的是借來的麻袋。後來因坐過牢沒人買他的菜，以致窮困潦倒，還從這個棲身的小閣樓裏被趕出來，睡在一個車棚裏的小車子底下。因此在克蘭比爾的感受中，監獄的生活似乎還比這種生活安定得多。

阿Q沒有固定職業，是個“只給人家做短工，割麥便割麥，春米便春米，撑船便撑船”的雇農。雖然有“真能做”的好勞力，卻被剝削壓迫得討不起老婆，甚至連自己的姓名和籍貫也被剝奪了，他說一句姓趙就挨了地主一個巴掌。他沒有家，只安頓在未莊的土谷祠裏，還有被撵走的危險。有時氈帽、棉被抵押了，衣衫被趙少爺家的少奶奶拿去做孩子尿布，只得赤膊睡覺。他與克蘭比爾一樣赤貧如洗。根據魯迅後來的說明，阿Q是“三十多歲左右，樣子平平常常，有農民式的質樸、愚蠢，但也很沾些游手之徒的狡猾。”“不過沒流氓樣，也不像瘋三樣。”

造成兩個下層人民悲劇的根本原因在於社會制度的腐敗和不合理。而造成悲劇的直接原因卻並不相同。克蘭比爾因爲在車輛擁擠、交通阻塞的情況下，六十四號警士命令他把菜車推走，克

蘭比爾在等待買主拿錢來的著急情況下，咕噥了幾句，六十四號
警士便斷定他在罵自己“該死的母牛。”不管目擊者醫生的作證
否定，結果克蘭比爾還是被迫承認，法庭判他坐牢十五天，罰款
五十法朗。克蘭比爾的悲劇在於法庭是爲強權有勢的人說話的工
具。警士與法庭沆瀣一氣，“庭長知道六十四號警士是國王的一
小部分。……毀滅六十四號警士的威力便是削弱了政府的力量。”
這樣克蘭比爾平白無故地被關押罰款。從監獄裏放出來後，他賣
的菜沒人買。克蘭比爾面臨飢餓的危險，甚至情願以惹事再去坐
牢。克蘭比爾雖沒被槍斃，但等待着他的是飢餓和死亡的悲劇命
運。十九世紀下半葉，法國資本主義逐步進入壟斷資本時期，社
會矛盾日趨激化，統治勢力劇烈迫害人民，克蘭比爾的遭遇正是
當時社會現實中下層人民悲劇的寫照。

　　阿 Q 被推入悲劇的深淵，是由於他侮辱小尼姑和調戲胡媽以
後，人們躲開他，酒店不賒酒，也沒有一個人來叫他做短工，走
到老主顧那裏去探問，也只給一個對待乞丐似的搖搖手，因爲他
們已叫別的人做短工了。正如顧客不買克蘭比爾的菜，買人家的
菜一樣。這兩個細節何其相似。被生活所迫，阿 Q 去城裏當上一
次賊的副手，當趙家遭搶刼，便張冠李戴把一切罪過加於阿 Q 身
上，就認定他是盜賊，把他作爲殺一儆百的犧牲品。阿 Q 畫了個
圓圈就被押去槍斃，眞是糊裏糊塗活着，又糊裏糊塗死去。魯迅
具有諷刺意味地說 他是“大團圓”。阿 Q 的悲劇是辛亥革命不徹
底和失敗的反映，“知縣大爺還是原官”，“帶兵的也還是先前
的老把總”，舉人老爺當了“民政幫辦”，秀才和假洋鬼子加入
了“柿油黨”，未莊仍然是老太爺的天下，一切依舊，只有阿 Q

被誣爲盜賊，抓去槍斃了。

　　克蘭比爾與阿Q都是與當時社會對立的人物，特別是當他們遭受屈辱以後，克蘭比爾就好像成了刺猬，愛跟人吵架，愛吃酒，他覺得這個“社會不夠完美”，而對制度的缺點和必要的改革，那他當然一竅不通了。至於阿Q他要參加革命黨，要造反，完全是出於所處地位的本能，當他看到革命的爆發，那些與他處於對立地位的舉人老爺慌忙從城裏搬運家產到鄉下，看到舉人老爺竟這麼害怕革命，於是他未免有些“神往”了。況且未莊的一群男女的慌張情緒也使阿Q更快意。未莊的人用驚懼的眼光對他看，趙太爺竟怯怯地迎着阿Q低聲叫“老Q”，趙白眼也惴惴地稱他爲“阿……Q哥”，似乎想探革命的口風，這使阿Q非常快意，使他躺在土谷祠裏做了好多好多美夢，儘管“阿Q當時的所謂革命，不過是想跟別人一樣，拿點東西而已。”〔毛澤東語〕但反映了阿Q所處的境遇，使他萌發要改變生活、投奔革命的幼芽。對阿Q的革命，有的人曾提出異議，認爲這是兩個人格。關於這一點，魯迅自己曾作了回答：“據我的意思，中國倘不革命，阿Q便不做，既然革命就會做的。我的阿Q的命運，只能如此，人格恐怕並不是兩個……”然而對這種革命的方式，革命的出發點，從作品來看作者是並不贊同的。阿Q的革命性無非從小私有觀念出發，想改變自己的地位。如果僅僅從地主那裏分得一些珍珠寶貝爲目的，甚至以此對壓迫者和奴役者的嚮往、傾慕，以至報復小D等同樣的小人物，那麼這個革命必然要失敗的。所以作者對雇農阿Q既揭示他有革命要求的必然性，又否定其革命內容和出發點，而且在辛亥革命失敗後，在反動勢力強大的情況下，這樣的革命必然要像阿Q自己的命運一樣成爲悲劇。

阿Q和克蘭比爾的現實生活是悲慘的，都有一定程度的要求改變自己地位的願望。但他們又有不同程度的精神痲木，表現了一種自欺欺人的精神勝利法。在受到凌辱的時候，往往心安理得、無動於衷，還把耻辱當光榮，永遠安於奴隸的命運。最後，他已痲木到連要去槍斃也不知道，被一隊警察抓去縣城關在一間小屋裏，比較之下"他那土谷祠裏的臥室，也並沒有比這間小屋子更高明。"心裏還有點樂意，槍斃以前要他畫個圓圈，還羞愧自己畫得不圓，去刑場的路上幾乎還要唱出幾句戲來，精神上痲木不仁，愚蠢到了令人難以置信的地步。

克蘭比爾雖然沒有阿Q那樣突出的精神勝利法，但他們有被壓抑的小人物的共同心理痲木不仁，"六十年的貧困把他變成了這麼一副蠢相"。克蘭比爾沒有經歷過法庭這樣莊嚴的場面，只是感到"又敬又畏"。在被告席上坐着還以爲光榮。"他的判罪在他看來是一種儀式隆重的，根據古禮的崇高的東西，是一種不能了解，不能爭辯，旣用不着慶幸，也用不着悲傷的、光輝奪目的東西。"進獄後，"他對坐牢旣不覺得痛苦，也不覺得可羞，他覺得監獄是必需的，一進門使他特別注意的是四壁和方磚地的潔淨。"判罪後，他到監獄裏，"滿懷驚奇和欣賞，在釘住的板凳上落了座。"他認爲坐牢獄的生活比賣蘿蔔白菜的生活還安定。難怪連出獄後他還跟人說自己在獄中"過舒服的日子"。克蘭比爾一向像羔羊一樣任人宰割，竟不知痛楚。

儘管國家不同，年代不同，背景不同，而他們的思想是多麼相似。阿Q以虛假的精神勝利法掩飾事實上的失敗，克蘭比爾以幻想求安慰和解脫，也表現了這種自解自嘲的精神勝利法。

周招芬

〈《克蘭比爾》與《阿Q正傳》比較論〉，

（浙）《寧波師院學報》（社科版）2（1986），28～

33。

《孤獨者》、《鑄劍》與《海盜》*

　　《海盜》是拜倫《東方敍事詩》中具有代表性的一首長詩。
大幕拉開，閃出一片無限廣闊的背景：在那暗藍色的海上，在那
強大的海上帝國裏，心靈是無限自由的，思想是不受絲毫限制的。
這個海上帝國的領袖就是海盜康拉德。他有一百樣惡德，卻有一
樣美德；他於世無所眷愛，卻把愛專注在美多拉身上；他是那麼
無情，對社會的道德和法律無所顧忌，向一切人復仇，卻又把
"真情"珍如生命，雖然"不多"；他像拜倫一樣，爲某種隱秘
的罪惡苦惱着，卻無絲毫悔過之意，還是以擄掠和殺戮爲快事。
康拉德的形象看起來是不美的，反帶一身惡性，然而他卻是近代
個性解放的典型。《海盜》是拜倫從傳統的牢籠裏發出的自由自
在的強音，對於封建傳統具有巨大的破壞性。而在魯迅棄醫從文
的時候，反對封建主義並進行思想的啓蒙已經提到近代中國的議
事日程上來了，這樣，《海盜》所表現的對封建傳統徹底否定的
"摩羅精神"，就激起了敏感的先驅者魯迅的強烈共鳴。如果說
留日之前魯迅所接受的主要是中國的"平和"而寧靜的文學，那
麼，《海盜》以近代歐洲文學"常抗"、"必動"、"貴力"、
"尙強"等等，顯示出中國古典文學尙不具備的那種對立衝突的
特徵。因爲與《海盜》等作品相比，即使是"放言無憚"的屈原

---

　　*　　George Gordon Byron（1788～1824），*The Corsair*。

的作品，"亦多芳菲凄惻之音，而反抗挑戰，則終其篇未能見，
感動後世，爲力非強。"（魯迅《墳·摩羅詩力說》）因此，對魯
迅及其創作產生影響的，還不在《海盜》的情節和結構等形式因
素，而在於《海盜》那種令"平和之人"恐懼的"力之美"，亦
即勃蘭兌斯所說的拜倫作品的"強力"那種無拘無束的自由，憤
世嫉俗的個性精神，以及強大無比的意志力！尤其是康拉德向社
會、向一切傳統勢力挑戰、破壞、復仇的摩羅精神，深深震動了
魯迅的心："然康拉德爲人，初非元惡，內秉高尚純潔之想，嘗
欲盡其心力，以致益於人間；比見細人蔽明，讒諂害聰，凡人營
營，多猜忌中傷之性，則漸冷淡，則漸堅凝，則漸嫌厭；終乃以
受自或人之怨毒，舉而報之全群，⋯⋯蓋復仇一事，獨貫注其全
精神矣。"（帶點的是魯迅自己的見解，其餘則選材於木村〈關
於《海盜》〉《摩羅詩力說材源考》）。

　　魯迅一九二五年十月發表的《孤獨者》儘管與《海盜》在結
構形式、敍事方法上是那麼的不同，但是，在魏連殳的個性精神、
尤其是向世俗庸人和傳統勢力挑戰復仇等方面，則看得出《海盜》
康拉德形象的影響。

　　魏連殳開始是懷有那樣高尚的思想和善良的願望。他熱愛孩
子，在孩子身上他勾劃着中國的未來和希望，因此，他改革社會
的理想的種子便種在孩子們的身上："大人的壞脾氣，在孩子是
沒有的。後來的壞⋯⋯那是環境教壞的。原來卻並不壞，天眞⋯⋯。"
但是，他的改革社會的理想，他的個性精神，使他在"衆數"那
裏成爲"異端"或者"外國人"；他的熱愛孩子換來的是"一個
很小的小孩"拿了一片蘆葉指着他說："殺！"當他變得一無所

有時，訪問他的才子們也不來了，大良祖母的嘴臉更是變換得快，大良們甚至連他的東西也不要了。於是，他舉而向社會復仇，向“營營”的“凡人”復仇。他當上了杜師長的顧問，叫大良的祖母“老傢伙”，叫大良們裝狗叫，磕響頭，死後甚至還冷笑着自己的死屍。這種憤世嫉俗的個性精神和無所顧忌的復仇精神，與康拉德執着自己的本性而向世俗復仇的精神是一致的。

但是，《海盜》一開始則把情節推向了高潮，並沒有細緻地描寫康拉德如何變成掠搶殺戮的海盜的性格演化過程，而《孤獨者》則具體細緻地展示了魏連殳性格的變化發展。《海盜》更沒有對“衆數”心理的剖析，而《孤獨者》則借魏連殳身世的沉浮，以觀世人嘴臉的變換，特別是大良祖母嘴臉的變換。因此，《孤獨者》要比《海盜》深刻得多，現實性也更強。這除了進化論和阿爾志跋綏夫的《工人綏惠略夫》較大的影響之外，受現實的感召（在魏連殳身上有范愛農等人的影子）是突出的。因爲封建勢力像汪洋大海的中國，不比自文藝復興以來積累了幾百年人文主義思想的歐洲，覺醒了的個性只不過是封建海洋上的數葉小舟，所以，與康拉德徹底的個性精神和復仇精神不同，魏連殳向傳統勢力復仇的代價是向傳統勢力的妥協，勝利和失敗在這裏竟成了同義語。

應該說，《孤獨者》是沒有《海盜》那種令人恐懼的強力和浪漫傳奇色彩的。魯迅小說中（《斯巴達之魂》除外，因爲此篇是翻譯或改譯作品，還是根據歷史而“隨意點染”的歷史小說，至今不清楚）具有這種令人恐懼的強力和傳奇色彩的，當數作於一九二六年十月的《鑄劍》，而這正是魯迅說拜倫宗摩羅詩人

"時時在我的眼前出現"的時候（魯迅《墳·雜憶》）。這樣，
《海盜》對《鑄劍》產生了那麼大的影響，就不難理解了。

　　在《鑄劍》中，《海盜》的影響就不止於復仇和個性精神了，
而且還表現在藝術風格上：故事情節的戲劇性和傳奇色彩，令人
恐懼的強力色彩，以及帶有某種非現實性的神秘色彩。因為無論
是康拉德還是宴之敖者，他們都來歷不明，沒有職業，或流浪，
或做海盜，但是，他們都行動詭秘，或具先知性。康拉德"受自
或人之怨毒"，宴之敖者的"魂靈上是有這麼多的，人我所加的
傷"，因此，他們都具有不可抑制的復仇心理。他們看起來都像
是孤立於社會之外，且都具有強大的意志力，以此而向社會、向
國家以及一切壓抑個性的力量、一切代表傳統的強暴勢力進行孤
軍奮戰。因此，他們既是暴君的叛逆，也是良民的叛逆，而要他
們妥協則是不可能的。可見，《海盜》和《鑄劍》雖然多少都帶
有中古傳奇色彩，但其主人公卻只能產生於個性解放的近代。

高旭東

〈拜倫的《海盜》與魯迅的《孤獨者》、《鑄劍》〉，
（武漢）《湖北大學學報》（哲社版）6（1985），94～
98。

《長明燈》與《紅花》*

　　迦爾洵是十九世紀後期俄國著名的短篇小說作家，也是魯迅先生早年所推崇的俄國作家之一。一九〇九年出版的《域外小說集》中，即收有魯迅先生所翻譯的迦爾洵的《四日》一篇，並對作者作了簡要的介紹，指出：“氏悲世至深，逐狂易，久之始癒，有《絳華》一篇，即自記其狀。晚歲爲文，尤哀而傷。今譯其一，文情皆異，迥殊凡作也。”這裏所提到的《絳華》即是迦爾洵的代表作《紅花》。一九二一年，魯迅先生在〈《一篇很短的傳奇》譯者附記〉及〈《一篇很短的傳奇》譯者附記㈡〉中，又兩次提到《紅花》，並作了簡要的評介：“他的傑作《紅花》，敍一半狂人物，以紅花爲世界上一切惡的象徵，在醫院中拼命擷取而死，論者或以爲便在描寫陷於發狂狀態中的他自己。”

　　我們知道，魯迅早期所介紹的俄國作家作品爲數並不多，但卻再三地提到迦爾洵的《紅花》，足見魯迅對《紅花》的重視。

　　《紅花》寫於一八八三年，反映的是俄國無產階級革命運動開始之前俄國人民解放運動時期的歷史面貌。當時，在俄國文藝界，用短篇小說這一形式反映覺醒了的知識份子革命者爲被壓迫群衆的解放事業而英勇獻身的作品，爲數極少，而《紅花》是較

---

　　*　　Vserolod Mikhailovich Garshin（1855～1888），*The Red Flower*（1883）。

早的、也是相當成功的一篇。一九一〇年，俄國著名作家柯羅連
科曾把《紅花》稱爲俄國文壇的一顆"珍珠"，指出：它"以非常
凝煉的形式展開了一整部自我犧牲和英雄事業的精神悲劇，這悲
劇十分鮮明地表現着人類精神的高度的美。"（轉引自蔣路編選
之《俄國短篇小說選》）

　　在《紅花》創作四十二年後，一九二五年魯迅先生創作了
《長明燈》。從早期魯迅先生對《紅花》的推崇和贊賞來看，創
作《長明燈》時，在某些方面受到《紅花》的啓示是毫不奇怪的。
我們說《長明燈》對《紅花》有所借鑒，這並不會貶低魯迅先生。
魯迅先生曾經明確指出："一切事物，雖說以獨創爲貴，但中國
旣然是在世界上的一國，則受點別國的影響，即自然難免，似乎
倒也無須如此嬌嫩，因而臉紅。單就文藝而言。我們實在還知道
得太少，吸收得太少。"（《集外集·〈奔流〉編校後記》）另
一方面，我們說《長明燈》在整體上超過了《紅花》，也不會降
低《紅花》的價值和歷史地位。後來居上是客觀事物發展的必然
規律。正是在這一前提下，我們談一談對這兩篇作品的看法。

　　這兩篇作品在藝術構思和比喻象徵手法的運用上有某些相似
之外，在思想和藝術上都達到了相當高的水平。但由於兩位作者
處在不同的時代、不同的國度，面臨着不盡相同的歷史使命，尤
其是思想和藝術修養的差異，因此，它們的成就是不完全相同的，
比較說來，《長明燈》在思想內容的深度、概括現實生活的廣度，
以及象徵比喻的精確、貼切等方面，更勝一籌。

　　其一，兩篇作品都以一個具體事物象徵反動勢力。《紅花》
是以紅花作爲世上一切邪惡的化身，而《長明燈》則以長明燈作

爲中國幾千年封建統治勢力的象徵，並都以象徵封建勢力的具體事物作爲篇名。然而，魯迅先生選擇長明燈作爲封建勢力的象徵更爲貼切，含意更爲豐富、深刻，而且富有中國特點。

《紅花》中以紅花作爲世上一切邪惡勢力的象徵，只是瘋子幻想中的產物。紅花與邪惡勢力並無必然的內在的聯繫，它的反動本質、它對人們的巨大危害是通過瘋子主觀的幻象表現出來的，而在現實生活中，在瘋人院的所有的人們的腦子中，紅花只是後花園中千百朵普通鮮花中的一朵，並無特別含意。以紅花作爲邪惡的象徵，顯然有它不可避免的局限性。而魯迅先生筆下的長明燈卻有所不同，他既借鑒了《紅花》的象徵手法，又避免了它的局限性，使長明燈與它所象徵的內容巧妙地融爲一體，深刻地揭示了長明燈與中國社會中的封建統治勢力的必然的有機的聯繫。它被安放在吉光屯"社廟"的正殿上，是一千多年前梁武帝親自點起來的，是封建社會中神權與君權的產物。它存在的時間之長，說明它的根深蒂固，罪惡深重。吉光屯因它得名，又顯示出它危害之大，人們中毒之深。在作品中，長明燈作爲封建統治勢力的象徵以及它對人們思想上的影響、精神上的毒害，是通過吉光屯中各色人物的言論、行動滲透出來的。長明燈對吉光屯的統治，造成了吉光屯人們的愚昧、麻木、迷信、落後，而這些精神麻木的人又成爲維護長明燈使之千年不滅的社會基礎。可見，長明燈絕不是"瘋子"主觀幻想中的封建勢力的象徵，而是存在於吉光屯各色人物思想中的一盞不可冒犯的"神燈"。這樣，"瘋子"熄滅長明燈的重大意義就被充分揭示出來了；吉光屯的人們把要熄滅長明燈的人稱爲瘋子，並處心積慮欲將其置之死地的原因，也就不言自明了。

其二，兩篇作品都以瘋子作爲主要人物，並寫出了他們奮不顧身，堅韌不拔的共同品質。作品的基本情節也是近似的：《紅花》中的瘋子千方百計地要摘除紅花，《長明燈》中的瘋子則一心一意想熄滅長明燈。然而，兩位瘋子的個性全然不同，作者刻劃人物的藝術手法也迥然有異。

應當充分肯定，《紅花》成功地塑造了一個易於激動的十九世紀俄國先進知識份子的藝術形象。其寫作特點是細針密縷，精心刻劃，可以算得上是一幅細膩入微的工筆畫。瘋子作爲精神病人的不正常的心理和行爲被描摹得十分眞實、生動。一出場便先聲奪人："我代表彼得一世皇帝陛下宣布視察本瘋人院！"然後，作者細緻地層層深入地描寫了他的外貌特徵，他所活動的具體環境，尤其着力剖析他反常的心理狀態："一種合理推斷同荒謬想法的奇怪混合物。"作者下筆的重點是在瘋子摘花的行動上，三次摘花的鬥爭寫得錯落有致，詳略得體。第一次摘花的心理和行動，寫得細膩、曲折、詳盡，充分揭示了瘋子摘花的偉大意義，描寫了他摘花的感受、決心以及摘花後在幻象中與紅花的生死搏鬥，把瘋子爲消滅世上邪惡勢力的偉大獻身精神表現得酣暢淋漓。第二次摘花的行動只輕輕幾筆帶過，寫得十分簡略。第三次摘花又寫得較爲細緻，與第一次相比，側重點卻有所不同，主要筆力在於描寫瘋子發揮自己的智慧，竭盡全力戰勝一切困難險阻的頑強鬥爭精神和視死如歸的英雄氣概。由此可見，《紅花》中的瘋子雖不時散發出一種"救世主"的氣味，但仍不失爲一個眞實、動人、豐滿的正面人物形象。

　　《長明燈》中的瘋子則是一個鍥而不捨，堅靭不拔的反封建戰士的生動形象。與《紅花》的藝術手法不同，作者採用虛實相映，烘雲托月的方法，從大處落墨，寥寥幾筆就點染出人物的精神風貌，可說是一幅傳神的寫意畫。作品共分四個自然段，其中瘋子的活動只限於二、四兩個自然段，但就通篇看來，他的形象卻無處不在。由於吉光屯一切人物的活動都緊緊圍繞瘋子要熄滅長明燈而展開，因此，在多數情況下，瘋子雖未露面，卻仍然成爲一種潛在的巨大威懾力量，震撼着人們的心靈。如作品一開始便這樣寫着：

> 　　春陰的下午，吉光屯唯一的茶館子裏的空氣又有些緊張了，人們的耳朵裡，彷彿還留着一種微細沉實的聲息——“熄掉他罷”！

　　這正是未見其人先聞其聲，從茶館的氣氛的渲染中，我們感到瘋子雖未登場，但是吉光屯人們的心目中，早已矗立着一個令人生畏的瘋人形象。烘雲托月月更明，作者的匠心於此可見。

　　其三，兩篇作品都是短篇小說中的珍品，都具有單純、集中、精煉的特色，但《紅花》較爲直露奔放，一目瞭然，而《長明燈》卻含蓄凝重，意味深長。迦爾洵擅長歐洲式的心理描寫，他採取單線結構方式，不僅以瘋子爲中心人物，而且以瘋子摘除紅花爲中心線索來展開情節，所以全篇幾乎都是瘋子不正常的心理活動的描寫，是一串心理活動的聯綴。《長明燈》則採用雙線結構，以瘋子堅決熄滅長明燈，吉光屯各色人物阻撓熄滅長明燈爲線索來展開故事，以對話和場面描寫爲主要手段，將現實生活凝聚在幾個概括性極強的場面中，因而顯得格外乾淨、利落。

　　魯迅先生深得我國古典詩詞以小見大、少中見多的奧妙，即
所謂"意則期多，字唯期少"（李漁：《笠翁一家言》），句中
無餘字，篇中有餘味。《長明燈》篇幅僅及《紅花》的二分之一，
篇幅雖小，容量頗大，一盞"長明燈"照出了舊中國農村各色人
物的嘴臉，反映出我國民主革命時期反封建的艱巨性、複雜性。
這一點是《紅花》無法比擬的。

　　看來，魯迅先生對《紅花》既有所借鑒，又敢於創新。在放
眼世界文藝時，兩隻腳卻牢牢地踏在我國現實生活及文藝傳統的
土壤上。《長明燈》不僅內容、人物、情節、語言是十足中國化
的，而且藝術手法、藝術風格也是充分民族化的。魯迅先生既不
盲目排外，又不崇洋媚外。外爲中用，努力發展我們民族新文藝
的寶貴經驗，在今天仍具有重大的指導意義。

王敬文

〈魯迅的《長明燈》與迦爾洵的《紅花》〉，
《武漢師範學院學報》3（1983），95～98。

《青春之歌》與《怎麼辦?》[*]

車爾尼雪夫斯基主張文藝應成爲再現生活、說明生活、對生活下判斷的"生活教科書",他所著長篇小說《怎麼辦?》便是"生活教科書"的範本。楊沫的長篇小說《青春之歌》,當年也曾有評論文章以"人,就應該這樣生活"爲題,稱讚它是"生活教科書"。

當然,"生活教科書"所能概括的範圍相當廣泛,不過,《青春之歌》和《怎麼辦?》在情節、人物、主題等方面確乎極其相似。

首先,從情節上看,兩部作品寫的都是革命和戀愛的故事,都以革命爲主線,以女主人公的命運和遭遇作爲情節構成的基礎。無論薇拉或林道靜,她們都不願做達官貴人掌上的玩物,公子哥兒籠中的金絲鳥;都有一顆"要獨立生活,要到社會上去做一個自由的人"的心。而在她們面前,卻又都站着一個代表舊思想、舊勢力的母親:瑪利亞把薇拉當作可以增殖的資本,徐鳳英把林道靜視爲搖錢樹;她們都強迫中學畢業的女兒嫁與權貴。這樣,就勢必引起女主人公的堅決抵制,以致不惜用生命來抗爭。兩本小說的矛盾衝突由此展開。與革命者的結識構成女主人公人生道

---

[*] Nikolai Gavrilovich Chernyshevski (1828～1889),*What Is to Be Done*? (1862～1864)。

路的轉折點。在薇拉的生日舞會上，羅普霍夫宣講“未婚妻”的
“秘密”，在薇拉心中播下了革命的種子；以後羅普霍夫又引導
她閱讀費爾巴哈和孔西蘭德的著作，用唯物主義和空想社會主義
武裝她的頭腦，使她把爭取個人婚姻自由的鬥爭和爭取婦女解放，
以至全俄人民爭自由結合起來，從而最終成爲自覺的革命民主主
義者。同樣，在白莉萃主持的除夕晚會上，盧嘉川教給了林道靜
救國救民的眞理，以後又進而引導她學習馬列主義理論和進步文
藝書籍，使她“看出了人類社會的發展前途”和“她個人所應走
的道路”，並在革命鬥爭烈火的鍛煉中成爲無產階級先鋒戰士，
與此同時，兩位女主人公的愛情生活也於歷經變故之後，終於同
理想的情人結合。兩部小說的結尾，女主人公都以嶄新的姿態，
與丈夫並肩進擊，迎接革命高潮。可見，整個故事情節及其發展
的各個階段，《怎麼辦？》和《青春之歌》都是相似的。

　　其次，相似還表現在人物上。《青春之歌》和《怎麼辦？》
都把塑造新型革命者的形象當作自己的使命。它們塑造的新型革
命者個性不同，但都有着崇高的理想和堅定的信念：爲祖國的進
步，人民的解放，不惜犧牲一切，包括自己的青春和生命。兩本
小說所着力描寫的人物，都是一對男大學生和一個中學畢業的女
青年，每一對男大學生都是爲着共同的革命目標奮鬥的、親密無
間的戰友，而且都先後與中學畢業的女青年由友誼而愛戀。作品
正是通過三人之間複雜而微妙的關係來表現他們各自的精神、品
質和性格的。一方面以如何共同對付反動或落後勢力來顯示其果
敢無私。例如羅普霍夫毅然拋棄即將到手的教授職位，從“囚室”
救出薇拉；盧嘉川不惜忍辱負重，斷然“拉”林道靜脫離泥坑。

另一方面，以如何對待友誼和愛情來展現其眞誠純潔。例如，羅普霍夫認爲愛一個人，就"寧可死也不允許他爲了我的緣故而勉强他自己，壓制他自己"，因此當他發覺妻子薇拉愛上了他的同學、戰友吉爾沙諾夫，並認爲這將使她更加幸福的時候，就主動"退出舞臺"。在此之前，吉爾沙諾夫也察覺到了自己對薇拉的特殊感情，曾多次巧妙地、堅决地制止這種情感的發展。同樣，江華也因爲林道靜和他的同學、戰友盧嘉川有過愛情的關係，"他們是很好的一對"，就把自己對她的愛深深藏在心底，"壓制它、排除它"，直到盧嘉川犧牲之後很久。

再次，看作品所表現的主題，兩部小說的主題都是青年人所普遍關心的問題。《怎麼辦？》提出的問題是，沙皇專制主義和農奴制統治下的俄國的出路在哪裏，它的人民，特別是青年，應該怎樣生活？也就是"怎麼辦？"《青春之歌》提出的問題是，怎樣譜寫"青春之歌"？實質上也就是面對日本帝國主義者的武裝侵略，中國的出路在哪裏？中國人民，特別是中國青年，應當怎樣生活？亦即"怎麼辦？"的問題。面對這樣嚴肅的問題，兩部小說都通過新人形象的塑造作出了推動歷史前進的回答。

此外，甚至在結構上，也可以找出兩部小說的相似之點。《怎麼辦？》借助於薇拉的四個夢，分別展示了新人們關於社會革命、自由勞動、婦女解放、空想社會主義的精神境界。這些夢既是薇拉思想發展的里程碑，又是作品各部分內容之間循序過渡的樞紐，起承上啓下的作用。《青春之歌》借以展開作品內容的關節點也有四個，即林道靜的四個"恩師"。盧嘉川給她指明方向，江華引導她到實際鬥爭中鍛煉，劉大姐啓示她把崇高的理想與平凡的工作結合起來，做一個眞正頂天立地的無產階級先鋒戰士。四個"恩師"體現了林道靜登上人生道路的階梯，也帶出了一組組藝術畫面。兩本小說所借助者不同，在結構上的妙用一致。

《青春之歌》和《怎麼辦？》旣有同，又有異，這種同與異的根源究竟在哪裏呢？從總體看，我認爲，它們的同與異都是文藝創作規律的反映。

二十世紀三十年代的中國，社會生活與十九世紀六十年代的俄國相似點不少；例如，都面臨着一個民主革命的任務。在民主革命中，知識青年和學生是"首先覺悟的成分"［毛澤東語］，起着先鋒和橋樑的作用，他們由於生活在不同的時代和國家，自有不同的世界觀、人生觀以及不同的民族心理和性格。但概而言之，他們又有很多共同之處：他們都通曉當時的革命理論，都參加當時的革命實踐，是舊的社會制度的堅決反抗者，新的社會制度的執着追求者；在日常生活中，他們對朋友、對情侶，眞誠而純潔，正直而無私，因而又是人類新關係的創造者，新道德的代表者，在十九世紀六十年代的俄國，杜勃羅留波夫便是這樣的人。他熱忱而不知疲倦地從事社會政治活動，從事文學的創作與批評，把短短的一生完全奉獻給了反對專制主義和農奴制的鬥爭。在二十世紀三十年代的中國，有"一二·九"運動的領導骨幹黃敬，他草擬膾炙人口的"十校宣言"，痛斥政治腐化；在緊急關頭振臂高呼，使被冲散的隊伍重新聚合；在特務暗探密佈的長安飯店，他機智地研究和部署戰鬥任務；在各路學生大軍會師的天橋，他在樓房窗口發表激昂慷慨的演說……。再如北平學聯主席黃誠，他站在鬥爭最前列，率領群衆與敵人的大刀、水龍搏鬥；在軍警

搜捕正急的時候，他吟出了“鷄鳴林角現晨曦”的動人篇章；參
加新四軍後，他一心撲在工作上，“幾乎沒有私人生活”，這些
青年革命者顯得英姿颯爽，才氣橫溢，是“優秀人物的精華”，
“原動力的原動力”，“鹽中之鹽”。

　　從作家的個人經歷看，他們也都是那個火熱的鬥爭年代的革
命實踐者。車爾尼雪夫斯基是革命民主主義的旗手。他不屈不撓
地堅持著文宣傳唯物論，批判形形色色的唯心論；宣傳革命民主
主義，批判自由貴族的改良主義；宣傳“合理的利己主義”，批
判野蠻、虛僞的封建道德和損人利己的資產階級道德。車爾尼雪
夫斯基的夫人奧爾加是俄國文學史上一顆被埋沒了的明珠，她孜
孜不倦地幫助了車爾尼雪夫斯基畢生的工作。作爲夫妻，車爾尼
雪夫斯基與奧爾加互相尊重和忠實。在與車爾尼雪夫斯基交往的
革命者中，有一位上校軍官愛上了奧爾加，奧爾加也確實喜歡這
位軍官。她把自己的心事毫無隱諱地告訴了車爾尼雪夫斯基，車
爾尼雪夫斯基聽了以後並沒有責怪她，反而冷靜地對她說：“你
完全有選擇的自由。”奧爾加因此對丈夫更加敬重，長期的監禁
和流放絲毫動搖不了她對他的堅貞的愛情。楊沫出身於沒落官僚
地主家庭，爲使自己不致墮落成爲權貴們的玩物或小家庭的奴隷，
做一個“獨立自由”、自食其力的青年，她先後當過小學教員、
家庭教師、書店店員、備受歧視和壓迫；在走投無路之際，甚至憤
而想到自殺。

　　十九世紀六十年代的俄國與二十世紀三十年代的中國，在社
會生活方面，特別是青年革命者的思想、性格等方面如此相似，
而《怎麼辦？》和《青春之歌》又是以這兩個歷史時期的社會生

活爲題材的，運用現實主義方法創作的小說，兩者在主題、人物、情節上出現近似，也就毫不足怪了。

據作者自述，《怎麼辦？》以杜勃羅留波夫等八個“特殊”類型的革命者爲原型，塑造了拉赫美托夫的形象；又以更多的“平常”類型的革命者爲原型，塑造了羅普霍夫、吉爾沙諾夫的形象。

楊沫則以她所比較熟悉的或一眞人爲模特兒，“然後再把……所熟悉、所了解的其他同類人的階級特徵、特點加在這個模特兒身上”，塑造了江華的形象。車爾尼雪夫斯基根據奧爾加以及與她相彷彿的人的個性和生活經歷，編織了薇拉的革命、戀愛故事；楊沫根據她自己以及與自己相彷彿的人的個性和生活經歷，編織了林道靜的革命、戀愛故事。這就是說，兩部小說的主題、人物、故事以至於整個作品，都是來自作家自己的生活，來自自己的人民。因而兩部作品從主題到人物、情節，不可能不同中有異，而各有自己的特色。

根據以上所作的對比，我對《青春之歌》和《怎麼辦？》有這麼一個總的印象：兩部作品異中見同，同中見異，異其所當異，同其所當同，因爲它們都是“移入人腦並在人腦中改造過的物質的東西”，是現實主義創作方法的成果。

徐其超

〈談《青春之歌》和《怎麼辦？》的異同〉，

《重慶師範學院學報》3（1983），93～98，26。

《棋王》與《象棋的故事》*

　　茨威格的《象棋的故事》描寫了一個奧地利人“Ｂ博士”，被希特勒的黨衞軍逮捕後單獨關在一個小房間裏達數月之久，在這狹小天地裏，Ｂ博士被切斷了與外界的一切聯繫，剝奪了自己的一切對象，墜入無邊的虛無之中，因此他生出一種可怕的失落感，頻於精神崩潰的邊緣。就像垂死的溺水者死死抓住了手邊的一根稻草一樣，他偶然偷到了一本棋譜後，就一改自己從來對象棋的無興趣，將它當作自己全部精神的唯一寄託，把全部思想、意志和情感都集中於按譜下棋之中，棋藝日精，出神入化。於是無聊變成有趣，有趣變成樂趣，樂趣變成熱情，熱情變成狂熱，變成一種不可遏止的激烈的狂怒，衝破他主觀上的一切抵抗，終於變成一種精神症狀——“象棋中毒症”。被送入醫院後才治癒，立誓終生不近棋盤。

　　阿城《棋王》的主人公王一生出身於城市平民家庭，經濟貧困，從小就上不起公園，看不起電影，忙於幫母親叠書頁子換錢，注定了念完初中就得掙錢養家，不可能有個人充分發展的天地，他爲人又極聰明，多餘的精力無處活動。正巧某次叠書頁子碰上一本講象棋的書，隨着這偶然的機緣，他就將自己的全部精神都傾注於象棋，“何以解不痛快？唯有象棋。”就像他父親一生躲

---

　　*　Stefan Zweig（1881～1942），*A Tale of Chess*（1936）。

在酒杯裏一樣，他一生在棋盤上忘卻自己所有的煩惱與痛苦，在紙炮木馬的廝殺中尋找和實現着自我的人生價值，終於成爲名震一方的"棋王"。但這棋王在生活的其他方面卻麻木而拙訥，幼稚得讓人心痛，於是得了一個更合適的外號叫"棋呆子"。

乍一看，兩部小說的基本故事頗多相似，但同中卻有大異在。

首先是兩位主人公的自我感覺不同。在B博士，他之轉向象棋完全是在失去了自由，失去了一切活動對象因而自我失落時一種不得已而爲之的自衞行爲。而且他對此有着相當清醒自覺的認識。他本不愛棋，僅僅是意在爲自己的精神活動尋找一個對象，一個支點，使精神免於崩潰，自己不致向納粹屈服，他才違心地選擇了象棋。因此，他短暫的象棋生涯雖使他在棋藝上由所知無多變成了天才，卻仍然是始於無聊，伴隨以不斷的煩惱與痛苦，終結於瘋狂的精神崩潰，這是一次煉獄裏的精神生活歷程，其中如魚得水的幻覺只是幾個瞬間，總的基調卻是悲劇式的。讀者自始至終聽到的是離水之魚用尾巴拼命拍打着地面的垂死掙扎之聲。而棋王一生則正相反。他之鍾情於象棋，無疑也是迫於生活環境的壓力。但他卻更願意將這壓力感覺爲一種磁極的吸引力。他對於自我這一行爲的被動性始終不願有一足夠清醒的認識與自覺。"我迷象棋。一下棋，就什麽都忘了。呆在棋裏舒服。"一近棋盤，就跳出三界外不在五行中，在絕對自由中逍遙游之。他認爲在象棋裏就完全可以找到並自以爲已經找到並實現了自我的價值。當他在地區象棋大賽上一以擋九力挫群雄時，不僅視之爲自己棋業的頂峰，而且視之爲自己人生的頂峰。他集中了自己全部的生命力量拼死一搏。當他大獲全勝時已奄奄一息，但他認爲自己終於參透了人生的眞諦，實現了人生的價值。他嗚嗚地哭着說：
"媽，兒今天明白事兒了。人還要有點兒東西，才叫活着。媽
——"這表明了他對人生的理解與追求。

　　其次是兩位作家的評價迥異。茨威格將Ｂ博士之成爲象棋天
才視爲人生的一種不幸遭遇，寄以深厚的同情。而對那個除了棋
一無所知的國際象棋世界冠軍琴多維奇，則明確視爲"罕見的怪
物"。"把人的腦子一輩子完全圍着一個劃成六十四個黑白方格
的小塊空間轉來轉去，是不可思議的。……我總還是感到很難想
像，甚至幾乎不能想像，一個腦子活躍的人會把自己的天地局限
於一小塊一小塊黑白空間之上，而且能夠在前後左右移動三十二
顆棋子的活動中找到畢生的事業。我不能想像這樣一個人，他認
爲開棋的時候先走馬而不是先走卒對他來說就是英勇的壯舉，而
在象棋指南的某個犄角裏佔上一席可憐見的位置，就意味着聲名
不朽；我不能想像，一個聰明人竟然能夠在十年、二十年、三十
年、四十年之中一而再、再而三地把全部的思維能力都獻給一種
荒誕的事情——想盡一切辦法把木頭棋子趕到木板棋盤的角落裏
而自己卻沒有成爲瘋子"。因此在茨威格筆下，Ｂ博士是一個病
人，一個"象棋中毒症"患者，是法西斯暴政的受害者，他之被
迫變成象棋天才，是一個令人髮指的、人被剝奪自由而在重壓下
像盆景一樣畸形化的悲劇。作者對他充滿了深刻同情，而對應爲
此悲劇負責的法西斯暴政則作了強烈的控訴。而阿城正相反。在
《棋王》中，作者對於棋道的看法與主人公王一生是一致的。王
一生這個象棋之王，是被作者高度英雄化了的。作者對他先抑後
揚，逐步升級，至車輪大戰而登峰造極，奏響了崇高而悲壯的旋

律。在棋王的勝利面前滿城人如醉如痴,作者本人也輸誠拜狀,
"我心裏忽然有一種很古的東西湧上來,喉嚨緊緊地往上走。讀
過的書,有的近了有的遠了,模糊了。平時十分佩服的項羽、劉
邦都在目瞪口呆,倒是屍橫遍野的那些黑臉士兵,從地下爬起來,
啞了喉嚨慢慢移動。一個樵夫提了斧在野唱"。這是眞正史詩風
格的英雄頌。作者且由此豁然悟道:"家破人亡,平了頭每日荷
鋤,卻自有眞人生在裏面,識到了,即是幸,即是福。衣食是本,
自有人類,就是每日在忙這個。可圍在其中,終於還不太像人。"
即使家破人亡,只須有象棋,就可以使人生得到完全無憾的實現。

弈雖小道,可以見大。也許人們已經感覺到,這中西兩種棋
道觀的差異背後,深伏着中西兩種人生觀的深刻差異。而這正是
值得我們進一步去探究的東西。

中國人重天人和諧,強調"天道即人道",而西方人則重天
人之辨,強調人與自然的對立——這早已是學術界衆口一辭的定
論。然而它卻並不符合事實,極有澄清的必要。

以"天道"來論證"人道",以自然來論證人生,將一種人
生的追求論證爲自然的先定,將一種價值論證爲一種本體,將一
種"應然"論證爲必然——這在中西思想史上都是一種常見的方
法。西方人同樣強調"天道即人道",他們在這一點上與中國人
並無根本差異。差異在於論證中對於"天道"的屬性究竟如何—
自然界爲人生究竟規定了何種意義與價值——的理解。歸根到底,
自然界本身並不具有人生觀意義上的任何具體規定性。因此無論
人們對之如何論證,最終都是旣無法證實也無法證僞的。人將自
己的人生追求論證爲一種自然的先定,按自己的"人道"觀來表

述自己的"天道"觀，又用這種"天道"觀反過來論證和支持自己的"人道"觀。因此，中西"天道"觀的不同，歸根結底是由中西"人道"觀即人生觀不同所致。

茨威格筆下的Ｂ博士被納粹剝奪了自由，他對此有極為清醒的認識和痛切的感受並自始至終進行着不屈的反抗。下棋本是在此特殊情況下的一種獨特的反抗手段。當他發現這種手段異化到幾乎要取代目的本身，從而成為自己自由的一種威脅時，立即對之作了否定。他成為象棋天才的過程，同時也是他掙扎於象棋的魔力糾纏中以求脫身的過程，這也正是他保衛自己的自由本性使之不致迷失的過程。他是一個戰士。他與自己身上的"象棋中毒症"的搏鬥，是人的自由本性與戕害這種本性的暴政的搏鬥，是與那在逆境中必然要戴着"通達"、"權變"、"有修養"、"成熟"等等假面具而出現的怯懦的鬥爭。他捍衛了自己的自由本質，也就是捍衛了自由與平等的社會價值。雖然這種人生觀的戰鬥充滿了焦慮與痛苦，但仍然比弱者的自我麻醉好得多。而無論在何種引力或壓力作用下，通過將自己的精神龜縮進某個怪異的小角落來獲取一種虛偽的無限感與自由感，都只是自欺欺人而已。

中國傳統的人生觀則全然不同。

作為吸引了人全部精神力量的唯一對象，造成一個可供人逍遙游之的最狹小又最無限的天地，使之忘卻人間的一切其它煩惱。它的功能在於以一種虛幻價值取代了人生的全部真正價值，使這一被扭曲了的人生與絲毫未經改進的自然和社會重歸和諧。這東西，在政治黑暗殺戮殘酷的魏晉年代的名士們那裏，就是詩、書、

琴、畫、山水、酒、藥石……在王一生的父親那裏，就是酒，他
說：“你不知道酒是什麼玩意兒，它是老爺們兒的覺啊！”在棋
王一生那裏，就是象棋，他反反覆覆地念着自己的護生咒：“何
以解憂，唯有象棋。”這個代用品很廉價，因爲是一種智力遊戲
而使陷入其中的迷狂者仍然自以爲清醒，又因爲具有競賽性而極
易使陷入其中的弱而怯懦者仍然自以爲英雄，將逃避錯覺爲進取。
棋王一生正是這種中國傳統人生觀的忠實實踐者。

　　綜上所述，中西兩種人生觀在“天道即人道”這一點上並無
根本差異。但近代西方人生觀以確認人的自由平等權利神聖不可
侵犯並以此爲唯一尺度來外向地評判和改造整個自然界和社會爲
特點；而中國傳統人生觀則以人生而貴賤有差並總是內向扭曲人
生以遷就既定的自然界和社會爲特點。這是中西兩種人生觀的眞
正差異所在。而在《棋王》和《象棋的故事》這兩部小說中，中
西兩種人生觀，通過作者對於兩種不同的棋道的藝術描寫，都得
到了相當典型和充分的表現。

　　西方人生觀注重外向改造自然界與社會以實現人的自由平等，
故重進取重變革，因而多不滿多焦慮，又由於長期虔誠宗教傳統
的影響而極易發展爲精神上的深刻危機。但不滿是向上的車輪，
聯繫到它的進取性和不盡活力，這種精神騷動是不宜簡單否定的。
B博士的心靈充滿了自我剖析、自我拷問，總是處在強烈的騷動
與危機之中。但正因如此，他才能時刻清醒地反省自身，掙脫虛
僞價值的誘惑，保持自由本性，不斷超越現實。正是在這種不自
由感中，他追求着實現着自由本質。而王一生則正相反。他言必
稱“你們這些人”，“我們這種人”，雖然對自己社會地位的低

下是有感覺的。他身處十年浩劫的時代，更覺得 " 活不出個大意思來 "。但他就此爲止，不再作任何更深入的思索，更談不上與命運作眞正嚴肅的抗爭，而是像他父親躲進酒杯一樣地遁入棋盤，靠一種內向地扭曲自己心靈的辦法來遷就現實，與現實合一。他用象棋構築了一個狹隘到渺小的天地，但這小天地對於他更小的心靈卻顯得與整個宇宙一樣無限。他龜縮其中却有一種天馬行空的幻覺。正是在這種 " 自由 " 的和諧感無限感中，他喪失着自己的自由。這時他變得毫無時代感又毫無社會感，只要"吃喝不愁"（ 其實只是尙未餓死而已 ）就不肯從這象棋中毒症中掙脫出來。他被剝奪了在其他一切生活領域得到健全正常發展的可能性，便象一株被無情剪裁綁紮的植物畸形地長成盆景一樣將全部人生都浪擲進象棋這樣一種虛幻價值裏去而成爲棋王，並進而反將象棋視爲人生全部意義之所在。這種將不得不咽下去的檸檬想像爲甜的 " 甜檸檬 " 的心理機制，與那種將吃不着的葡萄想像爲酸的 " 酸葡萄 " 的心理機制一樣，都是一種心理防衛。而棋王一生的這種實踐選擇與心理防衛，全是出於無意，在毫不自覺中就滑溜滑溜地完成了。這正是上述兩千多年來形成的中國傳統人生觀使然。這種傳統人生觀之必須加以深入研究與認眞對待，正在於它經漫長社會歷史積澱而在今日中國人身上形成強大行爲定勢與心理定勢這樣一種近乎神秘的力量。王一生形象的塑造，《棋王》在讀者中所受到的歡迎，都應當從中國傳統人生觀在今日中國現實社會生活中的巨大影響的角度加以考察和理解，也應當從與中國社會和政治發展的關係角度加以評價。無可諱言，從"純文學"的王國裏吊銷 " 政治學 " 與 " 社會學 " 的戶口正成爲一種時髦。

今天頗有一些人正在馳騁想像設計着在社會之外的人，然而正如
盧梭在二百多年前就已說過的那樣："必須通過人去研究社會，
通過社會去研究人；企圖把政治和道德分開來研究的人，結果是
這兩種東西一樣也弄不明白的。"阿城說："如果有什麼人爲了
什麼目的，不惜以我們的衣食爲代價，我和王一生們是不會答應
的。"其實我們幾千年來一次又一次地答應過，不僅以衣食，而
且以性命爲代價。歷史證明，要不答應，先要有直面人生的勇氣，
還要有改造現實的血與火的戰鬥。總之，它需要戰士。對於政治
的淡漠，是小生產者社會地位低下的結果，又反過來成爲其原因。
王一生由於自己的不幸境遇而信奉了中國傳統的人生觀，而這一
人生觀，又反過來強化了他的不幸境遇。這樣一種惡性循環唯有
通過人生觀的變革方能打破。否則，在時代與社會的嚴峻課題面
前只會"我醉欲眠君且去"，這種"棋王"、"酒仙"者流無論
湊成多大的"們"，也逃不出萬劫不復的奴隸命運。而安於奴隸
命運，不管如何故作瀟灑，畢竟不能說是一種美德。

　　中國社會正處在深刻的變革之中，需要創造出新的民族文化、
新的人生觀。大變革時代的文學僅憑有趣是不夠的。處於更複雜
的社會並面對更緊張地思考着的讀者，更深邃的目光、更博大的
胸懷與更勇敢的意志——這就是中國當代文學正在呼喚着的。

許　鋼

〈棋道與人生
　　——從《棋王》與《象棋的故事》的比較看中西人生觀之異同〉
《文學評論》（哈爾濱）2 (1987)，46～52。

《棋王》與《局外人》*

隔着玻璃看世界——對社會的哲學化冷視

　　我不知道阿城在試筆寫小說前是否接受過加繆的這個勸告，因爲據他自己說，他只是想換幾個小錢買烟抽。但是我相信阿城的《棋王》同加繆的《局外人》一樣，是一篇嚴肅地荒誕的哲理小說，它們的主人公不是以他們的行動向我們展開牽動着現實生活因果鏈條的情節，而只是漫不經心地，疲杳地甚至是有些痴呆地傳達出他們的生活態度，而且，這種生活態度的對應物不是具體的生存環境，而是短促而又永恆的人生，不是客觀的實體世界，而是時間和空間的虛無。

　　"一個精瘦的學生孤坐着，手攏在袖管兒裏，隔窗望着車站南邊兒的空車皮"。《棋王》的全部哲學內蘊都幻化在這個開篇的意象之中了——身體精瘦但不衰頹，內心孤寂但是平靜，袖手旁觀，隔着窗玻璃，外在的世界只不過一片空空，一片虛無。這是一個哲學的形象。借用加繆的話來說，此刻的棋呆子正尤如一個看着別人在玻璃亭子裏打電話的人，他在玻璃板之外聽不見那個人講話，卻能看見那些毫無意義的姿勢。"世上還有什麼比玻

---

　　* Albert Camus（1913~1960），*L'Etranger*（1942）。

璃窗後的人顯得更愚蠢"的呢？〔沙特語〕沙特（ Jean‐Paul
Sartre ）　就是抓住加繆的這個比喻來分析《局外人》的主人公
看世界的心理玻璃，和他透過這塊玻璃所看見的只有事物和動作
卻見不出任何意義的荒誕世界。

　　用心造的玻璃把自己同現實世界隔絕開來，這就是加繆的局
外人跟阿城的棋王的相同之處。這樣的人，"沒有未來，不懷希
望，不想入非非，也談不上消極沮喪……他的天眞有如'略帶微
笑地冷漠地生活在永恆的現在中'的梅思金公爵（陀思妥耶夫斯
基小說中的人物。引者注。）……你不妨把他也看作'白痴'"
〔沙特語〕。這樣的人，"沒有什麼憂，沒有。'憂'這玩意兒
是他媽文人的佐料兒。我們這種人，沒有什麼憂，頂多有些不痛
快。何以解不痛快？唯有象棋。"把生理上的不痛快與心理上的
憂傷這麼絕然區分開來，而且即使是生理上的痛苦也還有妙解！
從生活常識上說，這是一種麻木不仁的性格，這是一個思想枯燥、
感情貧乏的人。但是從哲學上看，這又是一種超脫的人生態度。
當一個人要超脫於他所生活的世界，就必然顯得同這個世界格格
不入；當一個人要超脫於他的同人，就必然顯得不近人情。加繆
的局外人是如此，阿城的棋呆子也是如此。你看，當"我"抱怨
"因常割資本主義尾巴，生活就清苦得很，常常一個月每人只有
五錢油，"並且還因爲山溝裏看不到電影和書而感到不滿足的時
候，棋呆子是什麼樣的反應呢——"他看看草頂，又看看在門口
轉來轉去的猪，低下頭，輕輕拍着淨是綠筋的瘦腿，半晌才說，
'不錯，眞的不錯……還要什麼呢？……你們這些人哪！沒法兒，
想的淨是錦上添花……人要知足，頓頓飽就是福。'他不說了，

看着自己的腳趾跟去擦另一隻腳背，吐出一口烟，用手在腿上揮了揮。"

如果說，加繆的局外人超脫得過於冷漠，這裏，阿城的棋王則超脫得近於怪誕。簡陋的茅草屋頂，幾隻瘦得賽狗的豬，歷歷可數的肋骨和淨是綠筋的瘦腿，這些貧弱的、枯槁的意象重叠在一起，居然組成了一幅飽足幸福的幻象，隨着他口中滋滋有味的苦烟悠悠地吐出來！這種超脫本身是多麼地寒澀，然而，的的確確又給我們那種淡藍色輕烟般的幽默和撫慰，我們因此原諒了這種超脫的不近人情，並因此受到超出日常經驗的感染。

忽略與偏差——對現實的非理性批判

《棋王》發表以來，可以說，幾乎所有的評論都在棋王一生的超脫，也就是他的棋道上做文章。贊揚的人說，棋王一生的棋道就是中華民族的文化傳統：不以物累形，全性保眞；以不變應萬變，於無爲而無不爲；知足常樂，亂中求靜；以柔克剛，含而化之。千百年來，我們中華民族就是憑着這枝精神魔杖，穿越蠻荒，走出血與火的戰場。正是它，培養了中華民族軔柔負重，刻苦耐勞的民族精神。貶責的人，也是承認棋王一生的棋道與中華民族文化傳統的等同的，不同的，只在於對這種文化傳統所作的逆反評價。他們認爲，棋王一生的棋道，實質上是一種民族精神墮性，正是它極大地阻滯了中華民族文明的進程，因此必須堅決地否定之、批判之。

顯然，這兩種各帶有其深刻的偏面性的評價，已經不是一種文學評價，而是一種文化評價。他們僅僅把文學作品中的棋王一生及其棋道作爲文化傳統的單純載體，由此出發對傳統進行反思而忽略了這樣一個基本事實，即他們對之進行評價的所謂傳統，是從棋王一生所生活的現實中剝離出來的，而不是從古代墓葬中發掘出來的。當他們像把玩出土文物一樣，對棋王一生的棋道作出歷史的新評價的時候，放棄了對產生（而不是保留）棋王一生及其棋道的現實的觀照。

　　富於戲劇性的，是《棋王》作者的宣言性表白。他認爲，五四新文化運動的一個直接結果，是造成了中國傳統文化的斷裂。這似乎從創作動機上確證了先前評論家們天才的猜測。於是，贊同的，更加理直氣壯地認爲，《棋王》旨在重新續接並且也成功地續接了中國傳統文化的血脈，並由此推及類似《棋王》這樣的一批尋根文學作品的文化價值與美學意義；貶責的，認爲這種續接越是成功，越是中國人的悲哀，並且也由此推及，正是尋根之類的文學以它向五四以前歸復的逆流，釀成了中國當代文學的危機。總之，文化的評價代替了文學的分析，“仿古”的贋品被當成了出土文物，對傳統的反思代替了對產生這種“傳統”的現實的把握。一個當代的文化問題被人們忽略了——爲什麼被五四割斷了的文化傳統（姑且從《棋王》作者所說）會如此自然地在隔絕了近半個世紀之後，在以破四舊爲發端的文化大革命中的一個普通知識青年身上復活？同樣一個文學的常識被忽視了——棋王一生們何以要重溫古訓無爲而無不爲，是不是更應該從《棋王》這篇作品本身來尋找答案？

　　當我們順着這個思路回到《棋王》中來的時候，即刻明白了

人們爲什麼會有上述的忽略和偏差——嚴酷的社會歷史背景在這
篇作品中被它的主人公們無所用心的超脫淡化得踪跡難尋，嚴密
的現實生活因果之網在棋道的神光燭照之下，化爲烏有，或者支
離破碎，成爲一堆毫無意義的偶然的散沙，不復完存。大概你也
當過知青吧，或者你見過，聽說過當年歡送知識青年上山下鄉的
熱烈場面吧，那麼，請同我們再讀一下《棋王》中關於這種場面
的描寫——

> 我的幾個朋友，都已被我送走插隊，現在輪到我了，竟沒
> 有人來送。我雖無父無母，孤身一人，卻算不得獨子，不
> 在留城政策之內。父母生前頗有些污點，運動一開始即被
> 打翻死去。
>
> 車廂裏靠站臺一面的窗子已經擠滿各校的知青，都探出身
> 去說笑哭泣，另一面的窗子朝南，冬日的陽光斜射進來，
> 冷清清地照在北邊兒衆多的屁股上，兩邊兒行李架上塞滿
> 了東西，令人擔心。

這裏，"除了枯燥地，有點冷漠地默認發生的事情和表示驚
訝之外，沒有任何反抗，沒有任何抒情的傾訴，沒有任何結論和
解釋"〔葉甫尼娜語〕。如果你不覺得我們這裏的引述牽強附會
的話，那麼，讓我們進一步比較一下《局外人》中的一段敍述。
這是在法庭上——

> 他們給我摘下手銬，打開門，讓我走到被告席上去。……我
> 坐下，兩名法警一邊一個。這時，我看見我面前有一排面
> 孔，都在望着我，我明白了，這是陪審員，但我說不出來
> 這些面孔彼此間有什麼區別，我只有一個印象，彷彿我在

電車上，對面一排座位上的旅客盯着新上來的人，想發現
有什麼可恥的地方。我知道這種想法很荒唐，因為這裏他
們要找的不是可笑之處，而是罪惡。不過，區別並不大，
反正我是這樣想的。

在加繆的《局外人》這裏，你是否同我們一樣首先在語言形
式上感到了某種同《棋王》相似的東西呢？在這裏，"動詞的過
渡性消失了；句子凝固了。句子中的事實轉換成了名詞。它不再
是連接過去與未來的一座橋樑，而僅僅是一件渺小、孤立、自足
的物體"。同樣，在《棋王》中，你也一定發現了這種語句排列
特點："句子彼此平等，正如荒謬的人所有的經驗都平等一樣。
每句話都確立自身，而把其餘一切都驅入渺渺虛無之中。"有人
僅把這些認作是一種簡捷、明快、樸素的語言風格，並且指出，
這是阿城小說在形式風格上與六朝志人小說的相通之處。我們不
想簡單地反對這種說法。但是我們更樂意認為，這種不加修飾、
不以因果關係為句法邏輯的語言形式，首先是荒謬的局外人看世
界的出發點，又是他們所看到的真實而荒誕的世界本身——莊嚴
肅穆的法庭在莫爾索眼裏，同轟轟烈烈的上山下鄉運動在"我"
的眼裏一樣，僅僅只是些散亂的感覺印象的疊加和偶發性想像的
任意比附。知覺的選擇性和整一性功能在這裏似乎不起任何作用，
一切都毫無理性、毫無目的可言。這種寫法，使我們同作品的主
人公一道，隔着心理的玻璃，"耳聞目睹了許多事情，但一時尚
不能把握它們的意義。"沙特認為，"寫這種事實與意義的差異
與矛盾就是要在讀者心中激起荒謬感。"如果說，加繆的《局外
人》因此寫出了"司法荒誕無稽，根本無法理解，"[沙特語]

從而具有相當程度的社會批判意義，那麼，我們同樣可以認為，阿城的《棋王》也因此寫出了中國文化大革命的荒誕無稽。從這個意義上說，《棋王》是一篇現實主義的小說。不同的只是，它對於社會現實的反思與批判與它的語言形式是同一的——"荒謬的人不作解釋，只是描述，"而且這種描述的句子之間只有並列關係，沒有任何必然的因果聯繫——

> 書記跟他敘起家常，說十幾年前常去他家，見過不少字畫兒，不知運動起事，損失了沒有？腳卵說還有一些，書記就不說話了，過了一會兒書記又說，腳卵的調動大約不成問題……

文學與哲學——世界文學中的中國尋根文學

在我們這樣證明了棋王一生棋道的現代性之後，讓我們再一次把阿城的《棋王》同加繆的《局外人》在世界現代哲學這個層面上作一次比較，你無疑會發現，棋王一生的棋道，不僅僅是中國傳統文化基因發育於中國當代文化大革命的特定產物，而且是二十世紀後半期世界當代哲學思潮的共生物。

我們知道，在西方文學史上，類似於"局外人"這種文學形象，還有"多餘的人"、"世紀兒"、"迷惘的一代"等等。他們不同於"局外人"的地方，正猶如我們前面所列舉的竹林七賢、五柳先生、青蓮居士之不同於棋王一生。"多餘的人"出身貴族，對黑暗政治有清醒的認識，只是無改變這種他所厭倦了的現實的意志和能力；"世紀兒"渴望有所作為，但時代不給他有力的理想，人生失去了精神的目標，於是頹廢哀婉、不盡病態；"迷惘的一代"不乏青春活力和獻身精神，但是時代以神聖的名義欺騙了他，大夢初醒之後，剩餘精力無以發洩，於是到處尋找強烈激刺，用肉體的自我折磨和消耗來報復這個欺騙了他的人生和世界。這些文學人，或者同局外人一樣無所作為，但他們出身貴族，身懷俗念，遠不如局外人超脫紅塵；或者同局外人一樣出身貧賤、地位低下，但他們不甘寂寞、多有衝動，不似局外人心平氣和、枯井無瀾；或者同局外人一樣對世界不再抱希望，但卻顯得陰鬱憂傷，不像局外人那樣健康、達觀。所有這些局外人有的而多餘的人之類沒有的，棋王一生都有；所有這些多餘的人之類有的而局外人沒有的，棋王一生也都沒有。所有這些都僅僅只是偶合嗎？或者這樣問：為什麼會有這些偶合呢？答案只有一個：棋王一生和局外人，他們都是現代世界的平民知識份子。（當然也可以區別一下，加繆的《局外人》中的主人公是一個中等職員，即西方世界所說的"白領"，而棋王一生是中國獨有的"知青"。）

這樣的解說似乎答非所問，那麼讓我們檢索一下我國近幾年小說創作中的人物形象系列，你是不是也看到越來越多的普通人形象代替了以往各類英雄形象，而出現了像當代世界文學一樣的"非英雄化"傾向呢？而且，你再仔細辨認一下，這些所謂"普通人"在身份、地位、教養、氣質、文化上是不是更像棋王一生而不像我們過去習慣所指的工農兵等普通老百姓呢？有人在解釋這種文學傾向的時候，說它是一種主題或者題材或者人物形象演進，或者說它是讀者和作家們對過去文學中高大全英雄形象、全知全能的改革家形象，滿腹經論口若懸河的救世主形象以及生活優越，氣度高雅的精英文人形象等等的審美逆反。但僅僅這樣表層上的界說遠沒有觸及問題的實質。我們認爲，這首先是一種世界文學現象，是世界文學更深入地走進人的內心隱密世界，走向哲理化，走向文學與哲學聯姻的主潮在中國文學的入海口撞擊推湧起的浪頭。正是這種世界文學潮流的質的規定性，使阿城選擇了同加繆的局外人一樣社會身份和文化教養（從他們各自所處的民族文化結構和社會等級層次來看）的棋王一生來做他作品的主人公。當文學既要以它的文學性貼近生活，又要以它的哲理性超越生活的時候，現代平民知識份子以他們的上述各方面的特點成了兼任這二種使命的最好文學載體。因此，儘管我們可以在阿城小說中發現許多與加繆的小說一致的地方，比如社會歷史背景的淡化，語句形式的簡短與無連續性、無修飾詞，作品主人公大致相當的人生體驗與處世態度，等等，這一切非但不能使我們得出阿城是具體地受到了加繆文學哲學的影響、直接地生搬硬套或者模仿的結論，相反，這一切使我們更加確信：中國當代文學要走向世界，已經具有的不是幾個崇拜西方文學的青年作家，而是從根本上說已經具備了產生與世界文學同質異構的新文學的氣候與土壤。阿城的小說創作不是以它的亦步亦趨的拙態，而是以它南轅北轍的戲劇性尋根勾通了加繆在《局外人》中所表現的存在主義荒誕感，這下令人深省嗎？可不可以說，這是一種時代的共振，也是一種命運的共振，是思想的默契與融合，是中國文學走向世界文學的思想標誌？

不可否認，阿城小說的這種現代世界意識的表述是中國式的，確切地說，是中國古典式的，是中國古代的哲學範疇與概念，是

中國古代的美學文學意象，是中國古代傳下來的特產——中國象
棋。但這說明不了什麼。存在主義之於現代法國，一樣"是作爲
適合於法國傳統的倫理學和美學的範疇而漸趨成熟的。"〔安德
列耶夫語〕如果我們並不能因此就認爲存在主義是法國古代文化
傳統的簡單歸復，那麼我們又何以能夠把阿城小說中借用中國古
文化傳統意象所表述的現代哲學思考歸屬於傳統呢？

　　其實，借用古文化範疇和意象來表述全新的現代哲學思想，
並不是中國的阿城和尋根小說作家們的發明。加繆在闡釋他的哲
學思想時，比阿城們更直接、更完整地借用了古希臘神話傳統。
他通過西西弗斯被罰在地獄終日推石頭上山，剛推到山頂，石頭
又滾下山來，於是週而復始、永遠勞作、永不成功的故事來說明
我們"衣食是本，自有人類，就是每日在忙這個"的荒誕的人生
與世界。然而他還是運用這個故事，來闡釋他的哲學思想的另一
面，即西西弗斯既是不幸的，又是幸福的。這是因爲他意識到了
自己無盡的痛苦這樣一個荒誕的生命的眞象，同時也敢於正視自
己努力的必然失敗。敢於這樣進行毫無意義的征服頂峰的鬥爭本
身，"足以充實人的心靈"，所以加繆說，應該設想，"西西弗
斯是幸福的"。這也就是棋呆子在他的故事結尾時所明白的道理：
"人還要有點兒東西，才叫活着"。西西弗斯所處的世界是一個
無法改變的荒誕的世界，這個世界中的人和他的一切努力都是同
樣地荒誕無稽的，人唯一能超脫這個世界的，是清醒地意識到這
個殘酷的現實，正如"我"在《棋王》的結尾最終領悟到的"家
破人亡，平了頭每日荷鋤，卻自有眞人生在裏面，識到了，即是
幸，即是福。"

　　好了。當《棋王》和《局外人》各帶着它們的主人公在自己
的民族文化傳統中作了一次歷史的曲線運動後，在現代世界的地
平線上相遇重合的時候，也是我們的文章完結的時候。這種雙線
重合的現象描述說明了阿城小說在更多的地方是與西方現代文學
中的哲學思想相通的，如果可能的話，我們還想將這種結論推及
到類似的尋根文學創作。也許這樣做在客觀上否定了這類創作的
革命現實主義創作方法和馬克思主義世界觀前提，如果事實確實
如此，揭示出它的真象，也許比羞羞嗒嗒地在大旗下販私貨會更
有利於我們的創作。如果同意我們前面的分析，這種與世界現代
荒誕感相通的文學現象不是哪幾個人的隨意選擇，而是人類社會
歷史和人類自身認識史發展的必然結果，那麼，我們就會對當代
文學的各種探索寬容得多，對它們的藝術把握與評價也就會準確
得多。至於這篇文章沒有對阿城小說中的現代荒誕感的現實社會
價值作出批判性的評價，那不是文學批評的過錯，而是文學之外
批評的事情。

劉建華

　　〈阿城的《棋王》與加繆的《局外人》〉，
　　《外國文學研究》1（1987），115～122。

《人生》與《紅與黑》*

文學即人學。人的各種遭遇，即所謂命運，常常是文學家們注意的中心。各種各樣人物的命運，又往往是文學家們歷寫不衰的主題，透過命運可以直接或間接地說明它們賴以產生的社會制度的優劣，反映那個時代的風貌。反映這類題材的作品很多，其中十九世紀法國批判現實主義作家司湯達的作品《紅與黑》具有深刻的時代意義，相隔一個半世紀後的中國當代作家路遙的《人生》也可以說是這方面的傑作。主人公于連和高加林的命運悲劇有許多相似之處，又各具特色，反映着他們各自所處的歷史環境和社會制度。

新舊交替時代的弄潮兒

時代是產生人物的土壤，社會的發展變化鑄造了人物的性格特徵。于連和高加林似乎都生不逢時。于連是拿破崙統治時代的遺腹子，而高加林則是“現在懷着未來的身孕”。他們以知識份子的敏感預測並實踐着那屬於未來的某些合理因素，在他們身上表現出一種社會變革前“山雨欲來風滿樓”的情勢，處在一種焦躁的不安和等待中。

---

* Stendhal（1783～1842），*Le Rouge et le Noir*（1830）。

　　于連和高加林同處在新舊動盪年代。于連所處的時代是封建王朝復辟後十九世紀上半期的法國，是在資本主義思想衝擊下搖搖欲墜的封建專制統治時期。社會一切舊有的聯繫已鬆弛和動搖，而封建統治又頑固地進行垂死掙扎。如果說于連處在復辟與反復辟鬥爭的漩渦中的話，那麼高加林則處於現代文明意識與落後封建、保守的歷史心理積澱相對峙的顛峰上，他們在不同的時代各領風騷。高加林生活在八十年代城鄉交叉地帶"由於城鄉交往逐漸頻繁，相互滲透日趨廣泛……城市和農村本身的變化發展，城市生活對農村生活的衝擊，農村生活城市化的追求意識，現代生活方式和古樸生活方式的衝突，文明與落後，資產階級意識和傳統美德的衝突"等等構成了高加林生活環境的複雜性。

　　如果出身平民的于連和高加林是弱者，他們就會按父輩們的生活方式生存下去。然而，他們性格中不安寧的成份，一開始就注入了悲劇因素，他們的獨特經歷使他們不同一般。盧梭的《懺悔錄》加強了于連的平民意識，拿破崙的著作則成了他一生行事的榜樣。高加林從高家村考入縣城高中後，受到新生活的召喚，使他對現實充滿了幻想。同時，他們多方面的能力和聰明才智使他們對自己充滿了信心，這種自信激起了他們生活中的進取心，萌發了性格中各種英雄主義因素，想通過個人奮鬥來改變父輩們給他們安排的命運。

　　然而，各種矛盾交織着的時代環境又窒息着他們個性的發展，阻礙他們實現自己的理想。在高加林身上，封閉的社會結構，不思改革的惰性，禁錮人才的體制和高加林個人奮鬥施展才華的理想發生矛盾。在于連身上，復辟王朝統治的黑暗現實與他想讓拿

破崙時代回到人間，實現其“責任觀念”的理想發生衝突。這樣
激烈的衝突就激起了他們性格中那隱約存在的個人野心和報復心
理，但他們又不乏代表他們本階層的思想意識。於是人物自身性
格的矛盾就造成了他們具有“二重人格”，好與壞，優與劣，長
與短像連體的孿生兄弟一樣存在於他們的每一性格特徵裏，構成
了主人公性格的複雜性。

　　顯然，于連的“二重人格”又在高加林身上得到了再現。高
加林和于連有許多相似之處，他也是我國當代文學畫廊中一個複
雜的人物形像。一方面，他極力反對不正之風，憤世嫉俗。另一
方面，當他從不正之風中得到好處時，就緘默、坦然、心安理得；
一方面他對封建愚昧展開挑戰，努力輸入現代文明的血液。另一
方面，在落後枷鎖的封鎖下，又採取聽天由命的態度,脫離群衆，
孤芳自賞；一方面，他有吃苦耐勞，腳踏實地，勤墾工作的農民
作風。另一方面又有知識份子的狂熱，孤傲，在成績面前變得輕
飄飄的；一方面，他的自尊使他覺得在鄉下人面前有一種優越感,
另一方面，他的自卑又使他覺得在城裏人面前有一種心理上的壓
抑。我們不得不面對這樣一個現實：“當高加林成爲正劇的時候,
環境卻成爲悲劇，而當環境力量成爲正劇的時候，高加林又成爲
悲劇，”［蔡翔語］這眞是一個令人不可理解卻又如此值得深思
的矛盾。

超越愛情的“愛情”

　　愛情的描寫，有助於對人物精神世界的發掘和展示。很多作

家喜歡在小說裏動用愛情的描寫。《紅與黑》和《人生》兩部小說都用大量篇幅描寫了愛情，並以愛情作爲經線，以事業奮鬥，政治鬥爭作爲緯線來處理。兩個主人公的愛情遠遠超過了愛情本身的範圍。于連的愛情是政治化了的愛情，而高加林則是社會化了的愛情。司湯達把人物在政治生活中的感受和態度帶進了愛情天地，把于連對封建貴族階級的仇恨和報復，他對社會上階級歧視的不平和抗議，他對資產階級價值標準和民主思想的渴望和追求等等，通過愛情得以表現，因此，于連的愛情是政治化了的愛情。

而路遙在《人生》中則把愛情當作一面鏡子，從側面反映社會主義社會某些複雜的社會問題和社會矛盾，諸如三大差別，物質力量有時高於精神力量了等重大問題，因此高加林的愛情是社會化了的愛情。

于連和高加林都經歷了兩次戀愛。如果說于連在感情上的愛人是德瑞那夫人，而在事業上的愛人是瑪特兒小姐的話；那麼，劉巧珍就是高加林感情上的愛人，而黃亞萍則是他事業上的愛人。于連和高加林的愛情經歷了風風雨雨，最後都是以悲劇結束的。探其原因，都和社會因素有很大關係。如果說于連的愛情悲劇是由於階級對立和等級制度造成的，那麼，高加林的愛情悲劇就是由於傳統觀念和個人追求的矛盾，社會位置和生活道路的不同而使然。

首先，他們兩人的愛情都是建立在不平等的基礎之上的。于連和德瑞那夫人的愛情是不平等的，這不平等表面看來似乎是于連的性格和思想品質造成的；但實質上它是貴族與平民的嚴重衝突給于連帶來了不可克服的心理影響的結果。于連和瑪特兒的愛情則更不平等。瑪特兒不斷後悔"她'首先'寫信給社會上最卑賤的階級的人"于連則認爲"身世的驕傲，像一座高山是她和我心中的軍事陣地，"可見，他們的愛情帶有多麼濃厚的階級色彩。不管于連有多高的手腕贏得貴族女性的愛，但終究不能跨越他們之間的"高墻"，只有以悲劇結束。

顯而易見，于連愛情的不平等是由階級地位的不同造成的，而高加林愛情的不平等是由社會地位的不同而使然。在高加林身上，除去個人的道德因素外，更重要的都有社會因素。當高加林成爲國家幹部時，劉巧珍走不進他的生活圈子，這中間存在着農民和知識份子的差別。而當高加林成爲農民時，黃亞萍走不進他的生活圈子，這中間存在着城鄉之間的差別。可見，現實生活中的愛情要受制於社會的經濟發展。當社會還沒有充分發達，愛情還不能成爲純粹意義上的愛情時，人們更多地考慮了它的附加物——它是否有利自己才能的發揮，理想的實現，所以，在這樣的社會前提下，出生在城鄉之交的知識青年高加林無論是國家幹部，還是農民，其愛情存在着以悲劇結束的極大可能性。

其次，探究其個人因素，于連和高加林在愛情上的態度和暴露出來的弱點十分相似。他們都有利己主義和功利主義因素在裏面。于連只把愛情當作一種痛苦時的享受，一種報復的手段。他把獲得德瑞那夫人的愛看作是平民對貴族的征服，而他對瑪特兒的愛則是爲了攻破上流社會的"碉堡"，而選用的梯子。高加林的利己主義雖然沒有于連那樣表現得赤裸裸，似乎表現得更含蓄一點，更符合中國人的道德規範，但也在愛情的天秤上權衡利弊。

當黃亞萍以雙雙飛往南京爲誘餌時，他就決定抛棄自己農村的情人劉巧珍，並且選擇了對自己十分有利的地點。可見他在愛情上的自私和不負責任的態度。

作者把兩人的愛情都放在廣闊而豐富的社會歷史背景下去展示。儘管高加林和于連的愛情是社會化、政治化了的愛情，但其中也都有"人性"的愛。當于連被關進監獄，面臨死亡時；當高加林遭到生活的懲罰時，那僅僅建立在個人基礎上的功利思想變得毫無價值，與這功利思想緊密相連的愛情自然就失去了它誘人的魅力，原來的幸福觀由於功利思想的消失而改變了，他們在這時才懂得了眞正的愛的價值。所以，我們不能否認于連對德瑞那夫人至死不渝的愛，高加林對劉巧珍發自內心深處的愛，其中也不失其眞和美的價値。

可見，司湯達和路遙在不同國度，不同時代面臨着相似的格局，又都按住時代的脈搏，及時反映生活，強調文學的功利性及社會職能的特色，所以就塑造了相似的系列。這兩個人物形象也告訴我們：往往在社會發生某種變動後，人們最關心、最敏感的問題就是各階層人的命運和出路問題。高加林和于連就是在這樣的情況下應運而生的，眞可謂文學即人學。

然而，傑出的作家之所以傑出，就在於他的人物儘管屬於某種類型，但卻有所突破，有自己充實的內在的時代社會內容。《人生》中的黃亞萍說高加林有點像于連，又有點像保爾。的確，高加林有許多和于連相似之處，這個問題我在前面已論述，暫不贅筆。我想說的是路遙對司湯達的借鑒，集中體現在塑造高加林這個人物形象上。受《紅與黑》的啓示，路遙在創作中選取了以高加林爲中心，人物之間的關係結構處理得十分簡單明確，人物小而集中。這樣大量地剖析人物心理就有了充足的筆墨和精力，使高加林的性格力度和于連一樣得到充分體現。高加林這個人物形象顯然從于連身上汲取了不少養分。路遙在人物構置上也明顯受了司湯達的影響，採用穩定的、簡明的三角型結構圖——于連和德瑞那夫人、于連和瑪特兒——高加林和劉巧珍、高加林和黃亞萍。在這個三者關係的力的結構圖中，三者都是力的發出者，而力的作用點在高加林和于連。

　　路遙較好地吸收了司湯達的“靈魂辯證法”具體表現在把于連的“二重人格”恰如其份地移植到高加林身上，緊緊抓住高加林的內心活動，使他成爲對生活複雜感受的集成體。圍繞高加林在生活中的奮進展開的陳舊的偏見與新時期思想觀念的衝突，黨風的正確與錯誤的衝突，廣大人民願望和個人追求、個人得失的衝突等等，通過這些對立的種種矛盾解決再衝突再解決的過程，揭示了時代前進的歷史必然性，從而使主人公高加林從否定再否定中堅強成長起來。雖然路遙在運用“靈魂辯證法”上遠沒有司湯達純熟，作品中還常常有疏漏之處，但高加林這一形象所以能一反那些公式化、單調化的人物站立起來，長期被人爭論就是因爲這個人物和于連一樣，寫得豐富、多層次，是生活複雜感受的集合，這不能不說得助於“靈魂辯證法。”類似的藝術手法的借鑒和運用，使于連和高加林兩個藝術形象在互窺中生輝，映襯中臻善，性格既統一又複雜，成爲來自一個母胎的兩個典型。

　　可貴的是，路遙不是停留在模仿西方大師的起步上，而是有所突破。除了受司湯達的影響，高加林更多地是植根於社會主義土壤上，受特定民族審美心理的支配，如符合大衆審美心理的道德規範問題；並吸收了中國小說傳統美學的精華，如雖情節波瀾大，但人物性格平穩。作者總是着力在高加林身上挖掘着我們民族中最值得讚美的品質，那種多情重義，純潔美好的、頑強不屈的美好人性。並在結尾處加深高加林身上保爾·柯察金的影子，預見他將成爲強有力的向着新生活進取的新時代的戰士。他和于連雖都是執着的奮鬥者，但兩個形象誘發的審美感受卻不大相同。于連蘊含着較多的悲劇內涵,而高加林則散發着樂觀的正劇情調。在高加林這個藝術形像上，使我們看到一種氣勢，一種活力，一種生命的衝擊。從這個意義上說，他畢竟會成爲中國農村變革中的一個積極因子。這是于連形象系列在新時代發展的必然結果。高加林是社會主義社會敢於追求的新型農村知識青年，儘管是個並不完美的新人，路遙在塑造高加林這一形象時，的確做到了橫的移植和縱的繼承。

高加林和于連都是文學史上爭議很大的人物，這正說明了其藝術形象的魅力所在。這兩個藝術形象所產生的深遠影響也是令人贊嘆的。它給人們敲響了警鐘：無論是十九世紀上半期的法國，還是二十世紀八十年代的中國，現狀都必須改革，阻礙人才發展的不合理因素都必須廢除。事實的確如此：于連的毀滅激起了千千萬萬個于連·索黑爾爲實現自己的社會價值而奮鬥。在一八三〇年到一八四八年的革命中，他們拿起武器，走上街頭，復辟的波旁王朝和路易·腓力普的"銀行統治"終於壽終正寢。而高加林個人命運的悲劇，在中國大地上，引起了一場轟轟烈烈的社會性改革。

張　華

〈互窺中生輝，映襯中臻善

　　——于連和高加林比較談〉，

《外國文學研究》3（1987），97～102。

《黑駿馬》與《永別了，古利薩雷》*

　　對民族生活深摯的眷戀，滲融着哲理沉思的象徵意蘊，充溢着民族文化意識傳統和異域色澤的抒情特色……艾特瑪托夫和張承志，以其深沉而獨異的歌，贏得了人們的廣泛矚目和交口稱讚。比較這兩位作家的作品，你會驚異地發現許多相似與接近之處。新時期脫穎而出的青年作家張承志，似乎格外偏愛蘇聯著名作家艾特瑪托夫，從他的小說中，可以明顯看到對艾特瑪托夫作品的借鑒，從中汲取的營養。他說過："蘇聯吉爾吉斯族作家艾特瑪托夫的作品給了我關鍵的影響和啓示。"然而，張承志又絕非停留於淺層的摹仿，他有着清醒的創作意識的自覺和獨特的思考與創造。本文試以兩位作家的代表作《永別了，古利薩雷》（獲蘇聯一九六六年國家文藝獎金）和《黑駿馬》（獲一九八一～一九八二年全國優秀中篇小說獎）進行比較，以探討它們的聯繫和異同。

　　或許因爲都曾潛入游牧民族生活的底層，或許因爲身體中都奔突着騎馬民族的血液，艾特瑪托夫（吉爾吉斯族）和張承志（回族）都把他們的審美目光投注於那熟悉而熱戀的故土。這兩位作家的作品，大都以遠離城市喧囂的、偏僻而荒莽的遊牧地域爲背景，以騎馬民族作爲主人公。禮讚草原牧民的品德、力量與

---

* *Farewell Grulishali* （ 1966 ）。

理想、謳歌勞動生活的美，是廻旋在《永別了，古利薩雷》（以下簡稱《永別了》）和《黑駿馬》中的主旋律。

不熱衷於文學的急功近利，而更偏愛在象徵意蘊中融注哲理的思考。從張承志的小說中，我們明顯地看到了來自艾特瑪托夫的影響。

《永別了》和《黑駿馬》都以它的整體性象徵引起我們的沉思。兩位作家在審美表現中都在探求自然和精神的統一、詩意和哲理的一致，在這兩部中篇裏，他們都極爲成功地選擇了象徵作爲“中介”。

在《永別了》中，溜蹄馬古利薩雷伴隨着主人塔納巴伊，在古道口回顧了曲折的一生，一支古歌回響在他的人生里程之中……

在《黑駿馬》中，白音寶力格騎着黑駿馬奔馳在茫茫草原，尋找往昔愛戀過的親人，一曲民歌在尋訪旅程的心靈廻蕩……

駿馬和古歌，如果借用英國詩人艾略特的表述，就是一種“特殊的媒介物”，“對等物”，“在這種媒介物中，印象與經驗便以特殊而意想不到的方式組合起來”。艾特瑪托夫和張承志將內心的情感與理想輸送到這種“特殊的媒介物”之中，並灌注以生氣與靈魂，以其多層性的象徵寓意，激發讀者去思考、去領悟、去想像，從而大大加深、豐富了作品的審美容量。

艾特瑪托夫筆下的古利薩雷，是一個充注靈性、充滿生命力的藝術形象，是組成小說藝術整體的重要因素，遠非一般作品中的點綴、陪襯物可以相比。古利薩雷的一生，同主人塔納巴伊的命運浮沉緊緊維繫在一起。它由毛茸茸的金馬駒子長成一匹出色的頭馬，英姿勃勃，矯健剽悍，名聲赫赫，成爲馬中的明星。它酷愛奔跑，如同金色的流星。它曾在暴風雨的黑夢尋找驚散的馬群，在"五一"節賽馬和叼羊比賽中，它馱着主人獨占鰲頭，抖盡威風，被視爲村裏的寶貝。而後來它遭到厄運，被農莊主席阿爾丹諾維奇強行從主人手中奪去，並無情被騙，隨着古利薩雷的逐漸衰老，腿變僵硬，它也漸漸被遺忘，最後只落得套上快散架的頸軛，拖四輪大車，死在古道上。

　　古利薩雷的個性和心理在小說中得到極爲生動而細緻的展現，它在作品中具有雙重寓意：旣是主人塔納巴伊性格和命運的象徵物，同時又是反思塔納巴伊的人生和命運的參照物。古利薩雷不僅伴隨主人塔納巴伊度過了大半生，同主人的命運休戚相關，而且具有與主人相同的個性與脾氣，它的剛烈、剽悍、愛憎、苦樂與主人驚人地相似。古利薩雷這個形象其實是對塔納巴伊的一種補充和強化，具有強烈的比附意義。然而，古利薩雷同主人又不僅僅停留在這"對等"的一面，反過來，以具有象徵性的古利薩雷來觀照塔納巴伊，他的一生竟然同一匹馬那樣相似，塔納巴伊是一名黨員，一個牧人，他作爲人的價值是任何珍貴的牲口都無法比擬的。在這裏，以古利薩雷作爲參照系，反思這位牧民悲劇的一生，我們的思考很自然地進入了哲學的層次。從古利薩雷，這匹充注着靈性的馬的悲劇命運，引起了我們對人生——這一具有古老哲學意義命題的沉思。

　　顯然是受到艾特瑪托夫的啓示，張承志的主人公也有一匹鍾愛的馬——鋼嘎·哈拉。這位主人公還鍾愛一曲蒙古長調，它有着與駿馬共同的名字。如果說，古利薩雷主要是作爲一種命運和人格的象徵及參照系而具有雙重寓意，那麼《黑駿馬》中的駿馬和長調則以其多層性象徵更具理性色彩。

　　黑駿馬的偶得的確帶有傳奇色彩。一次暴風雪過後，產駒騍馬被凍死，而一口奶未吃的小馬駒竟然活了過來。奶奶認為是神打發來的，是神賜給了當時童年的白音寶力格。黑駿馬陪伴年輕的主人度過了難忘的少年和青年時代，後來以其年輕、漂亮、雄健而名揚遠近，並在賽馬會上奪魁。九年後，它又馱着主人去尋找索米婭。主人騎着這匹馬唱着那高亢悲愴的長調，歌詞那樣簡單卻難以叫人理解：哥哥騎着美麗絕倫的黑駿馬，穿越茫茫草原，千里迢迢尋找妹妹，然而一次一次總是找不到⋯⋯白音寶力格也是騎着黑駿馬尋找索米婭，竟然重演着古歌中哥哥尋找妹妹的傳統故事，等到與索米婭相逢，真如古歌中唱的“卻不是她”。駿馬和古歌，已經超越白音寶力格與索米婭形象的本身而具有多層意蘊，正如小說在“引子”中所表述的，“那古歌內在的真正靈魂卻要隱蔽得多，複雜得多。就是它，世世代代地給我們的祖先和我們以銘心的感受，卻又永遠不讓我們有徹底體味它的可能。”人生的旅程、生命的價值、歷史傳統的積澱、對美的未來的尋求⋯⋯主人公在尋覓、奮進和嚴峻現實的感悟中獲得了一種超越，“超越了具體的時空意義而具有了普遍的象徵意義”。[《小說追蹤》]難道不是這樣嗎？現實和人生中總會有這樣或那樣的、竭盡全力去追尋，而結果卻是“不是”，面對這“無情的人生驚嘆號”，“深刻的人生命題”，“永恒的人生之謎”，由白音寶力格，駿馬和古歌所組成的總體象徵給我們留下了一串問號，耐人咀嚼、回味、思索。

　　如同《黑駿馬》中的男主角一樣，張承志也在艱難跋涉。他借鑒艾特瑪托夫的藝術經驗，在藝術表現和寫作技巧上都從艾特瑪托夫的作品汲取了養料。比較《永別了》和《黑駿馬》，它們呈現出較爲相近的審美特色，特別是在民族色彩、結構形態和抒情風格等方面，更可以看到某些接近之處。

　　艾特瑪托夫和張承志都受到過民族文化的良好薰陶，具有深厚的民間文學修養。艾特瑪托夫能用俄語和吉爾吉斯語發表作品，張承志也能用漢語和蒙語創作。艾特瑪托夫主張：“要使民族文化——與外部世界交往的名片——到處都能被辨認出來”。［張承志《訴說》］張承志多次深情表白：“這裏各民族血液中那些心理素質和她們的民間文學，甚至左右我寫作。”這兩位作家都致力使作品呈現出民族的色彩與格調。這裏，除如前所述的、傾力鑄造民族性格的靈魂以外，自覺地描繪特定地域的風采，穿插引用富有民族氣息的古歌、民謠、神話、傳說及其風俗民情的描寫，都成爲“反映人民的生活及其一切特殊的色彩和鄉土的標誌”［別林斯基語］。使作品顯示出強烈的民族文化意識和異域情調。

　　艾特瑪托夫對吉爾吉斯的大自然作了卓越的刻劃，那遼闊的長滿艾嵩的大草原、白雪皚皚的山巔、峽谷口上燃燒着的篝火、灰白相間的羊群……一經作家點染，都散發出騎馬民族特有的氣息。而張承志對蒙古大草原的描寫也令人心醉神馳，伯勒根小河、影綽可辨的星點氈包、蕭穆的天葬溝、幽深的諾蓋淖爾湖……都打上了濃鬱的地理印記。當這種地域特色反復渲染，構成人物活動的特定空間，並與人物“膠漆”起來，融爲一體，便形成特有的藝術氛圍，表現出鮮明的民族風貌。

　　跨越時間距離而流傳下來的古歌、民謠、“傳說故事總是充滿了生命、活力，它純樸、眞實，總是散發着健康的道德氣息"
[《蘇聯民間文學論文集》]艾特瑪托夫和張承志成功地將民間
歌謠引入反映當代牧民生活的作品之中，而且那樣和諧而自然地
顯現出民族文化的特有的色澤和旋律。

在《永別了》中，曾三次響起吉爾吉斯古老的牧歌《駱駝媽
媽的哭泣》，這古歌的大意是駱駝媽媽在呼喊，尋找自己黑眼睛
的小寶貝，駱駝媽媽奶水嘩嘩流，在尋找……這古歌在主人公三
個重要階梯上出現，貫穿於全書，它不但揭示出塔納巴伊在失去
愛馬、失去情人、失去年華以後的茫然、迷惘心情，寄託着他痛
苦而執着的追求，還使小說流瀉在吉爾吉斯游牧人古老的曲調之
中。在科穆茲琴伴奏下的《獵人之歌》，賽馬、叼羊比賽等民情
風俗的展現，都顯露出濃重的游牧民族風貌。

張承志在《黑駿馬》中也選用了民歌《鋼嘎·哈拉》和伯勒
根河哭嫁的傳說，但卻絲毫不使人有雷同之感。張承志基於對蒙
古族生活的把握與理解，從總體構思出發，精心選用了這首高亢
悲愴的歌謠。這首歌一唱起來，"草原如同注入了血液，萬物
都有了生命"，它的獨特旋律，複雜而豐富的寓意及其那凝注着
民族"靈性"的內涵，使強烈的時代意識與濃厚的民族氣息滲融
起來，產生出一種特別的藝術魅力。就消融、提煉傳統的民間文
學的精髓來滋潤、豐富自己的創作而論，張承志的確受益於艾特
瑪托夫，但就《黑駿馬》與《永別了》相比，張承志所取得的成
績已勝過給予他影響的這位蘇聯作家。

在小說的結構形態方面，《永別了》和《黑駿馬》同中有異。
這兩部中篇都擺脫了傳統的敍事結構方法，而是以人物的心理活

動爲主線，在情感起伏變化的軌迹中顯現出外在的情節框架，從
而加濃了小說的抒情特色。但細加分析，《永別了》和《黑駿馬》
的結構藝術又不完全相同。

　　《永別了》只是寫了老人和老馬從黃昏到黎明、在高原古道
上一段艱難的行程。佔全書主導地位的是塔納巴伊處於"現在時"
的心理活動，他過去大半生的經歷和遭遇都是通過回憶、聯想等
方式再現出來的。情節故事打破傳統的時、空順序。"現在時"
與"過去時"構成了小說的雙線結構。

　　《馬駿馬》也摒棄了按自然時、空順序進行結構的方式。白
音寶力格騎馬返回草原尋找往日的戀人，在尋訪中回憶起往昔的
一段生活，尋訪行程與心理流程交織進行。但這個作爲情節框架
的雙線只是小說整體結構的表層，它還暗藏着深層的隱喻結構，
那就是古歌的寓意，歌詞的八小節將小說的八章聯結爲一個整體
與每章的內容相印合，它既是結構環節中的有機組成部分，同時
又具有隱喻意義。這種雙層隱喻結構較之《永別了》，有很大的
發展與突破。

　　濃鬱的抒情特色是艾特瑪托夫和張承志共同的審美追求。西
蒙諾夫評論艾特瑪托夫的作品具有"嚴峻而有柔和的、非常高昂
而又深深紮根於現實的浪漫主義"特色。[《當代蘇聯文學》]
王蒙認爲張承志的小說"寫實並又寫意、寫景、寫情而又充滿嚴
肅的思辨"，給"當代文學帶來新的精神境界、新的信息"。
[《創作是一種燃燒》]比較這兩位作家的抒情特色，就《永別
了》和《黑駿馬》而論也有差別，前者更加雄渾、粗獷、灑脫；
而後者卻更爲宏闊、勁健、深邃。而從表達方法上看，艾特瑪托

夫以心態描寫取勝，而張承志以散文式的抒情筆法見長。

艾特瑪托夫在《永別了》中，花費大量筆墨來描寫塔納巴伊及其擬人化了的古利薩雷的心態，細膩、自然、眞切。而且作家往往將人和馬的心理活動交替進行刻劃，如同二重奏一般顯示人和馬心靈屛幕的變化，宛如和諧的復調。如在賽馬和叨羊比賽的熱潮中，對塔納巴伊和古利薩雷心理活動的揭示唯妙唯肖，相當傳神。這裏特別要提到的是對古利薩雷細緻入微的心理描繪，在蘇聯文學中也是極爲少見的，這個藝術形象的成功塑造增添了作品的浪漫主義色彩和抒情風格。

張承志的《黑駿馬》採用了第一人稱的咏嘆調方式。小說的敍述者其實就是抒情主人公。小說對外界現實的描述，包括寫人、敍事、描物和繪景，都是從“我”的感受和印象出發，表現一種“感覺中的存在”，以訴諸讀者的感官。而對“我”的抒寫，重在表現他的情緒、感受、印象、心態和獨白。在這種“我”的情感流瀉中，敍述描寫和抒情常常糅合在一起，使你很難分辨出來。張承志相當偏愛這種抒情散文式的敍述方法，儘管在他以後的創作中這種敍述方式發生過變化，但這種滲透着強烈情感色彩的敍述仍然爲人所稱道。

他山之石，可以攻玉。張承志從艾特瑪托夫的作品中有所借鑒和吸收，但《黑駿馬》又是一部優秀的創新之作。從這兩部作品的比較中，我們會獲得許多的啓示。

江少川

〈《永別了，古利薩雷》與《黑駿馬》〉，

《外國文學研究》2（1987），107～112。

《土牢情話》與《第四十一》*

　　現實生活中竟有這樣的事情嗎？紅軍女戰士愛上了她所押送的俘虜，女看守與她看管的囚犯談戀愛，人們會認為這荒唐，是歪曲生活，更有甚者會認為是宣揚抽象的人性論和愛情第一。然而複雜的生活有時偏偏出現了人們認為不可能發生的事情，蘇聯早期作家拉夫列尼約夫的中篇小說《第四十一》，我國當代作家張賢亮的《土牢情話》都寫了這樣的故事。

板棚與土牢

　　作家把他描寫的聚光點，一個集中在伯沙孤島昔日漁民的板棚裡，一個集中到“文革”期間西北地區某軍墾農場關押牛鬼蛇神的土牢裡。以“板棚”和“土牢”這兩個特殊的生活舞臺，演出了一齣“孤島愛情”和一齣“土牢愛情”的悲劇。

　　紅軍女戰士馬柳特卡押送白匪中尉到紅軍司令部途中，在海上遇狂風，另兩個戰友遇難，只剩下她和白匪中尉奧特洛克被甩在冰天雪地，荒蕪的伯沙孤島上。他們與社會的聯繫割斷了。這一對青年男女在孤島上，與大自然搏鬥求生存的矛盾居主導地位，

---

　　*　Boris Andreyevich Lavrenyov（1891～1959），*The Forty-first*（1926）。

他們之間的階級矛盾逐漸緩和。馬柳特卡再不把病後身體虛弱得那樣厲害的中尉當敵人看待，他們之間這時結成了求生的暫時同盟。在這與自然搏鬥的孤島上，馬柳特卡對中尉由同情到產生愛情，她傾倒那對碧藍的眸子，愛上了這個"藍眼睛的小傻瓜"，充分表現出"環境的改變和人的活動和自我改變的一致"【《馬恩全集》第三卷】。

《土牢情話》中軍墾農場女農工喬安萍，被派當"土牢"的看守，帶領和監督土牢中的"囚犯"勞動。這個純樸的農村姑娘，憑直覺和她善良的心地，認為土牢中這些專政對象並不是壞人，特別是詩人、右派份子石在更是好人。她關心他，照顧他，並深深愛上了他。在當時處境下，石在不敢接受少女純潔的愛情，甚至對她懷疑和不信任，從而造成令人辛酸的悲劇。

"孤島愛情"和"土牢愛情"都以悲劇結局，兩對有情人都沒成眷屬。兩部小說都描寫了特殊的環境裏的特殊的愛情，孤島與土牢，戰士與俘虜，看守與囚犯，兩對富有傳奇色彩的愛侶。作者描寫這兩對愛侶沒有一般少男少女的卿卿我我，更沒有花前月下的柔情蜜語，但小說感人的藝術魅力撥動着讀者的心弦。為什麼？就是因為它寫的不是一般的愛情故事，通過它真實、生動地表現了豐富、複雜的人性。兩個敵對陣營的男女有時也會產生愛情，女看守也會愛上"囚犯"，因為他們都是人，性愛是人固有的屬性，因為"人與人之間的、特別是兩性之間的感情關係，是自從有人類以來就存在的【《馬恩全集》第四卷】。"因此，在特定的環境中，這兩對男女間產生愛情是自然的也是可以理解的。

作家大膽寫了生活中這一現象，而它又是被正統觀念所否定

的，因此，《第四十一》曾被扣上了宣揚超階級的人性論和愛情
第一的大帽子，人們對《土牢情話》也心有餘悸，心照不宣。

　　其實，這兩篇作品的意義並不是為表現愛情而寫愛情，而是
以特殊的環境來反映時代，透過“板棚”和“土牢”，以小見大，
折射着五光十色的大千世界，把整個時代濃縮在“板棚”和“土
牢”中。

　　《第四十一》所反映的是蘇聯國內戰爭期間（一九一八～一
九二〇），由於十月革命勝利，激起了沙皇俄國被推翻的地主階
級的瘋狂仇恨，組成白衞軍叛亂，加之十四個資本主義國家軍隊
武裝干涉，支持這一叛亂，妄圖把年輕的蘇維埃扼死在搖籃裡，
從工人農民手中奪去十月革命的偉大成果。布爾什維克黨動員廣
大工人、農民奮起保衞年輕的共和國，反擊外國侵略者，粉碎地
主資本家的迷夢。紅軍女戰士馬柳特卡，這一個漁民的女兒：她
報名參加紅軍，經過多次請求，甚至不惜接受一些苛刻的條件。
白軍中尉奧特羅克，在戰前是研究語言學的大學生，他為了貴族
的名望和門第，遵照父親的旨意，參加白衞軍與人民作對，他念
念不忘恢復自己失去的天堂，過那醉生夢死的剝削生活，百般仇
恨和看不起窮人，在他的身上，表現了行將滅亡的階級不甘退出
歷史舞臺作最後的掙扎。孤島的環境，表現了當時鬥爭的艱苦複
雜。

　　至於張賢亮筆下的“土牢”則表現那令人詛咒的人妖顛倒的
“文革”期間，在土牢裏關押有身經百戰的老幹部，被打成“三
反份子”，整死在土牢裏；有“資產階級反動權威”的大夫；有
詩人、摘帽“右派”；農場老機修工人——“國民黨殘渣餘孽”，

天津下鄉知識青年……這些"囚犯"雖然出身不同,經歷不一樣,但是他們都不是壞人。在這場史無前例的浩刼中,災難落到他們頭上,他們都成了專政對象。那看管他們的農場武裝連長劉俊、班長王富海一伙衣冠禽獸,卻奸汚婦女,陷害和欺壓善良,作威作福。喬安萍雖然是一個看守,但在她身上卻體現了中國勞動婦女的善良和同情心、人性美。土牢裏的這些囚犯,他們詛咒這殘酷的現實,"到處都整死人,有寃無處訴啊。"他們團結,互相關心。有壓迫就有反抗,他們要鬥爭,便與宋征的愛人取得聯繫,告訴老幹部宋征死於嚴刑拷打,由她向北京申訴。由於他們所處的特殊境遇,他們以不公正的態度對待喬安萍,不但不理解、不敢接受喬安萍的一片眞情,相反地,卻以懷疑、不信任的態度對待這個天眞純潔的少女。這是歷史的悲劇,時代的悲劇。小小的土牢同生活發生多側面多角度的廣泛聯繫,從土牢向整個社會伸展開去。因此,"板棚"和"土牢",既是情節產生的特殊的典型環境,又是人物活動的舞臺,同時它將整個時代濃縮在其中,作爲時代的縮影,從而擴大了作品表現的內容。

少女與"書生"

細心的讀者不難看出,這兩篇小說在愛情上都寫了女方主動,也都寫了"公子落難",馬柳特卡和喬安萍這一對異國姊妹,是兩個既有共同點,又有歧異點的個性鮮明的女性,她們都出生於勞動家庭,文化低、閱世淺,都熱愛學習。馬柳特卡特別喜歡詩,自己也學着寫詩。喬安萍對石在說:"以後,你教我學文化好嗎?"

她們都善良，富有同情心，馬柳特卡照顧昏迷不醒發高燒的中尉，
喬安萍每晚將自己的玉米餅送給吃不飽的石在。但是，生長在伏
爾加河邊，從小與漁船打交道的馬柳特卡，在她身上有漁民豪放、
粗獷、不達目的不罷休的氣質。她多情、任性，有着強烈的感情·
白軍中尉懂詩，這點與她愛好相同，加之他又善於講故事，魯濱
遜和星期五的故事深深吸引了她。相同的處境與愛好，加之中尉
的藍眼睛，使她首先愛上了中尉，感情超越了理智。但她畢竟是
戰士，在她身上既有少女的柔情，同時又有戰士的堅毅，她愛憎
鮮明，作爲一個戰士，她有一手好槍法，擊斃過四十個敵人。後
來，她的情人白軍中尉———一個不悔改的敵人，也成爲她槍下送
命的第四十一個。

喬安萍是冀東的農村姑娘，她是一個女農工，紅潤的皮膚，
齊耳的短髮，配上圓圓的臉，表現無邪的稚氣，典型的農村姑娘。
在她身上有着中國勞動婦女純樸、善良的品性。她接任班長，擔
任土牢的看守感到歉意，“我不願來管你們……可那……”因此
這位女看守，不像她的前任班長那樣凶狠，第一次出現在土牢裏
的囚犯面前，不是用槍托，而是用手輕輕推開土牢的門，她的第
一句問話是：“大家休息好了嗎？”她的出現如同一線燦爛的陽
光射進土牢，那親切的話語，撫慰着“囚犯”們創傷的靈魂。如
果說馬柳特卡有着西方少女浪漫、潑辣、外向的性格，那麼喬安
萍則具有東方女性的溫存、腼腆、內向的氣質。勞動時她見石在
背曬破了皮，她用細潤的手、膽怯而溫柔地擦着他的脊背。“背
都曬破了皮，給你抹點香脂。”“以後幹活穿上衣服，要注意身
體呀。”當別的女戰士嘰嘰喳喳議論石在的時候，她從來不參

加議論，而是在一旁握着步槍，用興奮的、專注的、研究的眼光盯着他。

她還善於思考：爲啥叫好人受罪？那些人不人鬼不鬼的傢伙反而得意？爲什麼生活好一陣又遇上飢餓的六〇年？當然這些不是她所能理解得到的。不過，她認識到石在不是壞人，這個"右派分子"是好人，是個她不懂但又十分敬慕的詩人。她毫不猶豫地向石在敞開了少女的心扉，把一顆純潔的少女之心獻給這個受罪的好人，她憧憬着未來，等着石在，海枯石爛不變心，"就是你勞改，我也跟你去。"她要與石在一塊逃回老家，爲了幫助心上人，什麼危險都不怕，"危險就危險，在外面也不保險！……把我也關起來，咱們不就一樣了嗎？"她對石在以心相許，"從今以後，我就是你的人了。"但是一隻罪惡的黑手，摑斷了這朵含苞待放的鮮花，她被劉俊奸污，跳水自盡被救起後，她的靈魂再也沒有復甦，十年浩刼摧毀了人間的眞、善、美。

兩篇小說的男主人公也有相似之處，兩人都是大學生，一個研究語言、懂詩，另一個則是詩人。但是兩人又有本質的區別。白匪中尉，一個出身於地主貴族家庭的公子哥兒，頑固地堅持剝削階級的利益，不願把土地交給農民全權使用，他和當時俄國許多貴族資產階級知識份子一樣是個極端自私的虛無主義、悲觀主義者。在他看來，地球行將沉沒，一切全完了，只相信自己，自己就是眞理，"什麼祖國、革命，統統見鬼去吧。"他仇恨革命，咒罵革命，傲慢自大，時時不忘自己高貴出身，在荒島以魯濱遜自居，視馬柳特卡爲"星期五"，對她的"愛情"只不過是一種對救命之恩的感激。在他身上，既反映了俄國地主、資產階級的反動腐朽，又表現了貴族資產階級知識份子的失望、苦悶、徬徨，但又不願意走向人民一邊的矛盾情緒。

　　土牢中的石在，從他身上可以看出中國知識份子的善良、正直，他們的遭遇是不幸的，五七年因寫了歌頌人道主義的詩被劃為"右派"，從此災難一個個接踵而來，儘管六〇年摘去了右派帽子，但仍是一個"摘帽右派"。他思想上和行動上只想到努力改造世界觀，勤勤懇懇工作。"文革"以來，他認為是接受另一種形式的考驗和教育。但不管他怎樣老實，厄運仍然降到頭上，因為他頭戴資產階級知識份子和摘帽右派兩頂帽子，仍然被作為"牛鬼蛇神"住學習班，押入土牢中。他書生氣十足，謹小愼微，不敢恨，也不敢愛，心靈上有着沉重的創傷。他那一顆被"文革"扭曲了的心靈，旣害了自己，又害了別人。

　　這兩個"落難的書生"，一個是眞正的敵人，而一個是無辜者。前者當了俘虜，但沒有受到折磨，身陷孤島患重病，卻得到貼心的照顧和羅曼蒂克式的愛情。而後者幾十年從肉體到精神上受盡磨難，關到土牢後雖然意識到喬安萍的愛情，但他不敢接受這愛情，從沒喊一聲"妹妹"。

　　兩部作品的作者，從現實生活出發，按照生活的本來面貌表現生活，從"孤島"和"土牢"兩個特定的環境出發，塑造出不同性格的活生生的典型來。兩部作品的兩對青年男女，他們各自現出"這一個"。由於兩對人物的性格不同，兩部作品的情節也不一樣，因為性格是情節發展的依據，正如高爾基所指出的：情節是"某種性格、典型的成長和構成的歷史。"作者把特定的歷史、時代矛盾衝突，轉化為有血有肉的典型性格，心靈和感情的矛盾衝突，從而構成了人物的悲歡離合，故事情節的曲折發展。

槍聲與祈禱

　　兩部作品都寫了愛情悲劇，但它們所表現的主題不一樣。
《第四十一》令人贊嘆。中尉和馬柳特卡的愛情只是建立在沙灘
上的寶島，沒有堅實牢固的基礎。當孤島與外界取得聯繫後，他
們之間與自然搏鬥的暫時同盟也就解體，而兩個階級的矛盾重新
上升到主導地位。孤島上的白匪中尉，只是一條凍僵了的蛇，一
旦氣溫上升甦醒過來，他的本性是不會改變的。大海上出現一隻
白匪的帆船，當船離岸一百多米的時候，中尉箭步竄到水邊，發
瘋狂叫：「我們的人……快來啊。」馬柳特卡見木船中的白匪軍
官金肩章閃爍，這時在她耳邊響起政委葉甫秀可夫的聲音：「萬
一無意撞見白匪的話，絕不把他活着交出去。」她心中揪起了感
情的狂瀾，緊咬住嘴唇，一把抓住槍，高叫：「你……你這個該
死的士官生！回來……」但他不顧馬柳特卡的喊叫，站在齊腳腕
深的水裡，揮舞雙臂，正向帆船衝去。這時一聲巨響，結束了中
尉的生命，他終於成了馬柳特卡殲敵記錄上的第四十一個。馬柳
特卡這一槍打得好！人們贊美這一槍。當愛情和革命發生尖銳矛
盾的時候，她經歷着愛情和革命的抉擇的嚴峻考驗，她的理智戰
勝了感情，親手將一顆正義的子彈處決了自己的情人——革命的
敵人。通過這一槍，馬柳特卡的性格、思想得到最完美的體現。
昔日，她護理奄奄一息的中尉，是表現革命的人道主義；今天，
她果斷開槍的行爲，也同樣體現了革命的人道主義，敵人不投降，

就叫他滅亡。白匪軍中尉，從馬柳特卡"少女幸福簿上的第一名"
到"殲敵記錄的第四十一個"這一事實表面看來很離奇，其實它
是合乎事物邏輯的必然歸宿。這一事實雄辯地說明了，不管在什
麼樣的特殊環境下，愛情必須服從革命利益和需要，革命的利益
高於一切。馬柳特卡震撼心靈的槍聲，正表現了軍人利益高於一
切這一嚴肅主題。《第四十一》的悲劇是愛情的悲劇，這個悲劇
是由於錯誤的愛情所造成。一對男女屬於敵對陣營，在革命與愛
情發生尖銳矛盾的情況下，眞正的革命戰士必然要犧牲愛情。

　　《土牢情話》也是一部悲劇，它不只是一個愛情的悲劇，而
是一個時代、歷史的悲劇。喬安萍和石在這一對年輕人，由於歷
史的誤會，一個是女看守，一個是囚犯，但他們之間的關係絕不
是敵我關係，他們是一對革命的鴛鴦。當石在身居逆境，遭受飢
餓、勞累的時候，喬安萍奇蹟般地闖入了他瀕於絕境的生活，對
他體貼、照顧。喬安萍對石在由同情、關心、敬慕到產生愛情，
並且不顧危險，幫助土牢中的人們秘密發信與孫征的愛人取得聯
繫。她不只對石在這樣，而且認爲土牢中的人都不是壞人，對他
們絲毫沒有看守對待囚犯的凶狠。有人稱讚作家張賢亮善於在悲
劇氣氛中塑造人類精神世界最誘人的品德，顯示民族的美德。這
種評論是非常中肯的。在那殘酷的現實中，人民群衆中仍然存在
誠懇的友誼，這就深刻地揭示了人民群衆的人性美、人情美。小
說中感人肺腑的是喬安萍寫給石在的絕命書。一個蓄謀已久的陰
謀得逞了，喬安萍被劉俊奸污了，劉俊又逼她嫁給王富海，她要
自殺。她相愛的石在是個好人，"但現在是好人受氣，壞人得意。"
她要石在活下去，感到對不起石在，把他一個人留在世上，在永

離人世前喊一聲：“哥！”，“你也叫我一聲妹吧。”這封聲聲淚字字血的絕命書，與馬柳特卡的槍聲一樣，把小說推到高潮，使人物性格得到完美的體現。她那天賦的樸實與天眞，使她在那混亂的年代裏還保存着閃光的靈魂，她像一片未經污染的土地，上面仍然燦爛地開放着鮮花。五七年來石在身遭厄運，精神上的創傷也扭曲了他的心靈，他意識到喬安萍愛他，自己也愛她，但他不敢愛，他懺悔自己辜負了她，“把她熾熱的愛情浸在利己主義的冰水之中。”

　　在十二年後的一個晚上，在一個火車站的候車室裏，他們又相遇了，作爲知識份子的石在，眞正翻身了。但她變了，“她的臉乾瘦黃瘦，額頭、眼角、嘴邊都出現令人傷心的皺紋。現在的她，就像失去了絢麗色彩的舊畫，那上面祇殘存着一些模糊的美妙線條了。”原來她自殺被救起，最後還是與王富海結婚了……土牢愛情悲劇的造成，正是那十年浩劫中政治、社會生活的反常，願意相愛的、應該相愛的不能愛、不敢愛，沒有愛情的土地上卻生長著一棵棵被扭曲的婚姻之樹，結出婚姻的苦果。沉痛的教訓不能忘記，歷史不能重演，“他要寫，他要把過去的事寫出來，爲了有權利要求活得好一些的人們從心底發出眞誠的懺悔和祈禱，無神論者的上帝是人民，他祈求上帝——人民保佑今後不再發生這樣的事。”作家寫出那痛苦的一頁，痛心而惋惜地回首當年情景，啓迪人們去認識歷史的泥潭，今後不再發生這樣的事。這種反思歷史，使人痛定思痛，不忘記過去，更重要的是給人力量，建設新的未來。正如張賢亮所說的：“對於養育我們的祖國來說，我們的血永遠是熱的，我們是唯物論者，不迴避描寫陰暗的生活角落，但我們的心裏卻有陽光。"

綜上所述，《土牢情話》與《第四十一》有相似之點，更有不同之處，將二者進行比較，有助於文藝創作進一步解放思想遵循藝術規律，反映豐富複雜的生活，創造出更多更好的無愧於我們時代的作品。

葉繼宗

〈槍聲與祈禱〉

——《第四十一》與《土牢情話》之比較〉，

（武漢）《江漢大學學報》（社科版）4（1985），64～68。

《男人的一半是女人》與《紅字》*

　　十七世紀四十年代的新英格蘭和二十世紀六、七十年代的中國大西北都是專制主義和禁慾主義的統轄範圍。嚴酷而死板的教條不僅導致了海絲特・白蘭的不幸，也造成了章永璘的寃屈。

　　清教所宣揚的無條件選擇迫使海絲特不愛羅格・齊靈窩斯，卻被迫成了他的合法妻子；愛丁梅斯代爾，卻只能作他的姘頭。清教鼓吹的禁慾主義讓丁梅斯代爾牧師想愛而不敢愛，道貌岸然，自欺欺人，心理上受着壓抑，精神上受着折磨。清教堅持的專制主義慫恿齊靈窩斯不愛海絲特，也不准海絲特愛別人；對海絲特不承擔責任，卻要求海絲特忠實於他，並充當了置丁梅斯代爾於死地的罪魁禍首。

　　中國歷史上的極"左"思潮，揮舞專制主義與禁慾主義的大棒，踐踏了秀麗的田園，虐殺了善良的人性。專制主義把無辜的章永璘投入監獄，監內監外二十多年，荒廢了人生最寶貴的時光，飽嘗了世間少有的辛酸。專制主義扼殺了人類最美好的友誼與愛情，使人與人之間堤防高築，戒備森嚴。周瑞成出賣朋友，章永璘矇騙妻子。禁慾主義奪去了章永璘的性功能，把農民在房前屋後開墾的小塊菜田當作"資本主義尾巴"統統砍掉。……"文化大革命"創造了數目驚人的寃、假、錯案，令人辛酸的人間悲劇。

---

　　*　Nathaniel Hawthorne（1804～1864），*The Scarlet Letter*。（1850）。

　　專制主義和禁欲主義以宗教的形式迫害過美國殖民地上的男男女女，專制主義和禁欲主義以" 革命 "的形式糟蹋了中國城鄉的每個角落。

　　在歷史的長河中，古今大事，中外名流，群星滙萃，萬方雲集，難說哪個和哪個不約而同，誰跟誰異口同聲。不同地域、不同時間裏出現的人物、發生的事件竟也會在許多方面近乎同源、酷似一物。怎麼，奇怪嗎？一九八五年發表於中國的中篇現實主義小說《男人的一半是女人》令我不由自主地想到了一八五〇年發表於美國的長篇浪漫主義小說《紅字》。

　　這兩部作品，無論是時間——《紅字》發表於一八五〇年，《男人的一半是女人》發表於一九八五年；空間——《紅字》以美國為背景，《男人的一半是女人》以中國為背景；還是創作傾向——《紅字》屬於浪漫主義的傑作，《男人的一半是女人》屬於現實主義新作；篇幅——《紅字》是長篇小說，《男人的一半是女人》是中篇小說，都相去甚遠。但是，兩位作家卻不約而同地選擇了相似的主題——《紅字》反映了清教思想對人們頭腦的禁錮和對異己份子的迫害，《男人的一半是女人》控訴了封建專制主義對人們信仰的扭曲和對人性的壓抑；運用了相同的藝術手法——神秘主義、象徵主義和心理分析活躍於《紅字》的重要章節中，《男人的一半是女人》中心理分析、象徵主義和神秘主義也大顯神通；完成了相近的使命——《紅字》推崇誠實，抨擊宗教的虛偽，《男人的一半是女人》維護人性，鞭笞文革時期鬥爭的殘酷。

　　這兩篇小說的默契、對應，足以使我們篤信世界文學發展的整體性和人類文明的繼承性，頓悟洋可以爲中所用，古可以爲今所用的道理。下面就讓我們在具體例證中去揣摩它們的內在聯繫吧。

靈與肉是物質形態的兩種屬性。靈與肉既對立、又統一，共存於一個事物當中。人有靈和肉，物有靈和體。靈與肉普遍存在。

霍桑認爲，世間萬物"一切都有靈性，就好比靈魂與軀體一樣"。在他看來，客觀物質世界僅僅是假象，而它的"靈性"才是本質。在《紅字》中，事物的靈與肉這兩個方面，是通過象徵手法的運用展示出來的。例如小說中從始到終都佔顯要位置的"Ａ"字，它的實體是一件紅色刺繡，是統治者們精心設計出來、用以懲罰海絲特·白蘭和告誡不法教民的。它的本義是"奸婦"。但在小說情節中，它絕不僅僅是耻辱的標誌，它在觀衆眼裏，有時也以另外一種面目出現。當海絲特胸前掛着"Ａ"字走出獄門時，閃閃發光的綉字使她神聖得如"天使"一般。這時，"Ａ"字以"奸婦"和"天使"兩種形式出現。貧庸的人們看到的是"Ａ"字的軀體，他們把她當作"奸婦"。而高尚的人們看到的是"Ａ"字的靈魂，他們把她當作"天使"。在海絲特·白蘭以其秀美的針線活和樂於助人的精神聞名全鎮後，每逢她戴着"Ａ"字從街面上走過，沒有頭腦的人們認出她就是那個"奸婦"，而有頭腦的人們卻認出她是那個"能幹"的人。這裏，"Ａ"字同樣具有軀體與靈魂兩種屬性。它的軀體是"奸婦"，而它的靈魂則是"能幹"。霍桑巧妙地揭示了事物的現象與本質，足見其對事物的觀察之細緻，認識之深刻，分析之透徹。

如果說《紅字》所揭示的是抽象意義上的靈與肉（即物的靈

性與實體）的話，那麼《男人的一半是女人》所表現的就是具體意義上的靈與肉（即人的靈魂與軀體）。

　　《男人的一半是女人》中的章永璘是個在畸形環境下造就出來的畸形人物。極"左"政策的高壓使他的靈魂與軀體長期不能保持平衡。"靈"的渴望與"肉"的需求不斷地交換着統治地位，致使章永璘這個人物搖擺不定，行為異常。多年的性壓抑使他在無意中撞上黃香久洗澡的情景時，竟然變得像隻狐狸般地貪婪（"我不斷地咽唾沫"），像頭獅子似地興奮（"我全身的神經都繃緊了"）。性飢餓把章永璘變成了一隻野獸，毫無理智，有的只是生理上的需求。這時的章永璘活脫如一個靈長目動物，一個沒有靈魂的軀體。而當他與黃香久結合後，在黃香久的體貼和關懷下，過了幾日正常人的生活，而且還實現了由"半個人"到一個"男人"的轉變，章永璘這個人物形象就立刻變成了另外一副樣子。他背着妻子寫論文，整日冥想社會的變革，時時關心國家的前途和民族的命運。他說，"我覺得現在整個中國的空氣在孕育着一場真正的人民的運動。我們的國家和中國共產黨，只有經過這場運動才能開始新生。周恩來說過，'人生難得幾回搏'，現在全部情勢都決定我必須去'搏'一下了。"這裏我們看到的是一個敏銳的觀察家、一個勇敢無畏的戰士、一個偉大的靈魂。張賢亮用不同筆觸為我們勾勒了人的表層與深層結構，有助於我們歷史地、具體地分析人在不同時期、不同環境下的不同特徵。

　　總之，《紅字》中的靈性與實體也好，《男人的一半是女人》中的靈魂與軀體也好，都可以形象地概括為"靈"與"肉"。霍桑把一個事物分作兩半來描述，目的在於引導讀者透過現象看本質；而張賢亮把一個人描繪成具有雙重特徵的人，用意卻是眞實地反映特定的歷史、社會環境下的複雜人。

　　浪漫史是文學作品中的常見題材。不論是詩歌、散文，還是小說、戲劇，反映男女風流韻事的不乏其例。《紅字》與《男人的一牛是女人》也屬此例。湊巧的是，這兩篇小說中所描寫的浪漫事跡都是才子佳人之間並非出於愛情的苟合。它來也匆匆，去也匆匆，雖然熱烈，但卻只不過是男主人公那以個人信仰爲目標的人生旅途上的一個驛站，是嚴肅、悲壯的主旋律中的一個浪漫插曲。

　　《紅字》中的丁梅斯代爾是個德高望重、前程無量的青年牧師。他博學多識，造詣很高，並有獻身宗教之志向。但是，與呆板的教條生活在一起未免無聊，即使是像丁梅斯代爾這樣虔誠的教徒，久而久之也有些忍耐不禁。這樣，海絲特・白蘭的美貌就俘虜了這位內心渴望的牧師。銷魂奪魄、如醉如痴之下，竟忘記了自己的身份和信仰，偶有一失，釀成奸情。但是，教徒終歸是教徒，縱然熱血一時沸騰，骨髓總是冷的。內心的空虛一經得到慰藉，丁梅斯代爾立刻就從紅塵脫身回到那神聖的宗教天地，重操舊業，戴上了莊嚴僞善的面紗。才子返回故道，找到了歸宿，而佳人卻淪爲棄婦，背起了恥辱的重負。

　　《男人的一牛是女人》中的男主人公章永璘是一個因舞文弄墨不夠謹愼而被劃爲右派，遣送大西北的犯人。然而，他仍“不肯改悔”，入獄時也沒忘記帶上一本《資本論》。監獄以及後來勞改農場的飢餓、艱苦也沒改掉他讀書、思考的習慣。白天幹一天重體力活，夜裏也要在破棉花套子裏，昏暗的油燈下讀上幾個小時的書。平泛無奇的排隊打飯、揷秧拔草,他也要動一番腦筋,苦中求樂。《資本論》教會他運用辯證唯物主義和歷史唯物主義的觀點,看待和認識周圍的現實,分析和研究中國的社會現狀。因此,他儘管一直身陷監獄和農場,而心卻始終與國家和民族的脈搏一起跳動。然而,青春的活力不單表現在對知識的渴望和對社會現象的好奇上,還表現在對性的渴望和對女人的好奇上。勞動犯人見了裹在寬大的粗布制服裏的女犯都要心裏癢癢,更何況章永璘親眼看見了黃香久裸露的身體。章永璘受到了極大的誘惑,就在八年後二人再次相遇時,他心裏仍舊保存着對這個豐滿的肉體的渴望。可就在與黃香久結婚(事實上只能算作是非法同居)後不久,或者說是在章永璘變成一個眞正的“男人”之後不久,他的慾望之坑就被塡滿了。於是,黃香久再也不是那個能讓他神魂顚倒的美人了,不過是一個長於持家、腦袋空空的良家婦女罷了。他開始擔心,黃香久的痴情的愛和溫存的體貼會磨損了他的毅力,呑沒了他的才華。他甚至想甩掉這個女人了。適逢此時周恩來逝世,全國政治空氣頓時緊張起來,章永璘的使命感與日俱增。這樣,在兩種因素的作用下,“結婚”只有兩個多月的章永璘,離家出走,結束了剛剛開始的一段浪漫史。於是又一位才子隻身投入了自己追隨多年的信仰的懷抱,同時又一位佳人落得個孤守空房,失意無望。

　　值得注意的是,《紅字》與《男人的一半是女人》不僅在思想性方面常常相近,而且在藝術性方面也頻頻相似。象徵手法的運用就是一例。“象徵”在希臘文中的原義,是指“把一塊木板分成兩半,雙方各執其中的一端,以表示銜接”的信物。後來逐漸演變爲"以一種形式當作概念的習慣的代表"。因此，作者通過象徵所表達的是，意識所不能達到的超時間、超空間、超物質、超感覺的"另一世界"，即把無限的深意寓於有限的事物當中。

《紅字》的第一章是"獄門"。作者在海絲特走出獄門前，特意描寫了獄門。這乍看起來彷彿只是循規蹈矩、浪費筆墨，但是，如果我們特別留意一下，就會覺得，寥寥數語，意味深長，那陰森森、硬綁綁的獄門，不就是那嚴格禁錮人們思想、束縛人們行動的政教合一的殖民統治的化身嗎？而那勢單力薄的薔薇花不正象徵了在"惡"的世界裏依稀存活的高尚的道德嗎？

《男人的一半是女人》中的章永璘，於新婚之夜心情激動地環視着簡陋而溫暖的洞房，卻詫異地發現，糊在牆上的一張舊報紙上有一幅橫七豎八的屍體的照片，被面上印有顯眼的拖拉機圖案，不覺輕聲哀嘆。透過這些表面現象，章永璘看到的是路線鬥爭給人民帶來的深重災難和打着馬列主義旗號的反動理論對人性的壓抑。

《紅字》"牧師的夜遊"一章中，被痛苦的內心矛盾折磨得夜不能寐的亞瑟·丁梅斯代爾牧師，獨自來到海絲特·白蘭曾經站過的那個絞刑臺。幻覺之中，他看見威爾遜牧師向他走來，接着又是海絲特和珠兒，隨後牧師又遠遠地望見貝靈漢州長、西賓斯夫人和齊靈窩斯的影子，以至最後又看見夜空之上出現了鮮紅的"A"字。

《男人的一半是女人》中的章永璘深深撞上自己的妻子與人私通，頓時覺得天旋地轉，無力地癱倒在沙棗樹下。這時靜靜的夜空中走來三位幽靈，他們與章永璘侃侃而談。有的對他的處境深表同情，有的恨其不爭，有的引導他冷靜地分析周圍發生的一切。章永璘宛若一個小學生呆呆地諦聽先哲們的教誨。待他清醒過來時，幽靈消失，夜色如故。

這兩個情景都是主人公的幻覺，但作者卻像反映現實一般把它們直截了當、有聲有色地描繪出來，給人一種真假難辨、模模糊糊的神秘感。然而，這種神秘主義的幻覺並非天外來物，它是把眼前的事物與以往感受過的事物聯繫起來形成的獨特的新的意境。所以，幻覺只不過是打亂了時間順序的生活片斷的綴合而已，神秘主義並不神秘。

丁梅斯代爾的幻覺中威爾遜牧師的出現，暗示着教會對他的誘導；海絲特和珠兒的出現，表明丁梅斯代爾心中有負疚感；貝靈漢州長的出現，意指來自政府方面的壓力；西賓斯夫人的出現，是丁梅斯代爾對自己在教民中的威望的關注和對未來的懲罰的恐懼；而羅格・齊靈窩斯的出現，則說明對手的報復逼得他走投無路，無所適從。所以，幻覺是丁梅斯代爾內心的憂慮、自譴、恐懼、不安等等一系列情感的外在表現。幻覺中的人物都是過去或現在與他本人有過直接聯繫的真人。幻覺貌似怪誕，來無踪去無影，實則有因有果，來龍去脈皆有文章。

章永璘所看到的老子、宋江和馬克思，也並非沒有來歷。老子是中國古代的哲學家，宋江是被逼上梁山的反叛者，馬克思則是國際共產主義運動的創始人。老子思想勸導章永璘超脫凡俗，宋江說教慫恿章永璘殺掉奸夫，雪恥解恨；唯有馬克思教給章永璘科學地、歷史地看待人和事。這三種截然不同的世界觀，實際上正是在那暈厥的一剎那，在章永璘腦際閃過的三種抉擇。作者張賢亮只是把主人公潛意識中的東西以形象化的事物表達了出來。

索宇環

〈《紅字》和《男人的一半是女人》〉，
《外國文學研究》1 (1988)，109～114。

詩　歌

《詩經》與《萬葉集》*

　　《萬葉集》和《詩經》具有一些共同的特點。首先是它們的
豐富性。兩部歌集所收詩歌，作者十分廣泛，詩歌多方面地描寫
了現實生活，表現了不同階級和階層的人們的切實感受。《詩經》
的作者，旣有天子諸侯的貼身近臣、史官、武將、也有獵手、農
夫，棄婦、乞丐。那些出於下層的反剝削、反壓迫的詩歌，反映
了當時社會中本質的現象；那些來自民間的情歌，歌頌了勞動人
民純潔、眞摯、純樸的愛情；那些產生於統治階級內部的怨刺之
作，揭示了社會動亂及統治階級內部的矛盾；那些下層官吏抒發
內心憂憤不平的詩歌，勾勒出一幅社會上苦樂不均、勞逸懸殊的
畫圖。這些詩篇從不同的側面，爲我們展示出廣闊的人生畫卷。
同樣，《萬葉集》的作者，從身份和階級來看，上至天皇，下至
東國地方的農民、軍人、流浪女子。這樣廣搜博探，使《萬葉集》
的和歌具有豐富多彩的內容。和《萬葉集》相比，《敕撰集》選
歌就顯得狹隘和死板得多。從《萬葉集》中，我們可以看到"班
田制"下農民飢寒交迫的慘狀，也可以讀到被徵調而遠離家鄉的
防人對戀人的思念。我們爲富士山下迷人的風光所陶醉，也爲東
國女子纏綿的情意所感動。皇族的作品使我們看到當時激烈派閥
鬥爭的影子，宮廷詩人們的作品字裏行間吐露着苦悶和哀痛。可

---

　　*　大伴家持（717-785），萬葉集（約759 A.D.）

以說，一部《萬葉集》是當時社會的一個縮影。在藝術上，這兩部歌集都具有多種風格的美。《詩經》中，特別是《小雅》和《國風》中那些優秀篇章，如《板》、《蕩》的怨深恨切，《大東》、《鴻雁》的不平之鳴，《采薇》、《黃鳥》的聲情淒婉，《碩鼠》、《伐檀》的熾烈反抗，以及《野有死麋》、《靜女》的脈脈深情，都會使我們受到巨大的感染。《萬葉集》中，除收了大量的短歌外，還收集了施頭歌、佛足石歌等。歌集有着《人代集》以下的詩集中看不到的千姿百態。柿本人麻品的作品使人感受到壯闊宏大的美，如名山大川在人目前，東歌、防人歌使人看到素樸敦厚的美，如山野清風輕拂人面，這些都是後代和歌史上缺乏的獨特的東西。《萬葉集》反映社會生活面的廣闊、選材的豐富、語言的多樣、情趣的複雜，使後世一些歌人和評論家如正崗子規和左千夫等倍加贊賞和推崇。

其次，在於它們的現實主義精神。除了那些諛媚權貴的作品外，《詩經》中的優秀篇章，都恰如劉勰所說：“風雅之興，志思蓄憤，而吟詠情性，以諷其上，以為情而造文也。”這些詩篇，不是達官貴人、騷人墨客的無病呻吟，而是人們把詩歌創作和政治緊密聯繫起來，針砭社會，諷諭假惡醜、讚頌真善美的“言志”之作。這種現實主義精神，影響着歷代進步詩人，促進了大量具有諷刺意義的作品產生。和這十分相近的是：真實性，也就是子規讚為“真誠”的一點，也是《萬葉集》的顯著特色。不少歌人的創作毫無虛情假意，反映社會不加粉飾，吐露真情實感而不扭怩作態，讀者能從歌中聽到歌人的心聲和脈搏的跳動，從而受到強烈的感染。除去奈良中期以後的宴飲、相聞、季節歌以外，

《萬葉集》中大部分和歌充滿了現實主義精神，在表現方法上，也採用“寫實”的手法，往往是選取現實生活中的素材，眞實地抒情寫意，而不是着眼於再現夢幻、陳迹空想、臆構虛境。

對於民歌的重視，爲這兩部作品在文學史上增添了燦爛的光釆。《詩經》中的《國風》及《小雅》中和風詩相近的作品，或痛斥剝削者、寄生蟲，或詠歌狩獵、耕作和採集，或讚美始終不渝的愛情。同是戀歌，有大膽率直的表白，也有微妙細膩的心理活動；有活潑純眞的對話，也有棄婦、贅婿的悔怨。這些民歌，玲瓏剔透，閃耀着迷人的藝術之光。它們風格各異，而具有共同的特色：健康、直率、純樸。《萬葉集》中，卷十四的東歌、卷二十的防人歌，卷十三的歌謠，都是產生於山鄉水濱的民謠。這些民謠，直接描寫了生活在底層的人民的喜怒哀樂，帶着濃郁的生活氣息。他們直接使用方言和鄉音，抒寫他們健康的生活情趣，從這些歌謠中，我們可以直接感受到日本勞動人民敦樸、眞摯、善良的情懷。它們和《詩經》中的優秀篇章一樣，是“飢者歌其食，勞者歌其事”之作，其健康、純眞的情感，是那些高踞於廟堂之上的貴族文學，侍從文學無法相比的。在《萬葉集》以後的日本古典歌集中，很難找到這樣多優秀的民謠了。

第三，這兩部歌集都產生於各自民族文學發展的幼年期，今天都具有極重要的研究價值。《詩經》爲我們研究我國古代社會的歷史、經濟、音韻、文字、甚至地理、生物等提供了豐富的材料。同樣，《萬葉集》除了藝術價值之外，還有着重要的學術價值。它和《日本書紀》、《古事記》一起，理所當然地被作爲了解古代歷史、風俗習慣、思想等的重要材料。特別是在探索中古

代日本語言學及日本文學史的研究方面，它可以稱得上最集中的
資料了。即探尋日本長歌的衰亡、短歌的誕生、日本民族文學意
識的發生、古代文學的性質等等，都必須回顧《萬葉集》。

　　看來，中國的《詩經》和日本的《萬葉集》在某些方面確是
"何其相似如兄弟"。這當然不純屬歷史的巧合。僅從文學的角
度講，從日本內部看，和歌到萬葉時代已有很大發展，有可能編
撰這樣一部規模宏大的和歌集；從外部的影響來看，唐朝是我國
詩歌空前繁榮的時代。日本爲了吸收漢文化，進行了巨大的努力。
漢文學的影響推動，促進了日本民族文學的發展，讀完《萬葉
集》，我們可以想見，當時的人們是懷著怎樣濃厚的興趣和強烈
的求知渴望，學習着中國古代和當時的文藝作品。他們寫的詩，
像唐詩一樣深入淺出、明白如話；他們作的文，駢四驪六辭采華
艷，頗具齊梁遺風，也正反映了初唐時的文風。當時的人們從唐
文學中吸收了多方面的有益的東西，也從中國古典文學作品，其
中包括《詩經》中吸取了多方面有益的東西：眞實地反映社會現
實的"寫實"精神，比興的表現手法，對民歌的喜愛，大量漢語
俗語的運用。這種借鑒和學習，成爲《萬葉集》能夠編撰完成的
重要條件之一。

王曉平

　　〈《萬葉集》對《詩經》的借鑒〉，
　　《外國文學研究》，4（1981），52～56。

白居易詩歌與《源氏物語》*

　　中日兩國的文化交流有着悠久的歷史。曾經在唐代，中國文學對日本文學的發展產生過積極的影響，在日本文化史上呈現出燦爛的繁榮時期。《源氏物語》就是在這文化繁榮時期開放的一朵鮮花。它以生動的藝術形象，展現出中日兩國人民友好交往的歷史畫面。據考證，《源氏物語》所涉及的中國文學作品就有《白樂天詩集》、《史記》、《文選》、《遊仙窟》、《楚辭》、《劉禹錫詩集》、《元稹詩》、《劉元叔詩》、《毛詩》、《淮南子》、《西京雜記》、《莊子》、《老子》、《列子》、《論語》等二十餘種、引用（直接和間接）次數，竟達二百多次。其涉及面之廣和理解程度之深是驚人的。其中，白居易之詩佔據最明顯的地位。

　　就《源氏物語》與中國文學的關係問題，自從日本鎌倉時代起，有不少學者著書立說，作過不少考證，發表過精闢的見解。然而，他們注重於資料的考證和典籍的改變手法等形式方面，未能進一步深入研究《源氏物語》所受的思想影響以及紫式部對中國文學的借鑑與她創造性的發展一面。本文僅就《源氏物語》與白居易詩的關係，着重探討《源氏物語》的作家是怎樣吸取白居易詩中有益成分，並將它加以改造，成功地創造出具有時代意義

＊　　紫氏部（約 978－約 1016），《源氏物語》（約 1001-1008）。

和民族特色的藝術形象來的。

白居易的詩在詩人在世時已傳到日本。對於此事，白居易本人也已有所知。詩人在會昌五年夏五月一日所寫的《長慶集》後記裏寫道：“集有五本，一本在廬山東林寺經藏院，一本在蘇州禪林寺經藏內，一本在東都勝善寺鉢塔院律庫樓，一本付侄龜郎。一本付外孫談閣童，各藏於家，傳於後”。接着寫道：“其日本新羅諸國及兩京人家傳寫者不在此記”。會昌五年就是公元八四五年，適值詩人逝世前一年。日本的歷史文獻也證實這點。《文德實錄卷三・仁壽元年九月二十七日》條裏有這樣一段記載：“散位從四位下藤原朝臣丘守卒。丘守者，從四位下三成之長子也。……五年……出爲大宰少貳。因檢校大唐人貨物，適得元白詩筆奏上。帝甚耽悅，授五位上。”這是承和五年即公元八三八年（唐開成三年，白居易六十七歲時）的事。比起白居易所寫後記的年代還早六年。

白居易詩集傳到日本之後，日本文壇引起了巨大的反響。有不少日本文學家對白居易的詩贊嘆不已。當時，日本著名詩人具平親王作詩稱讚道：“古今詞客得名多，白氏拔群足咏歌。思任天然沈極底，心從造化動同波。”有不少詩人崇尚白居易，一時出現了白居易熱。正如岡田正之在《日本漢文學史》中所寫：“詩人文士，靡然風向，棄齊梁文選之舊，趨清新潑刺之風。”

《源氏物語》的作者紫式部自幼深受中國文學的薰陶。她是書香門第的才女，祖宗三代都是有名的歌人。父親藤原爲時兼長漢詩與和歌。他的漢詩作品二十首分別在《本朝麗藻》、《類聚句題抄》、《新撰朗咏集》、《江談抄》等詩集裏所傳。他對白居易的詩，特別敬佩，曾寫詩贊揚白居易。他寫道："兩地聞名追慕多，遺文何日不謳歌。繫情長望遐方月，入夢終逾萬里波。"這樣的家庭給予紫式部以深刻的影響。據《紫式部日記》，作者幼時跟隨父親學習漢詩，博覽《史記》等中國古代文學作品。她對白居易的詩有較深的造詣，曾在彰子中宮面前講解白居易的新樂府詩。

　　《源氏物語》是紫式部藝術才華的結晶，也可以說是她對白居易等中國文學修養的綜合。在《源氏物語》裏，紫式部直接引用白居易的詩句、形象或典故，以此塑造自己的藝術形象。書中涉及的白居易詩篇有四十七篇，引用次數達百餘次，而且運用自如，用法神妙，毫無生硬之感。

　　紫式部的藝術才華表現在她善於把握白居易詩的意境，熟練地把它加以具體化，運用到自己的藝術創造中去，或者把白居易詩中的某種情節加以形象化，表現具有深刻的時代意義和民族風格的藝術形象來。在〈桐壺〉一卷，紫式部塑造桐壺帝的形象時，直接引用《長恨歌》中的"太液芙蓉未央柳"一句和"在天願作比翼鳥，在地願作連理枝"一句。唐玄宗溺愛楊貴妃，誤國家大事，導致了安史之亂。在避亂路上，他失去楊貴妃。上述詩句寫的是唐玄宗從蜀還都，觸景生情，懷念楊貴妃的悲哀心情的。紫式部巧妙地用這詩句，生動地表現了桐壺帝失去桐壺更衣後的悲哀。"太液芙蓉"一句在《長恨歌》是形容楊貴妃美貌的。紫式部引用這一形象來同桐壺更衣作比較。作家描寫桐壺帝的心情時寫道："詩中說貴妃的面龐和眉毛似'太液芙蓉未央柳'，固然比得確當，……但是，一回想桐壺更衣的嫵媚溫柔之姿，便覺得

任何花鳥的顏色與聲音都比不上了 ”。在這裏，作家強調在桐壺
帝看來桐壺更衣之美無與倫比，強調桐壺帝失去桐壺更衣後的深
切的哀痛。至於“ 比翼鳥 ”和“ 連理枝 ”一句，雖然作家直接引
用《長恨歌》的詩句，但把它當作桐壺帝和桐壺更衣的愛情盟誓
來運用，強調他們之間的眞摯的愛情和失去這種愛情後的悲哀。
《長恨歌》寫的是唐玄宗與楊貴妃的愛情悲劇。這篇長詩的基本
思想明顯地表現在作品的最後一句：“ 天長地久有時盡，此恨綿
綿無絕期！ ”在〈桐壺〉一卷裏，桐壺更衣死後，桐壺帝感到他
們的盟誓“ 如今都變成了空花泡影。天命如此，抱恨無窮！此時
皇上聽到風嘯蟲鳴，覺得無不催人哀思。 ”〈桐壺〉一卷的藝術
構思同《長恨歌》頗爲相似。紫式部是用《長恨歌》的悲劇思想，
描繪桐壺帝與桐壺更衣的愛情悲劇的。

　　如果說，〈桐壺〉一卷描寫了桐壺帝與桐壺更衣的愛情悲劇，
那麼，《源氏物語》所寫的可以說是光源氏和薰大將的愛情悲劇，
紫式部描寫自己主人公的愛情悲劇時，都借用《長恨歌》的藝術
形象。在〈葵姬〉一卷裏，作家直接引用《長恨歌》中的“ 舊枕
故衾誰與共 ”，“ 霜華白 ”等詩句。“ 霜華白 ”一句是《長恨歌》
中“ 鴛鴦瓦冷霜華重 ”句的改寫。這兩句都是表現唐玄宗失去楊
貴妃後的悲傷心情的。紫式部借用這句，描繪了主人公光源氏失
去葵姬後的哀傷。葵姬去世之後，光源氏在舊居的房間裏所棄置
的墨稿中有“ 舊枕故衾誰與共 ”詩句，旁邊寫道：“愛此合歡榻，
依依不忍離。芳魂泉壤下，憶此更傷悲。 ”另一張紙上有“ 霜華
白 ”一句，旁邊寫道：“ 撫子多朝露，孤眠淚亦多。空床塵已積，
夜夜對愁魔。 ”在這裏，紫式部把光源氏的哀痛與唐玄宗的悲哀

作對照，表現了光源氏失去葵姬後的悲哀。紫式部描寫光源氏失去紫姬後的悲哀時，同樣引用了《長恨歌》中的詩句。紫姬去世之後，光源氏獨自看到無數螢火蟲紛飛，他就不由自主地咏嘆"夕殿螢飛"詩句。在《長恨歌》裏，白居易描寫唐玄宗失去楊貴妃後的悲傷時寫道："夕殿螢飛思悄然，孤燈挑盡未成眠。"主人公光源氏吟咏的就是這一句。紫式部直接借用這一詩句，深刻地表現了光源氏的悲哀心情。

在《源氏物語》這部小說中，紫式部直接引用《長恨歌》的詩句之外，還間接借用《長恨歌》的形象、典故。紫式部描繪桐壺帝寵愛桐壺更衣時寫道："皇上對她過分寵愛，不講情理，只管要她住在身邊，幾乎片刻不離。結果，每逢開宴作樂，以及其他盛會佳節，總是首先宣召這更衣。有時皇上起身很遲，這一天就把這更衣留在身邊，不放她回自己宮室去。"這與《長恨歌》中所寫的"春宵苦短日高起，從此君王不早朝。承歡侍宴無閑暇，春從春游夜長夜；後宮佳麗三千人，三千寵愛在一身。"是非常相似的。無疑是《長恨歌》的借用。又如描寫桐壺帝懷念死去的桐壺更衣時寫道："他想念桐壺更衣娘家情況，挑盡殘燈，終夜枯坐凝思，懶去睡眠。"這與《長恨歌》中唐玄宗失去楊貴妃之後，回憶往事，"孤燈挑盡未成眠"的情景頗有類似之處。

有時，紫式部借用《長恨歌》中的故事，深入挖掘自己主人公的內心世界。如在〈桐壺〉一卷，桐壺帝接到命婦帶回的太君所賜禮物時想道："這倘若是臨邛道士探得了亡人居處而帶回來的證物鈿合金釵……"。臨邛道士探得亡人帶回鈿合金釵的故事在《長恨歌》裏所見。桐壺帝想到這故事，但作此空想，也是枉然。便吟詩道："顧君化作鴻都客，探得香魂住處來。"在〈幻影〉一卷裏，作者描寫光源氏懷念紫姬的心情時，也引用這典故。紫姬去世後，光源氏遙望雁南飛，便吟詩道："橫飛蒼穹方道士，爲我探得香魂處。"《長恨歌》裏有"悠悠生死別經年，魂魄不曾來入夢。臨邛道士鴻都客，能以精誠致魂魄，爲感君王輾轉思，遂教方士殷勤覓。"紫式部把這典故運用到光源氏身上，生動地表現了光源氏對紫姬的懷念之情。

在《源氏物語》這部小說中，紫式部塑造自己主人公的藝術形象時，往往從白居易詩中得到某種啓示，直接借用白居易的詩句、形象或典故，描繪他們的眞摯愛情和失去這種愛情的悲哀，而且經常把這些主人公的情景同唐玄宗的處境相提並論，或作對照。因此，《源氏物語》與《長恨歌》在藝術形象及其美學性格等方面，都表現出明顯的影響性類似性。

這種類似性再現並不是偶然的，是由作家所意識到社會生活的本質眞實、作家的美學觀點和創作方法等諸方面的共同性所決定的。沒有思想意識方面的共同性，就沒有影響性類似。因爲影響只能是外因，而外因是通過內因起作用的。兩位藝術巨匠雖然生活在不同的國土、不同的年代裏，但他們所處的社會狀態卻非常相似。白居易所生活的唐朝社會和紫式部所生活的平安朝貴族社會都處於盛極而衰的歷史階段。表面上富麗堂皇的這個貴族社會蘊藏着極其深刻的社會矛盾，社會政治極度腐敗，人民群衆的反封建鬥爭此起彼伏，貴族社會的滅亡已是不可避免了。紫式部在白居易詩中看到的就是這種社會生活的本質眞實。從而，把它提煉、改造，深刻地揭示了平安貴族社會的某些本質特徵。

許虎一

〈《源氏物語》與白居易詩歌〉，
《延邊大學學報》2 (1983)，51～59。

《長恨歌》與《源氏物語·桐壺》*

　　日本平安朝才女紫式部的鉅著《源氏物語》爲取材於平安朝中期至末期（西元八四年～八九七年）的長篇小說。

　　首帖〈桐壺〉的全文之中，約三分之二的文字爲敍述光源氏的雙親桐壺帝與其寵妃更衣的愛情故事。桐壺帝對更衣的寵愛，以及二者間生離死別的纏綿的感情，顯然可視爲脫胎於白居易的《長恨歌》中唐玄宗與楊貴妃的故事。本文擬就二文逐一比較，實際觀察〈桐壺〉與《長恨歌》之間的關係。

　　〈桐壺〉全文的構想，及其文筆技巧受《長恨歌》影響者，可大略分爲㈠直接攝取，及㈡間接容受二類。先看其直接攝取《長恨歌》部分。

　　　　那種破格寵愛的程度，簡直連公卿和殿上人之輩都不得不側目而不敢正視呢。許多人對這件事漸漸憂慮起來，有的人甚至於杞人憂天地拿唐朝變亂的不吉利的事實來相比，又舉出唐玄宗因迷戀楊貴妃，險些兒亡國的例子來議論着。

白居易的《長恨歌》雖重抒情而通篇未有一字及於諷諭，但如：“緩歌慢舞凝絲竹，盡日君王看不足。漁陽鼙鼓動地來，驚破霓裳羽衣曲。”又如：“翠華搖搖行復止，西出都門百餘里。六軍不發無奈何，宛轉蛾眉馬前死。”等句，在在都暗示着唐玄宗溺

---

　　*　　同前。

愛楊貴妃招致變亂幾於亡國之事，故陳鴻《長恨歌傳》謂：“意
者不但感其事，亦欲懲尤物，窒亂階，垂於將來者也。”紫式部
在文章開首處即明白指出桐壺帝與唐玄宗，更衣與楊貴妃之間相
似的身份處境，從而預伏了故事展開後處處可見的《長恨歌》的
影子。“公卿和殿上人之輩都不得不側目而不敢正視呢。”則甚
至蹈襲了與《長恨歌》關係密切的《長恨歌傳》句：“京師長吏
爲之側目”。

　　令人議論紛紛的桐壺帝對更衣的愛情更進展而被擬爲唐玄宗
對楊貴妃的寵幸。

　　　　……這一向皇上太過寵幸她，一有什麼遊宴、或什麼有趣
　　　　的場合，總是第一個召她上來。有時候早晨睡過了頭，第
　　　　二天也就一直留着她在身邊陪伴着，不讓她走……。

　　　　春宵苦短日高起，從此君王不早朝。
　　　　承歡侍宴無閒暇，春從春遊夜專夜。
　　　　後宮佳麗三千人，三千寵愛在一身。

對於詩句的先後次序雖然有些許改變，然而寫桐壺帝迷戀和專寵
更衣的這一段文字取自《長恨歌》這幾句該是不容否認的。楊貴
妃能在後宮佳麗三千人中獨得唐玄宗的專寵，是否受到別的后妃
嫉妒呢？白居易在《長恨歌》中不知有意或無意，沒有提到；或
者，韻文的敍述，這一層應該是含蓄於言外的吧；而身爲一個女
作家，紫式部寫女性心理是更爲細緻入微的，故而她不容桐壺帝
不公平的垂愛於更衣一人，更衣始終被太多女御和別的更衣的嫉
恨包圍着。她的處境也因爲替桐壺帝產下一位皇子而益形艱難了。

不過沒有生孩子的楊貴妃（正史和小說均未見有貴妃曾生育的記載）和產下皇子的更衣都注定不能長久享有那一份恩幸。唐玄宗貴為天子，在六軍不發的要挾之下，竟保護不住愛妃的生命；同樣地，外面的壓力，內心的苦悶，使賢淑內向的更衣無法承擔，終致積鬱成疾。眼看着日漸消瘦衰弱的更衣為養病而不得不遠離，桐壺帝愛莫能助，其間雖有生離與死別之不同，此情此景與“宛轉蛾眉馬前死”而“掩面救不得”的唐玄宗的衷情悲苦並無二致。

> 生有涯兮離別多，
>
> 　誓言在耳妾心苦，
>
> 　命不可恃兮將奈何！

這是更衣對依依痴情的桐壺帝所詠的和歌，在生離的那一瞬間，她或已預感到永久的分別吧。命既不可恃，誓言和法師都無濟於事，返歸故里的更衣在午夜過後便逝去了，從此，桐壺帝遂沉入回憶的悲痛深淵中。由與更衣的生離而死別。桐壺帝與唐玄宗的遭遇不謀而合，二者的心境也愈加接近了。

> 近來皇上朝晚總要觀賞宇多天皇敕畫的長恨歌圖——那上面有伊勢和貫之題的畫款，他卻總是挑那些歌詠生死別離為題材的和歌及漢詩做為談論的話題。

紫式部在這一段文字裏更不避諱地直引《長恨歌》三字。所謂長恨歌圖是指將白居易的長恨歌內容繪成畫卷，或畫在屏風上者而言。畫面上有平安朝女詩人所題的和歌，以及《古今和歌集》漢文序的作者紀貫之所題的漢詩等。由於境遇的相似，桐壺帝之藉觀畫詠歌而感慨自身，遂為理所當然之事。紫式部在此成功地將東西兩國宮闈的愛情悲劇聯繫起來，小說的深度與厚度從而增加，也更令人回味無窮了。往下是一段命婦從更衣故里返宮覆命的文字：

> 接着，命婦奏上了老夫人託她帶回來的禮物。皇上看到那些更衣生前的遺物，不禁聯想起，如果這些東西是臨邛道士赴仙界尋訪楊貴妃時所持歸的信物金釵該有多好！

> 悲莫悲兮永別離，
> 芳魂何處不可覓，
> 安得方士兮尋蛾眉。

> 圖畫裏楊貴妃的容貌，卽便是再優秀的畫師恐怕也筆力有限，表現不出那種栩栩如生的情態來。據說她有“太液芙蓉未央柳”般的姿色，諒那種唐風的裝扮定必華麗絕俗的；但是，想起更衣生前那種溫婉柔順而楚楚動人的模樣兒，又豈是任何花色鳥音所能比擬的呢？“在天願作比翼鳥，在地願為連理枝”那朝朝暮暮的誓約彷彿還縈繞耳際，而今卻已人天相隔。命運如此不可把握，怎不敎人長恨啊！

《長恨歌》的詩句在這一段文字裏有最明顯的引用：

臨邛道士鴻都客，能以精誠致魂魄。

為感君王輾轉思，遂敎方士殷勤覓。

⋯⋯

唯將舊物表情深，鈿合金釵寄將去。

釵留一股合一扇，釵劈黃金合分鈿。

目睹更衣生前遺物，從而展開對楊貴妃之聯想，更進而回憶更衣生前之風采，紫式部藉桐壺帝不可抑制的思潮起伏，巧妙地安排了唐朝和平安朝二貴妃的比較。

> 太液芙蓉未央柳，芙蓉如面柳如眉。

白居易形容楊貴妃容貌的詩句在桐壺帝的腦海裏如此清楚地浮現。與楊貴妃那種唐式的雍容華貴的美相比，更衣楚楚可人的美毋甯是更嬌柔而適合桐壺帝的。紫式部透過小說人物道出了她個人的（也是古今一般日本人的）審美標準。接下去，從楊貴妃的容貌而聯想其與唐玄宗的纏綿愛情誓約：

> 在天願作比翼鳥，在地願為連理枝。

於是，白居易在《長恨歌》中為玄宗與貴妃所擬的七夕長生殿之誓約也就直接移植到〈桐壺〉之中，成為桐壺帝與更衣生前朝朝暮暮的誓言了。往日的信誓旦旦猶在耳際，卻已人天相隔，人生多麼不可思議，命運又多麼不足恃，桐壺帝和唐玄宗同樣有綿綿不絕的長恨！《長恨歌》的末句：

> 天長地久有時盡，此恨綿綿無絕期。

正勾畫着題旨，而〈桐壺〉這一段文字也充分吮吸了《長恨歌》的精髓。由長恨歌圖引起的聯想繼續使桐壺帝墮入傷心的回憶裏：

> 由於思念更衣，皇上對任何事物都覺得意興闌珊，此刻即使聞見風聲鳥鳴都會使他悲傷不已。

文字上雖然不盡相同，但是桐壺帝意興闌珊，怕聞風聲鳥鳴的心境豈非即是唐玄宗那種：

> 行宮見月傷心色，夜雨聞鈴斷腸聲。

的心境嗎？再如次段：

> 皇上掛念着更衣母親的居處，獨自挑弄着燈心，燈火已盡，

都還不曾入眠。遠處響起右近衞府的報更聲。大概是丑時
　　了呢？這才悄悄地進入寢宮裏，然而總還是睡不着。
白居易寫亂後自蜀還都，池苑依舊，而愛妃已死，感慨於物是人
非的唐玄宗有句：

　　夕殿螢飛思悄然，孤燈挑盡未成眠。

　　遲遲鐘鼓初夜長，耿耿星河欲曙天。
散文的〈桐壺〉巧妙地融化了以上四句詩。而伊勢的詩歌所勾起
的甜蜜往事：

　　早晨又因為想到伊勢所詠的"玉簾深垂兮春宵短"那首歌，
　　真是無限懷念有更衣陪伴的甜蜜往日，竟而遲遲不能起床，
　　以至怠慢了朝政。
雖然在時間的安排上，〈桐壺〉將此段文字設在更衣之亡後；而
《長恨歌》則用以刻劃玄宗與貴妃最美滿幸福的生活，無論如何，
桐壺帝沈緬於甜蜜往事的回想這一段文字正是：

　　春宵苦短日高起，從此君王不早朝。
的具體描寫。由於桐壺帝日夜思念亡妃致廢寢忘食，故而左右近侍
不得不引以為憂，敏感地聯想到隔海的唐朝廷所發生的不幸事情：

　　"這樣下去怎麼得了啊"他們都在竊竊私議："也許是前
　　世的宿緣吧，從前是罔顧人言，只要跟先后有關的事情，
　　皇上就沒有了分曉；如今呢，又全然不理朝政。真是糟糕
　　啊！"他們甚且還引出外國朝廷的例子，偷偷地惋惜
　　慨歎着。
所謂"外國朝廷的例子"即是指前文"有的人甚至於杞人憂天地
拿着唐朝變亂的不吉利的事實來相比，又舉出唐玄宗迷戀楊貴妃，

險些兒亡國的例子來議論着。"如前所述，《長恨歌》雖然沒有
諷諭的文字，有心者自能讀出"欲懲尤物，窒亂階"之旨，紫式
部在此不僅比較虛構的平安朝廷與實在的唐朝廷故事，更明顯地
引用了《長恨歌》的內容以爲前車之鑑。

　　以上所舉諸例爲〈桐壺〉直接攝取《長恨歌》部分。此外，
〈桐壺〉一帖中另有間接容受《長恨歌》之趣味或氣氛，從字面
上看，不一定有相同處，實則可以追尋其融滙因襲白居易之構想
者。例如全文開首處：

　　　　不知是在那一個朝代的時候，在宮中許多女御和更衣之中，
　　　　有一位身分並不十分高貴，卻格外得寵的人。那些本來自
　　　　以爲可以得到皇上專寵的人，對她自是不懷好感，既輕蔑
　　　　且嫉妒的。至於跟她身份相若的，或者比她身分更低的人，
　　　　心中更是焦慮極了。

紫式部所塑造的更衣這個角色，既非出身名門高第，又無特殊之
後臺撐腰，而能於後宮眾多的后妃之中獨贏得桐壺帝寵幸，成爲
眾矢之的，必定是才貌有過人之處（關於更衣之才貌，紫式部未
曾正面描寫，卻有二處間接暗示：㈠藉其死後桐壺帝回想，與楊
貴妃之比較，㈡藉老宮女推薦藤壺之際的對白）。白居易形容楊
貴妃云：

　　　　天生麗質難自棄，一朝選在君王側。

　　　　回眸一笑百媚生，六宮粉黛無顏色。

《長恨歌》所要強調的是唐玄宗楊貴妃生前的恩愛纏綿，以烘托
出死別後的幽怨凄迷，故而未及於貴妃被專寵後可能受到的眾妃
之嫉妒，不過，詩中如：

雲鬢花顏金步搖，芙蓉帳暖度春宵。

春宵苦短日高起，從此君王不早朝。

承歡侍宴無閒暇，春從春遊夜專夜。

後宮佳麗三千人，三千寵愛在一身。

諸句，卻無論如何不能不令人想像"六宮粉黛"、"後宮佳麗"
對楊貴妃的羨慕、反感或妒恨了。梅妃的傳說恐怕也是這種想像
所導致的當然結果吧。紫式部對更衣因遭嫉而受到的奚落難堪有
較多的描寫：

> 更衣所住的地方叫做桐壺殿。離開皇上所住的清涼殿相當
> 遠，因此皇上行幸桐壺殿的時候，得經過許多后妃的殿前。
> 而皇上偏又頻頻前往桐壺殿，這也就難怪旁人要嫉恨了。
> 有時候，更衣承恩召見的次數太多，也會遭受大家的惡作
> 劇。時常有人故意在掛橋啦，長廊上啦，到處撒些穢物，想
> 弄髒迎送更衣的宮女們的裙擺。又有時，大家商量好了，
> 將更衣必經的迴廊兩端的門鎖起來，害得她在裏頭受窘難
> 堪。

這些直接間接加諸更衣身上的作弄和羞辱，實在是因更衣而失寵
的後宮粉黛佳麗無可奈何的報復手段。《長恨歌》所含蓄的部分，
在〈桐壺〉裏卻變成正面的描寫，而加以渲染發揮了。

　　白居易的《長恨歌》着重美化的抒情，全篇之中有幾處不符
史實，例如前面的四句：

> 楊家有女初長成，養在深閨人未識。

> 天生麗質難自棄，一朝選在君王側。

便與玄宗奪壽王妃的故事不合。又如後段所寫方士訪太眞於仙境

一節，則更是純屬虛構。不過，就詩的情調上言之，卻因此段設想，增加了幾許虛無縹緲而浪漫的美感。在〈桐壺〉裏，更衣病逝後，紫式部爲日夜哀思的桐壺帝安排了命婦赴更衣故里探訪皇子和老夫人的一節：

> 當秋風颯颯，涼意襲人的時分，皇上比往常更加思念亡妃了。於是，他派了一名靭員的命婦到更衣故里去。……居喪的人是不便有一般的風雅餽禮貽贈的，所以只能將更衣生前的遺物——衣裳一套及梳髮用具一組，託命婦持歸宮中呈獻皇上。

命婦只是屬於四位或五位的中等宮女；不同於司理陰陽界之事的“臨邛道士鴻都客”，而更衣的故里在亂草叢生的荒郊外；當然也不同於仙境的“樓閣玲瓏五雲起”。然而，秋寒之日驅車趕程的命婦，與“上窮碧落下黃泉，升天入地求之遍”的方士，二者所負之使命卻是相同的。臨邛道士在虛無縹緲的仙境覓得已化爲仙人的太眞後，攜返了楊貴妃與唐玄宗當年定情之物——合鈿金釵（參看陳鴻《長恨歌傳》），以及殷勤的寄詞；靭負命婦自更衣故里返宮之際，老夫人也託帶更衣的遺物——衣裳梳具（當亦爲桐壺帝昔日贈與更衣的禮物），又附上信函一紙。這種種的設想安排，顯然不是出於巧合，紫式部的靈感來源是呼之欲出的。果然，在後文，桐壺帝睹物思人，遂有《長恨歌》詞的聯想（已見前文）。

即使在較瑣碎的景物描寫方面，〈桐壺〉裏仍然可以窺見間接蹈襲《長恨歌》之處。例如寫命婦驅車抵達更衣故里的一段：

> 眼前那一片景象已深深打動了她的心。……自從這個夏天

痛失愛女之後，她老人家已經無心關懷這一切，門前由任荒
草叢生着，如今月光依然照射其上，倍增無限淒涼。

其實便是萬刧歸來後，映入玄宗眼裏的景像：

歸來池苑皆依舊，太液芙蓉未央柳。

……

西宮南內多秋草，落葉滿堦紅不掃。

〈桐壺〉之帖有關桐壺帝與更衣之間的故事大體止於命婦之
覆命，與桐壺帝之悲歎。其後，故事的重心轉爲再娶容貌酷似更
衣的藤壺而衷情有所寄託的桐壺帝，以及《源氏物語》的眞正主
人公光源氏的成長過程。在後段裏，《長恨歌》的投影逐漸淡去，
但是，偶然仍可見作者於構思佈局之際，尚未能盡去唐代開天年
間這一段歷史故事人物的影響。例如在塑造光源氏這個人物的個
性時，紫式部除賦與他俊美絕俗的外形，穎秀的天資之外，還特
別強調了擅長音樂的一點：

正式的學問——如經書漢詩等的造詣，自是不在話下，就
連音樂方面的才能，也得天獨厚。吹笛弄琴起來，眞箇是
響徹雲霄，如果把他的才藝一一枚舉起來，別人定會以爲
信口開河而懶得聽下去呢。

唐玄宗精通音律，酷愛法曲，其“皇帝梨園弟子”的雅事（詳新
舊唐書音樂志禮樂志）爲衆所周知。《長恨歌》中雖未見有直接
言及此事之詩句，然而透過：

（驪宮高處入青雲），仙樂風飄處處聞。

緩歌慢舞凝絲竹，盡日君王看不足。

（漁陽鼙鼓動地來），驚破霓裳羽衣曲。

諸句，並不難想像這位天子的風流才華了。桐壺帝既在多愁善感方面與唐玄宗有類似之處，身爲其皇子的光源氏在個性才情上有接近玄宗的傾向，也應是順理成章的。諒紫式部執筆寫光源氏這個人物時，腦際恐怕難免掠過經由《長恨歌》而熟悉的唐玄宗之印象吧。

林文月

〈《源氏物語・桐壺》與《長恨歌》〉，

（臺）《中外文學》1. 11（1973.），8～20。

《桃花扇》與《葉甫蓋尼・奧涅金》[*]

　　《桃花扇》是我國清代著名的戲曲家孔尚任的作品。《葉甫蓋尼・奧涅金》是俄國傑出的文學家普希金的作品。假如把我國的《桃花扇》中的侯方域與俄國的《葉甫蓋尼・奧涅金》中的奧涅金兩個形象作一番比較，看起來似乎有點風馬牛不相及。一部是戲曲，成書於十八世紀末期；一部是詩體小說，誕生於十九世紀前期。國度不同，時代不同，作品樣式也不同，的確很難使人相信其中能有某些相同的東西。但是，只要我們稍加留心這兩個藝術形象的各個方面，就不難發現兩者中不少的相似之處，甚至十分驚人。他們走着一條共同的悲劇道路，有着同病相憐的悲劇性格：同是出身於上流社會，又是貴族階級的“浪子”。同是反抗本階級，又苦於找不到出路，最後雙雙絕望。但是，由於社會環境和其它各方面的原因，在本質上相同的前提下，又表現出各自的不同：同是與統治者不合作而方式不同，同是反抗而道路不同，同是絕望而程度不同。只要我們比較一下這兩個藝術形象的異同，無疑對我們認識這兩部作品有好處，特別是對《桃花扇》的主題思想的評價，侯方域形象的認識，整個作品價值的看法，都具有一定的意義。

---

　*　Aleksandr Sergeyevich Pushkin（1799～1837），*Eugene Onegin*（1830）。

　　侯方域與奧涅金都是一種類型的藝術形象，他們走着一條共
同的生活道路。他們有許多相似之處：都是出生於上流社會，屬
於貴族階層，在本階級的懷抱中長大的，與本階級和他們的生活
環境有着千絲萬縷的聯繫。侯方域出生於中州望族，祖父、父親
都是朝庭要官，家財萬貫，權勢顯赫。從小受着嚴格的貴族式教
育，在詩文方面顯示出不凡的才能，名聲遠揚。正如他自己所說
“早歲清詞，吐出班香宋艷；中年浩氣，流成蘇海韓潮。”他的
活動也不過是“選詞雲間，徵文白下”吟詩作對，遊山玩水罷了。
普希金筆下的奧涅金也是如此，從小就按貴族的生活方式生活着，
他出身於俄羅斯貴族的一個大官家庭，一直受着標準的法國式教
育。奧涅金聰明非凡，才華橫溢，能說一口流暢的法語，語法上
無懈可擊，對拉丁語也知道不少。讀過不少古希臘羅馬以來的著
作，從文學到經濟，一談起來就口若懸河。他的知識是淵博的。
他對上流社會的一切都得心應手，頭髮能剪成最時髦的樣子，瑪
祖卡舞更是拿手好戲，連鞠躬也是十分得體。他在貴族中很有影
響，社交界說他聰明可親，太太們對他總是笑臉相迎，一個晚上
居然會受到三家邀請。他這些才能正是上流社會對本階級青年的
要求，也是青年所喜歡追求的時髦品德。對於這種青年，統治集
團的大門對他們是敞開着的，只要他們樂意接受統治階級的意志，
躋身於統治集團並非一件難事。但他們並不是這樣，而是走着一
條與統治者不合作的叛逆道路，這正是他們的可貴之處。

　　侯方域、奧涅金走出了本階級的陣營，他們又能走到那裏去
呢？他們的生活目標又是什麼？有什麼樣的命運等待他們呢？他
們身上的本階級劣根性決定了他們無論怎樣走，他們離人民要比

本階級遠得多。他們的努力和抗爭只不過與本階級兜兜圈子而已，仍然是在上流社會周圍蹓躂。他們的生活圈子是狹小的，在社會中永遠找不到自己生活的位置，四處碰壁是他們個人奮鬥的最好概括。因爲他們每向前邁出一步，而身上的劣根性又使他們作出相反方向的運動。因此，他們辦任何事都不能始終如一。在政治上表現爲動搖不定；在愛情的態度上，追求自由愛情又與貴族公子式的重色愛美混爲一體。在他們身上，清醒與糊塗，堅定與妥協，進步性與劣根性，精力充沛和懶散惰性，聰明才智與無所事事總是奇妙地結合在一起，從各方面都顯示出來，時刻左右着他們的行動。因此，他們做任何事情，大都有始無終，不了了之。他們對任何人都顯得多餘。

　　侯方域雖然走出了本階級營壘，伴隨他而來的是孤獨寂寞之感。春景使他格外傷情，賞花也難驅逐其愁悶。"聽稗"、聚會也只得到暫時安慰。他無法擺脫種種不順心的糾纏。他決定到愛情中去尋找寄託和安慰。但他對愛情的衡量標準又是貴族式的。他結識李香君並不是以她的正直的品德和與復社的關係爲前提，而是十分看重顏色。對於這點，有不少的文章極力爲侯方域辯護，說他倆的結合一開始就建立在志同道合的基礎上，這的確牽強了一點。我並不否認他倆的結合是有共同的政治上的基礎，那只是以後的事了，一開始並非如此。侯方域找李香君，很大程度是取決於楊友龍"盛誇李香君妙齡絕色，平康第一"的介紹。因爲李香君的姿容正符合於他的貴族式的愛情觀。他第一次見到李香君時，開口就說"果然妙齡絕色，龍老賞鑒，眞是法眼。"侯方域的定情詩也是從色的方面去讚賞李香君的。一直到婚後，侯方域還沒有立即認識李香君的本質，還只是說"香君天姿國色，今日插幾朵珠翠，穿了一身綺羅，十分花貌又添二分，果然可愛。"這是無須爭辯的。他在追求自由婚姻的過程中，難免流露出貴族對待女性的情趣。這種矛盾的性格，正是這種清醒的貴族青年的一個顯著特徵。他對待阮大鋮也是一樣，他痛恨阮大鋮的爲人，但當阮大鋮在被秀才公子圍攻下狼狽不堪時又可憐他，並爲其解圍。他能深刻而尖銳地指出最高統治者的"三大罪五不可立"，但事後又後悔自己言詞過於激烈。他知道監軍防河的重要意義，但因一時受不了高杰的傲氣，就擅自離開職守，把史可法的反復叮嚀囑咐置之腦後，使數萬防河大軍傾刻覆滅。他疾惡權奸，但與權奸往來密切交情深厚的楊友龍的關係又不同一般。他關心國事，但當國難當頭之刻仍不忘對酒當歌、踏青遊樂、醉賞風月。他總是矛盾的。他總想爲個人找出路，對命運進行抗爭，但總是招致碰壁失敗。

奧涅金也是這樣，他在俄羅斯走着與侯方域相類似的道路。他爲了擺脫"憂鬱病"的糾纏，懷着雄心大志，想用別人的知識來充實自己空虛的靈魂，準備好好地讀一陣書。可沒幾天，就覺得書中所寫的不過是一些"欺騙、囈語和無聊的話"而已，因此丟下而不顧。他想用創作來驅趕寂寞，可又無法忍受那種艱苦的勞動，到頭來一個字也沒流出他的筆端。他獨立在自己的領地上，爲了打發多餘的時間，他試圖創建一種新的制度：用地租替代勞役，結果遭到了地主貴族的一致反對，被視爲不可接近的最大的"怪人"。他與他的朋友連斯基一起討論文學、哲學、經濟和社會問題，儘管他倆性格是何等不同：有如巉岩和波浪，冰雪和火焰，但還是建立了一定的友誼，引起了一些生活興趣。但沒過多久，這種友誼和興趣隨着決鬥的槍聲化爲烏有。他有充沛的精力、非凡的才能，但總無所事事，什麼事也幹不好。與侯方域一樣，一生中充滿着矛盾。

通過以上的比較，我們發現了侯方域與奧涅金的確有不少的相似處。對此應該怎樣解釋？兩個作家互相影響顯然是不可能的，他們並沒有接受同一傳統、或者同一作家、同一作品的影響。我們只能從文學與現實的關係中去尋找答案。這個典型形象生活的社會環境大致是相同的，因此，相同的環境必然會孕育出某種相同的典型。從相同的典型中，也必然看到某種相同的社會環境。普希金和孔尚任都是現實主義作家，他們嚴格地遵循着現實主義創作原則，克服了種種政治偏見和階級同情，歷史地眞實地再現了當時現實關係，深刻地反映了這個時代的貴族青年的命運，創造出了大致相同的典型。

通過以上比較，不僅可以幫助我們進一步看清社會環境與藝術形象的關係，而且也可以更清楚認識到侯方域這一藝術形象在《桃花扇》中的地位和作用，從嚴格意義上講，《桃花扇》的主要成就不應該只是因爲它是一部歷史悲劇，它的主要價值也不在於“借離合之情，寫興亡之感”。因爲他並沒有達到作者自己在《桃花扇小引》中所提出的要求和目的：“知三百年之基業，毀於何人，敗於何事？”他沒有把《桃花扇》的悲劇衝突放在五光十色的農民大起義的背景下來表現，而是把明滅亡的悲劇歸結於“權奸誤國”。所以，從這個意義上講，這是《桃花扇》的不成功處。然而，《桃花扇》卻十分成功地塑造了悲劇主人公——侯方域的悲劇形象。作者集中了各種悲劇因素，不僅把侯方域的悲劇推到了頂峯，而且爲他的悲劇展開了廣闊的社會背景。作者把他的個人悲劇置於國家滅亡、民族淪陷的大悲劇之中。這就不但使侯方域的愛情毀滅、希望破產、反抗而又最後絕望的悲劇氣氛更加濃厚，而且使他的悲劇具有了歷史的必然性。通過把侯方域與奧涅金比較，我們還可以認識到侯方域之所以能與俄國的貴族公子奧涅金走着同一條道路，就說明這一形象是具有代表性的。侯方域一生的悲劇，並不僅僅是個人的命運悲劇，而是那個時代的貴族青年的共同悲劇。他們的悲劇都是他們生活的社會釀成的。

夏衞平

〈試比較侯方域和奧涅金的悲劇形象〉，
（湘）《零陵師專》1（1984），36～42。

《蘭嘎西賀》與《羅摩衍那》[*]

　　我國傣族神話敍事長詩《蘭嘎西賀》與印度著名史詩《羅摩衍那》（以下《蘭嘎西賀》簡稱《蘭》詩，《羅摩衍那》簡稱《羅》詩）的關係，早已議論紛紜。有的認爲《蘭》詩是從《羅》詩蛻變來的；有的認爲《蘭》詩是《羅》詩的傣文譯本；有的認爲《蘭》詩是土生土長的傣族文學。兩者的關係究竟如何？現《蘭》詩已經出版，我們因參與整理這部著名的傣族長詩，從中學到不少知識，想以此文談談我們的看法，求教於專家和學者。

　　關於《羅》詩及其主人公羅摩，在我國古代佛經中早已多次提到。在許多佛教人士的著述和敦煌藏文寫卷、新疆古和闐文與焉耆語（吐火羅Ａ）殘卷中，或選譯了《羅》詩一二個片斷，或介紹故事內容提要。但是，過去還沒有從梵文典籍中翻譯過全詩，因而《羅》詩長時期並不爲廣大中國人民所了解。

　　《羅摩衍那》（或譯作《臘瑪延那》），意思是“羅摩的漫遊”，講的是王子羅摩（臘馬）及其妻子悉多（息達）一生悲歡離合的故事。它在印度有西印度版、孟加拉版和孟買版三種版本和好幾種改寫本，故事情節大同小異。流傳到雲南傣族地區後，演繹爲《蘭》詩，並有大小《蘭嘎》（即《蘭嘎童》和《蘭嘎囡》）

---

　　[*]　同前。（見 121 頁注）

之分。而大《蘭嘎》又分《蘭嘎西賀》與《蘭嘎西雙賀》。

　　有比較才有鑒別，才會了解其相似處與不同之處。找到了差異，才能認識其獨特之點。從《羅》詩和《蘭》詩的對照比較中，可以清楚地看出，兩部長詩在主題思想、故事內容和情節、人物形象方面，基本上是趨同的。在大情節、大關目上是相類似，彼此共通的。有差別也只是大同小異。

　　首先，在主題思想上，兩部長詩均表達了正義戰勝邪惡，正義戰爭反對不義之戰，以及人民群衆追求和平、安寧、自由和幸福生活的理想，抨擊、鞭撻了暴君和暴政。副題是傳統的英雄美人式的愛情。

　　其次，在故事情節和主要人物方面，也大體相同，這從長詩的內容中可以看得出來，甚至有的細節也差不多。而人名和地名不少都是一樣的，譯音都很相近，甚至完全雷同，例如；

　　羅摩（臘瑪）——朗瑪；

　　悉多（息達）——西拉；

　　婆羅多（帕臘達）——帕臘達；

　　哈奴曼（哈努曼）——阿努曼；

　　維毗沙那（維皮閃那）——彼亞沙；

　　楞加（楞加）——蘭嘎；

　　阿踰陀（阿尤塔）——阿育塔。

　　顯然，這種相似和對應不是偶合和靈犀相通所造成的，它說明兩部長詩有着很親密的淵源關係，《蘭》詩是從《羅》詩演繹而來的。有些傣族歌手就說，《蘭嘎西賀》是隨着佛教傳進來的，敍述的故事是毗鄰我國的印度和斯里蘭卡的事。德宏州翻譯本在敍述袞納帕被殺死後變成一潭湖水時，就註明相傳這個湖現在錫蘭（斯里蘭卡）的錫哈臘地方。

我們把《蘭》詩與《羅》詩作了較爲細緻的比較，是爲了從中探索文學現象中的共性與特殊性的辯證關係，研究各個國家各個民族之間文學的相互影響和滲透，特別是相鄰國家和民族之間的文化交流情況；是爲了認識和掌握文學發展的規律，更好地創造和發展本國的文學藝術。經過上述分析比較，可以清楚地看出，《蘭》詩與《羅》詩有着深遠的淵源關係，前者是脫胎於後者的，但《蘭》詩又不是《羅》詩簡單的翻版。其主題思想有所改變，是爲了更好地宣揚佛教教義。在傣族民間流傳的手抄本、唱本，故事情節的差異性也是很大的，有的甚至面目全非，因而更不能說它是《羅》詩的翻譯本了。因爲傣族人民及其歌手必然根據本地區的實際情況和本民族的心理素質等條件，把它拿過來加以改造，爲我所用。就像魯迅說的"拿來主義"，"棄其蹄毛，留其精粹"，加以消化，加進了新的內容，進行了新的藝術創造，就變成自己的東西了。《蘭》詩正是這樣做了的。

《蘭》詩雖然還殘存着《羅》詩的痕跡，但與原詩相比，已經有了很大的變化。經過傣族人民的改編和再創造，已經成了具有濃厚的傣族風格和特色的長詩了，也就是完全傣族化了。因此，傣族人民把它作爲自己民族的三大"詩王"之一（其它兩大"詩王"是《烏沙瑪洛》和《占巴西頓》）而引以自豪，把它列入本民族的藝術寶庫之中，是完全可以理解的。把它和《格薩爾王傳》、《瑪納斯》、《江格爾》一樣，列爲我們中華民族有數的幾部規模龐大的英雄史詩之一，也是當之無愧的。

　　在歷史上，《羅》詩通過梵文佛經和學術著作，曾經零零星星地傳入我國漢族地區和西南邊境的少數民族地區。在孫用和季羨林翻譯介紹它之前，我國內地的讀者還沒有窺見過它的全貌，但在我國的傣族地區，卻早已通過直接間接的傳遞和影響，把它拿過來加以改編，代代傳誦，家喻戶曉了。那麼，我國傣族人民爲什麼特別喜愛這樣一部外來的史詩，把它改造成自己的東西呢？我們認爲可從以下幾方面來尋找原因：

　　首先是共同的宗教信仰。印度是佛教的發祥地，我國雲南的傣族歷史上也幾乎是全民信佛，因此，《羅摩衍那》傳入傣族地區，佛教起了極其重要的媒介作用。《羅摩衍那》本來是宣揚婆羅門教的，但後來也爲佛教所利用了，據說早在公元一世紀時，在印度佛教經典中就有了《羅摩衍那》的故事。而在我國傣族地區，六、七百年前就傳入了小乘佛教，在它戰勝傣族的原始宗教以後，取得了在思想領域裏的統治地位，這就爲印度佛教文學傳入傣族地區提供了土壤和條件。早就被印度佛教徒改編收入佛經的《羅摩衍那》，隨着佛教的滲透而進入我國的傣族地區，那是十分自然的。因爲形象、生動的佛經文學，比起乾巴巴的佛經教義，當然更易爲人民群衆所接受。特別是民間的說唱藝人和歌手，利用押韻上口、易懂易記的民歌形式，演唱一個有頭有尾的故事，比起佛教經書的講述，吸引力更大得多。在我國古代，就有將佛經故事改寫成變文，宣揚佛教教義的情況，曾對我國的傳奇、話本、戲曲、小說等文學形式產生了巨大的影響。宗教利用文學傳播教義，文學通過宗教擴大影響，這是宗教與文學之間關係的一個普遍現象。

　　其次是共同的社會背景。我國傣族地區解放前的社會制度和
《羅摩衍那》所反映的印度社會制度有許多相似的地方，都處於
建立在農村公社基礎上的亞細亞型的封建領主制社會。《羅》詩
反映了古代印度進入封建領主制社會以後的階級關係和道德觀念，
它所宣揚的道德教條，酷似中國封建社會所規定的君臣、父子、
上下、尊卑的等級觀念，如聖君、忠臣、孝子、賢妻、良母等，
正是進入封建領主制社會的傣族統治階級所需要宣揚的道德觀念，
以便爲鞏固自己的統治地位服務。居住於我國雲南邊疆這一廣大
地區的傣族人民，和南亞的印度、斯里蘭卡等國在生活習慣、心
理素質等方面也有近似之處，語言文字上也有較深的淵源關係。
因此，這部反映了彼時彼地人們的生活和思想意識的文藝作品，
就很容易爲此時此地的傣族人民所接受了。加上統治階級的支持
贊助，以及長詩本身的內容豐富，情節生動，想像奇異，引人入
勝，便很快植根於傣族地區的土壤上了。經過傣族人民及其歌手、
藝人的不斷改造，最終形成了現在的《蘭嘎西賀》。

　　第三是共同的自然條件。《羅》詩所反映的印度的大自然和
風土人情，例如莽莽蒼蒼的原始森林，巍峨連綿的群山，肥沃的
壩子，成群的大象、猴子等動物和山水花鳥之類，以及戰爭中使
用的戰具和武器等等，除海洋以外，和我國傣族地區的社會環境
與自然形態十分相似。加上傣族歷史上長期信佛，潛移默化所形
成的風俗習尙、心理素質，在《羅》詩裏都找得到淵源。通過生
動的民族語言、優美的詩情畫意和特有的抒情筆調，以及那些獨
特的比喻、襯托等表現手法，把產於異國鄰邦的長詩，改編得就
像土生土長的作品一樣。難怪傣族人民聽之讀之倍感熟悉和親切，

更加激起他們對自己鄉土的熱愛。這些，都爲傣族人民接受《羅》詩提供了有利的條件。

　　綜觀各個國家各個民族的文化藝術，從整體看是一元的，但其產生和發展又具有各自的不同情況。在發展過程中，它都要在本國本民族傳統文化的基礎上，不斷汲取別的國家和民族的文化特長爲己所用，或移植，或模擬，或照搬，然後改造爲本國本民族人民所接受的東西，與自己的民族文化融爲一體，這是積極的進取精神的表現。《羅》詩傳入我國傣族地區後，在一個相當長的時期內，作爲佛教經典刻於貝葉經上，或由民間歌手口耳相傳，反復吟誦，或由傣族知識份子輾轉抄錄，用於睞佛、傳家。在這個過程中，經過他們不斷改造創新，使其日益具有傣族文學特色，達到了一定的藝術高度，其中難免加入一些個人的構思和創造，這樣就形成爲一部集體的創作。特別是傣族歌手在演唱這部長詩時，爲了吸引聽衆，爲了延長或縮短時間，難免對原詩加以增添砍削，年深日久，必然產生枝葉紛繁、內容各異的各種版本或手抄本。《蘭嘎童》、《蘭嘎囡》、《蘭嘎西賀》、《蘭嘎西雙賀》等就是這樣產生的。

高登智　尚仲豪

〈《蘭嘎西賀》與《羅摩衍那》之異同〉，
《思想戰線》5 (1983)，74～79。

《野草》與《惡之花》*

　　我們驚異地發現，比魯迅早出世六十年的波特萊爾，同魯迅的家庭、身世及其早期生活、思想，有許多驚人的相似之處。

　　首先，兩人都出身於知識份子家庭。一個，父親法蘭梭曾做過法國貴族薩索爾·普拉林公爵的家庭教師多年；一個，祖父周福清曾做過清朝皇帝的御用文人翰林學士，父親周伯宜是個秀才；因此兩人從幼年起，都曾受過家庭的文藝空氣的薰陶。波特萊爾從小就有着濃厚的美術興趣；魯迅也從小就喜歡摹畫“繡像”和欣賞《山海經》的插圖。這對波特萊爾後來之成爲藝術評論家，與魯迅之畢生提倡美術有着深遠的影響。兩人在童年和少年時代，又都曾遭逢不幸：波特萊爾六歲喪父，母親的改嫁給他造成“一種永遠孤獨的命運之感”；魯迅十六歲喪父，母親雖未改嫁，但父親的久病和早逝，也給他帶來許多痛苦。波特萊爾雖曾繼承過生父的巨額遺產，但因被法庭判處爲“准禁治產者”而陷於終生貧困；魯迅則因祖父的下獄和父親的久病，家庭“由小康而墜入困頓”。兩人在婚姻戀愛問題上，也是或則終身不幸或則曾經有過不幸的：波特萊爾似乎終生未婚，而情婦則甚多，僅在《惡之花》的詩篇中出現的就有四人——猶太妓女“斜眼莎拉”，混血女伶珍妮·杜娃，女伶兼模特兒瑪麗·朵白蘭，和一個銀行家的

---

　　*　Charles Baudelaire（1821～1867），*Les Fleurs du Mal*（1857）。

情婦莎巴伽夫人。除去後者雖曾使他感到幻滅但卻不曾傷害過他外，其餘三人都曾給過他不同程度的傷害，尤其是珍妮‧杜娃！因此詩人感嘆地說：他的胸“是個頻頻遭受女人殘暴齒爪”的“刻掠的地方”（《談話》）；魯迅，自然不曾有過情婦和“頻頻遭受女人殘暴齒爪”的“刻掠”的經歷，但由母親包辦的封建婚姻，卻曾給他前半生帶來感情生活上的不幸！他曾痛苦地說，“愛情是我所不知道的!”此外，波特萊爾同生父前妻所生之子克勞德之間，兄弟之情十分冷漠；魯迅與周作人之間，雖然早年“兄弟怡怡”，但到一九二二年卻終於兄弟失和並被趕出了“八道彎”。

　　家庭、身世方面如此，在政治經歷和政治情緒方面，在一定的發展階段上，兩人也有近似之處。波特萊爾曾滿懷激情地先後參加過“二月革命”和“六月革命”，但在革命失敗後的王政復辟時期陷於悲觀失望、徬徨苦悶之中；魯迅也曾滿懷激情地先後參加過舊民主主義革命和五四新文化運動，但在辛亥革命前後和五四新文化運動統一戰線分裂之後，也曾一度陷於悲觀失望和徬徨苦悶。

　　由於上述家庭的、社會的，以及個人婚姻戀愛問題上的種種原因，在一定的發展階段上，兩人的精神狀態也不無相同之處。波特萊爾的“一種永遠孤獨的命運之感”，濃重的“憂鬱”和“倦怠”，以及吸毒和飲醇酒近婦人，並曾自殺未遂和企圖再度自殺等等，固無論矣；而魯迅對自己早期和前期思想中的陰暗面，也有許多自我剖露。他在給許廣平、李秉中、許壽裳等人的信中，曾不止一次談到“我的思想太黑暗”，因而“不願將自己的思想，傳染給別人”（《兩地書》，1925．5．30）；“我自己總覺得

我的靈魂裏有毒氣和鬼氣，我極憎惡它，想除去它而不能。”又
說，“我也常常想到自殺，也常想殺人，然而都不實行，我大約
不是一個勇士”（〈致李秉中〉，1924．9．24）。遠在一九一
〇年十月四日到許壽裳的信中還曾說過：“僕荒落殆盡，……蒐
集古逸書數種，此非求學，以代醇酒婦人者也。”於此可見，在
辛亥革命前後和五四新文化運動的落潮時期，魯迅的“憂鬱”也
是相當“濃重”的！然而正如波特萊爾之於飽嘗肉體和精神上的
苦難的同時，仍然執着地追求着個人的理想一樣，魯迅在悲觀失
望、徬徨苦悶的同時，也在進行着頑強的探索和跋涉。《野草·
過客》中那個雖然“願意休息”、雖然明知“前面是墳”，並且
不知道“走完了那墳地之後”，前面又是什麼所在，但卻執着地
踉蹌而孤獨地走下去的“困頓倔強”的過客形象，同《惡之花·
旅邀》所寫的那個“他們從來不逃避注定的宿命，不知爲何他們
總是說：走吧！”和“‘人類’其希望永無倦容，永遠奔走如瘋
子，爲尋求安息”的“眞正的旅行者”，也頗有幾分相似。

　　《野草》與《惡之花》在某種程度上的相似，不止上面所舉
的例子，而是涉及作品的內容和形式的各個方面。

　　就題材和主題而言，兩部作品有很多相似或相同之處。例如
《野草》中的〈雪〉、〈好的故事〉與《惡之花》中的〈高翔〉、
〈憂愁與放浪〉同是表現了作者們的積極奮發精神和對美好境界
的熱烈嚮往；上面提到的《野草》中的〈過客〉和《惡之花》中
的〈旅航〉，則同是旣表現了作者們的執着的追求又表現了作者
們的絕望的掙扎；而嘲笑受難的耶穌的《野草》中的〈復仇〉之
二和《惡之花》中的〈聖·彼得的否認〉兩首詩，則完全可以說

是一對孿生的姊妹花！以“病態社會中的不幸的人們”的悲慘命運爲題材，表現了兩位作者作爲偉大的控訴者的深厚的人道主義精神的一些詩篇——《野草》中的〈頹敗線的顫動〉和《惡之花》中的〈小老太婆〉、〈七個老頭兒〉、〈盲人〉等，在題材和主題上也都基本相同，此外，像《野草》中的〈影的告別〉〈求乞者〉、〈墓碣文〉、〈死後〉和《惡之花》中的〈憂鬱〉、〈墓〉、〈虛無的滋味〉，以及〈西爾堤之旅〉等，則可以統稱之爲“憂鬱之歌”，因爲它們都表達了作者們的悲觀失望和陰鬱灰暗的思想情緒。

從創作方法和具體的藝術手法與表現技巧的角度來看，《野草》與《惡之花》也有許多共同之點。

《野草》和《惡之花》中，都有一些運用象徵派慣用的藝術手法——假托夢境以反映現實的詩篇，如《野草》中的〈影的告別〉、〈好的故事〉、〈死火〉、〈狗的駁詰〉、〈失掉的好地獄〉、〈墓碣文〉、〈頹敗線的顫動〉、〈立論〉、〈死後〉，（其中〈好的故事〉並且運用了意識流的藝術手法）；《惡之花》中的〈月的悲哀〉、〈賭博〉、〈巴黎之夢〉、〈好奇者之夢〉等。

另外，除《野草》與《惡之花》中的上述一些詩篇外，如《野草》中的〈求乞者〉和〈雪〉、《惡之花》的第一部分〈憂鬱與理想〉中的大多數詩篇，第四部分《惡之花》的全部，以及第六部分〈死〉的一部分，都是比較典型的象徵主義作品，因此也都具有孫玉石所歸納的象徵主義詩歌的一般特點：“注重抒寫內心的感受，去明顯而就幽深；輕描寫而重暗示；利用能喚起讀者想像的暗示性的形象和意境；不把作者的思想感情付諸直接的描寫和刻劃，而是在總體上更深地暗示出來。讀者只能感到它所表現的思想情緒的輪廓和起伏，而不能完全說出每一個象徵的形象、意境具體比擬的內容，有的連全篇的意思也無法說出……。"

　　從創作方法的角度來說，《野草》和《惡之花》，除去象徵主義詩篇外，也有着為數不算太少的現實主義詩篇。如《野草》中的〈秋夜〉、〈希望〉、〈風箏〉、〈這樣的戰士〉、〈聰明人和傻子和奴才〉、〈臘葉〉、〈淡淡的血痕〉、〈一覺〉；《惡之花》中的〈紅髮女丐〉、〈七個老頭兒〉、〈小老太婆〉、〈盲人〉，以及〈夕暮〉和〈黎明〉等。

　　關於《野草》和《惡之花》的主要藝術風格，我想可以用兩位作家自己的話來作一表述和概括：

　　魯迅說自己的《野草》"大半是廢弛的地獄邊沿的慘白的小花"，波特萊爾在一八五七年七月六日致其母親嘉露麗娜的信中談到自己的詩集時說："題目'惡之花'說明了一切，你將看出是包裹在一種不吉的冷然的美中"。"廢弛的地獄邊沿的慘白的小花"，可以看作是"不吉的冷然的美"的一個形象化的同義語。同時也可以同雨果所說的"你給予藝術的天空某種不吉的光芒，你創造出一種新的戰慄"的話來相發明。

張　挺

〈波特萊爾及其《惡之花》與魯迅及其《野草》之比較觀〉，（魯）《青島師專學報》（文科版）3（1984），8～24。

《野草》與《曼弗雷特》*

　　留日時期的魯迅，無論是在木村《拜倫——文藝界之大魔王》
中所看到的對《曼弗雷特》的介紹，還是自己在《摩羅詩力說》
中對《曼弗雷特》的介紹，都把曼弗雷特的自我苦惱和世界悲哀
的成分省略了，只取其意志力的堅韌不拔。實際上，《曼弗雷特》
是拜倫被祖國驅逐後，拖着一顆受傷的心，在極度苦悶的情況下
創作的，這就給作品打上了濃重的自我苦惱的色調。在全歐復辟
惡浪洶湧而來，啓蒙主義的理性樂園同當時的社會現實激烈衝突
的年代，拜倫這部作品，深深染上了“世界悲哀”的色彩。而當
魯迅“激昂”的年月已過，而且剛結成不久的統一戰線又“風流
雲散”之後，《曼弗雷特》是頗能引起在“寂寞荒涼的古戰場”
上的魯迅的共鳴的。

　　魯迅當時的思想情感在《徬徨》中是有所表現的。《徬徨》
中覺醒了的個性幾乎都毀滅了，而曼弗雷特這個堅強的個性不是
也毀滅了嗎？〈傷逝〉中的涓生，那種因子君的死而感到的某種
犯罪的懺悔，那種“異樣的寂寞和空虛”，不是與曼弗雷特因某
種犯罪而熬受着人生的苦惱相似嗎？曼弗雷特認爲“知識之樹不
是生命之樹”，而涓生則說，“如果眞實可貴，這對子君不該是
一個沉重的空虛”；曼弗雷特尋求的是“遺忘”。而涓生則要

---

　　*　George Gordon Byron（1788～1824），*Manfred*（1817）。

"默默地前行，用遺忘和說謊做我的前導"。當然，我們並不是說《徬徨》中的哪一篇小說留有《曼弗雷特》鮮明的影響痕跡，而是說"徬徨"時期的魯迅易於同《曼弗雷特》產生強烈的共鳴。

反過來說，易於喚起作家共鳴的作品，也最容易對作家產生影響。這一點，我們從《野草》中是可以看出來的。如果說《徬徨》的內容遠不止於幾個覺醒的個性形象所具有的內涵，而這些形象也不能與魯迅劃等號，那麼，《野草》的抒情主人公則是魯迅了。而誠如普希金所說，拜倫在他的戲劇裏"只創造一種性格"，就是他自己的性格。魯迅在寫作《摩羅詩力說》的時候已有這樣的理解。那麼，拜倫的苦悶和執着的個性精神通過曼弗雷特感染魯迅，這種感染又通過魯迅在《野草》中有所顯現，也就不足為奇了。

在《曼弗雷特》和《野草》中，都出現了神魔境界，並以出神入魔、與死人談話等等怪異現象來表現抒情主人公極度苦悶的內在心象。精靈們問曼弗雷特要什麼，"要臣民，要王位，要權勢"還是要"日子的綿長"？而曼弗雷特要的卻是精靈們無法給予的"遺忘，自忘——"；老僧勸他懺悔以入天國，他拒絕了，而魔鬼要他交出魂靈到地獄去，他也加以叱罵。這種對苦悶的執着精神也見於《野草》：

有我所不樂意的在天堂裏，我不願去；有我所不樂意的在地獄裏，我不願去；有我所不樂意的在你們將來的黃金世界裏，我不願去。……

嗚呼嗚呼，我不願意，我不如徬徨於無地。

當然，這只是《野草》與《曼弗雷特》相似的一面。有人把這一面誇大，於是《野草》和《曼弗雷特》便被苦悶籠罩了。如果我們透過這種苦悶，便可以看到一種強力，一種崇高的精神，也就是魯迅所說的"力之美"。魯迅最早推崇的"力之美"就是摩羅詩人尤其是拜倫的作品，所以，對《野草》"力之美"的影響，就不僅只是曼弗雷特對個性的執着精神及其意志力的堅強，還有《海盜》的復仇精神（注意《野草》中有兩篇〈復仇〉），《該隱》的撒旦精神（可比較《該隱》與〈淡淡的血痕中〉），自然也不能排斥尼采的影響。在《曼弗雷特》中，主人公即使在欲死之時，也力戰魔鬼，大呼"只有我自己才能毀滅我自己"；而魯迅即使在夢中的死後，也還在憤世嫉俗。這種寧死也不與社會和庸俗勢力妥協的精神，就使他們的個人苦悶和世界悲哀像受傷的雄獅的慘叫，而與花粉裏翻掘的小甲蟲的泣涕嚴格區別開來。因而他們"對不公道生活的抗議，在這裏具有更廣泛的、更普遍的、甚至可以說，宇宙的性質。"

　　《曼弗雷特》的反庸俗精神是與曼弗雷特的貴族風度相統一的，且帶一些做作的、神秘的色彩；而《野草》的反庸俗精神則是以一個不屈不撓的戰士的面目出現的，他超乎世俗之見，"洞見一切已改和現有的廢墟和荒墳，記得一切深廣和久遠的苦痛，正視一切重叠淤積的凝血，深知一切已死，方生，將生和未生"（〈淡淡的血痕中〉）。而且同是對苦悶心情的流露，《曼弗雷特》是外向的，顯明的，已突破了感性形式；《野草》則是內向的，深沉的，並大都積澱在外物上，達到情與景的統一。如果說《曼弗雷特》是一匹受傷的雄獅的毫無保留甚至故意的吼叫，那麼，《野草》中那匹受傷的雄獅的吼叫，就不那麼明顯，令人聽來，“耳朵中有什麼掙扎着，久之，久之，終於掙扎出來了”，隱約像是慘吼。但是，這深沉的吼叫比《曼弗雷特》的毫無保留的狂吼，更令人戰慄，更積澱着欲要爆發的沉痛！

　　如果再進一步比較《野草》和《曼弗雷特》的形式，那就更不同了。《曼弗雷特》是詩劇，而魯迅的《野草》則是散文詩。然而，《野草》中也有例外，詩劇〈過客〉就是例外之一。〈過客〉本質上是哲理的，當然也不排斥情感和意志等等，而這種人生哲理是以象徵手法表現出來的，所以極富有詩意。這樣，我們就不能把〈過客〉籠統地稱爲“散文詩”，而應稱之爲無韻的象徵詩劇。這種體裁可能有《曼弗雷特》的某種啓發。《曼弗雷特》是三幕詩劇，一說哲學劇。後一說法點出了《曼弗雷特》的哲理色彩，而且在劇中也是藉助象徵手法表現的。那些地靈、海靈、山靈等等是自然界的象徵，而擁有召喚他們的神秘術的曼弗雷特，則是能夠征服自然界的人類知識和意志的象徵，但“知識之樹不是生命之樹”，所以擁有知識的曼弗雷特便更加苦惱。這是當時拜倫的思想。《曼弗雷特》幾乎沒有動作，只是一系列富有詩意的對話和抒情獨白，因爲拜倫本是以這種形式表現他對世界的認識並抒發他的心情的，而不是爲演出創作的。而且,《曼弗雷特》和〈過客〉的主人公，都是帶着心靈的創傷在追求人生的歸宿。

高旭東

〈拜倫的《曼弗雷特》對魯迅作品的影響〉，

（魯）《臨沂師專學報》（社科版）1（1986），64～66，

93。

《女神》與《草葉集》*(1)

　　《女神》不僅受到了中國古典文學、民間文學的影響，更重要的是，在“五四”新文學廣泛吸收外國文學營養的洪流中，受到了惠特曼《草葉集》多方面的深刻影響。本文試將《女神》和《草葉集》這兩部偉大的作品加以比較，分析其中某些共同的與不同的特點，進而在新詩與外國文學的關係上，總結一點帶有規律性的東西。

時代精神的比較

　　處在“五四”新文學洪流中的郭沫若，曾受到過各種文學作品和思潮的影響。他說：“我的短短的作詩的經過，本有三四段的變化。第一段是泰戈爾式，第一段時期在‘五四’以前，所留下的成績極少。第二段是惠特曼式，這一段時期正在‘五四’的高潮中，做的詩是崇尙豪放、粗暴，要算是我最可紀念的一段時期。第三段便是歌德式了，不知怎的把第二期的情熱失掉了，而成爲韻文的遊戲者。”《女神》中的主要作品，正是郭沫若在“五四”的高潮中寫出的“惠特曼式”的作品。值得認眞探索的是，爲什麼在泰戈爾、歌德這樣兩位名聲不亞於惠特曼的大詩人

---

　　*　Walt Whitman（ 18 19 ～ 1892 ），*Leaves of Grass*（1855）。

影響下，郭沫若沒有寫出＂最可紀念＂的作品，而恰恰是在《草葉集》面前，使他的作詩欲＂受了一陣暴風般的煽動＂，從而創立了新詩的豐碑呢？在這似乎偶然的現象裏面是否有着某些必然的聯繫呢？

　　惠特曼（1819～1892）所生活的歲月，正是近代美國資本主義社會蓬勃發展的時期。在他的中年時爆發的南北戰爭（1861～1865），是新舊兩種社會制度即自由勞動制度和奴隸制度之間的激烈鬥爭，而終於以代表進步力量的北方獲得了勝利。內戰後，美國資本主義經濟得到了飛速的發展，工業總產值由一八六〇年的世界第四位躍居到一八九四年的第一位。《草葉集》正是這樣一個時代的反映。在整個世界範圍裏，在大多數國家還處於落後的封建制度的情況下，這個上升的資本主義社會無疑地帶有許多進步的特點。郭沫若（1892～1978）的時代，是與惠特曼的時代相銜接，但是又具有許多新的不同特點的時代。從一八四〇年鴉片戰爭起，中國這一古老的封建國家中的生產關係在資本主義的衝擊下逐漸發生瓦解與變革。一九一九年的＂五四＂愛國運動，是蓄積已久的尖銳社會矛盾的爆發，它以一種徹底的不妥協的反帝反封建的姿態衝擊着舊中國的上層建築以至整個社會制度，以期使之與中國民族經濟發展的要求相適應。如果說，徹底地否定奴隸制度是《草葉集》時代的基本特徵，那麼徹底地反帝反封建則是《女神》時代的基本特徵。

　　〈斧頭之歌〉，這是《草葉集》中正面謳歌民主理想的份量較重的作品。詩人充滿熱情地塑造了一座＂全世界最偉大的城池＂（〈斧頭之歌〉第五節）。在這座城池裏，＂沒有奴隸，也沒有奴隸的主人"，"那裏公民總是頭腦和理想，總統、市長、州長只是有報酬的雇用人"。詩人自由、民主、平等的社會理想在這裏得到了最具體的體現，既是砸爛奴隸制的號角，又是滲入了空想社會主義因素的民主主義的頌歌。在別的詩篇中，他還歌唱了以林肯爲代表的正義的北方，歌唱了法國的資產階級革命、一八四八年的歐洲革命等等。詩人站在大西洋的岸邊，堅定地宣稱："我是暫爲全世界無畏的叛逆者進行歌唱的詩人"（〈給一個遭到挫敗的歐洲革命者〉）。以始終一貫的嘹亮聲音、以勇敢不屈的鬥爭精神來謳歌進步的社會理想，是惠特曼在反映時代精神方面高出於同時代美國詩人的地方。

　　如果說《草葉集》是一首奏出了十九世紀美國人民的心聲、描繪出了"偉大的亞美利加"形象，豪邁雄渾的交響樂章，《女神》就好比是一首表現了"五四"洶湧澎湃的時代洪流、呼喚着從烈火中新生的祖國、奇麗壯美的交響樂章。它們的主旋律都是詩人站在本時代之前列，向新時代矚目的社會理想。不同的是，《草葉集》的主旋律，還僅僅是自由資本主義時期資產階級的民主理想，而隨着時代的前進，《女神》的主旋律，已經是民主主義思想和初步的社會主義思想結合的社會理想，已經注入了新鮮的因素，表現了一個新的時代中社會前進的動向。

　　在《女神》中，最鮮明地歌唱了進步的社會理想的，應該數〈鳳凰涅槃〉和〈女神之再生〉。在〈鳳凰涅槃〉中，詩人創造性地融合了中外神話故事，塑造了一對"集香木自焚，復從死灰中更生，鮮美異常"的鳳凰形象。鳳凰的自焚象徵了舊中國的徹底毀滅，而"華美"、"芬芳"、"雄渾"、"悠久"的新生的鳳凰，則是詩人對一個未來的中國的熾熱歌頌，也是這部詩集中最富於代表性的形象。在詩劇〈女神之再生〉中，一場天崩地裂之後，象徵光明和希望的女神們呼叫道：「補天」已「莫中用了！」「我們盡他破壞不用再補他了！」以徹底革命的「破壞」代替改良主義的「補天」，正是「五四」運動不同於資產階級改良運動的地方。《女神》中的歌唱勞動者，歌唱自然之美，歌唱現代工業發展等，也可說都是民主理想之下的變奏曲。《女神》之所以成爲新詩史上的豐碑，其根本原因首先在於——它是一面時代的旗幟。

「自我」形象的比較

在《草葉集》和《女神》中，都塑造了一個極爲突出的抒情主人公形象。惠特曼寫作《草葉集》的目標，用他自己一句出名的話來說：「主要是……自由、充分而眞實地記錄一個人（生活在十九世紀下半世紀的美國的我）」，他要做一個「人的詩人」。郭沫若在「五四」時，一方面受到時代的影響，一方面從德國狂飆運動和《草葉集》中吸取了個性解放的思想。他在一封信中說道：「我想詩的創造是要創造『人』。換一句話說，便是在感情的美化。」兩位詩人都以創造「人」的形象爲詩的第一目標，這不僅是對於詩歌創作主張的共同見解，而且是個性解放思想的明確體現，本身就包含了對於「人」的價值的充分肯定。在這一共同的前提下，惠特曼強調的是「眞實」，郭沫若強調的是「美化」。那麼，兩部詩集中，究竟塑造了一種具有什麼主要特點的抒情主人公形象呢？

　　這是一個眞實的"自我"和一個帶有濃重的泛神論色彩的"自我"二者相結合的人物形象。這種"自我"形象不僅在中國詩歌史上是嶄新的，在美國詩歌史上也是首創的。

　　在《女神》中，郭沫若寫出了一個眞實的"我"，一個"赤條條的我"（〈序詩〉）。他深入地揭示了這一人物的內心世界，表現了"我"對於祖國"火一樣的心腸"（〈爐中煤〉），"願將一己命，救彼蒼生起"（〈棠棣之花〉）的抱負，又表現了"我"在黑暗現實面前"深心中海一樣的哀愁"（〈湘君〉）。他坦然地描寫了"我"的種種情感：甘美的愛，燦爛的希望，火一樣的焦心，衆多的煩惱，無限的凄楚……。他大膽地表現了對於"自我"的態度，"我是個偶像崇拜者"，"讚美我自己"，"崇拜我"；"我又是個偶像破壞者"（〈我是個偶像崇拜者〉)，"我的我要爆了"（〈天狗〉）。"我"是何等的羨慕工農，"想去跪在他（指一個老農）的面前，……把他脚上的黃泥舐個乾淨"（〈西湖紀遊〉）。在"五四"的詩壇上，這樣一個眞實感人、表現了深刻的內心矛盾和豐富的情感活動的"自我"形象是前所沒有的，一個敢於如此崇拜"自我"、又如此否定"自我"的詩人更是前所沒有的。試比較一下《草葉集》中的"自我"。"瓦爾特·惠特曼，一個宇宙，曼哈屯的兒子"（〈自己之歌〉24 節）。"從魚形的巴門諾克開始，那是我爲一個完美的母親所生養並受她撫育的地方"（〈從魚形的巴門諾克開始〉）。這是一個基本符合生活眞實的詩人形象。"我"不僅有可愛、完美、聖潔的一面，也有"粗暴、肥壯、多慾"（〈自己之歌〉24節）

的一面。在歌唱“我”靈魂偉大的同時，又描繪了“我”是一個
“不關心別人”的“囚徒、夢想家、無賴”（〈自己之歌〉16節）。
這是一個美醜並存的人的眞實形象的概括。惠特曼並違反和打破
一切傳統的禮俗、傳統的詩歌表現範圍，在詩歌史上，第一次把
“我”的肉體、肉體的“每一種感官和屬性”（〈自己之歌〉8
節）作爲歌唱的對象。這是一個靈與肉統一、完整的“人”的形
象。不難看出，注重對生活進行現實主義的表現，以極爲翔實奔
放的筆法來寫“我”，打破“神”在精神上的束縛，而代之以眞
實的“人”的形象，這正是《女神》從《草葉集》中吸取的一種
營養。

自由詩體的比較

　　《草葉集》和《女神》在自由詩體方面的建樹，主要是對傳
統格律的突破和一種新型格律的創造。在《草葉集》出現之前，
十六世紀的英國詩人薩里・何爾德模仿意大利詩體首創了英詩中
的無韻詩，但音步、音節仍有一定的組合規則。十七世紀的英國
詩人彌爾頓，進一步突破了行體的限制，寫出了像〈愉快的人〉
這樣長達一百五十二行的不拘行數的作品。但是，對於英詩格律
全面突破的首創者則是惠特曼。在《草葉集》中，第一次徹底拋
開了輕重音、音節、行體等等格律規則，出現了新穎的長短句式，
可以容納下豐富的、不拘一格的詞彙。這種長短句在描繪景物時，
適於展現開闊、多樣的現代生活畫面；在描述情感時，適於表現
現代人更爲複雜、細膩的心理狀態。如〈自己之歌〉第十五節，

共六十多行，就是一整幅美國各階層人民的生活素描。《女神》
吸取了這一特點，打破了中國古典詩歌的平仄、對仗、韻脚等既
定模式，用奔放、舒展的長短句，展現了一幅較廣闊的二十世紀
初期中國的畫卷。

　　但是，拋棄舊式格律不等於否定格律。無論是《草葉集》還
是《女神》，都不是完全不要格律的，它們在突破的前提下，創
造了嶄新的、獨特的格律。這裏試從韻律和格式的兩個基本方面
作一點粗淺的比較。

　　第一，在韻律方面，《草葉集》和《女神》突破了由字數、
節頓的限制造成的節奏，而由內在情感的節奏所代替。正如郭沫
若所說：“這兒雖沒有一定的外形的韻律，但在自體是有節奏的。”
這種“自體的節奏”就是詩句中內含的感情的節奏。在《女神》
中，以〈筆立山頭展望〉、〈立在地球邊上放號〉等詩為代表。
如：

　　　　我的心臟呀，快要跳出口來了！

　　　　哦哦，山岳的波濤，瓦屋的波濤，

　　　　湧着在，湧着在，湧着在，湧着在呀！（〈筆立山頭展
　　　　　　望〉）

再看一下惠特曼的詩句：

　　　　啊，你們每一個我都愛着！我的無畏的民族喲！

　　　　啊，無論如何我總以完全的愛包圍着你！（〈從巴門諾克開
　　　　　　始〉14 節）

　　類似的詩句在兩部詩集中大量存在着。當我們讀到這些詩句
時，可以感到一種感情的波濤的猛烈衝擊，感情的烈馬的飛騰疾

馳。這種情感的運動是有起伏、變化、遞進等多種方式的，因此它形成了一種情感的節奏。郭沫若說：“情緒在我們的心的現象裏是加了時間的成分的感情的延長，它本身具有一種節奏。”可見詩人是自覺地在自由詩中運用這種節奏的。形式上的有機整體是內容上內在發展規律的反映。自由詩由於內容的擴展，必然要求與之相適應的韻律。不難看出，這種以內在感情的節奏代替外在節奏的詩歌，無論在英詩或漢詩中，都是一種富於革新精神的創造，它使自由詩在形式與內容上得到了有機的統一，使詩歌的韻律從此具有了新的、寬廣的意義。

　　第二，在格式方面，《草葉集》和《女神》根據表達內容的不同需要，創造了變化多樣的格式。在《草葉集》中，詩人在每一個短句中是自由的，但在某些詩的全篇結構上卻不是無規律可尋的。詩人運用了同詞起頭、同句起段、平行句、重疊句等方式，創造了較為多樣的格式，在參差的長短句中暗含着走向整齊的傾向。如〈開拓者喲！啊，開拓者喲！〉一詩，就在格式上表現出了參差與整齊相結合，具有建築美的傾向。全詩每一段的上、下兩句為短句，中間兩句為長句，每一段的末尾一句都完全相同，不僅格式優美，而且造成了循環的音律效果。但總的來看，這類詩篇在《草葉集》中為數不多。

　　從《女神》與《草葉集》的比較中，可以看出：不同民族的詩歌有其不同的個性，這種獨特的個性滲透在各個方面。如果喪失這種民族個性，也就喪失了本民族詩歌在世界文學中存在的意義。但是任何一個民族的文學，從內容到形式又都不可避免地帶有一定的局限性，因此必須經常地、廣泛地從其他民族的文學中吸取營養。某些時候看來是"洋化"的東西，在一定條件下可以起到擴大、豐富、發展民族文學傳統的作用。在各民族文學的相互交流中，處於社會發展上升階段，而又較深刻完美地揭示了時代的文學作品，往往起到主導性的作用，產生重大的影響。《女神》正是在《草葉集》"太平洋一樣"（〈晨安〉）的波濤衝擊下，產生出來的"黃河揚子江一樣的文學"。它從思想內涵到外在形式，都體現出了鮮明、強烈的民族精神。

黎　宏

〈《女神》與《草葉集》之比較〉，

《人文雜志》3（1983），101～108。

《女神》與《草葉集》*⑵

　　對民主自由的渴望和追求，是《草葉集》和《女神》的共同
的基本主題，而作爲這個基本主題思想基礎的則是意特曼和郭沫
若的豐富深厚的愛國主義精神和民主主義信念。這是貫穿這兩部
偉大詩集的一條共同的紅線。兩本詩集的上述共同基本主題是通
過以下兩方面表現的。

　　一、或者從正面通過對普通人的權利和價值的歌頌，或者從
反面通過對扼殺人性的專制統治的詛咒，表現渴望和追求民主自
由的主題。

　　惠特曼的民主觀念是建立在"普通人民是國家的主體"這一
思想基礎上的。他在《草葉集》序言中這樣宣布："別的國家在
代表者身上表現它們自己——但是，美利堅合衆國的才能，最優
秀的或最多的卻不表現在它的行政或立法上，也不表現在它的大
使、作家、學校、教堂或者會客室裏，甚至也不表現在它的報紙
或發明家身上——而一直最多的表現在普通人民身上。"惠特曼
的民主觀念使他通過《草葉集》歌頌了普通的勞動人民——技工、
石匠、船夫、伐木人等，在〈各種職業之歌〉、〈我歌頌帶電的
肉體〉等詩中，他用鮮明的色彩刻劃了他的主人公：他們有黝黑
的面孔、坦率的心胸，是肉體和精神上都非常優美的人。他的這

* 　同前。

種以普通勞動人民爲詩歌主要表現、歌頌對象的文學觀念中包含的深廣的人民性是他的民主思想的有力表現。同時，惠特曼把他的民主思想又擴展到對世界各國人民的平等尊重態度。在惠特曼時代，亞洲還沉睡在封建制度之中，非洲還是所謂"黑暗大陸"，但他在〈向全世界致敬〉的長詩裏，却向世界一切土地上不同膚色、不同種族、不同文明程度的各國人民致敬，把他們稱做自己的同胞，對世界最落後地區的人民寄於殷切的希望。惠特曼的民主思想，特別突出地表現在具有強烈的戰鬥鋒芒的反對蓄奴制的詩篇中，在這些詩中他不是如同以前的作家（如斯托）用感傷主義的情調和基督教勸善懲惡的博愛觀來寫黑人，而是用火熱的激情對黑人進行出自內心的歌頌，他肯定人類天賦的平等權利，抨擊把"男人的肉體"和"女人的肉體"拍賣的可恥罪惡行徑。寫於一八五五年的〈自己之歌〉就描寫了詩人自己怎樣掩護一個逃亡的黑奴逃過追捕，寫於次年的〈向世界致敬〉熱情地讚美非洲黑人："你，宗系渺茫，靈魂純潔，身軀魁梧，頭形漂亮，英姿颯爽，前程遠大，和我平等的黑人"！在他的筆下，黑人在肉體和精神上都絲毫不低於任何人，詩人不是以冷眼旁觀、居高臨下的態度，而是以強烈的激動和由衷的熱愛來描寫他們的，並以自己的全部身心體驗着黑人的一切痛苦和歡樂，以自己的實際行動幫助黑人的解放鬥爭。惠特曼的民主思想，戰後則表現爲對美國金融寡頭的有力詛咒和激烈批判，並以此構成他當時詩作的最主要的主題。他寫於這時期的詩有力地表達美國勞動群衆對資本主義寡頭政治的日益增強的抗議，反映了被資本主義機器搞得破產的中小農民的災難。

　　綜上所述，惠特曼《草葉集》中不論是對於資本主義上升階段的人民權利和價值的謳歌，還是對於資本主義沒落階段對人的權利和價值被扼殺的抗議，都回蕩着民主思想的激越音響。正如詩人在〈擬議的倫敦版《草葉集》序〉中所說："誠然，我們若是用一個字眼來概括《草葉集》各個部分的話，那個字眼似乎就是'民主'一詞"，詩人的詩歌宣言就是："為了你，民主，我唱這些歌"。《草葉集》可稱之為一曲"民主之歌"。

　　郭沫若的《女神》的民主思想是植根於中華民族苦難的歷史和現實土壤中的，是和反帝反封建的現實鬥爭緊密聯繫在一起的。在《女神》中，對於祖國和人民的愛與對反動封建勢力的恨交織在一起，對舊中國滅亡的詛咒和對新中國新生的預言交織在一起，強烈的批判精神與熾熱的創造精神交織在一起，這就構成了《女神》中民主思想的豐富而嶄新的內容。《女神》中的民主思想不僅表現在歌頌了許多為民主而奮鬥的"社會革命"、"政治革命"、"思想革命"的"匪徒"，而且更有力地表現在對封建專制統治的黑暗現實的有力詛咒、徹底批判和堅決否定上。在〈女神之再生〉中，詩人用共工和顓頊之戰象徵當時的軍閥混戰，民叟和牧童的控訴正是人民對專制統治的反抗，〈棠棣之花〉中聶政對"爭城者殺人盈城，爭地者殺人盈野"的諸侯的控訴，都是有着強烈的現實針對性的。在〈鳳凰涅槃〉中，詩人用燃燒着憤怒之火的詩句詛咒如同"屠場"、"囚牢"、"墳墓"、"地獄"般的舊中國早日滅亡。郭沫若的民主思想不僅化為憤怒的火焰，迸射出逼人的批判鋒芒，而且化為理想的"鳳凰"，散發出"新鮮、淨朗、華美、芬芳"的氣息，更生的鳳凰所歡唱的"我們便是他，他們便是我＂，就是詩人民主精神的一種哲理的、詩意的概括。

二、通過對大自然的熱烈禮讚，表現了追求自由的思想和樂觀進取的精神。

在《草葉集》和《女神》中歌頌大自然的詩篇佔了很大的篇幅，兩位詩人不愧爲出色的大自然的歌手，但他們又都不是只注目於大自然表面美的淺薄的田園山水詩人，他們對於大自然的歌唱都以豐富的思想內涵表現出共同的思想特色。

第一，他們筆下的大自然都充滿清新的氣息，洋溢着生命的力量，滲透着向上的精神，流露出樂觀的色彩。蓬勃進取，自由創造是他們筆下的大自然的躍動的＂靈魂＂。在郭沫若筆下，大自然＂到處都是生命的光波＂，＂到處都是新鮮的情調＂、＂到處都是詩＂，＂到處都是笑＂（〈光海〉），詩人從金黃的衰草處聽到了＂快向光明處生長＂的急切呼聲，看紙鳶在空中飛舞便覺得那是在＂不斷的努力、飛揚向上＂（〈心燈〉），就是曾引起歷代無數詩人哀愁的夕陽，在詩人眼裏，也成了嬌羞的＂新嫁娘＂，＂最後脹紅了她豐滿的龐兒，被她心愛的情郎（大海）擁抱着去了＂（〈日暮的婚筵〉）。詩人對大自然不論是氣象宏偉、壯闊飛動的描繪，還是筆致婉約、清麗幽靜的抒寫，都沐浴着自由、創造和新生的精神光輝。而惠特曼的《草葉集》，所描寫的大自然，並不以奇異豐富的色彩和景物爲其特點，他善於以敏銳的詩意的眼光，去發現和感受平凡的大自然中蘊含的新鮮明朗的＂靈性＂和充滿生機的＂野性＂，在他看來，無論是宏偉的山岳，還是腳下的青草，都＂有其目的性＂，都是一種自由的向上的運動，內中洋溢着蓬勃的生命力。詩人描繪着＂新鮮的不容施

與的密蘇里的巨流 ”和“ 偉大的尼亞加拉大瀑布 ”（〈從巴門諾克開始〉），歌唱着“ 呼吸粗獷而又陣陣喘息 ”的大海和“ 長着沉睡的寧靜的樹林 ”的大地，讚美着“ 長滿青草，樹葉輕拂着的小徑 ”和“ 有魅力的發人深思的黑夜 ”（〈自己之歌〉），在詩人眼中，“ 大地是美好的，星星是美好的，附屬於它們的一切都是美好的 ”（〈自己之歌〉），因爲其中充滿着自由歡樂的、活潑創造的精神。

第二，在他們描寫大自然的詩篇中，都出現了人與自然和諧統一的嶄新關係。惠特曼以前的浪漫主義詩人往往把崇高的大自然和卑賤的人對立起來，與郭沫若同時的現實主義詩人則往往站在大自然之外，向自然作凝神的觀照，描寫自然，抒發感受。而惠特曼和郭沫若卻是在人與自然的融合中描寫自然，表現出人與自然的和諧統一。在郭沫若筆下，萬物都被賦以詩意的生命，詩人就把自我全部融化進自然中去，或人物傾談，或化物爲我，達到“ 物我一體 ”的境界。詩人希望太陽“ 把我全部的生命照成道鮮紅的血流 ”、“ 把我全部詩歌照成些金色的浮漚 ”，洋溢在自然中的自由的精神、強烈的生命和無窮的創造力無疑正是詩人精神世界的自我寫照。在惠特曼的筆下，詩人同樣沉醉在與萬物協調一致，與自然界一起生長的歡樂中，把自己的主觀感情灌輸到自然景物中去，使“ 萬物皆著我之色彩 ”。

《草葉集》和《女神》的共同性首先表現在他們詩中的“我”旣是詩人自己，又不限於詩人自身。在他們的詩作中，“ 自我 ”的人格籠罩一切，郭沫若直截了當地認爲“ 詩是詩人人格創造的表現 ”，惠特曼在〈自己之歌〉中宣稱“ 我讚美我自己，歌唱我自己。"可見他們詩中自我形象的描畫都有着詩人主觀世界的運動畫面,使人感受到詩人的思想脈搏和感情波瀾。歌德說:"要是只能表達自己那一點主觀感情,他是不配稱爲詩人的,只有當他能夠駕馭世界表達世界的時候,他才是詩人",惠特曼和郭沫若正是通過自我形象"駕馭世界"和"表現世界"的詩人。他們詩中的自我表現都和巨大的時代主題結合在一起,詩中的"我"不是一味洞察自己和自我反省的唯我論者,自我形象所表現的也不是孤立的個人內心世界,而是和社會進步思潮、人民革新要求相聯繫的時代精神。《女神》中的詩人自我形象交融着詩人個人的感憤和長期以來民族所受的屈辱,這個"自我"是體現着時代要求和民族解放要求的"自我",是詩人自己,也是當時千百萬要衝出陳舊腐朽牢籠,要求"不斷毀壞"、"不斷創造"、"不斷努力"的中國青年和中國人民。《草葉集》中的自我形象。也是既體現了詩人的個性又反映了美國人民普遍思想感情的形象。因此他們詩中的"自我",不是狹窄孤獨的"小我",而是有着普遍代表性的"大我"。

其次,《草葉集》和《女神》中的自我形象都是理想化的具有超現實力量的形象。《女神》中的自我形象滿孕着並迸發出一種氣吞山河、震撼宇宙的氣勢和偉力。"我"是把日月星球和整個宇宙都"吞了"的"天狗","我"又是"全宇宙底能底總量",是燃燒的烈火,是狂叫的大海,是疾馳的閃電,總之,是力的凝聚和化身。這種巨大的力量使自我形象擴張到了極點:"我便是我呀!我的我要爆了!"。在《草葉集》中,自我形象有時具有現實具體性,"瓦爾特·惠特曼———個宇宙曼哈頓的兒子,粗

暴、肥壯、多慾，吃着，唱着，生殖着”，有時詩人又把自我形
象提高到實際的瓦爾特·惠特曼之上，他的“裏外都是神聖的”，
他大到能夠“環繞群山”，而尼亞加拉大瀑布“像面紗一樣掛在”
他的臉上。

王德祿

〈《女神》與《草葉集》〉，

（太原）《山西大學學報》（哲社版）2（1986），1～
　　8，18。

《女神》與《草葉集》*(3)

　　惠特曼和郭沫若在他們詩歌創作的初期，都受着泛神論的思想影響，因此在《草葉集》和《女神》中，都有歌頌"自我"，歌頌大自然的詩篇。

　　惠特曼在〈自己之歌〉的開頭寫道：

　　　我讚美我自己，歌唱我自己，

　　　我所講的一切，將對你們也一定適合，

　　　因為屬於我的每一個原子，也同樣屬於你。

　　這裏所歌頌的"自我"，不只是詩人自己，而且包括你我在內。這個"自我"是詩人歌唱的主人公，詩人通過"自我"抒發他對人生的認識，對未來的憧憬，他具有無窮的智慧和力量。

　　郭沫若也歌頌"自我"。他在〈梅花樹下醉歌〉中唱道：

　　　梅花呀！梅花呀！

　　　我讚美你，

　　　我讚美我自己，

　　　我讚美這自我表現的全宇宙的本體。

　　這裏讚美梅花，實質是讚美"自我"，這個"自我"無限美好，它是"宇宙的精髓"，"生命的泉水"，具有主宰世界的力量。在〈天狗〉中，他把"自我"比做一條天狗，"把月來吞了"，

---

　　*　同前。

“日來吞了”，“把一切的星球來吞了”，“把全宇宙來吞了”。
這個“自我”與天地並生，具有無法遏制的激情，無窮的神奇力
量。

　　兩位詩人讚美“自我”的同時，還讚美孕育萬物的美妙的大
自然。因爲大自然給予“自我”無窮的愛撫與滋養。

　　在惠特曼的詩作中，可以看到對草原、森林、大地、海洋的
描寫，詩中充滿生氣蓬勃的向上精神。他在〈斧頭之歌〉中一連
串唱出十幾個歡迎山岳、平地、沙漠、曠野、高原、礦山、牧場、
果園等等，禮讚自然，禮讚萬物。

　　郭沫若讚美滋潤萬物的地球，稱之爲“我的母親”，對它頂
禮膜拜。他向自然熱情問候：

　　　　晨安！常動不息的大海呀！

　　　　晨安！明迷恍惚的旭光呀！

　　　　晨安！詩一樣湧着的白雲呀！

　　　　……

一口氣道出二十七個清晨的問候。

　　歌頌勞動和勞動人民，也是兩部傑作中共同歌唱的內容。

　　惠特曼出生在勞動人民家庭，他和勞動人民有着深厚的情誼，
他用他的詩歌熱情地歌頌勞動人民的創造精神。如在〈我聽見美
洲在歌唱〉中，歌頌各行各業的勞動者。在他另一首著名的長詩
〈斧頭之歌〉中歌頌斧頭的神威，斧頭的創造力，實際上就是歌
頌勞動的無窮創造力。

　　郭沫若也歌頌勞動和勞動人民。他在〈地球，我的母親！〉
中，稱農民是“全人類的保母”；在〈輟了課的第一點鐘裏〉，

稱工人是"我的恩人"；在〈西湖記遊〉裏，在雷峰塔下見到一位鋤地的老人，想去跪在他的面前，叫他一聲"我的恩人"。這些詩都表達了郭沫若對勞動人民眞摯熱愛的情感。

在詩歌形式上，惠特曼和郭沫若都主張詩是詩人眞實感情的自然流露，都想從傳統的格律的束縛中解放出來。惠特曼創造了獨特的、嶄新的詩歌形式，擺脫了古典格律詩的束縛。他的詩接近口語，每一句的句首常用一個詞，或一個短句排列起來，造成如大海波浪滔滔的氣勢，雄渾豪放。郭沫若受到惠特曼《草葉集》的啓發和影響，在"五四"時期寫出《女神》詩集中的自由體詩，完全擺脫了一切詩歌的"鐐銬"，創造出完全適合於自己詩歌內容的嶄新的多姿多采的新形式，開一代詩風，爲新詩歌的發展開拓了道路。

康　平

〈兩部劃時代的詩集〉

——談郭沫若的《女神》與惠特曼的《草葉集》

《瀋陽師範學院社會科學學報》4 (1984)，20～24。

戲　劇

《西廂記》與《羅密歐與朱麗葉》[*] (1)

　　不論王實甫的《西廂記》還是莎士比亞的《羅密歐與朱麗葉》，它們都是中古以來源遠流長的膾炙人口的愛情名劇。由於它們的劇情基本依據前人的作品，沒有推陳出新創造出使人耳目一新的情節，也就在這一點上產生一些使人意想不到的看法分歧，或以爲不及前作，故以爲某些改動不妥等等。這就涉及它們的繼承和創新問題。

　　此外，《董西廂》和《王西廂》情調互異，在構思、立意上亦大有高下之別。《董西廂》中有多少淫穢成分和對人物行事、心理的惡形惡狀的刻劃，因爲作者本是出入秦樓謝館的風流才子，他自稱“秦樓謝館鴛鴦幄，風流稍是有聲價。”他的編寫這部“擋彈詞”的說唱重點在於偷情私會，即所云“曲兒甜，腔兒雅，裁剪就雪月風花，唱一本倚翠偷期話。”他的寫作的動機就是“教惺惺浪兒每都服咱。”將金元俗語換成今人的大白話，那就是叫出入花街柳巷氣味相投的浪子們都佩服他。由於立意的卑下，整部作品的人物、情節、情調都蒙上輕浮色彩，因此，《董西廂》不過是行院燈紅酒綠助情添興的唱本，是不能和情調嚴肅的《王西廂》相並肩的。它的價值在於改造張鶯故事，使其符合市民社

---

　　*　William Shakespeare（ 1564～1616 ），*Romeo and Juliet*（ 1597 ）。

會的願望，以俗語寫曲，潑辣生動，創造了崔鶯鶯的說唱傳奇，在通俗文學中佔有突出的地位。王實甫曲詞典雅，上承古典詩詞，下入民間俗唱，影響以後的古典作品與俗文更大。特別經過情節提煉和人物的改塑，寫成反映社會問題爭取婚姻自由，表現民主性的嚴肅家庭劇，強烈呼籲"願天下有情的都成了眷屬"，成爲元代雜劇中思想性和藝術性兼美的第一流作品，對社會影響至鉅，及至今日還作爲傳統的保留節目，不斷上演。因此，褒董抑王看法片面，把《王西廂》看作僅是《董西廂》的沒有創新的技術性改編更屬不當。王實甫的創新精神就是在前人創作的基礎上深入社會實際，概括典型，針對封建觀念，製作意義嚴肅的新劇。

莎士比亞的《羅密歐與朱麗葉》繼承了前人創作中發展起來的很多關鍵性情節，如開普萊特家的晚會，入室相會的繩梯，阻人傳信的瘟疫和墳窖中雙雙情死的場面等。然而莎士比亞是束縛不住的天才，不管在情節上角色上總要有所增減，產生意想不到的魔力，成爲具有顯著莎士特色的獨創性新劇。歌德認爲莎士比亞爲了兩個滑稽角色破壞了原來故事傳說的悲劇情調。海涅也奇怪莎士比亞爲什麼"在把羅密歐引到朱麗葉面前之先"，"竟讓他剛剛對羅瑟琳經驗着一種激情"，而且根據詩人自己對愛情的體驗，感嘆地說，"唉，假使我的一生中第二次碰上這偉大的熱情，可惜便不這樣相信它的不朽了。"對於這類問題只有仔細探索莎士比亞對《羅密歐與朱麗葉》的構思、立意和具體寫法也許才有可能得到差強人意的解釋，而且也許可能認可它的使人詫異之處也正是它的創新之點。當然歌德和海涅都是深佩莎士比亞，受過莎士比亞影響的德國第一流詩人，對莎劇的提出疑問並不存在如法國古典主義者有故意貶低莎劇的意圖和目的；而且按照他們的才力，只要有興趣有時間，他們也是完全能夠寫出與莎劇媲美情調不同的《羅密歐與朱麗葉》來的。然而分析莎士比亞爲什麼要這樣寫卻只能按照莎氏的既成作品進行分析。

從兩劇各自繼承和創新關係上的探索轉入平行研究，是可以探索繼承和創新間是否具有可供參考的常規的。

《西廂記》和《羅密歐與朱麗葉》從主題上分析，大體相同，都是對青年人的愛情懷抱同情，呼籲“願天下有情的都成了眷屬”。然而從兩者的劇情背景、人物、情節分析，它們在繼承和創新的關係上又截然兩樣。從背景上看，《西廂記》搬演的故事在中唐時期蒲州的普救寺，同於唐元稹所作的《鶯鶯傳》，因爲其中也提到“渾瑊薨於蒲，……軍人因喪而擾，大掠蒲人。”也有杜將軍平亂的事，“十餘日，廉使杜確將天子命以總戎節，令於軍，軍由是戢。”所記完全符合中唐史實。因此《西廂記》的時代背景一般可說是中唐中原地區，然而這卻禁不起史家眼光的考據，正如寫大唐三藏取經故事的《西遊記》中有明代的官職一樣，《西廂記》中也有元代“提調”的官銜和“吃遊街棍子”的行刑風氣。然而文學的真實不同於史學的真實而且高於史學的真實。這樣的背景總是封建社會中華古國的背景，因爲它有兵亂，有“驚夢”中曲折反映現實的巡卒搶人和社會上普遍講求門第婚姻，醉心功名，重視同窗情誼的社會風氣，正反映我國中古時期兵亂、吏治、封建等級關係和綱常倫理方面的社會特點，因此《西廂記》的背景是我國封建社會的典型環境。《西廂記》的寫法是寫實的。《羅密歐與朱麗葉》的劇情發生在意大利凡隆納，一個陽光明媚，濃綠的樹叢掛滿了火紅橘子的美麗地方。劇中有園林，花香，月光，市上除了時常發生世仇家族拔劍決鬥流血之外，對於其他的市民還可以說是一塊差強人意的樂土。時間大約十四世紀。這有二點可以證明，劇中有意大利發生瘟疫的情節，同於薄伽丘《十日談》的故事背景；羅密歐與朱麗葉的悲慘傳說是有史實記載的，根據意大利歷史學家蘭諾·達拉·柯特一五九四年著的《凡隆納史》，證明這對不幸的情人死於一三○二年。正是但丁生活的時代。因此，在自然條件上我們可以對《羅密歐與朱麗葉》的背景作十四世紀意大利的判斷。然而，當時的意大利和歷史上整個中古時期的意大利到底是不是一塊樂土呢？讀一讀意大利人以爲喬叟的作品加上莎士比亞的戲劇才抵得上但丁的《神曲》吧，當時意大利哪裏是春風初拂萬象回春的樂土：教會是藏污納垢的陰溝，教士是披着衣衫的豺狼，他們熱心爭奪世俗的權利，買官賣爵，發行贖罪符，搜刮民生；各個城鎮，到處是奪地爭霸的封建主和縱橫捭闔的黨爭，一片動蕩、黑暗、暴政和殘殺的景象。古老的蒙泰格和開普萊特兩族已經衰微，不像劇中那樣還是凡隆納市兩股可觀的地方力量，城市裏哪裏有和平的希望和未來。在這種"長夜漫漫何時旦"的時日裏，但丁懷着反對教會的干涉世務和封建主割據罪行的愛國激情，寫出光耀千古要求民族統一的詩行。

　　唉，奴隸般的意大利,你哀痛的逆旅,你這暴風雨中沒有舵手的孤舟，你再不是各省的主婦，而是妓院。

　　……

　　而你活着的人民住在你裏面，沒有一天不發生戰爭，為一座城牆和一條城壕圍住的人卻自相殘殺。

你這可憐蟲啊！你向四下裏看看，你國土的濱岸，然後再
望你的腹地，有沒有一塊享着和平的土地。

……

來看看你的羅馬吧，她是多麼孤苦伶仃，流着淚在日夜呼
號，我的凱撒啊，你為什麼不陪着我？ [朱維基譯]

這是當時意大利的社會現實。十五世紀以來意大利仍舊四分
五裂，甚至外國入侵，戰禍連連，富裕的意大利深受災難。可見
《羅密歐與朱麗葉》的背景只有一個自然背景，沒有反映社會特
色。這樣的背景是朦朧的，虛擬的，着眼於製造這個愛情故事的
浪漫氣氛和演出的鋪墊。

從人物和情節上考察，《西廂記》裏張生和鶯鶯的文化教養、
心裡狀態和愛情表現無不符合封建社會較高階層的青年男女，他
們和崔母之間的關係也無不符合封建社會長幼關係的思想、倫理
範疇。紅娘和張生、鶯鶯以及崔母之間的關係既表現她在崔家為
崔母、鶯鶯所倚重的特殊地位而不超越身邊為侍女的階級身份。
他們之間的言談、應對等種種生活細節無不符合世家門庭的生活
面貌。即如次要人物年輕火頭和尚惠明的魯莽勇猛、單身突圍，
也是封建社會中的或然現象，至於杜將軍和張生的同窗情誼，為
張生主婚以及法聰方丈的待客應酬，婚期祝賀都是封建社會的普
遍風氣。因此，《西廂記》的人物取自現實，進行概括，屬於現
實型人物。《西廂記》的原材取自《鶯鶯傳》，經過《董西廂》
的脫胎換骨的改造，把原來一篇記敍士林才子露水愛情的風流軼
事改造成了封建社會青年男女爭取婚姻自主的反封建的市民文學
作品，《西廂記》基本繼承了它的現實性民主性的情節，加以非

常細緻的不露痕跡的使之更符合於人物性格及社會特徵的圓融自如的重造，成爲名爍中外的名劇。《西廂記》在繼承和創新的關係上走的是深化現實主義的道路。

《羅密歐和朱麗葉》如同莎翁的其他愛情名劇一樣，採取的背景是朦朧的異國風光。劇中的角色有人世哪得幾回見的賢君聖僧，有不搞政治、經濟等世俗利益鬥爭的兩大世仇家族的族長，他們爲了自己也弄不清的古老仇結，無可奈何地爭鬥下去，其實他們對待對方子女都懷有長者的慈愛情緒。至於青年男子，無不有高貴氣息，包括泰鮑特在內。他們勇敢、光明、正直，講究友誼和榮譽感。特別在莎翁的愛情劇中，凡是陷入愛情中的男女，眞是不食人間烟火，宛如穿花蝴蝶，翩翩起舞，不管歡歌悲嘆，總是談情說愛，織就一場匆匆過眼似夢似眞的人生圖景。這類人物正如騎士文學中勇敢、忠貞、俠義的騎士，和世上常見的野蠻好鬥、橫行不法的眞實騎士有着很大距離一樣，屬於理想型人物。羅密歐和朱麗葉是其典型。

從情節上看，羅密歐和朱麗葉情死的古老傳說，一入文人筆下，就逐步減輕年齡，添上晚會、繩梯、服藥、墳場等細節，向着傳奇性發展。到了莎士比亞筆下，就到了登峰造極的地步，把朱麗葉的年齡減到情竇初開的十四歲，把整個初見、私婚、情死的過程壓縮在五天之內，加快情節發展的節拍達到衝刺的速度。這種以異國風光爲背景、發展傳奇性情節塑造理想型人物的寫法屬於浪漫主義創作方法的範疇。莎士比亞《羅密歐與朱麗葉》一劇在繼承和創新的關係上沿着浪漫主義的道路上躍進。《西廂記》和《羅密歐與朱麗葉》繼承和創新的手法代表了文學上繼承和創新的兩種常見現象和模式：現實型和浪漫型。

　　王實甫深感封建社會中青年仕女爭取婚姻自主的困難和苦痛，所寫的《西廂記》具有反封建的高度現實主義精神。莎士比亞的愛情浪漫劇《羅密歐與朱麗葉》同樣跳躍着時代的搏動，具有反映現實面向現實的精神。莎士比亞的愛情劇大多寫在英國伊利薩白女王統治後期，當時英國雖然基本上還是封建社會，但地方勢力已衰，資產階級進入歷史舞臺，國勢鼎盛，甚至擊垮當時世界上最大強國西班牙的“無畏艦隊”。民族具有高度的自豪感和樂觀主義精神。《羅密歐與朱麗葉》中出現的聖君治理城市，兩大家族的俯首服從以及光明前景都是作者心目中英國現狀和樂觀精神的反映。莎士比亞這部名劇以歐洲文藝復興發源地意大利爲劇情背景，宣揚的是滿足個性要求，肯定婚姻自由，歌頌愛的力量和仁愛原則。都是西歐封建社會向資本主義社會過渡這一歷史變革中爲資本主義建立統治地位、推動社會進步的人文主義思想。由此可見，不管王實甫與莎士比亞在繼承和創新的方法上有什麼不同，寫的不論是本國題材或外國題材，他們在繼承和創新上總是着眼於時代和社會的需求，有意無意地採取古爲今用、洋爲本用的法則的。

　　在文字上，王實甫和莎士比亞都古今雜用，不管見於前人、近人或是俗諺、傳說，需用則用。王實甫筆下紅娘的諷刺張生不敢見崔母，用上一句“銀樣鑞槍頭”的俗諺，何等生動！王實甫的曲子有一些以《董西廂》爲監本，僅變更文字而意境相奪，如“長亭送別”一折中《王西廂》的鶯鶯歸去一曲就和《董西廂》的張生西行一曲意境相同：

　　《王西廂》：四圍山色中，一鞭殘照裏，遍人間厭惱填胸臆，量這些大小車兒如何載得起！（《正宮·收尾》）

　　《董西廂》：驢鞭豐鬃、吟肩雙聳，休問離愁輕重，向個馬兒上馱也馱不動。（《仙呂調·尾》）

　　兩曲雙美，高下難分。車兒馬兒，只換得一字，意境全同。今人會加王實甫以巧取豪奪的罪名，但古人沒有這樣苛刻，觀衆只問唱曲與角色是否相稱，不作學者考證。莎士比亞的絕大部分戲劇是利用現成材料改變而成，只因爲添進新的內容和藝術加工，才產生創新的名劇。莎士比亞的戲劇對話或獨白時常夾雜着哲理性或知識的文字，約翰遜（Samuel Johnson）說，"就我所知的例子都是從當時翻譯的書籍中援引的；再不，就是一些思想偶合，這些偶合在考慮同樣問題人們的身上極容易發生；再不，就是一些在談話中流傳的人生評論和倫理法則，以諺語形式在世上輾轉流傳。"這種情況就包含着繼承和創新。在《羅密歐與朱麗葉》中邁丘西奧（即穆克修）調笑羅密歐作夢鬧相思，先說了一句"做夢的人總是撒謊。"這有近於我國"痴人說夢"的諺語，接着又用了一個瑪伯女王（Queen Mab）造夢的傳說，說她是精靈的接生婆，沒有市長戒指上那顆瑪瑙寶石那樣大，坐着小得無以復加的馬車，拿着鞭稍是游絲的蟋蟀骨柄鞭子，坐着車從熟睡的人的鼻子上走過，

　　　　於是他們便夢見了心上人；

　　　　馳過廷臣的膝蓋，他們就立刻夢到下跪；

　　　　馳過法官的手指，他們就立刻夢到訴訟費；

　　　　馳過女人們的唇，她們立刻就夢到與人家親吻；

……

　　小精靈瑪伯女王的造夢並非來自希臘神話，當是英國的民間傳說。然而創造這個春夢婆的絕妙的調皮搗蛋的形象當是莎士比亞的創造，因爲刻劃她的捉弄廷臣、法官、女人的文字表現了莎士比亞式的機智和幽默。

　　王實甫和莎士比亞在運用既有的文字材料上都有直引、改變和添加新意的創新。

　　王實甫是元曲奠基人之一，莎士比亞是英國戲劇的創新者。他們的身上沒有創作上的因襲重擔，不受種種文學條條的束縛。時代要求他們要有開拓精神，他們在繼承上統統是消化力特別旺盛的“拿米主義”者。不管是題材、人物、情節、文字，統統各取所需，變化運用於筆端，自創新劇，成爲劇壇上的巨人。這也是他們在繼承和創新上的共同點。

　　《西廂記》在元代上演以來，代代相承，不絕如縷，如今編成各種地方戲，張生、鶯鶯、紅娘，都是耳熟能詳的形象，影響可謂很大。《羅密歐與朱麗葉》更具有世界影響，男女主角的名字早已成爲愛情忠貞生死不渝的代詞了。這部名劇我國早在三十年代已經演出，到八一年已經用西藏語演出了。二劇可謂劇壇上的藝苑雙葩。但《西廂記》的主角缺乏反抗性，與封建社會具有濃厚的妥協性；《羅密歐與朱麗葉》的主角雖有鬥爭性，卻是“愛情至上”主義者，甚至作者把“愛”作爲超越死亡改造社會的力量，兩者都無利於培養青年正確的人生觀。這是人們在欣賞二部名劇各方面藝術成就的同時不能不注意及之的。

吳金韜

〈《西廂記》和《羅密歐與朱麗葉》的繼承與創新〉，

（浙）《寧波師院學報》（社科版）3（1984），51～59。

《西廂記》與《羅密歐與朱麗葉》* (2)

王實甫的《西廂記》是在《鶯鶯傳》以來的許多描寫崔、張戀愛故事的作品，特別是在董解元《西廂記諸宮調》的基礎上創造出來的。唐朝詩人元稹寫了一篇傳奇《鶯鶯傳》（又名《會眞記》）記述鶯鶯這個封建貴族家庭的女性企圖突破禮教束縛、追求幸福生活及其被遺棄的悲慘結局。這裏的張生是一個"非禮不可入"的"正人君子"。當他遇上鶯鶯"不能自持"的時候，爲了滿足卑鄙的私慾，便顧不得"禮"了；但當他決定拋棄鶯鶯的時淡，又裝得道貌岸然，大罵鶯鶯是"不妖其身，必妖於人"的"尤物"。作者爲了替封建禮教辯護，千方百計醜化鶯鶯、美化張生，甚至以爲張生的拋棄鶯鶯是"善於補過"。

到了北宋時期，《鶯鶯傳》被收入《太平廣記》，成爲民間說唱的題材，廣爲流傳。當時的聽衆主要是市民階層，他們對於那個"始亂終棄"的結局當然不愛聽，因而崔、張戀愛故事很自然地改變成了團圓終場。

到了金朝，有一位說唱家董解元（約一一六〇～一二二〇）根據民間流傳的崔、張故事，寫了一本《西廂記諸宮調》。諸宮調是一種又說又唱的民間文藝形式，可以稱爲抒情性的敍事詩。

---

* 同前。

《西廂記諸宫調》從根本上改變了《鶯鶯傳》的人物和主題，把張生塑造成一個追求美滿的愛情生活而向封建禮教挑戰的人物，讓他和鶯鶯、紅娘站在一起，跟代表封建勢力的老夫人進行鬥爭，並取得了勝利。作品從矛盾鬥爭中塑造了許多真實的、個性鮮明的人物形象，通過這些形象及其相互關係顯示了反封建禮教的進步思想。

《西廂記》便是在《西廂記諸宫調》的紮實基礎上"百尺竿頭，更進一步"，發展而成的。王實甫所做的改造、提高工作是多方面的，並恰到好處。

《西廂記》的情節結構更加集中、謹嚴。如孫飛虎圍奪事件，這本來僅爲崔、張愛情發展的一個外部條件，《西廂記諸宫調》卻用將近六分之一的篇幅來舖寫。《西廂記》把它壓縮爲全劇二十一折中的一折，不使喧賓奪主。

在人物形象方面，《西廂記》裏鶯鶯和紅娘都得到很大加强，成爲比張生更值得重視的人物。鶯鶯的叛逆性格和反抗精神表現得非常强烈。戲劇一開始，她就對張生表示了愛情，而不只是被動地受張生追求。孫飛虎兵圍普救寺時，又是鶯鶯自己提出婚姻問題。她的封建門第觀念和功名富貴思想也有所剔除。送張生赴考後，她不是像《西廂記諸宫調》裏寫的那樣"專等着伊家寶冠霞帔"，而是勇敢地向張生表白："不戀豪傑，不羨驕奢，自願的生則同衾死則同穴"。

跟《西廂記》的情况一樣，《羅密歐與朱麗葉》也是以一首長詩爲依據改編而成的。此詩是阿瑟·布魯克根據布瓦斯圖的一本法文小説改寫的，一五六二年由理查德·托特爾出版，按照當

時的習俗標了這麼一個題目：《羅密歐與朱麗葉的悲史，罕見之
忠貞：雖有老神父錦囊妙計，刼數難逃》。一五六七年在《娛樂
宮》第二卷上又發表了布瓦斯圖同一法文小說的散文體英譯本，
譯者爲佩因特。

　　其實，羅密歐與朱麗葉的戀愛故事源遠流長，在歐洲傳播很
廣。其最早出處是威尼斯一五三五年出版的一本意大利文小說
《吉烏利婭泰》。作者盧吉達波托（？～一五二九年）聲稱，故
事是維羅納射手佩里格林諾親口講給他聽的。不久，西班牙就出
現了兩個劇本，都是依照這個故事改編的。類似的作品在意大利
更是層出不窮。由此可見，羅密歐與朱麗葉的悲劇跟崔、張的戀
愛故事一樣，近乎是民間傳說，深深地紮根於人民之中。

　　莎士比亞作爲主要依據的阿瑟·布魯克的詩長達四千行，異
常優美、雄壯，但不夠質樸，比較浮華。它的語言不但晦澀、矯
作而且古老、陳舊，就連莎士比亞時代的人也不易弄懂。故事反
映的是十四世紀下半葉意大利的政治、社會風貌；莎士比亞所要
表現的卻是十六世紀末英國的現實生活。因此，他雖然借用了這
則故事的梗概和人物，卻作了一番更新的工作。他的人物雖然仍
穿着古老的服裝活動在意大利的烈日下，他們胸中跳蕩着的卻是
一顆莎士比亞當代人的心，他們的思想帶着強烈的人文主義色彩。
在長詩中，茂丘西奧僅僅是一個"善於辭令"、"勇於跟腼腆的
女士們週旋的朝臣"。可是在莎劇中，茂丘西奧成了親王的親戚，
高貴、文雅，重情義却又好爭論。他是全劇除羅密歐與朱麗葉外
最精彩的人物，也是莎士比亞理想中的人文主義者的形象。羅密
歐親眼看到這樣完美的一個"人"被提伯爾特殺害，怎能不叫他

義憤填膺呢？爲了替朋友報仇，他一劍結果了提伯爾特。但在長詩中，羅密歐只是出於自衞才殺了提伯爾特。莎士比亞的這一改變既激化了矛盾衝突，又提高了人文主義者鬥爭的正義性。羅密歐也因爲殺死了提伯爾特而被流放直至死亡，他倆的身上正體現着新興資產階級的人文主義與封建仇恨勢力的鬥爭。莎士比亞讓提伯爾特在羅密歐結識朱麗葉的假面舞會上劍拔弩張地表演了一番（第一幕第五場），讓恨與愛進行面對面的交鋒，預示着後來的悲慘結局。莎士比亞另一個明顯的改動是在時間問題上。在長詩中，羅密歐與朱麗葉從一見鍾情到雙雙長眠於九泉之下經歷了四、五個月。莎士比亞從戲劇效果出發，把它壓縮在五天之內。這樣不但使劇情更緊湊、生動，而且增添了人物魯莽、衝動的激情。

　　《羅密歐與朱麗葉》和《西廂記》在結構上也有一個共同的特色：奇妙。我國自古就有"無巧不成書"的說法。這個"巧"即是現實生活中的偶然性在文學作品裏的反映。必然性和偶然性，是客觀事物的聯繫和發展過程中同時具備的互相對立而又互相聯繫的兩個方面的普遍屬性。一切事物的聯繫和發展既包含着必然性的方面，也包含着偶然性的方面。偶然性是必然性的表現，或者，如恩格斯所說，是必然性的完成。在《西廂記》中，崔、張愛情發展到"寺驚"之前大有"山窮水盡"之勢。因爲"把針兒將線引"的只能是紅娘，而紅娘卻忠於老夫人交給她的"行監坐守"的任務。這時忽然跑出個孫飛虎來，使戲劇情節得以曲折地向前展開。孫飛虎此時此地的出現是有其偶然性的，但同時又是必然性的表現而已。鶯鶯一家之所以暫寓普救寺，是"因路途有阻”。這便是和“天下擾攘”的客觀形勢有關的；孫飛虎這類角色也正是元朝的動盪社會的必然產物。“鬧齋”一折，“諸檀越盡來到”，鶯鶯的美貌必定會傳揚開去，被孫飛虎聽到，而後“圍寺”，也就非常自然了。可見，孫飛虎雖來得“奇”，但這一情節並不“荒唐”，因爲它符合生活的規律。

　　同樣，在《羅密歐與朱麗葉》中，朱麗葉只要早幾分鐘醒過來，或者勞倫斯神父早幾分鐘去到墓地，悲劇似乎就可以避免。孤立地來看，這一事件是偶然的。但在偶然性的背後却隱藏着必然的聯繫。在客觀事物發展過程中，沒有純粹的必然的，必然性是在無數的偶然性之中開闢自己的道路的。現實事物中的必然性是由偶然性作爲補救的。用勞倫斯的話來說：“一種更大的力量，我們無法對抗，把我們原來的計劃打個粉粹。”究竟是什麼力量使好心的神父的一個個周密計劃和善良願望破滅的呢？是“命運”——客觀事物發展的必然規律，是野蠻的、仍很頑固的封建道德勢力。體現在羅密歐和朱麗葉身上的人文主義者的愛情理想和封建惡習、封建壓迫之間的衝突是必然的；不付出一定的代價，封建偏見是不可能得到克服的。新的生活原則的勝利，沒有贖罪的羔羊是不成的。男女主人公“出乎意料地”遭到毀滅更突出了封建仇恨勢力所造成的惡果。蒙太古和凱普萊自食其果。他們親生兒女的鮮血給了他們最有力的教訓，鑒於世仇釀成的錯誤才言歸於好。因此，勞倫斯神父計劃的失敗雖有着偶然的因素，但偶然性在特殊的條件下就變成了必然性。

　　《羅密歐與朱麗葉》和《西廂記》之所以一直得到人們，特別是青年的喜愛，其中一個重要的原因是它們創造了一系列活生

生的人物形象組成的畫廊。只有各具獨特個性的藝術形象，才能
具體而生動地反映出五花八門、千變萬化的實際生活，才能永遠
激動觀衆和讀者的心。莎士比亞在塑造個性化典型形象方面所取
得的成就是具有劃時代意義的。在他以前，中古時代的宗教劇和
道德劇等是某種類型性格和德性的擬人化，其人物只是 " 善 "、
" 惡 "、" 貪婪 "、" 慷慨 " 等抽象名詞的化身，都具有共性而
缺乏個性，可是在《羅密歐與朱麗葉 》裏，我們看到的不再是
" 神 "，而是各具獨特性格的活的人。" 每個人都有愛、憎、悲
憂和歡樂，但每個人都有各自的風格 "【 普希金語 】，不能使他
們彼此混同起來。就連人物的語言也是個性化了的。從乳母嘴裏
決不會吐出朱麗葉使用的文雅的詞句來。《西廂記 》中的情況也
是這樣，鶯鶯和張生的語言是華麗的，紅娘的語言是潑辣奔迸的，
而鄭恆的語言則是粗俗的。

　　西方戲劇根據亞里斯多德故事整一性的要求，故事到牧場時
就不容穿插任何別的情節，因爲觀衆急於看到戲的最後結果。
《羅密歐與朱麗葉 》也正是這樣一傾而瀉地結尾的，氣勢磅礴，直
趨高潮的頂峯，給予觀衆藝術享受上的最大滿足。但在我國戲劇裏，
故事臨到結束並不急轉直下，還有餘閑添些轉折。《西廂記 》結
尾，張生報捷，鶯鶯寄汗衫，兩人馬上就要團圓，這時還來了個
鄭恆求配的轉折（第五本第三折 ）。此等 " 節外生枝 " 也反映了
生活中 " 好事多磨 " 的客觀眞實，且使情節波瀾起伏，還給觀衆
以懸念，能加深印象並留有餘味，可以收到中國戲劇獨有的藝術
效果。總之，我國戲劇的結構不及西方戲劇嚴謹，但幅度廣而密
度鬆也，利於反映寬闊的社會背景，如孫飛虎一節就從側面反映了

元朝兵荒馬亂的社會現實。

桑敏健

〈《羅密歐與朱麗葉》和《西廂記》的比較〉，
《杭州大學學報》（哲社版）1（1986），64～71。

《西廂記》與《塞萊斯蒂娜》* (1)

　　本文所要探討的是我國王實甫《崔鶯鶯待月西廂記雜劇》(以下簡稱爲《西廂記》)中的紅娘，與西班牙費南度・羅哈士
❶《拉・席麗絲蒂納：卡利斯德和美利貝亞的悲喜劇》(*La Celestina : Trgicomedia de Calisto y Melibea*) 中的席麗絲蒂納，這二位中西相得益彰的"媒婆"人物在該作品中的角色，人物性格，以及作品所反映的時代和文化背景。

　　紅娘以"女大不中留"爲前題，伶俐的口齒，銳利的詞鋒，頂撞夫人，使得夫人也不得不承認"這小賤人也道的是"。她的"熱心腸和正義感"[俞大綱語]，把鶯鶯之母的僞善和愚昧，背信和食古不化的頑固面子問題加以無情的頂撞和反駁，掀開那閉關虛驕的思想，轉爲入世的，通達人情的老者。她這勇敢、大膽、不懼怕權威的性格，表現得異常的突出，在人物刻劃上是王實甫的一大傑出手法，使《西廂記》列入了世界偉大著作之林，因爲"沒有紅娘，《西廂記》就不會成功。"[夏志清語]

　　　　閉上你的狗嘴，不要噴髒了老娘的蒼蒼白髮，上帝賜予我
　　　　這一大把年紀，可見我並不比別人壞。我跟其他的人一樣，
　　　　盡自己的力量謀生，乾乾淨淨。我不强人之所難，是人家

---

*　　Fernando de Rojas (1476 ?～1541 ?)，*La Celestina* (1499)。
(《塞萊斯蒂娜》又譯《拉席麗絲蒂納：卡利斯德和美利貝亞的悲喜劇》)

上門來求我，非我求人的。是善是惡，上天明鑒。你不要
對我橫眉豎眼。人人公平，法律之前人人平等，雖然我是
一個女流之輩，但是跟你大男人一樣。不要到我家來吵鬧
我的安靜。……（ La Celestina ）

當夏姆（ Sempronio ）威脅她交出卡利斯德（ Calisto ）所
贈予之物以共分享時，席娘（ Celestina　席麗絲蒂納簡稱爲席娘)
不但不拿出來，反而理直氣壯地，訓他這一席話。面對着強硬的
逼迫，甚至於死亡的威脅，席娘仍然勇敢以對，不懼怕的性格，
躍然於目，這是羅哈士筆下的七十二高齡老婦人的寫照。

藝術家的基本立場是＂領悟人生的眞諦＂，把芸芸衆生的現
世人物經作者的巧妙安排和對人物的刻劃，使作品中的角色賦有
眞實人物的生命，而使這虛構的人物變成爲似眞實的人物，令人
津津嘴味這＂似曾相識的陌生人＂（屠格涅夫語），因此＂藝術
不是辯論，是化瞬間爲永恆＂。中國一位小說家曾說道：＂作家
刻劃人物就是創造人物的性格：由生理的、心理的、社會的因素，
通過人物的思緒與活動，情節與對話，建立該人物的與衆不同性
格＂。一個虛構的人物，經作者的妙筆生花，細心刻劃，這人物
就栩栩如生地活在讀者的心目中，成爲某種典型的人物❷，不受
時空的影響，永遠屹立着，這是創作的成功，是作者出類拔萃的
描寫。紅娘如此，席娘也是如此。

宗教信仰的解體是道德墮落的另一原因。宗教失去了控制道
德生活的力量時，人們行事便隨心所欲，無所顧忌。罪惡感消失
了，犯罪時也沒有良心不安。於是人們希望的不再是做一個好人，
而是怎樣成爲一個強者：這是馬其亞維里（ Machiavelli ）所說

的“爲了目的可以不擇手段”。席娘的目的純爲金錢（子曰：
“及其老也，血氣既衰，戒之在得”——倫理十六），卡利斯德
的兩個僕從，夏姆和巴梅洛（Parmeno）幫助主人暗結席娘的目
的也爲了金錢，因向席娘索取分紅，她不允，結果席娘被二人活
活扼死，而二僕因驚慌，一被摔死，一被吊死（第十二、三幕）。
席娘不願既得之利（百元金幣）分享他倆，一者貪財，一者表現
強者的不甘示弱而遭致死亡——她面對現實，爭取生活的條件，
的確表現得很勇敢。

　　比較之下，紅娘之可愛乃擁有我國古風美德,助人不求酬報,
甚至於怒斥張生之“金錢賄賂”，她說：

　　　　哎，你箇饞窮酸俫沒意兒，賣弄你有家私，我莫不圖謀你
　　　　東西來到此？先生的錢物，與紅娘做賞賜，是我愛你的金
　　　　貲？（三本一折，〈勝葫蘆〉）

她真是個“婆娘有氣志”（同上）。她幫張生乃出於一片“同情
心”（“可憐見小子，隻身獨自”）。悠久的傳統文化畢竟竭誠
持重，古道熱腸的“好義”絕非短促的文明社會可與倫比的。紅
娘因感張生的“解圍”（見〈張君瑞破賊計〉），不屑於崔氏的
食言不爽，故挺身而爲“媒人”，此則西方重物質，東方重精神
的一個對比寫照。

　　“睡不着如翻掌，少可有一萬長呼短歎，五千遍倒枕搥牀”
（一本二折〈二煞〉）寫盡張生的相思病態，後來“兩下裏都一
樣害相思”（三本一折），紅娘帶來了鶯鶯的四句詩“待月西廂
下，迎風戶半開，隔牆花影動，疑是玉人來”，而造成“春至人
間花弄色”（四本一折），最後“你是必破工夫明夜早些來”，

是紅娘的"功勞"。這些行爲影射，我們看不出作者有意對當代
道德的批評。"老夫人問私情"的眞正始作俑者並非紅娘；她根
本不知"四句詩"的影射含義，她只是被利用者，處於被動的地
位，所以一切後果不應有責任。換言之，作者的旨意不在透過紅
娘來批評社會，因此紅娘的角色就非以寫實的方式處理。席娘的
角色卻不同了。她懂世故，以及存有那邪惡的念頭，不擇手段以
達逐目的，她引誘美利貝亞墜入她的圈套，這是作者有意的安排，
也是作者對不道德行爲的攻訐。席娘鼓其三寸不爛之舌，煽動、
挑撥、欺騙少出門戶的美利貝亞給她一條腰帶（貞操象徵）以作
爲醫治卡利斯德的病之藉口，天眞的美利貝亞因"不願他認爲我
是一個冷酷、急躁、不懂禮貌的人"（第四幕）而給了。（卡利
斯德打獵誤入女家花園見了她後，就一見鍾情而害相思，因想滿
足"慾望"而用錢雇席娘定計謀，從此席娘變成全劇最活躍的人
物。）美利貝亞既被騙取腰帶，又被惑於席娘之言，終於也動了
"春心"，於是被這狡猾的鴇母牽着鼻子走了。席娘第三次偷訪
她時，爲她開了三個藥方，其中第三個是"甜蜜的愛"（Amor
dulce）（第十幕），這勾引了懷春的少女。

　　羅哈士筆下的席娘是一個善良道德的破壞者，她不但引誘未
成年的少女——十四～十八歲，如 Elicia，Areusa ——入"火
窟"爲她賺取那骯髒的錢，更進一步破壞良家閨女，未涉世的美
利貝亞的貞潔。

　　"天下無難事，只怕有心人。"席娘説。
　　"怎麼做？"美利貝亞問道。
　　"我已想好了辦法，我會告訴妳的。在妳家門口。"

　　"何時？"

　　"今夜。"

　　"什麼時辰？"

　　"夜半無聲人靜時。"（第十幕）

就這樣，天使也變成了魔鬼。縱使她的母親警告她："遠離席娘。……美德比利双更使人懼怕"，但爲時已遲，因爲她已經做了，雖然回答她母親"絕不再！"可是仍然偷偷跟卡利斯德私下幽會。

　　金聖歎《讀第六才子書西廂記法》中說道："西廂記止寫得三個人。一個是雙文，一個是張生，一個是紅娘。其餘如夫人…俱是寫三個人時，所忽然應用之像火耳"。可見紅娘與張生和鶯鶯是鼎足而立。但故事的重心是張生與鶯鶯的私通款曲，要使這一對青年男女（張生二十三歲，鶯鶯十九歲，）在男女授受不親的社會禮俗之下，達到彼此的願望，那麼必定要創造另一個人，而這個人對他們的事（情節發展）就有舉足輕重的地位：這個人就是紅娘，因此這鼎足三立有如等邊三角形，而紅娘是這三角形的頂點，底邊的兩點是張生和鶯鶯。金聖歎又說："譬如文字。則雙文是題目。張生是文字。紅娘是文字之起承轉合。有此許多起承轉合，便是題目透出文字，文字透入題目也。其餘如夫人等，只是文字中間所用之乎也者等字。""譬如藥，則張生是病，雙文是藥，紅娘是藥之炮製。有此許多炮製便令藥往就病。病來就藥也。……"金聖歎的"批評"觀點，很顯然的是把整個作品的重心放在鶯鶯一人身上，而紅娘只不過是陪襯的角色。若以故事論，金聖歎的觀點並沒錯，但若以人物寫作技巧而言，那就不同了。一部《西廂記》使人回味無窮的並不是鶯鶯的扭扭捏捏，欲言還羞的作態，或是張生的哀聲嘆氣，而是紅娘。鹽谷溫說道：
「西廂記中人物最活躍的要算紅娘，機敏而有俠氣，雖然翻弄男
子，但也不吝嗇與以同情，終使才子佳人得遂歡會；當事情發露
的時候，又能以身負責。」如此說，我們倒過來看，則紅娘變成
了「喧賓奪主」的地位，而這也就是王實甫的成功所在。

　　張生和卡利斯德都是出身高貴，有教養的青年，鶯鶯和美利
貝亞也都是才色雙絕，氣品自高，守禮重道的大家閨秀，但爲何
鬧到「別樣的風流」（四本二折）不堪收拾的悲哀下場呢？（美
利貝亞聞情人墜牆亡故後，爬上屋頂，血淚交集，傾訴於乃父全
盤秘密，然後跳樓自殺。）這都跟「媒人」有關，亦即人物性格
在情節安排上所求得的效果。

　　紅娘既然是有「俠氣」的人，所以她就勇敢地擔起一切後果，
而因她純潔的心地，終於化戾氣爲祥和。我們知道，從頭開始，
作者並無意把這人物塑造成爲一個「悲劇英雄」的角色——性格
上沒有重大的缺陷或執着的個性，明顯地，這是喜劇的手法。至
於席娘的死亡，和由於她的死造成了其他人的死亡（四位：Ca-
listo, Melibea, Sempronio, Parmeno）。恰如作者爲這作品
所取的「悲喜劇」名稱，而做的情節佈局。席娘、夏姆和巴梅洛
之死是合乎「詩之正義」（poetic justice）。卡利斯德和美利
貝亞之死乃作者在「旨意」中所提示的結局。因美利貝亞尙有年
邁的父母，所以這對青年的「貪慾」波及父母之哀慟，則道德教
訓的意味很顯然地提示。

　　另一件有趣的巧合，筆者願在此順便提出的是，對男主角的
家庭背景，兩者都以單獨一人的安排，而對女方的家庭都給予家

人，可見重心是在於“女”人；非男方的侵越，取決以女爲主，
因此繫住故事中心的“貞潔”──女人的操守是握之於女人本身。
她們若持之以正，重視貞操的觀念，男人則無可乘之機會，縱使
狡猾如席娘也無機可乘。

　　“席娘是一個鬼計多端，無惡不作的妖婆，如果她存心要引
誘女人墮落，最堅硬的岩石也能摧毀。”夏姆向主人推薦她時，
清楚地說明了席娘這一個人（第一幕）。而卡利斯德──一個不
信神，而有神秘色彩的人，就邀了席娘過來爲他進行如何去接近
美利貝亞。卡利斯德既已知席娘非善類，卻故意禮聘，何能有善
終？巴梅洛也熟知她之惡行，力勸主人勿近她，無效（第二幕）；
繼後席娘挾以恩惠終於說服了他，並使他淪爲狼狽爲奸，而造成
了難逃同遭死亡的命運。席娘以“人不單爲麵包而活”，誘使美
利貝亞想入非非，再以“不爲己謀，唯從他人”的堂皇藉口，使
她不疑有詐。作者的確把席娘的惡人角色寫得入木三分。那張醜
惡的嘴臉令人生厭，也讓讀者在現實社會中，提高警覺，避免墮
入邪惡的陷阱，這是實用主義的目的。

　　紅娘這個人物給予我們的印象是一個年輕、活潑、調皮、淘
氣、誠篤、富同情心、有正義感、肯捨己爲人的人。而席娘是一
個很懂世故、居心叵測、唯利是圖、重現實、視錢如命、損人利
己的人物，於是我們喜愛紅娘，討厭席娘；前者是個出世的態度，
後者是入世的；前者對人生充滿着希望，抱着樂觀的態度瞻望着
未來，後者對人生感到失望，只有過去、現在，對未來感到悲觀、
惶恐、不安、焦慮。現實是一場慘酷的事實的話，席娘倒是勇敢
地面對人生，積極地掙扎着要活下去的勇氣，而紅娘是不懂人生

（至少欠懂），因此快樂地活着享受人生的樂趣。這是作者藉她
們所展示的寓意。

<h2 style="text-align:center">附　註</h2>

❶ 兩人的生平皆不可考。王寶甫約生於一二四〇，或謂十三世紀末，
十四世紀初人氏。羅哈士約生於一四七六（？）～一五四一（？）
參閱 Fernando de Rojas : *La Celestina*, Alianza Editorial,
Madrid, 1969. p.p. 265 -272. 對此作之版本，作者生平有較詳之
說明。本文另參閱 Coleccion' Austral, No.195, Buenos Aires,
"La Celestina"， 一般認爲一五〇〇版爲最佳版本。［《拉·
席麗絲蒂納》一書自一四九九年出版後，在西班牙各城市的出版書
中有各不同的版本：二十幕、二十一幕、二十二幕、二十五幕、十
六幕者，當今被認爲最佳者乃二十一幕之版本，而這版本有歐洲各
國譯本。此書乃"對話式的小說"，但又謂"戲劇式的小說"，因
此有了此書是"小說"抑或"戲劇"之爭論。其因乃若"小說"卽
戲劇式之處理，若"戲劇"卻缺舞臺處理之說明：但仍適合舞臺戲
之表演，並且歷代皆有演出。］

❷ "典型人物"按前文的解釋："由單一的過渡到集合的人，就叫做
從原型過渡到典型，這種人物，一般叫做典型人物。"

<h3>劉啓分</h3>

〈論紅娘與席娘〉，

（臺）《中外文學》6. 5（1977）56～72。

《西廂記》與《塞萊斯蒂娜》*⑵

　　《塞萊斯蒂娜》是一四九九年問世的西班牙著名對話體小說，作者是費爾南多・德・羅哈斯。故事大略如下：

　　富家子弟卡里斯托（Calisto）爲追趕一隻獵鷹闖入梅麗貝婭（Melibea）家的花園，與她邂逅，並向她求愛，但遭到拒絕。卡里斯托因而求助於專爲情人作縴頭的塞萊斯蒂娜（Celestina），經這老太婆巧言相勸，梅麗貝婭終於動心。兩位年青人在初識時的花園裏相見了，以後每夜在那裏幽會。一次，卡里斯托在翻越花園高牆時不幸失足身亡。梅麗貝婭痛不欲生，從塔樓上跳下，毅然殉情。

　　《西廂記》的原始故事《會眞記》傳奇出現在九世紀初的中國，約在一二九九至一三〇七年間由王實甫改編成雜劇。在花園幽會，第三者牽線等情節上，兩部作品有不少相似之處，其反封建爭自由的主題更是相同的。然而，它們却產生於歷史上很少聯繫的兩種不同文化，這自然會引起比較文學界的興趣。更有趣的是，兩部作品中的主要人物却大都是婦女，我們索性單就這些中世紀女性間的某些異同，結合社會歷史背景作一比較。

―――――――――――

　　* 同前。

一、梅麗貝婭與崔鶯鶯

她們分別是兩部作品中的女主人公，都出身於上層社會，也都不滿封建家庭的束縛，要求婚姻自主。

梅麗貝婭明確表示只要愛情而不要傳統婚姻。卡里斯托本來符合她父親的要求，她有可能得到父親的允諾與他結婚，但她沒有這樣作。對此批評界衆說紛紜，推測了許多原因。我們認爲這原因其實梅麗貝婭自己已講得很清楚了。她聲明："寧作得到愛的情人，不作被欺凌的妻子……我不要丈夫……"在她頭腦裏丈夫已是婦女壓迫者的代名詞，按舊傳統結合，組織家庭是可怕的事。她要的是"以愛報愛"的新式結合。她實現了這願望，那就是與卡里斯托的幽會。在花園的一角，他們建立了一個小小理想國，那裏有情人的愛，自己的尊嚴，而無中世紀家庭的義務和作妻子的被奴役。這可以說是一種內容與形式全新的婚姻，當然也僅是人文主義者們的一個實驗，尚無社會實踐意義。

鶯鶯的鬥爭也是可貴的。她自幼受封建主義正統教育，又時刻受着嚴母的監督，但就在這環境中，她對自由的渴念卻如寒風中的小草在萌發着。於是，她不願"無事度春芳"，"曾不告而出閨門"。認識張生後，那小草便迅速地長大開花了，自然這也意味着她走上了一條充滿困難的道路。然而在很長時間裏她是堅定的。她終於敢冒天下之大不韙，與張生私期幽會，並以身相許，從她的閨房到西廂，雖近在咫尺，但她從被禁閉蘭閨的奴隸到在一定條件下成了自己意志的主人，這是一個多麼有意義的飛躍呵！

在爭取自由的過程中，梅麗貝婭和鶯鶯都還比自己的愛人表現得更堅決些。這大約是因爲她們受着更多的束縛，需作更大的努力，才能實現雙方的自由結合；因而作者也有意使她們的形象更突出些，以更好地表現作品的主題。

卡里斯托與梅麗貝婭相識之初，爲她的美貌所動，向她求愛；而她錯以爲對方輕浮。於是拒絕了。卡里斯托求了塞萊斯蒂娜說情時，梅麗貝婭一聽到這位"年青、英俊、出身高貴的少爺"的名字，就將她斥罵了一頓；因爲她不入俗流，將錢財、出身、相貌都看得輕，惟重愛情。當她逐步了解了卡里斯托，證實了他的忠誠後，她爲找到知己高興地哭了，發誓隨他赴湯蹈火。卡里斯托死後，她實踐了自己的諾言，從容殉情。這遲緩審慎的開始與壯烈深沉的結束，反映了她在愛情上比卡里斯托更認眞熱烈。

鶯鶯的情緒不像梅麗貝婭的那樣起落很大，她沉靜含蓄，內心藏着對愛情的忠貞不渝。她的處境比張生困難，一旦失敗，要承擔更加嚴重的後果。然而就是她，在張生陷入絕望時，向他發出了肯定的信息，"謹奉新詩可當媒"，毅然潛入西廂。另一個有意義的例子是，當上上下下都關心着張生的功名時，她卻更重視愛情，認爲"但得一個幷頭蓮，煞強如狀元及第"，叮囑張生"此一行得官不得官，疾便回來"。王實甫婉曲動人的詩句所表現的她外表的柔美，一向得到很高評價；而她性格裏勝過張生的剛美，則更應受到讚揚。

梅麗貝婭和鶯鶯對自由的追求因受歷史條件限制，又帶着時代及所出身階級的色彩。

例如，她們在自家或寄宿處花園裏的幽會，頗爲象徵性地反映了她們的處境：一方面與封建家庭有矛盾，另一方面又至少是在物質生活上還依賴着這個家庭。因此花園便成了適合她們與情人幽會的地方：既與家庭有距離，卻也沒完全脫離它。這大約也是那種時代裏許多貴族小姐的寫照。隨着社會的進步，到了莎士比亞時，朱麗葉最終被攆出了家門，而以後則更有人勇敢地衝出了家門。

又例如，她們第一次幽會時的表現也很合乎自己的身份。她們當着女僕的面私會一個男子，已經十分羞怯了，她們又怕被家人發現；此外還寧可多些戒心，以免被對方欺騙，引來終身之恨。這種種顧慮使她們不敢貿然邁出決定的一步去爭取幸福，卻忍痛將自己約來的情人斥責了一頓。讀者如體會到她們的難處，就不會責怪她們優柔寡斷。

梅麗貝婭與鶯鶯還有許多相似，同時又幾乎在各方面都有不同，此處不能一一詳列。我們只想對其世界觀作一點探討，因為這與社會、家庭等諸方面的因素一起，決定了她們不同的結局。

梅麗貝婭對愛情懷着熱烈而神秘的崇拜。她把卡里斯托當作自己的“上帝”、“主宰”，即無上的權威和救星。鶯鶯卻沒有這種觀念，她的態度是入世的。她曾在月夜向“天”禱告，但這個“天”的意義對她來說是朦朧的，“心中無限傷心事，盡在深深兩拜中”，只不過是為在孤獨憂傷中尋個寄託罷了。在認識張生以後，她無須再這樣寄託感情，也就不再提“天”了；當然也不是像梅麗貝婭對卡里斯托那樣，以張生為主宰，她只希望與他作個“并頭蓮”。

這兩種態度與兩個民族在封建社會裏的思想傳統有關。中世

紀西班牙人深受天主教影響，以爲人生來就" 有罪"，非得依靠
超自然的上帝才能得到解脫。梅麗貝婭雖受人文主義影響，不再
信奉天主教的上帝，卻又不自覺地承襲它的傳統，把人——她的
愛人當成"上帝"。她的非常感人的殉情，固然是因爲羅哈斯運
用了希臘悲劇的原則，以表現主題的嚴肅與主人公的崇高；但也
反映出她是把愛情當作超自然的力量寄託着美好的期望。旣然不
能與卡里斯托在人世間重逢，那就到天國去與他尋求永久的團圓，
所以她說着" 我的卡里斯托，等一等，我就要來了"，坦然地從塔樓
上跳了下去。

　　封建社會的中國人深受儒家影響。儒家重視的是現世的人，它
認爲人性" 善"，人根據聖人規定的道理通過自我反省、克制，
便能得到自救，即以中和中庸的態度，保持社會各階級、階層間
關係的穩定。這種理性態度在鶯鶯身上表現明顯，她不像梅麗貝
婭那樣易於激動，甚至迷狂，她是悄悄地克服困難，暗暗地體會
幸福。當她意識到最終不能戰勝保守勢力時，便委屈妥協，與張
生回到封建陣營裏，苟求一個團圓。當然，並非所有中國封建社
會裏的青年女子都得像鶯鶯，這正如並非所有西班牙封建社會裏
的姑娘都得像梅麗貝婭一樣，我們只是說她們是很有代表性的人
物。

二、阿麗薩與崔夫人

　　阿麗薩是梅麗貝婭的母親，在《塞萊斯蒂娜》裏是一個次要
人物，出場很少，但也值得與《西廂記》中的崔夫人比一比。

　　她們都根據傳統道德準則，反對自己女兒婚姻自主。然而，在這相同點之後，兩者有很大差別。

　　阿麗薩屈從丈夫，在丈夫談到女兒的婚事時，她說：" 這是作父親的事，與我們女人家不相干，無論你怎樣決定，我都滿意，女兒也會服從。"據卡里斯托的僕人森布羅尼奧說，她還 " 是個很厲害的女人 " 呢，可對獨生女兒的終身大事，卻認爲與己無關，不該過問，而且希望女兒也服從父親。這未免太冷漠了。然而女兒死後，她卻如萬箭穿心，原來被壓抑的感情爆發出來了。這說明她對女兒並非無情，只是中世紀的道德已使她習慣於遵從丈夫，以爲這是天經地義的，與對女兒的愛並不矛盾。

　　崔夫人是個典型的封建衛道士、封建家長的標本。她 " 治家嚴肅 "，家庭生活像衙門一樣籠罩着嚴峻緊張的氣氛。鶯鶯也是她的獨生女兒，丈夫去世了，她更該與女兒相互體貼。然而她卻把女兒像奴隸樣加以拘管，她那裏還像母親，儼然像個冰冷的判官、橫暴的獨裁者！

　　這種異化現象是封建禮教造成的，在她僵化的頭腦裏只有這一套東西，她嚴格地執行它，本身卻也受着它的束縛，是它的奴隸。

　　例如，她再三賴婚，讀者不免氣憤而難以理解，其實這裏有個緣故。她所以盡力排斥張生，欲招鄭恆爲婚，因爲這是崔相國的既定方針，所謂 " 相國在時，已許下了 "。鄭恆的父親是她的兄弟，曾任禮部尚書，鶯鶯嫁給鄭恆會有助於維護和發展兩個世交家族的利益。這在門閥觀念很重的唐朝是完全自然的。作爲母親，她可以在鶯鶯面前施展家長的權威；而作爲妻子，那怕是寡婦，她就得忠於家族的利益和丈夫的遺訓。把封建主義衞道士和封建主義的奴隸這兩方面結合起來，我們才能看到一個完整的崔夫人。

同樣是貴夫人，同樣面對着獨生女兒的婚事，阿麗薩是麻木地屈從丈夫，心底尚存着母愛的火種，崔夫人卻以維護封建禮教爲己任，盡全力壓迫嚮往自由的女兒，以使她就範。

她們的這種差別自然與各自的地位有關：崔夫人沒了丈夫，她即是家長；而阿麗薩的丈夫健在，她只能作附庸而不可以越俎代庖。不過相比之下，中國的封建家庭似乎確被一套更加嚴酷而成體系的禮教統治着。

早在遠古，中國人的氏族觀念就比較重。侯外廬先生指出，“周代和希臘有點不同，其宗教基本上是上帝（天）與先王的二元神”，“但祖先神是更重要的傳統……古代中國的‘孝’字也是從這裏產生的”。從這裏發源，並在封建社會形成、強化的一套封建禮教也是把重點放在家庭上，例如“三綱”中即有二綱，“父爲子綱”和“夫爲妻綱”，是規定家庭成員間關係準則的（其實“君爲臣綱”也是孝道的延伸）。因此，崔夫人就得絕對服從丈夫，鶯鶯就得絕對服從父母。西班牙的封建主義固然也以其道德約束人，但因把權威更多地集中在神權上，使“上帝”的統治直接落實到個人，而並不像中國封建主義那樣重視家庭，福音書甚至說兒女婚後應離開父母獨立生活。因此，梅的父親雖強調自己家長的權威，卻也給女兒一些有限的自由，家庭生活氣氛較爲和緩，梅麗貝婭與卡里斯托所受到的威脅和壓力許多也似乎直接來自社會，而不完全來自家庭。

三、塞萊斯蒂娜與紅娘

　　這是兩個有着永久生命力的形象，她們作爲主人公間的媒介、橋樑，對他們的結合起了重要作用。她們性格鮮明：機智、善辯、潑辣、言行富於喜劇性和生活氣息。這些都給讀者留下了深刻印象，她們至少在西班牙、拉丁美洲和中國分別成了家喻戶曉的人物。《塞萊斯蒂娜》其實是《卡里斯托與梅麗貝婭的悲喜劇》的代書名，以《紅娘》爲名的劇目在中國戲劇舞臺上也不乏其例。"塞萊斯蒂娜"一詞已在西班牙語裏表示"淫媒"，作貶義詞，而"紅娘"則至今還被中國人用來表示"媒人"，作褒義詞，從這一點我們也可以看出來，在她們的許多相似後面，其本質卻相去甚遠。

　　塞萊斯蒂娜爲情人奔走有兩個特點：

　　1.爲了賺錢，這是她生活的目的。只要有利可圖，什麼施巫術、賣假香料、假藥、賣線、縫補衣服等等她都幹。她也把性愛當成商品，從中取利。由於當時怨女曠夫們不便接觸，她便乘機大顯其能，誰給錢就爲誰幫忙。她的主顧除平民、貴族外還有僧侶。她不理睬中世紀社會裏尊卑貴賤那一套，認爲人在愛情和金錢面前應該平等。如果說中世紀傳統道德崇拜的是神，卡里斯托與梅麗貝婭崇拜的是愛情，那麼她崇拜的可說就是金錢，她最終就因捨不得一條金掛鏈而送了命。

　　2.向社會進行報復。她的敵人不是具體的個人，而是整個社會。她年青時貧窮，作過妓女，受到教會的懲戒，在社會上爲人卑視。但是她理直氣壯地爲自己辯護，說她也像別人一樣"清清白白地以自己的職業爲生"，上帝可以爲她的良心"作證"。她要爲自己所受到的不公正待遇報復。她以情慾爲武器，將一批批年青人從蒙昧主義禁錮下解脫出來，腐蝕着社會的基礎。她作情慾生意的行爲在今天的我們看來仍是不道德的，但她客觀上對封建社會的破壞還是不該否定的。

塞萊斯蒂娜其實還是全書所有人物中頭腦比較清醒的一個，例如她對社會階級關係的認識便是客觀的。她一方面幫助卡里斯托，另一方面也譴責他那樣的貴族"像吸血的螞蟥"，"只會忘恩負義"。她認爲人無貴賤，都是一樣地生死，應該依靠自己和朋友及時行樂，而不必寄人籬下作奴僕。在她影響下，那些僕人們要求人身自由，那些妓女們也爲自己無拘束的生活得意，聲言"寧居陋室作自由的主人，不入豪門作被壓迫的奴僕"。這都不啻爲對封建主義的挑戰。

總之，在塞萊斯蒂娜身上已可看到資本主義萌芽，這是文藝復興在西班牙初步的然而是生動的反映。一些讀者認爲她是作者要否定的人物，於是該書也就是有"訓導傾向"的了。這缺少根據。羅哈斯至少不會有意識地去寫一部有訓導傾向的作品，我們倒是有理由把《塞萊斯蒂娜》看作是"苦悶的象徵"。作爲被迫皈依的猶太人，羅哈斯在西班牙"收復失地運動"勝利後大規模展開的驅逐迫害猶太人的風潮中深受其害，他的家人甚至遭到宗教法庭的審判。這歷史的悲劇與個人的遭遇定會使他的思想受到劇烈觸動。因此，他"不再朝拜以色列"了，也不會對迫害他們的天主教持眞誠的信仰，他的目光轉向了人文主義。然而，他還認不清前途，對某些新東西還不能完全接受，同整個社會一樣，他的思想處於新舊交替時的矛盾中。塞萊斯蒂娜及其追隨者的形象便是他在既“不認爲愛情那樣邪惡”，又把生活看作是“無意義的爭鬥”的思想指導下塑造出來的。但是，這個人物確是現實主義的，她“對研究資本主義起源的歷史學家說來可能更重要些。至於作品前言後記中許多與故事內容並不相符的解釋，那可能是說給宗教法庭聽的。若無這層外殼掩護，作品當時便不能流傳；而實際上教會終於將它列爲禁書，也恰恰證明了它反封建的歷史價值。

紅娘是一個熱情、無私的形象，有些像《羅米歐與朱麗葉》中的勞倫斯神父，但遠比他感人。她幫助張生與鶯鶯，完全是爲了主持正義，根本不像塞萊斯蒂娜是以此爲生。當張生許願“久後多以金帛拜酬”她時，她卻譏諷地答道：“賣弄你有家私，莫不圖你的東西來到此？”爲了他們的結合，她甚至甘冒風險，很有點女俠的氣慨，這在“拷紅”一場裏表現很突出。面對當時的危機，她無任何怨言，無絲毫驚慌，泰然自若地應答老夫人，小小家奴有理有節地戰勝了凶悍的主人。無私無畏、大智大勇，這些中國人歷來崇尚的美德却集中在一個連自己生命都被掌握在主人手中的小姑娘身上，使她顯得分外可愛，永遠爲中國人民所稱道。

與塞萊斯蒂娜及其周圍那些下層青年相比，又可以看到紅娘的另一面，即在她的無私中還包含着不覺悟。她不像卡里斯托或梅麗貝婭的僕人們，對個人自由有什麼要求。她甘心作僕人，而且按她的是非觀念，支持正義的主人，反對不正義的主人。甚至像張生這樣僅與主人有親密關係的人，她也自覺爲其服務，多次提醒他不要了鶯鶯而忘了讀書，誤了"金堂玉馬三學士"的前途。

　　這種不覺悟並非她個人的過錯，恰恰是眞實地反映了生活。當時正值中國封建社會從興盛走向鞏固，封建主義對她的壓迫不僅表現在人身上，而且也表現在思想上，使她意識不到自身解放的必要，這是與已受到文藝復興影響的《塞萊斯蒂娜》中的人物們不可同日而語的。其實，就是在很晚以後的《紅樓夢》裏，像晴雯那樣不屈的奴隸，也只有自發的反抗，而無對自由民主的明確要求。這也從一角度反映了中國封建主義的長期、頑固。

遠浩一

　　〈《塞萊斯蒂娜》和《西廂記》中的婦女形象比較〉，
　　（瀘）《外國語》3 (1982)，50～54。

《董西廂》與《奧卡桑與尼克麗》*

　　《奧卡桑與尼克麗》和《董西廂》二部作品,有許多類似點,因此選用來作為文類比較研究的範例。本文側重討論這二部作品複雜的敍事技巧和結構,以及相對於這些技巧的語言功能。

　　由於這二部作品都屬於一種"含敍述者的書篇"(text with speaker),我們必須注意到 " 敍述者"(the speaker)、"聽眾"(the hearer)以及"被指涉的內容"(the refer-ent) 的基本關係。通篇的結構中,敍事觀點的轉移或是敍述者的介入都暗示此三者關係的改變。而兩種相對的"書篇"型式的解釋,杜勒謝(Lubomir Doleẑel)在〈敍事者類型研究〉中提到:

> 介紹兩種相反的書篇(texts)型式的觀念提供了這個研
> 究的理論架構:含敍述者的書篇 (texts with speaker,S-
> text) 和不含敍述者的書篇(texts without speaker, S-text)

此二種型式的書篇可圖解成:

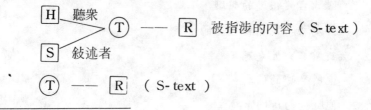

---

*　　作者不詳,*Aucassin and Nicolette*(十二世紀)。

含敍述者的書篇具有三種基本關係的特性：對敍述者關係、對聽眾的關係及對被指涉內容的關係……相反的，不含敍述者的書篇缺乏前二種關係而僅存對被指涉內容的關係。

杜勒謝接著指出：" 對於敍述者的觀念應作結構性內涵上的了解，敍述者是書篇結構內在組織整合的因子 "。分析《奧卡桑與尼克麗》和《董西廂》這兩部作品時，我們將借用從含敍述者的書篇裏衍生出來的幾種敍述類型，作爲說明之用。這兩部作品的敍述結構，基本上可分成三個單位：開場白（the prologue）、故事本文（ the text telling the story ），和收場白（ the epilogue ），每一個敍述結構的單位都具有其相對的語言功能，也個別地暗示了對敍述者、聽眾和被指涉的內容的關係。

《奧卡桑與尼克麗》和《董西廂》的敍述技巧及結構，可以依照前面所分的三個單位：開場白、故事本文及收場白來檢視它們所具有的特殊技巧而與這六種敍述型式作可能的聯繫比照。明顯可見的是，在這兩部作品之中，開場白與收場白與故事本文是截然分開的。《奧卡桑與尼克麗》的開場白是以韻文的形式出現的：

想聽優美曲韻的人，聽我
唱出古老時光的嬉戲，
那屬於二個年輕甜美的小孩
奧卡桑與尼克麗，
他所忍受的傷痛，
他所行的高尚事績，
全爲了他的情人——有白皙的臉頰。

> 可愛的曲調，甜蜜的故事，
>
> 委婉慇勤而巧妙安排。

此處開場白引介了故事的主題大要和故事的主要人物，除此以外，敍述者預示了他表演的方式是唱與說的，因爲這是一個甜美的故事伴有佳韻好音。

> 沒有人如此鬱抑，
>
> 如此地沮喪而不安，
>
> 負荷沉重，
>
> 聽了這故事，而不能被
>
> 治癒，恢復快樂歡愉。
>
> 它是如此的甜美。

開場白的後半段，使用了許多對自己演述技巧的讚美來吸引觀衆的投入。這段開場白純粹是敍述者直接與聽衆溝通，敍述者與他所敍述的內容有明顯的時空距離，也明白地表達了自己對自己講唱故事的看法。

　　但是，緊接着第二部份（也就是故事本文的開始）出現了一句“現在他們要敍述、繼續進行這故事”。開場白與本文部份作了一種特殊的連接：在開場白中的敍述者是以作者性第一人稱出現的，而在故事本文開端的第一句卻出現了一種客觀第三人稱觀點的複數型態被指爲是敍述者。從這種人稱觀點突然轉換的情形，我們或許可以推想：這篇開場白原就是一種作者慣用的序幕詞，具有其固定的用語及模式，因此，開場白中的第一人稱口吻就是作者本身的“我”，而“他們”在故事本文中出現，就很可能是眞正講唱這故事的敍述者，由於流傳廣泛，這故事成了一種脚本，

許多的講唱者都會講述這故事，因此是“他們”。故事正式開始
上場了，在故事的本文中又出現一個說故事的第一人稱觀點，就
難判定究竟這個說故事者是作者或是敍述者，總之，二種身份重
疊在這第一人稱觀點上；“作者”寫了故事而“敍述者”講唱這
場故事。

　　在故事接近尾聲時，收場白道出：

　　　　現在，奧卡桑享有其樂，

　　　　而尼克麗也享她的歡愉，

　　　　我們的講唱就此收場。

　　　　我無法多加講述。

這收場白結束了整個講唱的過程，說故事的第一人稱換回開場白
中的作者性第一人稱觀點。這種轉換表現出開場白、收場白和故
事本文的差距，使得故事本文在無形中增加了自己的獨立性和完
整性。這種了解，使我們如臨講唱表演現場，可以明顯地感受到
講唱者的時空改變；在開場白收場白中他與聽眾同在，而在故事
本文多半的講述過程裏，他進入了故事的時空裏。其次，是對前
面“作者”與“敍述者”分別為二的質疑。由於人稱與故事流動
的自然，再加上“現在他們要敍述、繼續進行這故事”總是刻板
地加在每段落的散文之前，使人推測，它只是公式化的附加語句，
類似“欲知後事，請聽下回分解”，只是要繼續未完故事的一句
提語罷了。這種解釋或因那提語的人稱特殊而不盡合理，但也未
嘗不可能。

　　無論“作者”與“敍述者”是否同一個人，由於作者性第一
人稱，使開場白與收場白顯示了作者的旨趣，根據杜勒謝對作者

第一人稱觀點的說明：

> 在現代文學中，作者第一人稱觀點的敍述方式十分罕見，
> 而這種觀點的敍述卻是中世紀敍述性散文的典型方式，在
> 這些敍述中，敍述者只是外界世界中的觀察者，卻能同時
> 表露敍述者的評斷。

這種類似情形也發生在《董西廂》的開場白中：

> 吾皇德化，喜遇太平多暇，干戈倒載閒兵甲。這世為人，
> 白甚不歡洽？

這開場白中，敍述者的時空與當時的聽眾是合一的，完全脫離出
故事的範圍。在其精彩的開場白中也可見敍述者本人的生活態度：

> 攜一壺兒酒，戴一枝兒花。醉時歌，狂時舞，醒時罷。每日
> 價疏散不曾着家。放二四不拘，儘人團剝。

此處敍述者無稽地自白自己的生活，所使用的語言也顯得生動自
然。甚且對自己的敍述文字，也有認識性的自覺：

> 曲兒甜、腔而雅，裁剪就雪月風花，唱一本倚翠偷期話。

無論是就內容上的了解，知道所述是風流韻事，也了解自己所用
的曲腔，這種自覺明白地在開場白中披露出來，是一種講述人對
自己擔任講述角色的自覺。甚或有一些典故的運用，來區別自己
故事的性質：

> 也不是崔韜逢雌虎，也不是鄭子遇妖狐，也不是井底引銀
> 瓶……

這些掌故的提示，使人聯想起許多其他故事內容的講唱作品，對
於各種故事類別，有暗寓比較區分的意思，更明顯是出現在收場
白中散文部份的引詩：

> 蒲東佳遇古無多，鏤板將令鏡不磨；若使微之見新調，不
> 教專美。

此詩引自蓬萊劉汭，這種引詩的方式用以自讚，替自己的故事敍
述與文字技巧下一個總評。陳荔荔認爲：“董解元在其講唱文學
作品中，以友人的盛讚作爲結語，這種明顯地缺乏謙遜的態度，
用意在表示他作品具一種玩笑性的倨傲。這種自視甚高的表現可
能已成爲諸宮調作者慣常運用的傳統手法。”由於這讚詞以引詩
方式出現，詩中提及元微之，使人馬上聯想到元稹的《鶯鶯傳》，
也就是《董西廂》中經常引用的“正傳云……”，這些安排都在
暗示《董西廂》與它的前身作品的關係，很能表示出這一系列作
品之間的章句互訓（intertextual）關係來。這種書篇之間的關係
的比較及聯接，使我們了解它們原共屬於愛情羅曼史中的一種基
本類型。“不教專美”更提醒讀者去欣賞作者們刻意雕飾的辭藻，
這些才是他們表現自己文采風流的重點。簡言之，《奧卡桑與尼
克麗》和《董西廂》二部作品中，開場白與收場白皆可約略歸爲
作者性的第一人稱觀點敍述，具有杜勒謝所提的六項特點。

就故事本文來討論，敍述者、聽者與被指涉內容有更複雜而
生動的關係。如前所述，在《奧卡桑與尼克麗》中，故事本文前
的提語之後，故事轉以第一人稱敍述方式上場，杜勒謝曾說明第
一人稱敍述的特性：

> 第一人稱敍述，其形式上的特質，能造成一種自自然然說
> 故事的幻覺，使說故事人與聽者進入一種直接而生動的接
> 爾溝通。

在現代小說中，最複雜的說故事者，可能就是身兼故事中人物的

敍述者（ narrator-character ），他的聽者就是讀者了。其中說
故事者本身所洩露關於自己角色的訊息，使故事的層次更多。就
《奧卡桑與尼克麗》而言，故事本文中的第一人稱敍述者始終站
在觀察者的地位；他並未參與故事中的任何角色。就故事某些較
封閉的情節，他純然用描述客觀事件方式來敍說，但由於敍述者
有時會偶然地介入，使整個故事的敍述帶有觀察者第一人稱敍述
的特性，本來客觀敍述的故事是在具時空距離的故事世界裏，一
切的事件都發生在過去，故事情節也總是發生在第三人稱的人物
身上，敍述者的介入無形中提醒聽者現實正在聽故事的時空場景，
這種介入總以敍述者與聽者的直接溝通方式出現，例如：“ 現在
您已經聽見了而且瞭解到……”，這種直接的溝通發生在現實的
聽故事場景中是非常明顯易見的，不似現代小說中，人物兼敍述
者的介入，使故事隱含一種內在而微妙的複雜性，卻能造成現實
與故事二個時空的距離，正當聽者隨故事情節的曲折而渾然忘我
之際，敍述者的介入提醒了他只是在聽故事而已。這種提醒在
《奧卡桑與尼克麗》中，由於不具主觀的評斷，仍屬觀察者第一
人稱敍述；至於《董西廂》的情況，則後文再作詳述。

　　前面所述，常見於現代小說中複雜的第一人稱敍述，杜勒謝
稱之爲個人性第一人稱敍述（ Personal first person ）：

　　　在個人性第一人稱敍述中，敍述者最爲活躍，他屬身於演
　　　出人物，完全參與故事情節之中，就合理的敍述性範圍內，
　　　他也很活躍，由於故事本身是他自己的經驗，這些經驗帶
　　　有他的評估、反應以及情感的表露。
就明顯的技巧手法而言，《奧卡桑與尼克麗》並不具這種特性，

但是，故事中可尋到一種自我反映性的寓意，可能具類似效果。
在散文第三十八部份的結尾與第四十部份的開始有一段特殊情節：

> 尼克麗拿藥草，塗遍她的頭上、臉上，變得膚色黝黑。她
> 又拿了外套、寬外衣、襯衫和半統褲然後將自己打扮成遊
> 唱人。於是她提起絃琴……尼克麗開始上路，提着絃琴，
> 沿路遊唱，一路來到奧卡桑住的波卡城。

　　在這個段落中，敍述者呈現一位喬裝的遊吟者，也就是故事
中的尼克麗，來描繪出他自己（身爲一個遊吟者）的生活型態，
由於故事外的敍述者與故事中的尼克麗都說着一段相同的故事——
奧卡桑與尼克麗二人之間的羅曼史，無形中造成他們（敍述者與
故事中人物尼克麗）身份的重疊關係；事實上這時的尼克麗變成
敍述者安挿自己在故事情節中的一個角色，藉着說故事的尼克麗，
敍述者巧妙地化身成故事中的人物。這種方式模糊了敍述者與故
事中的時空距離，也洩露出敍述者本身對其生活以及職業上的了
解。

　　第三十九部份的韻文，遊唱的尼克麗唱出自己與奧卡桑之間
的愛情故事，讓奧卡桑聽完之餘，與喬扮的尼克麗交談，然後他
要求這位遊吟者帶訊息給尼克麗。這種情節安排，巧妙而具戲劇
性，起初是敍述者帶着尼克麗的面具，現在更進一步讓他與故事
中人物奧卡桑做直接的溝通，他們所談論及表現的竟是遊吟者作
爲傳遞訊息，擔任“信差”工作的情形。敍述者這種間接的呈現
自己的方式，配合故事情節，交織得天衣無縫，在層層面具化身
的掩飾下，更饒具趣味。由此，我們也看出敍述者強烈的自我意
識，且此時，敍述者與故事之間時空重疊更多，而敍述者在交代

尼克麗喬扮以及她們的故事時，是主觀的第三人稱敍述法。但在
他巧妙地將自己攝入故事中時，他成功地製造出主觀第三人稱敍
述與個人性第一人稱敍述的綜合效果。他在故事裏外的輪替運作
生動而有趣。

　　在《董西廂》的敍述技巧中，也有許多運用巧妙的方式，首
先指出敍述者介入的例子，有一種介入是出現在敍述者大加渲染，
刻劃入微的段落之前：

> 細端詳，見法聰生得搊搜相：刁厥精神，蹺蹊模樣；牛綁
> 闊，虎腰長，帶三尺戒刀，提一條鐵棒。

"細端詳"的提示，是要聽者等着聽一段人物的描繪，此時的敍
述者居於觀察者的地位，且要引領聽者一同仔細地"觀察"。有
一點特殊的敍述技巧，在《奧卡桑與尼克麗》中罕見的是《董西
廂》中人物的觀點的自然轉換。在人物對話中，當然是在引號中
以第一人稱口吻交談，有些例子在敍述者的敍述中出現了個人性
的第一人稱口吻。在《董西廂》一幕戰事場面中，叛軍見法聰而
生懼的心理描述：

> 馬頷繫朱纓，栲栲來一團火。肩上剛刀門扇來闊。人似金
> 剛，馬似駱駝。孫飛虎諕得來肩磨，魂魄離殼。自摧挫，
> 管只為這一頓饅頭送了我。

據陳荔荔的翻譯最後一句是：

> Withprofunod regret, he laments :
> "Alas, my desire for a meal
> Will certainly cost me my life."

陳女士在其翻譯中，將這段心理描述轉變成叛軍的對話敍述，加

上了引號與" he laments:" 但是在敍述者描繪法聰時也用"他"來代稱法聰，同一段落中有二個"他"易生混淆，且失去原有人稱自然流動的好處。就《董西廂》本文而言，敍述者本以第三人稱的敍述來描述叛軍對法聰的疑懼，在最後一句中以人物的第一人稱觀點結束，由這個第一人稱的"我"來融攝敍述者用主觀第三人稱敍述中隱含的"我"與人物的"我"。這種融攝的技巧，增加了聽者的臨場感，好像戰事正發生在說唱的現場，而敍述者是其中旁白的一位叛軍。這也是一種敍述者與人物觀點混同，而造成複雜的時空伸縮，在陳女士的翻譯中乃是將人物的第一人稱口吻置入引號中變成敍述者敍述的一部份，消弭了這二種人稱並立造成的效果，這種譯法與《奧卡桑與尼克麗》中韻文部份的人稱表達方式相近：

> 面頰白皙的情人，
>
> 我不知妳在何方。

在這個唱辭中，用引號括起人物傳述口吻的話，而讓整個引話讓敍述者描述出來。這種情形類似雅克愼（ Roman Jokobson ）所說的"間接敍法"（ reported speech ），他認爲："間接敍法是敍述中的敍述，是一種訊息中的訊息，同時，它也就是有關敍述的一種敍述，有關訊息的一種訊息。"這種間接敍述法在韻文中的自然運用，省去了敍述者採用直接敍述時所需要增加的說明："我告訴你們奧卡桑想："。

　　在《奧卡桑與尼克麗》和《董西廂》裏，結構上的發展順序是開場白而故事本文而收場白；每一個部份都揉合一些敍述技巧，而在敍述技巧的組合下形成了整個故事的敍述結構。這個敍述結構的成功與否，要看這選擇組合的結果，能否增生出豐富的含意，在以上二部作品中，在人稱的轉換下造成的敍述結構已能成功地表達多層次的語言功能。使得表達與溝通的方式複雜而富變化。這種分析也算是對此二作品進行一種"詩功能"的評估。

彭秀貞

〈敍述技巧與語言功能

—— 讀《奧卡桑與尼克麗》和《董西廂》〉，

（臺）《中外文學》11．12（ 5. 1983.），138 ～157 。

《長生殿》與《沙恭達羅》[*]

　　《沙恭達羅》創作於公元四、五世紀，取材於印度最古老的史詩《摩訶婆羅多》以及歷史傳說《蓮花往世書》。描寫印度古代國王豆扇陀打獵時，遇到靜修林中的美女沙恭達羅。兩人一見鍾情，婚後國王回城，留下一枚戒指作信物。當沙恭達羅懷着身孕進京尋夫時，丟失了戒指，由於修道仙人的詛咒，國王不予收留。她走投無路，被生母天女接走。找到戒指以後，國王才憶起前情，並在至高無上的靜修林裏找到妻子和兒子，破鏡重圓。

　　《長生殿》創作於十七世紀末。唐代白居易的《長恨歌》經過宋人筆記小說《楊太眞外傳》、元雜劇《梧桐雨》、明傳奇《驚鴻記》等一系列的繁衍，才形成《長生殿》的創作素材。寫唐明皇李隆基和楊貴妃的愛情傳說。楊玉環被册封貴妃以後，經過幾番波折，李隆基才以金釵、鈿盒定情。馬嵬驛兵變楊貴妃被迫自殺，李隆基悲痛欲絕，上下求索，終於飛升月宮，二人團圓。

　　二劇的作者迦梨陀娑和洪昇，都在繼承各自民族文化遺產的基礎上，對以往陳舊的故事內容進行思想藝術諸方面的新的概括加工，發揚其中積極的思想因素，用理想方式處理現實生活中的人和眞實情感，創作出表現悲歡離合的愛情主題的優秀作品，並以其特有的東方色彩，煥發出經久不衰的藝術魅力。

---

　　[*]　　Kalidasa（約四～五世紀），*Sakuntala*（約四～五世紀）。

　　兩劇都着力描寫男女主角對愛情的執著追求，但方法和目的大不相同。沙恭達羅是修道仙人的養女，生長在遠離塵世的靜修林。她秀色天成，天眞純樸，在美麗、溫柔、羞怯的外表下面深藏着一團渴望自由愛情的烈火。她和國王從邂逅相遇到私定終身，愛情發展得異常迅猛。她也曾狡黠地試探過國王的眞心，一旦決定，就毫不猶豫，以身相許，用自由戀愛的天界樂師式（即乾闥婆式）結合。這種既無父母之命，又無媒妁之言的婚姻方式，在封建社會無疑是進步的，是對印度古代社會男尊女卑的傳統的一種反抗。她衝決淨修戒律和苦行枷鎖的束縛，大膽追求自主的戀愛婚姻。她敢愛、敢恨，愛時，“玉容憔悴，胸圍減卻了豐滿”；恨時，“雙眉倒豎，眼睛變成了紅色。”她怒斥國王是“卑鄙無恥的人”，指責他的欺騙行爲“實在是一口蓋着草的井”。面對被抛棄的命運，她不顧習俗的約束，憤然離開丈夫出走，表現出獨立生活的勇氣。楊貴妃出身官宦，位列嬪妃，對李隆基的愛有恃驕爭寵的因素，實際是封建社會一夫多妻制和妃嬪媵嬙的合幃制度所造成。她作爲一個有個性、有追求的女子，要獲得眞正的愛情無可非議。她動用心機，左猜右忌，多愁善感，都是這種身份的婦女表露愛情的方式。兵變時，她爲報李隆基寵幸深恩，“一代紅顏爲君盡”，死後亡魂也要重歸黃旗之下，萬事可悔，放不下對李隆基的痴情。兩種愛情比較後發現，沙恭達羅外柔內剛，帶有平民少女追求熾烈愛情的那種勇敢與果斷。楊貴妃感情纏綿、細膩，表現出宮廷貴婦依附他人的忠貞不渝。沙恭達羅的愛情排他性小，依附性小，表明她單純、善良，獨立生活能力強，有平民色彩。從追求個性自由，反對封建禮教的意義上講，沙恭達羅遠比楊貴妃更具有封建社會婦女的代表性和典型性。

在兩位男主角中，豆扇陀國王看中沙恭達羅的美貌而一見鍾情。他認為“假如這個在後宮裏也難找到的佳麗在淨修人中間竟然可以找着，那麼，野林中的花朵就以天生的麗質超過了花園裏的花朵。”正如劇中丑角嘲弄國王說：“正如一個厭惡了棗子的人想得到羅望子一般，萬歲爺享受過了後宮的美女，現在又來打她的主意。”他的愛情直到找到戒指，才逐漸得到淨化。李隆基從册封楊貴妃開始，就“三千寵愛在一身”，“從此君王不早朝”，貪戀美色。繼後，他用情不專，和虢國夫人、梅妃又打得火熱。楊貴妃死後，他的愛情才剔除了色慾的雜質。因此可以看出，在兩劇的前半部，兩位男主角都沒能擺脱風流天子的情慾衝動。所不同的是豆扇陀談情說愛的目的在於需要兒子繼承王位，繼承產業，否則對不起家族和祖先。而李隆基則“願此生終老溫柔”，快活一世，最終“失了朝綱，佔了情場”，險些丟了江山。兩個作者一個暗寫，一個明說，各從不同側面表示出對鞏固封建統治的關心，維護了封建統治階級的利益，表現出他們思想矛盾中落後的一面。

兩劇中男女主角的愛情衝突，在感情和方式上真實地反映了中印兩國人民嚮往幸福美好的婚姻愛情和爭取個性自由的精神面貌。作為統治階級的帝王濫施愛慾，理應受到批判，作為鍾情的男子又受到讚揚。作者對他們的批判和美化，主要寄託了人民的理想和願望。

兩劇都運用了豐富的浪漫主義想像，把愛情悲劇處理成大團圓的喜劇結局。區別在於《沙恭達羅》中造成男女主角生離的原因是仙人詛咒和不可抗拒的命運。而《長生殿》裏男女主角之間的死別是由於兵變逼宮這一社會歷史條件所造成。用超意志的命運作爲造成愛情悲劇的根本因素，表明迦梨陀娑時代的生產力水平還很低，人們的社會認識還很膚淺，相信命運決定一切。社會原因造成的愛情悲劇則反映了社會動亂給人民生活帶來的災難，以及人民對美好幸福生活的渴望，因而具有更廣泛、更深刻的社會意義和認識意義。另一方面，兩劇雖然同是大團圓，《沙恭達羅》是在現世人間團聚，《長生殿》則在脫離凡塵的月宮相會。豆扇陀是可以隨意馳騁天上地下的國王仙人，沙恭達羅是天女的女兒，他們被描寫成人格化的神。作者把充滿神話色彩的人物安排在既不是仙境，也不是靜修林的世俗人間團圓，並過著追求子嗣、財富和義務的幸福生活，表達了當時印度人民對現世幸福生活享受的熱望。李隆基和楊貴妃是被神化的歷史人物。作者有意把他們寫成是下凡的神仙，一個死後在蓬萊仙境戀情不滅，一個活着在月夜飛天，到月宮團圓，同入仙列。劇作流露了嚮往超凡脫俗的虛幻的禪的思想，以及逃避殘酷現實的消極反抗情緒。從中可以看出印度佛教對我國思想和文化的影響。

孟昭毅

〈《長生殿》與《沙恭達羅》〉，
《天津師大學報》3 (1986)，84～87。

《長生殿》與《安東尼和克莉奧佩特拉》*

　　關於《長生殿》，洪昇自述道：" 蓋經十餘年，三易稿而始成，予可謂樂此不疲矣！"他的創作熱情可想而知。這可貴的熱情應該首先來自封建社會中的人們對於愛情生活的嚮往。作者提出了"情之所鍾在帝王家罕有"是有道理的；其實，情之所鍾即使在百姓家亦未必多見。並非人們不知道愛情的可貴、愛情的幸福，而是無情的禮教絕不容許人們有鍾情的自由。劇作家沒有能抓住這"罕有"的普遍性，深入下去——就是說，沒有能從封建禮教的思想體系中抓住愛情的對立而來突出他的主題思想。因此，《長生殿》儘管把戲劇場面拉得很開、很長、很散（全劇共五十齣），但是單就愛情這一主題而言，它的表達還缺乏應有的深度，不足之處是很明顯的。

　　莎士比亞則是一個職業劇作家，他爲職業劇團的演出而編寫劇本。他以此爲生，不可能有" 十年磨一劍"的閒工夫，平均算來，他編寫一個劇本不過化費那麼半年工夫;然而在這個悲劇裏，他從人文主義者的立場，一下子找準了一個合適的角度去評價安東尼和埃及女王的愛情。他塑造了一個冷酷無情的政治家凱撒的藝術形象。於是全劇的主題思想在鮮明的對比下，顯示出來了。

---

　　* 　William　Shakespeare（ 1564～1616 ），*Antony and Cleopatra*
　　（ c1607 ）。

我們是不是可以把《梧桐雨》、《長生殿》、《安東尼與克莉奧佩特拉》這三個悲劇在主題思想上看作是一脈相通的呢？只是在前面兩個悲劇中，對於美好的愛情生活，還不過是一種朦朧地意識到的嚮往，它之所以值得珍惜，那更深一層的意義，到了莎士比亞手裏，才較充分地顯示出來，他把愛情和一個正常人所應該具有的那種美好、豐富和精神世界聯繫在一起；爲了追求權勢、金錢，從生活中排斥愛情和美，即捨棄精神財富，他的人格就不可能得到正常的發展，他將墮落爲生機萎縮、心理變態的畸形人。

　　但我把中外兩個悲劇作一個方面的比較，並不是藉此評比兩位古典劇作家的藝術才華的上下，當然更不是在衡量兩個民族的智慧的高低；而是拿一個時代和另一個時代作比較，拿一個社會和另一個社會作比較。

　　我們要知道，莎士比亞塑造凱撒這一藝術形象並不是偶然的。在凱撒出現之前，莎士比亞已經在他的許多戲劇中塑造出一系列"無情最可怕"的人物了：——歷史劇中的理查三世，《威尼斯商人》中的夏洛克，《奧瑟羅》中的伊阿哥，《李爾王》中的愛德蒙，《量罪記》中的安哲羅，等等。這一批人都是不擇手段、道德敗壞的野心家、陰謀家，道貌岸然的僞君子，只知瘋狂地追求金錢、權勢，敵視和踐踏人類最美好的感情：他們最後都自食其果、自取滅亡（或者自取其辱）。莎士比亞對於他們的批判的態度是鮮明的、嚴峻的。

　　在這一批人物中，唯獨凱撒與衆不同。他不是一個可恥的失敗者，他憑着心計和手段，取得了最後的勝利。你也很難說他的所作所爲有什麽傷風敗俗的地方（也許他幹下許多背信棄義的事，

但是並沒有在舞臺上正面表現出來）。他幾乎可以被人當作一個
正面人物看待。凱撒並不是理查三世，那種讓人一眼就可以看出
的反面人物；他倒是和托爾斯泰筆下的卡列寧（《安娜·卡列尼
娜》），曹雪芹筆下的賈政有更多的相似之處。劇作家不是從一
般的倫理道德觀念去否定，而是更多地從審美觀念的角度暴露、
批判凱撒的冷酷無情。這樣的批判意義也就更深一層。

　　縱情勝無情，這也是莎士比亞逐漸形成的一個思想。在《第
十二夜》中就有這樣一個穿插：冷酷無情的管家馬伏里奧不許伯
爵小姐家裏的人深夜飲酒縱樂，而托比大爺爲捍衞自己吃喝玩樂
的生活方式，提出反問道：

　　難道你自以爲道德高尚，就不許別人喝麥酒，吃茶點了嗎？
托比大爺人品不高，是早已失去生活理想的沒落階級，他過的是
可恥的寄生生活。但是這當兒，作家的同情顯然偏向於托比大爺，
因爲您好歹還是個人（不那麼光彩就是了），而那個一心往上爬
的功利主義者簡直算不上是個人，他缺少一點兒人的氣味。

　　莎士比亞時代的英國社會，資本主義經濟勢力正在迅速發展。
人和人之間的關係，隨着發生劇烈的變化：冒出了一種前所未有
的人物，他們是極端的利己主義者，帶有資本主義原始積累時期
的殘酷的色彩。他們是畸形發展的人，是心理變態的人，是要把
人類正常的感情活動完全排除掉的冷血動物，正像伊阿哥所謂的：

　　幸虧我們有理智，衝着那色情澆冷水——壓住我們這股往
　　上直冲的熱勁兒……你們嘴裏所說的“愛情”，我看就是
　　這一套玩意兒吧。【《奧瑟羅》】
莎士比亞從人文主義者的立場，一再通過他的作品，讓我們感覺

到：像這樣一類人物是多麼可怕，即使他擁有強大的權力，是最後的勝利者，也不值得羨慕。

洪昇創作他的《長生殿》，比莎士比亞創作的他的《安東尼和克莉奧佩特拉》晚八十年左右，但是中國的古老的封建社會，長期停滯不前，因此洪昇所處的那個時代反而相對地落後了。

在十七世紀的中國，封建禮教還處於不可動搖的統治地位，洪昇只能朦朧地渴望着美好的愛情生活，在傾國傾城的女性美面前，湧起了詩人的激情和贊美，詩人突破了封建教條的束縛，正是表現在這種贊美和歌頌中。然而他那審美的心理活動，他那追求美的個性還是處於強大的壓抑底下。這表現在他的批判往往只是道德的批判，這是說，在許多揭露和批判性的場面中，劇作家顯示了他是封建社會中一位正直的知識份子，具有可貴的正義感。然而這些揭露和批判似乎缺少一股銳氣，沒有能表現為比封建道德規範更高、更深一層的境界。他沒有能意識到：封建禮教是冷酷的敵人，不摧毀封建禮教，人們美好的願望就不可能得到實現。當然，我們並沒有在這裡指責劇作家的意思：高舉起個性解放的大旗，向封建禮教猛烈衝擊，是在洪昇故世兩百幾十年後才在中國國土上掀起的新思潮。

因此，即使洪昇有更大的藝術才華，他也不可能在他的作品裏為他所歌頌的愛情，塑造出“無情最可怕”這一對立面的形象來，陰險奸詐的安祿山驚破了宮廷中的霓裳羽衣曲，千古悲劇就此降臨；但從愛情這一主題而言，安祿山這一反面人物形象，並沒有能獲得比戲劇情節需要於他的更多、更深的內在意義。

因此，當洪昇把愛情的悲劇放進更大的歷史悲劇中去，筆調從贊美一轉而爲批判時，他就沒有能爲整個戲劇找到一個統一的觀點，而是很遺憾地出現了兩種觀點的不協調，兩個主題的相互干擾。在這裏，我們揣想劇作家走筆創作時的心理活動：審美感和道德觀有不協調的現象。突破了封建禮教的審美感走在他的道德觀面前，他的還承受着正統禮教約束的道德觀沒有給他的審美感以更多的支持。從這裏我們可以看到：洪昇正像世界各民族的一切優秀的古典作家一樣，有走在時代前頭的一面，也有表現出歷史局限性的一面。洪昇的《長生殿》是他那個歷史時代的產物，正像莎士比亞的《安東尼和克莉奧佩特拉》則是他那個歷史時代的產物一樣。

方　平

〈傾國傾城

　　——楊貴妃和埃及女王的形象比較〉，

（京）《文藝研究》2（1985），114～124。

《牡丹亭》與《羅密歐與朱麗葉》[*]

　　在人類歷史發展到十六世紀末期，中國和英國分別出現了兩位傑出的劇作家——湯顯祖與莎士比亞，他們在不同的國度裏爲我們創作兩部悲喜劇。《牡丹亭》和《羅密歐與朱麗葉》。

　　湯顯祖和莎士比亞是兩位戲劇大師。在他們的悲喜劇中，塑造的兩個正面的成功典型形象，他們旣是美麗、溫柔、雅典的大家閨秀，又是具有旺盛的愛好自然、愛好自由鬥爭精神的少女；旣是封建禮教的叛逆者，又是當時代中青年的代表人物，所以他們是帶有普遍意義的典型形象。他們倆的叛逆性格和爱自由，追求個性解放的旺盛鬥爭精神，是有其一致性的。他們的奮鬥經過，都是由愛理想的希望走向理想愛的毀滅，再經不屈不撓的鬥爭獲得了愛的曲折的勝利，道路相同，性格相似，實是一對孿生姊妹。

一、愛理想的萌芽是他們的天性，情理想的滿　　足是他們的追求

　　杜麗娘與朱麗葉起初都是循規蹈矩的名門閨秀，唯父母之命所是從的少女。一個是西安太守的獨生嬌女，終日囚在綉房深院，成爲父母掌上的明珠，容貌端妍，出落人中的美玉，在"刺綉餘

間，有架上圖書，可以寓目”。一個是大家貴族的單女，是父母的“小綿羊”、“小鳥兒”，可愛的寶貝，心上的花朵，雖然不滿十四歲，已經備受了封建貴族的洗禮。然而，他們都是春情關不住，一旦愛情的種子在他們的心中萌芽，就會在瞬息之間變成不可抑制的力量，陶醉在愛的甘露之中，踏上爭取愛情自由的征途。杜麗娘由於年已十六，尚未婚配，自然春意繫之於心，不滿於“長向花陰課女工”的束縛，不免白天也要“睡眠”的，警覺的父親知道這種情況後，對杜麗娘進行了嚴訓，蠻橫地指問麗娘“白日眠睡，是何道理？”責怪麗娘母親有所失教，於是限據“自來淑女，無不知書”、“他日到人家，知書知禮，父母光輝”的封建禮教原則，企圖把麗娘萌芽的春意扼殺在萌昧時期，延請了六十花甲的腐儒陳最良，把麗娘鎖在閨塾之中，以詩書禮儀“拘束身心”，讓后妃之德使其就範。成為“凡女子，雞初鳴，咸盥、漱、櫛、笄，問安於父母。日出之後，各共其事”的三從四德的賢妻良母。朱麗葉她還不滿十四歲，再過兩個夏天，才可以談到親事的時候，她的父母就要攀高結貴給她議婚，找個親王的親戚帕里斯，現在把她嫁了出去，以束縛她自由婚姻的發展。然而，朱麗葉回答地十分巧妙，她說：“這是我做夢也沒有想到過的一件榮譽”，“要是看見了他以後，能夠發生好感，那麼我是準備喜歡他的”拒絕了父母對她的議婚。可是在一次化裝舞會上，她卻與羅密歐一見鍾情，萌發了她愛情的天性，讓乳媼“去問他叫什麼名字，——要是他已經結過婚，那麼墳墓便是我的婚床。”當她知道羅密歐是仇家的獨生子，叫羅密歐的時候，她一方面喊出：“恨灰中燃起了愛火融融，要是不該相識，何必相逢”

的愛情烈火，一方又預感到這種"昨天的仇人，今日的情人。這場戀愛怕要種下禍根"，一定要有悲劇的下場來臨。是的，這種情的萌芽境遷，是對他們萌芽了的愛情的嚴霜凍土，無情寒流的摧殘。然而，聰明伶俐的杜麗娘和朱麗葉卻使其父輩事與願違。她們違背封建教育的常規，按照自己意願思考問題，自己開闢了生活的道路。杜麗娘塾師依照杜寶的旨意想用詩經開篇的〈關雎〉所謂的后妃之賢達，來培育麗娘"有風有化，宜室宜家"。腐儒陳最良雖然隻字不提〈關雎〉民歌的眞諦，而杜麗娘卻深悟其理，讀後嘆息"聖人之情，盡見於此矣。今古同懷，豈不然乎？"就是在寫字的細節上，也顯示了麗娘性格與這種教育的對立。不但要自己"臨書"，而且寫出陳最良不曾見過的驚嘆之字，就是春香鬧學的言行，實際上也是杜麗娘的言行，只不過由於她的地位決定她比較含蓄不如春香那樣直率罷了。所以，在陳最良走後，她就立刻問春香出恭時所發現的後花園在哪裏，有什麼景致，在春香告訴她花園的景致，"有亭臺六七座，鞦韆一兩架，遠的流觴曲水，面著太湖山石，名花異草，委實華麗"時，她就急切要"回衙去"，尋找"這等一個所在"，〈關雎〉的詩意挑動了她內心的情苗，後花園的美景引逗她衝破了閉塞的綉房環境，趁父親外出勸農之機遊了後花園，後來又支開了春香到後花園尋夢，這就充分體現了她在封建禮教壓制下敢於反壓制的鬥爭精神，久居錮若冰霜的封建窒息中的杜麗娘，一旦到了"姹紫嫣紅開遍"的後花園，怎能不像關在籠中的金絲鳥重返無垠的森林，欣喜欲狂，埋怨她的父母把這樣的景致不曾提起呢？然而，這大好春光卻付與了"斷井頹垣"。在這如火如荼的春光刺激下，和她所處的環境比較，惹起了她無限的感傷，一個"一生兒愛好是天然"的少女，被囚禁得"三春好處無人見"，同這春光付與"斷井頹垣"是何等的一模一樣？致使她發出"良辰美景奈何天，賞心樂事誰家院"，"花都放了，那牡丹還早"的抗議。所以，即使她聽了"生生燕話明如翦，嚦嚦鶯歌溜的園"，也惆悵得無心觀賞，就是"賞遍了十二亭也是枉然"，倒不如"回家間過遣"，於是，她悵然而返，回家後，心自苦悶暗自嘆："今年已十八，末逢折桂之夫，忽慕春情，怎得蟾宮之客？"怨恨自己，"生於宦族，長在名門，年已及笄，不得早婚配。誠為虛度青春，光陰如過隙耳。"悲泣自己，"可惜妾身顏色如花，豈料命如一葉乎？"她怨恨封建禮教把她的"青春拋得遠"，"哀懷那處言"，"淹煎，潑殘生，除問天"！這些除了說明她為自己的婚姻前途擔憂，為得不到戀愛的滿足而苦惱，更主要是說明她對培養她成為老成持重、淑女陳規的封建禮教的反抗，表現了她要開闢自己生活道路的願望。她與柳夢梅夢中的幽會，是她性格的內在發展，美的幻想，儘管受到母親"何不做些針指，或觀玩書史，舒展情懷？因何畫寢於此"的指問，和"這後花園中冷靜，少去間行"的譴責，但也壓制不住她內心自發的情苗。"夢中之事，何曾放懷，行坐不寧，自覺如有所失"，情已經主宰了她的生活，當晚睡不成眠，總覺得"夢兒還去不遠"，次日清晨連飯也吃不下，就"背卻春香，悄向花園尋看"昨日的夢境去了，這對於禁若金錮的封建禮教說來，是何等的大膽、勇敢的舉動啊！然而，她卻"尋來尋去，都不見，好不傷心也！"獨自在那裏，面對愛人象徵的梅樹徘徊。回憶，發出"這般花花草草由人戀，生生死死隨人願，便酸酸楚楚楚無人怨"的呼聲，悔恨自己在夢中沒有給柳夢梅"題箋"。可是，在現實中，這種心情又不敢向任何人談，包括春香在內。所以這尋夢更增加了她內心的痛楚，這就是理想與現實，青春的眞情與封建的教條，形成了劇烈的衝突與鬥爭，也預示着杜麗娘愛情的悲劇一定來臨。

杜麗娘是如此，朱麗葉又何嘗不是如此呢？凱普萊特與蒙太古兩大家族有着不解之世仇。在朱麗葉與羅密歐一見鍾情之前，兩家僕人不是在街上大打出手，險些釀成流血事件嗎？這就爲她的愛情鋪下了凍土寒霜。但是，朱麗葉沒有顧及這些，當晚與羅密歐在花園共訴衷腸，心心相印定了情，充分表現了朱麗葉天眞直率和勇氣，愛情的萌發成了她不可抑止的力量，一個在樓上對着窗口自白，一個在樓下仰望窗口陳述；一個誇對方是東方的太陽，一個在想對方爲什麼偏偏姓羅密歐而不姓其他？如果對方願意改的話。"只要宣誓做我的愛人，我也不願再姓凱普萊特了。"但又一想，"姓名本來是沒有意義的"，又何必要換呢？回頭再一想，還是換了的好，就像那玫瑰花，"要是換了個名字，它的香味還是同樣的芬芳；羅密歐要是換了別的名字，他的可愛的完美也絕不會有絲毫改變"。所以，羅密歐如果換了個姓名，"我願意把我整個的心靈，賠償他這一個身外的空名"。當羅密歐向朱麗葉表示眞誠相愛時，不想"遵守禮法"和"虛文俗禮"，允諾改名更姓，並向天發誓，朱麗葉發自少女內心的純潔地相信："憑着你優美的自身起誓，那是崇拜的偶像，我一定會相信你的。"雖然覺得今夜密約有些倉促、輕率、太出人意外，但覺得"我給你的越多，我自己也越是富有，因爲這兩者都是沒有窮盡的"。

雖然乳媼再三呼喚，她幾次回去，又幾次出來，深怕失去傾訴衷腸的機會。然而，朱麗葉着急地不是談戀愛而是婚姻，所以她囑附羅密歐走後讓人捎信來，告訴她＂在什麼地方，什麼時候舉行婚禮＂，她好把整個命運交給羅密歐，跟隨羅密歐到天涯海角。最後，在他們約定明天九點鐘相見時，她旣希望羅密歐快些離去，免於被人抓住，又不希望羅密歐離去。用朱麗葉自己的話說，這＂好比一個淘氣的女孩子，像放鬆一個囚犯似地讓她心愛的鳥兒暫時跳出她的掌心，又用一根絲線把它拉了回來。愛的私心使她不願意給它自由＂，向他＂道晚安直到天明＂。杜麗娘和朱麗葉的愛情啊，是多麼眞摯、坦率、勇敢而大膽。愛的天性，情的萌發，一旦在青年男女的心靈中萌動，就會變成何等的巨大力量啊！莎士比亞和湯顯祖，就是通過杜麗娘和朱麗葉這兩個典型女性的情的萌動，告訴讀者，情的理想一旦萌發，就會變成衝破封建禮教的＂洪水猛獸＂，勢不可擋，一定要戰勝封建禮教的雄辯道理。

二、情的生離與死別是他們遭到的共同的命運

杜麗娘與朱麗葉的愛情是不被當時現實所包容的。她們的情思得不到現實的支持，她們的愛戀得不到現實的同情，現實不但吞噬了她們的青春，也毀滅了他們的愛情。湯顯祖在《牡丹亭》中，從＂寫眞＂到＂鬧殤＂的幾齣戲，就是寫杜麗娘的愛情被毀滅、被埋葬的過程。杜麗娘自從尋夢以後，周圍環境是冰霜的冷漠，她熾熱的情思得不到任何支持，成天自憂自怨，寢食全廢，病倒在床。春香可憐她＂十分容貌怕不上九分瞧＂了，她自己也

驚愕"往日艷冶輕盈"的體態今日竟然"瘦到了九分九了",如
果不"趁此時自行描畫,流在人間,一旦無常,誰知西蜀杜麗娘
有如此之美貌"呢。於是她提筆爲自己畫了肖像,"偶成一詩,
暗藏春色,題於幀首之上"。她相思成病,一病就是半年,終日
是"長眠短起,似笑如啼,有影無形"。可是她的父母對女兒的
病卻不認爲是"早有了人家,敢沒這病",以爲"女子二十而嫁,
女兒點點年紀,知道個什麼",請個女巫醫石道婆爲女兒禳解。
女巫,良藥怎麼能醫得了杜麗娘的"尷尬病"?石道婆理解不了麗
娘"尋有心事","折柳情人"的春心;陳最良的銀針也難入
"情栽了窈窕",因爲"病躲在烟花你藥怎知?"這實在是封建
勢力對青年人情思的虐殺,也是兩代人心理上不可溝通的壕塹。所
以麗娘只好望空長嘆"殘生今夜雨中休",哭着爲父母留下了臨
終遺言:"這後花園中一株梅樹,兒心所愛,但葬我梅樹之下",
在墳邊"立斷腸碑一統",並囑託春香在她死後把春容畫"盛着
紫檀匣兒,藏在太湖石底",留給"有心靈翰墨春客,倘直那人
知重",杜麗娘就是這樣地悲慘地與世長辭了,死別了她的情人。
生別了的朱麗葉,雖然肉體還活着,但與死別並無二致,她與羅密
歐的生別,用羅密歐的話來說,就是"放逐比死還要可怕",用朱
麗葉的話來說,就是"這簡直等於說,父親、母親、提伯爾特、
羅密歐、朱麗葉,一起被殺,一起死了。"是的,在她剛剛與羅
密歐由勞倫斯神父主持舉行了婚禮之後,她正以滿懷喜悅的心情
急切等待着新婚之夜的來臨,她對他們倆的愛情滿意極了,覺得
眞誠的愛情正洋溢在她的心裏,無法估計自己享有的財富,希望
"成全戀愛的黑夜"快些降臨,她想她"已經買了一所戀愛的華

夏,可是它還不曾屬於我所有?雖然我已經把自己出賣,可是還
沒有被買主領去",她這種快些讓買主領去的心情,就如同"一
個做了新衣服的小孩,在節日的前夜焦躁地等待天明一樣"。然
而,就在這時,她的愛情被意外地毀滅了。羅密歐的朋友茂丘西
奧被朱麗葉的表哥提伯爾特殺死了。爲了替朋友報仇,爲了洗去
自己名譽的被侮辱,羅密歐殺死了提伯爾特,羅密歐也被親王逐
出維洛那境內,否則立即判處了死刑,當乳媼突然闖進門來語無
倫次地告訴她,"他死了,他死了"的時候,她簡直是丈二和尙
摸不着頭腦,以爲羅密歐眞的死了,自己也不願再活在世上,要
去和羅密歐"同眠在一個壙穴裏",在她得知死的不是羅密歐而
是提伯爾特,而且是被羅密歐所殺,她就傷心地呼喊:"一個是
我最親愛的表哥,一個是我親愛的夫君?那麼,可怕的號角,宣
布世界末日的來臨吧!"頓時感情起了對夫君的憎恨,詛咒他:
"花一樣的面龐裏藏着蛇一樣的心"、"美麗的暴君!天使般的
魔鬼!披着白鴿羽毛的烏鴉!豺狼一樣殘忍的羔羊!聖潔的外表包
覆着醜惡的實質!你的內心剛巧和你的外形相反,一個萬惡的聖
人,一個莊嚴的奸徒!"乳媼順着她的語氣也希望恥辱降臨到羅
密歐的頭上,她卻心如刀絞,責備乳媼"舌頭上就應該長起水疱
來",認爲恥辱從來不曾和羅密歐在一起,由於她對羅密歐愛情
的猛醒也悔恨自己不應"把他這樣辱罵,我眞是個畜生!"道理
很清楚:"他是我的丈夫,……三小時的妻子都這樣凌辱他的名
字,誰還對他說一句溫情的慰藉呢?"哥哥和丈夫之間的死與活,
對於朱麗葉來說:"我的丈夫活着,他沒有被提伯爾特殺死;提
伯爾特死了,他想要殺死我的丈夫!這明明是喜訊,我爲什麼要

哭呢？＂這似乎是說生比死好。然而，這生對於朱麗葉來說比死還難過，因為＂還有兩個字比提伯爾特的死更使我痛心，像一把利刃刺進了我的胸中＂，這＂放逐＂兩個字，就等於殺死了一萬個提伯爾特＂，＂羅密歐被放逐了＂的這一句話，對朱麗葉來說，＂包含着無窮無際，無極無限的死亡，沒有字句能夠形容出這裏面蘊蓄着的悲傷＂。所以，朱麗葉要把眼淚留着為羅密歐的放逐而哀哭＂，睡上自己的新床，把＂童貞獻給死亡＂，讓乳媼快去找羅密歐，把＂指環拿去給我的忠心的騎士，叫他們作一次最後的訣別＂，朱麗葉的愛情就這樣地被生別毀掉了，被封建勢力吞噬了，她的生別與杜麗娘的死離一樣，是被封建禮教埋葬了，所以，生別死離是他們的共同命運，是愛的死敵。

三、生別死離後情的再追求，是他們性格發展 上的共有特徵

生離死別後的理想再追求，也是杜麗娘和朱麗葉性格發展上的所共有的特徵。但杜麗娘與朱麗葉相比，杜麗娘在愛情的繼續追求上，表現得更為熱情和大膽，只不過採用了幻想的形式，在陰界追求罷了，實際也是現實生活的再現，是＂生者可以死，死者可以生的＂至情與活力，更富有反封建的意義。

在潦倒南下的柳夢梅因病住在梅花觀的時候，正值杜麗娘在冥界得到胡判官應允還魂之際。由於杜麗娘念念不忘懷春夢事，懇請胡判官查找她的丈夫是姓柳還是姓梅？經查：＂有個柳夢梅，乃新科狀元。妻杜麗娘，前係幽歡，後成婚配。相會在紅梅觀中，＂

於是胡判官把杜麗娘放出枉死城，讓她"隨風遊戲，跟隨此人。"
柳夢梅病癒遊園，拾得裝畫像的檀香木匣，把畫掛在屋中，盡情
供養，終日讚賞，"早晚觀之，拜之，叫之，贊之"，不斷地稱
呼，"美人，美人！姐姐，姐姐！"杜麗娘出得枉死城回到梅花觀
後，認出柳夢梅是夢中幽會的柳生，於是就不顧一切地真摯而率
直地表白了自己的愛情，與柳生雲雨幽歡，"每夜得共枕席"，
更不顧"聘則為妻，奔則為妾"的傳統觀念，與柳夢梅訂了白頭
之盟，"前日為柳郎而死，今日為柳郎而生"，授柳生以掘墓使
她復活之法，柳生依計而行，終於使她死後三年屍體復活。杜麗
娘之所以復活，是她堅貞誠摯的情思的結果，在這種繼續追求愛
情的過程中，突出地表現了她性格發展中的熱情、堅強和大膽。
也就是她愛青春、愛自由、愛生命，以追求幸福生活為內容的理
想得到了完滿的體現，朱麗葉別後的再追求，與杜麗娘基本相似。
朱麗葉在提伯爾特被殺，羅密歐被逐以後，她被迫在愛情生活與舊
傳統之間作出自己的選擇。她經過一番迷惘、悲痛，由恨到愛的
過程，終於徹底摒棄了家族觀念，堅定不移地維護了自己的愛情，
顯示了她的堅定與果斷。但是，她父親的逼婚，又把朱麗葉推上
了第一線，不得不和封建遺老進行正面的交鋒，進行愛的再追求，
就她當時的身份和處境是沒有力量抗爭了，但是在神父的支持下，
堅定了她愛的再追求，靠她的機智聰明，採取了"合法鬥爭"策
略，使父親的逼婚安排完全落了空。朱麗葉剛剛與丈夫生別之後，
親王的親戚少年貴族帕里斯就來到凱普萊特家再次求婚。她的父
親一手包辦了她的婚事，絲毫不顧女兒的痛苦，大言不慚地蠻橫
武斷地對求婚者說："我可以大膽地替我女兒作主，我想她一定

會絕對服從我的意志，是的，我對於這一點可以斷定。"更可氣的是三天後的星期四就要把女兒嫁出去，母親當着她的面又侮辱羅密歐是頂可恨的凶人。朱麗葉理直氣壯地駁斥了母親，她說："惡人跟他眞有十萬八千里"，"沒有一個人像他那樣使我心裏充滿了悲傷"，特別在母親要派人用毒藥毒死羅密歐，還說是對朱麗葉的"滿足"，朱麗葉的回答是那樣地有力，"我心裏永遠不會感到滿足，除非我看羅密歐在我的面前——死去。"在逼她星期四就嫁給帕里斯，她更斬釘截鐵地回答，"憑着聖彼得教堂和聖彼得的名字起誓，我絕不讓他要我做他的幸福的新娘"，"寧願嫁給我所痛恨的羅密歐，不願嫁給帕里斯"，拒絕了父母對她婚事的包辦。就是在父親要用裝木籠拖出去威脅她，乳媼也用話動搖她時，她也不屈服、不投降，但是，總得想個辦法"避過去"。家庭找不到心腹，只好再到勞倫斯神父那裏去求救，"要是一切辦法都已用盡，還有死這條路"，在她對神父表示至死忠於羅密歐的愛情之後，神父爲她出了主意，她欣然地接受了神父服安眠藥的辦法，高興地答應說："只要可以讓我活着對我的愛人做一個純潔無瑕的妻子，我都願意毫不恐懼、毫不遲疑地做去。"她在神父那裏得到"逃婚計"拿藥回家以後，胸有成竹地聲色不露地應付着來自家中的事變。她爲了強化父母的錯覺，假裝認錯，表示聽從父母的擺布，她的父親信以爲眞，按期邀請了客人，僱了二十個有本事的廚師，自己當晚還要做一次管家婦，給帕里斯送信，吩咐乳媼打扮女兒，一切就緒了，就等次日把女兒嫁出去了，可是凱普萊特哪裏知道女兒的打算。朱麗葉回到臥室後，藉口自己要單獨禱告，支走了乳媼，在經過一番痛苦的思想活動後，舉起藥水瓶，悲痛地呼着：＂羅密歐，我來了！我爲你乾了這一杯！＂倒在床上死去了，終於把婚禮變成了葬禮，實現了＂逃婚計＂的計劃，達到了對愛情的繼續追求。上述杜麗娘與朱麗葉的情的繼續追求，雖然一個是冥府陰魂的諧媾，一個是陽間的針鋒相對的智鬥，方式不同，境遇有別，但是目的是一個，都是爲了反對封建禮教的殘酷現實，達到愛情理想的實現。因此，兩個女性性格的發展，基本上是不謀而合，表現了情的力量之不可戰勝。

四、情的曲折勝利

兩劇的作者以其偉大的藝術才能，經過精心的設計，讓他們的主人公在出生入死的鬥爭中，終於在現實與幻境中，讓他們的情曲折地贏得了勝利。《牡丹亭》的作者在＂婚走＂到＂園駕＂的幾齣戲中，寫了杜麗娘還魂後與其頑固的父親進行了鬥爭，爭得了幸福的生活。杜麗娘在掘墓還魂復生以後，怕事露連累他人，果斷而堅定地與柳夢梅＂告拜天地＂成親婚後走杭州。他們在婚走中，路遭兵亂，寄寓錢塘，遇母認親，支持丈夫赴試狀元，去淮陽打聽父親安危消息，這一切都表現了她性格發展的成熟。雖然父親誣陷柳夢梅是掘墓賊而下獄，認爲女兒的重生屬於荒誕，欲拆散他們的婚事。但是由於柳夢梅新科狀元，杜麗娘親自到皇帝面前大膽作證，最後逼迫她父親不得不承認婚事，由皇帝＂敕賜團圓＂，贏得勝利，你看她在步入皇堂遭到衙役喝令捉拿時，她雖在驚恐之中，卻敢於把現實中的皇堂與陰府中閻羅殿作了顯

明的對比。她說："似這般猙獰漢，叫喳喳，在閻浮殿見了些青
面獠牙，也不似今番怕"，這是何等的大膽，又是何等對現實統
治者的蔑視。更值得讚許的是她理直氣壯地在皇帝面前說："狀
元妻來面駕"，絲毫沒有把封建禮教放在眼裏。她不但敢於在皇
堂之上陳述與柳夢梅愛慕成親的原委，而且對來自各方的質疑，
對答、駁斥如流，斥責了陳最良的"猾律拿喳"，駁斥了頑固父
親的"門當戶對"，鞭笞下獄柳夢梅之差和不認女，不許婚事之
過。因此，說服了皇帝，最後把"狀元柳夢梅，除授翰林院學士，
妻杜麗娘，封阿和縣君"的聖旨下，朱麗葉在服藥冒險逃婚後，
吉凶未卜，禍福難分，為人們留下了強烈的懸念，特別在羅密歐
來到墓地掘棺，與帕里斯搏鬥，羅密歐買下毒菜將會產生何種後
果，都給人以不得安坐的情緒，劇情十分緊張。由於約翰神父因
遭意外，信息不能捎到，羅密歐來到墓地殺了帕里斯之後，見朱
麗葉已經死去，乾了毒藥而自殺，無不給人以緊張氣氛。朱麗葉
蒙藥醒後，看見丈夫業已自殺，拿過丈夫殺過帕里斯的七首也自
殺身亡了，朱麗葉與羅密歐的雙雙殉情是劇情的高潮，給人以悲
切難言。但是，在作者看來，男女殉情還不足以顯示情的巨大精
神的魔力。所以在殉情悲劇發生之後，又進一步讓死亡衝破封建
族仇的蕃籬，奪取愛情的全勝。兩個仇敵族長面對他們仇恨下的
慘遭犧牲的子女屍體，經過勞倫斯講述了朱麗葉與羅密歐求愛結
婚的經過，由親王宣布了他們的罪行："凱普萊特！蒙太古！瞧
你們的仇恨已經受到了多大的懲罰，上天藉助於愛情奪去了你們
心愛的人。"於是兩家族受到了良心譴責，釋仇言和，蒙太古家
族用純金為朱麗葉鑄了一座忠貞的金像，凱普萊特用同樣富麗的

純金爲朱麗葉的丈夫羅密歐塑造一尊金像臥在朱麗葉身邊。

綜上所述，使我們不難看出，杜麗娘和朱麗葉的性格及其思想發展過程是基本一致的，都是爲了爭取美好幸福理想的過程，都是與封建制度和其維護者鬥爭的過程。在這個過程中，他們既是勝利者又是失敗者，因爲他們都爲自己的理想開闢了生活道路，而他們的死又不能說是理想的勝利，他們的勇於爲理想而殉葬，只能看成是對封建社會制度的抗議。所以，他們的鬥爭既是悲劇的又是喜劇的，是悲喜劇；他們個人既是叛逆者的典型，又是當時社會新一代的形象，具有歷史的進步意義。

于長河

〈杜麗娘與朱麗葉追求理想愛情的比較

——讀《牡丹亭》、《羅密歐與朱麗葉》札記〉，

《錦州師專學報》4（1982），28～31。

《灰闌記》與《高加索灰闌記》*

　　元雜劇《灰闌記》的作者李行道，和關漢卿、馬致遠等大家相形之下，是一個默默無聞的人物。根據第一本元雜劇斷代研究，鍾嗣成的《錄鬼簿》（約一三三○年出版）所載，《灰闌記》是元雜劇前期作家李行道僅存的一本戲。明代的戲劇史家朱權著《太和正音譜》，考評作者爲李行道。第二種說法大致爲後世論者所接受，如王國維、青木正兒，以及《元曲選》的編者臧晉叔。《灰闌記》之傳入西方，便是迻譯自《元曲選》。

　　雖然作者知名度不高，《灰闌記》卻是少數首先傳入歐洲的劇本之一。王國維〈宋元戲曲考〉指出法國學者裘利安（Stanislus　Julien）一八三○——四○年代，將此劇譯爲法文。王氏的考據語焉不詳，令人詫異的是，少數國內學者仍然持之爲據。裘利安一八三二年迻譯爲法文，在倫敦出版。一八七六年德人封哲卡（Wollheim du Fonseca）改寫爲德文。根據一九五八年耶魯大學出版，袁同禮編纂之《西文論著漢學書目》所載，本世紀《灰闌記》的英、德文譯本至少有五種。第一本是一九二七年萊比錫出版的弗爾克（Alfred Forke）重譯本。事實上，弗氏譯本完成於一九二五年。同年，德國導演萊因哈特（Max Reinhardt）

---

　　*　　Bertolt Brecht（1898～1956），*Der Kaukasische Kreidekreis*（1945）。

在柏林上演了《灰闌記》，演出的劇本是克拉朋（Klabund，原名 Alfred Henschke）據法譯文改寫的德文本。接踵而來的有袞特（Johannes von Guenther）的德譯，拉維（James Laver）與休姆（Frances Hume）的英譯⋯⋯譯自中文、法文與德文不一。

　　在上述西譯中，最重要的便是克拉朋的譯本《灰闌記——一齣五幕劇》（Der Kreidekreis: Spiel in funf Akten），因為他啓發了當代戲劇大師布雷希特（Bertolt Brecht）的《高加索灰闌記》（Der Karkasische Kreidekreis）。一九二五年，布雷希特二十歲時，在柏林見到克拉朋劇本的演出，深受感動。大約二十年後，寫出了短篇小說《奧格斯堡灰闌記》（"Augsburger Kreidekreis"）與《高加索灰闌記》。據布雷希特的摯友，戲劇家本特立（Eric Bentley）所云：" 布氏約在一九四〇年代初期或中期，旅居美國加州時，寫出了《高加索灰闌記》，⋯⋯如果不是克拉朋的劇本，布雷希特的作品可能根本不會出現。"

　　以上所述爲李行道《灰闌記》在西方流傳的一段歷史，直到布雷希特的劇本出現爲止。本文之目的便在研究李氏與布氏作品的關係，並探討後者究竟在何種意義上接受了前者的影響，藉以說明一些比較文學的影響觀念。

　　一般說來，"影響"（influence），詞意指甲作家或作品對乙作家或作品在觀念或形式上所呈現的效果。就這兩個劇本而言，影響包括來源（source）、借取（borrowing）與負影響（negative influence）。爲了討論方便，筆者首先略釋這些名詞。"來源"通常包含兩層意義。第一，狹義地說，它指乙作家取材之處，至於甲作品與乙作品的形式如何則不考慮，譬如莎翁歷史劇率多取材哈林謝（Holinshed）的《英國皇朝編年史》；或湯顯祖之《邯鄲記》取材於沈旣濟《枕中記》。第二，它指乙作家自甲作家所取之素材、風格方法，如莎翁借取馬羅（Mar-lowe）的無韻詩（"Mighty lines," blank verse），或韓愈規模杜甫之七古拗體。根據這點，關於李行道與布雷希特的文學關係，我們可以提出兩個問題：㈠布氏是否僅從李氏借取《灰闌記》的審判情節？㈡除了審判故事外，布氏是否從李氏那兒學得某些戲劇的觀念以及創作技巧？

　　如果某種形式的影響確實存在，我們進一步要問：這種影響是正面的還是反面的？所謂的負影響，是指模倣外國的理論與實踐，而對本國原有文學傳統的反動。如五四以後，中國詩人輸入西方語構方式甚至商籟體詩以推翻傳統之文言古體、近體詩。就李氏與布氏的關係而言，這個問題便是：布氏的戲劇觀念（如史詩劇場）與西方傳統之亞里斯多德戲劇大相逕庭，是否由於他受到李行道《灰闌記》記的啓示？關於這個問題的答案，我們有數點可供參考。第一，布雷希特向來喜歡從事戲劇摹倣（parody）。由於摹倣往往加上作者批判性或嘲諷性的新見解，因此可以說是負影響的橋樑。布氏的摹倣向來是"反設計"（counter-design），即他因襲甲作品原來的架構，但對作品處理的主題，作反面的詮釋。第二，布氏對東方劇場（如中國雜劇與日本能劇）情有獨鍾，主要的原因便是它與亞里斯多德劇場大異其趣。第三，固然布氏未讀李氏原文（其實他根本不知原作者何許人！）但確實受到他的刺激，如果不是結構上的，至少是題材上的刺激。下面我們試圖逐一解答些問題。

　　審判故事之所以吸引布雷希特，有一個意識型態上的原因，因爲任何審判，無論由明鏡高懸的清官執行或不明是非的昏官執行，都蘊含着一個選擇的問題。要瞭解這個問題，我們似乎應當求諸布雷希特的戲劇觀。傳統的戲劇使觀衆投身舞臺情景中，帶給他情緒的激動，因而消耗掉他行動的能力，但布氏的劇場不是娛樂性而是教導性的，它使觀衆保持着旁觀者的身份，激發他行動的能力，迫使他作選擇。

　　這點正足以說明爲何《高加索灰闌記》包含一個戲中戲的封套結構（雜劇的楔子便是如此。）這齣戲中戲在兩羣對立的、面臨抉擇的觀衆面前演出。觀衆分爲兩派，分別代表兩個農場，他們在爭奪一座山谷。雙方相持不下，乃呈報首都努卡（Nuka）的“國家重建委員會”裁決。委員會於是派了代表到村裏來，要求雙方“自己決定洛札·盧桑堡農場的牧人是否應該回到山谷來。”官方請了一個劇團到場，晚餐後上演一齣改編了的中國《灰闌記》，劇中面臨的爭執情況亦頗類似。顯然，這齣戲的上演不僅是“爲了娛樂爭執不下的同志”，更是要教導他們行動，換言之，作抉擇與決定。主唱者在序曲中說：“希望你們發覺，古詩人的聲音與農場的牽引機一樣動聽。”

　　由此看來，戲中戲之外（即楔子或封套）與戲中戲之內的爭執互爲類比。其類比關係如下：洛札·盧桑堡農場的牧人，希特勒入侵時離開了故土，正如同總督夫人革命時拋棄了兒子；迦林斯克（Galinsk）農場的果農，當前者離棄故土時在此耕種，正如格魯莎撫養着總督夫人遺棄的兒子。根據這層類比關係，村人們的爭執也將會和兩婦人爭兒子一樣被裁決。總督夫人代表腐化的、不事生產的統治階級；格魯莎這個厨房女工便代表勞動階級。前者拋棄了親生子；後者卻撫養了他。因此，一旦戲中戲的案子送交阿慈達克——一位向來維護窮人的前農村代書——審理時，他便把小孩判決給養母格魯莎。阿慈達克的決定正符合他在混亂時期的行徑：

> 涉跋在喬治亞道上，
>
> 肩負着正義的天平，
>
> 窮人的長官阿慈達；
>
> 他周濟窮人的物品，
>
> 取之於富人的荷包，
>
> 粗人的保鑣阿慈達。

從阿慈達克的判決，我們可以看出作者的價值觀念。血不一定濃於水，共同生存的方式反倒更重要。總督夫人表現的倫理價值反倒不如經濟值或生產因素。正如布雷希特所云：史詩劇場中"社會的存在關係決定思想，而非思想決定存在。"既然雙方所爭執的土地是"牧草不豐，卻適合果園與葡萄園"的土地，自然便裁決給果農了。

> 事物應屬於對它有利者，
>
> 孩子屬於有母性的以便成長，
>
> 車子屬於趕車者才能駕得好，
>
> 山谷屬於灌溉者才能結果實。

委員會代表並未作決定，他讓觀衆——戲中戲與楔子的觀衆——作決定。

　　這種結論顯然與原來的元雜劇中的斷案不同，李行道劇中的
眞正母親海棠，本來更具母性，這也是符合一般人性的原則。雖
然兩齣戲中缺乏母性的婦人，動機一樣，都希望非法奪取財產，
因此該判有罪。但這位中國劇作家的倫理觀念更合乎傳統正道。
他賦予海棠血親關係，也賦予她名正言順的母性，因而使包待制
與作者本人的裁決都比較容易。否則的話，有那一個瘋法官會把
甲婦人的親生兒子判決給乙婦人呢？除非他是被一個偏激的意識
型態推動；除非劇作家要絞盡腦汁、費盡苦心地安排人物之間的
奇異關係。布雷希特似乎自己也感覺到這點，因此他藉一位厨師
之口，對格魯莎說："換任何一位法官，妳獲勝的機會，就和鷄
長牙齒一樣。所有的法官都會合法地把小孩給生母，不給養母。"

　　走筆至此，我們發覺布雷希特與李行道的歧異。這位德國劇
作家，從他六百多年以前的中國恩主那兒，借取了一個情節上的
成份，而賦予新的詮釋。布雷希特對素材的處理，部份地澄清了
他和李行道的關係———一種借取或"反設計"的負影響關係。

張漢良

〈《灰闌記》斷案事件的德國變異〉，

（臺）《中華文化復興月刊》9．11（1976），52～56。

《白蛇傳》與《蕾米亞》*

　　各個民族的精神不同，便形成不同的神話，不同的文學，不同的原始類型，如希臘神話之不同於我國的《封神榜》。但是，畢竟人性同然，各民族間的精神與文學，仍有本質上的雷同處。這也就是說，有些原始類型是互相類似的。情感與理智之對立，恐怕是有人類以來人的最大苦惱，人類在這個對立上所作的神話與文學的表達，在在皆是；而表達此一對立的原始類型，爲數甚多。若以蛇女與青年男子戀愛，好事終爲和尚或哲學家破壞，則是這種原始類型之一。中國的《白蛇傳》與西洋的《蕾米亞》（Lamia）便是一雙很好的例證。

　　十七世紀的英國散文家布頓（Robert Burton），在他的巨著《憂鬱之分析》（*Anatomy of Melancholy*）報導了如下的一則故事：一個名叫李西亞斯的希臘人，年甫二十五歲，行走在桑克里斯與柯林斯之間，遇見一位美麗婦人；這婦人持着他的手，把他帶回家去……這位年青人原是一位哲學家的學生，一向清心寡欲，很能控制自己的情感；但是，這回他卻墜入情網，和這位婦人同居了很久，非常心滿意足，最後便與她舉行婚禮。賓客之中來了一位叫阿波羅尼亞斯的人，他居然看出來這位婦人原是蛇變的，是一條"蕾米亞"；而她的房屋傢俱，也全是虛幻的。當

---

　　*　John Keats（1795～1821），*Lamia*。

阿波羅尼亞斯發現了她的眞面目，這婦人便哭了，求他不要張聲；但是，阿波羅尼亞斯沒有感動。於是，這位婦人連同她的房屋傢俱，突然不見了。許多人親眼看見這件事，因爲它就發生在希臘的中部。這個故事，據學者的研究，的確源於希臘神話。傳到十九世紀，便有濟慈（ Keats ）根據布頓的故事，寫成一首敍事詩，叫〈蕾米亞〉（ Lamia ）。濟慈在〈蕾米亞〉中，特別挑明了這個故事的象徵意義：即是情感與理智的衝突，以及理智之摧毀情感。下面便是濟慈的〈蕾米亞〉的大略描述。

蕾米亞原是一條蛇。有一天，希臘諸神之一的候米斯（Hermes）要會見他的女友；遍找不着。蕾米亞出現，願意指點迷津，條件則是要候米斯把它變成（或變回）爲女人。蕾米亞說：

> 我曾是一個女人，
>
> 讓我再一次有女人的形體，
>
> 且如從前一樣嫵媚。
>
> 我愛上了一個柯林斯的青年——
>
> 啊，那種幸福！

根據上面這段話，蕾米亞似乎原來是女人，後來變成蛇，如今又要變回爲女人，原因是她愛上了一個柯林斯的青年。濟慈的詩詳細描寫了候米斯追戀他的女友，這是值得特別注意的。因爲，這段戀情（後來候米斯由於蕾米亞的幫助，果然得見女友，相偕飛入叢林深處）爲蕾米亞自己的戀情，提供了一個背景。此外，蕾米亞似乎還是蛇的時候，便愛上了那位叫李西亞斯的柯林斯青年；而且就是爲了愛他，蕾米亞才要求獲得女人之身。到此爲止，一切都是充滿愛情的場面，一切都是爲了愛情。

候米斯遵守諾言，果然用魔棒一點，蕾米亞便變成一個女人。
然後她置身於李西亞斯回柯林斯的路途上；李西亞斯一見鍾情，
便和蕾米亞同居去了。後來，由於李西亞斯愛蕾米亞之深切，乃
決定和她結婚。婚前他帶她走過柯林斯城，路上碰見李西亞斯的
老師，哲學家阿波羅尼亞斯。

〈蕾米亞〉一詩的高潮，出現於婚宴席上。阿波羅尼亞斯坐
在賓客之中，專以一雙眼睛，盯視蕾米亞。蕾米亞固然被這位哲
學家（註：詭辯家與哲學家在本詩篇是同義的）的銳利目光，看
穿了，趕走了；不能隨同" 消失"的李西亞斯，便當即死於新郎
的座位上。

　　　他們發現他沒有脈搏與呼吸，

　　　沉重的身體包裹於新婚的禮服。

於是，阿波羅尼亞斯原本只想驅走蕾米亞，卻把李西亞斯也殺死
了。普通人情之常，新娘走了，新郎可以另找對象，若不更換對
象，至少不會連自己的性命也不要。李西亞斯卻生死以之，一方
面固然由於他是個熱情的人；另一方面，他的死亡實在負載着全
詩的象徵意義。

〈蕾米亞〉的象徵結構是這樣的：蕾米亞與李西亞斯代表情
感，阿波羅尼亞斯代表理智；情感要求作自我之伸張，為理智所
不許；結果，理智扼殺了情感。這個故事在希臘神話中，也許沒
有象徵的意義；在布頓的複述中，也許沒有象徵的意義。但是，
濟慈的處理卻給了這個故事一個象徵的結構與主題，加深了這個
故事的含義，使一個古老的民間傳說，獲得它應有的深厚的解釋。
我們也可以這麼說，早期的希臘人矇矓地意識到情感與理智的衝

突，而以這個神奇鬼怪的故事，把這個觀念具體而實際地表現出來。我們也可以反過來說，這個具體的故事即是早期希臘人對人生（此處特指情感與理智的關係一面）所持的一種見解，其中的奧義有待如濟慈之流的深思敏感的心靈去發掘了。

姑且不論濟慈與神話之間的淵源關係，濟慈的〈蕾米亞〉的象徵結構與主題，使我們加深了對我國民間小說〈白蛇傳〉的認識——我們不應該只把它看成神奇鬼怪的小說；實際上，它可作深刻的象徵解釋。（至於原作者或原作者們是否意識到這種象徵意義，則無關緊要。他們可以說是存在於一個民族的下意識裏；他們的下意識之浮現表達，正有待內省力較強的後世人，爲他們的作爲做分析與詮釋。我們對待〈白蛇傳〉應有這種態度。）

就〈白蛇傳〉本身而言，它當然比濟慈的〈蕾米亞〉內容要豐富多了。不過，它的象徵結構幾乎完全同於〈蕾米亞〉。許仙是李西亞斯，白素貞是蕾米亞，法海和尚是阿波羅尼亞斯，這便是三個最主要的人物，全書的象徵結構以及因之而生的主題，全建築在這三個人身上。許仙與白素貞的姻緣是情感的結合，法海是冷酷的理智，不許情感存在而將之扼殺了。法海和阿波羅尼亞斯所持的理由是類似的：即白素貞與蕾米亞皆是蛇，蛇不能與人婚配；所以，冷酷的理智看得清楚萬物的等級，分得清楚人蛇之別。可是，許仙與李西亞斯似乎都願意忽略這個界限，而只要情之所鍾，則人與蛇女婚配亦無不可。這裏面牽涉到一個廣泛而深遠的問題，即人與自然的關係。若果人能與自然合而爲一，則人與自然爲一體，蛇爲自然的一部份，則人蛇同等，同爲自然之份子，則兩相婚配未嘗不可。假使以蛇爲整個自然的代表，則許仙

或李西亞斯正是與自然婚配，與自然結合爲一而已。理智的能力
是分析的，應用於人與自然的關係，首先就識別了人與自然的差
異，人與蛇的差異。理智是一種分門別類的能力，而把人類放在
分門別類了的萬物之頂點。這樣使人超出了自然，卻也脫離了自
然。而脫離自然後的人生，其後果正是科學工業文明所帶給人類
的危機呢。這只是引伸的談論，說到這裏爲止。

　　阿波羅尼亞斯最後連呼李西亞斯爲“愚昧”，用意是明顯的：
即李西亞斯爲情感蒙蔽，喪失了理智；而充滿理智的阿波羅尼亞
斯本意還是爲了救李西亞斯呢。可是，他把蕾米亞趕走之後，李
西亞斯也死了。理智固然想救情感，可是理智的力量作用於情感
時，情感反而不能生存了。這種理智與情感不兩立的觀點，實在
是一個耐人尋味的課題。也許理智與情感所依據的價值，絕對不
同與不能互換，所以兩者不共戴天。同樣的局而發生於〈白蛇傳〉。
從理智上來看，法海和尙不能不說是個好人；可是，從情感上來
看，他便是一個惡棍了。許仙與白素貞的那段姻緣可說美妙極了，
而且白素貞不再是個“害蟲”——至於她爲了幫助許仙發財，在
水井中撒下一把瀉藥，叫鄰居們破費幾個銅子，也許無可厚非吧。
此外，她居然能替許仙生下一個男兒，足證她不再是蛇身，而完
全是人身了。同時，這也可見他們的結合充滿生命力，具有使生
命再生的能力。更何況他們的兒子後來居然中了狀元，可見他們
的愛情結晶的身心頭腦是人中之傑。如此說來，法海老方丈何苦
一味咬定人蛇之別，定將白素貞壓在雷峯塔下而後甘心！

　　我們是否可以說，法海和尙不僅是個理性主義者，而且是個
古典主義者。古典主義者把宇宙看成一個固定的型態，只把握一

個靜止的橫斷面，而不能如舒勒戈爾兄弟（ The Schlegels ）所說，把握着活的與動的自然變化之過程——而後者只有浪漫主義者能之。因此，他只能肯定白素貞原來是蛇，卻不能接受白素貞已經由蛇變成人的過程與結果。白素貞與許仙都能承認這個過程，接受這個過程的結果。他們兩人可說是情感主義者，也是浪漫主義者（舒勒戈爾兄弟界說的浪漫主義者）。所以，到後來白素貞被迫得忍無可忍，來一個水漫金山寺，與法海和尚一比高低，的確是情感對理智，浪漫主義對古典主義，非常戲劇化的一場衝突了。（顯然，寫〈白蛇傳〉的人，的確是最擅於將哲學作戲劇化的大手筆了。）假使我們徒然被蝦兵蟹將攪得眼花撩亂，則我們的閱讀力亦僅止於愚夫愚婦而已。不過，即是蝦兵蟹將也可作象徵的解釋：白素貞與法海鬥法所使用的力量，可以說全是自然的力量，或說即是自然本身；而法海的金山寺則是人工的建築。以浩浩的自然之洪水，試圖淹沒傲岸在上的人工建築，這不是一個非常富於象徵影射的局勢麼？歐立德（T. S. Eliot ）　在〈四部曲〉裏說，河是一個棕色強壯的神，永遠不馴服於人；當它忍耐的時候，人們只把它看成一個築橋跨越的問題，可是當它憤怒的時候，城市的居民便不敢忘記，忽略它。接着歐立德說，實則，河的旋律在嬰兒的搖籃曲，在四月的庭院，在秋日的葡萄，在黃昏的燈光裏。「河在我們的心底，海在我們的周身。」從這個觀點來看，則水漫金山寺實在有着深厚的暗示，暗示着理性人與自然的一種原始的衝突關係。最後白素貞被壓在雷峯塔下，雷峯塔不也是理性人的人工傑作麼?!多少的心機，多少的計算，多少的磚石，才能建立這麼一座人造的東西?!最有意思的是，法海沒有

殺死——或不能殺死——白素貞，只能將她壓在雷峯塔下。這不
是意味着情感是殺不死的，是永存的，只要人還是人，人便有情
感——“河在我們心底，海在我們周身。”但是，情感終於被理
智壓抑了，控制了。從法海的觀點看來，白素貞被收拾後，一個
理性的世界秩序又被恢復了。可是雷峯塔前子哭其母的一幕，似
乎告訴我們，人們對於理智壓制情感的局面，並不是那麼高興的
呢。

　　〈蕾米亞〉由於篇幅之簡短，又由於濟慈顯然有意把它寫成
一首象徵詩，當然不及〈白蛇傳〉含義之豐富，影射之深廣。但
是，就我個人而言，則對〈白蛇傳〉能有新看法，還不能不歸功
於濟慈所賜的啓示。中西雙方皆有如此形式的故事，如此的原始
類型，如此的主題，亦可見人心之同然。中國的〈白蛇傳〉及西
洋其他類似〈蕾米亞〉的故事（據說歐洲及阿拉伯均有這種民間
故事），近來有許多學者在研究了（見本年度“清華學報文學專
號”）。令人費解的是，這些故事是否出於同一淵源？還是各個
故事自有淵源，而各個淵源皆存於同然的人心，對同一人生癥結
的相同看法？無論這些問題的答案如何，我們對於〈白蛇傳〉這
部一向被視爲二三流的傳統小說，似乎有重估價值之必要。

顏元叔

〈《白蛇傳》與《蕾米亞》
　　——一個比較文學的課題〉

《談民族文學》（臺北：學生書局，1984），117～
128。

《屈原》與《李爾王》*

　　《李爾王》中的"暴風雨"和《屈原》中的"雷電頌"都是由主人公大段獨白構成的中心場面。二者在表達主題，揭示人物性格，展現戲劇衝突（尤其是人物的內心衝突）等方面，具有相同的功效。它們之間驚人的相似性，使得徐遲在第一次讀《屈原》之後，立即寫信給作者，指出了這一點。郭沫若在覆信中也承認："莎翁原劇裏面的臺詞和氣勢的確和我的'有平行'。"

　　究其根由，產生這種"平行"是因爲兩位作者對於意象的運用：一組關於自然元素的中心意象——風、雨、雷、電——反覆出現在〈暴風雨〉和〈雷電頌〉的臺詞中。以這組名詞爲中心，作者還使用了一系列與之相關聯的形象的動詞：咆哮、爆裂、吹、鼓動、劈、打碎、閃耀、燒毀、噴瀉……，主語與謂語的多次搭配，構成一個個動態的意象，既有視覺的，又有聽覺的，它們以真切而富有生氣的形象特徵，觸動讀者的經驗記憶，引起讀者的審美聯想與想像，在讀者眼前展現出一幅幅電閃雷鳴、風狂雨驟的生動畫面。

　　這種"平行"甚至在意象組合的句式及語氣上也表現了出來：

　　　　鼓動吧，風！咆哮吧，雷！閃耀吧，電！（《屈原》五幕二場）

---

　　*　William Shakespeare（1564～1616），*King Lear*（1605）。

盡情地轟響吧！閃耀吧，電！噴瀉吧，雨！（《李爾王》三
幕二場）

屈原希望：把這包含着一切罪惡的黑暗燒毀了吧！李爾則要
求：打碎造物的模型，不要讓一顆忘恩負義的人類的種子遺留在
世上！

戲劇藝術具有很大的假定性，對於只有舞臺提示和臺詞的戲
劇劇本來說，如何充分調動讀者的想像力尤爲重要。兩位作者對
於意象運用的成功，不僅在於爲讀者提供了一幅幅生動可感的畫
面，提供了戲劇人物活動的背景，還在於充分揭示了主人公的內
心衝突。

“意象”是意念與具象的複合體，二者一虛一實，一主觀一
客觀，一抽象一具體，互相依存，互相作用。在“意象”的可感
知的畫面中，蘊藏着豐富的內涵。郭沫若說過：“寫歷史劇可用
詩經的賦、比、興來代表。”他認爲《屈原》的寫作就是“興”。
皎然《詩式》中說：“取象曰比，取義曰興，義即象下之意。”
西方“意象派”的中心人物埃茲拉·龐德強調“準確的意象”能
使情緒找到它的“對等物”。在“暴風雨”與“雷電頌”中，作
者着重要表現與傳達的正是一種“象下之意”，一種“情緒”，
具體地說，這就是與外在的自然界的風暴雷電相呼應的主人公內
心的風暴。李爾王與屈原“同樣的是臨到了要發狂的境界，同樣
的以自然元素擬人而向之發洩憤懣；同樣在怨天恨人，罵神罵鬼”。
〔郭沫若語〕屈原怒斥東皇太一們的虛僞與無能，李爾怨恨雨電
風雷濫用神靈的威力。在古代楚地人民的傳說中，東皇太一、雲
中君、大司命、少司命即天神、雲神、日神和掌管人類生死壽夭

的神；而古代不列顚人的心目中，神靈們（Gods） 也是這些自
然元素、人類命運的主宰（劇中的李爾王也一再對阿波羅、朱庇
特起誓）。由風、雨、雷、電組成的大自然的風暴象徵着主人公
內心深處咆哮、鼓動、奔突、激盪着的不可遏止的怨憤之情。

這裏的意象是一個完整的自足體，特定的場景——大自然的
外部風暴——象，與特定的情緒——主人公的內心風暴——意，
高度統一，收到了情景交融的藝術效果。

當然，由於表現主題，塑造人物的需要，莎士比亞與郭沫若
在意象的運用上不盡相同。"暴風雨"中的意象比較單純。"雷
電頌"中的意象比較複雜，其中除了作爲主導意象的風、雷、電
外，還由主導意象引申出若干延續的意象：力、自由、光明、火
詩、音樂、跳舞……從意象的組合方式來看，"暴風雨"是平面
的、並列的：

　　　　風——雨——雷——電

"雷電頌"是多層次的、疊加的：

這些延續的意象更具抽象性，帶有更大的審美聯想的"張力"，
它們使得"雷電頌"中的"象下之意"更爲豐富。莎士比亞思考
的是變革時代人類的前途與命運，《李爾王》表現了人倫崩潰、
"忘恩負義"這一基本母題，戴着"荊棘王冠"的李爾王是"狂

怒而無能爲力的人類受難者的形象。而郭氏筆下的屈原卻是“被惡勢力逼到眞狂的界綫上而努力撐持着建設自己”的戰士。他不像李爾王那樣，僅僅停留在怨天尤人、罵神罵鬼上，他在呼喚着、憧憬着偉大的自然力，自由、光明以及那燒毀舊世界的黑暗，創造出宇宙的新生命的火。自然力、自由、光明的使者風、雷、電的騷動，正是他心目中的詩、音樂、跳舞。他以一個戰士的堅毅與勇敢，渴望着投身於時代的風暴之中。

“瘋子”的形象

　　《李爾王》的主人公和《屈原》的主人公一樣，都是作者精心塑造的“瘋子”形象。劇中的屈原“叫不絕口”，“把冠帶衣裳通統當衆撕毀了”；“時抓散髮”，“默坐有間，復以拳頭擊膝，憤然而起，在亭中返復回旋”；“冠切雲之高冠，佩陸麗之長劍，玄服披髮，頸上套一花環，口中不斷謳吟”。劇中的李爾在憤激中向女兒下跪；“光禿着頭在風雨中狂奔”，“拉下他的一根根白髮”；扯去衣服；“瘋狂得像被颶風激動的怒海，高聲歌唱”，“頭上揷滿了各種花草”。更有“暴風雨”與“雷電頌”兩場，主人公內心鬱積的情緒之渲洩，驚心動魄，淋漓酣暢。這些異乎尋常的舉止、裝扮、言辭，使他們都被看成“不正常”的“瘋子”。但應該看到，李爾的“瘋”與屈原的“瘋”有着實質上的不同。兩位主人公雖“同樣是臨到了要發狂的境界”，但屈原是將狂而未狂，他十分淸醒地認識到，正因爲自己忠心耿耿，光明磊落，超越流俗，“大家都醉而我偏不醉”才被視爲“瘋

子"。而李爾則已超過了"狂"的臨界點，陷入精神錯亂之中，
高納里爾和里根的忤逆、忘恩、兩面三刀。使他憤激地呼喊：
"我要發瘋了！"當他的精神承受不了時，便出現了病態，不能
控制自己的思維與行動，在暴風雨中狂奔、高唱、怒罵、流淚、
下跪，直至身心交瘁而昏睡。

我們也可以通過劇中人的不同視點、角度去看這兩種"瘋"
的區別。《屈原》劇中的人物對此持三種態度：嬋娟、釣者、衞
士等堅決否認；群衆同情而懷疑；張儀、南后之流則言之鑿鑿。
《李爾王》劇中人物衆口一辭，不論是考狄利婭、愛德伽、肯特，
還是高納里爾、里根都認爲李爾眞的瘋了。

莎士比亞是文藝復興時期用戲劇這一形式來描繪人、塑造人、
揭示人物豐富複雜的性格內涵的一代宗師。作爲人文主義者，人
類的進步與成就使他興奮、驕傲，而隨之而來的金錢、野心、慾
望給予人性的危害與腐蝕又使他焦慮不安。人既是"宇宙的精華，
萬物的靈長，"又是"泥土塑成的生命"，"寒磣的赤裸裸的兩
脚動物。"在莎士比亞筆下，人類包含着"善"與"惡"兩方面
的豐富的性格世界得到了眞實的表現。李爾王正是這方面的一個
成功的典型。

《李爾王》的戲劇衝突可以說是善與惡的對立，也就是莎士
比亞所讚美的在人與人的關係中表現出來的眞誠、正直、仁慈、
忠心、孝道等美德，與社會現實中的人慾橫流，尤其是對於權勢
金錢的追求而造成的奸險、欺詐、忘恩、謀害等醜行之間的矛盾。
這一矛盾主要在李爾和他忘恩負義的長女高納里爾、次女里根之
間展開。李爾是一位眞正的父親，他十分鍾愛自己的女兒。出於

父愛，他把自己的一切都給了她們。在這一點上他並不比歐洲文學中著名父愛的典型高老頭差。高老頭住進伏蓋公寓時，每年尚有八千到一萬法郎的收入，而李爾王卻一無所有，以至於暴怒中離開女兒後，立刻變成了無家可歸的叫化子。李爾原想在女兒們的殷勤看護下，安享天倫之樂，終養天年，當這種愛遭到無情的踐踏時，對長女、次女的怨恨，對幼女的愧疚同時向他發起了凌厲的進攻。

　　但李爾又不是個普通的父親。他原本是一呼百應、至高無上的君主。他習慣於別人的諂媚奉承，習慣於自己意志的權威。因此，在分國授權時，他根據的是一個王的傲慢與尊嚴，而非父親對女兒的愛心。這鑄成了他的大錯。正因他是父親，又是王，所以一經發現自己已淪為一無所有者，發現女兒及那批小人們的欺騙與背叛的行徑，意識到自己可怕的錯誤時，他的憤怒、痛苦，他對於宇宙、社會、現實、人生、自我的思考和批判，遠遠超出了一般的父親。李爾變了，他由一位至尊的王變成了普通的人，這不僅是外在的身份、地位，與他人關係的變，也是內在的思想、感情、性格的變。

　　李爾的“變”經歷了一個精神解體的過程，也可以說是破舊立新的過程。這一過程在戲劇中不能像在小說中那樣被細緻地描寫、敍述出來，必須藉助戲劇動作來表現，所以莎士比亞大膽地讓人物“發瘋”。李爾的“變”是通過其“發瘋”來完成的。“他瘋了，但是他的發瘋卻正是他開始清醒地重新認識現實世界，清醒地重新認識自己的起點，他的發瘋正是他頭腦清醒的開始。”李爾的“瘋”是眞瘋也是假瘋，說他是假瘋，因為這是經過作者藝術加工後上升到審美觀照中的"瘋"，而非眞正精神病人的病歷，這種源於生活而又富於生活的"瘋"是讀者完全能夠領會的。李爾的"瘋"是主人公在特定的戲劇情境中性格發展的必然。因此我們說李爾的性格是動態的、發展的。

屈原與李爾王正好相反，這是一個靜止的、性格比較單一的人物形象。《屈原》作於一九四二年，正是抗日戰爭極其艱難的年代，"是最爲文學的時代，美惡對立，忠奸對立異常鮮明，人性美發展到了極端，人性惡也有的發展到了極端。"屈原正是郭沫若筆下的人性美的具體體現。

《屈原》的戲劇衝突圍繞着我國歷史上戰國時期的合縱與連橫之爭，即楚國是交齊抗秦還是絕齊聯秦展開。在這一鬥爭中，屈原與楚懷王、屈原與南后，屈原與張儀等人之間形成了錯綜複雜的關係：張儀使楚，遊說楚王絕齊親秦，因楚懷王接受了屈原的主張而未達目的，轉而威逼利誘南后，南后設計誣陷屈原，致使楚懷王改變初衷，決定絕齊親秦，並罷免了屈原的官職。這場鬥爭關係着主人公屈原的命運，更直接關係着楚國的安危及楚國人民的命運。正因如此，南后的誣陷、楚懷王態度的改變，在屈原的內心激起了巨大的波瀾。蘊藏於屈原心中的憂慮與憤懑，經第二幕〈卑劣的誣陷〉，第三幕〈盲目的同情〉，第四幕〈肆意的侮辱〉幾幕戲的積聚，像不斷上漲的潮水，終於造就最後一幕〈雷電頌〉中暴風驟雨式的爆發。

屈原的"瘋"是人性善與人性惡的撞擊而迸發出的耀眼火花。只有在昏君、奸佞、群小的眼裏，屈原爲眞理、正義、祖國、人民"雖九死其猶未悔"的執着才是"不正常"。這樣的"不正常"

正是屈原性格始終如一的表現。郭沫若正是通過這種"不正常"的正常來突出屈原性格中的主要特徵，塑造出一位高度理想化了的英雄形象。熱愛眞理、正義、祖國、人民，這就是屈原。無論他說什麼，做什麼都離不開這一點。屈原不僅僅是屈原，他是中華民族精神的象徵。"在屈原死後的二千多年，無論何時何代的中國人，都是在他的偉大影響之下，都在他的精神感召之下。"〔郭沫若語〕

　　當然，在比較這兩個不同類型的人物形象時，我們應看到不同的文化傳統對於作者創作的影響，作爲西方美學思想奠基人的亞里士多德，其《詩學》中所提出的戲劇創作理論，在西方戲劇創作中，一直具有"法典"的權威（儘管後人理解上有不同）。莎士比亞的戲劇創作雖有所創新與突破，但不可能不受到這一傳統直接或間接的影響。李爾王這個人物形象的塑造驗證了這一點。按照亞里士多德的要求，悲劇主人公應該"名聲顯赫"，比一般人好，但又會犯錯誤。這樣的人本身是複雜的，不能簡單地用好與壞來界定。李爾是符合這一要求的。中國傳統的戲曲藝術則十分重視對於人們的倫理道德觀念的"風教"作用，要求"成人倫，助教化"，"懲惡揚善"。傳統劇目中的人物一般具有善惡分明的特點。同時，中國傳統戲曲藝術表現形式的程式化也爲塑造這類性格鮮明的人物形象提供了條件。比如，戲曲角色的行當不僅是演員表演技術上的分類，也是角色的類型化。再如，化裝造型中具有象徵意味的臉譜，可以幫助觀衆更加清楚地分辨人物形象的忠奸善惡。爲中國古老文化所哺育的郭沫若，在塑造屈原時，不能不受到它的深刻影響。

　　儘管這兩個"瘋子"形象的認識價值和審美價值因時代不同，讀者不同而有所差異，但有一點是共同的，這就是兩位作者都企圖通過文學藝術的形式，通過文學形象的塑造，來達到"彰善懲惡"的目的。

胡曉蘇

〈美、善、真的追求

　　——《李爾王》與《屈原》之比較〉，

《外國文學研究》1（1987），80～86。

《伐子都》與《麥克貝斯》[*]

英國的古典戲劇《麥克貝斯》和我國的京劇《伐子都》都有鬼魂出現在盛大的宴會上，場面、情節都十分相近，但是演出效果完全不同，假使彼此比較一下，是很有意思的。

悲劇《麥克貝斯》具有深刻的哲理性。第一幕中，班戈有一段話說得非常好，我以爲是點明了全劇題旨的：

> 爲了引誘我們墮落，魔鬼往往
>
> 也説些眞話——用眞實的細枝末節
>
> 把我們送進了不能自拔的深淵。

用我們的語言來表達，事物總是有兩面性的——現象和本質。而反動派從他們的立場出發，總是只看到事物對他有利的一面（現象），過高地估計自己作惡的力量；卻不知道他在給人民帶來深重災難的同時，也準備好了自己的滅亡。莎士比亞用詩意的象徵手法，和驚心動魄的戲劇效果表達了這一點。狡猾的魔鬼爲了施展它的引誘手段，總是讓人去猜他的一個猜不透的謎語。那謎面聽來是多麼地美好，多麼地單純，叫人再想不到那謎底是魔鬼的一個秘密。那受誘惑的人因爲嚐到了一些甜頭（那是魔鬼有意讓他嚐的），只看到事物對他有利的一面（那是魔鬼特地端給他看的），野心被喚醒了，終於一發不可收拾；盲目的自信使他橫衝

---

[*]　William Shakespeare（1564～1616），*Macbeth*（1606）。

直撞，在罪惡的道路上越陷越深，等到冷酷的現實給他當頭一棒，他從狂熱中驚醒過來，發現自己全盤皆錯的時候，一切絕望的掙扎都無法挽救他滅亡的命運了。

《麥克貝斯》又是一部解剖犯罪心理的傑作。莎士比亞並不追求離奇曲折的作案情節，像西歐當代的犯罪小說那樣，而是着重刻劃罪犯在作案前後的心理活動。麥克貝斯是生活在中世紀的人物，他的心理活動深深地打上了他那個時代的烙印。封建社會的倫理道德發生了危機，正處在逐漸走向解體的過程，而代表着新興階級願望的新的道德觀念還沒建立起來，麥克貝斯受到野心的驅使，要謀王篡位，但是在他內心深處，卻不能爲他的謀殺找到任何動聽的道德根據。不妨跟羅馬歷史劇《裘力斯·凱撒》比較一下。

勃魯托斯爲了維護奴隸貴族自身的利益，以捍衞古羅馬"自由"的冠冕堂皇的名義刺死了凱撒，在他心目中，他不是在搞暗殺活動，而是在把犧牲供奉在神聖的羅馬廟堂上，他把自己打扮成正義的祭師，好像在替天行道。

可是麥克貝斯幹下的罪行，卻以它的赤裸裸的"罪惡"的面目呈現在他自己的心目中。在他行刺前，他眼前出現了可怕的幻象：一把滴着鮮血的七首；在他行刺後，不斷地受到"良心"的譴責。"有什麼動機能驅使我下這毒手？"他問自己道。沒有！除了謀王篡位的野心外，他找不到任何道義上的藉口來開脫謀殺鄧肯這樣一位"有道的君王"。他的野心驅使他悍然破壞了封建綱常，而他的封建倫理觀念卻還是把他緊緊地束縛在封建思想的體系內，他就像一隻小蟲子被緊緊地縛住在蜘蛛網內那樣動彈不得！

　　班戈的鬼魂忽然出現在酒席上，那正是由於他心中有鬼，是他的犯罪意識和封建迷信把寃魂召了來。有一個細節值得注意：到這時候爲止，麥克貝斯並不是僅僅謀殺了鄧肯和班戈兩個人。爲了陰謀把弒君的罪名轉嫁在別人頭上，他還隨手殺害了鄧肯身邊的兩個無辜的衞侍；而行凶之後，卻從沒有衞侍的鬼魂來纏繞他。原來他根本不把這當一回事，他毫無顧忌，更不用說爲之而受到良心的譴責了。在封建統治階級看來，殺害一個低微的、不受封建特權保護的人原不值得大驚小怪。從這裏也可以得到反面的證明：鬼魂，其實是通過劇烈的犯罪心理活動而表現出來的白晝的夢魘罷了。

　　同樣的情況是在電閃和雷鳴中，麥克貝斯遇到了三個女巫，實際上，這些女巫乃是通過浪漫主義的藝術手法，把麥克貝斯的個人野心，作爲一種異己力量，而加以人格化罷了。

　　從虛假的安全感，一落千丈，到悔之晚矣的受騙感──一個迷信暴力的獨夫，自以爲立於不敗之地，卻發現事物總是不斷地轉向願望的反面，終於面對着衆叛親離的困境，作絕望的最後掙扎。麥克貝斯在內心經歷的這一段大起大落的過程，是一個定向發展的過程；從緊抱着幻想到幻想的徹底破滅，構成了整個戲劇的“情態格局”。

　　麥克貝斯在宴會上故意提到班戈，因爲他得到的秘密報告是：班戈正躺在水溝裏，已“沒他的事兒”了，卻不料發現班戈的鬼魂正和他面面相對。接連兩次，他從興高采烈一變爲驚惶失措。如果用體育術語來表達，他的動盪的情緒完成了兩個180°“轉體”

動作。這接連兩個"轉體",可說就是整個戲劇的"情態格局"的摹擬和預演。

在宴會上,那隻高舉着的祝飲的酒杯,從空中直摔下來,豁朗一聲,在石板地上碎成片片,值得用特寫鏡頭把它表現出來,因爲很富於象徵意味。那祝飲的酒杯象徵着野心家麥克貝斯來到了他一生的頂點,也是來到了一個轉折點上,從此急轉直下,開始了他的下坡路。他那不義的事業,連同他那虛假的安全感,終於被冷酷的現實撞個粉碎!

"宴會"這一場戲清晰地打上了天才的印記。

像《麥克貝斯》一樣,京劇《伐子都》也多少有一些史實作依據。據《左傳》卷一(魯隱公十一年),子都(公孫閼)射死穎考叔的寃仇,發生在公元前七一二年。但是語焉不詳,只是一個乾枯的輪廓而已。明代馮夢龍編寫的《新列國志》(即《東周列國志》第七回〈公孫閼爭車射考叔〉)作了進一步的勾勒。京劇《伐子都》的出處可能就在這裏。

京劇突出了子都和穎考叔的矛盾,二人爲了爭奪帥印而失和。子都射殺考叔,冒領頭功,取得了帥印,得勝回朝。鄭莊公在金殿設宴賜酒,飲酒時,子都神色大變,以穎考叔的語氣,自訴寃情,"不報此仇恨難消!"最後從臺上跳下而死。

京劇所增添的"慶功宴",大大增強了故事的戲劇性,把全劇推向高潮。也正是這一場戲使《伐子都》和《麥克貝斯》有了非常接近、可以比較的地方。麥克貝斯和子都兩個都是個人野心家,都是由於罪惡的動機殺害了自己的戰友;最後,都在宴會上(宴會是他們一生事業到達頂點的標誌)受到鬼魂的懲罰。

　　《伐子都》的歷史背景比《麥克貝斯》早多了，也許早一千多年吧。當時中國還是奴隸社會，還沒進入封建社會，不過《伐子都》並不是一個歷史劇，只是借用歷史題材罷了。劇本並沒有給主人公子都以什麼內心的刻劃，我們對於麥克貝斯的人物性格的分析，不妨移用到子都的身上，即：他的野心驅使他違反封建道德，幹出了喪天害理的事，然而他的封建倫理觀還是把他緊緊地束縛在封建思想的體系內，這樣就有了激烈的內心鬥爭，這樣就有了戲。這樣，見神見鬼的迷信就有了內心活動的根據。

　　然而編劇者在設計子都這個人物時，並沒有緊緊抓住他心理活動的線索，因此穎考叔的鬼魂出現和班戈的鬼魂出現，戲劇效果很不一樣。在《麥克貝斯》中，鬼魂和人面對着面，進行着一場緊張的"對話"，把麥克貝斯內心的激烈衝突用高度誇張的藝術手法揭示出來了。在《伐子都》中，鬼和人合而為一，是鬼魂附體。是鬼魂和旁觀者的對話，"滿朝文武聽端的……"是鬼魂在大庭廣衆之間高聲控訴。可憐的子都，他只剩下被鬼魂附體的軀殼了，已不存在子都這個角色了，更不存在子都這個人物的性格了。沒有人物的性格，一部戲即使演得很熱鬧，總讓人感到缺乏深度；拿眼前這個戲來說，還缺少統一，前半是人戲，後半是鬼戲。和《麥克貝斯》兩兩對照，使我覺得《伐子都》原是可以寫成一個有美學意義的心理悲劇的，現在卻成為宣傳因果報應的一個文藝價值不高的戲劇了。這是很可惜的事。

方　平

〈《麥克貝斯》和《伐子都》〉，
《讀書》5 (1981)，112～126。

《救風塵》與《威尼斯商人》*

　　在世界文學史上，常常可以發現這種現象：在不同民族的文化土壤中，有時竟會開放出異常相似的藝術花朵，莎士比亞《威尼斯商人》中的鮑西婭（ Portia ）和關漢卿《救風塵》中的趙盼兒，就是這樣的兩朵藝術之花。

一

　　鮑西婭是莎士比亞精心塑造的人文主義理想女性形象中最富光彩的一個，趙盼兒則是關漢卿筆下衆多女性形象中最奪目的一個。她們，一個是西方文藝復與時期地位顯赫的貴族小姐，一個是中國元代社會底層的風塵女子，兩人生活的時代、國度不同，身份地位相當懸殊，但考察比較這兩個人物形象，卻使人感到有許多相似之處：美麗的容貌，過人的機智，令須眉嘆服的膽量，更重要的是，她們都是勇鬥邪惡勢力，具有崇高的利他主義精神的女強人。

　　鮑西婭與趙盼兒同樣首先在強烈的愛憎上顯示了她們的性格光輝。作爲人文主義理想的化身，鮑西婭的性格基點是仁慈友愛

---

* 　William Shakespeare（ 1564～1616 ）， *The Merchant of Venice*（ C. 1595 ）。

的。她對女僕從未裝腔作勢擺出主人的架子，而是把女僕當作推心置腹的朋友；對夏洛克（ Shylock ）的女兒傑西卡和她的情人羅蘭佐，她毫不猶豫地伸出熱誠的雙手；最突出的是爲了救助安東尼奧，她慷慨地拿出二十倍於三千元的巨款，甚至不惜女扮男裝，拋頭露面親赴法庭智鬥夏洛克。

　　與鮑西婭相比，趙盼兒對同行姐妹的仁愛毫不遜色。當她得知宋引章經不住花花太歲周舍甜言蜜語的哄騙，準備嫁給他時，便苦口婆心地勸誡宋引章；當宋果眞吃虧時，趙又不計前嫌，親自出馬智鬥周舍，奮力救出同行姐妹宋引章。

　　有愛必有恨，愛得深，恨得也深。鮑西婭與趙盼兒的恨，都不約而同地針對着社會的邪惡勢力。鮑西婭的恨不僅針對着束縛自己婚姻幸福的封建禮教，奮力掙破它，敢於千方百計嘲弄那些權位顯赫、揮金如土的求婚人，更重要的是嫉恨社會邪惡勢力的總代表夏洛克，並敢於與他進行驚心動魄的智鬥。同樣，趙盼兒雖是烟花女子，但卻全無奴顏媚骨，不僅仇恨那些把她們當作玩物的“子弟”，更仇恨那誘騙同行姐妹的花花太歲周舍，也與他進行了一場扣人心弦的鬥智鬥勇。而在與邪惡勢力作鬥爭時，又同樣表現了她們性格中最重要的一面：不畏強暴，敢於鬥爭，善於鬥爭。

　　她們對鬥爭都同樣充滿必勝的信心：鮑西婭“出戰”前，一邊精心改裝，一邊竟與女僕輕鬆笑謔着，好像不是去寒氣逼人的法庭，而是去參加化裝舞會；趙盼兒臨上馬時，竟問小閑：“我這打扮可衝動得那廝麼？”

　　她們的戰略方針都是“以其人之道還治其人之身”：夏洛克

利用契約，想假法律之名置安東尼奧於死地，鮑西婭更也利用契約，用法律徹底擊敗夏洛克；周舍用甜言蜜語海誓山盟誘騙了宋引章，趙盼兒也是以甜言蜜語海誓山盟哄騙、擊敗周舍。她們的鬥爭都經歷了三個回合：

第一回合都是投其所好，麻痺對手。鮑西婭一出現在夏洛克面前，便抓住他手中有契約背後有法律而有恃無恐，但又對她既輕蔑又戒備的心理狀態，開口就肯定夏洛克的“訴訟是可以成立的”，並駁回了巴薩尼奧“把法律稍爲變通一下”的要求，一下子就打掉了夏洛克的戒心。而趙盼兒則針對周舍一直垂涎自己的姿色，又因她曾勸誡宋引章而對她懷着惡氣的心理狀態，一方面假訴衷情，另方面又以“爭風吃醋”來解釋她對宋的勸誡，使得色迷心竅的周舍果然火氣頓消，笑臉相迎。

第二回合都是巧設圈套，誘敵上鈎。鮑西婭在取得夏洛克的信任之後，即令安東尼奧袒露胸膛履行契約，而當夏洛克高呼萬歲就要動手時，鮑卻要夏“去請一位外科醫生來替他堵住傷口”——這個條約上沒有明寫而實際上應該有的要求，老謀深算的夏洛克拒絕了，但卻不知不覺鑽進了鮑西婭設下的圈套；同樣，趙盼兒打消了周舍的怒氣之後，立即表示願意嫁給周舍，甚至倒貼花紅羊酒，指天立誓，使得周舍信以爲眞，馬上應趙盼兒的要求，給宋引章寫了休書，咬上了趙丟下的金鈎。

她們的第三回合都是反守爲攻，請君入甕。鮑西婭引夏洛克鑽進圈套後，馬上宣佈：既然他拒絕請醫生，那麼根據借約規定只能是割肉，不能流下一滴血，而且割的肉也不能超過或者不足一磅這個重量。否則，就是犯了謀害罪，按法律夏就要抵命，財產全部充公！機關算盡的夏洛克終落得了人財兩空的可悲下場。
同樣，趙盼兒拿到周舍寫給宋引章的休書之後，便以勝利者的姿
態，理直氣壯地反駁周舍的糾纏：花紅羊酒是她的，怎能算是
"吃了肯酒，受了信物"？"賭咒發誓"？本是風月場中的戲言，
哪個信它爲眞？若眞，你周舍更不該如此對待宋引章！周舍同樣
也落得了尖擔兩頭脫的下場。

　　鮑西婭和趙盼兒，這兩個不同國度、不同時代、不同階層的
女性，爲什麼會有如此多相似的性格行爲？如果我們再進一步考
察比較就會發現，原來她們的思想核心是相同的，都是要求主宰
自己的命運，實現婦女自身的價值。

　　在禮教森嚴的封建社會裏，"女人"這兩個字浸透了多少血
淚！東西方亦如此，正如恩格斯所說："母權制的被推翻，乃是
女性的具有世界歷史意義的失敗。丈夫在家庭中，也掌握了權柄，
而妻子則被貶低，被奴役，變成丈夫淫欲的奴隸，變成生孩子的
簡單工具了。"她們像牲畜或商品一樣任人擺佈，連她們最切身
的問題——婚姻也無法自主，而要靠父母或家族包辦才能得到社
會的承認。這種道德觀念和婚姻制度，不知造成了多少人間悲劇。
正因爲如此，婦女們的反封建鬥爭往往是從爭取愛情婚姻自主開
始，而古今中外文學史上的女性形象，塑造得成功的往往是在這
方面敢於抗爭，要求主宰自己命運的。鮑西婭、趙盼兒便是這類
形象中突出的代表。

　　鮑西婭是個貴族小姐，同樣受"父母之命、媒妁之言"的制
約。儘管她才華出衆，由於她是個女性，竟沒有爲社會服務的權
利，如果不是女扮男裝，很難想像她能步入法庭，更不用說顯露

自己的才華，趙盼兒則更不用說了，她的命運掌握在一群大大小小的官僚狎客手中，縱使有天大的本事也逃不出老死風塵的悲慘結局。儘管如此，她們卻絕不安於命運的擺佈，而是一直努力抗爭，力求掙脫枷鎖，主宰自己的命運。

鮑西婭的抗爭具體表現爲反對父親"三匣擇親"的遺囑上。她第一次出場便說："一個活著的女兒的意志卻要被一個死去的父親的遺囑所箝制"，"不是太叫人難堪了嗎！"一語道出了她對封建包辦婚姻的無窮怨恨。因此，她憑着自己的聰明機智，使那些求婚者屢屢失敗，終於找到了真正的愛情。而她在法庭上智鬥夏洛克，令滿堂鬚眉瞠目，更是大長了女性們的志氣。

如果說鮑西婭是敢於拋棄門第金錢的傳統觀念，追求真正的愛情幸福的話，那麼趙盼兒則是從妓女從良之難中認識到同心子難覓而要求主宰自己的命運。"姻緣簿全憑我共你，誰不待揀個稱意的？"這就是趙提出的婚姻自主的要求，它代表了社會底層婦女的強烈願望；可現實畢竟太嚴酷了，一個烟花女子根本就沒有過正常夫妻生活的權利。她也曾對執絝子弟們的"千般貞烈""萬種恩情"信以爲真，但卻不斷遭到遺棄，終於使她認識到："那做丈夫的做不得子弟，做子弟的做不得丈夫。"同時，她也認識到即使立了"婦名"，也很難過上好日子。妓女生活雖然恥辱痛苦，卻比張郎家婦，李郎家妻要多一點兒自由，正如恩格斯指出的："妻子和普通的娼妓不同之處，只在於她不是像雇傭女工計件出賣勞動那樣出租自己的肉體，而是一次性永遠出賣爲奴隸"。"尋前程，覓下梢，恰便是黑海也似難尋覓。"這正是妓女從良之難的形象寫照！

　　從以上粗淺的比較中我們可以看到，鮑西婭與趙盼兒的思想性格行爲是有許多相同相似之處，但她們畢竟是不同國度、不同時代、不同階層的女性，各自的個性當然要打上這些社會的烙印。鮑西婭是西方文藝復興時期具有資產階級新思想的新女性，出身名門，優越的生活環境和良好的文化教養，使她養成優雅大方的舉止和機智蘊藉的言談，個性熱情又不乏文靜，俏皮幽默又溫柔多情，是一位對未來充滿信心的天眞爛漫的少女。而趙盼兒卻是中國元代社會最底層的妓女，痛苦屈辱的生活境遇使她形成了強烈的反抗意識，對社會對前途早已不抱任何幻想，因而顯得比鮑西婭潑辣放蕩，嘻笑怒罵鋒芒畢露，處處表現出她那不好惹的性格，長期的賣笑生涯，更使她沾上了一些市民的俗氣，這兩個女性的這些差異在各自面對的邪惡勢力面前，表現得尤其明顯：鮑西婭儘管對那些獵艷貪財的求婚者厭惡至極，背地裏將他們盡情痛罵奚落，但當面卻始終彬彬有禮而不失身份，在與夏洛克面對面的鬥爭中，更是始終憑藉豐富的文化教養和法律知識，而趙盼兒對周舍則表裏如一，始終尖刻刁鑽，潑辣放肆，絕不手軟，她依靠的卻是用自己血淚換取來的社會經驗。

蔡湘陽

〈試論鮑西婭、趙盼兒形象的異同〉，
(廣州)《廣東敎育學院學報》2 (1986)，79～84。

《蝴蝶夢》與《哈姆雷特》*

　　比較哈劇和蝶劇，可以發現許多相似與相異之處。暫時且把歧異處擱置一邊，我惠專談二者相似甚至相同之點。首先，二劇都是宗教劇。哈劇有基督教作它的宗教背景，所以不難看出一切歸於神意的思想——例如五幕二景二二○行說：“麻雀墜地而死，也是天命。”這裏僅舉一例，其它例子還有很多。不過，比引述這類實例更爲重要的，還是去讀基陶（Kitto）論哈劇的一篇文章❶——凡是對於哈劇之宗教意義感到興趣的人，請直接讀這篇文章，它對本文提出的論點，關係非常密切。蝶劇是一道釋劇，其中充滿了神奇氣氛，目的當然在勸誘凡人成仙。在哈劇裏，由於神的安排，哈姆雷特替神完成了有罪應罰的使命。在蝶劇裏，半人半仙的莊子用法術懲罰了妻子田氏。二劇都有迷信成份。在哈劇裏，哈姆雷特父親的鬼魂出現三次，而且鬼魂能夠隱身：哈太子父親的鬼魂，他母后無法看見，但太子卻明明見到。在蝶劇裏，莊子也能隱形分身，他化爲楚國王孫，考驗妻子田氏的愛情。這樣瑣碎地提出可以比較的各點，恐怕令人生厭。不如捨點求面，放棄點對點的比較，試在區面（areas）上探索一番。這裏提出兩大區面，用來說明二劇的大同小異之處。爲了醒目，標題如下：

　　一、愛情的考驗——“脆弱，你的名字是女人。”

---

　　*　William Shakespeare（**1564～1616**），*Hamlet*（**1602**）。

二、宗教辯論──骷髏的題旨。

表現女人脆弱最爲明顯的實例，莫過於哈姆雷特試探隱情的
"戲中戲"的那一景──當然也影射到母后愛情不堅。先是啞劇：

> 一王一后上場，極爲親暱，互相擁抱。后跪，對王鄭重表
> 示愛情。王將后扶起，頭倚其頸，臥於花坪。后見王睡，
> 乃離去。不久走來一人，摘下他的王冠，吻冠，傾注毒液
> 於王耳。下場。后返，見王死，大慟。下毒者偕二三弔喪
> 人又上，齊作哀慟狀。抬走屍體。下毒者進餽贈向后求愛，
> 后初似不肯，但終於接受。

接着，正戲上場：

> 扮王者　愛妻，我不久將離你而去，
> 　　　　我現在機能已經衰退；
> 　　　　你可以活在這美麗的人間，
> 　　　　受人敬愛，也許會再結良緣。
>
> 扮后者　別説了，這樣的愛違背我的心意，
> 　　　　再找丈夫定遭人們咒詈。
> 　　　　誰若再嫁必是先殺前夫。
> 　　　　……
>
> 扮王者　我相信你現在心口相應，
> 　　　　可是我們常常毀棄最初的決定。
> 　　　　……
>
> 　　　　現在你説絕不會改嫁，
> 　　　　等夫君一死便忘記以前的話。
>
> 扮后者　地不賜食糧，天不賞陽光，

> 白日不得閒遊，夜裏難入夢鄉，
>
> 一切希望都變成絕望，
>
> 假如一度守寡我又重置嫁裝。

　　你也許認為我所引的詩行太多了吧。其實原文中此類盟誓的文詞比以上所引的還要長。我本來可以再引下去，可是長度驚人的引述誰感興趣？不過這裏情形比較特殊，我有意多加引述，自有我的目的：我想靠引述的長度來提示女人脆弱這一主題在哈劇中所佔的比例和分量。篇幅長固然表示那主題的重要，此外頻率也應列入考慮之內。在哈劇中女人脆弱的主題一再出現，例如：

說開場白者　為我們，為我們的悲劇，

　　　　　　我在這兒鞠躬，海涵別氣，

　　　　　　求您耐心聽下去。

哈姆雷特　　這是戲的序詞，還是刻在戒指上的格言？

奧菲利亞　　太短了，殿下。

哈姆雷特　　正像女子的愛。

以女人的愛情為主題的“戲中戲”，本身就是某種重複的式樣。此外，我們不要忘記這段“戲中戲”之前還插了啞劇，這啞劇的內容和緊接着上演的“戲中戲”完全一樣，因此它是另一種重複的式樣——“重複中的重複”：其頻頻出現，於此可見一斑。

　　在哈劇裏，愛的考驗構成一項重要主題。以上所引主題頻現的例子，即在指明此點。的確，作者企圖體現某一主題，他給予此一主題重要性的程度，可以由它出現的頻率來指明。女人經不起愛的考驗，這一主題在蝶劇比在哈劇出現次數更多——哈劇在一至三幕中部分出現，四、五幕並未出現。蝶劇除第一齣外，其

餘八齣（由〈搧墳〉起至〈劈棺〉止）全部在推展此一主題。下
面是莊子考驗他妻子愛情的故事摘要：

莊子名周。常夢爲蝴蝶——這便是《蝴蝶夢》劇名的來由。
他原來是混沌初分時的一隻白蝴蝶，遊於瑤池，偸探蟠桃花蕊，
被王母娘娘位下守花的青鸞啄死，其神不散，托生於世，做了莊
周。

有一天他出遊山下，見一新墳。一個少婦向墳連搧不已。莊
子問故，少婦說，丈夫遺言，教她待墳土乾了，方可再嫁。莊子
願代搧墳，照墳頂連搧幾下，墳土頓乾。少婦大喜，臨別以扇爲
贈。莊子返家，將此事告知妻子田氏。田氏把那少婦罵了一番，
並將扇扯碎。且看他們夫妻間一部分對話：

> 莊周　莫要空談說嘴。假如我莊周死後，你這般如花似玉
> 　　　的姿容，難道捱得過三年五載？
>
> 田氏　忠臣不事二君，烈女不更二夫。那見好人家婦女喫
> 　　　兩家茶，睡兩家床？若不幸輪到我身上，這樣沒廉
> 　　　恥的事，莫說三年五載，就是一世也成不得！

過了幾日，莊子忽然得病，日加沉重。田氏在床上哭哭啼啼。……

> 莊周　我病勢如此，永別只在早晚。可惜前日紈扇扯碎了。
> 　　　留得在此把與你搧墳。
>
> 田氏　妾讀書知禮，從一而終，誓不二志。先生若不見信，
> 　　　妾願死在先生之前，以明心迹。
>
> 莊周　足見娘子高志，我莊周死亦瞑目。

說罷便氣絕了。

到了第七日，忽有楚國王孫帶一蒼頭，前來弔孝。田氏一見

王孫，動了愛憐之心。便託蒼頭作媒，依了王孫三件大事，把莊
周屍體停在後面破屋，除孝合婚，攜手入了洞房。正欲解衣上床，
王孫心痛倒地。蒼頭說要吃腦髓才能治好。田氏決定提斧劈棺，
想取亡夫的腦髓爲王孫治心痛症。劈開棺蓋，莊周復活。楚國王
孫和蒼頭忽然不見：原來他們都是莊周用幻術變化出來的，莊周
之死也是幻術。田氏羞愧，自縊而死。莊周鼓盆而歌……斬斷情
緣，成仙而去。

　　以上是莊子考驗妻子的故事摘要。此一考驗的摘要，是根據
短篇小說集《今古奇觀》的。這短篇小說在處理細節上比《蝴蝶
夢》傳奇更爲細膩而生動（比如，田氏盼望和王孫成親，小說寫
道：“恨不能一條細繩，縛了那俏後生的腳，扯將入來摟作一處。”）
它有更多對人性的關注，同時較少神出鬼沒的效果。《蝴蝶夢》
傳奇乃是崑曲（我曾見到蝶劇中的兩段工尺譜，至於崑曲的演出，
已不復能見了）。崑曲價值的主要一面，在於欣賞它的歌唱。單
是當作劇本閱讀並只就文字加以評論，不能說是完全公允。不錯，
排除聽曲子方面的考慮，它一定遭到損失；可是這是沒有辦法的
事。我現在所作的比較研究，都是根據印在紙上的文字，若想涉
及音樂方面的評價，那將離題太遠，超出本文所容許的範圍。

　　《蝴蝶夢》這部由九齣組成的傳奇，它的情節和《古今奇觀》
中短篇小說的情節沒有太多差別。二者主要不同處在於：一、傳
奇多了觀音化身爲搧墳少婦，和其它富於仙怪氣氛的小節，使之
更接近道釋劇。二、傳奇比小說多了開頭一齣〈歎骷〉。這齣
〈歎骷〉，因爲它在小說中根本不曾提到，所以成爲這一比較研
究的重要資料。

在哈劇墳場一景和蝶劇〈歎骷〉之間，我們注意到一個共同的區面（不止是小的共同之點），它們都屬於同一文學類型，一種總稱之為宗教辯論的類型。屬於這一類型的中西文學作品可以說不在少數。中國文學有陶潛詩〈形影神〉之辯，可以看作宗教辯論的詩體。陶潛在此詩的短序中說："貴賤賢愚，莫不營營以惜生，斯甚惑焉。故極陳形影之苦，言神辨自然以釋之。"此詩分三章。一、二兩章形影分別說它們都會同歸於無。形贈影云：

> 與子相遇來，未嘗異悲悅。
>
> 憩蔭若暫乖，止日終不別。
>
> 此同既難常，黯爾俱時滅。

最後，在第三章中，神告訴形影不必如此憂慮。他的論點是：

> 甚念傷吾心，正宜委運去。
>
> 縱浪大化中，不喜亦不懼。
>
> 應盡便須盡，無復獨多慮。

神為"自然"辯解說：生死任其自然，一切交付命運。單從這段文字看來（這只是一方面），陶潛是傾向道家思想的。

英國文學也有此一文學類型，其中比較有名的可以舉出中古英文的〈形體與靈魂之辯〉（*Debate between the Body and the Soul*）。大意如下：

> 一具屍體正等待魔鬼把它帶往地獄。在屍體旁邊。
>
> 是它的靈魂，和屍體不可分地連繫一起。它們互相反責：
>
> 落到現在的地步，應該由誰負責？
>
> 靈魂歸罪於形體，說形體生前過於放縱，以致造成罪惡，
>
> 因形體如此，才使得它們兩個都遭神譴。形體反駁說，它

的行動完全聽命於靈魂，靈魂才是失敗者。它們爭辯不休，這時地獄的獵犬突然出現在它們面前，於是在共同命運中它們連合為一，分不出彼此。它們只有備受魔鬼加諸身體的苦刑，燒紅的鐵器刺入體內。……此一景象乃是詩人夢中所見。詩人嚇醒了，因覺悟而悔罪。

　　文學作品頗有些以夢（或幻境）作為背境的，例如英國中古的長詩〈耕者皮爾司〉（ *Piers Plowman* ），中國清代小說《紅樓夢》。近在眼前的例子，當然就是上述的〈形體與靈魂之辯〉，以及這裏正在討論的《蝴蝶夢》。在西方，中古是基督教的全盛時代，故事以悔罪結束自是意料中事，正像中國的道釋劇以悟道成仙來結束同樣視為當然。下面是〈歎骷〉情節的概要，其中莊子與骷髏辯論的那一部分（從莊子首次問骷開始，到骷髏深深皺眉拒絕"再去受人間之苦"為止）引自莊書〈至樂〉，並由我譯成白話。

　　這齣戲開頭的舞臺導詞是：醜扮骷髏上場，打斜斗。……跌打技藝完，朝上場中間跌倒介。接着莊子上場。

　　　　　　卑人姓莊，名周，字子休，及楚國蒙邑人也。不受
　　　　　　趙國之聘，辭別還鄉，隱跡山林。……來此荒郊野
　　　　　　外。你看白骨成堆，好傷感人也。……

　　莊周　　（見空骷髏，問道）　先生因貪生而疏失於理性，才變
　　　　　　成這樣？還是遭了亡國之禍而死於斧鉞之下，或着
　　　　　　因行為不善，不願使父母妻子蒙羞，才這樣的"自
　　　　　　殺"？或者因凍餓才這樣的，或者年紀到了，自然
　　　　　　變成這樣？

　　（說完，他便拿過頭骨枕着睡了。夜半，骷髏來托夢。在劇中，骷髏

由身插骷髏形的副末扮演。）

骷髏　聽你講話很像辯士。你所講的全是生人之累，死了
　　　便沒有這一類事。你可願聽聽死的説法？

莊周　好的。

骷髏　死了，上無君，下無臣；也沒有四季的工作要作。
　　　從容自得，像天地般無始無終，南面為王也比不上
　　　啊。

莊周　（不信）我讓司命重生你的形體，再造你的骨肉肌膚，
　　　把你送還給你的父母妻子和鄉友你可願意？

骷髏　（深深皺眉）我怎肯放棄帝王之樂，再去受人間之苦？

莊周　（你）必竟是何等樣人？

骷髏　你我同一樣。你便問我是何人，我便問你是誰行？

莊周　呀！聽說罷，令人悽愴。這言詞果不荒唐。臭皮囊，
　　　暫為人模樣。碎紛紛，把骨殖包藏。憑你經文緯武
　　　為卿相，少不得死後同歸白骨場。

（莊子夢醒。為骷髏說服，於是遵照他的贈言，決心去尋訪真仙長桑
公子修道。）

　　現代要討論哈劇裏墳場的一景。在討論進程中，我將試圖把
這一場景和〈歎骷〉作一些比較。二者可比較的區面頗廣，我只
要舉出幾樣特色。二者都是宗教辯論，二者都選中了骷髏作為突
出的象徵。不錯，在這些主要方面它們可以說相同的；但在其它
方面相異處也值得注意。二者歧異處何在？這便是下面我要強調
的。首先，莊子和骷髏的辯論發生在夢中；可是哈姆雷特問骷的

背景並非是夢，而是可能存在於某地的一座墳場。〈歎骷〉創作
出一種烏有之鄉的藝術境界，哈劇墳場一景創作出一種眞實感的
藝術境界。

　　在墳場一景，作者的筆墨全用於生死之辯。哈姆雷特的辯論，
不論他的對手是掘墳人或是很少反問的何瑞修，一直保持着冷
靜的邏輯條理；不過那並不純粹是邏輯的推理，它偶然間也迸出
無法控制的激情火花。一個激情的奴隸，當他「呸」（ pah! ）了
一聲扔下骷髏，他還是顯示了憎惡的力量。〈歎骷〉裏的莊子，
看見郊外白骨成堆，只能傷感而已。這裏想我說一句籠統的話，
莎劇的文筆畢竟和中國古典劇的有別。至於莊子在夢中和骷髏單
獨辯論一節，自應和哈姆雷特問骷一節作一比較。不過這一點留
待下面再談。

　　在墳場一景所進行的辯論，其中有兩種辯論方法引起我們注
意。我想給兩種方法各舉一例。第一是掘墳人所講的一段劇詞：

　　　假如我故意淹死自己，這就辨明了一件行為；而一件

　　　行為可分三部，那就是：去行，去作，去完成。所以，

　　　她〔奧菲利亞〕是故意淹死自己的。

這掘墳人雖然是鄉下人，卻裝出學識豐富的邏輯學家的樣子，把頗
受尊敬的三段論法加以歪曲，因之變得非常可笑。雖然村氣十足，
他的辯論法卻有其形式結構。這種形式結構在莊子和骷髏的辯論
中是看不到的：他們的辯論只是一問一答，和一般談話沒有什麼
兩樣。（辯論不是蝶劇的特長。精彩的辯論要到先秦諸子書中去
找。）

　　第二例是哈姆雷特的引伸奇遠的喩詞，文學術語所謂之 conceit。

> 亞力山大死了，亞力山大埋了，亞力山大重返土中；土就
> 是泥，用泥我們作成爐埘，既然變成爐埘，為什麼它不能
> 用來塞啤酒桶呢？

這種極似姜丹（ John Donne ）的引伸奇遠的想像力，在〈歎骷〉
的宗教辯論中也是找不到的（當然，我們沒有理由如此期望）。

關於哈劇，假如在這裏可以用幾句話談談大的思想背景，我
應該指出它是文藝復興的產物。文藝復興是一個不安的時代，當
時有些作家，包括莎士比亞，往往顯露出在信仰與不信仰之間猶
豫不定的傾向，就戲劇而言，「哈姆雷特」便是這類作品的一例。
在蝶劇裏，莊子聽了骷髏一番辯論，使他具有信心，相信骷髏所
說的至樂，終於成仙而去。不過哈姆雷特並不如此，他對死後如
何只是感到茫然："死後還存在麼，還是不存在？"（"To be
or not to be？"）❷ 在三幕一景這段著名的獨白裏，他繼續
思索着：

> ……一死，一睡，假如便能結束心痛以及千種震駭，……
> 那倒是虔誠以求的最後了結。……誰願在這令人疲倦的生
> 活重擔下呻吟流汗？〔人們所以如此忍痛〕豈非因為對死
> 後的恐懼──懼怕那旅人有去無還的國土，因迷惑而下不
> 了決心？

哈姆雷特思考的論點，彷彿對骷髏提出了質疑，彷彿他自己也加
入了莊子和骷髏之間的辯論。骷髏曾描繪出一個至樂世界：

> 死了，上無君，下無臣，也沒有四季的工作要作。從容自
> 得，像天地般無始無終，南面為王也比不上啊。

哈太子會相信這樣的至樂世界嗎？不會的。且看哈太子（太子是
有資格成爲南面王的）和掘墳人如何對待骷髏吧：掘墳人且掘且
唱。他拋上一顆骷髏。太子說，“那頭骨也曾有過舌頭，並且一
度能唱。這傢伙怎樣狠狠把它砸在地上，彷彿它便是世上第一個
兇手。”掘墳人唱罷另一段曲子，又拋上一顆骷髏。太子猜測它
也許是律師的，便說，“如今他爲什麼忍受粗人用髒泥鏟敲頭，
而不告他毆打罪呢？”掘墳人又掘出一顆骷髏，並且告訴太子這是
王宮弄臣約瑞克的頭骨。太子說：

> 讓我看看。（拿起骷髏）喉，可憐的約瑞克！這個人真是滿
> 腦子笑料。……他曾千百次把我馱在背上，現在想像一下
> 夠多噁心。我曾吻過無數遍的雙唇就掛在這裏。如今你的
> 嘲弄哪裏去了？你的輕跳？你的歌聲？還有你那引起滿座
> 大笑的歡樂電花？……到小姐的閨房去，告訴她，搽抹一
> 寸厚的胭粉，到頭來免不掉變成這副尊容。逗她笑吧！

哈姆雷特此一片刻的心情相當複雜，它是幾種成分的結合體，
這些成分如何在總體中互相作用，當然難以確定；我們只能就每
一活動的兩極作一提示：比如悲傷與歡樂，憎惡與同情。莎士比
亞晚期作品的新風格往往如此。Gruttwell 在比較姜丹和晚期的
莎士比亞時曾說：

> 從十六世紀末起，莎士比亞……和姜丹有許多共同之處。
> 此一共同處可以用一句話來説明：他們二人都是戲劇性的。
> ………………
> 姜丹〔戲劇化的〕愛情詩，其中所講的不僅是他個人愛情
> 的經驗，而且是愛情本身。……有時卽使同一首詩裏，愛

人的心情也往往自相矛盾，這正像莎劇在同一齣或同一景
裏悲喜劇成分混合難分。……像哈姆雷特，掘墳人，以及
奧菲利亞的安葬，也是用同樣方法而產生同樣效果：這方
法便是衝突的並列。

我剛才談到哈劇的風格。我認爲若作文學評價，哈劇和蝶劇
確有高下之分：哈劇以風格勝。論故事，蝶劇並不比哈劇差，也
許它還勝過哈劇。但從風格考慮，它便趕不上哈劇。本文前面曾
說蝶劇劇詞平庸，文詞如此，風格便很難談起了。

《哈姆雷特》是一名劇，久已享有國際聲譽。《蝴蝶夢》的
故事，在中國可說家喻戶曉；至於國外，至少在美國和日本，它
也相當引起注意。當然，名著比非名著影響力大；不過，我這次
就哈劇和蝶劇作比較，並非因爲它們的名氣，而是因爲它們適合
比較。兩件文學作品並不一定可以相比；而且，即使發現它們有
可比之點，但比較起來也許只是點的並列，也許不能把各點納入
共同主題或共同類型，等等；換言之，也許不能構成我試稱之爲
「可比的區面」（ comparable area ）。假如這樣，我還是認爲
那兩件作品的可比性偏低。哈劇和蝶劇之間顯示出高度的可比性，
在同是宗教劇的大前提之下，我發現除去可比的各點，它們至少
還有兩大可比的區面。找出區別，比較工作便可以開展，並且有
系統地按構想來進行。當我完成這一比較研究，我感到頗爲驚奇：
中英文化背景差得很遠，可是在這兩部中英作品之間竟有兩大可
比的區面，以前未曾充分注意，經比較後彷彿覺得"眞相大白"。
兩部作品是獨立寫作的：彼此未受影響。就文學事實而言，兩位
劇作家當然無從相識，毫不相關；但就詩的靈視而言，他們卻有

相通的觸角，不謀而合，指向吸力最大的兩個方位。循着一個方位他們看見一大幅廣告牌，上面畫着一個新娘；循着另一方位他們看見另一大幅廣告牌，上面畫着一顆骷髏。新娘和骷髏：這就是《哈姆雷特》和《蝴蝶夢》共有的兩大主題畫。

附　　註

❶　《哈姆雷特》是宗教劇：見H. D. F. Kitto : *Hamlet*，收在Anne Ridler編選的 *Shakespeare Criticism*，1935-1960，Oxford University Press，1963.

❷　"To be or not to be？"這裏根據Johnson 的詮釋。見H. H. Furness : *Hamlet*, *A New Variorum Edition of Shakespeare*, Vol. I, p. 205, Dover Publications, N. Y.

陳祖文

〈《哈姆雷特》和《蝴蝶夢》〉

（臺）《中外文學》4. 3 (1975.)，108 ～ 123 。

《雷雨》與《群鬼》*

　　曹禺作品接受易卜生的影響，這已是世所公認的事實。他的處女作《雷雨》帶有《群鬼》影響的“痕跡”。這兩部劇作各以同情的心理，描寫了婦女們不幸的命運，暴露了大家庭的黑暗；它們都分別寫有兩個家庭，並且這兩個家庭間都發生有血緣性愛的矛盾糾葛，都以悲劇的形式結束。不僅如此，甚至兩個劇本的某些場面、細節也很相似。它們都以父女交談的形式開始劇情，而十分巧合的是，這兩位父親的貫穿動作都是爲了錢：安格斯川爲了開水手公寓賺更多的錢，想拉女兒呂嘉納同自己一起走。魯貴爲了弄到錢去賭一點，喝一點，他糾纏自己的女兒四鳳不肯放手。在阿爾文公館的飯廳裏，曾兩次發生男女“鬧鬼”的事情，而在周公館的客廳裏，魯貴也目睹了這種“鬧鬼”的丑劇。鑒於上述種種情形，《雷雨》發表之後，有人就斷言它反映了“父親造的孽要在兒女身上遭報應”的思想，“更接近易卜生的《群鬼》”，還有人稱曹禺是“易卜生的信徒”，更有人說他“把西歐名劇搬來做門面”。曹禺從來沒有簡單否定自己接受易卜生的影響，可是他卻不同意《雷雨》“在故意模擬誰”。那麼，應當怎樣評價《群鬼》對於《雷雨》的影響呢？我們不想逐一說明上述相似點，或回答所有的問題，而僅想就兩個劇本中某些基本問題作一些分

---

　　*　　Henrik Ibsen（1828～1906），*Ghosts*（1881）。

析。

　　如前所述，《群鬼》和《雷雨》都反映了婦女的不幸命運，揭露了大家庭的黑暗，其題材和立意是很相似的。但是，問題在於《雷雨》題材的來源，創作思想的形成，並不根源於《群鬼》，它們應是不同時代、不同社會生活的產物。

　　由於他們遵循着，從各自現實主義原則熟悉的生活出發，所以兩個劇本在暴露大家庭的罪惡時，其主攻的方向又很不一致，易卜生贊同歌德等人的觀點："只要摧毀虛假的道德價值觀念，個人便能得到自由"。《群鬼》主要描寫了阿爾文太太的家庭悲劇。誠然這一悲劇的造成與阿爾文具有直接的關係，但如果沒有曼德牧師的直接阻擋，悲劇也可能不會降臨在這個不幸女人的頭上，阿爾文太太或許可能成爲第二個娜拉。作者正是通過曼德牧師這一形象，把主要的鬥爭鋒芒指向了資產階級道德宗教。曼德牧師作爲一個虔誠的宗教徒，他處處履行着自己衞道的職責。在年輕的阿爾文太太從家中出逃，請求他的幫助時，他不僅不予以同情，反而批評她那"不服從，不守法"的念頭，拿了一套大道理教訓她，要她盡妻子的"義務"，"低聲下氣地忍受"上帝安排的苦難。二十多年後，他又告誡阿爾文太太不要看那些講"革命、自由"的書，聲稱人們只能相信上帝，不能相信"平常人"的眞理。他不僅用精神枷鎖去禁錮阿爾文太太，希望"法律和秩序的精神"走進她的家庭，而且還指責巴黎青年藝術家們自由組織家庭的行爲，企圖使整個世界都遵循這種法律和秩序的意志。作爲一個資產階級道德宗教的受害者，阿爾文太太從自身的悲劇中，對曼德牧師所維護的那一套陳腐思想，發出了憤怒的控訴，她把這些東西稱之爲爲非作祟的"群鬼"，是"拘束人欺騙人的壞東西"。她說："我本來只想解開一個疙瘩，誰知道一個疙瘩解開了，整塊兒東西就全部鬆開了。我這才明白這套東西是機器縫的"。請看，曼德牧師所津津樂道的資產階級那一套理論，道德就是這樣一些支離破碎的玩意兒，這是多麼深刻的批判！值得說明的是，作者雖然把曼德牧師作爲主要的批判對象，可又沒有把這人物簡單化。作者對曼德牧師的眞實而辛辣的諷刺，暴露了一個資產階級僞道者的眞實面目。

在《雷雨》中，周樸園是悲劇的製造者，也是作品的主要抨擊對象。周樸園出生於一個封建的舊家庭，後來到德國留過學，接受了西方資產階級的某些影響，在他身上也體現了資產階級的某些特徵，但他並沒有完全向資產階級方向轉化了去，他仍固守着頭腦裏的封建意識王國。出於封建的等級觀念，他竟把地位低下的侍萍趕出家門，而去娶一位有錢有門第的小姐。他對侍萍"始亂終棄"，後來又抱着"補過於後"的懺悔心情做着某些懺悔的表示，這正是中國古代文人所標榜的封建道德品質。在家庭中，他以"天然尊長"自居，維護着君臣父子的宗法關係，不允許家中有一點點民主自由的空氣存在。他的妻子繁漪性格強悍，不滿於他的自是專橫。他逼迫繁漪在兒女面前做一個"服從的榜樣"。作爲一個資本家，可他卻像封建主對待農奴那樣，剝奪工人的人身權利，任意指使軍警開槍打死罷工工人，故意讓江堤缺口淹死兩千多名小工，他滿腦子迷信觀念，吃素、念經、打坐、尊天意、信命運。周樸園從思想到行動，從家庭到社會，處處表現了濃厚的封建意識。作者集中批判了他身上這種封建性，這就使作品帶有鮮明的反封建的戰鬥色彩。

　　由此看來，這兩個劇本所反映的主要不是什麼"父親造的孽要在兒女身上遭報應"的思想。《群鬼》是從批判資產階級道德的角度來寫歐士華的，歐士華的疾病雖然是他父親的生理遺傳，但它實質上是資產階級道德淪喪的結果，是客觀社會關係的產物。況且，歐士華的悲劇在整個劇中只是處於從屬的地位，從某種意義上說，它是阿爾文太太悲劇的一個補充和深化。勞遜這樣說過："易卜生從來沒有承認過什麼遺傳的命運，……《群鬼》是通過客觀的社會因果關係來研究疾病和瘋症的作品"。同樣，《雷雨》中四鳳、周萍、周冲的悲劇，也不是周樸園作孽的報應，而是由他們這些人一手導演的人間慘劇。四鳳地位低下，決定她在周樸園們把持的社會中被人玩弄，並被置於死地。周萍精神空虛，行為荒唐，尋窮人的女兒開心，也正是周樸園精神統治的危機再現。而天眞無辜的周冲的喪生，剛好說明那個社會容不得任何美好事物的存在。這些人物的悲劇，從不同的角度對周樸園及其所代表的社會發出了強有力的控訴。

　　曹禺曾多次說過，他從易卜生的劇本中"了解了話劇藝術原來有這許多表現方法"，他深深被那謹嚴的結構、樸素而精煉的語言"所吸引"，特別注意易卜生的"結構、人物、性格、高潮"。《雷雨》的成功，首先就在於它吸取了包括易卜生在內的外國話劇的藝術養料，而且在這個基礎上更有所創造、發展。

　　如前所述，在情節結構的形式上，《雷雨》和《群鬼》一樣，都以父女交談的形式開始戲劇情節，爾後逐步展開兩個家庭的血緣性愛糾葛。但是，這相似的情節結構，所表現的內容是不同的，而且藝術效果的發揮也很不一樣。《群鬼》的開頭，通過父女交談，展開了兩人的矛盾衝突，初步揭示了他們的性格特徵，同時爲劇中其他人物的出場作了必要的舖墊，應該說，這開幕後第一場戲的任務是基本完成了的，但《雷雨》的第一場戲，其內容卻較之更爲豐富，它不僅展開了魯貴父女的矛盾衝突，而且揭示了周萍與四鳳、周萍與繁漪的曖昧關係。而四鳳爲繁漪送藥，又直接爲全劇第一個高潮作了物質的準備。不僅如此，魯大海找周樸園、周冲追四鳳等情節的穿插，既增加了矛盾衝突的複雜性，又使劇情發展出現了波瀾。這第一場戲比《群鬼》無疑大有創新。再看劇本中關於兩家血緣性愛關係的情節設置。曹禺藉助這種人物關係的形式表現自己特有的內容，這在藝術創作上是完全允許的，更何況作者“拿來”之後，其形式又有所變化。《雷雨》中血緣性愛的矛盾糾葛更複雜、尖銳。它不僅寫有《群鬼》那種主僕通奸、兄妹戀愛的現象，而且還描寫了後母與前妻之子的亂倫關係，增加了周萍、繁漪、四鳳之間的矛盾，這其中周萍與四鳳不像歐士華和呂嘉納那樣，只發生某種精神上的聯繫，他們已經鑄成不可饒恕的大錯：四鳳懷有身孕。《群鬼》中當年發生兩性關係的阿爾文和喬安娜已作古人，沒有出場，而《雷雨》中周樸園和侍萍不僅健在，且再次相逢，他們的矛盾以新的形式更深入地進行着。同時，由於周樸園比曼德更有權力，以更殘酷的手段摧殘着一切，他與劇中其他人，特別是與繁漪的矛盾，使全劇的戲劇衝突更爲尖銳。其次，《雷雨》還描寫了《群鬼》中所未曾出現過的相類似的其他矛盾，諸如魯大海與周樸園、四鳳與周冲、魯貴與家中其他成員的矛盾等。所有這些矛盾衝突盤根錯節，互相制約、互相影響，形成了紛繁複雜而又尖銳激烈的現象。《雷雨》的情節結構形式包容了更豐富的生活，滙合了更尖銳複雜的矛盾，創造出一個斑爛駁雜、千變萬化的藝術天地，這不能不歸之於作者的獨創。

在戲劇結構方法上，易卜生《群鬼》等劇作的一個重大貢獻，就在於它成功地使用了"回顧法"。當然"回顧法"的結構方式並不是易卜生的創造，古希臘的索福克勒斯等就曾首先使用過，文藝復興時的一些劇作家也曾模仿過，但是，《群鬼》是人們認爲使用這種方法的"第一部完成的作品"。

戲劇的這種回顧方式比小說的倒敍具有更大的難度，因爲過去的種種情形，沒有詳細的陳述往往不能使觀衆了解，而一經爲陳述而陳述，便不免使劇情索然無味。《群鬼》選擇故事接近尾聲的地方開始劇情，然後回顧過去的主要事件。爲了不使以往的戲索然無味，作者並不在第一幕裏集中交待一切，而是在全劇進行中的適當機會，在觀衆迫切需要了解過去的情形時，才對這些過去的戲加以自然的穿插，這樣就使過去的戲和現在的戲交織在一起，不可分離，使得劇本在一天的時間和有限的場景內，就可能展開二十多年來的生活圖景，既擴大了作品反映社會生活的容量，而且加強了戲劇結構的緊湊性和情緒的集中性。

《雷雨》的作者根據內容的需要，也選擇了這種具有高難度的結構方式。和《群鬼》一樣，《雷雨》對於往日的回顧也是斷斷續續地進行的。在第一幕中作者回顧了三年前的情形，在第二幕中，交待了三十年前周魯兩家的一樁舊案。過去的戲與現在的戲同樣達到了水乳交融的程度。值得說明的是，曹禺運用"回顧式"方法又有自己的發展變化。《雷雨》可以說是多層次的"回顧",並且與"開放式"結合運用。爲"把一件錯綜複雜的罪惡推到時間上非常遼遠的處所",《雷雨》的原版曾有"序幕"和"尾聲"。從"序幕"和"尾聲"的角度來看,四幕正劇所描寫的故事已經推向了十年前。就整個劇本而言,這無疑是一種"回顧式"的結構。但是,如若從四幕正劇的主體內容看,人物的戲劇動作有始有終,切合邏輯;劇本的結構有頭有尾,源源本本地演述了一個悲劇故事,這又基本上屬於"開放式"的結構。而再就四幕正劇中所敍述的三年前、三十年前的往事看,又是使用"回顧式"手法。不論《雷雨》原版結構是否有缺陷,它卻說明,曹禺在藝術上敢於衝破前人的現存"模式",去創造自己新的藝術形式。

秦志希

〈《雷雨》與《群鬼》的比較分析〉,
《外國文學研究》4 (1983),94～98,100。

其他

中日羽衣傳説比較

　　約產生於八世紀初葉的《風土記》，是同《古事記》（約成書於七一二年）和《日本書記》（完成於七二〇年）並稱的日本最早的三部典籍之一。它不像《記・紀》那樣以皇家系譜爲經，記年式的縱向展開記述，而是以地域爲緯，空間式的橫向展開記述。本文所要探討的羽衣傳説，在《風土記》中就分別記載於三個國別——駿河國、近江國和丹后國。從時間上講，三個羽衣傳説沒有順序的連接，它們之間的關係僅僅是橫向的空間排列。日本有的研究者把羽衣傳説分爲兩大種類，即羽衣系和白鳥系。所謂羽衣系，即把羽衣作爲媒介構成事件；所謂白鳥系，即把白鳥作爲媒介構成事件。就《風土記》而言，其中的羽衣傳説同白鳥傳説之間的區分大於聯繫，把兩系分別研究，似乎便當一些。與此不同的是，中國的羽衣傳説分爲天衣系和鳥羽系，結合起來探討才互爲彰著。本文擬就《風土記》中的羽衣傳説同中國的羽衣傳説加以比較，敬希讀者斧正。

　　中國的羽衣傳説，初露端倪當是《詩・小雅・大東》（約公元前八世紀晚期）："維天有漢，監亦有光，跂彼織女，終日七襄。雖則七襄，不成報章。睆彼牽牛，不以服箱。"這是牛郎織女最早的文字記載。此時的牛郎織女，僅僅是因爲熱戀而懈怠了各自的工作。到了古詩十九首（迢迢牽牛星）（約創作於東漢後期數十年間）裏，牛郎織女的傳説已成了悲劇型："迢迢牽牛星，皎皎河漢女。纖纖擢素手，札札弄機杼。終日不成章，泣涕零如雨。河漢清且淺，相去復幾許。盈盈一水間，脈脈不得語。”

　　唐初道世所撰《法苑珠林》卷六十二引劉向《孝子傳》寫道：“董永者，少偏枯，與父居，乃肆力田畝，鹿車載父自隨。父終，自賣於富公以供喪事。道逢一女，呼與語云：‘願爲君妻。’遂俱至富公。富公曰：‘女爲誰？’答曰：‘永妻，欲助償債。’公曰：‘汝織三百匹，遣汝。’一旬乃畢。出門謂永曰：‘我天女也，天令我助子償人債耳。’語畢，忽然不知所在。”有人疑《孝子傳》是他人托劉向之名而作。但這一傳說至遲當產生於三國時代早期（約二百二十五年前），因爲曹植(一九二～二三二)的《靈芝篇》也敍述了類似的傳說：“董永遭家貧，父老財無遺。舉假以供養，傭作致甘服。責家填門至，不知何用歸。天靈感至德，神女爲秉機。”我認爲，這裏的“天女”、“神女”是受了《詩·小雅·大東》中“牛郎織女”傳說的啓發產生的。也可以說是織女的另一稱呼，即天界的織女降到人間而被稱爲“天女”、“神女”。

　　南朝梁殷芸《小說》(《月令廣義·七月令》引)中牛郎織女故事，以其散文之特長，使牛郎織女傳說的輪廓更清晰化了：“天河之東有織女，天帝之子也。年年機杼勞役，織成雲錦天衣，容貌不暇整。帝憐其獨處，許嫁河西牽牛郎，嫁後遂廢織絍。天帝怒，責令歸河東，但使一年一度相會。”

　　晉代干寶撰《搜神記》卷一中的一段故事同牛郎織女傳說不無關係：魏濟北郡從事掾弦超夢神女來身邊，自稱天上玉女，姓成公，字知瓊，早失父母。天帝哀其孤苦，遣令下嫁從夫。於是，和超成爲夫婦。經七八年，父母爲超娶婦之後，同玉女隔日相會。事洩於世人，玉女自動離去。又經五年，超奉使至洛，見知瓊，悲喜交切，重成夫婦，直至太康年間。

　　五代句道興《搜神記》中"田章"故事，也可看做是牛郎織女傳說派生而來：昔有田昆侖者，家貧未娶。禾熟時見三女於池洗浴，昆侖攫得小者天衣，使之不能返回天界，於是成爲夫婦，生子田章，後昆侖被徵兵在外，天女向母索回天衣飛回天界，田章五歲時受董仲先生指教來尋母。天女三姊妹挾田章上天，田章升天後得天公授以天書，下凡後成爲僕射，智慧超人。

　　民間傳說的牛郎織女故事最爲曲折動人：織女爲天帝孫女，王母娘娘外孫女，於織紝之暇，常與衆仙女於銀河澡浴。牛郎則下方一貧苦孤兒，常受兄嫂虐待，分與一老牛，令其自立門戶。牛郎遵老牛囑，去銀河竊得織女天衣，於是成爲夫婦，生兒女各一，生活幸福。天帝派天神捕回織女。牛郎依垂死老牛言，剖死後老牛皮爲衣，偕兒女上天。眼看追及織女，王母娘娘忽拔頭上金簪，劃出波濤滾滾天河。後得天帝之許，牛郎織女一年一度七月七日在鵲橋相會。

　　值得注意的是，這裏出現了"鵲橋"這一細節。據宋陳元靚《歲時廣記》卷二十六引《淮南子》（今本無）載："烏鵲塡河成橋而渡織女。"可知漢代已有七夕鵲橋之傳說。

　　唐段成式《酉陽雜俎·支諾皋上》所載"灰姑娘"故事，也有牛郎織女傳說的投影：有一少女，受後娘虐待，後得着粗衣天人幫助，成爲國王上婦。

　　唐代以後，還有一些天衣傳說的記載，明彭大翼《山堂肆考》

宮集卷二十四載“浴仙池”傳說。但內容上多同前代重複，且結構簡略。

以上所述是中國羽衣傳說故事中，以牛郎織女傳說爲基盤而構成的天衣系傳說故事。

中國羽衣傳說故事的另一體系是鳥羽系。

《楚辭·遠遊》中寫道：“仍羽人於丹丘兮，留不死之舊鄉。”這可能是羽人這一稱呼的最早紀錄。何謂羽人，王逸注道：“人得道身生毛羽。”洪興祖補注道：“羽人，飛仙也。”中國古時有羽民國的傳說：“羽民國在其東南，其爲人長頭，身生羽。一曰，在比翼鳥東南，其爲人長頰。”（《山海經·海外南經》）“羽民國民，有翼，飛不遠。多鸞鳥，民食其卵，去九嶷四萬三千里。”（晉張華《博物志·外國》）《漢書·郊祀志》載：“五利將軍亦衣羽衣，立白茅上受印。”所謂羽衣，即“以鳥羽爲衣，取其神仙飛翔之意也。”（顏師古注）

鳥羽系羽衣傳說的故事的文字記載可以上溯到戰國時代。《楚辭·天問》洪興祖補注引《列女傳》道：“瞽叟與像謀殺舜，使塗廩。舜告二女，二女曰：‘時唯其焚汝，時唯其戕汝，鵲如汝裳，衣鳥工往。’”……即此，蓋謂彩繪鳥形之衣。

繼之是北魏酈道元《水經注·江水》中的記述：“陽新縣地多女鳥。《玄中記》曰，陽新男子，於水次得之，遂與共居，生二女，悉衣羽而去。”

東晉干寶《搜神記》卷十四也有類似的記述：豫章新豫縣男子，見田中有六七女，皆衣毛衣，不知是鳥。得一女所解毛衣，此鳥獨不得飛去，男子取以爲婦，生三女。後得衣，女鳥衣而飛去。又復迎三女，女亦得飛去。

《太平御覽》卷九八四引《王子年拾遺錄》（今本無）：燕昭王晝夢有人衣服皆毛羽，從雲中而出，王問以上仙之術。夢醒，因患心疼。久之，乃升於泉照之館，復見前所夢人於前，以手摩王之臆，俄而旣癒。王請其方求合藥，終不能成。

中國羽衣傳說故事的第三個體系是難題系。

日本學者伊藤清司認爲，難題系"可以看作是中國羽衣傳說的典型，數量多，分佈廣。在苗、瑤、傣、藏、納西、僮、黎、彝等少數民族中流傳，分佈在海南島、廣西僮族自治區、雲南、四川、貴州、廣東、湖南等各省區，進而從浙江、江蘇、山東擴展到內蒙古地區。"

從伊藤先生所舉的例證看，有些不屬於羽衣傳說之中，如漁民和龍女的戀愛傳說等。但難題系羽衣說話在整個羽衣傳說故事中所佔的比重着實很大。我以爲，難題系羽衣又可分爲三種類型：升天成功型、人間成功型和悲劇型。

升天成功型，以湖南苗族傳說爲例：由天界七仙女化成的七隻鳥降到池中洗浴，一農夫得牛之幫助，藏了一個天女的羽衣。其他天女浴完升天，無衣天女不得升天，被迫同農夫結爲夫婦，二年後生二子。天女從孩子口中得知藏羽衣處，着天衣抱孩子升天而去。丈夫依牛之言，騎牛隨之升天。天父出各種難題考察農夫，看農夫是否配做天女的丈夫。得天女之助，農夫獲得成功，和天女妻子及孩子們闔家歡聚。天父落了個脹破肚皮的可悲下場。

人間成功型，傣族"召樹屯"傳說具有代表性：勐板加王子召樹屯獵於金湖，遇勐董板公主七人披孔雀衣飛來澡浴。得神龍之助，召樹屯得小公主喃諾娜孔雀衣，遂結爲夫婦，生活美滿。
孔雀王知此事，怒而發兵徵勐板加。召樹屯別妻禦敵。召樹屯父
依巫言要殺喃諾娜，喃諾娜使計着孔雀衣飛還家。召樹屯卻敵歸
來，去尋妻。得神龍之助，越過山河海洋，至勐董板，夫妻團圓。
宴會上，孔雀王以武事及智力試召樹屯，俱通過。於是允許喃諾
娜與召樹屯正式成婚。

　　升天悲劇型，茲舉苗族"天女配九臯"爲例：一貧窮男子名
九臯，不能娶妻。一日，得牛之言，搶到在山上水池中入浴的七
仙女中最小仙女的天衣，結爲夫妻。從此，要什麼有什麼，又有
了孩子。後隨妻子至天界。天父和義兄們謀劃着出難題殺害九臯。
得天女幫助，九臯倖免於難。但終被兄嫂喚起洪水所溺，夫婦雙
雙身亡。死後化爲楊柳，二子變爲翠鳥，叫聲淒厲。

　　《風土記》中的日本羽衣說話有四處，三處可看做是天衣系，
一處是鳥羽系。《常陸國風土記・久慈郡・太田鄉》條，《駿河
國風土記・逸文・三保松原》條，《丹後國風土記・逸文・奈具
社》條屬於前者，"伊香小江"屬於後者。

　　綜上所述，中日羽衣傳說有着很多相同點。首先是形式上的
相同點，即可以分屬於天衣系和鳥羽系兩個系列中去。再就是思
想內容上的相同點，即有的傳說同具有樂觀向上的內容，有的傳
說同反映了享樂的思想（儘管程度不一），有的同具有勸善懲惡
的意圖。

　　中日兩國羽衣傳說的相同之處給我們這樣一個提示：雖然民
族不同，但表現在民間傳說上民族心，却是大致相通的。除了互
相影響和滲透外，還取決於產生這些民間傳說時的中日兩國人民

所賴以生活的社會環境大致相同，文化環境大致相仿。而羽衣傳
說所反映的民間文學這一共通現象，在文人創作裏卻是不盡然的。
這不能不說是民間文學的特殊性之一：不像文人創作那樣，受一
定觀念的支配和文學思潮的影響，不能完全地個性化；而民間文
學在稚嫩和粗樸中呈現的是一種順其自然、成於自然的自然的完
全的群體心理的個性化。當然，它也是烙着社會和時代的印跡。

李均洋

〈中日羽衣傳說之比較〉，

《西北大學學報》（哲社版）3（1987），61～67。

東西方《白蛇傳》故事比較

　　無論在東方還是西方，《白蛇傳》故事中的白娘子，最初都是一個對男人身心有害的淫蕩色慾的象徵。在我國，被認爲是該故事最早文獻記錄的唐代傳奇《李黃》，說在白蛇精家中"一住三日，飮樂無所不止"的李黃，一回家裏就"身重頭旋"，臥床不起，後來，被子底下的身體竟全部化爲血水。日本江戶時代的《雨月物語》中有篇〈蛇性之淫〉，裏面的蛇妖也是既淫蕩又凶殘，爲了佔有她所追求的男人，甚至不惜殺害了兩條人命。印度《佛本生故事》中的國王，爲一個美女所迷住，將她帶到宮中立爲王后，但那女人卻是夜叉，她不僅吃掉了國王，還帶來自己同夥把宮中其它人也都吃掉了。公元二世紀古希臘哲學家費洛斯特拉圖的《阿波羅尼傳》中，勾引哲學生里修斯的拉彌亞（一種胸首如女人身如蛇的妖怪，同中國的美女蛇），雖然沒吃掉里修斯，但她是想"在享受里修斯之前，讓他愉快地長肥點"，只是由於哲學家阿波羅尼的干預，她的陰謀才未能得逞。

　　這麼個形象可怖、性情凶殘的蛇妖，隨着歷史的演進，竟漸漸交了好運。在歐洲，十七世紀英國作家羅伯特、伯頓（Robert Burton）在他的名著《悲哀的解剖》（*Anatomy of Melancholy*）（一譯《憂鬱的解剖》）中，首先爲拉彌亞打抱不平，說她是一個"悲哀的愛"的犧牲者。十九世紀英國大詩人濟慈的名作《拉彌亞》（*Lamia*）中，這個蛇妖已完全是個天眞可愛的少女形

象了。她那麼溫柔多情，對愛人百依百順。正是由於里修斯爲滿
足自己的虛榮心，堅持要舉行盛大的婚禮，展覽他漂亮的新娘，
讓我的仇人窒死，讓我的友人歡呼 ”，才導致阿波羅尼在婚宴上
毀滅了拉彌亞，也毀滅了他自己。在中國，明代馮夢龍〈白娘子
永鎭雷鋒塔〉中的白娘子，雖未脫盡妖氣卻已很有人情味了。從
明、清直到現代，難以數計的《白蛇傳》故事、戲曲、曲藝、歌
謠中，白娘子已變成了一個眞、善、美的化身。

　　隨着蛇妖形象的美化，鎭壓她的得道者的形象便每況愈下。
在古希臘，戰勝拉彌亞的哲學家阿波羅尼雖然有點冷酷無情，但
他所代表的是理智與眞實，毀滅的是有害身心的淫慾，所以他是
個正面人物。中世紀歐洲的這個故事，牧師用聖水趕走蛇妖，而
那蛇妖完全是無辜的。她在各方面都堪稱賢妻良母，只不過忽視
了宗教義務——沒有做完彌撒就離開了教堂。不過，牧師畢竟是
蛇妖的丈夫與婆婆請來這樣做的。法海和尙就不同了，人家小夫
妻好好的生活，他自己找上門來把這個幸福美滿的家庭給破壞了。
難怪魯迅說他：“ 和尙本應該只管自己唸經。白蛇自迷許仙，許
仙自娶妖怪，和別人有什麼相干呢？他偏要放下經卷，橫來招是
搬非，大約是懷着嫉妒罷——那簡直是一定的。”

　　看來，《白蛇傳》故事中，既有情慾與理智的矛盾，又有婦
女追求自由解放與封建專制勢力的矛盾。前者體現在許仙身上，
他“ 又羨鴛鴦又羨仙 ”，在情慾與理智之間，就像那頭布里當的
驢，不知道吃哪堆草料好。後者體現在白娘子與法海身上，隨着
階級社會中矛盾的激化而變得勢不兩立。

　　情慾與理智的衝突，貫穿着人類整個歷史，是歷代哲人、文

人思考與表現的永恆主題。看上去，情慾好像正是顛倒了理性的
一切規則才得以生存。"一旦心把情慾的大旗高舉入雲並擂響瘋
狂的戰鼓，那麼理性儒士便無計可施，只能忍受奇恥大辱。……
愛情是波濤洶湧的大海，理智只是閃爍的沙粒，慾火是洗刼世界
的颶風，悟性不過是搖曳的燈光。瘋狂的愛情的鏢槍所留下的創
傷，是蘸着理性油膏的棉球無法治癒的"［瓦西列夫語］。就是
衆神之神宙斯，也常被愛神征服。智慧之神阿波羅，曾取笑小愛
神厄洛斯舞弓弄箭，結果卻被厄洛斯一箭射中，情慾像火一樣燃
燒，瘋狂地愛上了河神之女達佛涅，直到達佛涅爲逃開他而變爲
月桂樹，阿波羅還戀戀不捨地將樹枝編爲桂冠戴在頭上。這可說
是情慾與理智之間的最有名的戰例。濟慈筆下的里修斯，拉彌亞
只裝出一副像要消失的樣子，他便倒進她雪白的胳膊中，"昏暈
過去，口中情話喃喃不止，痛苦得臉色蒼白"。馮夢龍筆下的許
仙，白天在西湖，"見了此等如花似玉的美女，旁邊又是個俊俏
美女樣的丫環，也不免動念。"夜晚回家"思量那婦人，翻來覆
去睡不着。""心猿意馬馳千里，浪蝶狂蜂鬧五更"，可見情慾
的巨大魔力。

　　但是，瘋狂的情慾又是清醒的理智所不能容忍的。人類進人
階級社會後，性愛便打上了階級的烙印。以男女相互愛慕爲基礎
的婚姻，被一種作爲"政治的行爲"（恩格斯語）的婚姻所代替。
出於門第、教養、階級、道德、前途等封建文明的羈絆，人類原
始的情慾本能被套上了籠頭。情慾與理智之間矛盾越來越尖銳。
據奧地利心理學家弗洛伊德的說法，人的清神分爲無意識、潛意
識和意識三個相互聯繫的系統，性慾本能在人的無意識的大海中

左沖右突，需要發洩出來。而意識，也就是理性，却像一個嚴格的檢查官，不允許違反現實原則或道德觀念的慾望流露出來。這種理論對我們的研究也許有所啓示。假如我們把白娘子作為人類情慾的象徵的話，衞道的法海和尙，便扮演着道德檢查官的角色。

在歐洲，人們的注意力集中在情慾與理智的衝突之上。對人民來說，得道者（哲學家、牧師）象徵着中世紀基督教神學禁錮，而蛇精敢於挺身反抗禁慾主義，大膽地追求愛情，這是令人神往的。因此，文藝復興後的歐洲，蛇精的遭遇得到了廣泛的同情。羅伯特・伯頓與濟慈的作品，正是人民這種衝決宗教神學統治獲得精神解放的反映。

中國的《白蛇傳》故事中，許仙的形象也有很大改變。馮夢龍本子中，他親手將法海贈的金鉢罩在白娘子頭上。黃圖珌的戲曲中，他甚至自願托鉢化緣，募集資金修建雷鋒塔鎮壓白娘子。還自道：“說什麼富貴貧窮，不如及時將佛奉，免得臨期醜萬重，眞惶恐，看空空色色、色色空空”。眞是一個誠意皈依佛門的好弟子。而演變到近現代，他終於成為一個有情有義的丈夫，甚至當面向白娘子發誓：“娘子哪！你縱然是異類我也心不變”【《田漢文集》卷十〈白蛇傳〉】。當法海將白娘子罩入金鉢時，他先乞求法海放了妻子，後來則痛罵法海。從許仙形象的演變可以看出：儘管東、西方地理上相隔遙遠，但人類愛好自由追求幸福的愛情生活的心理是相通的。

從東、西方《白蛇傳》人物形象的演變，我們可以得出這樣的結論：雖然蛇精與得道者都是人類幻想世界的產物，但他們却代表着現實生活中人們的意志與願望，寄託着不同階級的理想。

宗教用這個故事宣揚禁欲主義，封建統治階級用聖水與金鉢維持
他們的封建秩序，人民卻要出身下賤的蛇精自由自在地追求幸福
與愛情。不自由，勿寧死，這是歐洲人民在這故事中發出的信息。
雷鋒塔必倒，白娘子要解放，這是中國人民在這故事中發出的呼
聲。《白蛇傳》故事兩千年來在東、西方的交流與演變，說明東、
西方人民的心是相通的。

陳建憲

〈從淫蕩的蛇妖到愛與美的化身

　　—— 論東西方《白蛇傳》中人物形象的演化 〉，

（武漢）《華中師範大學學報》（哲社版）2（1987），

　　101～105，98。

中國民間故事與《五卷書》*

　　《五卷書》是印度古代的一部著名童話寓言集，它對世界上許多國家的童話和寓言的發展，有着廣泛深刻的影響。季羨林先生在《譯本序》中，曾從漢族古典文獻裏，舉出幾個例子說明《五卷書》對中國文學的影響。近年來我將它和建國以來搜集整理的我國各族民間故事加以比較對照，發現書中有二十多篇故事，將近全書的三分之一，在中國可以找到它們的姐妹篇，情節結構十分相似，彼此間有着驚人的聯繫，值得人們認眞予以深究。

　　情節結構相類似，可以初步斷定源於印度的中國民間故事有以下二十三例。

　　1. 藏族的〈猴子拔楔子〉，來自《五卷書》第一卷第一個故事〈拔楔子的猴子〉。

　　2. 藏族的〈理髮匠和他的妻子〉，來自《五卷書》第一卷第四個故事〈兩個女人〉。

　　3. 藏族的〈喜鵲與蟒蛇〉，來自《五卷書》第一卷第五個故事〈烏鴉與黑蛇〉。

　　4. 藏族的〈鷸鴣與大海〉，來自《五卷書》第一卷第十五個故事〈白鴿與大海〉。

*　*Pañcatantra*（一世紀～十二世紀），《五卷書》中的故事均沒有篇名，這裏的篇名是本文作者暫擬的，以便比較。

5. 藏族的〈聰明人與老實人〉，來自《五卷書》第一卷第二十六個故事〈兩個朋友〉。

6. 藏族的〈麻雀和老鼠打官司〉，來自《五卷書》第三卷第三個故事〈殘暴的法官〉。

7. 藏族的〈狐狸和大龜〉，來自《五卷書》第三卷第十五個故事〈獅子與豺狼〉。

8. 藏族的〈兔殺獅〉和維吾爾族的〈老虎和兔子〉，源於《五卷書》第一卷第七個故事〈獅與兔〉。

9. 藏族的〈狐狸爲王〉和維吾爾族的〈五彩獸〉，源於《五卷書》第一卷第十一個故事〈豺狼爲王〉。

10. 維吾爾族的〈石鷄〉，來自《五卷書》第二卷第一個故事中的〈鴿王〉。

11. 維吾爾族的〈能吃鐵的老鼠〉，來自《五卷書》第一卷第二十四個故事〈老鼠吃秤〉。

12. 維吾爾族的〈烏鴉和鷹〉和藏族的〈烏鴉與貓頭鷹〉，穿挿在《五卷書》第三卷的〈烏鴉報仇〉中。

13. 維吾爾族的〈大象的死〉和傣族的〈綠豆雀和象〉，源於《五卷書》第一卷第十八個故事〈麻雀和大象〉。

14. 傣族的〈雙頭鳳〉和藏族的〈雙頭鳥〉，源於《五卷書》第二卷第一個故事中的〈雙脖鳥〉。

15. 傣族的〈螃蟹和鷺鷥〉（亦作〈有風度的慈善家〉）、藏族的〈鷺鷥和小魚〉和蒙古族的〈蒼鷺和烏龜〉，源於《五卷書》第一卷第六個故事〈白鷺與螃蟹〉。

16. 蒙古族的〈青蛙搬家〉，來自《五卷書》第一卷第十六個故事〈天鵝與烏龜〉。

17.蒙古族的〈老虎和松鼠〉，維吾爾族的〈獅子和老鼠〉，來自《五卷書》第二卷第八個故事〈大象與老鼠〉。

18.蒙古族的〈老鼠女兒的婚事〉，來自《五卷書》第三卷第十三個故事〈老鼠出嫁〉，季羨林先生在〈印度文學與中國〉一文中指出，這個故事還見於梵文故事集《說海》，“它從印度出發，幾乎走遍了全世界，東方的中國和日本也留下了它的足跡。”

19.蒙古族的〈驕傲的天鵝〉，基本情節源於《五卷書》第一卷第十二個故事〈天鵝與貓頭鷹〉。

20.蒙古族的〈白貓之寃〉，源於《五卷書》第五卷第一個故事〈埃及獴之寃〉。

21.柯爾克孜族的〈四個朋友〉，源於《五卷書》第二卷第九個故事〈四個伙伴〉。

22.漢族的〈猴子和烏龜〉、〈海母丞相〉及藏族的〈猴子和青蛙〉、蒙古族的〈烏龜和猴子〉，均源於《五卷書》第四卷序言中的〈海怪和猴子〉。

23.漢族的〈寶船〉，是一個曾被著名作家老舍改編爲童話劇的出色民間童話；與之相似的還有壯族的〈漁夫和皇帝〉等等。其基本情節來自《五卷書》第一卷第九個故事〈老虎、猴子、蛇和人〉。

以上二十三例，多數係寓言性質的動物故事，也有少數幾篇係故事情節曲折完整的童話故事。其中彼此情節結構完全一致的居多數，也有一些是主要情節和基本構思相近的。至於故事中個別情節近似的，那就更多了。就這些故事本身的形態來考察，它

們的模樣相似，係同出一源，脫胎於同一母體，是很明顯的。民
間故事在情節結構上的大同小異，追根溯源不外乎兩種情況：不
謀而合，或相互影響，同出一源。處於相近的自然環境與社會發
展階段中的各民族，由於社會生活與民族心理的接近，可以不約
而同地各自生出大體相似的神話、傳說與民間故事，遍及全球的
關於日、月及洪水神話就是人所共知的例子。但我們列舉的這些
故事，設想新奇，構思精美，又是在中印兩國已有頻繁交往的情
況下出現的，因此，它們形態的相似，主要應從互相影響，借用
移植方面去探究。

　　我們試將《五卷書》第一卷第十六個故事〈天鵝與烏龜〉和
蒙古族民間流傳的相類似的故事〈青蛙搬家〉放在一起作一番比
較，其互相影響的痕跡一眼就可以看得出來，很難設想它們是不
約而同的巧合，前面所舉的二十多例，多是這種情況。

　　那末，這些同出一源的故事是源於中國，還是源於印度呢？
由於中印都是文化傳統極為深厚，民間文學遺產十分豐富的文明
古國，兩國的民間故事應該是互相交流的。在兩國接壤的地區，
人民群眾之間口頭交流故事的情況，由於資料缺乏，我們無從查
考，只好存而不論，以書面材料作為主要研究對象。《五卷書》
有各種本子，最古老的本子出現於公元四至六世紀，人民文學出
版社一九五九年出版的季羨林先生的漢譯本大約是在公元九世紀
中葉至十二世紀之間編成的。以中國民間故事大都見之於新中國
成立以後的報刊，來推斷它們一概源於《五卷書》，自然難於令
人信服，因為這些故事在人們口頭上已經活了許多世紀。我們應
將它們在兩國古典文獻上出現的年代，聯繫作品本身所保留的民

族特色與歷史印記來大致確定它們的源頭。再從文化交流的歷史中找出有關線索予以證實。下面就讓我們對中印民間故事交流的初步線索作一個大膽的探索。

《五卷書》中的許多故事是怎樣流傳到我國來的呢？

這些故事之所以能傳入我國，變成我國各族人民口頭文學的一部分，首先是因爲中印兩國相鄰，在自然環境和社會歷史發展方面有許多相同之處。《五卷書》的那些故事，所反映的主要是印度從奴隸社會發展到封建社會的社會生活以及處在這個社會歷史階段民衆的思想感情。我國長期處於封建社會，一些少數民族地區，奴隸社會形態一直延續到新中國建立之前，所以《五卷書》裏許多故事所表現的各種社會勢力之間的矛盾衝突以及人們對社會生活的認識和喜怒哀樂等感情，我國人民比較熟悉，可以作爲自己人生的借鑒，能夠引起內心強烈的共鳴。加上在童話寓言裏扮演各種角色的獅虎豺狼、鼠雀猴蛇等動物，也是在我國大陸上所常見的。人們接觸這些故事就更感到親切了。這些自然與社會條件，無疑是促成中印兩國民間口頭文學交流的一個重要因素。季羨林先生認爲表現弱者戰勝強者是《五卷書》的中心思想，是它竭力宣傳的東西，並列舉了最有代表性的十多篇講述弱者如何戰勝強者的故事爲例。它們都傳入我國，演變成了膾炙人口的少數民族寓言。這一生動事例表明，人們借用外來故事的情節結構是爲了概括共同的鬥爭經驗，鍛煉克敵制勝的精神武器。這類故事能在中國土地上紮下根來，是有其相應的社會生活基礎的。

《五卷書》中的印度古代民間故事傳入中國的具體途徑，大體有如下幾種。

　　一是《五卷書》的翻譯。《五卷書》完整的漢譯本，直到一九五九年才問世。解放前流行過節譯本。但蒙文譯本約在十七世紀前後就出現了。一九二〇年曾有一位俄國人在西蒙古發現《五卷書》的十七篇故事的手抄本。早在一九二一年，就有蒙古學者研究這個問題的專門著作《脫胎自〈五卷書〉的蒙古民間故事》出版。我們在前面提到的〈驕傲的天鵝〉、〈青蛙搬家〉、〈老鼠女兒的婚事〉、〈老虎和松鼠〉、〈烏龜和猴子〉、〈白貓之寃〉等幾篇蒙古族故事，看來是從蒙文譯本的《五卷書》中的有關故事演變而成，然後傳播開來的。

　　二是通過佛經的翻譯。我國很早就用漢、藏、傣文翻譯了大量佛經。在這些佛經中，包含着大量的印度古代民間故事。《五卷書》中所載的印度古代民間故事，有些就包含在佛經中，並通過佛經的翻譯早就傳到了中國。僅從常任俠先生編注的《佛經文學故事選》中，就可以找到三例。

　　《雜寶藏經》卷三和《佛本行集經》卷五十九所載的〈共命鳥〉，即《五卷書》第二卷第一個故事〈雙脖鳥〉。《雜寶藏經》係公元四六二年由西域沙門吉迦夜與中國僧人曇曜合作譯出。《佛本行集經》由北天竺沙門闍那崛多於六〇四年譯出。我國藏族的〈雙頭鳥〉和傣族的〈雙頭鳳〉故事，可能就直接源於佛經。

　　《雜寶藏經》卷十所載的〈烏梟報怨〉，即《五卷書》第三卷中之〈烏鴉報仇〉。藏族的〈烏鴉與貓頭鷹〉原本於此。

　　《佛本行集經》卷三十一和《生經·佛說鱉獮猴經》中之〈虬與獮猴〉，即《五卷書》第四卷序言中的〈海怪和猴子〉，《生經》係西晉三藏法師竺法護於二八〇年前後譯出。竺法護本來是月支人，世居敦煌郡，早年曾跟隨他的師父到西域取回大量梵本佛經。我國藏族的〈猴子和青蛙〉、〈烏龜和猴子〉，蒙古族的〈烏龜和猴子〉及漢族的〈猴子和烏龜〉等故事，大約就是從這些佛經中演化而出。唐人將這個故事中的動物換成人，演成傳奇小說《求心錄》。它又隨漢譯佛經的東傳而在日本流傳開來。

從南亞傳入我國西南地區的巴利文《佛本生經》，也帶進了不少同時收錄在《五卷書》裏的故事，傣族的〈螃蟹和鷺鷥〉，即從本生經中的〈蒼鷺本生〉直接演化而來。

三是對印度故事的改編。古代印度人民的文學創造力特別表現在說故事方面。《五卷書》只是其中較有代表性的一部故事集。還有其他幾種故事書，所收的故事有不少是和《五卷書》中的故事內容大同小異的。它們傳入中國後被人們改編，收入有關著作。逐普及於我國民間。西藏有一部《薩迦格言》，作者薩班，是十三世紀初喇嘛教薩迦派的第四代祖師。《薩迦格言》本來是用藏族人民熟悉的民歌、格言體裁寫成的一部書，後人給它作注解時，編進許多故事，藏族民間流傳的〈兔殺獅〉、〈聰明人與老實人〉就出自《薩迦格言注解》，這兩個故事在《五卷書》中均有記載。可見《五卷書》中的印度民間故事，也有些可能是通過其他故事書傳入我國，滙入中國民間故事寶庫的。

四是通過《五卷書》阿拉伯文本的傳播。《五卷書》在六世紀時，曾被譯成巴列維語。八世紀，又由伊本·穆加發譯成阿拉伯文，書名為《卡里來和笛木乃》。這個本子，曾走遍全世界。一九五九年，我國出版了它的漢文譯本。然而在我國新疆維吾爾族中間，由於人們的宗教信仰和語言文字與阿拉伯民族接近，能直接接觸阿拉伯文版的文學作品,《卡里來和笛木乃》及《一千零一夜》中的許多故事,早已在人們之間口頭流傳。本文提到的〈五彩獸〉、〈能吃鐵的老鼠〉、〈烏鴉和鷹〉、〈老虎和兔子〉、〈石鷄〉、〈大象的死〉等好幾篇維吾爾族故事,與《五卷書》中的故事之所以相類似,從這裏可以求得合理的解釋。仔細考察故事的形態,有些生動的細節與《卡里來和笛木乃》中的故事完全一致,而與《五卷書》的現行本子略有差異。它證實了《卡里來和笛木乃》很早就傳入了我國同阿拉伯文化有密切聯繫的西北一些少數民族地區的設想。它是印度古代民間故事傳入我國的重要渠道之一。印度、阿拉伯和中國的故事藝術在這裏會合,開出了絢麗的花朵。

　　通過以上粗略敍述可以看出,《五卷書》中的許多印度故事,有的是通過梵文本的翻譯和改編直接傳入的,也有是通過阿拉伯文譯本傳入的,還有的是原載於佛經,通過譯成漢文、藏文和傣文佛經,刻印傳誦而深入中國民間的。

劉守華

〈印度《五卷書》和中國民間故事〉,

(武漢)《外國文學研究》2 (1983),63 ～ 69。

中國民間故事與《一千零一夜》*

　　《一千零一夜》是我國人民十分熟悉和喜愛的一部阿拉伯民間故事集。近年來，一些熱愛民間口頭文學的青年同志時常問到我，爲什麼《一千零一夜》中的故事，有的同我國窮鄉僻壤流傳的傳統民間故事那麼相似？怎樣理解故事流傳中這種奇特現象？本文試就這個問題提出一些線索作初步探討。

　　《一千零一夜》中和中國民間故事相類似的作品，根據前輩學者指出和我自己發現的，已有上十例。如：

　　〈烏木馬的故事〉與《維吾爾族民間故事選》中的〈木馬〉；

　　〈阿里巴巴和四十大盜〉與藏族的〈阿力巴巴〉；

　　〈漁翁的故事〉與〈苗族民間故事選〉中的〈獵人老當〉；

　　〈辛伯達第一次航海旅行〉與《太平廣記》中記敍"以大魚或巨龜爲洲"的〈東海人〉、〈行海人〉等；

　　〈辛伯達第二次航海旅行〉與《太平廣記》中載有"鳥銜寶出"等異域見聞的〈梁四公〉；

　　〈巴索拉銀匠哈桑的故事〉與中國的〈牛郎織女〉和各種型式的羽衣仙女故事❶；

　　〈商人阿里・密斯里的故事〉與唐人傳奇中的〈蘇遏〉；

　　〈白侯圖的故事〉與中國的機智人物故事❷；

----

　　*　*Alf layla wa layla*（公元八、九世紀～十六世紀）。引文據納訓譯本。

〈嫉妒者與被嫉妒者的故事〉與《白族民間故事傳說集》中的〈兩老友〉❸；

〈白第魯・巴西睦太子和趙赫蘭公主的故事〉與唐人傳奇中的〈板橋三娘子〉；

〈第二個僧人的故事〉與藏族〈說不完的故事・引子〉。

這十一例在情節結構上的彼此類似均較明顯。它們之間究竟存在着怎樣的聯繫呢？一九三三年，鄭振鐸先生曾譯出英國民俗學家柯克士所著《民俗學淺說》一書，該書結尾對各國故事所以存在"異常的驚人的類似"這一現象給予解說道：

> 是否一個國家從別的國家借了它的故事來呢？是否一切的故事皆從一個中心發出而傳播之於四方呢？它們是否從各個民族的公同祖先那裏流傳下來的呢？是否相契相符的觀念乃各自獨立的生出的呢？這些問題乃為煩擾民俗學研究者的問題。沒有一個理論，獨自站着而能給出正確的解釋的，但每個理論卻能各自適合於某種特殊的情形。

這段話至今看來，仍然是說得相當中肯的。各國故事在情節上之類似，是由各種複雜因素促成的。一種理論，可以解釋某一種情形，但難以解釋所有的情形，須對具體材料作具體分析，從多面探求答案。《一千零一夜》雖是一部書，它卻包含了產生於不同歷史時期和不同國家的故事，因而也須從幾方面來說明它和中國民間的聯繫。

《一千零一夜》是怎樣構成的？據英人漢密爾頓・阿・基布所著《阿拉伯文學簡史》介紹，"關於它的早期歷史至今仍然模糊不清。由魯佐德和敦亞佐德的基本故事可以上溯到印度，這些故事似乎被認作是這類文集的標準結構"。它"是以翻譯一本較爲古老的波斯文本故事集開始的",這本故事就是公元十世紀阿拉伯歷史學家馬斯歐迪提到過的古波斯故事集《一千個故事》。"以後新的故事逐漸替代了較老的故事","這些材料來源於完全不同的國家的民間故事",其中主要有十至十一世紀在伊拉克編寫的講阿拔斯的故事及十三至十四世紀在埃及編寫的故事。總之，在《一千零一夜》中，像滾雪球一樣，融滙了許多國家的民間故事，經歷八至十六世紀這樣漫長的歲月，才變成現在人們眼前的這部巨著。在這滾雪球的過程中，它同中國民間故事發生了怎樣的聯繫呢？

1.共同吸收印度故事。《一千零一夜》中，吸收了不少古印度故事❹。自公元前後印度佛教傳入中國，大量佛經被譯成漢、滿、蒙、藏文字，佛教中包含的許多古印度故事也隨之傳入中國，並藉宗教之力流播開來。有些阿拉伯故事與中國故事模樣之相似，可能是共同源於印度，脫胎於同一母體所致。

錢鍾書先生在《管錐編》中，列舉《太平廣記》中有關"以大魚或巨龜爲洲"的幾種記述之後，提到西晉竺法護於二八〇年前後譯出之《生經》，《生經》卷三第三五則載：五百賈客以一浮游水面之大鼈爲高陸之地，登臨其上，破薪取燃火，炊作飲食。鼈王身遭火燒，投身入水，賈客遂遭難。錢先生由此推測《太平廣記》諸說均"來自釋典"。辛伯達航海故事之本事，也可能從同一印度古代傳說而來。

〈第二個僧人的故事〉敍一公主與魔鬼以連續變形的方式來鬥法的情節，與藏族〈說不完的故事〉的開頭部分，敍述主人公頓珠偸學法術之後，同凶惡的魔法師變形鬥法的情節極相似。據國內外學者研究斷定，〈說不完的故事〉係由印度故事改編而成。又元魏時涼州沙門慧覺等所譯之《賢愚經》卷十中，有一個〈牢度差鬥聖〉的故事。出自敦煌石室的《降魔變文》，有一段以說唱文字演繹佛經中的這個鬥法故事，更爲精彩動人。阿拉伯故事與中國故事中有關變形鬥法的情節，似亦共同源於印度。

〈嫉妬者與被嫉妬者的故事〉及中國白族的〈兩老友〉等，均以被害者因禍得福的情節來表現善惡報應不爽的主題。它們也可能是共同吸取印度佛經中常見的這類故事演化而成。

2.阿拉伯故事傳入中國。中國和阿拉伯地區自古以來就有頻繁的經濟、文化交流關係，陸上"絲綢之路"可通，海上航道早經開闢，"唐時波斯商胡懋遷往來於廣州、洪州、揚州、長安諸地者甚衆，唐人書中時時記及此輩。"[向達《唐代長安與西域文明》]楊憲益先生推斷《板橋三娘子》這類以魔法將人變形爲畜的故事係由阿拉伯商人帶入中國，是令人信服的。另外，我國西北居住着一些信奉伊斯蘭教，受阿拉伯文化影響較深的民族，他們的民間創作也常吸取阿拉伯故事，木馬故事與阿力巴巴故事就是有力的例證。

《一千零一夜》中〈烏木馬的故事〉，講三個哲人拿了他們分別製作的金烏鴉、銅喇叭和烏木馬向國王獻技，小王子愛上烏木馬，騎着它飛上天空，周遊世界，與另一個國家的公主相愛，歷經艱難曲折終致幸福。

我國新疆維吾爾族的〈木馬〉，不僅基本情節一致，連王子如何操縱木馬，"扭它的右耳朵，就會立即飛上天空；扭它的左耳朵，就會降落在地上。"(《一千零一夜》中"耳朵"作"樞紐")這些細節也相同,可以明顯看出它們是一母所生的姐妹篇。《維吾爾族民間故事選》的編者劉發俊在該書〈前言〉中告訴我們:"中亞西亞、阿拉伯、波斯等地區的民間故事,像《一千零一夜》和《十日談》中的一些民間故事,同樣在維吾爾族人民中流傳。"〈木馬〉就是一例。維吾爾族信奉伊斯蘭教,宗教信仰、語言文字都與阿拉伯國家存在較深的淵源關係,因而促成了民間文學的交流。

然而魯班造木鳥或木馬的故事在中國源遠流長,不僅唐代著名文人張鷟筆下所記之〈魯般作木鳶〉,即已具備生動完整的故事情節,而且在唐以前直至戰國時期,就有一系列記述。因而木馬故事的老家可能還在中國,它是中國巧匠魯班故事在唐代西傳演化而成。

〈阿力巴巴的故事〉,講述"在一個遙遠的地方,有回族三兄弟",老三阿力巴巴外出與一伙土匪相遇,窺悉深山石洞秘密,用咒語打開石門,取走土匪所藏財物。老大前往盜取財物被土匪殺害。土匪扮作油商,又前往阿力巴巴家進行報復。老三與老二的妻子配合,給匪首唱歌跳舞,乘機將他刺死,阿力巴巴將藏有匪徒的六隻油桶扔到河裏,以無比的機智勇敢消滅了這伙匪徒。將它和《一千零一夜》中的〈阿里巴巴和四十大盜〉相比,不但情節一致,連主人公的名字也沿用了過來。許多細節,如老三向老大借斗量金銀,土匪偵察阿力巴巴的住所在門上劃記號,女主角藉獻舞刺死匪首等,也一模一樣。這篇中國故事也有一些不同於阿拉伯故事之處,如將兩兄弟改成三兄弟,用老三的妻子代替了原故事中的女僕,用一夫一妻制代替了原來的一夫多妻制,將四十個強盜改成七個，結尾處將油桶扔到河裏，以代替原來用滾油灌進油簍燙死匪徒的情節等。借用外來故事的情節，根據本民族的生活習俗與文學傳統進行巧妙的加工改造，故事便完全中國化了。它是從藏、回雜居地區的中央民族學員藏族學員口頭搜集的，從它以"回族三弟兄"為主人公的情況來看，可能原來是一篇回族故事。回族同維吾爾族一樣，受阿拉伯文化的影響較深，人們從《一千零一夜》中借用故事進行改編，原是不足為奇的事。

　　3. 中國故事傳入阿拉伯。這個問題目前似乎無人涉及，我以為是存在這一可能性的。《阿拉伯文學簡史》載：

　　　　阿拉伯人喜歡到處漫遊，這種天然的嗜好再加上去參加朝觀的義務，促使他們嚮往着異國和異國人民。我們現在保存的《歷史的鎖鏈》，是第一部早期旅行家敍述印度、非洲、中國等地的故事集，于八五一年西拉夫港逐字逐句按照多方面材料編成的，並從九一〇年起進行增補，這本書在古代東方深受歡迎。

　　生於巴格達，生活在十世紀的著名歷史學家馬斯歐迪，遍遊東方各國，也到過中國，撰寫了一部三十卷的百科全書，在至今流傳下來的題名為《黃金草原》的第二部摘要中，包含着使讀者感到津津有味的"深邃的見解和無窮的奇聞軼事"，其中就有關於中國的記載。《一千零一夜》中的〈神燈〉，以中國為背景，以古時中國都城中一個裁縫的兒子為主角來編織故事，就生動地反映了古代阿拉伯人民對他們所嚮往的神秘美好中國的印象。基於以上事實，可否認為《一千零一夜》中，也滙入了一些唐代的中國故事？仔細考察長安書生蘇遏與巴格達商人阿里故事之間的聯繫，不能不使人產生這樣的遐想。

〈商人阿里·密斯里的故事〉講一埃及商人在巴格達一凶宅裏過夜而得寶的故事。這類故事在我國早有流傳。魏晉人所撰《列異傳》中之〈何文〉(《古小說鈎沉》)，唐人所撰《博異志》中之〈蘇遏〉，均敍此事。至今民間對這類故事仍津津樂道，湖北枝江的〈兩個媳婦一個公婆〉❺，即以此爲中心情節。特別是蘇遏故事與阿里故事有着驚人的相似之處：蘇遏是流落長安的窮書生，阿里是浪蕩在巴格達的破產商人。他們都住在一間經常鬧鬼的舊屋裏，原來住進去的人"不過宿而卒"，於是成了凶宅。蘇遏半夜裏聽見金精與爛木精對話，阿里半夜裏看見守金庫的魔鬼活動，過去在此住宿的人見此情景均因膽小驚恐而死，他倆卻理直氣壯地與之應對，於是金精、魔鬼認定他倆就是財寶的主人，讓他倆佔有了這些財寶。

從廢破的深宅大院地下掘出財寶，這類事在我國從古至今屢見不鮮。以上故事即由此生發而成，把偶然獲得的窖藏，歸結爲命中注定之物，這當然是一種宿命論。但故事寄同情於貧窮落魄的書生、商人，讚揚主人公的勇敢冒險精神，仍具有鼓舞人們積極進取的意義。阿里故事同蘇遏故事如此相似，當是從一個故事演化而出。從它在中國紮根之深和流傳之廣看，它很可能是同古都長安的輝煌形象一起傳入阿拉伯地區的。

以上三種情形均屬於直接和間接的故事交流。還有幾個彼此類似的例子，究竟是通過曲折途徑相互影響所致，還是反映相近似的社會生活與社會心理，不謀而合地各自生成？則有待於進一步探討說明。

附　　註

❶　這類故事有《搜神記》中的〈毛衣人〉，出自敦煌石室的〈田章〉、
漢族的〈天牛郎配夫妻〉和〈春旺和九仙姑〉（《中國民間故事選》
第一集），苗族的〈牛郎織女的故事〉（《愛情傳說故事選》），
瑤族的〈五彩帶〉（《瑤族民間故事選》），藏族的〈諾桑王子〉，
傣族的〈召樹屯與蘭吾羅娜〉（《愛情傳說故事選》）等。

❷　見《湖北民間故事傳說集》（荊州地區專集）中的〈徐苟三故事•
叫你也流淚〉，貴州《民間文學資料》第四十四集中的〈甲金故事•
總有一天要對着哭〉。

❸　同類型的故事還有藏族的〈克斯甲和勞讓〉（《奴隸與龍女》），
烏孜別克族的〈野獸們的秘密〉（《烏孜別克寓言集》）等。

❹　《阿拉伯文學簡史》一〇一頁指出，公元十世紀前後，"翻譯了大
量印度和波斯故事，編成《天方夜譚》的初稿。"

❺　劉行化搜集整理，尚未發表。

劉守華

〈《一千零一夜》與中國民間故事〉，

（武漢）《外國文學研究》6（1982），46～51。

民間童話比較研究

　　我國關於尋找三根金頭髮的童話故事，已整理發表的共有十多篇，其中以雲南彝族的〈淌來兒〉（見《雲南各族民間故事選》，人民文學出版社一九六一年版）最爲完整。它講的是一個皇帝在出外打獵時，聽見仙人預言一個剛生下地的娃娃長大後要作皇帝的女婿，還要當皇帝。他氣不過，便把這個孩子騙到手裏，裝進鐵箱，扔到河中。鐵箱順水漂流，被漁夫撈起，孩子在漁夫身邊長大，取名叫“淌來兒”。後來皇帝又出來打獵，發現他想害死的那個孩子仍然活着，於是寫了一封信，要淌來兒送到皇宮裏去，信裏指示皇后把淌來兒殺死。淌來兒送信途中，歇息在一個白胡子老漢家中，白胡子老漢悄悄地改寫了那封信，淌來兒被皇后招爲女婿。皇帝更加氣惱，便要淌來兒到遠方去，從太陽姑娘頭上取來三根金頭髮，才能娶上公主。淌來兒勇敢地前去尋找金頭髮。在路上有三個地方的人託他辦事：划船人託他問：爲什麼自己划了二十多年船，沒人來替換；一個地方的人託他問：爲什麼這兒的長生果樹多年來不結果；還有一個地方的人問：爲什麼當地的活命泉多年來不出水。淌來兒都很熱心地答應下來。淌來兒在一個大樹林裏找到了太陽姑娘的家，在她媽媽的熱心幫助下，從睡夢中的太陽姑娘頭上拔下三根金頭髮，並問清了別人託付他辦的三件事。在歸途上，他告訴人們：活命泉不出水，是青蛙堵住了泉眼；長生樹不結果，是樹根下有一條蛇。人們把蛙、蛇打死，井裏湧出活命水，樹上結出長生果，便送了許多金銀給他。淌來兒最後告訴船夫：下次有人來過渡，把槳丟給他就行了。他回到京城，用取來的三根金頭髮娶上了公主。皇帝聽說他的奇遇之後，想找長生果同活命水來吃，永遠當皇帝，也出門去。走到河邊，船夫把槳丟給他，他就只得永遠在那兒划船擺渡了。

　　格林童話中的〈有三根金頭髮的鬼〉和俄羅斯民間故事中的〈富瑪耳科和倒運的華西利的故事〉，情節結構和〈淌來兒〉幾乎完全一樣。都是以一個窮孩子的命運爲中心來展開敍述（他們的名字分別叫“淌來兒”、“幸運兒”和“倒運的華西利”），由兩個“三段式”構成曲折動人的故事：國王（或富商）想用水淹和送信的辦法害死窮孩子，均未得逞，最後便要他去尋找那一般人根本無法找到的三根金頭髮（或辦一件別的難事），企圖難倒他。主人公在這過程中幫助別人辦了三件好事，反過來他又在別人的幫助下獲得了美滿的婚姻和許多財寶，並使害他的壞人變成渡船夫，遭到了應得的懲罰。

　　這三篇民間童話流傳的地域，相距是那麼遙遠，然而它的藝術構思和情節結構卻是這樣相似，簡直就是一母所生的三姐妹，眞使人不勝驚異。這種奇特現象說明了什麼？是怎樣造成的？本文擬對這個民間童話之謎作初步的探討。

　　童話是幻想與生活眞實相結合的產物。人們講述那些充滿神奇幻想的童話故事，並不只是爲了滿足自己的好奇心，而主要是憑藉奇麗的想像，曲折地反映出廣大勞動人民的生活，表達出他們追求美好生活的理想願望。只有那些深深植根於現實生活土壤而又充分表達出人民意願的童話故事，才能在廣大地區內不脛而走，歷經漫長歲月而流傳不息。

　　這三篇故事基本上都是封建社會的產物。通過曲折變幻的情節，表達出一個共同的主題：善良戰勝邪惡。這個主題是以鮮明對比的方式表達出來的，那個善良無辜而又勇敢堅定的窮孩子，雖屢遭迫害，卻反而因禍得福；窮凶極惡的壞人，不論是皇帝還是富商，費盡心機幹壞事，結果還是遭到了惡報，逃不脫嚴厲的懲罰。童話故事裏是充滿神奇的幻想的。這三篇故事都是以仙人們關於一個剛生下地的窮孩子的未來命運的神奇預言開頭，可是從故事的整體來看，情節是按照實際生活的邏輯和人民的願望向前發展的，並不是由某種萬能的命運之神主宰一切。國王或富商千方百計想害死那個窮孩子，是由於人們對不幸者的同情才把他救活。格林童話中說，"那些硬心腸的強盜們起了同情心"，才把國王要殺死少年的那封信改換了內容，鮮明地表達出勞動人民的愛憎。後來少年出外去尋找金頭髮，因熱心幫助別人解除危難，做了三件好事，因而獲得了人們相應的酬報，自己也終於得到幸福，這更是體現了實際生活中的辯證法，同時表達出人民群眾對先人後己、樂於助人這種美德的熱烈頌揚。至於國王最後的倒霉結局，則是因他貪得無饜、利慾薰心所致，是咎由自取。在這巧妙安排中，體現出人們對作惡者的憎恨。格林童話中說："從此國王只好擺渡，這是對他那些罪行的懲罰。"最後還富有風趣地補充道："他現在還在擺渡吧？還用說！大概沒有人去接他的篙子了。"洋溢着無比樂觀開朗的情趣。

　　把這三篇童話故事放在一起讀，可以鮮明地看出它們共同的思想傾向，即同情被壓迫者的不幸遭遇，仇恨壓迫剝削者的邪惡罪行，讚揚互助友愛的高尚品質，憧憬美好的生活，並鼓勵人們樂觀勇敢地去追求幸福。在藝術表現上，都是以那個窮孩子坎坷的命運爲中心，將出人意外的奇幻色彩同合乎情理的情節發展結合起來，將線索的單一同幾個"三段式"的錯綜結合起來，具有引人入勝的巨大魅力。由於它以優美的藝術形式，反映出處於黑暗封建社會的廣大勞動人民的美好意願，具有深厚的人民性，所以它才能插上翅膀，在歐亞大陸廣大地區的群衆口頭上流傳，引起他們心頭的強烈共鳴。從它的廣泛流傳，又說明我國和德國、俄國勞動人民的心是在許多世紀中都是相通的。他們所愛、所憎的對象，所熱烈追求的美好事物是一致的。這使我們今天讀起來，感到非常親切。它們對於促進這些國家人民群衆之間的了解和友誼，是可以發揮積極作用的。

　　我們上面着重講了這三個童話故事之間在思想內容上的一致性。自然它們也有不一致的方面。雖是同一類型，由於和不同國家，民族的生活相結合，就同中有異，具有不同的民族色彩了。不同民族的生活與心理，集中表現在童話形象身上。格林童話中的幸運兒從一個城市走到另一個城市，守城門的衞兵託他詢問關於葡萄酒生產方面的問題，阿法那西耶夫故事中的華西利卻走到海邊，見到一條橫斷海峽的大鯨魚，因吞吃了十二條商船而動彈不得。鮮明如畫地展現出不同的自然環境與生產方式。格林童話與中國雲南彝族童話中幹壞事的都是皇帝，阿法那西耶夫故事中幹壞事的卻是富商，而且他的勢力竟然可以和蛇沙皇分庭抗禮，由此可以看出社會結構的不同。中國雲南彝族童話中的淌來兒是去尋找太陽姑娘，拔取金頭髮，格林童話中的幸運兒是到地獄裏的魔鬼那兒去尋取金頭髮，阿法那西耶夫故事中的華西利則是到蛇沙皇那兒去，尋求有關問題的答案。用不同的幻想形象來充當同一角色，反映出民族心理的差別。總之，這三篇故事儘管屬於同一類型，當它在不同的民族紮根以後，就逐漸民族化了。許多具有廣泛概括意義的民間童話，又總是和具體生動的民族生活、民族心理結合在一起，並不是作爲一種抽象的情節型式而存在的。正因爲這樣，它才能爲不同國家、民族的人民群衆所喜聞樂見而世代相傳下來。

在這裏，要指出〈富瑪耳科和倒運的華西利的故事〉顯然受到了基督教思想的歪曲。故事中的那三個白胡子老漢，是以不可抗拒的命運之神的姿態出現的，開頭是他們決定，要給華西利以富瑪耳科的財富，中間又是他們將華西利送的信改換了內容，並說："神不會捨棄你的"。最後還出來講："華西利，你不曾看見了神是怎麼祝福你的？"這樣，就把"好人壞人都逃脫不開命運之神的支配"這個宗教觀念滲透進去，削弱了原來的主題。但從這個故事總的構思與基本情節來看，和它兩個姐妹篇相比較來看，這種"聽天由命"的說教不過是在流傳過程中被人們填塞進去的，或者是搜集整理者個人所留下的思想烙印罷了。我們現在將它們放在一起進行比較研究時，是不能不看到這種情況的。我們說這三篇故事，表達了在歐亞大陸廣大地區之內勞動人民的高尚品質與美好意願，當然都是就它們的本來面目和基本傾向而言的。

同類型的故事，卻在不同國家、不同民族的人民群衆當中流行，這種現象是怎樣造成的呢？

在世界各國流傳的民間故事中，有許多是情節結構相同，表達同一主題的。據說關於受繼母虐待的"灰姑娘"的故事，在全世界竟有五百個以上流傳各地。爲什麼這些故事，能夠突破山川的阻隔和語言等等的限制而在廣大地區內流傳，人們進行過許多研究，作過種種解說。有的認爲處於同一社會發展階段的民族，因爲存在共同的生產生活方式與社會心理，能夠在各自不同的土壤上生長出主題與情節相似的幻想故事來；有的則認爲它們是共同起源於某一個故事中心，如印度和波斯，因脫胎於一個母體以致模樣相似。這兩種說法都有一定的事實根據，反映了故事文學發生演變的某些規律，不應把它們對立起來。實際上是兩種情況都有，完全用某一種說法都無法對所有事實作出合理的解釋。例如許多國家許多民族中間，都流傳着關於太陽、關於洪水、關於人類起源的情節類似的古老神話，顯然是由於它們都經歷過相同的社會發展階段所致。就我們所研究的這三篇童話故事來說，由於它們已是人類進入文明時代，各國發生了廣泛交往的歷史階段的產物，而且它們的藝術構思與情節結構又是那麼接近，看來是脫胎於一個母體，伴隨着這些國家政治、經濟和文化的交流而流傳演變的結果。由於這些故事是一種不定型的口頭文學，現在已經搜集整理成文的書面資料又很少，對這個問題追根溯源頗爲困難。下面只能依據有限的資料，就它們的流傳與演變情況提出這些初步的假設。

由於它們是世代相傳的口頭故事，要確切地判明它們產生的年代很難做到。我們只能從這些故事內容上的某些特徵，大體推斷一下它們各自產生的歷史背景。

阿法那西耶夫故事中的〈富瑪耳科和倒運的華西利的故事〉，基督教的色彩很濃厚，其中出現了牧師、修士和修道院長等形象，講到在教堂裏誦讀歌唱和給新生兒洗禮，選擇教父、教母等宗教活動。據歷史記載，基輔羅斯於公元九八八年從拜占廷接受基督教，可見這個故事形成於十世紀以後。又故事中將"蛇"與"沙皇"的形象結合起來，創造了一個"蛇沙皇"的童話角色，而"沙皇"的概念是一五四七年莫斯科大公伊凡四世加冕自稱沙皇以後才出現的；那末，上面這個故事的形成就在十六世紀中葉以後了。從這篇故事以一個經營資本主義工商業的富瑪耳科作為反面人物，也表明它形成較晚。

　　格林童話中的〈有三根金頭髮的鬼〉，講到當時的城市生活，幸運兒出門經過兩個城市，在城門口遇到過兩個衞兵，其中一個衞兵託他代問一件事："我們市場上的井平常是出葡萄酒的，為什麼現在乾了，連水也沒有呢？"這些地方就顯示出了它的歷史色彩。在歐洲，城市的普遍興起，是十一世紀的事。在以後的一兩百年中間，由於城市居民同封建主鬥爭勝利的結果，有些城市逐步取得自治權。自治城市有自己的市議會、法院、武裝民兵等。格林童話中對城市生活的反映，看來是以此為背景的。那末，它們就形成於十三世紀前後了。

　　在我國雲南彝族的〈淌來兒〉中，找不到這樣的歷史印記（也可能與整理者將有關內容和細節加以現代化有關），但古代神話的色彩卻十分鮮明。它集中表現在太陽姑娘這個形象的構成上。故事的中心是淌來兒到西方太陽姑娘那兒去拔取三根金頭髮。太陽落在天的西邊，所以故事裏說太陽姑娘的家在西方一個大樹林裏；人間有白天黑夜之分，便說是太陽夜裏要睡覺造成的；太陽閃射出萬道金色光芒，便把它想像成金頭髮；女性的頭髮是長長的，便給了太陽一個女性的身份；太陽能給人類以光明和溫暖，便把它作爲威力與智慧的源泉來看待，向它尋求幸福生活的答案，除〈淌來兒〉之外，青海藏族的〈"株本"的來由〉和甘肅回族的〈太陽的回答〉也是如此。〈"株本"的來由〉所講的向太陽拔取三根金頭髮的情節和〈淌來兒〉完全一樣。〈太陽的回答〉略有不同，是直接向太陽問三件事；因爲不是去拔頭髮，便把太陽的身份說成是一個憨厚的小伙子。這三篇故事都是從人類最古老的關於太陽的神話演化出來的，它的想像樸實優美，應看作是中外所有關於"三根金頭髮"的童話故事中形態最古老、最原始的一種。

我國的"三根金頭髮"故事在西南和西北地區流行較廣。青海、甘肅流行的三個故事，雖然沒有〈淌來兒〉那麼完整，但〈"株本"的來由〉和〈太陽的回答〉這兩篇卻屬於形態古老的一組故事之列。〈"株本"的來由〉最後是以國王受懲罰成爲擺渡人結尾，並說直到現在，當地人稱呼擺渡船的工人叫做"株本"即"弄船的頭人"，就是從這裏來的。可見這個故事在當地紮根極深，流傳年代久遠。而這一帶靠近我國的內蒙古自治區和蒙古人民共和國，漢族和其他民族的民間童話流傳到蒙古族人民中間去是很容易的事，〈人不能僅僅爲了自己而生〉就是一個例證。如果我們聯繫到十三世紀成吉思汗曾經率領蒙古軍隊遠征歐洲並統治過這些地方這一重大歷史事件，是否可以說，中國的"三根金頭髮"故事就是在那個歷史時期內經蒙古族人民傳播到俄羅斯和日爾曼人民中間去的呢？這和我們前面推斷的那兩篇故事形成的年代正好大體相合。這場戰爭對於當時許多國家的人民來說，當然是一場災難。可是在客觀上，也促成了各國政治、經濟與文化的交流。我國西北地區的回族、撒拉族等，主要就是由於蒙古軍隊西征，大量的中亞細亞人、波斯人和阿拉伯人遷徙到東方來所形成的，在它們中間流傳的〈太陽的回答〉〈日孜根娶妻〉等"三根金頭髮"型的童話故事，顯然也是十三世紀以後從鄰近的漢、藏和蒙古民族中間吸收過來的。

　　童話故事的傳播，不是簡單的"情節移植"。一個民族從另一個民族接受某一種故事，首先是由於這個故事的基本情節與構思方式具有廣泛的概括意義，接近他們的生活和藝術習慣，能夠以生動的藝術形式在某種程度上反映出他們的心理和期待。沒有這一條，外來故事就無法在本地紮根。具備了這個基本條件，再把它和本民族的生產生活方式、風土人情和宗教信仰等等密切結合起來，對人物、事件、細節作適當改造，就變成富有民族色彩的東西了。"三根金頭髮"故事的典型結構形式是，主人公幫助別人辦的三件事當中，分別涉及到一種動物、一種植物和一個人。它們往往因民族與地區的不同而異。華西利問海邊躺着不動的大鯨魚怎樣才能活動起來游進大海；中國漢族的小伙子則問大河裏的鯉魚怎樣才能跳過龍門，成龍上天。幸運兒問城裏的金蘋果樹爲什麼不結果，華西利則問老櫟樹爲什麼總是站着不倒。同一情節，經過改造，就具有不同的色彩了。自然也有些東西，被共同保留了下來，如三個故事中涉及到人的關於渡船夫的情節，因許多民族都有這樣的生活，人們都希望擺脫這類奴役性的勞動，加上它在故事的末尾，又具有"一箭雙鵰"的巧妙作用，既能表現主人公樂於助人的品質，又可以藉此來懲罰作惡的壞人，所以在幾個國家的同類型故事中都保留下來了。這使我們能夠更清楚地看出它們本來的形態來。

這類故事在中國的不同地區、不同民族中間，也在演變。十四篇同類型故事中，像《淘來兒》這樣形態比較古老的有三、四篇，其餘上十篇又可以分作兩個類型，一類是＂尋寶聘妻＂，向仙人尋取三件珍奇的聘禮娶妻子，在這過程中幫助別人辦了三件事，別人又給予相應的酬謝，成全了他們的美滿婚姻；另一類是＂尋找幸福＂，向仙人尋求關於幸福生活的答案。仙人那兒的規矩是問一不問二，問三不問四，主人公先人後己，問清楚了別人託付的事，自己的事反而擱下了，可是在幫助別人的過程中又得到別人的幫助，正好獲得了他所尋求的幸福。在這些故事中，太陽姑娘、國王、公主的古老形象都不見了，在故事裏反映出勞動人民十分現實的生產生活與風土人情。幻想與現實結合得更緊密了，而且突出了先人後己的內容，加強了它的思想教育作用。在演變過程中，具備了新的時代與民族、地方色彩。

這些故事的流傳和演變，看來與宗教的宣傳活動有一定關係。＂三根金頭髮＂故事的原型是以主人公尋求神的幫助，從而創造奇蹟來構成基本情節，最初的神本來是原始神話中的太陽，人們對太陽雖有一種原始的崇拜信仰的心理。故事的基本思想卻是表現人類怎樣不屈從於命運，積極主動地尋求幸福美好的生活。這樣的構思宗教宣傳也是可以利用的。宗教徒們將太陽神的形象加以改造，藉以宣揚自己所信奉的某種至高無上的神的威力，於是將宗教觀念滲透了進去。看來，世界上的三大宗教，都曾經利用這類故事作過宣傳，使它們和宗教發生過關係。我國西北地區的

回族、撒拉族，是信仰伊斯蘭教的，在他們中間就有這類故事流
傳，整理稿中反映出某些伊斯蘭教的習俗。阿法拉西耶夫整理的
故事，有濃厚的基督教的色彩，它在許多年之後還在俄羅斯民間
流傳。中國在佛教傳入後，這類故事中的許多篇，將太陽神換成
了大乘佛教所信仰的如來佛，或者是同如來佛有某種親密關係的
仙人，藉以宣揚＂佛法無邊＂。宗教宣傳要取得動人的效果，往
往要採取講故事的形式，或自編純宗教故事，或借用民間故事，
結合故事內容通俗生動地宣傳教義。這就對故事的流傳起着一定
的推動作用。許多印度故事就是伴隨佛教傳入中國的。同時，它
又會歪曲民間故事的精神實質，將唯心主義的＂宿命論＂思想滲
透到故事裏去。人民群眾是不會容忍這種歪曲的，他們在漫長歲
月裏，不斷用集體智慧來充實和錘煉自己所喜愛的故事，使它在
內容和形式兩方面變得更加完美。我國漢族的〈三根金頭髮〉，
儘管出現了如來佛的形象，主人公對他所採取的並不是虔誠信仰
而是揶揄嘲弄的態度。可見人們對從宗教裏來的一些東西又作了
一番改造。故事所表達的基本精神依然是樸實健康的，並不因出
現了如來佛的形象而有所損害。從這裏，可以看出民間口頭文學
強大的藝術生命力。

劉守華

〈民間童話之謎〉

——一組民間童話的比較研究之二，

（武漢）《外國文學研究》2（1980），120～127。

先秦寓言與《伊索寓言》比較研究[*]

　　中國先秦寓言產生於原始社會解體後漫長的奴隸制時代，形成於中國春秋、戰國時期（公元前八世紀～前三世紀）。這正是奴隸制走向衰落崩潰，新興地主階級登上政治舞臺，封建社會逐漸形成的時期。鐵器農具的大量使用，生產力的提高，使奴隸主土地佔有制形式逐漸變成了地主佔有制；連年混戰，激烈的階級分化與變動，使階級矛盾、統治階級內部矛盾十分尖銳。《伊索寓言》產生於希臘原始社會解體、奴隸制逐漸確立時期，形成於古希臘古典時期（約公元前六世紀～前五世紀）。以城市爲中心，包括附近若干村落的城邦奴隸制經濟有了進一步發展，奴隸主民主政治向極盛時期發展，學術上開始不斷取得成就，創立了希臘的古典文化。這是奴隸制走向鼎盛的時期，奴隸和奴隸主之間的階級矛盾是社會的主要矛盾。這兩種寓言產生的年代相差不多，社會形態也相似，均屬奴隸社會；相異之處是希臘進入奴隸社會鼎盛時期，而中國已進入奴隸社會後期。由此可見，對這兩種寓言進行比較的主要依據是充分的。

　　《伊索寓言》和先秦寓言所反映的思想內容是豐富的，既帶有較鮮明的政治鬥爭、階級鬥爭的色彩，又涉及精神、道德、倫理等範疇。我們初步歸納成三個方面，以便比較兩種寓言的異同（凡注明出處的均爲先秦寓言，其餘爲《伊索寓言》）。

　　---

　　*　Aesop（620～560 B.C），*Aesop's Fables*。

㈠　對社會不合理現象的針砭，對世人醜惡品行的抨擊

　　寓言作者們感到了客觀存在的階級對立，但對社會動盪、道德墮落、爾虞我詐卻往往用善與惡、美與醜的概念去解釋去衡量。他們雖無力改變這種現狀卻敢於深刻剖析、大膽揭示。在列國紛爭、弱肉強食的年代，統治階級總是尋找種種藉口併吞別的部族、國家與財物。他們殘忍凶暴，貪得無饜，無所不用其極。〈竭池求珠〉（《呂氏春秋·孝行覽》）寫宋王爲滿足自己的貪慾不惜掏乾池水，弄死所有的魚。〈蝸角之戰〉（《莊子·則陽》）虛構蝸牛那兩隻觸角分爲觸氏、蠻氏並爲爭奪地盤大動干戈，每仗必有數萬具屍體被拋棄，以諷刺梁惠王自恃強大、不惜犧牲士卒生命爭霸天下的醜行。〈狼和小羊〉以狼爲吃小羊找了三個莫須有罪名的事實說明：暴君總能找出施暴行的藉口。〈蒼蠅與蜜〉寫蒼蠅吃蜜貪得無饜，最後被黏住窒息。〈捉蛇的人和毒蛇〉反映出敵對政治力量的雙方爭鬥已成爲家常便飯。〈眞實的旅客〉、〈善和惡〉說明欺騙與說謊已成爲天經地義的事，原始社會時期“善”的行爲已經被私有制的“惡”的行爲取代。

　　奴隸社會的種種醜惡現象是剝削制度肌體上滋生出來的癰疽。這種制度不僅造成階級壓迫和剝削，還無孔不入地腐蝕人們的心靈。人不爲己、天誅地滅。的信條被奉爲金科玉律，損人利己成爲公開的秘密，招搖撞騙、假話連篇是拿手好戲。〈墦間乞食〉（《孟子·離婁下》）和〈曹商使秦〉（《莊子·列御寇》）刻劃了齊人、曹商以卑鄙手段乞人唾棄獵取功名利祿的醜態。〈田

父得玉〉（《尹文子・大道上》）鞭撻了用欺詐手段損人利己以
獲取財富的鄰人。〈猿猴和兩個旅行人〉寫欺騙成風、說眞話反
遭打擊迫害的事實。〈牧羊童和狼〉是批評取樂於人、自害於己
的說謊者的名篇。這些卑劣的惡人往往裝出一副正人君子的面孔，
企圖欺世盜名，或者爲名利所驅使，沉湎於自我陶醉之中。〈儒
以詩禮發冢〉（《莊子・外物》）即揭露打着仁義道德招牌、幹
着挖墳盜墓勾當的僞善者。

　　在這一類作品中，《伊索寓言》對不合理現象的批評語氣比
較委婉，較多的是在道德規範中譴責忘恩負義，側重於規勸性；
而先秦寓言則往往直接指名道姓攻擊諸侯士大夫的醜行，比較尖
銳，並對神權迷信有所諷刺。這一類寓言的思想意義是較深刻的，
起到了使人們認識社會、懷疑現存秩序的作用。

　　值得重視的是，《伊索寓言》的作者表達了比較進步的政治
思想，喊出了要求自由，要求人生權利的口號。在〈獅子的王國〉
裏，作者因不滿暴政和惡行，幻想獅子成爲一個不暴躁、不專橫而
十分仁慈的國王，同時又要求臣民和睦相愛。〈驢子和老牧人〉
則點出政權更迭對貧民來說是一樣的；同時，要求民主、平等的
思想也有所表現。難能可貴的是《伊索寓言》喊出了奴隸反抗的
呼聲。〈老鼠和雄牛〉、〈老鷹和甲蟲〉、〈老鷹和狐狸〉寫弱
者對強者的鬥爭，表現了以牙還牙的勇氣，並得出結論：“暴君
雖然可以漠視被壓迫者的眼淚，但絕不能逃脫他們的報復。”這
是當時奴隸反抗、鬥爭的曲折反映。在先秦寓言中較多地反映了
統治階級間互相殘殺的現象，很少體現當時儒家較進步的民本、
仁政思想，墨子的兼愛思想等，較多的是新興地主階級要求進取、

革新的主張。

　　由於受時代和階級的局限，作者們還不能眞正認識社會發展的規律，在對生存與眞理追求的過程中，對許多問題困惑不解，得出了一些錯誤的結論。《伊索寓言》較多的是命中注定，聽天由命的觀念。〈孔雀和朱娜〉認爲“各種東西的命運已經由命運之神的意志注定了的”。〈驢和它的主人〉就公開宣揚應滿足現狀，服從主人，安心工作。〈肚子和四肢〉強調維護整體的重要，也即要求維護社會結構的相對穩定。就這樣，在“樂往哀來是人世間一切東西共同的命運”的哀嘆裏，作者從鬥爭、反抗走向了宿命論的死胡同。先秦寓言裏也有一些消極悲觀思想。莊子的虛無主義、相對主義、超然物外，孟子要求服從天命、安分守己等，都是一些有害的思想。

㈡　對生存、發展規律的探求，對學習、生產經驗的摸索

　　人們在對合理、幸福生活的追求與長期生產活動中，不斷自我完善，總結與積累着生活、生產經驗，對種種新事物思考再三，力圖加以解釋。他們開始意識到自己支配大自然的能力，對大自然不再抱有神秘之感，不再誠惶誠恐地盲目崇拜。他們開動腦筋，探索自然，渴望用勞動的雙手去征服自然，求得發展。〈旅行者和命運之神〉提出“每個人常常是他自己命運的主宰”的命題。〈烏鴉和水壺〉寫一隻口渴的烏鴉爲喝水投石於水壺使水位上升，說明“需要是發明之母”的道理，體現了勞動人民征服自然的能力與持久不懈的奮鬥精神。〈農夫與兒子〉寫農夫安排自己死後

讓兒子努力耕種，結果獲得好收成，說明勤勞是真正的無價之寶。
〈愚公移山〉（《列子・湯問》）既有智叟量力而行的正確建議，
更體現了人定勝天的真理。他們在勞動中不畏艱險，從而也享受
到勞動成果給自己帶來的快樂。〈兩小兒辯日〉（《列子・湯問》）
提出何時太陽離地球最近的問題，表現了他們善於觀察、勇於探
索，竭力揭開大自然奧秘的精神。同時，兩種寓言對生存與發展
的規律作了探求。他們強調在政治鬥爭中針鋒相對，以實力求和
平。如〈野猪和狐狸〉寫野猪經常磨礪牙齒，說明"先備好武力，
才可以求和平"，而〈魏王索鄭〉（《韓非子・內儲說上》）則
告訴人們，對無理的索求應斷然拒絕，以其人之道還治其人之身。
他們堅信：在生存鬥爭中犧牲與自己命運相關者的利益以保存自
己是不可能的。如〈樹和斧子〉寫樹的首領企圖犧牲楊樹保全自
己的政策的破產；〈唇亡齒寒〉（《韓非子・喻老》）也表達了
相似的看法。他們都感到遵循內在規律的必要。〈鵝和金蛋〉、
〈母雞和金蛋〉指出了殺雞取蛋的荒謬；〈揠苗助長〉（《孟子・
公孫丑上》）也說明了同樣的道理。這些都是對社會現象總結而
得出的經驗。《伊索寓言》對社會發展有因果報應的觀念。先秦
寓言中這類思想不存在。

　　兩種寓言對學習與知識的重要性均有認識。〈豹和狐狸〉得
出"有多方面的智力比有多種顏色的身體強"的結論；〈兔和龜〉
說明持之以恆即能取得勝利。但《伊索寓言》對學習方法總結不
夠，而先秦寓言則很全面。〈學奕〉（《孟子・告子上》）說明
學習應專心致志，〈紀昌學射〉（《列子・湯問》）說明學習應
循序漸進，不能忽視基本功；〈薛譚學謳〉（《列子・湯問》）說

明學習必須勤學苦練，務求精通；〈驚弓之鳥〉（《戰國策·楚策四》）說明學習要學會推理分析，透過現象看本質；〈虞慶爲屋〉（《韓非子·外儲說左上》）以虞慶自以爲是地瞎指揮，使新蓋房屋全部倒塌來諷刺不懂裝懂的危害。

這一類寓言體現了兩國人民的智慧。正是他們，開創了探求眞理的道路，使得人類勇於自強，積累知識，使社會不斷發展。

(三)　對日常生活經驗與教訓的總結

人們在社會中生活，人與人之間的相互關係，要靠各個歷史時期特定的道德、倫理等社會力量加以維持與調節。兩種寓言均從總結生活經驗與教訓的角度提出了不少有益的命題，一部分即是當時道德、倫理的內容。

要團結友愛，內部團結，則不易被各個擊破（〈一捆木柴〉），如果自相殘殺，爭執不休，則將同歸於盡或爲他人得利（〈鷸蚌相爭〉[《戰國策》]、〈鬥鷄和鷹〉）。人們辦事要有計劃性（〈螞蟻和蚱蜢〉），不應不切實際，想入非非，靠幻想過日子（〈捧牛奶罐的鄉下姑娘〉、〈藏契者〉[《列子·說符》]）。人們應該正確看待自己，切勿驕傲自大（〈狼和獅〉），應防微杜漸，儘早解決問題（〈醫生和病人〉、〈小偷和他的母親〉、〈扁鵲見蔡桓公〉[《韓非子·喻老》]）。人們要實事求是，量力而行，以免落個上天後摔得粉身碎骨的下場（〈烏龜上天〉）。人應該誠實，不能讓財迷住心竅。〈財神和雕刻〉有對崇拜金錢信條的否定；〈麥丘立和樵夫〉讚揚誠實的樵夫不企慕非份的金斧銀斧。這些愛憎概念在《伊索寓言》中屢見不鮮；而在先秦寓言中這類題材則不多。值得注意的是，《伊索寓言》中強調交朋友重要及如何交朋友的寓言較多。〈兩隻罐〉說明只有地位相等的人才能成好友；〈狼和牧羊童〉說明偽裝的朋友比公開的敵人更危險；〈兩個行人和斧子〉強調朋友患難與共的重要性；〈農夫與蛇〉寫憐惜壞人、不分敵我友釀成的悲劇。簡言之，對朋友要眞誠，並要識別其眞偽。可見，當時希臘人中還有原始公社集體生活的遺跡。而在先秦寓言中，朋友則爲金錢、權力所取代，更多地呈現出階級社會的痕跡。我們清楚地看到：兩國人民已經對人生、社會有了較充分的了解，初步建立起生活的準則，儘管有些比較片面、庸俗，但大多數經過了歷史的考驗，千百年來爲人們所遵守。

從兩種寓言的全面比較中，我們可以發現幾條文藝創作的規律：

1.寓言是人們揭露黑暗，抨擊醜惡，嚮往光明，歌頌正義的文藝武器，它的發展同其它文體一樣，是與社會生活的豐富，政治鬥爭的需要密切相關的，與人的勞動實踐分不開，也受社會經濟發展的制約。同時，它有着文體自身發展的獨特規律。另外，在藝術手法上，由於寓言同其他文學藝術一樣，遵循“寓教育於娛樂”的規律，因而既滿足了人們精神生活及娛樂的需要，又闡述了作者的政治觀點。先秦寓言說理性強，《伊索寓言》側重訓導，但都帶有形象，不是抽象說教，因而有較強的生命力。

2.文學形式起源於民間，經過專業人員或文人的整理、加工、提高，藝術性更高，更富有感染力。文人按自己需要對民間寓言故事進行改進，往往改變了民間寓言的原貌，但不一定都歪曲了原來較進步的思想，也有進一步發展、昇華了的。一種文體的興衰有各種複雜因素，不能簡單地說文體最終因到了文人手中而僵化，以致衰亡。

3. 優秀的文學作品都追求藝術上的眞善美，反映人民群衆熱愛生活、探索眞理的願望和喜怒哀樂的共同感情，再現當時的社會現實和社會意識。雖然《伊索寓言》有一些要求民主、平等的思想，而先秦寓言有一些抨擊保守、要求革新的思想，但二者又有許多相似之處。可見，即使兩個不同的地域，互相之間沒有直接影響，在相似的社會形態裏仍會表現出許多一致的政治思想觀點和社會意識，並被反映在文學作品中。這既有力地證明了"存在決定意識"的原理，也說明人類發展和文學創作是有共同規律的。當然，作品在思想和藝術上總是有其獨自的民族特色的。

梁達勝
〈《伊索寓言》與先秦寓言的比較〉，
《瀋陽師範學院學報》（哲社版）4 (1981)，91～96。

著者索引

三　劃

于長河，〈杜麗娘與朱麗葉追求理想愛情的比較——讀《牡丹亭》、
　　《羅密歐與朱麗葉》札記〉，《錦州師專學報》4（1982），
　　28～31。

四　劃

方　平，〈傾國傾城——楊貴妃和埃及女王的形象比較〉，(京)
　　《文藝研究》2（1985），114～124。

方　平，〈《麥克貝斯》和《伐子都》〉，《讀書》5（1981），
　　112～126。

方正耀，〈《金瓶梅》與《俊友》〉，（滬）《書林》6(1985)，
　　44～45。

王　捷，〈《鏡花緣》、《格列佛遊記》比較簡論〉，（蘇）
　　《徐州師範學院學報》（哲社版）4（1984），44～49。

王敬文，〈魯迅的《長明燈》與迦爾洵的《紅花》〉，《武漢師
　　範學院學報》3（1983），95～98。

王德祿，〈《女神》與《草葉集》〉，（太原）《山西大學學報》
　　（哲社版）2（1986），1～8，18。

王曉平，〈《萬葉集》對《詩經》的借鑒〉，《外國文學研究》
　　4（1981），52～56。

五　劃

包遵信，〈色情的溫床和愛情的土壤——《金瓶梅》和《十日談》
　　的比較〉，（北京）《讀書》10（1985），20～26。

包　涵，〈兩個民族、兩個時代的理想世界——《桃花源》與
　　《烏托邦》之比較〉，（贛）《九江師專學報》（哲社版）
　　3（1986），6～11。

甘章眞，〈借鑒與創新——試比較《剪燈新話》和《金鰲新話》〉，
　　《廈門大學學報》4（1983），113～118。

田毓英，〈《儒林外史》與《湯姆河》的拉匹里佽的反英雄人物〉，
　　（臺）《中外文學》12.7.（12.1983.），160～180。

平慧善、陳元愷，〈賈寶玉聶赫留朵夫異同論〉，《杭州大學學
　　報》13.1.（3.1983.），123～129。

六　劃

朱炳蓀、于如柏，〈相似相同豈偶然？——《伊利亞特》與《三
　　國演義》初窺〉，（西寧）《青海社會科學》2（1986），
　　79～85。

江少川，〈《永別了，古利薩雷》與《黑駿馬》〉，《外國文學
　　研究》2（1987），107～112。

七 劃

何文林，〈《杜十娘》與《舞女》〉，（武漢）《外國文學研究》
    4（1983），89～93。

吳士余，〈《水滸》與《堂吉訶德》結構異同論〉，《中國比較文
    學》，（1985），59～75。

吳兆漢，〈《一件小事》和《咒語》的比較〉，《外國文學研究》
    4（1987），96～102。

吳全韜，〈《西廂記》和《羅密歐與朱麗葉》的繼承與創新〉，
    （浙）《寧波師院學報》（社科版）3（1984），51～
    59。

吳國光，〈《十日談》與《紅樓夢》〉，《紅樓夢學刊》3
    （1984），214～223。

呂香雲，〈從《玩偶之家》到《傷逝》的比較研究〉，（京）
    《時代的報告》3（1981），51～60，65。

宋文耀，〈《子夜》與《金錢》主人公形象比較談〉，《杭州大
    學學報》（哲社版）1（1987），69～75。

李克臣，〈吳承恩的《西遊記》和拉伯雷的《巨人傳》〉，《丹
    東師專學報》1（1985），47～55。

李克臣，〈卜迦丘的《十日談》與馮夢龍的《三言》〉，《丹東
    師專學報》1（1982），2～11。

李均洋，〈中日羽衣傳說之比較〉，《西北大學學報》（哲社版）
    3（1987），61～67。

李　岫，〈馬拉默德的《伙計》與茅盾的《林家鋪子》〉，《北京師範大學學報》（社科版）4（1986），36～41，35。

李書鯉，〈林黛玉與安娜〉，《紅樓夢學刊》3（1984），224～235。

李萬鈞，〈《包法利夫人》和《金瓶梅》〉，《北京師範大學學報》（社科版）4（1986），42～47。

沈新林，〈兩部驚人相似的巨著——論《紅樓夢》與《源氏物語》的異同〉，（蘇）《鹽城師專學報》（社科版）3（1985），29～34，39。

八　劃

周明燕，〈從《桃花扇》和《羊脂球》看孔尙任和莫泊桑的創作傾向〉，（武漢）《湖北敎育學院學報》2（1987），22～27。

周招芬，〈《克蘭比爾》與《阿Q正傳》比較論〉，（浙）《寧波師院學報》2（1986），28～33。

周　音、李克臣，〈試論魯迅的《狂人日記》安特萊夫的《牆》〉，《中國現代文學研究叢刊》4（1982），234～246。

周偉民，〈東西方歷史陣痛時期反封建鬥爭的啓示——盧梭《懺悔錄》與沈復《浮生六記》比較研究〉，（武漢）《江漢論壇》11（1986），43～48。

孟昭毅，〈《長生殿》與《沙恭達羅》〉，《天津師大學報》3（1986），84～87。

易新農，〈《戰爭與和平》和《三國演義》史詩風格比較〉，
　　（廣州）《中山大學學報》（哲社版）3（1986），93～
　　103。

林文月，〈《源氏物語・桐壼》與《長恨歌》〉，（臺）《中外
　　文學》1.11.（4.1973.），8～20。

林永珉，〈相同的遭遇，不同的結局——杜十娘與瑪絲洛娃之比
　　較〉，（閩）《寧德師專學報》1（1986），52～57。

林　海，〈《圍城》與《棄兒湯姆・瓊斯的歷史》〉，《讀書》
　　9（1984），60～65。

金長髮，《宋元白話短篇小說和《十日談》中的愛情故事〉，
　　（蘇）《揚州師院學報》（社科版）1（1985），83～
　　88。

九　劃

侯　健，〈《好逑傳》與《克拉麗薩》——兩種社會價值的愛情
　　故事〉，（臺）《中外文學》6.12.（5.1978.）4～20。

侯　健，〈有心無心，一人二人——〈樂仲〉與《湯姆・瓊斯》
　　的同與不同〉，（臺）《中外文學》8.10.（3.1980.）
　　26～45。

胡曉蘇，〈美、善、真的追求——《李爾王》與《屈原》之比較〉，
　　《外國文學研究》1（1987），80～86。

十　劃

夏藹平，〈試比較侯方域和奧涅金的悲劇形象〉，（湘）《零陵
　　師專》1（1984），36～42。

孫大公，〈從《浮士德》和《西遊記》看浪漫主義與現實主義的
　　結合〉，（桂）《河池師專學報》2（1983），54～57。

孫大公，〈哀婉的憐憫、強烈的控訴——《純樸的心》與《祝福》
　　比較〉，《河池師專》2（1981），17～21。

孫　遜，〈東西方啓蒙文學的先驅——《三言》、《二拍》和
　　《十日談》〉，（京）《文學評論》4（1987），112～
　　124。

徐其超，〈談《青春之歌》和《怎麼辦？》的異同〉，《重慶師範
　　學院學報》3（1983），93～98，26。

桑敏健，〈《羅密歐與朱麗葉》和《西廂記》的比較〉，《杭州
　　大學學報》（哲社版）1（1986），64～71。

索宇環，〈《紅字》和《男人的一半是女人》〉，《外國文學研
　　究》1（1988），109～114。

高旭東，〈拜倫的《海盜》與魯迅的《孤獨者》、《鑄劍》〉
　　（武漢）《湖北大學學報》（哲社版）6（1985），94～
　　98。

高旭東，〈拜倫的《曼弗雷特》對魯迅作品的影響〉，（魯）
　　《臨沂師專學報》（社科版）1（1986），64～66，93。

高旭東，〈拜倫的《該隱》與魯迅的《狂人日記》〉，（蘇）

《蘇州大學學報》（哲社版）2（1985），71～73，64。

高登智、尙仲豪，〈《蘭嘎西賀》與《羅摩衍那》之異同〉，
《思想戰線》5（1983），74～79。

袁少杰，〈兩篇《狂人日記》的比較〉，《丹東師專學報》3
（1981），21～29。

秦志希，〈《雷雨》與《羣鬼》的比較分析〉，《外國文學硏究》
4（1983），94～98，100。

十一劃

康　平，〈兩部劃時代的詩集——談郭沫若的《女神》與惠特曼
的《草葉集》〉，《瀋陽師範學院社會科學學報》4(1984)，
20～24。

張炳隅，〈中俄《狂人日記》風格比較〉，《上海敎育學院學報》
（社科版）1（1986），84～91。

張　挺，〈波特萊爾及其《惡之花》與魯迅及其《野草》之比較
觀〉，（魯）《青島師專學報》（文科版）3（1984），
8～24。

張　華，〈互窺中生輝，映襯中臻善——于連和高加林比較談〉，
《外國文學硏究》3（1987），97～102。

張菊如，〈人物心理的歷程與歷史進程的統一——談《戰爭與和
平》和《紅樓夢》的心理描寫〉，《華東師範大學學報》
（哲社版）4（1983），13～18。

張德美，〈《子夜》、《金錢》比較談〉，（蕪湖）《安徽師大

學報》（哲社版）1（1986），83～88。

張漢良，〈《灰闌記》斷案事件的德國變異〉，（臺）《中華文化
　　復興月刊》9. 11.（11. 1976.），52～56。

張　錯，〈〈菊花之約〉與〈范巨卿雞黍死生交〉──中國和日
　　本“鬼友”故事的比較研究〉；陳鵬翔編，《文學史學哲學》
　　（臺北：時報文化出版事業有限公司，1982），374～387。

梁達勝，〈《伊索寓言》與先秦寓言的比較〉，《瀋陽師範學院
　　學報》（哲社版）4（1981），91～96。

許虎一，〈《源氏物語》與白居易詩歌〉，《延邊大學學報》2
　　（1983），51～59。

許　鋼，〈棋道與人生──從《棋王》與《象棋的故事》的比較
　　看中西人生觀之異同〉，（哈爾濱）《文學評論》2(1987)，
　　46～52。

陳邵群、連文光，〈試論兩個神猴的淵源關係──印度神猴哈奴
　　曼與中國神猴孫悟空的比較〉，（廣州）《暨南學報》（哲
　　社版）1（1986），68～76，50。

陳建憲，〈從淫蕩的蛇妖到愛與美的化身──論東西方《白蛇傳》
　　中人物形象的演化〉，（武漢）《華中師範大學學報》（哲
　　社版）2（1987），101～105，98。

陳祖文，〈《哈姆雷特》和《蝴蝶夢》〉，（臺）《中外文學》
　　4. 3.（8. 1975.），108～123。

十二劃

彭秀貞，〈敍述技巧與語言功能——讀《奧卡桑與尼克麗》和
　　《董西廂》〉，（臺）《中外文學》11．12．（ 5．1983.），
　　138～157。

彭定安，〈魯迅的《狂人日記》與果戈理的同名小說〉，《社會
　　科學戰線》1（1982），293～301。

湯雄飛，〈寓社會諷刺於傳奇小說——《鏡花緣》與《烏有鄉》
　　之比較研究〉，（臺）《中外文學》7．7．（ 12．1978.），
　　126～160。

閔抗生，〈《好的故事》與《蔚藍的國》比較賞析〉，（太原）
　　《名作欣賞》2（1984），29～31。

十三劃

楊周翰，〈預言式的夢在《埃涅阿斯紀》與《紅樓夢》中的作用〉，
　　《文藝研究》4（1983），18～22。

葉繼宗，〈槍聲與祈禱——《第四十一》與《土牢情話》之比較〉，
　　（武漢）《江漢大學學報》（社科版）4（1985），64～
　　68。

十四劃

趙雙之，〈《紅樓夢》與《傲慢與偏見》〉，《天津師大學報》
　　3（1986），77～80。

遠浩一，〈《塞萊斯蒂娜》和《西廂記》中的婦女形象比較〉，

（湢）《外國語》3（1982），50～54。

十五劃

劉介民,〈《紅樓夢》與《傲慢與偏見》比較初探〉,（遼寧）
　　《比較文學研究與資料》2（1985），8～16，52。

劉守華,〈《一千零一夜》與中國民間故事〉,（武漢）《外國
　　文學研究》6（1982），46～51。

劉守華,〈印度《五卷書》與中國民間故事〉,（武漢）《外國
　　文學研究》2（1983），63～69。

劉守華,〈民間童話之謎———一組民間童話的比較研究之二〉,
　　（武漢）《外國文學研究》2（1980），120～127。

劉健華,〈阿城的《棋王》與加繆的《局外人》〉,《外國文學
　　研究》1（1987），115～122。

劉啓分,〈論紅娘與席娘〉,（臺）《中外文學》6.5.（10.
　　1977.），56～72。

劉傳鐵,〈渾言則同,析言有別——《儒林外史》與《死魂靈》
　　諷刺藝術之比較〉,《外國文學研究》3（1987），103～
　　107，68。

歐陽健,〈《水滸》、《艾凡赫》同異短長論〉,《華東師範大
　　學學報》2（1981），64～70。

蔡　恒,〈王熙鳳與郝思嘉——比較研究一得〉,（西安）《陝
　　西師範大學學報》4（1983），82～91。

蔡湘陽,〈試論鮑西婭、趙盼兒形象的異同〉,（廣州）《廣東

教育學院學報》2（1986），79～84。

黎　丹，〈尤利・巴基的《秋天裏的春天》與巴金的《春天裏的
　　秋天》〉，《福建師大學報》1（1982），59～64。

黎　宏，〈《女神》與《草葉集》之比較〉，《人文雜誌》3
　　（1983），101～108。

十六劃

閻鳳海，〈《娜娜》和《金瓶梅》〉，《外國文學研究》4
　　（1987），103～108。

十八劃

顏元叔，〈《白蛇傳》與《蕾米亞》———個比較文學的課題〉，
　　《談民族文學》（臺北：學生書局，1984），117～128。

外國人名索引

　　由於本書蒐集資料範圍較廣，故文章格式、人名譯法難免不大統一。本書編者在編索引時儘量收錄各種不同譯法，以中外對照形式列出；同時附有外中對照索引，方便讀者查閱。部份文章若不備外國人名原文者，編者已於索引內盡力提供；未能查獲者，尚祈讀者見諒。至於文中所提外國人名而缺中文譯名者，只收入外中對照索引，中外對照索引則不收。又因篇幅問題，中、日人名均不收入索引。

一、筆劃排列

二　劃

卜伽丘	Boccaccio, Giovanni	3-9, 109, 187, 190, 192, 193, 196,199, 200, 201, 204
丁尼生	Tennyson, Alfred	26

四　劃

弗錫思	Forsyth, Neil	146

九 劃

十　劃

十二劃

十三劃

十四劃

十五劃

二、字母排列

A

B

D

E

F

M

N

P

國立中央圖書館出版品預行編目資料

中外比較文學研究　第二冊作品研究／李達三，劉介民
主編．--初版．--臺北市：臺灣學生，民81
　　面；　　公分．--（中國文學研究叢刊；40）
含索引
ISBN 957-15-0364-9（精裝）
ISBN 957-15-0365-7（平裝）

1.文學-歷史與批評

819　　　　　　　　　　　　　　　　81001238

中外比較文學研究（第二冊）

主　編　者：李　達　三　、劉　介　民
出　版　者：臺　灣　學　生　書　局
本書局登
記證字號：行政院新聞局局版臺業字第一一〇〇號
發　行　人：丁　　　　文　　　　治
發　行　所：臺　灣　學　生　書　局
　　　　　　臺北市和平東路一段一九八號
　　　　　　郵政劃撥帳號00024668
　　　　　　電　話：3634156
　　　　　　FAX：(02)3636334
印　刷　所：淵　明　印　刷　公　司
　　　　　　地　址：永和市成功路一段43巷五號
　　　　　　電　話：9287145
香港總經銷：藝　文　圖　書　公　司
　　　　　　地址：九龍偉業街99號連順大廈五字
　　　　　　樓及七字樓　電話：7959595

定價　精裝新台幣六一〇元
　　　平裝新台幣五五〇元

中華民國八十一年四月初版

國立中央圖書館出版品預行編目資料

中外比較文學研究　第二冊作品研究／李達三，劉介民
主編.--初版.--臺北市：臺灣學生，民81
　　面；　　公分.--（中國文學研究叢刊；40）
含索引
ISBN 957-15-0364-9（精裝）
ISBN 957-15-0365-7（平裝）

1.文學-歷史與批評

819　　　　　　　　　　　　　　　81001238

中外比較文學研究（第二冊）

主　編　者：李　達　三　、劉　介　民
出　版　者：臺　灣　學　生　書　局
本書局登
記證字號：行政院新聞局局版臺業字第一一〇〇號
發　行　人：丁　　　　　文　　　　　治
發　行　所：臺　灣　學　生　書　局
　　　　　臺北市和平東路一段一九八號
　　　　　郵政劃撥帳號00024668
　　　　　電　話：3634156
　　　　　FAX:(0 2) 3636334
印　刷　所：淵　明　印　刷　公　司
　　　　　地　址：永和市成功路一段43巷五號
　　　　　電　話：9287145
香港總經銷：藝　文　圖　書　公　司
　　　　　地址：九龍偉業街99號連順大廈五字
　　　　　樓及七字樓　電話：7959595

定價　精裝新台幣六一〇元
　　　平裝新台幣五五〇元

中華民國八十一年四月初版

臺灣**學て書局**出版

中國文學研究叢刊